De verloren familie

Jenna Blum bij Boekerij:

Het familieportret
In tweestrijd
De verloren familie

www.boekerij.nl

Jenna Blum

De verloren familie

Hij overleefde de Tweede Wereldoorlog,
maar de herinneringen aan zijn verloren familie
laten zich niet verdringen...

BOEKERIJ

Eerste druk november 2017
Tweede druk januari 2018
Derde druk februari 2019

ISBN 978-90-225-8630-3
ISBN 978-94-023-0921-8 (e-book)
NUR 302

Oorspronkelijke titel: *The Lost Family*
Vertaling: Carolien Metaal
Omslagontwerp: DPS Design & Prepress Studio Amsterdam
Omslagbeeld (jongen): © Stephen Mulcahey / Arcangel Images
Zetwerk: CeevanWee, Amsterdam

Waar te eten?

Masha's, 1705 2nd Avenue, Regent 4-1117. Gerechten ter nagedachtenis aan de vrouw van de eigenaar/chef-kok, die tijdens de Tweede Wereldoorlog is omgekomen in Europa. Als dit verhaal je al niet over de streep trekt, kom dan voor de *schmalz*: de zeer decadente Europese en Joodse gerechten, waaronder *brisket bourguignon* en de chocolade-'Masha Torte', weten zelfs gasten die wel wat gewend zijn tot tranen toe te roeren. Hoofdgerechten vanaf $7,95. Cocktails en wijn. Lunch en diner. Op maandag gesloten. Reserveren aanbevolen.

Craig Claiborne, *The New York Times*, september 1964

MASHA's najaar 1965

Voorgerechten

* Warme spruitjessalade met geroosterde pecannoten, blauwe kaas, lardeerspek en een vinaigrette met zwarte truffel en mosterd
* Romige champignonsoep met huisgemaakte croutons, crème fraîche, cognac en bieslook
* 'Kip in een dekentje': kippenleverpaté en croûte met mosterd-, mierikswortel- en crème fraîchesaus
* Oesters gegaard in roomsaus met een korst van broodkruim en boter
* 'Poolse duifjes': koolrolletjes met mosterd- en zoetzure saus

Hoofdgerechten

* Eendenborst met in kirsch geflambeerde kersen en sinaasappels in een nestje van gesauteerde kool, geserveerd met pommes frites
* Brisket bourguignon met mierikswortelaardappelpuree en groente du jour
* Op de huid gebakken schol in een korst van Parmezaanse kaas en broodkruim met aardappeltjes uit de oven en sperziebonen amandine
* Gevulde gegrilde kip met pruimen-cranberrygelei, naar keuze geserveerd met tzimmes of aardappelpuree en spruitjes
* 'Hamburger Walter': gemalen schouderstuk au poivre geflambeerd in cognac, geserveerd met pommes frites en helemaal geen groente

Bijgerechten

* Champignons in bourgognesaus
* Sperziebonen amandine
* Spinazie à la crème met een korstje van knoflook en Parmezaanse kaas
* Aardappeltjes uit de oven
* Pommes frites (Franse frietjes)
* Latkes (aardappelpannenkoekjes met appelmoes)
* Tzimmes (gestoofde zoete aardappel met citrusschil en krenten)
* Zoetzure bietjes met mierikswortel-crème fraîche
* Assortiment huisgemaakte groenten in het zuur
* Spätzle

Nagerechten

* Appelcrumble met een korst van bruine suiker, geserveerd met vanille-ijs
* 'Masha Torte': Duitse chocoladetaart met geflambeerde kersen
* Pruimentaart met een korst van geroosterde walnoten, geserveerd met kirschslagroom
* 'Wolkjes': slagroomsoesjes gevuld met vanille-ijs, geserveerd met een minichocoladefondue
* Pompoen-, honing- en vanille-ijs in chocoladebakjes (als trio of per stuk verkrijgbaar)
* Assortiment rugelach (maantjes met chocolade, walnoten, krenten en abrikozen)

1705 2nd Ave. New York, NY 10128 / RE 4-1143 * Graag reserveren!

DEEL 1
Peter
1965

Ja, maar stel nou dat Peter de wolf niet gevangen had.
Wat dan, hè?
– Sergej Prokofjev

1
Masha's

De eerste keer dat Peter het meisje zag, was tijdens de avondshift bij Masha's. Haar gezicht was bezaaid met lichtvlekjes van de kroonluchter die boven de tafel hing. Die plek, in het midden van het restaurant, werd door Peters personeel de dodemansstoel genoemd vanwege het gevaar dat iemand die daar zat liep, mocht de kroonluchter, een omgekeerde fontein van Venetiaans hangkristal die ruim negentig kilo woog, ooit besluiten naar beneden te donderen. Het meisje – de jonge vrouw – zat om zich heen te kijken alsof haar tafelgenoot, die minstens twee keer zo oud was als zij, haar verveelde. De kerel met zilvergrijs haar, een dikke hoornen bril en een hoofd zo vierkant als een suikerklontje boog zich, op het moment dat Peter haar voor het eerst zag, naar haar oor om daar iets in te fluisteren. Het meisje trok haar neus op en gaf haar minnaar (als hij dat tenminste was) een zet, maar kreeg toen opeens Peter in de smiezen en grijnsde op een manier die haar volkomen transformeerde. De ietwat nukkige verveling van de verwende New Yorkse die alles al gezien en meegemaakt had sloeg om in iets wat in alle opzichten zonniger en liever was. Als reactie trok Peter zijn wenkbrauwen op. Het lichte haar van het meisje was kort als van een jongen; iets wat hij niet echt mooi vond. Ze droeg een witte hemdjurk die aan de kraag en de mouwen was afgezet met bont, en de bovenkant van haar rode laarzen met hoge hakken verdween onder het tafelkleed. Rond haar ogen waren zwierige dikke zwarte lijnen getrokken. Peter was doorgaans geen fan van nieuwe modetrends, hoewel hij, net als elke andere man in Manhattan, God op zijn blote knieën bedankt zou hebben voor de minirok als hij in Hem geloofd had. Niettemin fascineerde dit meisje hem in hoge mate.

Het was weer tijd voor het lopen van een rondje door de zaak, iets wat hij bij elke shift één keer deed. Hij deelde hier een schouderklopje uit en gaf daar een vrouw een vuurtje. Het merendeel van de gasten bestond uit knappe vrouwen, helemaal tijdens de lunch, als bijna alle tafels bezet waren door smachtende ongehuwde meisjes en hun doortastende moeders. Dit was al het geval sinds het verschijnen van de recensie in de *Times* het jaar ervoor. De dames prezen de salades, maar waren hier voor de vrijgezelle eigenaar met het trieste verhaal. Het avondpubliek bestond meer uit vaste gasten, bewoners van de Upper East Side en mensen die op weg waren naar evenementen in de stad – het theater, een concert, de opera of het ballet – of daarvan terugkwamen. Maar ook dan zaten er nog genoeg romantische, verwachtingsvolle types tussen om ervoor te zorgen dat Peter op zijn hoede en afstandelijk was. Althans, dat dacht hij. Waarom uitgerekend deze jongedame zijn belangstelling had gewekt wist hij niet precies. Hij wierp steelse blikken op haar terwijl hij converseerde met het echtpaar Lynn, dat al twintig jaar hun avond besloot met een slaapmutsje bij Masha's, en net deed of hij niet zag dat de oude mevrouw Allison, die hof hield aan tafel 14, steeds haar trillende hand onder tafel stak met hapjes voor haar poedel Lucius, die routineus door het personeel over het hoofd werd gezien. Het kon toch niet zo zijn dat hij daar weer mee bezig was, dat hij op zoek was naar mensen die er allang niet meer waren? Dat was een vruchteloze onderneming, sprak hij zichzelf streng toe. En wreed. Maar toch... de jonge vrouw aan de dodemanstafel zag er jonger uit dan veertig, de leeftijd die Masha nu gehad zou hebben, en ouder dan twintig; niet veel, maar genoeg.

Peter stond op het punt naar de tafel te lopen en het meisje bijzonder welkom te heten toen een discrete opwinding aan de tafels die het dichtst bij de voordeur stonden erop wees dat meneer Cronkite was gearriveerd. De gastvrouw pakte zijn trenchcoat aan en begeleidde hem naar zijn vaste plek, de tweede muurbank met de hoge, roodlederen rugleuning. De heer Cronkite was alleen, zonder zijn vrouw Betty. Dat was meestal het geval als hij op weg van de CBS-studio naar zijn appartement op East 94th Street bij Masha's dineerde. Peter stak een vinger op naar Maurice, de ober in de wijk van meneer Cronkite, om aan te geven dat hij de bourbon voor de nieuwslezer zelf zou brengen.

'Hoe is het met u, meneer Cronkite?' vroeg hij terwijl hij het drankje op tafel zette. Peter schrok er altijd weer van hoe blauw de ogen van de man waren, hoe gewend hij er ook aan dacht te zijn, want op tv leken ze grijs.

'Heel goed, en met u, meneer Rashkin?' vroeg meneer Cronkite.

'Ik mag niet klagen.'

Meneer Cronkite schonk hem de beroemde knipoog. 'Dan bent u heel anders dan een groot deel van ons kijkerspubliek. Roerige tijden, meneer Rashkin. Roerige tijden. Maar die zijn ons niet vreemd, hè?' Hij maakte een proostend gebaar met zijn glas. 'Proost.'

'Op uw gezondheid,' antwoordde Peter. 'Kan ik u de menukaart brengen? Of uw vaste gerecht?'

'Ik kan de Hamburger Walter toch niet aan me voorbij laten gaan?' Peter had dat gerecht speciaal voor meneer Cronkite bedacht: gemalen schouderstuk gekruid met peper en geflambeerd in cognac, geserveerd met, zoals op de kaart stond, 'helemaal geen groente'. De heer Cronkite gaf Peter weer een knipoog. 'Een van de sneue voordeeltjes van het vrijgezellenleven, hè, meneer Rashkin? Dat je de erwten niet hoeft op te eten.'

'Inderdaad.' Het was een gebbetje tussen hen tweeën: de lang en gelukkig getrouwde meneer Cronkite en Peter, die tot zijn grote ontzetting beschouwd werd als een van de meest begeerde vrijgezellen van de stad.

'Ik zal Maurice vragen u het gerecht meteen te brengen,' zei hij tegen meneer Cronkite, waarna hij ten afscheid een tikje op het tafelkleed gaf met zijn knokkel.

Nadat hij zich ervan vergewist had dat alles in het restaurant naar behoren verliep, ging Peter op weg naar de keuken om toe te zien op het opmaken van de borden met de specialiteit van die avond: eendenborst met mierikswortel-aardappelpuree en geflambeerde kersen. Het had Peter niet verbaasd dat zijn klanten het geweldig vonden om hun eten te zien branden aan tafel, aangezien Amerikanen doorgaans iets hadden met potentieel explosieve zaken, maar hij was wél geschrokken toen hij ontdekte hoe fantastisch hij het zelf vond. Hij wierp een blik op de middelste tafel. Wat was er met die jonge vrouw? Deed ze hem dan toch aan iemand denken? Aan Twiggy misschien... Ja, met haar kortgeknipte, asblonde haar en haar bijna sprieterige rankheid leek ze inderdaad op het Britse fotomodel, dat hier soms kwam met haar entourage. Ook dit meisje was waarschijnlijk model – haar maaltijd, de warme spruitjessalade met roquefort, was onaangeroerd. Misschien had Peter haar gezicht in de metro voorbij zien glijden op een muur. De tafelgenoot van het meisje had nu zijn arm om haar heen geslagen. Hij had zijn stoel dichterbij geschoven en bood haar een slokje aan van zijn cocktail. Peter zag dat hij zijn glas bij de mond van het meisje hield. Wederom overwoog hij ernaartoe te gaan en zich voor te stellen en misschien een nagerecht van de zaak aan te bieden. Maar was één minnaar die twee keer zo oud was als zij niet genoeg voor het arme meisje? Bovendien was Peter niet op zoek naar een affaire. Hij duwde de deur met het ronde raampje open en liep zijn keuken in.

De keuken van Masha's was piepklein, niet veel groter dan de kombuis op een zeiljacht, zeker als je alle inwoners meerekende: Peters rotisseur, zijn garde-manger, zijn souschef Lena en de afwasser. In de vroege ochtend was de patissier er soms ook. Vanavond hing er een doordringende geur van eend, vis, kool en aardappels, en hoorde je de geluiden van opspattend vet, stromend water, een loeiende oven, de draaiende afwasmachine en koks die elkaar korte bevelen toeschreeuwden: 'Vis omdraaien! Tafel twaalf wil aardappels, zesentachtig kip. Nu al? Godsamme.' Dit was Peters lievelingsplek. Zijn hele leven had hij zich het veiligst gevoeld in keukens. Hij was de eigenaar van Masha's en tevens de chef-kok, maar toch zouden zijn vaste gasten en zelfs sommige personeelsleden ervan opkijken als ze wisten hoe moeilijk hij het vond om die rol te spelen, hoeveel moeite het hem kostte om in zijn pak tussen de tafels door te lopen en gesprekjes aan te knopen. Maar juist omdat dit hem niet kwam aanwaaien, was hij er goed in. Zijn vroegere spraakleraar in Berlijn had hem als kind voor de voeten geworpen: 'Peter, je moet je stem richten!' Dat deed hij nu ook, alleen niet met zijn stem, maar met zijn persoonlijkheid. Toch was het moment waarop hij zijn pak kon verruilen voor zijn kokskleding iets waar hij het allermeest naar uitkeek. Het ritme van hakken, sauteren en opmaken, en het eten dat hij bereid had, de gerechten die hij gecreëerd had, de wereld in sturen, schonken hem de meeste vreugde.

Dus verbaasde het hem dat hij vanavond, toen hij zijn colbertje aan de binnenkant van de deur van zijn kantoortje had opgehangen, zijn witte koksbuis had aangetrokken en zijn gebruikelijke plek naast Lena had ingenomen, het gevoel had dat er iets niet klopte. Het had iets te maken met het licht: het leek wel of de sterke witte tl-buizen in het ijsblokjesvormachtige plafond gedimd werden. Peter voelde dat hij begon te transpireren. Hij depte zijn voorhoofd met het bovenste papieren handdoekje van zijn stapel en rolde zijn messentas uit. De garde-manger had al gezorgd voor Peters mise-en-place: kleine schaaltjes met sjalotjes, peterselie, gekonfijte knoflook, citroenschil en zout omringden zijn snijplank. Maar waarom had hij zo'n moeite die te zien?

'Praat me bij,' zei hij tegen Lena.

'Tweeëntwintig couverts klaar,' zei Lena, die ademde als een stofzuiger. Ze was een grote dame, langer dan Peter met zijn één meter drieëntachtig, en breder dan het fornuis, en net als hij een vluchteling, maar dan uit Leningrad. 'Kip is op. Champignons in bourgognesaus *kaput*. Vis gaat snel. Nog vijf eendenborst over.'

'Bedankt. Wat staat er open?' riep hij.

'Acht tafels, baas!'

Peter keek met samengeknepen ogen naar de velletjes papier die aan de magneetstrip hingen. Verbeeldde hij het zich of werd het nu nog donkerder? 'Lena, neem jij het even over, ik voel me niet goed...'

Maar zij overstemde hem. 'Wie gefuckt met stoppenkast? Hier is donkerder dan Stalins *zhopa*!' Opgelucht realiseerde Peter zich dat het niet aan hem lag; ook Lena had moeite met zien en de rest van zijn brigade slaakte verbaasde kreten in de koffiekleurige lucht.

Lena wendde zich tot de afwasser. 'Ik weten jij dit gedaan hebben, *toshchiy ublyudok*. Ik jou net in voorraadkast gezien hebben.'

De afwasser antwoordde in rap Spaans. Peters Engels en Duits, en zelfs zijn Russisch, waren beter dan zijn Spaans, maar na dertig jaar in de keuken wist hij dat Lena Rodrigo een mager rotjoch had genoemd en de afwasser haar een zeug.

'Lena,' zei Peter, 'hou op. Rodrigo, zet alsjeblieft even je radio aan.'

Iedereen spitste de oren, behalve de rotisseur, die maar bleef porren in nu onzichtbaar vlees. Boven het geroezemoes in het restaurant en het gesis van de grillplaat uit meldde de op batterijen werkende radio, die was afgesteld op 1010 WINS: '... de stroom is in de gehele stad uitgevallen, hoewel de volle reikwijdte van het getroffen gebied nog moet worden vastgesteld. Burgemeester Wagner heeft alle New Yorkers gevraagd binnen te blijven. De metro is buiten dienst, maar extra bussen...'

'Iemand gefuckt met stoppenkast hele stad,' zei Lena niet zonder voldoening. 'Dat wordt geplunder. Brand. Vast ook moord.'

'Zo kan-ie wel weer,' zei Peter, hoewel dat ook zijn eerste reactie was geweest. Hij wist maar al te goed wat er met de beschaving gebeurde als de lichten in een stad doofden.

Hij zette zijn gedachten op een rijtje en vaardigde toen een reeks bevelen uit. 'Haal zaklantaarns voor de keuken en extra kaarsen voor het restaurant. Zeg tegen de hoofdober dat hij de voordeur op slot moet doen en die alleen open mag maken om mensen te laten vertrekken; er mag niemand naar binnen.' De keukenbrigade moest de laatste bestellingen uitvoeren en geen nieuwe meer aannemen. Peter zou de gasten een gratis drankje aanbieden. Zelf nam hij zich voor mevrouw Allison een extra maaltijd mee te geven; dan had ze iets te eten als er morgen ook nog geen stroom was. Bovendien moest een ober haar naar huis brengen. 'En doe de inloopkoeling in godsnaam zo min mogelijk open,' zei hij als laatste. 'Ik ga het nieuws even aan de gasten melden.'

Hij stapte de eetzaal weer binnen. Vanavond zouden zijn gasten de ongebruikelijke ervaring hebben hem in zijn kokskleding te zien. Een groot deel van hen stond bij het raam aan de voorkant naar buiten te turen om te achterhalen wat er aan de hand was. De obers en de gastvrouw staken extra kaarsen aan op elke tafel, waardoor de rode muren glommen en de kristallen kroonluchter fonkelend tot leven kwam. Meneer Cronkite, zag Peter, was weg, waarschijnlijk terug naar de studio, voor het geval er straks weer stroom was en CBS verslag kon doen van de gevolgen van de storing. De man met het vierkante hoofd en zilvergrijze haar zat nog steeds aan de middelste tafel en keek stuurs in zijn halflege glas. Maar de jonge vrouw? Peter scande de ruimte, de samengedrongen mensen voor het raam. Ze was nergens te bekennen.

Hij liep naar de bar en tikte met een lepel tegen een wijnglas. 'Dames en heren,' zei hij, 'mag ik even uw aandacht.'

Nadat iedereen vertrokken was, de vaste gasten naar buiten gelaten waren en de oude mevrouw Allison naar huis was gebracht, nadat Peter de opbrengst van de avond in de kluis had gestopt – daar zou hij morgen naar kijken, als er meer licht was – en nadat hij zijn personeel naar huis had gestuurd, schonk hij een glas cognac in en begon aan zijn rondje. Dat deed hij elke avond na sluitingstijd om er zeker van te zijn dat alles in orde was. Het enige verschil met andere avonden was dat hij daar nu een zaklantaarn voor moest gebruiken. Het schijnsel was wat zwakker vanwege het gebruik in de keuken, maar Peter kon er nog net de garderobe, eetzaal, keuken, inloopkoeling, zijn kantoor en de kelder mee controleren. Die laatste was nu extra kerkerachtig zonder het licht van het kale peertje aan het plafond. Peter bekeek de wijnrekken, de blikken en trommels met droge grutterswaren en de rattenvallen; godzijdank waren die laatste leeg. Hij noteerde benodigdheden in het kleine notitieblokje dat hij altijd in zijn achterzak had: *uien, olijfolie, paprika, luciferboekjes. Rubbermat voor keuken*. Hij ging weer naar boven, zette zijn cognac op de bar en liep naar de toiletten.

Hij had toen allang de radio uitgezet – hij gaf de voorkeur aan stilte en als hij niet gedacht had dat zijn personeel in opstand zou komen, had hij muziek uit de keuken verbannen – maar dacht wel aan het nieuws dat hij eerder had gehoord. Lena's voorspelling was uitgekomen: naast lange rijen voor telefooncellen, veerboten en bussen van mensen die zo snel mogelijk de getroffen stad wilden ontvluchten, werd er geplunderd en brandgesticht. Dat was ook het geval in Harlem en aangezien Masha's daar niet al te ver vandaan lag, tussen 89th en 90th Street aan 2nd Avenue, vroeg Peter zich af of hij extra voorzorgsmaatregelen moest nemen. In zijn kantoortje blijven slapen, bijvoorbeeld. Dat zou niet de eerste keer zijn. In 1955, toen Masha's net geopend was, had hij praktisch in het restaurant gewoond. Hij ging alleen naar zijn appartement op East 96th Street om te douchen en zich te verkleden. Hij liet zijn blik door het herentoilet glijden en noteerde dat hij papieren handdoekjes moest bestellen. Hij zou aan Sol, zijn achteroom en zakenpartner, vragen of ze de goedkopere leverancier mochten gebruiken die Peter in The Bronx had gevonden of bij Sols vaste leverancier moesten blijven.

Opeens ging de zaklantaarn uit. Peter vloekte. Hij sloeg de ijzeren cilinder tegen zijn handpalm in een poging hem tot leven te wekken, maar er gebeurde niets. Op de tast liep hij het toilet uit en hij verbaasde zich erover dat wanden, hoeken en deuropeningen zich verplaatst leken te hebben. Maar ineens kwam het weer boven, de ervaringen die hij had opgedaan in het donker tijdens luchtaanvallen in kelders, op perrons van de U-Bahn, in kasten en, uiteraard, in de slaapbarakken. De geur van wollen jassen, ongewassen haar, zweet en adem van vreemden – vooral honger zorgde voor een dodemuizenlucht. Het geschuifel dat kon wijzen op voetstappen, ledematen die in krappe ruimtes werden verschoven of ongedierte. Geheimzinnige bewegingen op een paar centimeter van je gezicht. In bovengrondse schuilplaatsen was meestal nog wel wat omgevingslicht, de contouren van de nachtelijke hemel rond een gordijn. Of er werd een kostbare lucifer afgestreken om op een horloge te kijken of te zorgen voor een ziek kind. Maar hier op de gang bij Masha's deed het gebrek aan licht Peter denken aan ondergrondse schuilplekken, aan zijn smalle bed in *Block* 14 toen de SS vanwege bombardementen had bevolen het kamp te verduisteren. In zulke gevallen nam de duisternis een onaangename compactheid aan, een ijzige eigenschap die het voor Peter onmogelijk maakte zijn handpalm te zien als hij daar zijn neus mee aanraakte. Althans, als hij in staat was zijn arm op te tillen tussen de vier andere mannen.

Hij zuchtte en liep op de tast door de gang tot hij in de eetzaal kwam, waar hij een kaars pakte en die aanstak. Hij was drijfnat van het zweet onder zijn kokskleding, iets waar hij een gruwelijke hekel aan had. Hij merkte dat hij geen geduld had met zichzelf. Het mocht dan logisch zijn, begrijpelijk zelfs, dat de stroomstoring zaken had opgerakeld die hij met heel veel moeite had proberen te vergeten, maar hij moest zijn geest toch echt meer onder de duim zien te houden. Hij wilde, hij kón de krankzinnige periode die hij had doorgemaakt vlak nadat hij naar dit land was gekomen niet nog een keer aan. Toen was hij regelmatig zomaar vanuit het niets – als hij bijvoorbeeld een boterham aan het smeren, een hond aan het aaien of door het park aan het wandelen was – teruggeslingerd naar Auschwitz. Of naar Theresienstadt. Of Berlijn. Dat zou hij niet doen. Hij mocht niet toegeven aan deze herinneringen. 'Dat weiger ik,' zei Peter tegen het donker.

Bij wijze van antwoord hoorde hij een geluid verderop in de gang, het deed hem een beetje denken aan het gemiauw van een kat. 'Hallo?' riep hij. Weer hoorde hij het; het leek uit de damestoiletten te komen – die had hij, zo besefte hij nu, nog niet gecontroleerd. Het was waarschijnlijk een zwerfkat, hoopte hij. Soms zetten gasten of iemand van het personeel het raampje zo ver mogelijk open – een centimeter of zeven, acht – en god mocht weten wat er dan allemaal tussen de tralies door kroop. Peter keek nergens meer van op in deze stad. Zijn buurman thuis had ooit een boa constrictor in zijn toiletpot gevonden. En toen Peter een keer heel vroeg op een ochtend naar het restaurant was gekomen om bouillon en *demi-glace* te maken, liep er doodgemoedereerd een stinkdier in zijn kantoortje.

Hij pakte de kaars op en liep terug door de gang. Opeens voelde hij zich net de vrek Ebenezer Scrooge, over wie hij had gelezen tijdens zijn avondcursus Engels. Het enige wat hij miste waren een nachthemd en een slaapmuts. 'Hallo?' riep hij weer, toen hij de deur van de toiletruimte opendeed. 'Is daar iemand?' Hij bewoog de kaars door de kleine, roze betegelde ruimte. De vlam flakkerde – het raam stond inderdaad open – maar hij had dat wispelturige schijnsel niet nodig om te zien dat de deur van de tweede wc openstond en dat daar een meisje met uitgelopen make-up en warrig haar uit kwam lopen. De jonge vrouw van de middelste tafel.

Peter installeerde haar aan de bar, verzamelde kaarsjes van nabijgelegen tafels, stak die aan en schonk toen voor hen beiden een drankje in, hoewel hij meteen besefte dat ze daar niet om had gevraagd. Te midden van een fonkelende halve cirkel vlammetjes die weerkaatsten in de spiegel achter de drankflessen en oneindige glinsteringen de duisternis in stuurden, zat ze aan de zinken bar naar haar glas te kijken.

'Het is gewoon cognac,' zei Peter. 'Ik mag dan veinzen een tovenaar te zijn in de keuken, maar ik ben een slechte barkeeper.'

'Zolang het bruin en sterk is,' zei het meisje, 'kan het me niet schelen wat het is.' Ze sloeg haar glas op een zakelijke manier en briesend als een paard achterover. Vervolgens zette ze het met een klap neer en tikte met een witgelakte nagel op de rand ervan. 'Sla me nog maar een keer,' zei ze.

Hij keek haar verbaasd aan, maar besefte toen dat hij haar verzoek verkeerd vertaald had. Ze had gewoon gevraagd of hij haar opnieuw wilde inschenken, dus dat deed hij toen ook. Het was lang geleden dat hij gestruikeld was over een uitdrukking. Deze verduistering had iets met hem gedaan, de zo zwaarbevochten taalbeheersing ontkoppeld en onwelkome deuren geopend in zijn hoofd. Hij hoopte maar dat het licht snel weer ging branden, hoewel dat ergens irrelevant was; het was verontrustend om te merken hoe gemakkelijk hij nog steeds van slag raakte.

Het meisje boog haar lange hals omlaag naar het glas en dronk haar tweede cognac met iets meer decorum. Peter moest opeens denken aan een giraffe die hij onlangs had gezien tijdens een benefietbijeenkomst in de Central Park Zoo. Die plukte met zijn lippen op net zo'n manier blaadjes van een boom. Hij gaf haar zijn zakdoek.

'Waar is die voor?' vroeg ze. Peter wees glimlachend naar zijn eigen gezicht. Het meisje draaide op haar kruk en keek in de spiegel. 'O god.' Ze doopte zijn zakdoek in haar cognac om de uitgelopen make-up van haar wangen te vegen en keerde zich vervolgens met een vragende blik weer naar hem toe.

'Daar zit nog iets.' Bijna, maar niet helemaal, raakte hij haar linkerslaap aan.

Het meisje boog zich naar voren om het af te vegen. 'Dank je.' Ze wilde zijn zakdoek teruggeven, maar hij schudde zijn hoofd. In haar hals, boven haar witte bontkraag, verschenen rode vlekken die zouden kunnen duiden op schaamte, warmte van de kaarsen, of allebei.

'O, zo wil je hem natuurlijk niet terug,' zei ze. 'Ik zal hem laten stomen en naar je opsturen.'

'Dat is nergens voor nodig.' Hij wilde net voorstellen dat ze hem zelf terug zou brengen, toen het meisje een diepe zucht slaakte en met haar handen door haar zeer korte blonde haar streek. Ontdaan van haar modieuze, zware make-up zag ze eruit als een kind. Eigenlijk was ze zo nog aantrekkelijker, dacht Peter, met die bleke wimpers en uitzonderlijk hoge jukbeenderen met lichte sproetjes.

'Je vindt me vast een ontzettende kleuter,' zei ze.

'Nou nee, hoewel je er inderdaad nogal jong uitziet.'

Ze glimlachte en daardoor kreeg haar gezicht iets zoets wat hem deed denken aan alles wat Amerikaans was: mierzoete ontbijtgranen, Crest-tandpasta, wasverzachter, melk.

'Ga zo door,' zei ze. 'Ik ben vijfentwintig. Praktisch een oude vrijster.'

'Een kind. Als je nog langer opblijft, zal ik je gouvernante moeten bellen.'

Nu schoot ze in de lach en proostte met hem. '*Cin cin*.'

'*Prost*,' zei Peter automatisch. Hij huiverde en dronk zijn glas leeg.

Het meisje bekeek hem nieuwsgierig over de rand van haar glas heen. 'Sorry voor dat hysterische gedoe op de wc.'

'Waarom? Als je moet huilen, lijkt het damestoilet me daar een ideale plek voor.'

'Ik wil niet dat je denkt dat ik een huilebalk ben.'

'Natuurlijk niet. Ik weet zeker dat je doorgaans spijkerhard bent.'

'Inderdaad,' beaamde ze. Ze leegde haar glas en schoof dat naar Peter toe, die het gehoorzaam vulde. 'Het was gewoon een rotavond.'

'Je eh... vriend?' vroeg hij, in de hoop te horen te krijgen dat hij een neef was, of een oom.

'Nee, het lag niet aan hem,' zei ze. Peter vroeg zich af waarom hij zich zo ontmoedigd voelde, toen ze eraan toevoegde: 'Hij was een engerd, maar van het simpele soort. Je weet wel, zo'n type dat denkt dat hij met een meisje naar bed mag omdat hij haar mee uit heeft genomen. Het was een blind date en ik zou het niet eens gedaan hebben als mijn vriendin Dominique niet had gezegd dat hij een of andere belangrijke producer bij CBS was en contacten had in Hollywood.

Hij bleek dus gewoon een waardeloze schrijver te zijn.' Ze trok haar neus op.

'Wat naar,' zei Peter ernstig, hoewel hij eigenlijk moest lachen.

'Ja, nou ja, zo'n beetje bij drankje drie begon hij te flikflooien. Hij was een echte gladjakker, die ouwe Albert, of Alfred, of hoe hij ook heette. Eerst ging hij gapen en zich uitrekken om zijn arm over mijn schouder te kunnen slaan en mijn borst te betasten en toen liet hij voor ik het besefte zijn aansteker vallen en moest rondtasten onder de tafel, én onder mijn rok. Ik zweer het je, hij stak zijn hand eronder alsof hij een pakje sigaretten uit een automaat pakte.'

'Lieve hemel. Als ik dat geweten had, zou ik er iets aan gedaan hebben.'

'Echt?' Het meisje keek hem zijdelings aan; haar eerste kokette gebaar van de avond, dacht Peter. 'Wat zou je dan gedaan hebben?'

'Er liggen daar meer dan genoeg hakmessen,' zei Peter met een knikje naar de keuken. Ze schoot in de lach. 'Maar als je dat te dramatisch vindt, had ik die hufter er ook gewoon uit kunnen trappen.'

Ze glimlachte. 'Ik geloof je. Je komt als een volmaakte heer op me over.'

'Helaas wel, ja. Dus je huilde vanwege die schooier, die Albert of Alfred? Dat komt op mij nou niet bepaald over als spijkerhard.'

'O god, nee. Hem heb ik gewoon afgepoeierd, dat doe ik altijd met engerds. Dan ga ik naar de wc en blijf daar net zo lang tot ze afdruipen. Alleen had ik waarschijnlijk iets te veel gedronken, want ik viel in slaap. Het zou trouwens best slim zijn om daar een bankje of zoiets neer te zetten,' voegde ze eraan toe.

'Daar zal ik over nadenken,' zei Peter.

'Maar toen ik wakker werd,' vervolgde ze, 'was iedereen weg en was het donker. Echt píkkedonker dus, hè? Zo donker dat ik niet kon zien waar de deur was, dat ik letterlijk geen hand voor ogen kon zien. En toen liet ik ook nog mijn aansteker vallen en kon ik die niet meer vinden en toen ben ik gewoon...' Haar schouderophalen liep uit op een rilling. 'Ik heb al van kleins af aan een gruwelijke hekel aan het donker. Mijn moeder heeft me een keer opgesloten in een eerdkelder en is me toen vergeten. Ze zei dat het voor mijn eigen bestwil was, dat er noodweer op komst was en dat het niet zo lang had geduurd als ik dacht. Maar ik weet gewoon dat ze me vergeten was. En ik heb úren in het pikkedonker gezeten. Uren.' Ze wreef over haar armen, die, net als haar benen, bijna onnatuurlijk lang en wit waren. 'Ik krijg nog steeds de rillingen van het donker.'

'Ik weet precies wat je bedoelt,' zei Peter.

'O ja?'

'Ja.'

De grote, zilverblauwe ogen van het meisje keken Peter onderzoekend aan. 'Ik geloof je.'

'Maar één ding snap ik niet. Wat is een eerdkelder?'

'Wat?' Ze schoot in de lach. 'O, sorry, áárdkelder, zo'n ondergrondse ruimte om voorraden op te slaan. Waar ik vandaan kom zeggen we "eerd".'

'En waar mag dat zijn? Die plek waar moeders kleine meisjes in kelders opsluiten?'

'Minnesota. Het land van de duizend meren.'

'En éérdkelders,' zei Peter overdreven. Hij meende nu te weten wat ze bedoelde. Hun kokkin Hilde had op het landgoed Charlottenburg, waar hij was opgegroeid, ook een donkere, ondergrondse ruimte gehad. Daar stonden honderden potten *Rotkraut*, spargel met dille en andere ingemaakte groenten. Die tientallen jaren van inmaken waren door één nachtelijk bombardement tenietgedaan, maar dat was wel de reden dat Peter dat zelf nog deed voor Masha's.

Het meisje hield hem haar lege glas voor. Peter schonk dat weer vol, net als het zijne. 'Op het ontsnappen aan het donker,' zei hij, en ze proostten.

'Waar kom jij vandaan?' vroeg ze. 'Niet uit The Bronx, vermoed ik.'

'Ik ben van lang geleden en ver weg,' antwoordde Peter. Het meisje keek hem met een opgetrokken wenkbrauw aan. Hij zuchtte. 'Europa.'

'Niet uit Frankrijk, volgens mij. Kom je uit...?'

'Duitsland.'

Het meisje ging iets rechter zitten. 'Van voor of na de oorlog?'

'Na. Nét.'

'Dat dacht ik al. Je accent...'

'En ik maar denken dat ik dat zo knap had weggepoetst.'

'O, dat is ook zo,' verzekerde ze hem. 'Dat hoor je nauwelijks. Het heeft meer iets te maken met je houding. Die is een beetje stijfjes, een beetje formeel.'

'Zoals een ober?'

'Zoals de man in die film, je weet wel...' Ze zocht ongeduldig naar de titel en knipte gefrustreerd met haar vingers. 'Die man met al die kinderen en dat fluitje? Je weet vast over welke film ik het heb.'

Hij schudde zijn hoofd.

'Volgens mij heb ik meer gedronken dan ik dacht. Afijn. Ben je ooit weleens... terug geweest? Mis je het?'

Alleen een Amerikaan, dacht Peter, en alleen een jónge Amerikaan kon zo'n vraag stellen. Miste hij Duitsland? Had zij op haar Amerikaanse school geen geschiedenisles gehad? 'Nee, nooit,' zei hij behoedzaam. 'En jij? Mis jij het land van de meren?'

Tot zijn verbazing begon de kin van het meisje te trillen en barstte ze in tranen uit. Ze vouwde een van haar lange armen uit over de bar, liet haar hoofd erop vallen en snikte het uit. 'Nee,' zei ze met verstikte stem. 'Helemaal niet. He-le-maal niet! Ik ben daar zo snel mogelijk weggegaan; ik moest er niet aan denken om net als al die andere vrouwen te zijn. Ze trouwen allemaal meteen na de middelbare school, als ze die al afmaken, en tegen de tijd dat ze net zo oud zijn als ik, zijn ze uitgedijd en hebben ze een permanent en zes kinderen! Ik ben mijn hele leven bezig geweest dat te vermijden!'

Al die ruim twintig jaar, bedoel je, dacht Peter. De rug van het meisje schokte. Ze was zo mager dat hij haar wervels door de witte stof van haar jurk heen kon zien, onder het maaswerk van zilverbrokaat. Haar jongenskapsel liep uit in een piepklein schalks kommaatje in haar nek. Hij stak zijn hand uit om haar te troosten, maar trok die toen weer terug. 'Maar nu ben je hier,' zei hij. 'Veilig, helemaal in New York.'

Ze draaide haar gezicht deels naar hem toe; haar wangen glommen en haar ogen waren gezwollen. 'Maar dat is het nou juist,' snikte ze, 'ik bén helemaal niet veilig. Niet nu Twiggy hier is.' Verse tranen stroomden over haar wangen. 'Daarom moest ik mijn haar zo laten knippen,' zei ze terwijl ze eraan trok, 'om te kunnen concurreren met de Britse invasie. Knap zijn is niet meer genoeg, of ruim op tijd komen voor elke reportage, of veertig kilo wegen met je schoenen aan. Je moet er ook nog vreemd uitzien. Dat is de nieuwe look! En dat kan ik niet! Dat ben ik niet! Ik kan niet concurreren met die afschuwelijk enge Peggy Moffitt of prachtige negerinnen als Donyale Luna. Er zijn de afgelopen week drie afspraken afgezegd. Straks word ik nog naar huis gestuurd om met een of andere *hik* boer te *hik* trouwen!' Ze huilde tranen met tuiten.

Peter wachtte en legde uiteindelijk toch zijn hand op haar rug. Hij voelde haar lichaamswarmte en ook haar wervels. Wat was ze dun. Er schoten twee dingen door zijn hoofd. Het ene was ergernis over het feit dat een vrouw zich zo moest uithongeren voor een carrière. Het andere was het beeld van vrouwen met net zulk kort haar, hoewel minder stijlvol gekortwiekt, en botten die ook zo uitstaken. Een van hen was, in het ontheemdenkamp in Bremerhaven waar Peter ook zat, gestorven na het eten van een hele chocoladereep die ze gekregen had van een goedbedoelende Amerikaanse soldaat. Wat zou Peter dit meisje graag door elkaar schudden, haar aan het verstand brengen wat echt belangrijk was, en haar crème brûlée, ganzenlever, brie voeren... Toch had hij ook bewondering voor haar, voor de volharding om op zo'n jonge leeftijd het ouderlijk huis te verlaten en naar een keiharde stad te gaan waar ze niemand kende, om fortuin te maken. In tegenstelling tot Peter had ze dat uit vrije wil gedaan en niet uit noodzaak. Als het al lang geleden was dat hij een vrouw had aangeraakt, afgezien van botsende ellebogen in de keuken of een vluggertje met een vreemde dat minder betekenisvol en net zo onontkoombaar was als niezen, dan moest het wel een eeuwigheid geleden zijn dat hij een vrouw tegen het lijf was gelopen met een ambitie die verder ging dan het aan de haak slaan van een knappe en vermogende echtgenoot.

Ooit zal ik de eerste vrouwelijke chef-kok in Berlijn zijn, in mijn eigen restaurant, zei een stemmetje in zijn hoofd. *O, Petel, denk je dat dat zou kunnen?*

Peter haalde zijn hand van de rug van het meisje. Die was ietwat klam. 'Nou moet je eens goed naar me luisteren,' zei hij. 'Ik heb die Twiggy ontmoet en geloof me, ze is een eendagsvlinder. Langer dan een paar maanden houdt ze het niet uit.'

Het meisje draaide haar gezicht opzij en knipperde met haar ogen. 'O, je bedoelt een eendagsvlieg.'

'Ja, dat is het. Zij is een modeverschijnsel, terwijl jij... Jouw uiterlijk is tijdloos.'

'Je bent *hik* veel te aardig,' zei ze automatisch. Ze kwam langzaam overeind en veegde haar gezicht af. 'Heb je Twiggy *hik* echt ontmoet? Waar?'

'O, gewoon hier. Zij en haar vriendinnen strijken als een sprinkhanenplaag neer in Masha's, bestellen alles van de kaart en eten er niets van op. Een kolossale voedselverspilling. En dan ook nog vlak voor sluitingstijd.'

Het meisje schoot in de lach. 'Ja, *hik* logisch dat ze niets eet. Dat mag ze *hik* niet. Dat hoort bij het vak.'

'Ze is erg onbetrouwbaar,' zei Peter stellig. 'Je hebt niets van haar te vrezen.' Hij stak zijn hand uit. 'Even niet praten. Zit stil.'

'Wa-*hik*-t?'

Achter de bar vulde hij een glas met water, schudde als een goochelaar een servet open, legde dat eroverheen en schoof het glas naar haar toe. 'Drink op. Alles. Door het servet heen.'

'Waa... *hik!*'

'Doe het nou maar.'

Het meisje deed wat haar gezegd was en keek hem over de rand van het glas heen aan. Haar lange, prachtige hals maakte slikbewegingen boven de bontkraag.

Toen het glas leeg was, applaudisseerde Peter. 'Zo, zie je nou wel?'

'Nee...' Maar toen sloeg ze een hand tegen haar keel. 'O, jawel! Het is weg. De hik. Hoe wist je dat?'

'Dat heeft mijn... Dat heb ik lang geleden geleerd van iemand die ik kende.'

'Nou, bedank haar maar namens mij. Het is echt een slimme truc.' Ze keek op haar horloge en gleed van de kruk. 'Het is al heel laat,' zei ze, 'en ik heb morgenochtend om acht uur een werkafspraak. Ik moet echt gaan.'

Ze was al bijna bij de voordeur toen Peter, die geschrokken was van haar abrupte aftocht, weer bij zinnen kwam en haar inhaalde. 'Wacht,' zei hij, 'je kunt nog niet weg.'

Ze keek hem argwanend aan. Hoewel Peter best lang was, waren haar ogen bijna op gelijke hoogte met de zijne. 'En waarom niet?'

'Je jas.'

Ze schoot in de lach. 'O. Natuurlijk.'

Hij haalde haar jas; de enige die nog in de garderobe hing, en die hij tijdens zijn inspectieronde blijkbaar over het hoofd had gezien. Het was een verzameling witbont die leek op een nest aan elkaar genaaide dwergkeeshondjes. Hij ging achter haar staan zodat ze haar armen erin kon steken. Het kledingstuk was langer dan haar minijurk, dus toen ze hem had dichtgeknoopt, leek het of ze alleen de jas en laarzen droeg. De illusie was betoverend, hij kon er zijn ogen niet van afhouden. Het meisje bleef bij de deur staan wachten.

Peter stak zijn arm langs haar heen om de deur van het slot te halen. Ze rook naar sigaretten en Chanel N°5, en daaronder naar iets wat leek op verse, gezouten boter. Haar zorgvuldig gemodelleerde bakkebaardjes liepen uit in puntjes. 'Ik denk niet dat ik je kan laten gaan,' zei hij.

'Pardon?'

'Niet in je eentje,' verduidelijkte hij. 'Ik wil je niet bang maken, maar er werd net voor van alles gewaarschuwd op het nieuws: plunderingen, mogelijke overvallen. Het is niet veilig om tijdens een stroomstoring in je eentje de stad in te gaan.'

'Ik red me wel.'

'Ik sta erop.'

Ze draaide zich helemaal om en Peter voelde haar warme en naar cognac ruikende adem op zijn gezicht. 'Je probeert me toch niet te verleiden, hè?'

'Absoluut niet,' zei hij. 'Een beetje misschien.'

Ze grinnikte. 'Ik wacht wel even op je.'

Ze bleef ingetogen staan terwijl Peter de kaarsen doofde en zijn eigen jas en sleutels pakte. Morgenvroeg zou hij de rommel op de bar wel opruimen. Hij pakte haar bontmouw en ze liepen samen de stoep op. Tot zijn verbazing besefte hij dat hij haar zonder kunstlicht kon zien. Hoewel het in elke uitgaansgelegenheid en winkel op 2nd Avenue net zo donker was als bij Masha's, hing er een vollemaan boven de getroffen stad, een gigantische witte bol als een rekwisiet uit een Broadwaymusical.

Peter trok het stalen beveiligingsrolluik naar beneden en deed dat op slot. 'Oké, hoe zorgen we dat jij thuiskomt?'

'Ik neem wel een taxi.'

'Dat dacht ik niet,' zei hij. Hoe langer ze buiten stonden, hoe vreemder de avond werd. Er reden geen auto's op straat, geen taxi's of bussen of fietsers. De enige beweging kwam van een groepje voetgangers dat zich als bedevaartgangers met kaarsen in de hand door de straat haastte. Het rook naar kou en metroroet buiten, en Peter bespeurde een vage brandlucht die uit de richting van Harlem kwam. 'Ik breng je wel naar huis.'

Het meisje schoot in de lach. 'Doe niet zo gek. Ik woon helemaal in The Village.'

'Nou, en?'

'Geen sprake van. Dat kan ik niet toestaan.'

'Dan loop ik met je mee naar het St. Regis. Daar staan vast taxi's.'

'Oké. Of anders het Plaza? Dan neem ik een koets!'

'Zo mag ik het horen,' zei Peter.

Hij bood haar weer zijn arm aan, maar net op dat moment kwam er dus wel een taxi de hoek om rijden waarvan het daklicht, net als alle andere lichten in de stad, niet brandde. Desalniettemin sprong het meisje de straat op en maaide wild met haar armen, waardoor haar jas en jurk omhoogschoven en haar jarretels te zien waren. Hij meende ook een flits van een lavendelblauw slipje te zien. De taxi kwam met gierende remmen tot stilstand.

Peter hield het portier voor haar open en zij vouwde zich naar binnen. Ze grijnsde naar hem. 'Bedankt voor alles.'

'Hoe heet je?' vroeg hij.

'June. June Bouquet.'

'Ach, kom nou toch,' hoorden ze de taxichauffeur zeggen.

'Hoezo?' zei June Bouquet verontwaardigd. 'Het is zo! Waar ik vandaan kom, spreken ze het uit als *bucket*.'

'Het past bij je,' zei Peter. 'June Bouquet. Lieftallig als de lente.' Hij gaf een klap op het dak van de taxi en die slipte weg. Peter keek hem na tot hij een hoek omsloeg en bleef staan waar hij stond, getroffen door een aantal eigenaardigheden: de roerloze donkere gebouwen die daar als de zwartgeblakerde muren na een luchtaanval nog stonden, de ontbrekende straatverlichting, kleuren, mensen en geluiden, en de gigantische vollemaan. June zelf, een boeket van tegenstellingen. Charmant en grillig, onbezonnen en angstig, jong en ambitieus, een model dat dronk als een zeeman. Zou ze echt zo heten? Had ze gelogen tegen Peter, was het haar artiestennaam? Het maakte niet uit. Het allervreemdst van deze avond was dat Peter voor het eerst sinds lange tijd, veel verder terug dan waar hij van zichzelf aan mocht denken, spijt had dat hij iemand had laten gaan.

2
Carnegie Hall

Nadat de gebruikelijke bedrijvigheid en betovering van de stad weer waren hersteld, had Peter die zaterdagavond iets wat hij zag als een verplicht nummertje: hij moest met zijn achteroom Sol en diens vrouw Ruth naar een concert in Carnegie Hall. Peter had Sol tot in den treure uitgelegd dat zaterdagavond de drukste avond was in het restaurant, maar Sol was niet alleen een begunstiger van Carnegie Hall – als Golden Circle Patron –, maar ook van Peter: Sol was Masha's enige investeerder en Peters zakenpartner. Dus draaide Peter mee met de eerste shift, ging toen terug naar zijn kantoortje en kwam daar weer uit in wat Lena zijn pinguïnpak noemde.

'Ga jij naar dierentuin?' schreeuwde ze boven het gesis van de schol in de koekenpan uit toen Peter door de achterdeur naar buiten probeerde te glippen. 'Welk pak heb je nog meer in kantoor? Clownpak? Pilootpak?' Peter beantwoordde het gejoel en gefluit van zijn personeel met een opgestoken hand. Ze vonden het heerlijk om hem te betrappen op de overgang naar wat zij zijn dubbelleven noemden.

Peter was maar ietsje te laat; voor het gebouw stond nog steeds een flinke menigte, die zich schuifelend naar de deuren begaf. De ademwolken van de elkaar begroetende mensen roken naar tabak. In Sols geval was dat een Cubaanse sigaar. 'Waar bleef je nou?' vroeg hij toen Peter uit zijn taxi stapte.

'Er waren maar heel weinig taxi's. Omdat het zaterdagavond is, denk ik.'

'Ach,' zei Sol, 'je moet gewoon wat assertiever zijn.' Hij beende weg om zijn sigaar uit te trappen in de goot.

'Bubbie,' riep Sols vrouw Ruth, 'kom eens gauw bij me!' Met haar piepkleine doch verrassend sterke handen pakte ze die van Peter vast en spreidde ze, om Peter eens goed te bekijken, alsof ze hem tientallen jaren niet had gezien in plaats van vorig weekend. 'Sja,' zei ze, 'nog steeds even knap. Mijn Peter, de filmster.' Ze gebaarde dat hij haar een zoen moest geven. Ruth was een opvallende verschijning: ze was kleiner dan anderhalve meter – en daar had de beginnende botontkalking misschien nog wel een centimetertje van afgetrokken – maar dat werd ruimschoots goedgemaakt door haar kapsel, dat getoupeerd was tot een kastanjebruine soufflé. Ze gaf Peter een flinke smakkerd op zijn wang en likte toen aan haar duim om de vlek die ze had achtergelaten weg te vegen. 'Ik heb je helemaal smoezelig gemaakt,' zei ze. 'Kijk eens wie we bij ons hebben! Art en Sylvia.'

'Hallo, Arthur,' zei Peter. Ook Sols partner Arthur Rabinowitz – die vermoedelijk vanwege zijn enorme, witte kunstgebit Choppers werd genoemd – en diens vrouw Sylvia zag hij minstens twee keer per maand.

'ALLES KITS, JOCHIE?' bulderde Choppers. Hij stak zijn met levervlekken bezaaide hand uit. Als je die schudde, was het net of je een grote, buigzame honkbalhandschoen vasthad. Tijdens Peters eerste jaar in Amerika, toen hij bij Sol en Ruth had gewoond, had Choppers geconcludeerd dat Peter doof was in plaats van dat hij een nieuwe taal leerde, een indruk die in de eropvolgende decennia blijkbaar niet was gewist.

'HOE IS HET LEVEN ALS KEUKENPRINSES?' Choppers moest vervolgens erg lachen om zijn eigen grapje. Hij was, net als Sol en Peters eigen overleden vader Avram, zo'n man die koken vrouwenwerk vond. Wat hem er overigens niet van weerhield om met Sol gratis te komen eten bij Masha's. 'HOE GAAN DE ZAKEN? NOG RECEPTEN GEJAT VAN DAT FRANSE MOKKEL?'

'Hou óp, Art,' fleemde Choppers' vrouw Sylvia, 'je maakt hem verlégen.'

Peter zette echter tot grote hilariteit zijn beste Julia Child-stem op en zei: 'Je moet gewoon héél veel rum gebruiken!'

'Wie had gedacht dat jij zo gráppig was,' zei Sylvia Rabinowitz. Ze was van top tot teen in vossenbont gehuld. Boven haar linkeroor bungelde zelfs nog het gemene kopje van het dier, dat vastzat aan haar tulband. Ze haalde een sigaret uit haar tasje van krokodillenleer, duwde die in een gouden houder en wachtte tot Peter hem aanstak. 'Dánk je, schat van een jongen,' zei ze terwijl ze rook uitblies. 'Wáár heb jij je toch verbórgen gehouden voor Sylvia? Zeker in die bístro van je.' Ze tuitte haar granaatappelrode lippen en keek hem met samengeknepen ogen aan. 'Fóéi. Je verdient bíllenkoek.'

'En kijk eens wie er nog meer is!' zei Ruth monter, terwijl ze zich tussen Peter en Sylvia manoeuvreerde om een jongedame in een crèmekleurige wollen cape en met bijpassende pillbox naar voren te schuiven. 'Peter, dit is het nichtje van Art en Sylvia, Rebecca Dannett.'

Nog een? De broers en zussen Rabinowitz moesten wel heel erg vruchtbaar zijn. Of het echtpaar had een beter verhaal nodig. Ze stelden Peter om de paar maanden aan een nieuw nichtje voor, iets waar Ruth altijd enthousiast samenzweerderig aan meewerkte. 'Aangenaam,' zei hij, terwijl hij haar de in een handschoen gestoken hand schudde.

'Hoe maakt u het,' zei juffrouw Rebecca. Althans, Peter dácht dat ze dat zei, haar lippen hadden in ieder geval bewogen. Qua jurk, gelaatstrekken en teint leek ze schrikbarend op de jonge weduwe van de vermoorde president, Jacqueline Kennedy, maar haar manier van spreken deed hem meer denken aan het hijgerige gefluister van Marilyn Monroe. Peter moest zich naar voren buigen om haar te kunnen verstaan.

'Pardon?' zei hij, waarbij hij zijn hand achter zijn oor hield.

'Ik zei dat u sprekend op de acteur Christopher Plummer lijkt,' fluisterde juffrouw Rebecca. Ze wierp Peter van onder puntige wimpers een verlegen blik toe. 'Ik hoop dat u het niet erg vrijpostig vindt dat ik dat zeg.'

'Helemaal niet,' zei Peter. Sinds de première van de film *The Sound of Music* afgelopen najaar was er inderdaad geen dag voorbijgegaan dat hij niet met de acteur vergeleken werd. Misschien had June Bouquet het over hém gehad tijdens de stroomuitval. *Die man met al die kinderen en dat fluitje.*

'Já, nu je het zégt,' zei Sylvia. Ze greep Peters rechterarm vast, hij kon haar nagels door zijn winterjas heen voelen. 'Als twéé druppels water. Misschíén moet iemand hem een úniform aantrekken.' Ze huiverde aanstellerig.

'Misschien kunnen we nu beter naar binnen gaan,' zei Ruth. Ze duwde Peter zachtjes in de richting van juffrouw Rebecca, aan wie hij zijn arm aanbood. Ze legde haar kinderhand lichtjes op zijn gebogen elleboog. Met Sylvia aan de ene kant en haar zogenaamde nichtje aan de andere baande Peter zich traag een weg naar de ingang, met Sol, Ruth en Choppers in hun kielzog.

'Pardon?' zei hij tegen juffrouw Rebecca, die weer iets had gefluisterd.

'Ik vroeg,' herhaalde ze toen ze de lobby binnenliepen, 'of u hem gezien hebt. De film. *The Sound of Music*.'

'Ah. Nee.' Iedereen had tegen Peter gezegd dat hij de film móést zien. Misschien was dat ook wel zo, maar hij was het niet van plan.

'U moet hem zien,' fluisterde juffrouw Rebecca. 'Hij is echt magisch. Heel inspirerend.'

'Dat heb ik gehoord, ja,' zei Peter, die haar uit haar cape hielp toen ze in de rij voor de garderobe stonden.

'Ze zeggen dat het gebaseerd is op een waargebeurd verhaal.' Nu richtte juffrouw Rebecca haar amandelvormige ogen wél volledig op Peter. Ze legde haar hand op haar boezem, die er, moest Peter toegeven, indrukwekkend uitzag onder de zuurstokroze avondjurk; als heuvels aardbeienpavlova. Om de een of andere reden moest hij opeens denken aan June Bouquet, hoewel zij geen decolleté had gehad om over naar huis te schrijven. Juffrouw Rebecca hield haar donkere hoofd scheef om de pin uit haar hoedje te trekken en wierp Peter een zijdelingse blik toe. 'Door de bergen vluchten voor de nazi's,' fluisterde ze. 'Ik kan me niet voorstellen hoeveel moed dat vergt! Maar... u kunt dat natuurlijk wel.'

'Eh, ja...' zei Peter onthutst, terwijl hij zijn jas en de buitenkleding van juffrouw Rebecca overhandigde en het bonnetje dat hij ervoor terugkreeg in zijn zak stopte. Het was hier erg benauwd met al die rook en parfum en lichaamswarmte. Die verdomde Ruth! Maar goed, voor hetzelfde geld was juffrouw Rebecca er via het artikel in *The New York Times* achter gekomen en niet via Ruth. Hoewel... eigenlijk was dat ook Ruths schuld geweest: zij had het verhaal over Peters tijd in nazi-Duitsland en het tragische verlies van zijn vrouw tijdens een benefietgala uit de doeken gedaan aan een nieuwe vriendin, die later de roddeljournaliste Liz Sutton bleek te zijn. Haar artikel had de belangstelling gewekt van de restaurantcriticus Craig Claiborne, die vervolgens een bezoek had gebracht aan Masha's. 'Ik ook met mijn grote mond,' had Ruth gezegd. 'Ik bedoelde er helemaal niets mee! Hoe kon ik nou weten dat dat aardige meisje voor een krant werkte?' Peter was laaiend geweest over het wereldkundig maken van zijn verleden, maar ergens was hij Ruth misschien ook wel dank verschuldigd, want bij het profiel dat de heer Claiborne over Peter had geschreven, hadden ook een recensie en Peters recepten voor brisket bourguignon en *tzimmes* gestaan. De recensie was lovend geweest en sindsdien was Masha's altijd volgeboekt.

De lichten dimden drie keer. 'Kom op, mensen, doorlopen,' zei Sol ongeduldig. Hij duwde andere concertgangers opzij die als vissen samenschoolden voor de ingang van de zaal. Sol was in alle opzichten pugilistisch, van zijn gedrongen bokserslichaam tot en met zijn manier van doen. Hij leek zo op Peters overleden vader dat ze broers hadden kunnen zijn in plaats van neven, iets wat Peter naargelang zijn stemming irritant dan wel troostend vond. 'Doorlopen,' herhaalde Sol. 'Ik heb volgende maand een benefiet dat gecaterd moet worden,' zei hij in het voorbijgaan tegen Peter. 'De Jonge Zionisten.'

'Prima,' zei Peter. Hij had het al lang geleden opgegeven uit te leggen wat gratis catering betekende voor het restaurant. Sol trok zich daar toch niets van aan. Hij zei dan alleen maar dat hij niet zo moest meieren en beter kon bezuinigen op het eten. Peter schonk daar geen aandacht aan en zo was de regeling, waar niemand iets aan had, beland in een soort status quo.

'Mijn assistente belt je nog voor de details,' zei Sol, toen ze de plaatsaanwijzer volgden naar hun rij.

'Gaan jullie jonkies maar naast elkaar zitten,' zei Ruth glimlachend tegen Peter, 'daar sta ik op.' Ze droeg een van haar gebruikelijke kaftans. Deze was van zilverlamé, kwam tot aan de grond en was bezaaid met glimmende stenen kraaltjes. Peter liet juffrouw Rebecca voorgaan en bleef toen tussen haar en Ruth staan tot alle dames hadden plaatsgenomen. Zoals altijd hadden ze weer uitstekende plekken: in het midden van rij vijf. Terwijl hij doelloos om zich heen staarde naar het plaatsnemende publiek, dat opgewonden kuchte en kletste, zag Peter opeens een jonge blondine op de eerste rij zitten. Ze had kort haar, een lange, blanke nek en blote schouders in haar witte mouwloze jurk. Peter rekte zich uit, hoewel iets hem zei dat June Bouquet hier eerder een concert van Bob Dylan zou bijwonen dan van Svjatoslav Richter.

Juffrouw Rebecca raakte zijn mouw aan en zei iets. Met enige weerzin ging Peter zitten. 'Pardon?' vroeg hij.

'Ik vroeg of u de heer Richter al eerder hebt zien optreden. Hij is echt geniaal.'

'Nou, toevallig wel,' zei Peter, 'we hadden het voorrecht om hier in mei aanwezig te zijn bij zijn Amerikaanse debuut.'

Juffrouw Rebecca glimlachte naar hem. Ze was echt erg knap met haar aardbeirode robe en zeer witte tanden, ze leek wel een levende petitfour. 'O, ik ben jaloers,' fluisterde ze. 'Daar had ik heel graag bij willen zijn. Ik hoor lang niet zo veel klassieke muziek als ik zou willen. Het is heel moeilijk om beschaafde mannen te vinden die het net zo waarderen als ik.'

Sylvia boog zich langs Ruth om Peter op zijn knie te tikken met haar programmaboekje. 'Ik heb gehoord dat Richters handen een bereik van ánderhalve octááf hebben,' zei ze.

'Héél handig,' zei Choppers. Hij lachte luidruchtig. 'Vat je het? Vooral bij de dames.'

'Ik heb gehoord dat hij een mietje is,' zei Sol.

'Sssj,' siste iemand achter hem. Iemand anders zei: 'Wérkelijk.' En toen doofde het zaallicht, glimlachte juffrouw Rebecca naar Peter – haar tanden lichtten op in het duister – en applaudisseerde het publiek dolenthousiast voor de pianist, die links uit de coulissen kwam en op een zeer zakelijke manier naar zijn Steinway op het midden van het podium liep.

Zodra Richter begon te spelen werd Peter bekropen door een ongemakkelijk gevoel. In eerste instantie dacht hij dat het aan de pianist lag: hoewel Peter wist dat Richter Russisch was en dat ook hij enorm had geleden onder de oorlog, deed zijn doodskopachtige gezicht, dat nog werd benadrukt door het toneellicht, Peter denken aan een zekere SS-sergeant genaamd Stultz... Peters ongemak werd echter ook veroorzaakt door wat de maestro speelde: de hakkende, tokkelende muziek werkte op zijn zenuwen, de tingelende dissonantie, de akkoorden die als meubelstukken over een trap naar beneden donderden. Dit was niet het stuk dat Peter het allermeest verafschuwde, het enige dat hij absoluut niet kon verdragen, maar toch... 'Is dit Prokofjev?' vroeg hij fluisterend aan juffrouw Rebecca, terwijl hij aan zijn kraag trok.

'Pardon?' mompelde ze.

'Ik dacht dat hij vanavond Rachmaninov zou spelen, niet Prokofjev.'

'Wat?'

'Sssj!' siste iemand achter hen. Peter stak een verontschuldigende hand op en wees naar het programmaboekje op juffrouw Rebecca's schoot. Hij was drijfnat en had het gevoel dat er over zijn hele lichaam mieren kropen. Toen Peter hier in mei met Sol en Ruth was geweest voor Richters debuutconcert had het personeel de airco uitgezet om te zorgen dat het publiek elke nuance in het optreden van de pianist zou horen. Daardoor had hij het gevoel gehad in een sauna te zitten, maar dit voelde minstens twee keer zo erg.

Juffrouw Rebecca gaf Peter haar programma en dat bevestigde dat Richter pianosonate nr. 2 van Prokofjev opvoerde. Peter greep zijn armleuningen vast. 'Gaat het wel?' vroeg juffrouw Rebecca. Haar mooi gemanicuurde hand daalde neer op die van Peter.

'Neem me niet kwalijk, maar ik moet even wat frisse lucht hebben,' zei Peter. Hij kwam overeind en schoof half gebukt langs de anderen in zijn rij, waarbij hij probeerde geen knieën of tenen te raken. Hij geneerde zich dood, maar hij was wanhopig. Eindelijk was hij op het gangpad. Hij liep zo snel mogelijk naar de uitgang om het optreden niet nog meer te verstoren.

In de lobby trok hij met een ruk zijn stropdas los, maakte het bovenste knoopje van zijn overhemd open en slaakte een enorme zucht van opluchting. Iemand van het personeel haastte zich naar hem toe. 'Gaat het wel, meneer?'

Peter wimpelde hem af. 'Ja hoor, dank u.' Hij liep naar de bar en vroeg om een glas water, dat hij in één teug leegdronk. Vervolgens bestelde hij een dubbele cognac, die hij meenam naar het herentoilet. Het personeelslid wierp een blik op Peters glas, maar deed verder niets.

In de toiletruimte trok Peter zijn smokingjasje uit en legde het opgevouwen op de plank tussen de wastafels. Ja hoor, zijn smokinghemd was drijfnat. Het plakte aan zijn huid en het hemd eronder was duidelijk te zien. Peter haalde zijn gouden manchetknopen met een M erop uit de boorden, stopte die in zijn broekzak en trok zijn smokinghemd uit. Met een paar papieren handdoekjes depte hij zichzelf zo goed en zo kwaad als het ging droog. Zijn hemd was nog steeds doorweekt, dus hij pakte het vast en wapperde het heen en weer. Dat moest voldoende zijn, want hij zou het nooit in een openbare gelegenheid uittrekken. Peter dronk de helft van zijn cognac op en bespatte zijn gezicht met koud water. Vervolgens zette hij zich met zijn handen schrap op de wastafel en bekeek emotieloos zijn bleke, druipende spiegelbeeld. Het was altijd een verrassing voor Peter om die kerel met zijn geprononceerde kaaklijn, uitgebalanceerde gelaatstrekken en golvende gouden lokken in een spiegel te zien. 'Mijn eigen filmster,' zei Masha vroeger altijd plagend, 'mijn Buster Crabbe, mijn Van Johnson!' Dat was een belachelijke vergelijking, een geintje. Als Peters binnenkant zijn uiterlijk had bepaald, zou hij eruit hebben gezien als een Picasso. Als de *Guernica*.

Hij stond zijn smokinghemd uit te kloppen om dat weer aan te trekken toen hij naderende stemmen en voetstappen hoorde. Was het nu al pauze? Omdat hij niet het risico wilde lopen Sol of Choppers of een willekeurige wederzijdse kennis tegen te komen die een gemakkelijk vertrek in de weg zou kunnen staan, nam Peter zijn kleren en de cognac mee naar de achterste wc. Hij hing zijn overhemd en jasje aan het haakje op de deur, deed de bril naar beneden en ging zitten wachten terwijl zijn seksegenoten hun sanitaire stops maakten. Het galmde van de stemmen in de ruimte, met op de achtergrond het geruis van water, ritsen die open en dicht werden getrokken, wc's die werden doorgespoeld en andere geluiden die Peter tijdens zijn jaren van gedwongen samenwonen goed had leren buitensluiten. Hij hield zijn horloge in de gaten en nam slokjes van zijn Courvoisier. Eigenlijk was het een belediging om die op deze plek te drinken, maar het was beter dan te moeten voldoen aan verplichtingen waar hij helemaal geen zin in had. Juffrouw Rebecca bijvoorbeeld, hoe aardig zij dan misschien ook was. Of het verdragen van Prokofjev... Dat was echter zijn eigen schuld. Peter had gewoon vooraf moeten informeren naar het programma, zoals hij meestal deed. Hij had nooit van moderne componisten gehouden, ook vroeger niet. Masha was degene geweest die er dol op was. 'Saai burgermannetje dat je er bent,' had ze lachend uitgeroepen vanwege Peters voorkeur voor Bach en Brahms, 'straks ga je me nog vertellen dat je niet van jazz houdt!'

Peter leunde met zijn rug tegen de koude metalen wand en paste de techniek toe die onwelkome gedachten het beste op afstand hield: hij maakte de inventaris op, zette op een rijtje wat er op voorraad was in het restaurant en wat hij komende maandag zou moeten bestellen. Vijfentwintig kilo uien. Vijftig kilo sjalotten. Een mud aardappels. Fingerlings waren het meest gangbaar dit seizoen, maar misschien kon hij Yukon Gold krijgen bij die boerderij in Patchogue? Als hij toch naar Long Island ging, kon hij net zo goed helemaal naar Montauk rijden voor zee- en blauwbaars. En pompoenen. Peter was daar geen liefhebber van, hij vond ze melig en flauw, maar misschien kon hij zijn tzimmes een keer maken met eikelpompoen of zelfs met flespompoen...

'Hé, kerel, ben je in slaap gevallen, of zo?' vroeg iemand die aan Peters deur rammelde.

'Sorry,' zei Peter, 'ik ben niet lekker.' Hij nam nog een slokje cognac.

Tegen de tijd dat de stroom aan pauzebezoekers weg begon te ebben, had hij het menu voor de komende week – inclusief een pruimen-cranberrytaart – in zijn hoofd zitten. Net toen hij zijn smokinghemd wilde pakken, hoorde hij Sol boven het geluid van de hendel van de papierenhanddoekjesmachine uit tegen iemand praten, waarschijnlijk Choppers.

'... qua techniek heeft hij best gogme, maar al die ophef begrijp ik niet.'

'O nee?' Ja, dat was absoluut Choppers. 'Ik vind die kerel meesterlijk.'

'Ach,' zei Sol, 'als het dan een Rus moet zijn, zou ik altijd voor Horowitz gaan. Dát is pas een vertolker.' Dat werd gevolgd door: 'Hé, zijn er geen handdoekjes meer?'

'Het spijt me, meneer.' Dat was waarschijnlijk de toiletjuffrouw.

'Attenoje,' zei Sol, 'dan druip ik wel als een schlemiel op mijn hemd. Trouwens, leuke nicht heb je vanavond meegebracht.'

'Ja? Vind je? Je mag haar hebben. Volgens mij was dat gassie niet echt onder de indruk.'

'Ik ga niet eisjedies, dat weet je,' zei Sol, 'maar als dat wel zo was: huppeta! Ze is om op te eten. En wat mijn kleine neefje betreft: vat het niet persoonlijk op. Hij steekt zijn snikkel alleen in sjikses.'

'Ja, dat heb ik gehoord,' zei Choppers, 'maar Ruth zei dat ik het moest blijven proberen. Wat is dat toch met hem?'

'Ach,' zei Sol filosofisch, 'zo is hij altijd geweest. Bij sommige kerels is het als een ziekte. Zijn vrouw was ook niet Joods, weet je. Die zag eruit als zo'n propagandaposter van de nazi's, met vlechten en alles.'

'O ja, die door de nazi's is vermoord,' zei Choppers. 'Een triest verhaal. Maar toch... Je zou denken dat hij nu weleens een andere smaak wil proberen...' Hun stemmen stierven weg. 'Alsjeblieft, dame, een dollar. Niet in één keer uitgeven, hè?'

De toiletjuffrouw bedankte hem, Peter hoorde de deur opengaan en toen vroeg Choppers, alsof het hem opeens te binnen schoot: 'Hé, waar is hij eigenlijk gebleven?'

Peter nam de bestelling van het vlees nog een keer door terwijl hij zijn smokinghemd dichtknoopte. Dertig piepkuikens, achttien kilo biefstuk en... Zou George onthouden hebben dat hij de eendenborst voor hem apart moest zetten? Peter trok zijn jasje aan. Dat was vochtig maar acceptabel, alsof een overijverige wasvrouw er te veel water op had gesproeid tijdens het strijken en vervolgens was weggelopen. Afgezien van de toiletjuffrouw in haar afgescheiden hokje was het herentoilet weer verlaten. Peter dacht aan wat Sol had gezegd. Niet alles wat zijn achteroom vertelde klopte – sterker nog, volgens Peter had hij het vaak bij het verkeerde eind – maar in twee dingen had hij gelijk: Horowitz was inderdaad een veel kleurrijkere Russische pianist, en hoewel Peter slechts seks had als dat nodig was – en dan bovendien snel, in het donker of volledig gekleed en bij voorkeur staand – met stewardessen, serveersters (niet die van hemzelf) en andere knappe vreemden die hij nooit meer zou zien, leken dat inderdaad altijd niet-Joodse vrouwen te zijn. Dat was echter eerder toeval of onbewust dan opzettelijk.

Dit deed Peter weer aan June Bouquet denken en dat was helemaal niets voor hem. Waarom dook zij steeds in zijn gedachten op? Hij gaf de toiletjuffrouw een briefje van vijf uit zijn geldclip, stak toen een vinger op omdat hij opeens dacht aan zijn lege glas en pakte dat van de wastafel. Ook hier reageerde de vrouw onbewogen op. 'Dank u, meneer,' zei ze. 'Fijne avond verder.'

'U ook,' zei Peter. Hij bevestigde zijn manchetknopen en liep het toilet uit. In de lobby stond juffrouw Rebecca in haar stijlvolle avondjurk geleund tegen een muur op hem te wachten.

'Ik hoop dat u het niet erg vindt,' zei ze. 'Ik wilde zeker weten dat u niets mankeerde.'

'Dat is zeer attent,' zei Peter, 'maar niet nodig. Ik heb gewoon hoofdpijn. Ga alstublieft de zaal weer in, anders mist u het tweede gedeelte van het programma.' Hij wilde de deur voor haar opendoen, maar juffrouw Rebecca legde haar hand over de zijne op de koperen deurklink.

'Ik denk dat ik het wel snap.' Ze keek hem van onder haar wimpers met knipperende ogen aan. 'Ik heb zelf ook niets met Prokofjev. Het is zo dissonant. Irritant. Het werkt op mijn zenuwen.'

'Volgens mij is dat ook de bedoeling.'

'Maar waarom zou je dat willen?' Juffrouw Rebecca schuifelde langzaam naar hem toe. 'Als je voor hetzelfde geld Brahms kunt krijgen? Of Beethoven? Waarom zou je je ongemakkelijk willen voelen als je kunt luisteren naar iets romantisch?'

'Geen idee,' zei Peter. Hij weerstond de neiging om op zijn horloge te kijken. 'Maar ik dacht dat er na de pauze Ravel...'

'Weet u waar ik nog meer een hekel aan heb?' fluisterde juffrouw Rebecca. 'Aan gekoppeld worden.'

Peter glimlachte. Voor het eerst voelde hij oprechte genegenheid voor haar. 'Ik vermoedde al dat u niet echt Arthurs nichtje bent,' zei hij.

'Ik ben zijn mondhygiëniste.'

'Aha.' Dat verklaarde haar prachtige gebit.

'Meestal ga ik niet op dit soort dingen in.'

'Het lijkt me ook niet dat u dat hoeft te doen.'

Ze keek hem glimlachend aan. 'Dank u, u bent erg aardig. Dat had Ruth me al verteld. En ik vermoedde dat u die man uit dat artikel in de *Times* moest zijn. Ik kan me nog goed herinneren dat dat gepubliceerd werd...'

O, dacht Peter, daar gaan we weer...

'Het is niet wat u denkt,' zei juffrouw Rebecca alsof ze zijn gedachten kon lezen. 'Ik ben niet als al die andere meisjes, die alleen maar op zoek zijn naar een succesvolle echtgenoot. Hoewel ik dolgraag een keer uw restaurant zou willen zien. Pasha's, toch?'

'Masha's.'

'O, zoals de Russian Tea Room? Die vind ik geweldig.'

Peter verborg een grimas. Dat restaurant was als een likdoorn, zijn grootste concurrent in alles, behalve de nationaliteit van de keuken. 'Zoiets, ja,' zei hij.

'Uw restaurant is ongetwijfeld oneindig veel aantrekkelijker. En ik heb bewondering voor wat u gedaan hebt, dat u het opgedragen hebt aan... een geliefde die gestorven is.'

'Dank u,' zei Peter. Hij begon weer te transpireren. 'Maar echt hoor, juffrouw Dannett...'

'Rebecca,' verbeterde ze hem. 'En laten we elkaar alstublieft tutoyeren.' Ze hief haar kleine, hoekige kin, zodat ze hem recht in de ogen kon kijken. 'Ik was verloofd,' zei ze met iets meer kracht dan tot nu toe. 'Heeft Ruth dat verteld?'

'Nee,' zei Peter.

Juffrouw Rebecca knikte. 'Met mijn vriendje van de middelbare school. We zouden afgelopen najaar gaan trouwen in de Briar Rose Club, maar toen kreeg hij een ongeluk. Een dronken automobilist knalde tegen zijn auto aan op Post Road. Dus.'

Peter boog zijn hoofd. 'Wat verschrikkelijk,' zei hij. En dat meende hij, ook al was het het abstracte medeleven voor een vreemde. Er waren zo veel mensen op de wereld die het zwaar hadden.

'Dank je,' zei juffrouw Rebecca. Dapper rechtte ze haar schouders. Haar ogen glommen. 'Ik denk dat ik meer met je gemeen heb dan de meeste andere "nichtjes": ik weet hoe het voelt om een geliefde te verliezen. Maar ik denk dat je soms gewoon de sprong moet wagen. Het opnieuw moet proberen.' Ze ging op haar tenen staan en kuste Peters wang. En net toen hij een beetje van de verbazing bekomen was, verplaatste ze haar lippen vastberaden naar zijn mond.

Peter probeerde niet te zuchten. Hij wilde niet respectloos zijn, maar de enige sensatie die het bij hem opriep was de smaak van haar lippenstift. Niet dat ze onaantrekkelijk was, of dom, onbeschaafd, onaangenaam, oppervlakkig of onaardig; ze leek absoluut het tegendeel van dat alles te zijn, en Peter was ook best onder de indruk van haar brutaliteit. Maar de afgelopen twintig jaar had hij niets anders gedaan dan uitgerekend zóiets vermijden, een situatie die zou leiden tot vastigheid, onderhandelingen en verplichtingen. Een bruiloft op de Briar Rose Country Club. Een huis in Mamaroneck of Rye en elk weekend op bezoek gaan bij Sol en Ruth. En natuurlijk kinderen.

Peter stapte achteruit. Juffrouw Rebecca keek hem bedrukt aan. 'Te snel?' vroeg ze.

Hij legde zijn handen op haar schouders. 'Luister, je lijkt me een schat van een jongedame. En ik vind het echt heel erg wat je overkomen is. Maar dit is niets voor mij.'

Juffrouw Rebecca knikte en vroeg fluisterend: 'Ben je...?' Ze maakte er een subtiel polsgebaar bij. 'Ik hou mijn mond.'

Peter glimlachte. Hij had weleens overwogen mensen gewoon in de waan te laten dat hij homoseksueel was. Dat hij werkte in een keuken, vrouwenwerk deed, zoals Sol dat noemde, hielp daarbij. Maar het zou Ruths hart breken. Bovendien betwijfelde Peter of ze haar koppelpogingen dan wel zou staken. Waarschijnlijk zou ze gewoon elders kandidaten vandaan halen. 'Dat is het niet,' zei hij. 'En het ligt ook niet aan jou. Ik kan gewoon niet...'

Juffrouw Rebecca keek beduusd, maar opeens klaarde haar gezicht op. 'O!' Ze sloeg haar hand voor haar mond. 'De oorlog zeker?' Ze wierp een blik op Peters smokingbroek.

'Pardon?' zei Peter.

Juffrouw Rebecca ging weer op haar tenen staan om hem op de wang te kussen. 'Zeg maar niets meer, ik heb *En de zon gaat op* gelezen. En ik heb de film ook gezien.' Ze schonk Peter een intens meelevende blik. 'Arme, árme man. Maak je geen zorgen. Je geheim is bij mij veilig.' En met enigszins vochtige ogen liep ze door de deur de zaal in.

Peter bleef staan waar hij stond en liet dit even bezinken. Vervolgens schoot hij in de lach. 'Goh!' zei hij. Hij hoopte dat juffrouw Rebecca zich aan haar belofte zou houden en haar misvatting voor zich zou houden; hij hoefde echt niet als een impotente castraat door het leven te gaan. Maar het was een opluchting om de rest van de avond voor zichzelf te hebben.

Peter haalde zijn jas bij de garderobe, vertelde hoe juffrouw Rebecca eruitzag en liet het bonnetje achter, zodat zij haar spullen straks ook terug kon krijgen. Toen hij naar buiten liep dacht hij aan wat ze gezegd had. Ruth had hem een vergelijkbare boodschap meegegeven toen hij net in Amerika was en ze hem erop had betrapt net te doen of hij veel minder begreep van het Engels van zijn dates dan hij in werkelijkheid deed. 'Dat begrijp ik best hoor, Bubbie,' had ze gezegd. 'Het kost tijd om te helen, hè? Maar ondertussen... moet je wel een beetje leven.'

Om welke reden dan ook kwam dit advies nu op een nieuwe manier bij Peter naar boven. Hij liep 57th Street in en sloeg links af naar 7th Avenue. Hij had zijn jas open en ademde diep de ijskoude lucht in, die rook naar ijzeren roosters en stoom – het was verkwikkend. Hij zag een rijtje openbare telefoons en daarachter de Carnegie Deli. Na het telefoontje zou hij daar een broodje halen, besloot hij. Hij rammelde opeens van de honger.

Bij de dichtstbijzijnde vrije telefoon haalde hij zijn portefeuille tevoorschijn, gooide een kwartje in de gleuf en draaide het nummer van een stukje papier dat hij sinds de dag na de stroomstoring bij zich had gedragen, toen hij gebeld had met Ford Agency zodra er weer stroom was. Juffrouw Bouquet was op reportage, was hem verteld, en ze gaven geen privégegevens van hun modellen door. Maar toen Peter zijn naam noemde en had laten doorschemeren dat hij overwoog June in te huren voor een groots opgezette reclamecampagne, had de receptioniste hem een nummer gegeven in Greenwich Village. Die June Bouquet had dus inderdaad iets van een bohemienne, was wel degelijk de vrije geest die ze geleken had. Peter glimlachte en tikte tussen het overgaan van de telefoon door met zijn voet op de grond, totdat er aan de andere kant van de lijn iemand opnam.

'Hallo?' zei June.

3
Larchmont

Toen Peter het restaurant verliet stond June rokend op de stoep op hem te wachten. Hij hield de bruine papieren tas omhoog waar MASHA'S op gedrukt stond. Die had hij zelf ontworpen voor alle gasten die eten mee naar huis wilden nemen. 'Een toetje,' zei hij, 'en brood en kaas. Kom, laten we snel gaan, voordat ze straks opeens niet meer zonder me kunnen of ik van gedachten verander.'

'Afgesproken,' zei June. Ze doofde haar sigaret onder de punt van een plateauzool. Haar laarzen hadden vandaag, net als haar met bont gevoerde leren jack, de kleur van ossenbloed. Ter ere van de herfstvakantie, nam Peter aan. Het was een prachtige ochtend, koud maar zonnig, en hun adem vormde wolkjes die zich vermengden terwijl Peter een taxi aanhield.

Het verkeer króóp richting Grand Central, stond vast vanwege de parade. Boven Central Park wachtten gigantische luchtballonnen in de gedaante van tekenfilmhonden en -muizen op toejuichingen in de stad. Wat is dit toch ontzettend Amerikaans, dacht Peter. Alleen in dit bizarre, uitbundige, kinderlijke land vierden mensen op deze manier dat ze genoeg te eten hadden. Maar vandaag voelde hij zich een van hen. Nou ja, bijna. Hij had het gevoel dat hij spijbelde nu hij voor het eerst in tien jaar zijn restaurant aan de zorg van zijn souschef had toevertrouwd. Vandaag zou Lena toezien op de bereiding en het opdienen van het speciale menu: fazant met gekaramelliseerde zoete aardappels, spruitjes met geschaafde amandelen, appel- en perentaart. June legde haar hoofd op zijn schouder en geeuwde. Het was de avond ervoor nogal laat geworden bij El Morocco, dat zij ElMo noemde, en vandaag nam Peter haar mee naar het huis van Sol en Ruth voor het thanksgivingdiner.

Achter Peters raampje gleed Junes ruim drieënhalve meter hoge, met zilververf bespoten gezicht omhuld door een astronautenhelm voorbij op de zijkant van een bus. Hij kneep in haar knie. 'Kijk, daar ben je weer,' zei hij. 'Je bent alomtegenwoordig.'

June tilde haar hoofd op om te kijken. 'O ja, die. Het heeft dagen geduurd voor die glimmende troep van mijn gezicht was. Ik voelde me net de blikken man uit *The Wizard of Oz*.' Ze stak haar hand uit naar de papieren Masha's-tas waaruit een *ficelle* stak, een stokbrood dat bijna net zo dun was als June zelf. 'Mag ik?'

'Natuurlijk, maar waarom heb je in het restaurant niets gegeten, gansje?'

'Toen had ik geen trek,' zei June. 'Bovendien wilde ik daar weg voordat die Lena me kon villen. Ze kijkt me altijd aan alsof ze gehakt van me wil maken.'

'Doe niet zo gek,' zei Peter, hoewel het klopte dat Lena geen warme gevoelens koesterde voor June, dingen mompelde als *blyad* en *tupa shlyukha* – respectievelijk 'hoer' en 'stomme hoer' – en altijd in de deuropening van de keuken ging staan als June in het restaurant was, om met overdreven veel vertoon haar mes te slijpen. Peter gaf het brood aan June, die het puntje ervan afknabbelde. Peter keek weer door zijn raampje: buiten was Junes buitenaardse gezicht vervangen door dat van een zeer oude zwarte vrouw. Vanaf de zijkant van een taxi staarde ze hem stoïcijns als een orakel aan. Peter wist dat June maar heel weinig mocht eten om slank te blijven voor haar werk, maar het zat hem toch dwars.

June gaf het brood aan hem terug. 'Ik ben zenuwachtig. Moet ik zenuwachtig zijn?'

Zeker weten, dacht Peter. 'Natuurlijk niet,' zei hij.

'Denk je dat ze me aardig vinden?'

'Waarom niet?'

'Hoe zie ik eruit?' June knoopte haar leren jas open. Daaronder droeg ze een jurk van goudbrokaat, die hoger gesloten en iets langer was dan haar gebruikelijke mini-jurkjes. Deze kwam tot halverwege haar bovenbeen.

Peter streek zijn hand over haar knie. 'Met zulke benen kan het je toch niets schelen wat mensen ervan vinden?' Hij boog zich naar haar toe en kuste haar. Haar adem rook naar brood, sigaretten en de alcohol van de avond ervoor. June nam Peters gezicht tussen haar handen en trok hem naar zich toe. Ze kromde haar rug als dat nieuwerwetse speelgoed van ijzerdraad, een Slinky. Ze was de flexibelste vrouw die Peter ooit had ontmoet en hij vroeg zich af of dat kwam omdat ze zich voor haar werk in allerlei bochten moest wringen, of omdat ze gewoon zo gebouwd was. Hoe dan ook, hij was er blij mee.

'Nokken, mensen,' zei de taxichauffeur. 'We zijn er.'

In de hal van Grand Central kocht Peter kaartjes en raadpleegde het bord: ze hadden nog een kwartier tot de volgende trein naar Larchmont zou vertrekken. Ergens speelde iemand Vivaldi op een viool en wit zonlicht viel schuin door de hoge ramen naar binnen. Heel even had Peter het gevoel in de zevende hemel te zijn. Daar was hij niet op voorbereid. Het was jaren geleden. Hij sloot zijn ogen en draaide zijn gezicht naar het licht. 'Ik heb hier vroeger gewerkt,' zei hij tegen June.

'Dat meen je niet. Als wat? Kaartjesverkoper?'

'Nee, gansje,' zei hij, 'dáár,' en hij knikte naar de Oyster Bar.

'Getver, oesters, slijmerig.' June huiverde.

June smaakte zelf naar verse oesters uit de Sound, dacht Peter, *blue points of peconic pearls*. 'Dan heb je alleen maar slechte gegeten,' zei hij. 'Zodra we weer in de zaak zijn, zal ik daar verandering in brengen.'

'Eerlijk gezegd heb ik er nog nooit een gegeten.'

Hij schoot in de lach. 'Hoe weet je dan dat je ze niet lust?'

'Dat weet ik gewoon.' June pakte zijn elleboog en ze kuierden door de enorme hal. 'Hoe lang heb je daar gewerkt?'

'Niet zo lang,' zei Peter naar waarheid. 'Het was mijn eerste baantje in dit land, na...' Zijn stem stokte. Hun voetstappen galmden met al die andere in deze overwelfde ruimte, waar ook het gefladder van vogels die niet meer weg konden en een continu geroezemoes te horen waren. Even liet Peter zijn fantasie de vrije loop en bedacht dat de speciale akoestiek hier ook diende om de tijd vast te houden, dat elke ziel die hier gepasseerd was, elk moment dat hier verstreken was, onder het hoge dak werd bewaard, waar ze zich vrijelijk mengden. Toen dacht hij terug aan die jongen van toen, die halverwege de twintig was, amper Engels sprak, elke ochtend wakker werd in het huis van Sol en Ruth en op het moment dat hij zich herinnerde waar hij was, dood wilde zijn. De jongen die Sols aanbod – eigenlijk was het meer een eis – om bij het advocatenkantoor te komen werken had afgeslagen en in plaats daarvan solliciteerde op het eerste baantje dat hij zag toen hij uit de trein was gestapt. De jongen die vervolgens was ontslagen vanwege de tatoeage op zijn onderarm, het smalle strookje groenige cijfers dat zijn omhooggeschoven mouw had onthuld en de vermogende gasten van streek had gemaakt, die jongen was er niet meer. Peter had hem twintig jaar achter zich gelaten en daar had hij hard voor gewerkt. Toch kon Peter die jongen heel even voelen, zijn peilloze angst, de hopeloosheid en naargeestigheid van die tijd.

'Wat is er gebeurd?' vroeg June. 'Vond je het niet leuk?'

'Ik kon wat anders krijgen,' zei Peter. 'En ik heb een beetje gereisd, van hot naar her en terug. Het doet er niet toe. Het is lang geleden.' Hij nam haar gezicht tussen zijn handen en kuste haar. Andere reizigers scheerden rakelings langs hen heen en boven hen hoorde hij duiven koeren. 'Het gaat om vandaag.'

'Nu je het zegt, ik moet bloemen hebben voor de gastvrouw,' zei June. Ze sleepte hem mee naar een kiosk, waar een witte emmer met in cellofaan verpakte bloemen voor stond. June dubde te midden van de chrysanten en leek de tientallen replica's van haar gezicht – met speels getuite lippen rond een pepermuntstok op de cover van het decembernummer van *McCall's* – niet te zien. Peter had haar een keer gevraagd of ze zich daar echt niet van bewust was. June had toen geantwoord: 'O god, nee.' Ze kon er helemaal niet naar kijken, werd gek als ze concurrentes als Jean Shrimpton of Peggy Moffitt op andere covers zag staan. Soms schermde ze letterlijk haar ogen af, met een hoed of een hand, als ze langs kiosken liepen. 'Ik neem... deze,' zei ze, en ze pakte een roestkleurig boeket. Vervolgens moesten ze een sprintje trekken om de trein te halen.

Ze hadden geluk en vonden nog twee stoelen naast elkaar; het was niet zo druk als op een normale werkdag, wanneer er rijen mannen met hoeden in de trein zaten, hoewel er toch nog meer dan genoeg mensen onderweg waren op deze feestdag. Peter bood June de stoel bij het raam aan, waar ze zich schijnbaar onbewust van de nieuwsgierige blikken die ze trok – van zowel mannen als vrouwen – op nestelde. Voor Peter was dat nog steeds iets waar hij aan moest wennen, haar beroemdheid die op hem afstraalde. De schaarse keren dat hij in dit land was uitgegaan, had hij altijd een knap meisje aan zijn arm gehad; sommige waren zelfs beeldschoon. Maar er was nooit een meisje geweest dat kon tippen aan June met haar lengte en jongensachtige kapsel, haar opzienbarend verfijnde, lelieblanke gezicht, haar minijurkjes en verzameling knielaarzen met plateauzolen in alle kleuren. Ze was, zoals de koks bij Masha's zeiden, een lekkertje.

Schokkend kwam de trein in beweging. Peter werd een beetje duizelig, omdat ze eerst, in vergelijking met de treinen naast hen, achteruit leken te gaan. Maar eenmaal in de tunnel kwam de vaart erin. Zoals altijd dacht Peter dat je je zo moest voelen vlak voor je dood: razend door een donkere ruimte met een snelheid waarvan je oren dichtklapten, zwevend tussen de ene plek en de andere.

Ze kwamen weer buiten in de opeengepakte woonwijken van The Bronx; Manhattan dook in een miniatuurversie op aan Peters rechterhand. June leunde over zijn schoot om ernaar te kijken. 'Ik word die skyline nooit zat.' Zachtjes neuriede ze: *If I can make it there, I'll make it anywhere.* Toen liet ze zich achterovervallen en haalde haar Marlboro's tevoorschijn. 'Soms lijkt het allemaal nog steeds een droom,' zei ze.

'Ik weet wat je bedoelt.' Peter gaf haar een vuurtje.

Ze rookte peinzend. 'Ik word elke nacht wakker in de overtuiging dat het allemaal als een zeepbel uit elkaar zal spatten. Welbeschouwd heb ik hooguit een jaar, misschien twee, voor ik weer terug moet naar Minnesota.'

'Ja, naar je boerenechtgenoot, je zes kinderen en je permanentje.'

June wierp Peter een zijdelingse blik toe. 'Wil je het alsjeblieft nog een keer zeggen? Gewoon voor mijn gemoedsrust?' Ze hadden nu al een ritueel vraag-en-antwoordspel.

'Dat hoef je nooit te doen,' zei Peter.

'Nooit?'

'Nooit.'

'Ook niet als ik uitgezakt en uitgedijd ben en de hele dag bonbons zit te eten?'

'Dan al helemaal niet. Daar zorg ik voor.'

'O,' zei June, 'wat ben je toch een schat van een man.' Ze doofde haar sigaret in de asbak, sloeg een been over dat van Peter, nam zijn gezicht tussen haar handen en zoende hem zo lang dat het gekuch van de conducteur die de kaartjes kwam controleren er pas een eind aan maakte.

'O, hallo,' zei June. Ze ging weer op haar plek zetten en overhandigde haar kaartje. 'Neem me niet kwalijk, ik ga even mijn lippen stiften. Deze meneer hier heeft er een rommeltje van gemaakt.' Ze schoof langs de conducteur naar het gangpad en liep heupwiegend de wagon door. Iedereen, inclusief de conducteur en Peter, keek haar na.

'Mazzelaar,' zei de conducteur.

'Zeg dat wel,' antwoordde Peter. Hij keek door het raam; strepen zonlicht en schaduw gleden afwisselend over zijn gezicht. De wirwar van snelwegen, de schijnbaar duizenden auto's, de bakstenen gebouwen van drie en vier verdiepingen met hun graffiti en reclameborden bij elke halte: CUTTY SARK, LUCKY STRIKE, BAN DE BOM, CHEVY, COCA-COLA, FUCK 'NAM! Peter bedacht hoe anders die waren dan de affiches uit zijn jeugd: EIN VOLK, EIN REICH, EIN FÜHRER! bijvoorbeeld, of DER JUDE: KRIEGSANSTIFTER, KRIEGSVERLÄNGERER – oorlogsaanstichter, oorlogsverlenger. En in Berlijn was ook geen sprake geweest van dit wanordelijke gekalk op muren. Sterker nog, het Amerikaanse openbaar vervoer met zijn afval en anarchistische scheldwoorden leek nauwelijks op de U- en S-Bahnen in Peters geboortestad. Opeens dwaalden zijn gedachten af naar de treinen waarin je niet kon kiezen waar je ging zitten, waarin überhaupt geen zitplaatsen waren of zelfs ramen, maar ruwe wanden waar je met honderden anderen tegenaan gedrukt stond, zonder dat je je kon bewegen of aan je neus kon krabben. Waar het stonk en donker was. Heel even dacht Peter aan een wenkende kinderhand in het zonlicht: 'Hier, papa!' Toen was het beeld weer weg.

Hij stond op en baande zich een weg door de wagon, langs een gezin dat boterhammen zat te eten, een rokende vrouw met krulspelden onder een sjaal en een dikke man die fronsend een krant las. Een van de wc-deuren was niet op slot, de andere wel. Daar klopte Peter op. 'June? Alles in orde?'

De deur ging op een kier en hij zag een van Junes blauwe ogen. 'Ik heb hulp nodig met mijn rits,' zei ze.

Peter stapte het piepkleine hokje in en deed de deur op slot. 'Ben je... je aan het verkleden?' vroeg hij ietwat beduusd, want volgens hem had ze geen andere kleren bij zich. Opeens sloeg ze haar armen om zijn nek en zoog aan zijn onderlip. Peter reageerde meteen. Zonder zijn mond van de hare te halen trok hij haar benen om zijn middel en draaide haar op het piepkleine wastafeltje. Hij stak zijn hand onder haar rok: ze droeg jarretels, maar geen slipje. Ze plantte haar laarzen tegen de wand achter Peter terwijl hij zijn gulp openritste. Ze wierp haar hoofd achterover tegen de spiegel en zei 'O!' toen hij in haar stootte.

Ze drukte zich tegen hem aan, spande haar spieren. Peter pakte met één hand haar billen vast en zette zich met de andere schrap tegen de wand. Water klotste, de lichten gingen uit en weer aan, de rails *ke-dengde* onder hen door en de hele ruimte deinde. Opeens werd er op de deur geklopt. 'Nog heel even!' riepen June en Peter in koor. Ze keken elkaar aan en probeerden niet in de lach te schieten. Peter ging verder. June beet op haar lip en toonde hem haar lange witte hals door haar hoofd achterover te buigen. Daarboven zag Peter zichzelf in de spiegel. Hij had zijn hoed nog op en zijn jas nog aan. Mooi. Hoe meer lagen, hoe beter. Bijna een maand genoten ze nu van dit soort heftige vrijpartijen en June had hem nog steeds niet zonder shirt of in het volle daglicht gezien. En zo zag Peter het graag. Het kostte een hoop gedoe, maar het was de moeite waard. June was het waard. De trein vertraagde en Peter gleed zo ver mogelijk in haar, naar de welkome vergetelheid van het hoogtepunt. Hij begroef zijn gezicht in haar hals en sloot zijn ogen.

Ze namen een taxi op het station in Larchmont en passeerden de White Stag Country Club, waar Joden niet welkom waren, en de Briar Rose, waar dat wel het geval was. June zat met grote ogen te kijken naar de stenen omheiningen, de uitgestrekte gazons en de huizen die zo ver van de weg lagen dat je er alleen een glimp van kon opvangen. 'Dat zijn regelrecht landgoederen,' zei ze.

'Vind je? Het zijn gewoon huizen, hoor.'

Ze pakte een sigaret en hij gaf haar een vuurtje. De chauffeur reed nu over een smalle, doodlopende laan. Verschillende huizen, verstopt tussen opgestapelde rotsblokken van wel twee verdiepingen hoog en nog hogere oude bomen, keken uit over de Long Island Sound. 'Is dát hun huis?' vroeg June reikhalzend.

'Nee,' antwoordde hij, 'dat,' en hij wees naar een huis op een klif dat half van steen en half van hout was.

'Jeetje, Pete, je had me wel mogen waarschuwen.'

'Waarvoor? Sol is advocaat, partner in zijn eigen kantoor. Dat heb ik je verteld. Het gaat hem voor de wind. Hij speelt graag golf.' Hij begon weer te transpireren en depte zijn voorhoofd met zijn zakdoek. Ze waren over de lange oprit tussen rotsen door gereden die begroeid waren met mos en glinsterden van de mica. De chauffeur parkeerde de auto. 'Dank u,' zei Peter. Hij pakte zijn portefeuille om te betalen en hielp June de taxi uit. Ze stonden omhoog te kijken naar het huis toen de taxi wegreed.

June trapte haar sigaret uit en keek om zich heen om te zien of ze ergens haar peuk kon laten. 'Laat maar,' zei Peter, 'dat doet Yoshi wel. De tuinman,' voegde hij eraan toe.

'Eh... wat waren die mensen ook alweer van jou?'

'Sol is mijn vaders neef. Ruth is zijn vrouw. Ze zijn de enige familieleden die ik heb.'

'O.'

Peter sloeg zijn arm om haar heen. 'Luister, ze zijn vast dol op je. Dat ben ik ook, dus waarom zouden zij dat niet zijn?'

'Nou...' zei June. Maar ze glimlachte. Hij trok haar zachtjes in de richting van de treden die gehouwen waren uit de rots waar het huis op stond. Aan weerszijden daarvan had Ruth planten gezet. De meeste waren rond deze tijd van het jaar kaal, maar er stonden genoeg Japanse esdoorns en groenblijvende heesters om totale kleurloosheid te voorkomen. Een waterval kletterde langs een rotswand naar beneden. Ze beklommen de trap en op het terras draaide Peter June rond, zodat ze de omgeving in zich kon opnemen: de tuin onder hen was een komvormig grasveld omringd door eiken, waarin 's zomers een niervormig zwembad fonkelde, maar dat nu was afgedekt met canvas. Wild riet scheidde het eigen terrein van het moeras en de Sound daarachter. Boten deinden aan de horizon.

'Wauw,' zei June. Ze pakte Peters arm vast. 'Wat schitterend.'

'Jij bent schitterend, June Bouquet.' Peter zoende haar op het moment dat de deur naar de keuken openging en Ruth naar buiten kwam.

'Bubbie!' kraaide ze. Ze gaf Peter een smakkerd op zijn wang en lik-veegde de lippenstift af. Ter ere van de gelegenheid droeg ze een speciale kaftan bedrukt met duizenden piepkleine bruine en oranje veertjes. Ze zag eruit als een kleine kastanjekleurige fazant. In de plooien van haar kleding rook Peter Shalimar, mottenballen en vleesjus.

Ze wendde zich tot June. 'En dan moet dit de mysterieuze June zijn over wie ik heb gehoord.'

'Inderdaad,' zei Peter. 'Dit is mijn vriendin June Bouquet,' zei Peter. 'June, dit is Ruth.'

'June Bouquet!' Ruth keek met een verwachtingsvolle glimlach van June naar Peter alsof ze wachtte tot iemand haar de clou ging vertellen. Toen dat niet gebeurde, zei ze: 'Wat leuk!'

'Hoe maakt u het?' zei June. 'Deze zijn voor u.' Ze gaf Ruth de chrysanten.

Ruth klakte met haar tong. 'Een boeket van een bouquet? Dat is extra bijzonder.' Ze boog haar hoofd naar achteren om naar June te kijken als een toerist die de bovenkant van een wolkenkrabber probeert te zien. 'Oi, jij bent wel erg lang,' zei ze. 'En zo mager! Geef je dit meisje niets te eten, Peter?' Ze pakte Junes elleboog. 'Laat me raden, je bent vast een kieskeurige eter. Maar daar komen we wel uit. Wacht maar tot je de maaltijd van vandaag ziet.'

Ze loodste June naar binnen. Over haar schouder trok June een gekke bek naar Peter. Hij gaf haar een kushandje en volgde hen naar de keuken, waar de hulp aan het aanrecht ergens mee stond te worstelen.

'Laat mij maar even,' zei Peter. Hij nam een van Ruths gekoesterde koperen puddingvormen van de hulp over, liet een laag warm water in de gootsteen lopen en zette de vorm erin. 'Hoe is het met je, Maria?'

'Goed hoor, meneer Peter,' zei Maria, die door Ruth haar 'meisje' werd genoemd, hoewel Maria volgens Peter halverwege de vijftig moest zijn. Peter was opgegroeid met bedienden, had zich bij hen eigenlijk meer op zijn gemak gevoeld dan bij zijn eigen ouders, maar het verbaasde hem wel dat het klassensysteem in Amerika nog steeds springlevend was. Dit was toch zogenaamd het land van de gelijke kansen, van egalitarisme? Maar goed, hij wist ook wel dat dat niet helemaal waar was; daarvoor hoefde je alleen maar te kijken naar de negers in het zuiden die tijdens protestmarsen werden aangevallen met honden en brandslangen. Maar de opvatting dat anderen voorbestemd waren om te dienen? Die leefde ook onder Joodse mensen, maar Peter was het daar absoluut niet mee eens. In zijn vakgebied hadden de meest getalenteerde krachten vaak een tintje.

'Hoe is het met Hector en Victor?' vroeg hij aan Maria over haar zoons.

'Ellende.' Maria duwde de losgeraakte witgrijze haarplukken terug onder het haarnetje.

'Mocht Victor een baantje zoeken als hij vrijkomt, stuur hem dan maar naar mij.'

'U bent een goed mens, meneer Peter.' Maria's glimlach onthulde een gouden tand. 'Die dame die binnenkwam met *missus* Ruth, is dat uw vriendin?'

'Inderdaad,' zei Peter glimlachend.

'Ai!' zei Maria. 'Lang.' Ter illustratie boog ze achterover en keek naar het plafond.

'Dat is ze zeker,' zei Peter. Hij tilde de vorm uit de gootsteen, keerde hem om boven een gereedstaande schaal en klopte er zachtjes op. Een ring van cranberrygelatinepudding met walnoten zakte op de schaal. Hoewel Peter hier nog nooit gegeten had met Thanksgiving wist hij wat Ruth nog meer voor hen in petto had, want ze belde elk jaar om hem te raadplegen over het onveranderlijke menu: kalkoen natuurlijk, zoete aardappels en groente uit haar moestuin. Peter zag op tegen de voedselparade, maar keek er tegelijkertijd naar uit: hij wist dat hij gedurende de hele maaltijd ging bedenken wat hij anders gedaan zou hebben, maar je kon ook altijd iets nieuws leren van de gerechten van iemand anders. Hij gaf Maria een schouderklopje op haar grijze uniform, pakte de kaas uit zodat die kon ademen, zocht een plekje voor de taarten van Masha's in de reeds overvolle koelkast en ging toen op zoek naar June en Ruth.

Ze bevonden zich in de woonkamer, waar achter een koperen haardscherm een vuur knetterde. Bij de bar schonk Peter voor zichzelf een wodka-tonic in, het was tenslotte al na twaalven. 'June?' vroeg hij. 'Kan ik iets voor je inschenken?' Maar ze had al een glas witte wijn in haar handen; haar kater was blijkbaar verdwenen. Er zat een ladder in haar panty als gevolg van hun escapade in de trein.

'Zo verfijnd,' zei ze over Ruths verzameling Venetiaans glas. 'Het lijken wel zeeanemonen. En die kleuren!'

'Mondgeblazen,' zei Ruth voldaan. Ze nam June bij de hand en trok haar de kamer door. 'En moet je dit zien,' zei ze, 'en dit, en dit...' Peter keek glimlachend in zijn glas. Toen hij in dit land aankwam had hij hier twee jaar gewoond en er waren kamers waar hij nu niet meer kwam, de logeerkamer met het weefgetouw en het hert met de scheve ogen, bijvoorbeeld. En de slaapkamersuite van Sol en Ruth. De woonkamer was echter een neutrale, luxueuze ruimte, een warenhuis dat vol stond met wat Ruth haar *sjmontses* noemde: de schatten die Sol en zij hadden meegenomen van hun vele buitenlandse reizen. Oosterse tapijten die zo hoogpolig waren dat ze voetstappen volledig dempten, beeldjes van jade, Japanse perkamentrollen en kamerschermen, schalen van Chinees porselein gevuld met potpourri. Een Boeddhabeeld van bijna een meter zat sereen op een sokkel voor het raam en bewonderde het uitzicht op de Sound. Er stond een Steinway waar nooit iemand op speelde, er hingen een Picasso, een Kandinsky en een Klee. Sol was een fervent kunstverzamelaar.

June bukte om in de verlichte vitrine met Joodse memorabilia van Sol en Ruth te kijken: thora, talles, een kidoesjbeker, *dreidels*. Ruth had er Peter alles over verteld toen hij er net was, ontzet door zijn gebrek aan kennis. *Hebben je ouders je dan helemaal niets geleerd? Attenoje.*

'Wat een prachtige kandelaar,' zei June.

'Lieverd,' zei Ruth, 'dat is een menora. Heb je die nog nooit gezien?'

'Nee, maar het ziet er zo ingenieus uit. Het geeft vast prachtig licht als alle kaarsen branden.'

'Oi!' Ruth sloeg ontzet een hand tegen haar wang. Maar net toen ze uitleg wilde gaan geven, kwam Sol binnen.

'Wat moet een man doen om hier een zoen en iets te drinken te krijgen?'

'Schat!' zei Ruth. 'Hoe was het op de golfclub?'

'Waardeloos. Veel te winderig.' Sols zwartgrijze haar, dat normaal gesproken in duizenden golfjes tegen zijn hoofd geplakt zat, leek nu inderdaad meer op een veelgebruikt brillosponsje. 'En wie mag dat zijn?' vroeg hij kijkend naar June.

'Dit is mijn vriendin,' zei Peter, 'June Bouquet.'

Sols gezicht plooide zich tot een glimlach. 'Zo, zo! Jij mag er wezen.'

'Bedankt,' antwoordde June ietwat weifelend.

'Dat had ik niet achter je gezocht,' zei Sol tegen Peter. Hij kloste naar de bar, waar hij een glas whiskey inschonk. Dat was lang niet zijn eerste, vermoedde Peter. Sols waterige ogen en rode neus konden niet geheel worden toegeschreven aan de wind op de achttiende hole. 'Zet het eten maar op tafel,' zei Sol. 'Ik ben uitgehongerd.'

Hoewel er in het huis in Larchmont een eetkamer was met een mahoniehouten tafel en stoelen, had Peter nooit meegemaakt dat die gebruikt werd. Ook de maaltijd van vandaag werd geserveerd in de serre, die Sol voor Ruths zestigste verjaardag aan een vleugel van het huis had laten bouwen. Architectonisch gezien was het nogal een miskleun – het paste nergens bij –, maar het was een ideale omgeving voor Ruths binnentuin: cactussen en varens en bloeiende planten die op zwevende planken stonden en aan dakramen hingen. De wanden waren volledig van glas, waardoor het net was of je tussen de gigantische rotsblokken op het gazon onder de blote hemel zat te eten.

Peter schoof eerst Ruths stoel voor haar naar achteren en toen die van June. Voor deze feestdag was de tafel gedekt met Belgisch linnen, Ruths Wedgwood-servies en het zilveren bestek van Tiffany en bij elke plek stond een bakje met zout en peper. Het schaartje in de schaal met blauwe druiven bezorgde Peter telkens als hij dat zag weer een steek van pijn: zijn moeder had er net zo een gehad. Op het midden van de tafel stond een rieten mand met sierpompoenen uit Ruths eigen tuin.

Maria kwam binnen met het broodmandje, waarin ze Peters gesneden stokbrood en een challe had gelegd. Ze stak de kaarsen aan en schonk water en wijn in.

'Dank je, Maria,' zei Ruth. 'Weet je zeker dat het vlees gaar is? Ik zou niet willen dat we allemaal wormen krijgen.'

'Ik kan er wel even naar kijken,' bood Peter aan, maar net op dat moment kwam Sol binnen met een nieuw glas whiskey.

'Ga zitten,' zei hij, 'in mijn huis werken mannen niet in de keuken. Daar is het meisje voor. Maria!'

'Ja, mister Sol?'

'Breng het vlees en mijn mes.'

'Jawel, mister Sol.'

Peter duwde zijn voet tegen die van June onder de tafel. Hij trok zijn wenkbrauwen op – *Gaat het?* – en ze glimlachte. Ze namen slokjes wijn terwijl Maria heen en weer liep met de bijgerechten: sperziebonen, pompoen, zoete aardappels met ananas en – o gruwel! – marshmallows en de cranberrypudding. De kalkoen volgde als laatste, een bruine, leerachtige gigant op een zilveren schaal. 'Ruim twaalf kilo,' zei Ruth trots, 'van de koosjere slager in Mamaroneck!' Ze applaudisseerden allemaal, met uitzondering van Maria, die op haar knieën zat om de stekker van Sols elektrische mes in het stopcontact te steken.

Peter deed nog een laatste poging. 'Weet je zeker dat ik niet hoef te snijden? Dat doe ik twintig keer per dag...'

'Nee, ik kan het best zelf,' zei Sol. Hij hield het mes boven de kalkoen en drukte op het knopje om het aan te zetten. Het lemmet snorde en sneed vervolgens sidderend door het vel in de borst. Flintertjes kalkoen vlogen alle kanten op. Peter kon het niet aanzien. En hij durfde ook niet naar June te kijken, die tegen zijn been schopte, want hij wist dat ze dan allebei in de lach zouden schieten. Met een ijselijk gepiep raakte het mes het bot.

'Klotemes,' zei Sol.

Eindelijk was de slachtpartij achter de rug en zakte Sol amechtig ademend achterover op zijn stoel.

'Wat prachtig, hè?' zei Ruth.

'Eet ze,' zei Sol.

De borden gingen met de klok mee de tafel rond: eerst de kalkoen, dan de bijgerechten. De verschijnende en verdwijnende zon lichtte de tafel op en hulde die weer in de schaduw, wolken dreven samen aan de net nog zo heldere hemel. June schepte van elk gerecht een volle lepel op, hoewel Peter wist dat ze het eten alleen maar gewiekst zou rondschuiven op haar bord, zodat het leek of ze ervan gegeten had.

'Het ziet er heerlijk uit, meneer en mevrouw Rashkin,' zei ze. 'Bedankt voor de uitnodiging.'

'Zeg alsjeblieft Ruth en Sol,' zei Ruth, 'en gewoon je en jij. Weet je dat jij het eerste meisje bent dat hij in twintig jaar mee naar huis heeft genomen? Dat moet *bashert* zijn.'

June glimlachte naar Peter. 'Is dat goed?'

'Het betekent zoiets als "voorbestemd",' legde hij uit.

'En natuurlijk neemt hij een sjikse mee,' zei Sol met een mond vol pompoen. 'Net als de vorige. Zijn vrouw.'

'Mijn voormalige vrouw,' benadrukte Peter snel voor June. Ze knikte; ze was inmiddels op de hoogte.

Ruth legde haar kleine, koude, gerimpelde hand op die van Peter. 'Nou, ík vind het geweldig,' verklaarde ze. 'Peter is als een zoon voor mij, de enige die ik ooit heb gehad.' Ze drukte een stevige klapzoen op zijn hand en legde die toen weer op het tafelkleed. 'En nu is hij van jou,' zei ze tegen June. 'Wat een *shayna* ponem. En zo lang! Je zou model moeten worden.'

June glimlachte. 'Dat ben ik al.'

'Dat heb ik je verteld, Ruth,' zei Peter.

'O ja?' zei Ruth. 'Misschien wel. Misschien ook niet. Ik word een beetje vergeetachtig door die medicijnen voor mijn bloeddruk.'

Sol prikte in de kalkoen op de schaal. 'Waar is de toges?' wilde hij weten. 'Je weet dat ik altijd graag de toges wil.'

'Hoe moet ik dat nou weten?' zei Ruth met vragend geheven handen. 'Jij hebt hem gesneden.'

Sol nam genoegen met een poot. 'Waar werk je precies voor?' vroeg hij kauwend aan June. 'Postorderbedrijven, warenhuizen?'

June keek Peter met een opgetrokken neus aan. Hij wist dat ze probeerde haar lachen in te houden.

'Want als je de retail in wilt,' zei Sol, 'ken ik wel iemand. De eigenaar van Bamberger's, ken je Bamberger's?'

Peter sloeg zogenaamd onthutst zijn hand tegen zijn voorhoofd. 'Sol, June werkt voor Ford. Ford Agency.'

'Doe je modellenwerk voor auto's?' vroeg Ruth.

Peter bonkte zogenaamd met zijn hoofd op tafel.

'Soms,' zei June. 'En andere producten. Maar ik doe vooral modeshows en omslagen van tijdschriften.'

'O,' zei Ruth. 'Goh, wat zeg je me daarvan?' Ze tilde haar handen op en keek glimlachend om zich heen alsof ze het allemaal zo geregeld had. 'Wie wil er nog wat?'

Dit keer ging het opschepritueel tegen de klok in. Peter nam nog wat kalkoen, hoewel zijn eerste portie droog en zenig was geweest. Sol schepte zoete aardappels op en schonk nog een whiskey in. 'Waar komen je ouwelui vandaan?' vroeg hij aan June. 'Je komt niet hier uit de buurt.'

'Nee,' zei June, 'uit Minnesota.'

Sol gromde. 'Daar hebben ze goede forel.'

'Waar in Minnesota?' vroeg Ruth hoopvol. 'Minneapolis?'

'Een kleine boerengemeente, bij de grens met Iowa,' zei June. 'New Heidelburg?'

'Nooit van gehoord,' zei Ruth.

'Dat verbaast me niets,' zei June, 'dat hebben de meeste mensen niet.' Ze sneed een beleefd plakje van de trillende cranberrypudding.

'Daar wonen zeker niet veel Joden,' zei Ruth.

'Niet veel,' beaamde June opgewekt. 'Sterker nog, ik had nog nooit iemand met een joodse overtuiging ontmoet tot ik in New York kwam wonen.'

'Ach,' zei Ruth. Ze wapperde zichzelf koelte toe met haar servet.

'In New Heidelburg,' zei June, 'ben je óf katholiek óf luthers.'

'En wat ben jij?' vroeg Ruth zwakjes.

'Luthers.'

'En je ouders zijn...'

June wachtte beduusd af, totdat Sol zei: 'Ze bedoelt of het moffen zijn.'

'O. Nee, we zijn Noors. Als je in mijn dorp luthers bent, dan ben je Scandinavisch.' Ze keek Peter verward aan. Peter glimlachte vermoeid terug. Het was ingewikkeld.

'Tja,' zei Ruth. Ze leek zich te vermannen om een derde ronde aan te bieden toen Sol zei: 'Noors, Duits, wat maakt het uit. Het zijn allemaal antisemieten.'

Iedereen keek hem aan. 'Wie?' vroeg Ruth, terwijl June zei: 'Pardon?'

'Lutheranen,' zei Sol. Hij draaide zich om om nog een glas in te schenken uit de fles op het dressoir. 'Hun hele godsdienst is gebaseerd op het in de zee drijven van de Joden. Martin Luther was de grootste antisemiet van allemaal.'

'O, dat weet ik niet, hoor,' zei Peter, terwijl June zei: 'Ik heb nooit gehoord...'

'Nee, natuurlijk niet,' zei Sol. 'Dat gaan ze je natuurlijk niet leren in dat boerenkerkje, hè? Maar het is waar. In vergelijking met Luther was Hitler een schlemiel.'

Peter kwam in opstand. 'Dat gaat wel heel erg...'

Sol zette zijn glas met een klap op tafel. 'Noem je mij nou een leugenaar in mijn eigen huis?' bulderde hij.

Er viel een stilte, die alleen werd onderbroken door het getinkel van een ijsblokje in Sols glas.

Peter stond op. June leek haar nauwelijks aangeroerde bord te bestuderen. Toen ze eindelijk opkeek, schonk hij haar een geruststellende glimlach. 'Ik heb genoeg gehad,' zei hij. 'Wie heeft er zin in koffie?'

Na de koffie – het dessert, zo werd besloten, zouden ze bewaren voor later, als iedereen tijd had gehad om de maaltijd te verteren – trokken de mannen zich terug voor een zakelijke bespreking. Ruth wilde June nog verder rondleiden door het huis en de tuin. Peter had amper tijd om haar even vast te pakken en te fluisteren: 'Red je het nog?' Ze antwoordde bevestigend en werd meteen meegenomen door Ruth. Peter vroeg zich af of Ruth haar haar grootste schat zou laten zien: de geheime tuin die was weggestopt tussen het riet in het moeras, waar, zo zwoer Ruth, de smerige, zwavelhoudende grond bijdroeg aan het gigantische formaat van haar groenten. Misschien lag het aan de drassigheid, zei ze, of wellicht aan alle vergruisde schelpen. Het onthullen van de tuin zou een ultiem teken zijn van Ruths vertrouwen en goedkeuring, en Peter nam zich voor om June er op de terugweg naar te vragen – zonder het belang van Ruths eventuele onthulling kenbaar te maken als dat niet het geval was geweest, natuurlijk.

Ondertussen zonderden Sol en Peter zich af in Sols kantoor, waar Sol de maandcijfers doornam die Peter had meegenomen in de Masha's-tas en Peter ondertussen een telefoontje pleegde naar het restaurant om te checken of alles in orde was. Dat was zo; alleen een klein brandje, dat makkelijk gedoofd was, en de garde-manger had zich gesneden, maar niet boven de spruitjes en ook niet erg genoeg om naar de eerste hulp gebracht te worden. 'Hij hoeft amper gehecht,' zei Lena, 'ik lap hem zelf op.' Verder hadden ze tachtig couverts gedraaid en liepen ze op koers voor nog eens twintig als de reserveringen werden nagekomen. Blijkbaar wilde niet iedereen in Manhattan thuis eten met Thanksgiving, dacht Peter. Daar was hij blij mee.

Hij zei tegen Lena dat hij er de volgende ochtend vroeg zou zijn, hing op en drentelde wat rond om Sols meest recente aanwinsten te bekijken. De kleine kamer aan de voorkant, met uitzicht op de eikenbomen en de Sound, bevatte een leren bank en een poef, een mooie bibliotheek met eerste drukken, die Sol volgens Peter hoogstwaarschijnlijk niet gelezen had, en Sols meest recente kunstwerken. Die bleven een tijdje staan om er zorgvuldig over na te kunnen denken voordat ze werden opgehangen. Afgezien van een kleine Miró en een Egon Schiele – een potloodtekening in kleur van een vrouwentorso, het gezicht was uitgewist – leek Sol zijn interessegebied uit te breiden naar fotografie. De meeste zwart-witportretten waren van mensen op straat, gemaakt door – Peter tuurde naar de signaturen – Diane Arbus, Vivian Maier, Lisette Model. Nog maar onlangs waren die namen gaan rondzingen bij Masha's, in combinatie met tentoonstellingen, en hij twijfelde er niet aan dat ze behoorlijk goed waren, hoewel het de vraag was of Sol ze verwierf omdat hij het werk en de kunstenaar goed vond, of omdat hij dacht eraan te kunnen verdienen. Peter vond ze echter verontrustend. De afgebeelde mensen waren ongelukkig, dakloos, zwaarlijvig, en misten ledematen, ze waren geïsoleerd in hun lijsten, en hoewel Peter er juist vanwege dat groteske steeds weer door aangetrokken werd – en de foto's daardoor vermoedelijk kwalificeerde als kunst – zou hij ze nooit thuis aan de muur hangen.

'Deze vind ik mooi,' zei hij over een zeer forse dame in een zwart badpak, die letterlijk dijenkletsend in de branding stond.

'Ssst,' zei Sol, die zwaar ademend met een vulpotlood langs de cijfers in Peters grootboek ging. Maar toen liet hij zich toch vermurwen en zei: 'Zeer getalenteerde meid. Prima investering.' Hij stak zijn glas uit. Voor Sol betekende koffie gewoon meer whiskey. Peter pakte de fles van Sols boekenplankbar, vulde het glas en schonk voor zichzelf een Grand Marnier in. Hij ging op de bank zitten wachten en warmde het glas tussen zijn handen.

Eindelijk draaide Sol rond op zijn stoel, gooide het grootboek naar Peter en zei: 'Niet zo best. Je moet bezuinigen.'

Peter knikte, want dat zei Sol altijd, hoewel Masha's niet rood stond: een zeldzaamheid onder New Yorkse restaurants. Peter was daar trots op, en terecht, vond hij zelf. 'Waarop?' vroeg hij.

Sol haalde zijn schouders op. 'Jij bent de baas, bedenk jij het maar.'

Peter zuchtte. 'Ik wil al een tijdje met je praten over onze papierenhanddoekjesleverancier. Het linnengoed ook, de wasserijkosten rijzen de pan uit. Kunnen we niet overstappen? Er is een leverancier in New Jersey...'

'Zet dat maar uit je hoofd,' zei Sol. Hij liet de resterende ijsblokjes walsen door zijn glas, goot ze in zijn mond en vermaalde ze. 'We blijven gewoon bij mijn mannetjes.'

Peter streek gefrustreerd door zijn haar. 'Maar die berekenen ons twee keer zo veel. Jouw wasserijmannetje drie keer zo veel. Als je bang bent dat we in de rode cijfers...'

'Geen veranderingen,' zei Sol. 'Zij zijn als familie. Je moet bezuinigen op het eten.'

'Dat kan niet.' Peter zou het liefst opstaan om gefrustreerd te gaan ijsberen, maar hij bleef zitten. Hij wilde zijn pens niet laten zien, zoals Sol zou zeggen. 'Daar hebben we het toch al over gehad? Door het eten is Masha's wat het is. Vijfentachtig procent van de restaurants in New York overleeft het eerste jaar niet en wij gaan al vijftien jaar mee. Ik kan je verzekeren dat dat succes niet door de tafelkleden of de servetten komt...'

'Nee, door dat jankverhaal dat Ruth aan de krant heeft verteld,' zei Sol voldaan. Hij liep naar de bar om zijn glas weer vol te schenken.

Peter staarde naar Sols brede en ietwat gebochelde rug. Sol doelde op het verhaal achter het menu, dat Peter gebaseerd had op de gerechten waarover Masha en hij hadden gefantaseerd toen ze op het matras op de grond lagen in hun Berlijnse eenkamerflat op de vierde verdieping met alleen koud water. 'Zou het niet geweldig zijn, Petel,' had Masha op een avond gezegd, 'om ons eigen restaurant te hebben!' Ze had zich steunend op haar elleboog op haar zij gedraaid. 'Dan maken we al onze lievelingsgerechten, de dingen die we het lekkerst vonden toen we klein waren. Poolse duifjes en gegrilde kip en eend en wolkjes...!' Ze was zo opgewonden dat ze vervolgens op haar knieën was gaan wippen op het matras. Peter was toen amper twintig geweest, Masha nog jonger.

'Had jij daar iets mee te maken?' vroeg Peter nu aan Sol. 'Heb jij die roddeljournaliste met opzet uitgenodigd op dat benefietgala?'

'Ik heb haar uitgenodigd omdat het zakelijk gezien goed was.'

'Ja dus,' zei Peter. 'Hoe kón je?'

Sol haalde zijn schouders op. 'Daarvoor moet je niet bij mij zijn. Ruth kende het verhaal en ze heeft een grote mond.' Hij sjokte terug naar zijn bureaustoel en ging met een grom zitten. 'Je zou haar eigenlijk dankbaar moeten zijn. Denk je nou echt dat ze voor die Franse tutholatroep bij jou komen eten? Ze komen om jou te zien, vanwege het zielige verhaal.'

'Het is niet Fráns,' zei Peter met opeengeklemde kaken. 'Het is Europees.' Hij stond op, liep naar het raam en dronk zijn Grand Marnier in één teug op. Het goedje zakte brandend naar beneden. De lucht was nu helemaal grijs en Junes witte jongenskoppie en Ruths kastanjebruine soufflé waren nergens te bekennen. Ze moesten óf beneden in de tuin óf ergens in het huis zijn. God, wat zou Peter Masha's graag in zijn eentje runnen, zonder Sols hulp! Maar het bezitten van een restaurant was een kostbare onderneming. Peter had geen spaarpotje en hij had ook geen lening hoeven afsluiten om Masha's te openen. Niet dat het waarschijnlijk was dat hij er een gekregen had... Hij had er als souschef gewerkt toen hij het restaurant erfde. Guy – Giuseppe, de vorige eigenaar – was dol op Peter geweest vanaf het moment dat hij door de voordeur naar binnen was gelopen. Peter was toen net terug van een jaartje rondreizen en werken als hulpkelner en cafetariakok in het westen en zuiden van Amerika. Hij was bij Giuseppe's – zo heette Masha's toen – beland, omdat hij in elk restaurant waar hij langskwam had gevraagd of ze iemand in de keuken konden gebruiken. Bovendien had hij trek, dus had hij een *cannoli* bij zijn espresso besteld. Vervolgens had hij gevraagd of hij de chef mocht spreken, omdat hij wilde weten hoe dat kleine gebakje was gemaakt. Guy had Peter in dienst genomen als garde-manger; hij moest kruiden en groenten snijden voor de mise-en-place, kalfsvlees en kip uitbenen en bouillon maken. 'Niet slecht,' had Guy met zijn schorre stem gezegd bij het beoordelen van Peters snijtechnieken, 'voor een smous,' waarna hij hem liefdevol op zijn rug had geslagen. Op een avond had Guy Peter in de keuken aangetroffen met een courgette die hij uit Ruths tuin had gepikt. Hij probeerde een bijgerecht uit, waarvoor hij de groente in spaghettivorm had gesneden. Guy had het geproefd en gevraagd: 'Wat proef ik hier, jochie, citroenschil?' Peter had toen geantwoord dat het citroentijm was en vanaf dat moment waren de mannen vrienden geworden en, beter nog, gelijken. Dus toen Guy stierf aan keelkanker liet hij Giuseppe's na aan Peter. Die zou de zaak wegens geldgebrek hebben moeten sluiten en daarom was hij naar Sol gegaan.

Hij zou Masha's op geen enkele manier draaiende kunnen houden zonder Sols hulp, dat had Peter zich meteen gerealiseerd, dus toen Sol zei: 'Ik snap niet waarom jij vrouwenwerk zou willen doen, maar als je in de keuken wilt werken, dan ga je in de keuken werken,' had Peter dat met beide handen aangegrepen. Nu fantaseerde hij erover een andere investeerder te zoeken, een vaste gast – meneer Cronkite? – of een bank, maar dat zou de financiering van het restaurant wel danig overhoop gooien. Dus nu zat Peter hier, gebonden aan een man die helemaal niets om eten gaf, er totaal niets van afwist. Peter zou hem hondendrollen voor kunnen zetten en zeggen dat het paté was; hij zou het verschil niet proeven... en het ook niet erg vinden, als het maar goedkoper in de aanschaf was.

'... en ik begrijp sowieso niet waarom je al die kakgerechten zou moeten serveren,' zei Sol, alsof hij Peters gedachten onderstreepte.

'Wild kalfsvlees dit, kruimelkorst dat. Hoe vaak moet ik het je nog zeggen? De mensen zijn tevreden met iets smakelijks, een hapje van het een of ander. Je moet het simpeler aanpakken. De boel terugschroeven.'

Ik betwijfel of Craig Claiborne dat met je eens zou zijn, dacht Peter, maar Sol zou de recensent van *The New York Times* nog niet herkennen als die hem een schop onder zijn toges zou geven. 'Ik zal ernaar kijken.'

'Mooi,' zei Sol. 'O, voor ik het vergeet, die olijfolie-importeur over wie ik het had? Uit Israël? Ik wil dat je bij hem inkoopt. Topkwaliteit.' Hij overhandigde Peter een visitekaartje, dat Peter in zijn zak liet glijden. Sol stond op en begon zijn shirt in zijn golfbroek te stoppen. 'Wat een lekker mokkel heb je trouwens meegebracht. Waar heb je die vandaan?'

Maar Peter had geen tijd om antwoord te geven – niet dat hij ook maar enigszins van plan was om met Sol over June te praten – omdat de naderende stemmen van de dames op de gang te horen waren en er kort daarna op de deur werd geklopt.

'Jaja,' zei Sol, 'kom binnen, we zijn klaar.'

De deur ging open en daar stonden June en Ruth. June droeg haar leren jasje en had een rood gezicht. Van de novemberkou, nam Peter in eerste instantie aan. Maar toen zag hij dat haar ogen ook rood waren en de mascara eronder was uitgelopen. Toen ze binnenkwam en zich in Peters armen wierp, wist hij dat er iets mis was gegaan.

'Waarom heb je het me niet verteld?' vroeg June.

Ze wandelden naar de Sound, niet over het met riet begroeide, zompige pad langs Ruths moestuin – dan zouden Junes laarzen er waarschijnlijk aan gaan, had Ruth gezegd – maar door de woonwijk. Peter wist de weg naar een openbare steiger. Ze liepen langs de kant van de weg, onder de hoge bomen en tussen de rotsen door. Het weer was omgeslagen: het was nu stormachtig en bewolkt, en de wind voerde de geur van open haarden mee. In de huizen die ze passeerden – nu eens een koloniaal landhuis, dan weer een hedendaagse wirwar van glazen kubussen – ving Peter nu en dan een glimp op van gezinnen die aan hun eigen thanksgivingdiner zaten; over tafels gebogen hoofden in door lampen verlichte ramen.

Hij voelde zich verlamd. Hij hield Junes hand vast – die had hij vastgepakt zodra ze het huis verlieten – maar voelde die amper. Ze kneep in zijn vingers; om zijn aandacht te trekken of uit eenzaamheid. Het was een vaag gevoel dat weinig met hem te maken leek te hebben.

'Ik begrijp niet waarom je me dat niet verteld hebt.' June boog zich een stukje naar voren om in zijn gezicht te turen. Hij was zich bewust van haar wanhoop, haar parfum, het gekraak van haar leren jasje, maar bleef voor zich uit kijken. 'Dat van je vrouw is afgrijselijk,' ging ze verder. 'Het is zo'n triest verhaal, Peter. Echt afschuwelijk. En ik vind het verschrikkelijk voor je. Maar waarom heb je me niet verteld over je dochtertjes?'

Peter had het gevoel dat hij inwendig verschrompelde. Hij zou het liefst woest om zich heen gaan slaan, maar bleef doorlopen en zocht naar herkenningspunten. Links van hen was een open weide: het landgoed van de MacGregors, waar ze een stal hadden gebouwd en paarden hielden alsof ze grootgrondbezitters waren in plaats van een bankier die in de stad werkte en zijn vrouw. Aan de andere kant stonden bomen, was een rotswand en lagen nog meer huizen. Uiteindelijk kwamen ze bij een straatnaambordje waarop SLIPPERY ELM LANE stond.

'Deze kant op,' zei Peter.

Ze sloegen links af naar een nog smallere laan onder een dicht bladerdak. Peter voelde dat June hem aanstaarde. Kon hij daar verdomme maar een eind aan maken. 'Probeer het alsjeblieft te begrijpen,' zei hij. 'Het heeft niets met jou te maken. Ik praat er met niemand over.'

'Maar waarom niet?'

'Omdat ik het niet kan.'

'Waarom niet?'

'Ik kan het gewoon niet.'

De dode bladeren waar ze overheen liepen knisperden. Peter rook de vochtige onderlaag die begon te rotten. Hij zocht naar een witte kei met 101 erop geschilderd. Er hing een ketting met een schommelend bordje aan: EIGEN TERREIN, stond erop, VERBODEN VOOR ONBEVOEGDEN.

June aarzelde toen Peter zijn hand uitstak om haar over de ketting te helpen. 'Mag dit wel?'

'Geen probleem. De eigenaars kennen me. Ze kennen Sol.'

Ze liepen over een lange oprit, over kiezelstenen en oesterschelpen. Aan het eind daarvan maakten de bomen plaats voor een uitgestrekt grasveld dat afhelde naar de Sound. Links van hen was een garage, een gebouw dat vermomd was als een Engelse cottage waar een tienkoppig gezin in had kunnen wonen. Rechts van hen stond het huis, een kolossale kopie van de garage op een rotsachtige uitstulping met uitzicht op zee.

'Sol heeft hier vlakbij een boot liggen,' zei Peter. 'Hij brengt vaak een deel van zijn vangst naar deze mensen, de Reinholdts. En in ruil daarvoor mag hij hier vissen.'

Tussen het grasveld en het water stond een lage stenen muur. Ze beklommen de drie treden naar de bovenkant daarvan en liepen vervolgens een steiger op. Junes hakken klepperden als paardenhoeven over de planken. Opeens moest Peter denken aan Vivi die op klompen over de Ku'damm huppelde en riep: '*Mutti*! Papa! Ik ben een pony!' Ginger, die heel erg verlegen was, bleef staan, staarde naar de trams en klampte zich vast aan de handen van Peter en Masha.

Peter ging op het bankje aan het eind van de steiger zitten. Hij voelde zich slapjes en een beetje misselijk. Hij streek met zijn hand over zijn gezicht. Dat was vochtig. Meeuwen krijsten en verderop in de Sound dobberden boeien. 'Het spijt me dat je er op deze manier achter bent gekomen,' zei hij. 'Je zult wel geschrokken zijn.'

'Inderdaad,' beaamde June. 'Ruth heeft me de foto laten zien. Ze zei dat dat de enige was die er nog is. Ze dacht dat ik misschien wel wilde weten hoe ze eruitzagen.'

Peter kreunde alsof hij in zijn maag werd gestompt.

'Wees alsjeblieft niet boos op haar, Pete. Volgens mij dacht ze echt dat ik het wist.'

Hij snoof. 'Dat betwijfel ik. Ze weet dat ik nooit over ze praat.'

'Tja,' zei June bits, 'misschien dacht Ruth dat het tussen ons zo serieus is dat je het me wel verteld zou hebben.' Ze stak een sigaret op zonder te wachten op Peters aansteker; de zwavellucht van de lucifer was penetrant.

Peter stond op en liep met gebalde vuisten in zijn zakken naar de reling. Hij keek naar de tegenoverliggende kust, naar de huizen daar met hun eigen steigers en boten, naar de strook van grijstinten waar de Sound uitliep in de open zee. 'June,' zei hij, 'probeer het alsjeblieft te begrijpen. Het heeft niets te maken met serieus of niet serieus. Ik geef echt heel veel om je. Maar ik praat er met niemand over.'

'Ja, dat begint me nu wel duidelijk te worden,' zei June. Na een korte stilte zei ze: 'Ze waren knap. Was het een tweeling?'

'Ja.' Vivien en Ginger, dacht Peter. Hij zou haar dat ook verteld hebben, ware het niet dat het hardop uitspreken van hun namen te veel pijn deed. Zijn dubbele wonder, zijn twee schatten, zijn dochters. Vivi en Gigi. Uiteraard had Masha hun namen bedacht; zij met haar onverzadigbare hang naar films en hun sterren. Die liefde ging zo ver dat ze er een paar keer bijna haar baan door was kwijtgeraakt. Dan sloop ze zonder nadenken de eetzaal van Hotel Adlon in om van achter de spiegelzuilen naar beroemde gasten te turen. 'Petel, ik heb Clark Gable gezien! Niemand ziet er zo schitterend uit als hij, behalve jij. Ik zag dat het Clark was door de snor en die glimlach. Wat een boef! Ze zeggen dat hij een kunstgebit heeft, wist je dat?' Of: 'Marlene Dietrich, ik zweer je dat zij het was, Petel, er zijn toch geen andere vrouwen die een smoking dragen? En die wenkbrauwen!' Masha, die nooit kleren kocht, in wier kleding gaten zaten en die haar schoenen bleef dragen als de zolen loslieten, maar die elke pfennig opzijlegde voor matinees – althans, tot de bordjes met JUDEN VERBOTEN verschenen en ze uit solidariteit met Peter niet meer naar de bioscoop ging, hoewel ze dat met haar volmaakt arische achtergrond best had kunnen doen. 'Tijdschriften zijn goed genoeg voor mij,' had ze met verstikte stem gezegd, 'en het is zo stom dat ze jou buitensluiten, en ook zo ironisch, want je lijkt zelf op een filmster!' Masha, met haar lange modiglianigezicht en haar stroblonde haar. Ze bezat geen enkele neiging tot ijdelheid, maar was geobsedeerd door Vivien Leighs scheve kattenogen en Ginger Rogers' duizelingwekkend lange benen. *Gams*, noemde Masha die, de term die diezelfde Clark Gable gebruikte om Rita Hayworths benen te omschrijven en die ze met een zorgvuldig Amerikaans accent uitsprak.. Vandaar de namen van hun meisjes, die geboren waren in het naargeestige jaar 1940, tot grote verbazing en schrik van hun ouders, die zelf amper twintig waren.

'Luister, June,' zei Peter, 'als wij samen verdergaan moet je één ding over me weten.' Hij hoorde hoe afgemeten zijn stem klonk nu hij zo van streek was, maar kon er niets aan doen. 'Ik praat niet over hen.'

Zonder te antwoorden nam June een laatste trek van haar sigaret, trapte hem uit op de grond en raapte de peuk op om die in haar jaszak te stoppen. Ze ging naast Peter bij de reling staan. In het grijze middaglicht was ze een en al rood en goud. Masha, dacht hij, was vast van haar onder de indruk geweest. De wind zwiepte vocht uit haar ooghoek – een traan misschien – naar haar slaap. Normaal gesproken zou Peter dat met zijn duim hebben weggeveegd.

'Dat doe ik niet,' herhaalde hij. 'Oké?'

June knikte en slaakte toen een diepe zucht. 'Ik vind het best eng om dit te zeggen, Peter, maar ik ga het toch doen. Ik ben echt heel erg op je gesteld. Sterker nog, volgens mij ben ik verliefd op je aan het worden. Maar ik denk...' ze imiteerde spottend Peters formele intonatie, wat hem een miniem glimlachje ontlokte, '... dat jij als wij samen verdergaan, beter professionele hulp kunt zoeken. Een psychiater. Anders durf ik me denk ik niet meer te binden. Snap je wat ik bedoel?'

Peter keek omlaag naar het water, naar de drijvende rotzooi die rond de palen dobberde en wervelde: zeewier, schuim, piepschuim. 'Ja,' zei hij.

'Ga je dan in therapie?'

Peter zuchtte. Dit was weer zo Amerikaans. Niet de psychoanalyse op zich, waarvoor de Oostenrijkse Freud verantwoordelijk was geweest, maar dat optimisme, het idee dat wekelijks vijftig minuten op de bank liggen en praten over je dromen en problemen iets zou oplossen. Tijdens zijn tweede jaar in Amerika had Peter therapie geprobeerd. Toen het slaapwandelen was begonnen en hij elke nacht door het huis van Sol en Ruth dwaalde en wakker werd op de gekste plekken, zoals op de pianokruk of in het souterrain, zonder ook maar het flauwste vermoeden te hebben hoe hij daar gekomen was. Verontrustender was dat hij bij een aantal gelegenheden ook niet meer geweten had wie hij was. Hij was letterlijk zijn eigen naam vergeten. Sols huisarts had gezegd dat dit vanzelf over zou gaan zodra Peter hersteld was van de ondervoeding en het trauma, en de oorlog qua tijd verder van hem af lag. Maar toen Peter op een ochtend tot aan zijn borst in het zwembad had gestaan en Ruth, die het raam opendeed, de schrik van haar leven had bezorgd, had Sols huisarts iemand aangeraden. 'Het is gewoon een man, meer niet,' had Sol gezegd. 'Ga gewoon met hem praten.' En het bleek inderdaad een man van middelbare leeftijd met een ziekenfondsbril en een moedervlek op zijn neus die Peter heel erg stoorde, maar waar hij niets van zei, omdat hij ervan overtuigd was dat dat iets belastends zou zeggen over zijn psyche. Peter had op de kriebelige, oranje bank in het kantoor van de psychiater gelegen, onder een zwart-met-paarse reproductie van Rothko, luisterend naar het verkeer op 57th Street buiten en het gezuig van de man aan zijn pijp. Hij had gewacht tot de man iets zei, terwijl de man wachtte tot Peter iets zei, tot Peter op een dag, halverwege de vierde sessie, gesnurk hoorde en besefte dat de psychiater in slaap was gevallen. Hij was opgestaan en weggelopen.

Maar dit was June, en Peter had niet alleen de waarheid gesproken toen hij zei dat hij niet over zijn dochters zou praten, hij was ook eerlijk geweest over zijn gevoelens voor haar. Dus hij vergaf zichzelf bij voorbaat voor de leugen en zei: 'Als dat nodig is om jou niet kwijt te raken, June Bouquet, dan ga ik in therapie.'

'O, fijn,' zei ze, 'dank je,' en ze kuste hem.

Ze zoenden en omhelsden elkaar lange tijd. Peter schoof zijn handen onder Junes jasje en vervolgens onder haar jurk. Er verscheen kippenvel op haar blote huid toen de wind erbij kon komen, maar haar mond was erg warm. Peter liet haar los. 'Kom,' zei hij, 'ik wil je iets laten zien.'

'Wat?'

'Kom nou maar.'

June rolde met haar ogen, maar volgde hem toen de ijzeren trap af naar de strook zand onder de steiger. 'Hier?' vroeg ze weifelend. 'Daarin?' Ze keek naar de halfvergane boot met de afbladderende groene verf die half tegen de steigerpalen aan lag.

Peter schoot in de lach. 'Nee, seksmaniak. Hoewel... hierna misschien.'

'Na wat?'

Peter wenkte haar naderbij en liet haar de honderden donkerblauwe schelpen zien die zich als vlinders met opgevouwen vleugels vastklampten aan de onderkant van de steiger. Hij trok er een van het versplinterde hout en maakte die open met zijn duimen, waardoor het heerlijke zachte vlees erin zichtbaar werd. 'Het verrukkelijkste schepsel ter wereld,' zei hij, 'met uitzondering van jou.'

June trok haar neus op. 'Dat zal ik dan maar van je aannemen.' Toch hielp ze hem de mosselen van de palen, de strandmuur, de rotsen en uit het zeewier te plukken, zodat er een snelgroeiende stapel in het zand ontstond om mee terug te nemen naar Masha's. Ze bood zelfs haar eigen sjaal aan toen de plastic tas die Peter in zijn zak had gestopt vol was. Peter keek naar June, die met haar lange benen argeloos en geconcentreerd als een kind heen en weer liep over het strand, en dacht: waarom zou ik therapie nodig hebben? Ik ben gelukkig nu. Ik heb jou.

4
Kerstmis 1965

Twee avonden voor Kerstmis nam Peter June mee naar de Rainbow Room, een haute-cuisinerestaurant op de vijfenzestigste verdieping van het Rockefeller Center. June had bij Masha's cocktails gedronken terwijl Peter daar de eerste shift draaide. Vervolgens had hij zich verkleed en waren ze op weg gegaan. Er hing zoals altijd tijdens de feestdagen een koortsachtige sfeer in de stad; New Yorkers verdrongen elkaar bij het oversteken en probeerden taxi's af te pakken van toeristen die de trottoirs deden dichtslibben, omhoogstaarden naar gebouwen en met uitpuilende ogen voor etalages stonden. Peter was zowel licht geamuseerd door alle heisa – dit was niet zijn vakantie; hij had nooit vakantie – als geïrriteerd, omdat hij vaker afwezig was in het restaurant dan gebruikelijk tijdens zo'n hectische periode. Verschillende keren per dag had hij het gevoel iets vergeten te zijn en dan klopte hij op zijn zakken of liep hij zijn notitieboekje na, om zich vervolgens schuldbewust te herinneren: o ja. Masha's. Voor het eerst in twintig jaar bracht hij niet al zijn tijd daar door.

Vanavond ging hij echter iets bijzonders doen. June zou de volgende dag naar Minnesota vertrekken om de kerstdagen bij haar moeder door te brengen en daarom deed Peter opeens alles wat bezoekers van New York deden maar hij, als inwoner van de stad, nog nooit gedaan had. Ze bewonderden de kerstetalages van Macy's en June wees naar de etalagepoppen die haar gezicht hadden. Ze waren gemaakt, vertelde ze, met behulp van een mal. 'Ik moest op mijn buik liggen en ademen door rietjes in mijn neus terwijl het gips hard werd.' Peter knikte meewarig en zei: 'En mensen maar denken dat het leven van een fotomodel zo betoverend is.' Bij het Rockefeller Center stonden ze in de rij voor de ijsbaan en aten gepofte kastanjes van een kraampje. Op het ijs draaide June achtjes en ze giechelde toen Peters enkels naar binnen bogen. Ze kreeg hem los van de omringende wand door zijn handen vast te pakken en achteruit te schaatsen. Na afloop dronken ze warme chocolademelk om te ontdooien en stonden opeengeperst tussen bont en wol in de lobby van het Rockefeller Center te wachten, waar een lift hen uiteindelijk razendsnel naar de vijfenzestigste verdieping bracht.

Peter had een tafeltje voor twee geregeld bij het raam, met het Empire State Building als hun kaars. De stad spreidde zich duizelingwekkend onder hen uit. Ze dronken een martini, June bestelde een garnalencocktail en een caesarsalade, en Peter kreeft thermidor. Hij wist nu al dat hij meteen zou testen of die gekweekt was. In tegenstelling tot Masha's had de Rainbow Room een gigantische keukenbrigade en werden er aan de lopende band dagelijks honderden gasten bediend. Peter had het niet slecht voor met de chef-kok, maar hij hoopte dat hij in staat zou zijn het butagas te proeven van de warmhouder waar zijn hoofdgerecht op had gestaan en de ietwat stevige textuur zou kunnen onderscheiden van een gerecht dat gegratineerd was onder de salamander. Hij gaf June glimlachend een vuurtje terwijl ze de ruimte in zich opnam: de tafels met rood damast en kaarsen gegroepeerd rond de dansvloer, de gigantische kroonluchter aan het ronde plafond, beroemd vanwege de regenboogkleuren, nog meer van die glinsterende prisma's uit voetlichten aan de rand van de zaal en heel Manhattan twinkelend aan hun voeten.

'Je had gelijk,' zei Peter toen het orkest begon aan een medley uit *De Notenkraker*, 'dit is heel feestelijk.'

'Je had het hier moeten zien tijdens The Mod Ball vorige maand,' zei June. 'Het was afgeladen! Duke Ellington trad op.'

'Ach.' Afgezien van de transistorradio in zijn keuken en de verplichte concerten in Carnegie luisterde Peter eigenlijk nooit naar muziek. Opeens zwaaide June vrolijk naar een kerel met een baardje aan de andere kant van de zaal, die een coltrui en een rood-wit gestreepte broek droeg. 'Wie is dat?' vroeg Peter.

'Dat is Roger, een van de fotografen met wie ik werk.'

'Ach,' zei Peter weer. Hij keek hoe June rondjes rook naar deze Roger blies: zichtbare afdrukken van haar lippen in de lucht. Verbeeldde Peter het zich nou of was June een beetje bij hem weg aan het drijven? Hij kon dat gevoel alleen nergens op baseren, want als ze niet werkte stond ze altijd tot zijn beschikking, sterker nog, ze was zelfs een beetje té beschikbaar voor Peters agenda. Ze haalde hem doorlopend over om mee te gaan naar plekken die hij zelf nooit zou hebben opgezocht: ElMo, de Copa, The Factory van meneer Warhol. Ze had meer aandacht voor roddels en toekomstplannen – andere clubs en steden die ze zouden bezoeken – dan voor andere mannen. Peter was zich echter terdege bewust van het feit dat de vrouwen in haar kennissenkring uitgingen met magnaten of sporthelden. Hij had ietwat quasizielig vastgesteld dat hij als restaurateur een stuk lager in de pikorde stond. Ja, natuurlijk was Peter jaloers, maar dat was een goed teken, toch? Hij kon de oorzaak van zijn ongemak niet precies plaatsen. Hij vreesde dat het misschien toch te maken had met het feit dat hij zich, naast het troosteloze gevoel wakker te zijn geworden uit een prachtige droom, een heel klein beetje opgelucht zou voelen als hij June verloor.

Hij probeerde het van zich af te schudden, je kon je tenslotte geen charmanter gezelschap wensen. 'Jij bent vanavond wel heel oogverblindend,' zei hij tegen June. 'Je lijkt wel de sneeuwkoningin uit het sprookje.' June was inderdaad geheel in het wit. Haar fonkelende nauwsluitende jurk raakte nét de bovenkant van haar zilveren knielaarzen en op haar hoofd droeg ze een witte tulband die was vastgezet met een diamanten sneeuwvlok.

'Dank je,' zei June. Ze boog zich samenzweerderig naar Peter toe. 'Ik heb geen ondergoed aan.'

Daar ging Peters theorie over het wegdrijven... Hij trok zijn wenkbrauwen op. 'Dat wordt een fijne kerst voor mij.'

'Ik dacht dat jij geen Kerstmis vierde,' zei June.

'Nu wel.' Hij pakte haar handen en overwoog het fluwelen juwelendoosje tevoorschijn te halen, toen hun gerechten werden opgediend. Dat was maar goed ook, dacht Peter. Hij kon het geschenk beter bij het nagerecht aanbieden. Peter had vooraf sneeuweieren besteld, in de hoop dat June toch op zijn minst een paar hapjes zou nemen van de caloriearme meringue.

Het orkest speelde nu 'Moon River'. June schoof de croutons onder de sla, bracht toen een slablaadje naar haar mond en knabbelde aan de randjes ervan. Dat deed ze ook met een ander blaadje, en toen met nog een. Vervolgens leunde ze achterover en wreef over haar niet-bestaande buik. 'Ik kan niet meer.' Haar garnalen hingen als omgekeerde komma's onaangeroerd te glimmen aan de rand van de beslagen zilveren coupe.

'Maar je hebt amper iets gegeten,' zei Peter. June vond het fijn als hij dat zei en Peter meende er inmiddels wel aan gewend te zijn dat ze zo weinig at. Alleen bracht dit opeens een onwelkom beeld naar boven. Hij stond in de keuken van Auschwitz naast een man die stiekem een stukje aardappelschil in zijn mond stopte. Dat viel er meteen weer half gekauwd uit omdat de man door zijn hoofd werd geschoten. Het bloed was op Peters stapel aardappels gespat en daarom had hij ook straf gekregen. Merckel, had die man geheten. Merckels familie had ooit een keten van bierhallen bezeten in München. Deze flard kwam de laatste tijd steeds vaker boven bij Peter en dat was meer dan verontrustend. Hij zette het van zich af en stak zijn vork in het gevlekte kreeftenvlees.

Het orkest nam pauze en de ober kwam de tafel afruimen. 'Heeft het niet gesmaakt, meneer?'

'Integendeel,' zei Peter, 'mijn complimenten aan de chef.'

'Daar zal hij blij mee zijn, meneer Rashkin,' zei de ober, waarna hij het tafelkleed schoonmaakte met een zilveren kruimelveger. 'Kan ik u koffie brengen? Iets sterkers?'

'Ik ben onder de indruk,' zei June toen Peter voor zichzelf een port had besteld en voor June een cocktail, 'je bent beroemd!'

Peter wiebelde met zijn wenkbrauwen. '*Schtick with me, kid*,' zei hij met zijn beste Humphrey Bogart-accent. Herkend worden was niet echt een opmerkelijke prestatie, want de meeste chefs van een zeker niveau in Manhattan kenden elkaar. Desalniettemin vond Peter het fijn, het was altijd leuk om erkenning te krijgen van een collega. Bovendien zou hun dessert waarschijnlijk van het huis zijn.

June pakte nog een sigaret en Peter gaf haar vuur. 'Verheug je je op je reisje?' vroeg hij.

'Nee.'

'Nee?'

'Ach, nou ja, wel een beetje. Het is altijd fijn om mijn moeder te zien. Maar die plek... blèh,' zei ze met een vertrokken gezicht. 'Rond deze tijd van het jaar heeft alles daar maar één kleur, de sneeuw komt tot aan je heupen en het enige waar ze over praten is hun man en kinderen en welk merk wasverzachter het beste is.'

'Dat klinkt... rustgevend,' zei Peter behoedzaam.

'Je bedoelt bespottelijk.'

'Eh... ja,' bekende hij. June blies als een draak rook door haar neusgaten. 'Maar het is toch ook wel een beetje feestelijk? Wat gaan jullie doen met Kerstmis?'

'We gaan naar de kerk. Hebben een kerstdiner. Mijn moeder kan helemaal niet koken, ze leeft grotendeels op blikvoer, maar op kerstavond bakken zij en haar vriendinnen altijd kilo's koekjes en zetten alle traditionele Noorse gerechten op tafel. *Lefse, rømmegraut...*'

'*Grout*?' vroeg Peter weifelend. 'Eten jullie cement?'

June schoot in de lach. 'Nou... nu je het zegt... Daarom hebben ze het waarschijnlijk die naam gegeven. Het heeft precies dezelfde consistentie. Nee, het is een pap van meel en room. Volgens de legende konden Noorse boerinnen die net bevallen waren na het eten van een bord rømmegraut meteen weer aan het werk. En als dat niet stevig genoeg voor je is, heb je altijd nog *lutefisk*.' Ze deed of ze kokhalsde.

'Wat is dat? Lijkt het op gefilte fisj?'

'Geen idee,' zei June, 'maar ik weet zeker dat lutefisk smeriger is. Het is witvis die in loog is gelegd. Het stinkt een uur in de wind en het is net of je een oog eet.'

'Loog,' zei Peter peinzend. 'Dat zal van oorsprong wel een manier geweest zijn om het langer te kunnen bewaren...' Hij pakte zijn notitieboekje om dat op te schrijven. Toen hij opkeek, zag hij dat June hem met een mengeling van genegenheid en, meende hij, ergernis aan zat te kijken.

'Alleen jij kan iets als lutefisk interessant vinden.' Ze drukte haar sigaret uit. 'Je kunt natuurlijk altijd met me mee om het zelf te proeven.'

'Kon dat maar,' verzuchtte Peter. Hij kuste de hand die het dichtst bij hem lag. Het orkest was terug en speelde kerstliedjes in een swingtempo. *Stille nacht, heilige nacht*, zong een stemmetje in Peters hoofd.

'Of,' zei June, terwijl ze in zijn vingers kneep, 'ik ga niet. Ik zou ook met Pasen naar huis kunnen gaan, en dan kun jij met me mee. Dan blijf ik nu hier bij jou.'

'Ik zou niets liever willen,' zei Peter, 'maar ik vrees dat je je dood zou vervelen. Ik heb het namelijk verschrikkelijk druk met de voorbereidingen voor oudejaarsavond... O, heb ik je dat al verteld?' Hij dempte zijn stem en fluisterde achter zijn hand: 'Ik heb iemand ingehuurd die ijssculpturen maakt. Er komen standbeelden in Masha's! De rode wanden van de Russian Tea Room zullen groen van jaloezie worden.'

June trok haar hand uit die van Peter en leunde achterover. 'Leuk,' zei ze, starend naar de dansende stelletjes. Haar jurk was bijna tot aan de bovenkant van haar benen opgekropen. De geïnteresseerde blikken die hun kant op werden geworpen ontgingen Peter niet.

'Wat is er?' vroeg hij.

'Niets.'

'Uit ervaring weet ik dat een vrouw precies het tegenovergestelde bedoelt als ze dat zegt.'

Ze schudde een nieuwe sigaret uit haar pakje. 'Was je maar iets meer...'

'Wat, June?'

'Weet ik veel,' zei ze. 'Te porren voor dingen?'

'Te... wat?'

June slaakte een zucht van frustratie. 'Ik bedoel: enthousiast.'

'Ik bén enthousiast. Zo ben ik als ik enthousiast ben.'

'Oké, ik weet best dat de een zijn enthousiasme wat meer toont dan de ander, maar het zou gewoon fijn zijn om...'

'Wat?' vroeg Peter weer. Hij probeerde zijn irritatie te temperen. Het was net of hij een gesprek voerde met de rups uit *Alice in Wonderland.*

'Om met oud en nieuw samen te zijn, bijvoorbeeld. Om plannen te maken.'

'Maar dat is de beste avond van het jaar voor het restaurant,' zei Peter, 'en dan ben jij in...'

'Parijs. Ik weet het.'

'Een opdracht die jij hebt aangenomen. Ik snap het probleem niet.'

'Het probleem is dat ik jou heb uitgenodigd om mee te gaan – op kosten van het tijdschrift – maar dat je dat niet wilde. Niet eens voor een weekendje.'

'Ik moet een zaak runnen, June. Ik kan Masha's niet zomaar in de steek laten. Lena kan de boel maar voor beperkte tijd draaiende houden.'

'Dat is niet echt overtuigend. Ik heb nog nooit een chef-kok ontmoet die de kans om naar Parijs te gaan afwees.'

Peter had moeite zich in te houden. Hij had haar niet verteld – hij had nog nooit aan iemand verteld – dat hij van zijn lang zal ze leven geen voet meer op Europese bodem zou zetten. Waarom zou hij? Iedereen met ook maar een beetje inlevingsvermogen zou dat meteen snappen. 'Nou, dan ken je er nu een. Was ik boos toen je besloot dat je liever voor *Mademoiselle* naar Frankrijk ging dan dat je bij mij bleef? We zijn allebei dol op ons werk, June. We zijn allebei met onze carrière bezig. Oudejaarsavond is gewoon een avond, een datum op een kalender. Ik was toch ook niet boos toen je met Halloween naar Lissabon ging?' Hij boog zijn hoofd en keek haar van onder zijn wenkbrauwen glimlachend aan met de bedoeling er een grapje van te maken.

Maar June slaakte een geïrriteerde zucht. 'Nee. Dat is het nou juist. Je was helemaal niet boos.' Ze legde haar sigaret in de asbak en stond op. 'Ik denk dat ik beter kan gaan.'

'Hè? Nog vóór het dessert?' vroeg Peter verbaasd. Automatisch stond hij ook op en de ober, die aan kwam lopen met hun sneeuweieren, keerde beduusd op zijn schreden terug.

June kuste haar vingers en streek daarmee over Peters wang. 'Ik bel je wel,' zei ze. 'Fijne kerstdagen.'

En wég zweefde ze, tussen de wervelende stelletjes door – het orkest speelde een wals van Strauss. Peter zag hoe June zich een weg tussen de tafeltjes door baande. Hij stak een vinger op naar hun ober – *Wacht heel even, alstublieft* – en haalde haar in bij de garderobe op de gang. Ze stond te graven in haar zilverkleurige tasje.

Hij haalde het bonnetje uit zijn portefeuille. 'Zocht je dit?'

Ze stak haar hand uit, maar Peter hield het bonnetje stevig vast. 'Kom op nou.' Ze sloeg haar ogen ten hemel.

'Pas als ik je fijne kerstdagen heb gewenst.'

'Ga je gang.'

Peter haalde het juwelendoosje uit zijn zak. 'Fijne kerstdagen.'

Ze wierp een blik op het doosje, maar maakte geen aanstalten het aan te pakken. Haar gezicht was uitgestreken met uitzondering van een piepklein trekkend spiertje naast haar linkeroog. 'Wat is dat?' vroeg ze uiteindelijk. 'Chantage?'

'Dat hangt ervan af of je het leuk vindt, denk ik.' Peter schudde het doosje even. Het meisje van de garderobe gluurde om haar gordijn. 'Pak aan,' zei hij, 'het bijt niet. Wat denk je dat het is? Een duveltje in een doosje?'

'Eerder iets van de kermis,' zei June. Maar ze nam het doosje aan en maakte het open. Haar uitdrukking veranderde, maar Peter kon die niet zo goed duiden in het schemerige rode licht op de gang. Keek ze verbaasd? Teleurgesteld? Het garderobemeisje brak bijna haar ribben, zó ver leunde ze over de balie om hen te kunnen zien.

June pakte de ketting van het satijnen kussentje. 'Wat prachtig.'

Peter vond dat nogal toonloos klinken. Wat had hij nu weer verkeerd gedaan? 'Ik hoop dat je hem mooi vindt, want het zal niet gemakkelijk zijn om zo snel een andere June te vinden.'

June zei niets, maar ze ging met haar rug voor Peter staan, wat hij opvatte als een teken om de ketting bij haar om te doen. Zodra het slotje dichtzat drukte hij een kus op de plek waar haar haar nog net zichtbaar was onder de witte tulband. June draaide zich om en betastte haar sleutelbeen, waar piepkleine diamantjes aan een schakelketting haar naam spelden.

'Zo,' zei Peter. 'Gelukkig kerstfeest, liefje. Kom, dan gaan we een toetje eten.'

'Wát zei je?' vroeg June.

'Een toetje,' zei Peter, 'sneeuwei...'

'Nee, dat niet. Je noemde me "liefje".'

Peter boog zijn hoofd. Hij had het niet met opzet gezegd, het was eruit gefloept, maar hij merkte dat hij het ook niet terug wilde nemen. 'Als je je aangesproken voelt...' zei hij.

June nam zijn gezicht tussen haar handen en zoende hem. 'Ik hou ook van jou. En ga dat nu maar eens bewijzen, meneertje. Dans met me.'

'Dansen!' zei Peter zogenaamd vol afgrijzen. 'Ben je mijn geklungel op de ijsbaan vergeten? Je wilt me echt niet op de dansvloer zien!'

'Ik heb je toch al zien dansen,' zei June. 'In de Copa, The Factory... Geen prettig gezicht.' Ze lachte naar het garderobemeisje, dat zich als een koekoek terugtrok in haar klok.

Ze liepen terug naar de eetzaal. Het orkest was lekker op dreef en de bandleider zong Bing Crosby's *'I'm dreaming of a whiiiiiiiiite Christmas...'* June loodste een quasiprotesterende Peter de parketvloer op. Mensen lachten toen Peter met zijn vingers knipte en uit de maat danste. 'Zo goed?' vroeg hij. 'Kun je me helpen?'

June sloeg haar armen om zijn nek en zei: 'Nee, je bent hopeloos.' Ze bleven staan en wiegden een beetje heen en weer.

'Je zou hier best een interieurontwerper kunnen gebruiken,' zei June.

Ze waren in de woonkamer van Peters appartement en zaten aan weerszijden van een wok met roerei. De zon kwam net op boven de East River en de kamer vulde zich met vloeibaar goud. Het was de dag voor kerst en June had een vroege vlucht naar Minnesota. Ze wilde niet dat Peter haar vergezelde naar het vliegveld. Dat was te veel gedoe, zei ze, en hij moest toch werken? Maar Peter was tegelijk met haar opgestaan om een ontbijtje te maken. Dat was wel het minste wat hij kon doen, ook al zou ze het niet opeten.

Hij keek om zich heen in zijn woonkamer. 'Bevalt mijn minimalistische stijl je niet?'

June prikte in de lucht met haar eetstokjes. Die had ze liever dan normaal bestek, omdat die, zo zei ze, haar hielpen om minder te eten. 'Het is heel erg *Breakfast at Peter's*,' zei ze, verwijzend naar een van haar lievelingsfilms. 'Dat zou aandoenlijk zijn als je Audrey Hepburn was. Maar nu schreeuwt het gewoon "man alleen" uit.'

Peter legde zijn hand op zijn hart. 'Dat was ik toch ook... tot nu toe, dan.'

June boog zich over de wok om hem te kussen en strekte toen haar lange benen om te gaan rondneuzen. Ze droeg alleen een wit overhemd van Peter en hij sloeg haar genietend gade. Ze streek met haar vingers over de donkergroene leren bank en de Steinway-vleugel. Afgezien van zijn bed waren dat de enige meubels die Peter in vijftien jaar vergaard had. En zelfs dat waren geschenken van Sol, afdankertjes uit de boedel van een cliënt die op stel en sprong het land had moeten verlaten, had Sol gezegd.

June tilde de klep van de piano en keek naar de toetsen eronder. 'Ik heb je nog nooit iets horen spelen.'

'Dat zou heel goed kunnen. Ik speel geen piano.'

Ze schoot in de lach. 'Waarom heb je er dan een?'

'Omdat hij prachtig is.'

'Vind je het niet vervelend om met zo weinig spullen te leven?'

Peter dacht aan zijn ouderlijk huis in Charlottenburg. Dat was tot aan de nok toe volgepropt met dierbare spullen die niet alleen van hen, maar ook van de vier generaties voor hen waren geweest. De eettafel van walnotenhout waar twintig mensen aan konden zitten. Het zilver van zijn grootmoeder dat keukenmeid Berte elke week poetste. De tafelkleden van Belgisch kant, de met de hand door Franse nonnen genaaide lakens. Zijn moeders oosterse tapijtjes. Zijn vaders waardevolle humidor en vijf klassieke Daimlers. Wat hadden ze aan al die spullen gehad? Waar waren ze nu? 'Ik reis graag met zo min mogelijk bagage,' zei hij.

Hij had eraan willen toevoegen dat hij zelden thuis was, dat hij voordat hij June kende bijna dag en nacht in het restaurant was, maar hij wilde de discussie van gisteravond niet oprakelen. In plaats daarvan zei hij: 'Dat moet jij nodig zeggen! Bij jou staat het bad in de keuken! En dan heb je ook nog een huisgenoot!'

'Dat is meer een soort busstation, geen huis. God, wat zou ik graag een eigen plek hebben.' Ze gebaarde naar haar sigaretten en Peter stond ietwat stram op. Als vijfenveertigjarige was het toch wat lastiger om op de grond te zitten dan wanneer je bijna twintig jaar jonger was. Hij pakte haar sigaretten van de schoorsteenmantel en slingerde het pakje over de lege vloer naar haar toe.

'Je hebt in ieder geval een paar kleedjes nodig,' zei June. 'En lampen. Twee in de hal misschien, op een *demi-lune*?' Ze zette haar handen in haar zij en fronste. 'Een spiegel aan de muur daar zou dat spectaculaire uitzicht op de rivier versterken... Wist je dat ik interieurontwerpster wilde worden toen ik klein was?'

'Geen boerin met zes kinderen, net als alle andere meisjes?' plaagde hij.

Ze trok een vies gezicht. 'Kom op nou. Ik heb elke pop die ik gehad heb stukgemaakt.'

'En geen wereldberoemd supermodel?'

'Dat had ik leuker gevonden, maar ik had nooit kunnen dromen dat dat echt zou gebeuren. Op mijn zesde stak ik al met kop en schouders boven iedereen uit en ik was heel dun. Mijn moeder dacht dat ik een lintworm had en alle jongens noemden me "die lange".'

Peter glimlachte. Dat June niet aan een huwelijk en kinderen moest denken bewees alleen maar hoe jong ze nog was. Alle vrouwen wilden dat uiteindelijk, dat zat in hun genen. Misschien had June die fase gewoon nog niet bereikt. Peter zag haar voor zich als een meisje wier ellebogen, knieën en vlechten onbeholpen alle kanten uitstaken, dat met een stuurse blik een poppenhuis zat in te richten. 'Je was vast schattig,' zei hij.

'Alleen voor de oplettende kijker,' zei June afwezig. Ze omlijstte het raam aan de oostkant door een vierkant met haar handen te maken. 'Het enige wat ik ooit gewild heb is dingen mooi maken.'

'En dat doe je ook, gewoon door er te zijn.'

Ze wierp hem een grijns toe. 'Dank je, je bent een schat,' zei ze op haar vrouw-van-de-wereld-toon. 'Maar eigenlijk wil ik mooie plekken creëren, niet alleen maar de boel aankleden. Schoonheid duurt niet eeuwig. Mooie plekken wel.'

Peter had daartegenin kunnen gaan, haar kunnen vertellen dat niets of niemand op de wereld gevrijwaard was van zijn eigen ondergang. Of je nu een edelman of een bedelman was, een moderne wolkenkrabber bezat, een solide rijtjeswoning of een kasteel dat er al tien eeuwen stond, alles kon in een flits in puin vallen. Maar waarom zou hij haar dagdroom verpesten? 'Nou, lange, wat dacht je hiervan: als je terugkomt uit Minnesota mag je het hier inrichten.'

June keek hem aan. 'Echt?'

'Wis en waarachtig.'

Ze kwam naar hem toe en sloeg haar armen om hem heen. 'Dank je wel! Dat is het mooiste kerstcadeau dat ik ooit gekregen heb!'

'Afgezien van de ketting, bedoel je zeker?'

June betastte de diamantjes die fonkelden op haar sleutelbenen. Nadat ze gisteravond thuis waren gekomen, had ze uiteindelijk alleen nog die ketting gedragen. 'Natuurlijk.'

Peter kuste haar. 'Het is al laat. Ik ga even snel douchen en dan regelen we een taxi voor je.' Hij liep fluitend over de gang naar zijn badkamer, zette de kraan van de douche open en schoor zich, terwijl hij wachtte tot het water warm was. Hij zou June missen, dacht hij opgelucht toen hij onder de douche in de badkuip stapte. Opeens leek vijf dagen veel te lang. Misschien kon hij haar verrassen en haar ophalen van het vliegveld...

'Hé, heb je nog een plekje voor mij?'

Peter schrok en stak zijn hand uit naar zijn badjas, maar die hing niet op de gebruikelijke plek aan de deur. 'Ik wilde er net uit gaan,' zei hij. 'Geef me maar even een handdoek...' Maar hij was te laat: het douchegordijn schoof ratelend opzij en ze stond achter hem, naakt. Dat nam Peter tenminste aan, op grond van de warmte die hij tegen zich aan voelde. Het water stroomde over hen heen. Het zou opwindend zijn geweest, ware het niet...

'Je hoeft je littekens niet te verbergen, hoor,' zei June. 'Ik heb ze al gezien.'

Peter was met stomheid geslagen. 'Wanneer dan?' vroeg hij uiteindelijk.

'O, af en toe een glimp. Maar ik heb ze al vanaf het begin gevoeld.'

Peter zuchtte. En hij was nog wel zo voorzichtig geweest! Hij stapte nooit in bed zonder zijn pyjama, zwom nooit zonder T-shirt en deed de badkamerdeur altijd op slot. Maar nu was hij door dat gelukzalige gevoel nonchalant geworden. Nu hij erbij stilstond was het echter logisch dat June ze gevoeld had. Ze waren dik en bobbelig als touwen. Zelfs door een laag stof heen zou je ze kunnen voelen. 'Het spijt me,' zei hij. 'Ze zijn afgrijselijk.'

'O, Peter! Ga je alsjeblieft niet verontschuldigen. Ze zijn gewoon... Hoe kom je eraan?'

'Van een SS-sergeant in Auschwitz, met een zweep en een pesthumeur.'

'Jezus.'

'Nee, gewoon een vetzak die Stultz heette.' Peter stapte onder de douche uit en trok zijn badjas aan – dat kreng lag op de wasmand. Automatisch begon hij zijn haar te kammen. Nu had June het dus gezien, het brailleschrift van Peters vernedering en hulpeloosheid. Dan zou ze zo vast vragen hoe het geweest was. Dat wilden Amerikanen altijd weten, wat dat betrof waren het net kinderen; ze bedoelden het goed, maar waren onverzadigbaar nieuwsgierig. Hoe was het geweest? De eerste maanden dat Peter bij Ruth en Sol woonde had Ruth dat ook steeds gevraagd. Ze had hem achtervolgd met *Life* en *Time*; lugubere covers met teksten als NIEUWE NAZIGRUWELEN ONTDEKT! DUIZENDEN LIJKEN OPGEGRAVEN! 'Heb jij dit ook meegemaakt? Of dit? En dit dan? Mijn arme, arme Bubbie! Hoe heb je je daardoorheen geslagen? Hoe was het?' Peter had het haar met geen mogelijkheid kunnen vertellen, al had hij het gewild. Hoe vertelde je nou dat mazzel pervers kon zijn? Dat de zweepslagen die Peter op een ijskoude dag in januari zomaar op de *Appellplatz* van Stultz had gekregen zijn rug tot op het bot hadden opengelegd, waardoor Peter was flauwgevallen en naar de ziekenboeg was gebracht, waar hij in zijn ijltoestand recepten voor *Sauerbraten* en schnitzel had liggen uitkramen, waardoor hij naar de keuken werd overgeplaatst toen hij daar weer uit kwam en geen lijken die niet zwaarder waren dan vliegers op de crematoriumwagen hoefde te laden, en dat hij daar gewerkt had tot het kamp twee maanden later werd bevrijd door de geallieerden? Stultz' zweepslagen waren dus eigenlijk zijn redding geweest. Je kon iemand die er niet bij was geweest met geen mogelijkheid uitleggen dat wat je onder mazzel verstond zó binnenstebuiten en ondersteboven werd gekeerd dat je gewoon niet zeker meer wist of het nou positief was dat je het er uiteindelijk levend vanaf had gebracht.

Peter zag in de spiegel dat June met haar glimmende, heerlijke doch te dunne lichaam uit het bad stapte. Ze wikkelde een handdoek om zich heen en kwam achter hem staan. Peter wachtte tot ze zou vragen hoe het geweest was, maar in plaats daarvan vroeg ze: 'Wat is er met hem gebeurd? Is hij opgehangen in Neurenberg?'

'Wie, Stultz?' June knikte. 'Nee, zo belangrijk was hij niet.'

'Konden we hem maar vinden,' zei June. 'Dan zou ik hem vermoorden.'

'O ja? Hoe dan?'

'Ik zou hem neerknallen.'

'Ach. Heb jij dan een vergunning om te doden, zoals 007?'

'Ik zou hem uit het raam duwen,' zei June. Haar ogen waren rood, maar ze begon te glimlachen.

'Dan zou ik dat voor je openhouden,' zei Peter. Hij keek op zijn horloge, waarachter zijn andere litteken schuilging. Hij durfde er zijn restaurant om te verwedden dat June daar niets van wist. Niemand wist ervan, Sol en Ruth niet, zijn personeel niet. Hij deed zijn horloge nooit af. De dag waarop het Zwitserse leger zijn waterdichte uurwerk te koop had aangeboden, was de beste van zijn leven geweest. 'We moeten een taxi voor je bellen,' zei hij, 'anders mis je je vlucht.'

'Oké,' beaamde June, maar ze bleef gewoon staan. Peter snapte pas waarom toen ze vroeg: 'Voel je dit echt niet?'

Hij besefte dat ze met haar handen over zijn rug streek. 'Nee, ik heb daar geen gevoel.' Dat was het voordeel van littekens: hoe dieper die waren, hoe minder je ervan voelde.

Nadat Peter June in een taxi had gezet, besloot hij naar Masha's te lopen. Het restaurant lag maar een paar straten verder en het was nog vroeg. De zon stond weliswaar tussen troebele wolken, maar de temperatuur was best aangenaam. Na de kerstdrukte van de avond ervoor genoot hij van de nagenoeg verlaten trottoirs. De enige mensen die op dit tijdstip buiten waren kwamen terug van een nachtje doorhalen of waren buurtbewoners die hun hond uitlieten. Die zaten geen van allen verlegen om een praatje en dat vond Peter best. Toen hij een beker koffie kocht bij een zaakje op de hoek werd hij opeens weer overvallen door dat vreemde gelukzalige gevoel. Hoe kon dat nou, nu June weg was, ergens in de lucht boven hem vloog? Hij voelde zich echter gesterkt door het gesprek van die ochtend. Hij was nog nooit zo openhartig geweest tegen een vrouw en ze was er goed mee omgegaan. Hij wierp steelse blikken in de etalages van dameskledingzaken en besefte glimlachend dat hij zocht naar etalagepoppen met Junes gezicht.

Hij bleef staan om een mechanisch minikersttafereel te bewonderen: een vader, moeder en twee kinderen met geschilderde glimlachjes die elkaar met houterige bewegingen kerstcadeautjes gaven. Opeens moest hij denken aan de laatste keer dat hij zoiets had meegemaakt. Dat was in 1942, toen Vivi en Gigi dreumesen waren. Ze groeiden toen als kool, van mollige baby's waren ze meisjes met lange benen geworden en het leek wel of ze nooit verzadigd raakten, vooral Vivi, die alles wat Peter haar voorzette heerlijk vond. Hun voedselbonnen waren een lachertje; zonder de kliekjes die Masha uit het Adlon mee naar huis nam zouden de meisjes verschrikkelijke honger hebben geleden en een groeivertraging hebben opgelopen. Tegen die tijd was Peter de hele dag thuis, omdat zijn werkvergunning was ingetrokken. De verhalen die hij van de moeders in het trappenhuis had opgevangen – over kinderen die lusteloos en angstig waren geworden, last van zweren hadden of vanwege het gebrek aan melk geen volwassen tanden en kiezen kregen – hield hij voor Masha verborgen.

Die kerst waren er geen cadeautjes, hoewel ze er wel in geslaagd waren een boom neer te zetten: een armetierig vondelingetje dat Peter van de vuilnishoop had gered. De boom was nog geen meter hoog, stond scheef en was aan één kant kaal. Maar Peter had hem op hun keukentafel gezet en de stam met een theedoek omwikkeld. Hij was een paar avonden bezig geweest om, terwijl de meisjes in bed lagen, met een schroevendraaier gaten in lege blikjes te slaan. Als hij daar kaarsstompjes in zette en ze in de boom hing, dacht hij, zou het er best feestelijk uitzien. Wel wat anders dan de magnifieke sparrenbomen vol brandende kaarsjes uit zijn jeugd – Peters familie was zo geassimileerd dat ze net zoals bij Masha thuis gewoon Kerstmis vierden – maar als verrassing was het prima.

Ver na middernacht kwam Masha thuis uit het Adlon – ze had het kerstavondbuffet van het hotel moeten opruimen. Peter had voor het raam naar haar zitten uitkijken en haar dik ingepakte gestalte uit de tram zien springen toen die langs hun gebouw ratelde en de borden op de planken rammelden. De meisjes sliepen daardoorheen; het waren stadskinderen die alleen wakker werden als het te stil was.

Tegen de tijd dat Masha de vijf trappen op was geklommen, had Peter de kaarsjes in de blikjes aangestoken, die hij had verdeeld over de paar takken die ze konden dragen. 'Vrolijk kerstfeest, Mashi,' fluisterde hij.

‘Vrolijk kerstfeest, Petel,’ zei Masha. Ze kusten elkaar. Haar bleke gezicht was bijna doorschijnend van vermoeidheid, met uitzondering van het knalrode puntje van haar neus. Ze wikkelde haar sjaal af en trok haar jas uit.

Peter ving de geur van gebraden gevogelte op die onder haar witte uniform uit kwam en zijn maag knorde. ‘Gans?’ fluisterde hij.

Masha knikte. ‘En eend. Ik moest vanavond het vlees snijden.’ Ze haalde haar broodtrommel tevoorschijn.

Hij nam niet eens de moeite om bestek te pakken, hij ging aan tafel zitten en scheurde het vlees met zijn vingers aan stukjes. Het merendeel legde hij apart voor de tweeling. Vivi bewoog in haar slaap vanwege de etensgeur, maar werd niet wakker. Ze legde alleen haar hand op de wang van haar zus in het tweepersoonsbed. ‘Heerlijk,’ zei hij, ‘dank je.’

Masha ging tegenover hem zitten en begon met zulke krachtige bewegingen haar haarspelden te verwijderen dat ze alle kanten op vlogen. ‘Waarom uitgerekend dat meisje,’ had zijn moeder gevraagd, ‘van alle geschikte jongedames aan wie we je hebben voorgesteld? Ze is niet alleen gewoontjes, maar ook lelijk.’ Dat was waar: Masha had een langgerekt en mager gezicht en een erg bleke huidskleur. Ze had amper wimpers. Maar vanaf het moment dat Peter haar voor het eerst had gezien – in de keuken van Hotel Adlon op zijn tweede dag als commis – was hij van Masha onder de indruk geweest. De chef-kok had de gehele keukenbrigade bijeengeroepen om te kijken hoe Peter een ui sneed. Hij stelde Peters onhandigheid, diens volslagen onbekwaamheid, ten voorbeeld. ‘Moet je nou kijken,’ had hij in zijn oor geschreeuwd, terwijl hij een handjevol rafelige plakjes pakte en die in zijn gezicht smeet. ‘Dat zou mijn oma met haar kunstgebit nog beter doen!’ Toen had hij een mand vol uien met zo’n klap op Peters snijplank gezet dat er een paar op de vloer stuiterden en wegrolden. ‘Je gaat net zo lang door tot je het goed doet. En pas dan mag iedereen weer aan het werk.’ Er was een stilte gevallen waarin alleen het gesis en geborrel van in de steek gelaten gerechten op het fornuis en het woedende gesnuif van de chef-kok te horen waren. En het gesnotter van Peter, die continu zijn neus ophaalde terwijl hij er met brandende ogen verblind op los sneed, omdat hij zelfs de lucifer die je normaal gesproken tussen je tanden hield niet had. Het hield pas op toen hij voelde dat het mes uit zijn handen werd gepakt. 'Kijk,' had een zachte stem in de buurt van zijn schouder gezegd. Toen Peters prikkende tranenvloed droogde, zag hij een nog jongere en kleinere leerling-kok zijn laatste ui snijden. Het mes bewoog zo snel dat hij het niet eens kon zien, als de vleugels van een kolibrie. 'Kijk, zo,' had de kleine commis gezegd, 'met je vinger op het lemmet om te sturen, zie je?' Hij knikte. De chef, die achter hen had gestaan, tikte tegen de stapel piepkleine vierkantjes op Peters snijplank en zei: 'Ach... Allemaal weer aan het werk!' Het leek wel of de keukenbrigade van het Adlon eerst door een toverspreuk was verstijfd en nu door het gebrul van de chef opeens weer tot leven werd gewekt. Behalve de kleine commis, die op Peters schouder klopte, zich terugtrok aan het aanrecht bij de inloopkoeling en haar kapje afzette om water tegen haar voorhoofd te plenzen. Ja, het was een vrouw, zag hij verbijsterd, een heel kleine vrouw met lichtblonde vlechten, die ze onder haar kapje stopte voordat ze weer op haar eigen plek aan de slag ging en strudeldeeg kneedde alsof er niets was gebeurd. En dat was Masha.

Nu begon ze te giechelen. 'Die boom is...' Ze sloeg haar hand voor haar mond om het geluid tegen te houden, maar zat al snel te schudden van het lachen.

'De boom is wat?' vroeg hij quasiverontwaardigd. 'Magnifiek? Een meesterwerk? *De Notenkraker* waardig?'

'Ja, precies, dat wilde ik net zeggen.' Ze veegde haar natte ogen en neus af en ondersteunde haar hoofd met haar handen. 'Ik ben doodop, en het spijt me, Petel, maar ik kon geen chocolade voor de meisjes te pakken krijgen. De chef had zo'n beetje alles achter slot en grendel gezet.'

'Dat geeft niet. De boom is het cadeau... Wáág het niet,' waarschuwde hij toen ze weer begon te lachen. 'Wacht maar af, de meisjes zullen hem geweldig vinden.'

'O, vast.'

Peter klopte op zijn schoot en Masha kwam erop zitten. Hij kon het vet van reuzel en olie in haar haren ruiken. 'Dat we samen zijn is het cadeau.'

'Petel,' zei ze, terwijl ze zijn hand pakte en met zijn vingers speelde. 'Nu je het zegt...'

'Nee hè, niet weer.'

'Dieter beweert dat hij drie identiteitsbewijzen kan regelen. Dat zal ons veel geld kosten, maar daar hebben we jouw moeders oorbellen toch voor bewaard?'

Peter keek omlaag naar de kleine hand met de littekens en brandwonden. De hele palm van haar linkerhand was doorschijnend roze en had geen lijnen, omdat ze een keer zonder pannenlap een steelpan had gepakt. Ze friemelde aan zijn trouwring, draaide die almaar rond. 'Ik wil de oorbellen bewaren voor noodgevallen,' zei hij.

'Dit is een noodgeval, Petel.'

Hij snoof. Hij gebaarde naar het raam, waarachter de sneeuw zachtjes op de tramrails viel en de stoep bedekte. 'Ziet dat eruit als een noodgeval?'

'Ik vang af en toe dingen op. Dat er een razzia komt...'

'Onzin, propaganda.'

Masha schoot met vlammende ogen overeind op zijn schoot. 'Dat slaat nergens op. Waarom zouden de nazi's geruchten verspreiden over een razzia? Dan hebben mensen toch tijd om weg te gaan?'

'Het is een tactiek om angst te zaaien. Dat doen ze al die tijd al. Mensen intimideren zodat ze doen wat zij willen.'

'Nou, het werkt toch?' Ze stond op en liep naar het raam, waar ze huiverend haar ellebogen vastpakte. De ruit was gebarsten en het was koud in de kamer.

'Ga daar weg,' zei Peter, 'anders ga je nog dood aan een longontsteking.'

'En waar ga jij dood aan? En zij?' Masha knikte naar de tweeling, die als een hoopje vodden in bed lag te slapen.

'Praat niet zo hard. Hou op met dat dramatische gedoe, Lana Turner.'

Hij hoopte dat de verwijzing naar een van Masha's idolen haar zou opvrolijken, maar ze staarde hem alleen maar aan. 'Alles wat ik gezegd heb is tot nu toe toch uitgekomen? Het is allemaal toch van kwaad tot erger geworden? Kijk wat er met je vader is gebeurd, en met je moeder. Jij mag niet eens werken!'

'Maar jij wel, jouw werkvergunning is nog geldig. Mijn vader was een onruststoker en mijn moeder... Heel veel mensen hebben die griep gekregen. Je doet net of de nazi's haar ziek hebben gemaakt! Luister, we zitten hier goed, we zijn veilig, hebben het warm en kunnen eten. Zolang jij mag werken, kan ons niets gebeuren.'

'Maar hoe lang nog?' vroeg ze. 'Mensen weten dat de meisjes en jij hier zijn. Hoe lang duurt het voordat een of andere Jodenhatende *Greifer* ons verraadt? Voor geld, of een reisvergunning of om zijn eigen hachje te redden?'

'Volgens mij onderschat jij onze vrienden, Mashi.'

'Volgens mij overschat jij hoeveel vrienden wij hebben, Petel.'

Ze schudde haar hoofd, haar lange haar viel als een gordijn rond haar gezicht. Geïrriteerd duwde ze het terug. 'Jij zit de hele dag thuis, met de meisjes. Je weet niet wat er daarbuiten allemaal gebeurt. Dat zie je niet.'

'Dat is zo,' zei Peter met een verbittering waar hij zelf van schrok. 'Je hebt gelijk, ik lijk wel een kluizenaar, of een gevangene.'

Hij had er meteen spijt van, want Masha zat opeens gehurkt op haar klompen voor hem en pakte met haar koude handen de zijne vast. 'Dat is het nou juist. Je bént een gevangene in je eigen huis. En dat wordt alleen maar erger. De razzia...'

'Gewoon geruchten.'

'... is al in februari, heb ik gehoord. We hebben niet veel tijd meer...'

'Nee.' Peter zei het zo hard dat Gigi wakker schrok en begon te huilen. Hij liep naar haar toe en tilde haar uit bed. Haar lichaam was warm en zwaar van de slaap. 'Sssj, straks maak je je zusje wakker. Er is niets aan de hand. Mama is er, zie je wel?'

Masha wiebelde met haar vingers. 'Hallo, popje,' zei ze.

Slaperig begroef Gigi haar gezicht in Peters schouder.

'Hoe denk je dat ik hen naar god weet waar moet brengen, naar Amerika of Engeland of welke verre bestemming jij dan ook in gedachten hebt? Ze zijn nog zo klein. Ze worden snel moe. Ze praten hun mond voorbij.'

'Daar zijn oplossingen voor,' zei Masha. 'Slaapdrankjes...'

'En jij dan?'

'Ik red me wel. Ik ben arisch.'

‘Ik laat je niet alleen.’

‘Na de oorlog...’

‘Ik ga ons gezin niet uit elkaar halen,’ zei hij nijdig. ‘Echt niet.’

Gigi tilde haar hoofd van zijn schouder en legde haar handje op zijn wang. ‘Papa boos?’

Peter kuste haar handpalm. ‘Nee hoor, kleintje.’ Hij draaide haar naar de boom toe. ‘Mooi hè, de lichtjes?’

Gigi staarde naar de brandende stompjes in de geperforeerde blikjes. ‘Vivi slapen,’ zei ze met voldoening. Ze stopte haar duim in haar mond en legde haar hoofd weer tegen Peters schouder. Hij inhaleerde de geur van haar ongewassen haar. Dat was net zo wit als dat van haar moeder en zat vol klitten sinds de laatste wasbeurt.

Masha ademde snel en luidruchtig; ze was laaiend of kon elk moment in tranen uitbarsten, of allebei. ‘Denk nou toch na, Petel, ik smeek het je. Die mensen deinzen nergens voor terug. Je ziet toch...’

‘Ik dénk na,’ zei Peter, ‘en ik denk dat het snel weer beter wordt. Als de nood het hoogst is, is de redding nabij, wat jij, Gigi?’ Ze knikte. ‘We beginnen bijna aan een nieuw jaar. Wat dacht je hiervan: in de lente, als het warmer is en gemakkelijker om te reizen, zal ik het overwegen. Overwégen,’ herhaalde hij.

Masha keek naar haar dochter, wier haar ze continu streelde. ‘Zij zijn half-Joods,’ zei ze. ‘Heb je er weleens bij stilgestaan wat er met hen gebeurt als...’

‘Maar jij bent hun moeder en je bent arisch.’

Ze beet op haar lip. ‘In de lente kan ik misschien nog een vierde ausweis krijgen.’

‘Zie je nou wel? Het komt allemaal goed.’ Met zijn vrije arm trok Peter zijn vrouw naar zich toe. ‘De komende kerst zitten we waarschijnlijk allemaal in Londen.’

‘Hé, makker, kun je misschien even een stapje opzij doen?’

Peter keek achterom. De eigenaar van de winkel waar hij voor stond gebaarde dat Peter weg moest gaan, zodat hij het rooster voor zijn etalage kon weghalen. ‘O, pardon.’

‘Geen punt. Het is Kerstmis. Bijna, tenminste.’ De man leek een beetje op een tuinkabouter en was afgezien van wat plukjes zwart haar die uit zijn oren staken kaal. 'Ben je etalages aan het kijken, knapperd? Wil je binnenkomen om iets uit te zoeken voor je vrouw of je liefje? Ik heb prachtig garen en band.'

'Nee, bedankt,' zei Peter. Hij tikte tegen de rand van zijn hoed en zette er de pas in, maar besefte toen dat hij de verkeerde kant op liep en draaide zich om. Hoewel het best fris was, trok hij zijn jas uit en hing die over een arm. Zijn overhemd was nat van het zweet. Zijn koffie was koud geworden. God mocht weten hoe lang hij daar gestaan had; Peter zou zich gegeneerd hebben als dit New York niet was. Hier waren de mensen wel wat gewend. Hij haalde een paar keer diep adem. Het rook naar de warme roetlucht uit de roosters van de metro en hotdogs uit een karretje in de buurt. Peter gooide zijn koffie in een afvalbak. Hij was in New York, het was 1965 en er lag geen vlokje sneeuw op de grond. De zon scheen nu op volle kracht. Peter wierp een blik op zijn horloge: het was bijna negen uur. Hij moest patrijzen opbinden, ervoor zorgen dat de kastanjes gepoft werden voor de vulling en er moest *brandy butter* gemaakt worden voor de *Christmas pudding*.

Hij versnelde zijn pas over de glimmende stoep vol platgetrapte kauwgom, maar veranderde op het laatste moment van gedachten en hield een taxi aan. Hij gaf de chauffeur, een oosterse kerel met een tulband, een adres en leunde achterover. De sitarmuziek die uit de radio golfde deed Peter denken aan de tijd dat hij als jongeman door de stad had gezworven. Hij vond het gênant dat hij zijn baantje bij de Oyster Bar was kwijtgeraakt, maar had zijn vrijheid en het gespaarde salaris gebruikt om elk gerecht dat hij nog nooit had gegeten te proeven. *Potstickers. Saag paneer* en *gulab jamun*. Kip in *mole*. Roti. Shoarma. Het lekkerst had hij de dimsum in Chinatown gevonden. Daar had hij naast een lopende band gezeten en aangewezen wat hij wilde eten. Hij herinnerde zich nog hoe verbaasd hij was geweest toen hij op deze manier gepaneerde, gefrituurde kippenvoetjes had gekregen.

De taxi stopte op de hoek van 5th Avenue en 57th Street en Peter sprong eruit. Nu moest hij zich wel weer door de massa wurmen: toeristen en mannen die vergeten waren hun secretaresse cadeautjes te laten kopen voor hun vrouw. Peter liep door de beroemde koperen deuren. Hij was het zat, moest hier een eind aan maken, aan die invasie van het verleden. June, dat wist hij nagenoeg zeker, June was de ware. June met haar optimistische onschuld, haar naïviteit als het ging om de mate waarin dingen uit de hand konden lopen, haar charme en jeugdige vitaliteit. Zij was de verpersoonlijking van Peters adoptieland, zijn nieuwe Amerikaanse start. Peter had lang genoeg gewacht, het was tijd om een zelfverzekerde stap in de toekomst te zetten. Misschien lukte dat hiermee. Hij stond in Tiffany om zich heen te kijken tot hij zag waar de ringen waren en liep vervolgens naar de glazen vitrines. Een verkoper in een Savile Row-pak schoot op hem af. 'Kan ik u helpen, meneer?'

MASHA's voorjaar 1966

Voorgerechten

* In gerookte zalm gewikkelde palmharten op een bedje van jonge sla met een truffelvinaigrette
* Soep van jonge doperwtjes met huisgemaakte croutons, crème fraîche en verse munt
* 'Kip in een voorjaarsdekentje': met kippenleverpaté gevulde blintses met mosterd- en mierikswortelsaus
* 'Waldorfsalade': kropsla, druiven, groene appel, radijs, blauwe kaas, geroosterde walnoten, huisgemaakte mayonaise en zoetzure bietjes
* Jonge groene asperges en croûte met minikaasfondue

Hoofdgerechten

* Lam Wellington met aardappelpuree en jonge groene asperges
* Gepocheerde blauwbaars met dillesaus, aardappeltjes uit de oven en sperziebonen amandine
* Konijnenstoofvlees op een bedje van knoflookaardappelpuree en gesauteerde jonge doperwten
* Kip Kiev met gekruide rijst en groente du jour
* Hamburger Walter: gemalen schouderstuk au poivre geflambeerd in cognac, geserveerd met pommes frites en helemaal geen groente

Bijgerechten

✳ Jonge doperwten met verse munt

✳ Spinazie à la crème met een korstje van knoflook en Parmezaanse kaas

✳ Aardappeltjes uit de oven

✳ Aardappelpuree met knoflook of mierikswortel

✳ Pommes frites (Franse frietjes)

✳ Latkes (aardappelpannenkoekjes met appelmoes)

✳ Tzimmes (gestoofde zoete aardappel met citrusschil en krenten)

✳ Zoetzure bietjes met mierikswortel-crème fraîche

✳ Assortiment huisgemaakte groenten in het zuur

✳ Spätzle

Nagerechten

✳ Rabarberpudding met bruine suiker-vanille-ijs en gesuikerde rozemarijn

✳ Taart van in rum geweekte appels met crème anglaise

✳ 'Masha Torte': Duitse chocoladetaart met geflambeerde kersen

✳ 'Wolkjes': slagroomsoesjes gevuld met vanille-ijs, geserveerd met een minichocoladefondue

✳ Aardbeien-, frambozen- en bosbessenijs in chocoladebakjes (als trio of per stuk verkrijgbaar)

✳ Assortiment rugelach (maantjes met chocolade, walnoten, krenten en frambozen)

1705 2nd Ave. New York, NY 10128 / RE 4-1143 * Graag reserveren!

5
De Bot

Op een zonnige maandagochtend halverwege april 1966 hielp Peter Ruth in haar tuin. Eerst had hij de grond omgespit, hoewel tuinman Yoshi dat best had willen doen, zei Ruth. Sterker nog, dat had hij móéten doen, want het was zijn werk. Waar betaalden ze hem anders voor? Maar Peter genoot van het gewicht van de schop met de ruwe houten steel, hij vond het heerlijk om een oude broek en dito jasje te dragen en blootshoofds in de frisse buitenlucht te zijn. Hij transpireerde liever als gevolg van inspanning dan door een nachtmerrie of nare herinnering. Zelfs het feit dat zijn rug- en schouderspieren protesteerden – in de keuken gebruikte hij die op een andere manier – gaf hem een fijn gevoel. Morgen had hij ongetwijfeld spierpijn, maar vanavond zou hij een warm bad en een glas whiskey nemen. Daar genoot hij het meest van na het winterklaar maken en in het voorjaar weer tot leven wekken van Ruths tuin.

Zo. Het was hem weer gelukt. Hij stak de schop aan de rand van de tuin in de grond. Die was zwart en nat en rook naar zwavelhoudende mineralen uit de nabijgelegen Sound. Tijdens het spitten had Peter af en toe een hele mossel of tapijtschelp bovengehaald, die een overvliegende zeemeeuw in de tuin had laten vallen. Die witte schelpresten verrijkten de bodem. Soms vond hij *wampum*: gladde, paarse kralen gemaakt van schelpen die de indianen uit New England als ruilmiddel gebruikten. Dat had Peter gelezen in een boek over Amerikaanse geschiedenis toen hij net in dit land was. Hij was betoverd geweest door de wampum. Het was allemaal zo anders dan de tuinen uit Peters jeugd, de minutieus onderhouden bedden met rozen, tulpen en in vorm gesnoeide struiken. Daar had hij trouwens nooit in mogen spitten, want zijn moeder Rivka had een gruwelijke hekel gehad aan modder. Peter had echter wel af en toe met kokkin Hilde mee gemogen naar haar ouderlijk huis in Boitzenburger Land, waar ze hem geleerd had kuilen te graven die twee keer zo groot waren als de wortelkluiten, vermalen eierschalen en koffieprut rond de tomatenplanten te strooien en aardhopen te maken over de meloenen om die te beschermen. Peter dacht terug aan Hilde, een zwaarmoedige vrouw met orthopedische schoenen en een diadeem van grijze vlechten, hoe zij haar hoofd achterover had gegooid en het had uitgeschaterd om het gezicht dat Peter trok toen hij voor het eerst een radijsje at dat net uit de grond was getrokken. Dat was het moment geweest waarop hij een link had gelegd tussen de zaadjes die hij en Hilde met hun duim in de grond hadden geduwd en wat hij in zijn mond stak. De wonderbaarlijke alchemie van eten dat in de grond groeide was nog steeds iets waar Peter zich over verbaasde en waar hij nooit echt aan gewend was geraakt.

Hij draaide zich om en keek naar Ruth, die geknield zat op een schuimrubberen matje dat ze uit de garage had meegenomen. Ze droeg een kegelvormige strooien hoed die ze ooit van een reis naar Thailand had meegenomen. Met haar hoofd gebogen over haar werk leek ze een beetje op de Vietnamese vrouwen die Peter op het nieuws zag. Het was verwarrend om die hoed tegen een achtergrond van moerasriet en een bleekblauwe lucht te zien in plaats van een brandende jungle, waar helikopters dorpjes bombardeerden en wolken Agent Orange dropten. Hij vroeg zich af of Ruth die hoed uit ironie had opgezet of om te protesteren, maar betwijfelde dat. Zelf was hij blij dat hij wat tijd kon doorbrengen in deze bevoorrechte enclave, dat hij kon wonen op een plek waar niets in brand stond.

'Zo!' Ruth sloeg haar handschoenen tegen elkaar om de aarde eraf te krijgen. 'Ook weer gebeurd.'

'Laat eens kijken.' Peter liep naar haar toe en voelde zijn laarzen tot zijn grote voldoening diep wegzakken in de grond. Ruth had alle kruiden geplant die hij in Masha's kon gebruiken: dille, munt, rozemarijn, oregano, tijm – citroen- en Griekse – bieslook, kervel, basilicum, peterselie, knoflook, venkel, laurier en lavendel, die Ruth in zakjes deed voor in de linnenkast en Peters patissier gebruikte voor *shortbread*. 'Prachtig,' zei hij oprecht.

Ze keek omhoog naar hem met een glimlach waar haar kunstgebit niets aan afdeed. Ze had knalroze lippenstift opgedaan en droeg oorclips die eruitzagen als gouden slakken. Ze stak haar hand uit. 'Help een oude dame even overeind, wil je?'

Hij hielp haar gedecideerd doch behoedzaam omhoog. Ondanks haar enthousiasme voor koken, tuinieren, toneel, koppelen, opera, bridge, reizen en mahjong was Ruth immers al in de zestig, net zo oud als Peters moeder zou zijn geweest. 'Ik heb heus wel door dat je mij het vuile werk laat opknappen,' zei hij tegen de kreunende Ruth. 'Plant jij anders de sperziebonen zo maar.'

'Oi,' zei ze en ze liep stijfjes naar de lichte opvouwbare stoel van gevlochten aluminium die Peter voor haar hiernaartoe had gedragen en op het pad naast de tuin had gezet. Ze liet zich erop zakken en zei: 'Ik kijk wel even toe, Bubbie, dan kan ik een beetje uitrusten.'

'Doe dat maar.' Hij draaide zich naar de bakken met stekjes die hij bij verschillende kwekerijen op Long Island had uitgezocht. Deze groenten vormden de basis van Masha's voorjaarsmenu en hij bedankte ze zwijgend terwijl hij ze voorzichtig uit hun zwarte plastic potjes haalde, de wortels uitschudde en ze stuk voor stuk in de grond zette. De kropsla en rucola konden, samen met de radijs, half mei geoogst worden en de doperwten, uien en prei ongeveer een week later. De andere groenten moesten de hele zomer blijven staan: de vlees- en kerstomaten, bietjes, fingerlingaardappeltjes, zoete aardappels, kool, spruitjes, pompoen, komkommer en snijbonen. Hij streepte elke plant van het lijstje in zijn notitieboekje door zodra die gepoot was. Vervolgens rolde hij het kippengaas uit voor de klimplanten en moest opnieuw aan Hilde denken. Zij was degene geweest die hem geleerd had de blaadjes van bonenplanten op te tillen om de peulen te zoeken. 'Als je er één vindt, vind je er veel meer,' had ze gezegd. 'Ze groeien in groepjes, zie je? Het zijn de meest sociale groenten.' Peter, die toen een jaar of zes, zeven was geweest, had dat zo'n grappige gedachte gevonden – gezelligheidsbonen! – dat hij van het lachen een beetje in zijn broek had geplast.

'Wil je ijskoffie, Bubbie?' vroeg Ruth vanuit haar stoel. Ze hield een thermosfles omhoog. 'Je mag niet uitdrogen. Nee? Oké.' Ze nam slokjes terwijl Peter de stokken voor het gaas in de grond stak. 'Hoe is het met je vriendin? Het fotomodel?'

'Ze is in Rome, aan het werk voor Dior.'

'Toe maar,' zei Ruth geïmponeerd. Hij glimlachte naar haar. Ze had nu haar geslepen zonnebril op onder de hoed, hoewel een dun laagje schapenwolken de hemel begon te bedekken.

'Volgens haar is het helemaal niet zo geweldig. Het is gewoon haar werk, zegt ze.'

'Je moet dat werk anders wel kunnen krijgen, het is niet voor iedereen weggelegd. Had je niet met haar mee gewild? Of heeft ze je niet uitgenodigd?'

Peter zuchtte inwendig. Hoe vaak had hij Ruths goedbedoelde uitnodigingen voor vlieg-, boot- en rondreizen naar de andere kant van de oceaan niet met redenen omkleed afgewimpeld en afgeslagen? *Ook niet naar Israël? Dat is toch ver van Europa...* 'Daar heb ik geen tijd voor, Ruth,' zei hij geduldig. 'Ik moet werken.'

'Werk, doe niet zo mesjogge. Dat Russische loeder van jou kan dat restaurant maandenlang als een goelag bestieren.'

'Dat is zo, maar dan zou jij niemand meer hebben om het vuile werk voor je op te knappen.'

Ruth wuifde dat weg en Peter stapte achteruit om zijn werk te bewonderen. Stond het gaas recht? Eigenlijk maakte dat niet uit, de groenten zouden toch wel groeien, maar hij vond het belangrijk. Hij haalde een van de stokken uit de grond en trok het gaas recht.

'Zeg, hoe serieus is het nou eigenlijk? Hoor ik trouwklokken?'

Hij sloeg de stok met zijn houten hamer in de grond. 'Die hoor jij elke keer als ik naar een vrouw kijk.'

'En wat is daar mis mee? Kijk dan naar me, ik ben bijna te oud om de grond om te spitten. Tegen de tijd dat ik kleinkinderen krijg, lig ik eronder.'

Peter knielde om het kippengaas naast de plantjes in de grond te duwen en onderdrukte de neiging om te zeggen dat ze zich met haar eigen zaken moest bemoeien. Die strategie was oud en werkte niet. In plaats daarvan zei hij: 'Je kunt ze altijd nog adopteren.'

'Haha,' zei Ruth, 'wat ben je toch een geinponem.' Ze trommelde met haar gehandschoende vingers op de thermosfles. 'Ik dacht dat je deze... June echt leuk vond.'

'Ik dacht dat jij dat echt niet deed.'

'Bubbie!' Ruth klonk ontzet. Ze deed haar zonnebril af om hem streng aan te kijken. 'Waarom denk je dat?'

'Omdat ze een sjikse is,' zei Peter. Hij kwam overeind en bekeek de ordentelijke rijen plantjes in de zwarte aarde. 'Zo, wat vind je ervan?'

Maar Ruth schudde haar hoofd. 'Ik schaam me dat mijn eigen vlees en bloed denkt dat ik zo bevooroordeeld ben.'

Hij schoot in de lach. 'Ach, kom nou toch. Elke vrouw aan wie je me de afgelopen twintig jaar hebt geprobeerd te koppelen was Joods.'

'En wat is daar mis mee?' vroeg Ruth weer. 'Natuurlijk wil ik dat je met een leuk Joods meisje trouwt. We zijn er zo veel verloren...' Ze schoot vol en wendde haar blik af naar het modderpad met het platgetrapte riet dat naar het huis leidde. 'Sorry.' Ze haalde een tissue uit de mouw van haar gewatteerde jasje en depte haar ogen. 'Ik weet dat je er liever niet over praat. Maar ik zou het inderdaad fijn vinden als je de traditie voortzet. Een leuk Joods meisje zou ideaal zijn.' Ze glimlachte met vochtige ogen naar hem en stopte de tissue weg. 'Maar uiteindelijk maakt het me niet uit of ze Joods is of niet. Als je echt van dit meisje houdt, waarom trouw je dan niet met haar? Je kunt je kinderen altijd nog Joods opvoeden. Het kan mij niet schelen, Bubbie. Ik wil gewoon kleinkinderen voordat ik te oud ben. En ik wil dat jij gelukkig bent.'

Peter keek naar zijn laarzen, die weggezakt waren in de zwarte smurrie. Enigszins verbaasd stelde hij vast dat er een brok in zijn keel zat. Zonder dat hij het wilde dacht hij terug aan de eerste keer dat Masha bij zijn ouders thuis was geweest, dat zijn moeder op grond van Masha's om haar hoofd geknoopte sjaal, haar bleke gelaatskleur, haar rode neus en versleten jas had gedacht dat ze een bediende was en haar naar de achterdeur had doorgestuurd. Dat zijn vader niet eens had opgekeken van de papieren op zijn bureau toen Peter en Masha hand in hand op het Turkse tapijt in diens studeerkamer stonden en had gezegd: 'Als je met haar trouwt, hoef je niet meer terug te komen.'

Hij schraapte zijn keel. 'Dank je, Ruth. Dat waardeer ik.'

Ze glimlachte naar hem en zette haar zonnebril weer op. 'Dus,' vroeg ze, 'is zij de ware? Dit meisje?'

Peter keek uit over de hectares wuivend moerasriet tussen de tuin en de Sound. Dat was lang, maar hij was langer, dus hij kon het water donkerblauw zien glanzen. Hij stopte zijn handen in de zakken van zijn oude broek. In de linkerzak zat de ring. Het was een beetje dom om iets wat zo duur was bij je te dragen, maar hij was verzekerd. Bovendien wilde hij voorbereid zijn voor het geval het juiste moment voor een aanzoek zich aandiende. Om de een of andere reden had hij dat nog niet kunnen vinden. Op oudejaarsavond was Peter in het restaurant geweest en June in Parijs. Ook op Valentijnsdag was hij aan het werk geweest, want dat was na 31 december de meest lucratieve dag van het jaar. Peter had June toen aan de hoektafel gezet, de beste plek van de zaak, en champagne en chocoladetruffels naar haar toe laten brengen, maar het was die avond veel te hectisch geweest. Bovendien was het wel heel erg cliché. Welke gelegenheid was er dan nog over geweest? Pasen? Nu richtte hij zich op 10 juni, haar verjaardag.

'Als ik een aanzoek heb gedaan,' zei hij, 'ben jij de eerste die het weet. Wat dacht je daarvan?'

Ruth schudde haar hoofd. 'Bubbie...' Maar ze werd onderbroken door Sol, die over het pad door het riet kwam aanlopen. Het geknerp van zijn voetstappen ging vergezeld van de tinkelende ijsblokjes in het glas dat hij vasthield. Hij droeg een gele regenjas, een kaki broek en zijn vispetje.

'Ben je klaar?' vroeg hij aan Peter. Ze zouden met Sols boot gaan vissen op wat er ook maar wilde bijten en de vis van de week bij Masha's zou worden. Peter hoopte op zomerbot. 'Vooruit,' zei Sol, 'veeg de aarde van je broek, dan gaan we. De vissen blijven niet de hele dag wachten.'

Sols nieuwe boot heette de Bot. Het was een polyester Bertram van acht meter, vertelde hij Peter op weg naar de jachthaven aan Brewer Post Road. Peter deed zijn best geïmponeerd te kijken, hoewel het hem niets zei. Voor Peter was een boot een vaartuig waarmee je de zee op ging en soms vis ving. Sol en zijn vriend Dutch, die tevens zijn schipper was, waren fanatiekelingen. Het enige onderlinge verschil was dat Sol een weekendvisser was en Dutch zich het hele jaar door verhuurde als schipper op de boten uit hun jachthaven, zolang de weersomstandigheden dat toestonden.

'Alles kits, jongen?' vroeg Dutch toen Peter aan boord stapte. Dutch was een tanig mannetje met een hoofd als een walnoot en een permanent bungelende sigaret in zijn mondhoek. Dutch was niet zijn echte naam, maar Peter had geen idee wat die wel was. Al Sols vrienden hadden bijnamen die gebaseerd waren op eigenaardigheden in hun uiterlijk of karakter. Zo had je dus Choppers, Sols partner op het advocatenkantoor aan Madison Avenue, en Pickles, een advocaat die van koosjere augurken hield, de adembenemende arts dokter Gorgeous, Pinky en, Peters favoriet, Woe-Hoe, die zo werd genoemd omdat hij dat tegen iedere vrouw tussen de achttien en de tachtig brulde. Zoals zo veel van Sols vrienden leek Dutch, die in de jachthaven werkte, nou niet het type dat zomaar Sols pad zou kruisen, maar toen Peter had gevraagd waar hij hem van kende, had Sol alleen gezegd: 'We hebben samen op school gezeten.' Peter kende bijnamen alleen als koosnamen. Die van hemzelf was Tarzan geweest bij het Adlon, omdat hij toen zo leek op Buster Crabbe, de filmster die de koning van de jungle speelde. Bij de Oyster Bar hadden ze hem Pretty Boy genoemd, bij Giuseppe's Dreamboat en zelfs in Auschwitz stond hij al voor zijn overplaatsing naar de keuken bekend als Chef. Dat was ook de reden dat Peter zijn personeel nu verbood hem zo te noemen; met Baas of Chief had hij geen problemen.

Nadat Dutch Peter begroet had, navigeerde hij de Bot de haven uit, terwijl Sol en hij visserspraatjes uitwisselden. Peter stond op de boeg en genoot van de snelheid – Sol had hem verteld dat de Bot niet één maar twee motoren had – en de frisse zilte wind in zijn gezicht. Hij probeerde June in een slobbertrui naast zich voor te stellen, maar ze leek ver weg. In plaats daarvan betrapte Peter zichzelf erop dat hij peinsde over wat hij met de vangst van vandaag zou doen: de vis marineren in mosterd en dille en dan grillen, en van de restjes een dipsaus voor een voorgerecht maken... Opeens gingen ze langzamer varen en uiteindelijk bleven ze liggen op een of andere vage plek. De geur van visaas werd penetrant en de Bot deinde op de golven. Peter werd een beetje misselijk. Hij concentreerde zich op de horizon, omdat hij had gehoord dat dat soms hielp. Niet dus.

'Dutch,' vroeg hij, 'kan ik misschien ergens gaan liggen?'

'Tuurlijk, in het vooronder staat een bank. Hoezo, wattisser, jochie?'

'Ik ben een beetje zeeziek.'

'Attenoje,' zei Sol, die met een hengel tussen zijn knieën op een draaistoel zat.

Peter verontschuldigde zich en ging de donkere klotsende ruimte in. Zonder water slikte hij de pil tegen zeeziekte door die hij altijd meenam op deze tochten, ging op zijn rug op de bank liggen en gebruikte een reddingsvest als kussen. Hij concentreerde zich op een lichtstipje bij het luik. Het gesprek met Ruth was waarschijnlijk net zo debet aan hoe hij zich voelde als de ruige zee. Hij vond het afschuwelijk als ze over een huwelijk begon, het haalde van alles boven. De enige keer dat hij ooit met stemverheffing tegen haar had gepraat was tijdens zijn eerste jaar hier, toen ze tegen hem had gezegd: 'Maar Bubbie, wil je het dan niet nog een keer proberen? Wat er met haar gebeurd is, wat die arme meisjes is overkomen, was afgrijselijk, maar dat was niet jouw schuld.' Hij had letterlijk geschrééuwd: 'Hou je mond, Ruth! Ik wil er niet over praten!' Dat was gebeurd in de serre, tijdens het ontbijt. Ruth was langzaam opgestaan en de kamer uit gelopen, en Peter was de rest van de dag niet in staat geweest het gevoel van schaamte van zich af te schudden. Niet omdat hij zo tekeer was gegaan tegen Ruth, hoewel dat erg genoeg was, maar omdat ze het mis had. Het was wél zijn schuld geweest. Volkomen.

De razzia werd in februari 1943 gehouden, precies zoals Masha had verteld. Alleen gebeurde het op een zaterdag – de zevenentwintigste – en dat had niemand verwacht. Masha had tegen Peter gezegd dat hij die week extra voorzichtig moest zijn; ze had van een van de besteljongens van het Adlon gehoord dat de Gestapo Joodse maatschappelijke vertegenwoordigers, artsen en verpleegsters had gevraagd om paraat te staan. Peter had gevraagd waarvoor dan. 'Dat weet niemand,' zei ze. 'Maar het kan geen goed voorteken zijn. Blijf vandaag gewoon binnen, ja? En als er iets gebeurt, zie ik je op de afgesproken plek.' En toen was ze naar haar werk gegaan.

Hij had het geprobeerd, écht. Maar de meisjes waren rusteloos en jengelig, en Vivi had een afschuwelijke hoest die klonk als kroep, het geblaf van een zeehondenjong, dus hoe veilig zouden ze überhaupt zijn als ze onderdoken? Hij durfde geen enkele vrouw in het gebouw om medicijnen te vragen, daar had Masha hem wel van overtuigd. Nu voedselbonnen zo schaars waren, kon iedereen een Greifer zijn en hen verraden. Maar hij moest íéts doen. Hij sloot de meisjes op in het huis en haastte zich naar buiten om te kijken of hij wat cognac, schnaps of wat dan ook kon krijgen om Vivi's hoest te verzachten.

Uit zijn tijd bij het Adlon kende Peter een kerel die nu op de zwarte markt handelde. Op de nabijgelegen Rosenstrasse verkocht hij flessen drank die hij gestolen had in het restaurant waar hij werkte. Peter ging naar de achterdeur van de keuken en vroeg naar hem. De drank was net zo duur als zijn moeders oorbellen, maar op dat moment had hij geen keus. Peter verborg de fles in de voering van zijn jas en haastte zich met zijn pet ver over zijn hoofd getrokken terug naar huis.

In de Oranienburger Strasse zag hij de eerste tekenen van de razzia: vrachtauto's. Rijdende vrachtauto's met Duitse soldaten en de Gestapo die Joden aanspoorden erin te klimmen. Jonge vrouwen, oude vrouwen, mannen, kinderen: iedereen die de ster droeg. Sommigen deden dat gelaten, anderen hielpen lotgenoten de laadbak van de vrachtwagens in. Weer anderen smeekten de mannen in uniform hen weer naar binnen te laten gaan. Hun zoontje, hun zieke man, hun kinderen zaten daar nog! Lagen in de slaapkamer met longontsteking! Konden nog niet lopen! Zaten in de gemeenschappelijke badkamer! Alstublieft! Alstublieft! Deze mensen werden niet door hun mede-Joden de auto's in geholpen, maar door de Gestapo, die daarbij wapenstokken en geweerkolven gebruikte. Peter wilde wegrennen, maar durfde het niet. Dat zou de aandacht trekken. Met een smaak van koper en katoen in zijn mond kuierde hij zo nonchalant mogelijk verder. Als een brave arische burger hield hij zijn ogen naar de grond gericht tot hij in zijn straat kwam. Ook voor hun huis, Kinderstrasse 37, stond een vrachtauto.

Peter stond als aan de grond genageld. Hij moest terug, de hoek om, zodat hij via de steeg zijn huis kon bereiken. Dan kon hij de meisjes weghalen en naar de onderduikplek brengen: de ruimte die Masha en hij hadden gemaakt in het plafond van de kelder. Daar konden ze geen van allen staan of zelfs maar zitten, maar zouden ze naast elkaar gaan liggen tot Masha hun liet weten dat de razzia voorbij was.

Maar het was te laat. Een van de Gestapo-mannen had hem gezien. ‘Peter Albert Rashkin?’ vroeg hij, met een blik op een klembord.

Peter deed of hij het niet verstaan had. Hij frommelde overdreven in zijn jaszak alsof hij iets vergeten was en draaide zich om. De man greep hem bij zijn schouder. Hij was blond, had bruine ogen, was niet veel langer dan Peter en veel jonger. Hooguit negentien. ‘Weet u niet meer waar u naartoe ging?’ vroeg hij.

Peter probeerde te glimlachen. ‘Ik ben vloeipapier vergeten, voor mijn sigaretten.’ Hij hoopte dat dit zou worden opgevat als omkoping, want hij had gehoord dat je soms tabak kon ruilen voor een paar minuten vrijheid, net genoeg om te zorgen dat de man een oogje dichtkneep.

Maar de man zei: ‘U hebt geen sigaretten nodig. Uw papieren.’

Peter gaf hem zijn persoonsbewijs. De man controleerde dat aan de hand van de lijst op zijn klembord. ‘Stap in de vrachtauto,’ zei hij.

Peter begon te trillen. ‘Meneer...’

‘In de auto.’ De man zwaaide achteloos met zijn wapenstok, die behoorlijk hard tegen Peters kin knalde, waardoor zijn tong tussen zijn op elkaar klappende tanden kwam en het bloed in zijn mond stroomde.

‘Alstublieft, meneer.’ Hij probeerde niet te kwijlen. ‘Ik ben vrijgesteld. Ik ben *Geltungsjude*, getrouwd met een arische vrouw. Margarete Rashkin, meisjesnaam Stusskopf. Onze dochters zijn arisch. Het staat op mijn papieren, ziet u?’

‘Zei u “dochters”?’ De man raadpleegde zijn lijst. ‘Vivien en Ginger Rashkin?’

‘Ja, hun moeder is Margarete Stusskopf Rashkin, volbloed...’

‘Waar zijn ze nu?’

‘Boven, meneer. Margarete is op haar werk...’

‘Ga ze halen.’

‘Meneer?’

‘Ga. Ze. Halen.’

Peter rende trillend naar boven. Onderweg spuugde hij het bloed uit, maar de meisjes gilden toch als speenvarkens toen ze zijn bloederige mond zagen. 'Sssj,' zei hij, terwijl hij hen optilde. Hij keek gejaagd om zich heen op zoek naar hun vooraf ingepakte reistas, naar hun jassen en mutsen, maar er leek iets gebeurd te zijn in zijn hoofd, want hij zag ze nergens. Hij voelde zich sloom en stom, de tijd snelde voorbij terwijl hij daar maar bleef staan met op elke heup een meisje. De kelder of de vrachtauto? De vrachtauto of de kelder? Als hij over de brandtrap naar de schuilplaats ging, zouden de soldaten het wachten misschien zat worden en verder gaan... Maar hij kon ook betrapt en doodgeschoten worden... Als hij deed wat hem gevraagd was, zouden ze misschien bij elkaar blijven...

'Op welke verdieping woont hij?' hoorde hij iemand in het trappenhuis schreeuwen.

'De vijfde.'

'Succes met al die trappen, Klaus.'

Gelach.

Peter pakte wat het dichtst bij hem lag, de deken op het bed, en schoot de kamer uit. Gigi hoestte in zijn oor. Haar gezicht voelde heet tegen zijn wang. Vivi snikte verbolgen. 'Langzamer, papa,' zei ze.

'Sssj,' zei Peter. Hij opende de deur naar het trappenhuis aan de achterkant, waar het raam naar de brandtrap zich bevond.

De jonge soldaat stond op de overloop. 'U hebt tien tellen om in de auto te stappen.'

Er was geen plek meer geweest om te zitten. Peter stond vastgeklemd tussen anderen met op elke heup een meisje en de deken over hun schouders. Gigi sliep, Vivi staarde om zich heen. Een oude dame met een met bont afgezette hoed en in een dito jas waarop de ster was genaaid trok gekke bekken naar haar. Ze grijnsde en wreef die grijns vervolgens met haar hand weer van haar gezicht. Vivien drukte haar hoofd tussen Peters hals en schouder.

'Wat een knappe meisjes,' zei de vrouw bedroefd. 'Tweeling?'

'Ja.' Hij had geen zin om te praten, want hij probeerde uit de afstand en bochten af te leiden waar ze naartoe gingen.

'Hoe oud?'

'Drie.'

'Moge God hen behoeden,' zei de oude vrouw.

'Moeder,' zei een man wiens adem als gevolg van ondervoeding stonk naar hondenstront, 'houd alstublieft uw mond.'

'Waar brengen ze ons naartoe?' vroeg Peter.

'Naar een Russisch krijgsgevangenenkamp, heb ik gehoord,' zei de man, 'een verlaten kamp in Wünsdorf.'

'Naar het oosten, heb ik gehoord,' mompelde iemand anders.

'Het oosten?' zei iemand lachend. 'Het Midden-Oosten?'

'Waar het ook is, het kan niet goed zijn.'

'Dat weet je niet.'

'Stil!'

De vrachtwagen stopte en de laadklep werd opengegooid. De soldaten trokken hen aan hun enkels, benen, armen en waar ze hen ook maar konden vastgrijpen naar buiten. Peter wilde vragen of dit nou echt nodig was. Ze zouden vast allemaal rustig uitstappen als ze daartoe de gelegenheid kregen. Hij werd naar voren geduwd. 'Hou je goed vast aan mijn nek, meisjes,' zei hij toen hij uit de auto moest springen zonder hen los te laten.

Toen hij eenmaal de auto uit was, bleef hij even staan om tot zich te laten doordringen wat hij zag. Ze bevonden zich op een plein, het plein voor het concertgebouw Clou. Dat was afgeladen. Hoeden, hoofden, jassen, kinderen op de schouders van hun ouders – een groep in ziekenhuiskleding? Het leek wel een pointillistisch schilderij; Peter moest met zijn ogen knipperen om er individuen van te maken, want anders was het één grote vlek. Het waren er minstens vierduizend! De Gestapo en soldaten dreven hen in de richting van het concertgebouw. Uit luidsprekers klonk aan één stuk door: 'Doorlopen. Binnen wordt u verder geholpen. U krijgt eten en water. Doorlopen. Binnen wordt u verder geholpen. U krijgt...' Hoe konden ze in hemelsnaam denken dat iedereen in dat gebouw paste?

'Doorlopen,' zei iemand achter Peter, die hem een zet in zijn rug gaf.

Peter had geen keus: de mensen om hem heen dwongen hem en de meisjes naar voren. Maar bij elke stap die hij zette probeerde hij zijwaarts te bewegen. Als hij aan de rand kon komen...

'Petel!'

Hij draaide zich om. Masha baande zich een weg door de menigte naar hen toe. God mocht weten hoe ze hen in deze mensenmassa had kunnen vinden. Haar jas hing open en op haar witte uniform zat een rode vlek. Was dat wijn of bloed? 'Mashi? Hoe kom jij hier?'

Ze drukte zich tegen hen aan. 'Petel, Petel,' snikte ze, 'meisjes.' Ze stonden op een kluitje te huilen en te trillen. Peter kon niet meer zien welke ledematen, haren of tranen van wie waren. 'We moeten hier weg, snel.'

'Hoe? En waarnaartoe? Je had beter niet kunnen komen, Mashi.'

'En jou in de steek laten? En de meisjes? Ben je gek geworden?'

'Je had gelijk, Mashi. Het kon ze niets schelen dat jij arisch bent en ik Geltungsjude. Ik had naar je moeten luisteren. Ik had moeten luisteren...'

'Dat maakt nu toch allemaal niets meer uit,' zei ze.

'Dwaze, dappere Mashi. Ga weg voordat ze je zien...'

'Doe niet zo gek, Petel. We gaan samen. Kom. Ik weet hoe we moeten lopen.' Ze pakte Peters jas vast en loodste hem door de menigte. Peter deed zijn uiterste best om de knokige billen van zijn meisjes vast te houden. Hij dacht dat het hun wel veel moeite zou kosten, maar de menigte week op magische wijze voor hen uiteen alsof Peter en zijn gezin een heet mes waren dat door de boter gleed. Door de luidsprekers klonk niet langer de opgenomen stem die vertelde wat ze moesten doen, maar een opname van Prokofjevs *Peter en de wolf*. 'En daar gingen ze dan, in een vrolijke optocht. Peter liep natuurlijk voorop.' De meisjes misten hun favoriete verhaal, omdat ze sliepen, één hoofd op elke schouder en met hun duim in hun mond. Ze bereikten de zijkant. Peter zag tussen twee gebouwen de zon schijnen en de steeg markeren waar ze doorheen konden vluchten. 'En als je heel goed luisterde, kon je de eend horen kwaken in de buik van de wolf. Want die had zo'n haast gehad dat hij de eend levend had opgeslokt!' klonk het door de luidsprekers.

Masha draaide zich om en lachte stralend naar Peter. 'Zie je nou wel? Ik zei toch dat ik de weg wist.'

Peter was zo ontzettend opgelucht dat zijn armen en benen het begaven. Masha zag dat en nam de meisjes van hem over voordat hij hen liet vallen. 'Mashi,' zei hij. 'Hoe kan dit nou? Heb jij het gered? De meisjes? Ben je niet dood meer...?'

Toen Peter in het vooronder van de Bot wakker werd, lag hij te maaien met zijn armen. Hij was ervan overtuigd dat hij weer in de vrachtauto zat – het was donker en hij bevond zich in iets wat bewoog – of misschien was het de goederenwagon naar Theresienstadt...? Vervolgens viel hij van de bank op de grond, hoorde het klotsende water en een zwiepend geluid boven zijn hoofd en wist weer waar hij was: op een boot in de Long Island Sound, in Amerika. In 1966. Hij probeerde te gaan zitten, maar het optillen van zijn hoofd veroorzaakte zo'n golf van misselijkheid dat hij snel van gedachten veranderde. Hij bleef doodstil liggen en probeerde aan alles behalve de droom te denken.

De droom. De droom. De afgrijselijke razziadroom. Peter dacht dat hij eroverheen gegroeid was. Hij had hem al jaren niet meer gehad. Hij had hem voortdurend toen hij net bij Sol en Ruth woonde. Op de logeerkamer van Ruth en Sol had zijn dromende geest elke avond weer geprobeerd de geschiedenis te herschrijven, te veranderen wat er gebeurd was, met telkens een andere afloop maar met één belangrijke overeenkomst: *Nee, je vergist je! Ze leven nog!* Elke ochtend had Peter bij het wakker worden de glinsterende Sound achter het raam gezien, zijn hoofd naar de muur gedraaid, waar het hert van rood linnen met de scheve ogen dat ronddoolde op de eeuwige jachtvelden ondoorgrondelijk naar hem had teruggekeken, en dan had hij gewenst dat hij ook dood was. Tot op de dag van vandaag kon Peter geen hert meer zien zonder teruggevoerd te worden naar de doodsangst van die ochtenden, of dat nu op een foto, een wandkleed of een schilderij was. De peilloze wanhoop. Hij kon daar niet naar terug. Dat kón hij gewoon niet. Als die droom terugkeerde, zou hij... Hij wist niet wat hij dan zou doen. Denk aan iets anders, droeg hij zichzelf op. Concentreer je.

De geur van sigarenrook vermengd met diesel en de ingewanden van vissen dreef het vooronder in. Boven zijn hoofd hoorde hij de twee mannen praten. '... wat heb je de afgelopen week binnengehaald?' vroeg Sol aan Dutch.

'Voornamelijk vis die je eigenlijk terug moet gooien,' zei Dutch. 'Jonge blauwbaars en platvis. Maar ik hoorde dat een kerel bij Montauk een voshaai aan de haak heeft geslagen.'

Sol floot tussen zijn tanden. 'Dat meen je niet.'

'Jawel. Die kerel dacht eerst dat hij een boei aan zijn haak had. Maar verdomd als het geen haai was... Geef me die verrekijker even.'

'Hier vangen we bot vandaag,' zei Sol. 'We kunnen de boot beter een andere naam geven.'

'Choppers vertelde dat hier afgelopen weekend veel blauwbaars zat. Nog een half uur, dan varen we verder. Hoe was jouw vangst de afgelopen maand?'

'Gaat wel,' zei Sol. 'Niet geweldig, maar best goed.'

'Hoeveel?'

'Driehonderdduizend.'

Dutch floot. 'Da's geen habbekrats.'

'De Jonge Zionisten hebben flink wat bijgedragen,' zei Sol. 'En de Vrienden van Israël. Die hebben een flinke smak opgehoest. En ik heb Ruth haar Hadassa-meisjes laten bewerken.'

'Zo, zo.'

'Het is mooi, maar het zou beter kunnen. Mosje heeft snel meer nodig. Sinds de Fransen zich hebben teruggetrokken...'

'Geteisem. Maar wat had je anders verwacht van die Fransen? Zoals die op hun rug zijn gaan liggen voor Hitler...' Peter hoorde Dutch op het dek spugen.

'Niet allemaal. Mijn neef Avi had goede connecties buiten Vichy. Indrukwekkend verzet.'

'Dat is waar. Maar toch, ik heb ze nooit honderd procent vertrouwd. Je kunt eigenlijk alleen je eigen misjpooche vertrouwen, toch?'

'Ja.'

'En waar wordt de vangst van deze maand voor gebruikt?' vroeg Dutch.

'Mosje zegt dat hij voornamelijk naar Skyhawks kijkt. Een paar M48's. Johnson heeft beloofd het verschil bij te leggen als de Fransen zich zouden terugtrekken, maar we weten dat zijn beloften geen cent waard zijn. Hij is geen haar beter dan die miesgasser Roosevelt. En het zal niet genoeg zijn.'

'Het is nooit genoeg.'

'Zeg dat wel. Ze hebben ook meer AK-47's nodig. En Garands. En munitie. Maar vooral vliegtuigen en tanks. Mosje zegt dat het aan alle grenzen rommelt.'

'Egypte weer?'

'En Jordanië. En Syrië. Die Nasser, die wil ons gewoon allemaal naar de ratsmodee helpen.'

'Verdomde miesmachers.' Dutch spuugde weer. 'Denk je dat Mosje die afspraak kan regelen?'

'Ik hoop het wel, ja. Als wij het geld snel bij hem kunnen krijgen en hij die spullen kan bemachtigen, zit hij gebeiteld bij Defensie.'

'Mooi,' zei Dutch.

'Zeker.'

Peter hoorde voetstappen, die werden gevolgd door het zwiepende geluid van een uitgeworpen vislijn.

'Ach,' zei Dutch. 'Het wordt hier niks. Wil je het ergens anders proberen?'

'Nah, ik moet terug. Ruth krijgt mensen op bezoek. Leeuwen van Juda.'

'O ja? Dat is een prima organisatie. Oké, we gaan. Zaken zijn zaken.' Weer klonken er voetstappen boven zijn hoofd. 'Ik weet niet wat er met die blauwbaars is gebeurd,' zei Dutch, 'maar we hebben in ieder geval wat mooie makreel voor de Schone Slaapster beneden. Daar is hij vast blij mee.'

'Dólblij,' zei Sol. 'Die wikkelt hij vast in deeg of iets anders mesjogges.'

'Weet hij iets van...?'

'Wat? Defensie? Nah. Voor zover hij weet gaat het allemaal naar ziekenhuizen en scholen, dingen waar je een goed gevoel bij krijgt.'

'Hij weet van niets?'

'Nee. Hij helpt alleen meer poen op te halen met die filmsterrenkop van 'm. Verder wil ik hem er niet bij betrekken.'

'Tja, dat is vast verstandig,' zei Dutch weifelend, 'om je directe familie erbuiten te houden...'

'Dat is het niet. Hij is gewoon een zacht ei.'

'Ja, die indruk had ik al. Een beetje hippieachtig. Niet rot bedoeld.'

'Snap ik. Hij is altijd ergens anders met zijn gedachten. Hij heeft zijn gezin niet eens op tijd uit Europa kunnen halen. Aan dat soort hulp hebben we geen behoefte.'

'Ja, ik herinner me dat Ruth daar iets over verteld heeft, toen jullie hem de eerste keer meenamen. Sjiksevrouw en... was het nou een dochter?'

'Twee. Een tweeling. De mooiste meisjes die je ooit gezien hebt...' Er viel een stilte en Sol haalde zijn neus op.

'Ach, wat erg. Sorry, Solly. Arme stakkers. Maar het leven gaat verder, hè?'

'Jawel. Ja, dat is zo... Je moest eens zien wie hij nu joekelt.'

'O ja?'

'Ja. Supersjikse. Volgens Ruth is ze een of ander beroemd fotomodel. Met benen tot hier.'

'Echt?'

'Ik zweer het je. Het is dat ik Ruth heb, maar anders...'

Sols wens werd overstemd door het gebrul van de motoren die aangezet werden. Vanaf dat moment hoorde Peter alleen dat nog maar en het geluid van water dat tegen de zijkanten van de Bot klotste. Hij zat nu rechtop te peinzen. Skyhawks waren gevechtsvliegtuigen, dat wist hij. M48's tanks. En elke schlemiel, zoals Sol zou zeggen, wist wat Garands en AK-47's waren. En Mosje was...? Peter probeerde zich het ingewikkelde raderwerk van Israëls politieke machinerie te herinneren, maar hij had er nooit veel aandacht aan besteed. Blijkbaar had hij aan veel dingen geen aandacht besteed. Hij dacht aan de bijeenkomsten die Sol, Choppers en hun vrienden bij Masha's hadden gehouden, waar ze zich dan opsloten op Peters kantoortje. Af en toe kwamen ze dan de keuken binnenvallen en zeiden: 'Hé, gabber, breng effe wat bagels en wat te smeren als je tijd hebt, ja?' Hij dacht aan al Sols benefietbijeenkomsten, hoe het geld met bakken was binnengekomen. Peter zette zijn rug schrap tegen de bank en probeerde te voorkomen dat hij zijn hoofd stootte, terwijl hij verbeten de puzzelstukjes op hun plek legde.

'Ik heb zin in hond,' zei Sol. 'Jij ook?'

'Of ik een...' Het kostte Peter even om te begrijpen wat Sol bedoelde. Ze waren in Sols Volvo weggereden bij de jachthaven en zwenkten nu over Post Road. Sols karakteristieke zorgeloze rijstijl werd verergerd door de whiskey die hij op de boot gedronken moest hebben. Peters pijnlijke hoofd en zijn maag die van streek was – de nasleep van de zeeziekte, de stank van diesel in de haven en zijn woede – werden daar niet beter van.

'Nee, ik hoef geen hotdog,' zei Peter. 'Kijk uit!' Hij greep het stuur om de auto weer in de rechterrijbaan te krijgen.

Sol schoot opeens rechtsaf naar Delaney Street. 'Rustig nou maar, ik weet echt wel wat ik doe.'

'Niks rustig, ik wil weten hoe lang jij mijn restaurant al gebruikt om geld wit te wassen.'

'Ach.' Sol sloeg zonder te kijken links af Palmer Avenue in – gelukkig kwam er niemand aan – en parkeerde op een helling voor Walter's, een hotdogkraam die gevestigd was in een Chinese pagode, compleet met draken die groene lantaarns droegen op een dak met groen uitgeslagen koperen pannen. Dit was een van Sols favoriete eetgelegenheden en normaal gesproken vond Peter het ook leuk, zij het meer vanwege de grappige architectuur dan vanwege de hotdogs, die hij als ontaarde worsten beschouwde.

Sol opende zijn portier en stapte uit. 'Ik neem een grote,' zei hij, 'jij ook?' Peter schudde zijn hoofd. Sol sloeg het portier dicht en stommelde over de stoep naar het bestelraam, waar zelfs op een maandagmiddag een rij stond. Bouwvakkers, schoolkinderen die net vrij waren, een jonge moeder die over haar kinderwagen gebogen stond en een stel *alte kockers*, zoals Sol ze zou noemen: oudere, brildragende Joodse mannen in katoenen broeken, truien met ritsen en lichtgewicht jasjes. Handen bedekt met levervlekken, met pommade getemd grijs haar op kalende schedels en een licht gebochelde rug. Sol zag er precies zo uit toen hij achter in de rij ging staan, alleen misschien iets opzichtiger met zijn snor en zijn vispet. Niemand zou hem ooit verdenken van iets wat illegaler was dan een wekelijks potje poker.

Peter stapte uit. Hij had frisse lucht nodig. Hij liep naar een bankje dat een paar meter van de hotdogpagode onder een paar bomen stond en ging zitten. Na een tijdje liep Sol naar hem toe met in elke hand een kartonnen doosje.

'Ik heb een kleintje voor je.' Hij liet zich op het bankje zakken en boog naar voren om een hap te nemen van zijn enorme hotdog. Een kwak mosterd met ketchup viel op de stoep. 'Wattisser? Kijk niet zo naar me, ik word iebel van je.'

'Ik wacht nog steeds op een antwoord.'

'Waarop?' Sol was geïrriteerd.

'Hoe lang jij al geld witwast via mijn restaurant!'

Sol maakte een vreemd piepend geluid en het duurde even voor Peter besefte dat hij zat te lachen. Vervolgens kreeg hij een hoestbui, sloeg op zijn borst en keek Peter met vochtige ogen aan. Er hing een sliertje zuurkool aan zijn snor. 'Moet je jezelf nou horen! Dus nu is het opeens jouw restaurant. Ben jij even een bolleboos.' Sol schoof nog drie centimeter hotdog naar binnen. 'Zonder mijn geld was dat een stomerij geworden, gabber, vergeet dat niet.'

'Hoe lang? Vanaf het begin?'

'Jongen, je hebt het helemaal bij het verkeerde eind.'

'Ach, kom nou toch. Ik heb je gehoord, Sol. Ik heb je horen praten met Dutch. Over Skyhawks en tanks en wapens. Je stuurt geld naar Israël, hè. Voor hun oorlogstuig.'

'Ben jij nou opeens een hippie geworden? Het is geen oorlogstuig. Het is defensie. Ter verdediging van ons volk.'

'Hoe je het ook wilt noemen, je wast geld wit via Masha's om dat te doen. Ik wil daar niets mee te maken hebben, Sol. Ik wil niet dat je mijn naam, mijn reputatie, mijn zaak gebruikt voor jouw illegale activiteiten.'

'Illegaal, quatsch. Hitler had ook heel veel wetten, zoals je je wellicht herinnert, maar daarom waren die nog niet goed. Het gaat om een hoger belang. Om goed voor onszelf te zorgen.'

'Het doel heiligt de middelen,' zei Peter.

'Nou begin je het te snappen.'

'Zelfs als je daarvoor je familie moet belazeren. Wij zijn gewoon poppetjes die voor jou moeten dansen.'

Sol had filosofisch over Palmer Avenue zitten staren, terwijl hij kauwde op het laatste restje van zijn lunch, maar nu keek hij Peter verbaasd aan. 'Waar héb je het over? Het is juist andersom; het gaat allemaal om familie. Alles draait om familie. Heb ik jou niet geholpen? Heb ik jou niet uit Europa gehaald, uit dat ellendige kamp, en als een zoon in huis gehaald? Heb ik je geen geld gegeven voor die zaak, ook al is het compleet mesjogge, een man die kok wil worden, maar dat is jouw zaak. Je hebt gekregen wat je wilde. Omdat je misjpooche bent. Familie is alles.'

'Maar het is niet alleen mijn zaak,' zei Peter. 'Het is jouw zaak. Jij hebt er jouw zaak van gemaakt. Masha's is gewoon een van jouw middelen om iets voor elkaar te krijgen. Een respectabele façade voor jouw smerige geld. Al die leveranciers met wie ik van jou zaken moet doen bijvoorbeeld. De wasserij, het linnengoed, de drukker.' Hij dacht aan de negentigjarige eigenaar van het bedrijf dat de menukaarten, brochures en luciferboekjes van Masha's drukte, aan diens drukkerij in The Bronx met de gebroken ramen en machines vol spinrag. Door het haar dat uit zijn oren groeide of zijn leeftijd was de man bijna volkomen doof. Hij rekende drie keer zo veel als een andere drukker. 'Het zijn allemaal jouw mannetjes. Maffia.'

Sol maakte weer dat piepende geluid en nam nog een slok uit zijn heupfles. 'Attenoje, de maffia.' Hij nam nog een slok en hield de flacon omhoog. 'Slokje?'

'Nee.'

'Zonde. Whiskey is heel lekker bij een hotdog van Walter's. Eet wat.'

'Ik wil verdomme niks eten,' zei Peter. 'Ik wil de waarheid.'

'Die heb ik je verteld. Je hebt het helemaal mis, jongen. Je hebt te veel films gezien. Maffia, laat me niet lachen! Dat moet ik mijn gabbers vertellen.'

'Dus je ontkent het? Je ontkent dat jij en je vrienden – Choppers, Dutch, die dokter, de leveranciers – je ontkent dat jullie iets met elkaar hebben?'

'Natuurlijk hebben we iets met elkaar,' zei Sol. 'Maar niet zoals jij denkt. Niet Kosher Nostra, zoals Meyer Lansky en Bugsy Siegel en dat geteisem. Wij zijn gewoon een stelletje kerels die samen naar school zijn geweest, zoals ik al zei. Wij zijn geen maffiosi. We houden ons niet bezig met drugs en gokken en hoeren, dat miese gedoe laten we aan de Italianen over. Wij zijn van de cijfertjes. Het ergste wat wij doen is de cijfers een beetje masseren.'

'Om wapens te kopen. En er flink aan te verdienen.'

Sol schoot naar achteren en keek Peter kwaad en met vochtige ogen aan. 'Wij zijn niet op winst uit,' zei hij. 'Waar zie je me voor aan? We zijn geen criminelen. We doen er iets voor terug. Ik geef de mannen werk, zij helpen me geld op te halen. Elke cent gaat naar defensie. Om onze mensen daar te beschermen.'

'Om oorlog te voeren. Vraagje. Die mensen bij wie jij geld inzamelt, bij wie ik je gehólpen heb geld in te zamelen, weten die waar dat aan besteed wordt? Aan wapens en tanks en vliegtuigen?'

'Ach,' zei Sol. 'Een paar wel. De meeste niet. Maar dat is niet erg. We geven ook wat geld aan voor de hand liggende instanties als ziekenhuizen, weeshuizen, gevangenissen, het Rode Kruis. We rekken de bijdragen gewoon een beetje creatief op, om ook defensie mee te pakken.'

Peter leunde achterover. Al die lunches, diners en brunches die hij voor Sol had gecaterd. Op diens advocatenkantoor, in huizen verspreid over Manhattan en Westchester en New Jersey. Al die jaren dat Peter het uithangbord was geweest voor Sols liefdadigheidswerk. In hoeveel verduisterde ruimtes waar Sol de ene na de andere dia wegklikte was Peter al niet geweest? Dia's van uitgemergelde Joodse kinderen, van de ellende in de ontheemdenkampen, van boten vol overlevenden die op weg waren naar Palestina, maar door de Britten tot zinken werden gebracht voordat ze er waren. Van skeletachtige, tandeloze mannen en vrouwen in vodden die je vanuit stapelbedden aanstaarden en allemaal net zo'n tatoeage hadden als Peter. 'We moeten ze helpen,' zei Sol dan altijd, terwijl mensen – en echt niet alleen vrouwen – zachtjes snikten in het donker. 'We moeten onze mensen helpen. Ze hebben Hitlers smerige kampen overleefd, en waarvoor? Om terug te keren naar huizen die tot de grond toe zijn afgebrand! Om terug te keren naar sjtetls die niet meer bestonden! Ze willen naar dit land komen, maar er zijn quota's, wachtlijsten. Onze regering zegt dat er geen plek is, dat we hen helaas niet kunnen opnemen. Nou, ik neem ze wél op,' zei Sol, 'en met uw hulp zorg ik ervoor dat ze hier allemaal veilig naartoe kunnen. Zoals deze kerel hier.' Dan gebaarde hij met zijn afstandsbediening naar Peter, die al die tijd naast het podium in het donker had gestaan en nu in de felle straal van de projector stapte om zijn mouw op te rollen en zijn tatoeage te tonen.

'Ik ben het zat,' zei Peter. 'Ik ben het zat om jouw lokaas te zijn.'

'Ik zit er niet mee, hoor, meneer de gewetensbezwaarde.' Sol stak zijn sigaar weer aan. 'Jij bent net als die types die maar een beetje hand in hand "Kumbaya" zingen en nadenken over wat goed en fout is. Maar o wee als iemand dan hun huis in de as legt. Dan schreeuwen ze moord en brand. Toen wij vóór de oorlog alarm sloegen en probeerden mensen daar weg te krijgen, zeiden jullie dat het wel over zou waaien, dat we niet zo moesten overdrijven. Totdat ze jullie de kampen in begonnen te drijven. En wie moesten jullie toen helpen? De kerels met het zwarte geld. Jullie denken maar dat de wereld een en al bloemetjes en bijtjes moet zijn en misschien is dat ook zo, zou dat ook fijn zijn. Maar zo werkt het niet.'

'Nu ben je net mijn vader.'

'Fijn. Dat was pas een goochemerd. Een vechtersbaas. Geen woorden, maar daden. Als hij er niet geweest was, zouden er veel meer dode Joden zijn. Als jij wat meer op hem geleken had...'

'... zou ik ook dood zijn,' zei Peter. 'Dan hadden de nazi's mij ook naar Buchenwald afgevoerd en was er niemand meer over.'

'Ze hebben je toch ook afgevoerd? En je hebt het amper overleefd. Heb je daar nou nog niks van opgestoken? Je zou toch denken dat uitgerekend jij daar je lesje wel geleerd had.'

'Mijn lesje?' Peter was zo laaiend dat zijn lippen gevoelloos waren. 'Waag het niet om over mijn lesje te praten. Israël en Duitsland zijn níét hetzelfde. Je hebt geen idee hoe het was. Geen flauw idee. Snap je dan niet dat wij al een ééuw in Berlijn woonden? Het was onze stad, net als New York de jouwe is. Duitsland was ons land. En toen begon een of andere opgeblazen idioot, die halvegare, kleingeestige, krankzinnige waanzin uit te kramen, met spuug uit zijn mond leugens te verkondigen. O mijn god, de leugens! De belachelijke leugens. We hadden nog nooit zulke idiote dingen gehoord. Elke dag weer iets nieuws, onze mond hing open. Wij Joden hadden de economie laten instorten. Dat kwam niet door het Verdrag van Versailles, o nee. Wíj hebben Duitsland bankroet gemaakt. Wij hadden een Joods masterplan. En hij zei ook dat wij Duitsland de oorlog hadden verklaard. Oorlog! Wij! Terwijl onze rechten ons een voor een werden afgenomen, eerst de bioscopen, toen de parken en onze huisdieren en banen en zelfs het rijden in de tram. Wíj brachten Duitsland aan het wankelen. Wíj waren aan de winnende hand. Wie geloofde dat nou? Wie geloofde zulke klinkklare nonsens? We lachten erom, dachten dat mensen vroeg of laat wel wakker móésten worden. Dat ze zouden zeggen: "Zo kan-ie wel weer, de keizer heeft geen kleren aan," en dat ze hem weg zouden sturen. We hadden nooit gedacht dat hij zou blijven. Dat het allemaal nog erger zou worden. We hadden nooit gedacht dat onze vrienden, de vrienden van mijn ouders, onze collega's – geschoolde, beschaafde, welopgevoede mensen, góéde mensen die goed van kwaad konden onderscheiden – hem zouden geloven. Of zouden doen alsof, wat hetzelfde was. Snap je het dan niet? Er was geen precedent. Het was ongelooflijk dat er ook maar iemand die leugens leugens leugens leugens geloofde!' Peter stopte even om op adem te komen en besefte dat hij op een bepaald moment opgesprongen moest zijn, had staan schreeuwen, dat de mensen die in de rij stonden voor Walter's naar hem keken.

Sol staarde naar het eind van zijn sigaar. 'Natuurlijk was er een precedent,' zei hij kalm.

'Waar heb je het in godsnaam over?'

'Mensen hebben ons altijd willen doden. Kozakken. Pogroms. Nazi's. Arabieren. Alleen de uniformen veranderen, meer niet.' Hij gooide het stompje van de sigaar in de goot. 'Maar precedent of niet, wat maakt het uit? Dat is de makke met jullie, dat jullie altijd bezig zijn met ideeën, terwijl het gaat om wat er werkelijk gebeurt. Gebruik je ogen. Gebruik je oren. Als je dat in Duitsland had gedaan...'

'Zeg dat niet,' schreeuwde Peter.

'... zou je gezin nu misschien nog leven.'

Peters hele lichaam verkrampte en alle vechtlust stroomde uit hem weg. Hij was doodop. Hij keek naar de mensen die voor Walter's in de rij stonden voor hotdogs, naar de piepkleine, net ontloken blaadjes boven hem die heen en weer bewogen in de wind, naar de narcissen en tulpen die omhoogschoten uit de aarde, naar de grote Amerikaanse auto's die langssuisden op Palmer Avenue. Sol mocht zeggen wat hij wilde over hoe de wereld in elkaar zat, maar hij was een Amerikaan en zou nooit weten hoe verbijsterend, hoe verwarrend en hoe verlammend het was als alles misging, als de plek waar je al je hele leven woonde, je stad, je geliefde land, jou zomaar opeens en zonder reden – behalve het geraaskal van een rabiate gek die mensen tegen je opstookte – uitkotste. Als de plekken waar je 's morgens koffiedronk, een broodje at, je haar liet knippen en lachend 'goedemorgen!' zei tegen buren die de hond uitlieten, als je van de ene op de andere dag op die plekken werd verstoten, opeens onzichtbaar was geworden. En het werd erger; de volgende dag werd je veracht, was je smerig, gespuis. Je staarde verbijsterd naar de erosie van je bestaan: niet meer naar de film, geen werk meer, geen bewegingsvrijheid, geen burger, geen huis. En tegen de tijd dat de gebeurtenissen tot je begonnen door te dringen was het te laat: je regering, je vrienden en je buren zaten als bloedhonden achter je aan.

'Ik wil ermee stoppen,' zei Peter. 'Ik ga geen oorlog financieren. Welke oorlog dan ook.'

'Dat moet je zelf weten,' zei Sol schouderophalend. 'Als je ermee wilt stoppen, stop je ermee. Maar als jij je te goed voelt om mij te helpen, ben je te goed voor mijn geld. Dan sta je er alleen voor. Dan hoef je niet meer je hand op te houden bij mij.'

'Dat zal ik ook niet doen. Daar ben ik helemaal klaar mee.'

'Zeker weten? Ik zou er nog even over nadenken als ik jou was. Zonder mijn geld is je zaak tegen het eind van het jaar naar de gallemieze. Dat heeft niets met jou te maken. Alleen met de cijfertjes.'

'Dat risico wil ik best nemen. Ik leef nog liever op voedselbonnen.'

Sol plantte zijn handen op zijn knieën en duwde zichzelf overeind. 'Oké, lefgozer. Toch geef ik je een week om erover na te denken. Omdat je familie bent.' Hij hees zijn broek op. 'Jij mag het dan geen probleem vinden om steun te trekken, maar iets zegt me dat die sjikse van jou daar niet zo blij mee zal zijn. Hoe lang denk jij dat ze nog bij je blijft als jij naar de gallemieze gaat?'

Pas toen Peter naar het station van Mamaroneck was gelopen en op de New Haven-lijn naar Grand Central stapte, besefte hij dat hij de vis was vergeten. Hij vloekte. Makreel was geen populair hoofdgerecht, omdat de meeste mensen het te vet vonden. Maar hij had er een lekkere mousse van kunnen maken.

Hij ging bij het raam zitten; het was in ieder geval niet zo druk in de trein. Peter scande de gezichten van zijn medepassagiers, die flets waren in de voorjaarszon. Twee tienermeisjes met gevlochten haar in een tuinbroek en een gitaarkoffer op de grond tussen hen in. Een oudere vrouw in een mantelpak met witte handschoenen aan. Een jonge verpleegster die met gesloten ogen tegen het raam leunde. Wat zou haar wakker hebben gehouden? Een huilende baby? Een boze echtgenoot? Opeens realiseerde Peter zich wat hij aan het doen was: hij keek alleen naar de vrouwen. Niet dat er op dit tijdstip mannen van of naar hun werk reisden, maar toch: hij zocht naar Masha. Naar de meisjes.

Geërgerd stond hij op en liep de wagon door. Een van de tienermeisjes glimlachte naar hem toen hij voorbijliep. Op een van haar wangen was een madeliefje geschilderd. Ze had donkere ogen, dito haar, en kon niet ouder zijn dan zestien. Te jong dus. Hij ging naar het toilet, schonk een plastic bekertje vol met lauw water en bleef toen op het balkon tussen de twee wagons staan. Achter het smalle raampje schoten de achtertuinen van Westchester voorbij. Die zouden al snel plaatsmaken voor snelwegen en vervolgens voor de hoogbouw en het industrieterrein van The Bronx. Peter nam slokjes van zijn water.

Toen hij hier net was, in de jaren veertig, had dat rondkijken nog enige zin gehad. Voor hem was het logisch geweest om door de straten en avenues van New York te lopen en naar elke vrouw te kijken die hij passeerde. Om te kijken of hij Masha's energieke pas en bleke gezicht zag, en het suikerspinhaar van zijn meisjes. Het was zo'n puinhoop geweest aan het eind van de oorlog: onbekende mensen die zo ziek waren dat ze hun eigen naam niet meer wisten, de identiteit van een ander hadden aangenomen of die abusievelijk toegewezen hadden gekregen. Dat gebeurde aan de lopende band, had hij gehoord. Een hertrouwde rabbijn uit de Upper West Side had op een dag zijn voordeur opengedaan en zijn dood gewaande vrouw op de stoep zien staan. Waarom zou dat Peter niet kunnen overkomen? Waarom zou op een dag niet de bel in de hal van het huis van Ruth en Sol kunnen rinkelen en Masha achter de openzwaaiende deur kunnen staan? Of een van de meisjes aan de hand van een medewerker van het Rode Kruis? Hij bleef maar naar het kantoor van die organisatie gaan om steeds weer te vragen de slachtofferlijsten na te lopen. In de bus, de metro, in winkels; overal waar hij kwam zocht hij naar een vrouw van in de twintig, meisjes die hun peutertijd waren ontgroeid.

Maar het was natuurlijk zinloos. De tijd was door blijven tikken, zoals de tijd dat gewend was, en Peter had de leeftijd van zijn vrouw en dochters steeds naar boven moeten bijstellen, tot hij op een dag in 1954 vanwege haar snelle manier van lopen en wittige haar achter een vrouw aan was gegaan op East 86th Street. Op een gegeven moment had zij zich omgedraaid en naar hem uitgehaald met haar handtas. Daarna had hij gezworen ermee op te houden. Masha was weg, de meisjes ook, en hij kon hooguit hopen dat er een soort hiernamaals was waar ze herenigd waren. Dat hij op een dag weer bij hen zou zijn. Nu was die razziadroom teruggekomen en ging hij opeens ook weer om zich heen kijken. Wat moest hij daar nou weer van denken? Als dit zo bleef, of erger werd, zou hij er niet tegen bestand zijn, tegen deze erosie van zijn gezonde verstand.

Hij legde zijn hand tegen de deur. Die trilde. Peter had ooit ergens gelezen dat die deuren op slot schoten zodra de trein een bepaalde snelheid bereikte om te voorkomen dat mensen eruit sprongen, maar hij had het nooit uitgetest. Hij had wel een keer geprobeerd voor een binnenkomende trein te springen op Grand Central, maar toen hadden zijn benen dienst geweigerd. De enige andere keer dat hij het had geprobeerd was tijdens dat eerste ellendige jaar, bij Sol en Ruth thuis. Terwijl zij op een cruise naar Bermuda waren had Peter een pakje scheermesjes meegenomen naar de badkamer en was op de rand van het bad gaan zitten. In de lengte snijden, niet dwars, had hij gehoord van een meisje in het kamp in Bremerhaven dat Bergen-Belsen had overleefd. Zij had de week erna met succes haar eigen advies opgevolgd. Ondanks de ongelooflijke, misselijkmakende pijn had hij gesneden. Maar toen had hij die stem gehoord. Peter had nooit in God geloofd, maar wel altijd gedacht dat áls Hij hem zou aanspreken, Hij zou klinken als Charlton Heston in *The Ten Commandments*: *Doe wat ik zeg, Peter!* Wat Peter echter hoorde was de stem in zijn eigen hoofd, de stem die hij als de zijne beschouwde, alleen zei die iets heel anders dan gewoonlijk en op zeer vastberaden en bedaarde toon, namelijk: *Dit mag je niet doen.*

Dus had hij het scheermesje neergelegd en de schoonmaakdoekjes die Maria onder de wastafel bewaarde om zijn pols gewikkeld. Vervolgens was hij naar de keuken gelopen, had een reservefles van Sols Cutty Sark uit het kastje boven de koelkast gepakt en de whiskey over de wond gegoten.

Hij kneep het bekertje samen, draaide zich om en liep terug naar zijn zitplaats. Hij stopte zijn hand in zijn zak, vond de ring en drukte de steen in zijn duim. June. Wat ging hij met June doen? Peter had gedacht dat zij zijn frisse Amerikaanse start was, een idee dat net zo optimistisch was als iets wat Roosevelt zou zeggen. Als June nu hier was, naast hem zat met haar hoofd op zijn schouder, zou dit allemaal misschien niet gebeurd zijn, zou die flard van een herinnering zich niet naar de oppervlakte hebben gewerkt, waren de doden niet tot leven gewekt. Dan zou hij misschien geen terugval hebben gehad. Maar stel nou dat June dit juist veroorzaakt had. Peter dacht aan het tv-programma over de Titanic dat hij had gezien, waarin verteld werd dat het schip niet gezonken was door een aanvaring met een ijsberg, maar doordat er onder water verschillende waterdichte compartimenten waren opengescheurd. Stel nou dat June zijn ijsberg was in plaats van zijn redster in de nood. Dat haar aanwezigheid in zijn leven de verzegelde ruimte had doorboord waarin hij Masha en de meisjes had gestopt. Er was geen enkele manier om daar zeker van te zijn.

Peter haalde de ring uit zijn zak. De diamant veroorzaakte piepkleine flonkeringen op zijn handpalm. Hij had gemeend wat hij tegen Sol gezegd had: hij wilde ermee stoppen. Dat zou betekenen dat hij een andere investeerder moest zoeken voor Masha's, iets wat maanden zou kunnen duren. Jáfaren. Hij zou de zaak misschien zelfs tijdelijk moeten sluiten. Hij zou het niet erg vinden om in een andere keuken te werken, eenpersoonsmaaltijden te eten in zijn appartement. Dat had hij al eerder gedaan. Maar hoe zat het met June? Was het wel fair om haar op te zadelen met een armoedzaaier? En zelfs als hij de banden met Sol verbrak... Stel dat er een onderzoek naar Sol werd ingesteld, door de belastingdienst bijvoorbeeld. Zou Peter dan ook onder verdenking komen te staan? Hij had in de loop der jaren van alles gedaan om geld voor Sol in te zamelen, weliswaar onbewust, maar wie zou dat geloven? Peter was familie. Zelfs als Sol geen Bugsy Siegel of Meyer Lansky was – en Peter betwijfelde nog steeds of Sol hem wel alles verteld had – was het erg genoeg wat hij deed. Was het wel juist om June hierin mee te slepen? June was zo jong, zo beeldschoon; zij kon krijgen wie ze wilde. Was het niet eerlijker om haar te laten gaan? Hij keek door het raam naar de naderende stad en draaide de ring aan één stuk door in zijn hand.

6
Peter en de wolf

Op een ochtend halverwege mei haalde June Peter over om te gaan ontbijten in Washington Square Park. Het lag toch op zijn route, had ze aangevoerd. 'Lekker een stukje lopen,' had ze gezegd, terwijl ze haar arm door die van hem stak, 'beetje frisse lucht opsnuiven, buiten eten.' Hij vroeg zich af of wat ze nu deden wel zo genoemd mocht worden. Ze zaten te stikken van de hitte op een bankje vlak bij de triomfboog, June nam slokjes thee en voerde haar sandwich aan de duiven, terwijl de lucht in het park verre van fris was en rook naar pretzels, paardenvijgen en marihuana. Peter pakte zijn zakdoek en depte zijn voorhoofd en zijn nek. Ach, nou ja, hij hing tenminste niet te bungelen aan een handgreep in de metro, verstrengeld met zijn stadgenoten als sliertjes zuurkool. Strikt genomen was het niet eens zó heet, maar Peter had de laatste tijd het gevoel dat hij continu transpireerde. Hij zou zo wel een taxi nemen.

'Wil je een stukje?' June bood hem een stukje brood aan met een schijfje gekookt ei dat eruitzag als een rubberen hondenspeeltje. Hij sloeg het af en zij gooide het naar de vogels, die elkaar meteen begonnen te pikken. 'Alsjeblieft, schatje.' Ze gaf hem een por met haar elleboog. 'Zie je die grote, met die zilverkleurige nek? Dat is mijn vriendje.'

'Ach,' zei Peter. Hij stopte zijn zakdoek weg en onderdrukte een zucht. Hij was vandaag niet in de stemming voor het park. Washington Square en Junes buurt in West Village vormden betrouwbare barometers voor zijn humeur. Op zijn betere dagen vond hij die liederlijk, charmant zelfs: de straatzangers, de oude mannetjes die zaten te schaken aan stenen tafels, de zwerfsters die tegen de vogels of de bomen of niemand in het bijzonder praatten. De vredesactivisten met hun gitaren en flodderige, pyjama-achtige kleren, de gemengde stellen – zwarte mannen die hand in hand zaten met blanke vrouwen en andersom – en zelfs de aanwezigheid van afval en drugs, de kerels die Peter en June vanuit de schaduw terloops toefluisterden: 'Wiet? Speed? Hasjiesj?' Het waren allemaal tekenen die misschien niet direct op burgerlijke ongehoorzaamheid wezen, maar wel op een soort tolerantie die Peter geruststelde, die aangaf dat wat er in zijn vaderland gebeurd was hier nooit zou gebeuren. Nadat de jonge president Kennedy was neergeschoten had Peter daar wel even voor gevreesd. Dat was een rotweek geweest. Peter was in zijn appartement gebleven, maar niet omdat hij zoals ieder ander voor de buis had gezeten. Hij was bang geweest voor de tegenreactie, vreesde dat de nieuwe president Johnson de staat van beleg zou uitroepen, dat er tanks over Lexington Avenue gingen rijden en er op elke straathoek gewapende patrouilles zouden zijn. Zijn eigen koks hadden naar zijn huis moeten komen om hem ervan te overtuigen dat dat niet zou gebeuren, dat de regering niet was gevallen en de moord weliswaar een tragische gebeurtenis was, maar de democratie nog steeds fier overeind stond. Gezegend Amerika! Maar op dagen als deze, wanneer Peter prikkelbaar was en niet lekker in zijn vel zat, verlangde hij naar minder gedoe en lamlendigheid en iets meer rust.

'Wat is er?' vroeg June. 'Je bent zo ongedurig.'

'Dat is niet mijn bedoeling. Ik moet alleen gewoon naar...'

'Het restaurant!' zong June met een zwierig, opera-achtig gebaar.

Het bandje dat samendromde bij de fontein keek hun kant op en applaudisseerde. 'Je hebt een lekkere strot, meissie,' zei een van hen, een hippie met een bandana en zonnebril. Hij grijnsde en zijn scheve tanden doken op in zijn lange donkere baard. 'Zin om bij ons te komen?'

June stond op en maakte een buiging. Ze droeg vandaag een oranjeroze mini-jurk met een patroon van *jelly beans*, en vanwege de komst van warmer weer had ze haar hoge laarzen verruild voor sandalen met plateauzolen van kurk, waardoor ze langer was dan Peter. 'Nee, bedankt,' riep ze, 'maar ga lekker verder.'

De man maakte het vredesteken naar haar. Peter beschouwde dat nog steeds als de v van 'victorie'. June ging weer zitten en wapperde zichzelf koelte toe met haar tasje. 'Pfff,' zei ze, 'ik ben een beetje duizelig. Heb jij het ook zo warm?'

'Nou, eigenlijk wel.'

'Een paar meiden en fotografen gaan volgende week naar DC. Er schijnt dan een grote antioorlogsdemonstratie bij het Witte Huis te zijn.'

'Overweeg je mee te gaan?'

'Ik? Nee. Ik zou wel willen, maar ik heb opdrachten. De huur moet betaald worden; ik word nog niet onderhouden.' June legde haar hand op Peters knie en kneep erin. 'Hoezo, wil jij?'

'Wat, daarnaartoe? Ik dacht het niet. Dat is niks voor mij.'

Ze keek hem door haar grote zwarte filmsterrenzonnebril aan. 'Maar je bent het wel eens met de demonstranten, toch?'

'Jawel,' zei Peter oprecht, hoewel zijn gevoelens daarover nogal abstract waren. Hij waardeerde het dat Amerikaanse burgers een afwijkende mening mochten hebben zonder daarvoor naar een gevangenis of een kamp gestuurd te worden. Hij vond de oorlog in Vietnam nergens voor nodig. Wat was er zo vreselijk aan het communisme, in vergelijking met het fascisme? Maar verder zei het hem niets; het was zijn oorlog niet. Hij wiebelde met zijn wenkbrauwen naar June en probeerde hip te klinken: 'Dat is niet mijn pakkie-an, schatje.'

Ze schoot in de lach. 'Hou jij je maar bij je restaurant.'

'Nu je het zegt.' Hij keek op zijn horloge. 'Er worden tomaten van een nieuwe leverancier bezorgd en daar moet ik eigenlijk wel bij zijn.' Ze trok een stuurs gezicht en wendde haar blik af naar de hippies. Arme June, dit was echt niet fair tegenover haar. Misschien was dit zijn kans om haar te vragen of ze echt niet liever onder mensen van haar eigen leeftijd wilde zijn – de Youthquake! – in plaats van bij een oudere vent als hij, die vastgeroeste gewoontes had en getrouwd was met zijn werk. In maart was er een revival van *My Fair Lady* geweest en tot zijn afgrijzen had Peter toen vastgesteld hoe erg hij zichzelf op Rex Harrisons professor Higgins vond lijken. *Een verstokte vrijgezel die van plan is dat te blijven.* Voordat June ten tonele was verschenen was hij best tevreden met zijn leven. Hij meed relationele verplichtingen en deed in alle rust zijn werk. De ring zat nog steeds in zijn zak en hij had nog niets gedaan aan zijn partnerschap met Sol. Telkens als hij overwoog op een van beide fronten actie te ondernemen, sloeg de oude willoosheid toe, die gehate verlamming. Hij werd er doodmoe van.

Maar er moest toch een compromis te bedenken zijn, zeker waar het June betrof? Hij zou kunnen voorstellen deze zomer wat minder tijd samen door te brengen. Het was een avontuurlijk tijdperk, dus waarom zou ze niet op avontuur gaan, terwijl hij zich bezighield met Masha's? Er moest het een en ander gereorganiseerd worden in het restaurant en hij wilde haar niet als een prachtige vlinder vastpinnen in een glazen kastje. Niet heel veel tijd zonder elkaar, maar misschien... één keer per week afspreken in plaats van elke avond? Dat klonk best redelijk, toch? Hij zette zijn ellebogen op zijn knieën, leunde naar voren en stak van wal. 'June...'

Ze liet een klein boertje, iets wat ze de laatste tijd wel vaker deed en wat Peter nogal onbetamelijk vond.

'Gaat het?' vroeg hij geïrriteerd.

Ze stak als een verkeersagent haar hand op. 'Wacht even,' zei ze. Ze sprong op, schoot naar de afvalbak naast het bankje en begon daar hevig in te braken. Ze greep de rand vast, kokhalsde en kotste opnieuw.

Hij liep naar haar toe en hield haar haar uit haar gezicht. Dat kwam nu tot over haar schouders. Hij wreef over haar rug. 'June, June. Ik zei toch dat je beter geen eten op straat kon kopen.'

'Bah! Zeg niks over eten,' zei ze. Hij gaf haar zijn zakdoek en die nam ze dankbaar aan. Ze veegde haar mond ermee af, keerde hem binnenstebuiten en depte de uitgelopen make-up onder haar ogen weg.

'Kom, we gaan nog even zitten,' zei Peter, hoewel hij inmiddels wel heel ongeduldig werd. Nu zou hij haar naar huis moeten brengen, in bed moeten stoppen, en bij de winkel op de hoek crackers en gingerale voor haar moeten halen. De hele ochtend, zo niet de hele dag, zou versjteerd zijn. 'Wil je iets om je maag tot rust te brengen?' Hij liep terug naar het bankje en klopte er uitnodigend op, maar June bleef staan en frummelde aan zijn zakdoek.

'Pete,' zei ze, 'ik ben zwanger.'

Hij keek naar haar. Ze leek erg lang zoals ze daar in het zonlicht stond. Een mannequin wier kapsel nog een paar centimeter toevoegde aan haar lengte. Ze had haar zonnebril weer op en haar gezicht was een masker. Ze leek erg kalm en bedaard, maar bleef frummelen aan zijn zakdoek. Een windvlaag voerde de geur van gepofte kastanjes en hasj naar zijn neusgaten.

'Nou?' vroeg ze.

Peter opende zijn mond om antwoord te geven, maar deed die toen weer dicht. Hij wilde wel antwoorden, écht, maar er haperde iets, er was iets mis in zijn hoofd. Zijn gedachten flitsten als een raket voorbij, terwijl zijn lichaam op slot schoot, een even vertrouwd als gehaat fenomeen. *Ik dacht dat je aan de pil was*, was één optie, maar het was duidelijk dat de kleine tabletjes hadden gefaald. *Is het van mij?* was een andere, maar June was trouw en Peter wist dat het kind van hem was. Hij keek naar zijn handen, die gevouwen waren om de knieën van zijn lichte broek, waarin de ring in de linkerzak zat. *Trouw met me*, zou hij kunnen zeggen, *June Bouquet, wil je mijn vrouw worden?* Wat weerhield hem ervan om ter plekke door zijn knieën te gaan, hier op het asfalt vol duivenpoep, spuug, kauwgom en god mocht weten wat nog meer? Later zouden ze erom lachen, een hilarisch verhaal maken van hun hippieverloving.

'Zeg iets,' eiste June. Haar stem trilde.

Hij schraapte zijn keel. Hij merkte dat hij over het plein door vlekjes zonlicht zat te staren naar auto's en mensen die passeerden op Waverly Place. Een oude dame met een met juwelen versierde tulband die een winkelwagentje voortduwde. Een statige Indiase vrouw in een saffraankleurig gewaad hand in hand met een meisje in bijpassende kleding. Moeder en dochter.

'Jézus,' zei June. 'Pete? Hallo? Ben je daar? Zeg eens wat!'

De moeder en het kleine meisje verdwenen om de hoek. Peter dwong zichzelf om June met samengeknepen ogen aan te kijken. 'Het spijt me,' zei hij.

June frummelde nog even aan de zakdoek en zei toen heel zacht, maar duidelijk verstaanbaar: 'Klootzak.' Ze gooide de zakdoek naar hem toe, maar die viel op de grond. 'Godvergeten klootzak. Ik wist dat je zo zou reageren. Ik wíst het!' Ze deed een paar stappen achteruit en huilde nu; tranen biggelden onder de grote zonnebril uit. 'Ach, laat ook maar! Doe geen moeite. Ik regel het zelf wel. Fijn leven nog... in je restauránt.' Ze draaide zich om, dreigde even te struikelen over haar hoge kurken zolen, maar kon zichzelf nog net op tijd opvangen en liep toen snel en met gebogen hoofd het park uit.

Zijn hele leven had Peter zijn toevlucht gezocht in de keuken als hij problemen had, of die nu groot of klein waren. Wanneer hij als kleine jongen op de vlucht sloeg voor zijn vaders getier of zijn moeders minachting rende Peter naar de grote vierkante ruimte achter in het huis, waar Hilde hem in de soep liet roeren, deeg liet rollen en – het spannendst, en op voorwaarde dat hij het mes vasthield zoals zij hem had voorgedaan – groente liet snijden. Tijdens zijn puberteit was Peters enige opstandige daad het solliciteren naar een baan als commis bij het Adlon in plaats van aan het werk te gaan bij het advocatenkantoor van de familie. Daar had hij 's avonds en in het weekend gewerkt, terwijl hij overdag naar de universiteit ging, en toen de nazi's verkondigden dat Joden geen hoger onderwijs meer mochten volgen, had Peter zijn rechtenstudie dankbaar opgegeven om fulltime in het Adlon te gaan werken. Tegenover zijn ouders en hun vrienden had hij altijd een lang gezicht getrokken als het ging over zijn eenvoudige betrekking, althans, tot ze hem onterfden vanwege zijn huwelijk met een niet-Joodse. Wat afschuwelijk dat de enige zoon van een van Berlijns oudste en meest vooraanstaande families gedwongen was als keukenhulpje te werken! Schandalig! Die Hitler zou hen allemaal de vernieling in helpen. Maar Peter, die inmiddels was opgeklommen tot garde-manger en net getrouwd was, had stiekem gedacht dat de machtsovername door de nazi's het beste was wat hem had kunnen overkomen.

In Auschwitz had de overplaatsing naar de keuken zijn leven gered. De eerste jaren in Amerika werd hij gekweld door nachtmerries en was hij gestruikeld over de taal. Bijna doofstom had hij rondgedoold door een landschap vol ellende, tot die middag dat hij de Oyster Bar in was gelopen om iets te eten en weer naar buiten was gekomen met een baan. Nadat hij die weer was kwijtgeraakt volgde zijn reisjaar, waarin hij zich had opgewerkt van hamburgerbakker in Chicago en winkelbediende bij een delicatessenzaak in Minneapolis tot garde-manger in Atlanta. Tegen de tijd dat Peter terugkeerde naar New York en bij Giuseppe's belandde had hij iets ontdekt: zonder Masha en de meisjes voelde geen enkele plek ter wereld als thuis, maar hier waren tenminste meer Joden... en restaurants. En hoewel de cuisine van land tot land verschilde – in Amerika geen spargel of *Johannisbeeren* maar wel heel veel barbecuesaus, hotdogs, pizza en de gruwel die Amerikanen mayonaise noemden – was het eten zelf in wezen hetzelfde. Wortels julienne snijden of een roux maken was in Skokie net zoals in Berlijn. Koolraap was koolraap. Groenten, vlees en techniek kenden geen taal. In de keuken, welke keuken dan ook, was Peter thuis.

De week na Junes onthulling was hij dag en nacht in Masha's. Elke ochtend opende hij de zaak en elke avond sloot hij die weer, hij sliep op de stretcher in zijn kantoortje en ging alleen naar zijn appartement om te douchen. Hij was er tijdens zijn verkering met June weliswaar in geslaagd om mee te draaien in het restaurant, maar hij had er niet meer gegeten, gedronken en geslapen. Hij wist dat zijn gedrag voor opgetrokken wenkbrauwen zou gaan zorgen, hij vóélde bijna dat het personeel lootjes trok om te bepalen wie hem om een verklaring zou vragen, dat ze achter zijn rug weddenschappen afsloten en scenario's bedachten. Toch duurde het een volle week voordat iemand iets zei. Uiteraard was het Lena – hij had het kunnen weten – die op een ochtend om zes uur binnenkwam en ontdekte dat Peter er al was, omringd door een glimmende berg gesneden komkommer en sjalotjes.

'Wat is hier aan hand?' vroeg ze.

'Wat denk je?' antwoordde Peter, terwijl hij met zijn mouw zijn betraande ogen afveegde. 'Ik ben aan het inmaken.'

'Ik dat zien. Waar is kleine zhopa Steve? Is zíjn werk.'

'Ik heb hem een week vrij gegeven.'

Lena sloeg uitdagend haar armen over elkaar. 'Waarom jij dit doen?'

'Omdat ik hier ben en zijn vrouw net weer een kind heeft gekregen.'

'Zij moet gewoon benen bij elkaar houden,' zei Lena. 'Tupa blyad.'

Ze stond hem dreigend als een oude verkeersagent aan te kijken.

Toen haalde ze haar neus op en liep weg. Peter stopte de groente in potten met dillebloemen en een mengsel dat hij zelf had bedacht: kruidnagels, gele en zwarte mosterdzaadjes, anijs, venkel, kurkuma en paprikapoeder. Hij goot gezouten azijn in de potten en liet ze zakken in een ketel met woest borrelend water. Vervolgens wisselde hij van snijplank en begon challes en stokbroden van een dag oud te snijden om croutons te maken. Sommige koks hadden graag de radio aan tijdens het werk, maar Peter gaf de voorkeur aan stilte. Een stilte die slechts werd verstoord door het *pokpokpok* van zijn mes en, in dit geval, het ratelende deksel van de weckketel. Alleen op dit soort momenten kon hij stoppen met nadenken; als zijn handen bezig waren, kwam zijn hoofd tot rust.

Lena keerde terug in haar werkkleding en met een bandana die haar korte grijze haar verborg. 'Wat is gerecht van de dag?'

Peter knikte naar het krijtbord.

'Witlofsalade,' las ze binnensmonds. 'Witlof, botersla... is al bezorgd?'

'Vanmorgen om vijf uur.'

'En kaasboer?'

'Ben ik gisteren geweest. Hij had uitstekende roquefort.'

'Zeker van vrachtwagen gevallen,' zei Lena, 'klootzak.' Ze liep naar de koelcel voor haar mise-en-place en begon dertig centimeter naast Peter haar werkplek in te richten. Het tweetal werkte in stilte, die alleen werd onderbroken door Lena's amechtige ademhaling. Zij fileerde blauwbaars en Peter tilde met een glastang de potten uit de ketel toen Lena zei: 'Wat gebeurd met dunne hoer?'

'Noem haar niet zo.' Peter zette de laatste pot op een bakplaat en draaide het vuur onder de ketel uit.

'Oké,' zei ze inschikkelijk. 'Waar is stomme hoer?'

Peter pakte een schoon lapje van zijn stapel en veegde zijn gezicht en hals ermee af. 'Ik waarschuw je, Lena.'

Ze haalde haar schouders op. 'Ga je gang. Denk je ik bang ben voor jou? Ik breek je over mijn knie als takje.'

'Ik meen het, Lena. Ik ben niet in de stemming.'

Hij husselde de dobbelsteentjes brood door een mengsel van olijfolie en rozemarijn. Lena deed de blauwbaarsfilets in een mosterdmarinade. 'Ik ook niet,' zei ze. 'Man op mijn voet gepist vandaag in metro. Rotstad. En Linda weer hele nacht hoer spelen. Als ik haar zie ik breek haar fucking nek.'

'Ach,' zei Peter. Linda was Lena's vriendin, die als gastvrouw en soms als danseres in een van de strandtenten op Coney Island werkte.

'Weet je waar ik ook niet in stemming voor ben?' zei Lena. 'Dit.' Ze gaf Peter een por, legde haar mes neer en trok haar oogleden naar beneden. 'Al dat mokken. Baas mokken als zieke hond. Als hond die overreden is. Als hond die overreden is na merken zijn teef met andere hond gefuckt.'

'Ja, ik snap wat je bedoelt.'

'Dus?' Lena wentelde de filets door de marinade. 'Wat gebeurd met *yebanutaya suka*?'

'Lé-na...' zei Peter. Hij wist dat ze June een verdomde hoer had genoemd. Maar hij wist ook dat het zinloos was haar nogmaals op te dragen ermee op te houden. 'Die vrouw veracht me,' had June gezegd toen Peter haar gevraagd had wat vaker naar het restaurant te komen. 'Ze valt op je, Pete, ik zie die vlinders in haar buik gewoon bewégen.' Hij had June toen verteld over Lena's vriendin om haar ervan te overtuigen dat dat niet waar was, maar ze was niet overtuigd geweest. En hoewel het niet geholpen zou hebben om het toe te geven, wist hij wat ze bedoelde. Lena was niet verliefd op hem; ze wilde net zomin met hem naar bed als met welke andere verdomde mannelijke zhopa dan ook. Lena's band met Peter ging veel dieper. Dat was er een van een werknemer wier baas haar een kans had gegeven toen niemand anders dat deed, van een bijna-partner in een zaak waar ze meer om gaf dan wat dan ook, van een... misschien niet direct een vriendin, maar wel een kompaan die al vijftien jaar volgens een vast patroon met hem samenwerkte.

Lena stortte zich op het uitbenen van konijnen. 'Ik heb recht te weten,' drong ze aan. 'Eerst jij helemaal van kaart.' Ze stak haar tong uit en loenste. 'Kwijlend achter dunne hoer aan lopen. Lena leiding nemen, jij zeggen. En dan is die *toshchaya blyad* weg en jij zielige hond die –'

'Jaja, oké,' onderbrak Peter haar. 'Hou op over die hond. June is...'

Hij hield op met praten, omdat hij niet goed wist hoe hij die zin moest afmaken, maar bleef wel zeezout strooien over de croutons. *June is kwaad op me? June is vertrokken? June is in de hoofdstad aan het protesteren tegen de Vietnamoorlog? June is ten einde raad?* Hij was de afgelopen week zo vaak van plan geweest haar te bellen... Dan stond hij op zijn kantoor opeens met de hoorn in zijn hand en zijn vinger in de draaischijf, of was hij een telefooncel in gegaan en stopte een kwartje in de gleuf. Maar dan werd hij vervolgens... getroffen door iets; een apathie, het gevoel dat hij een pak van lood droeg. En kon hij het uiteindelijk toch niet opbrengen.

'Ze is *beremennaya*,' zei Lena met een gekromde hand voor haar buik. 'Met jong.'

Peter was verbijsterd. 'Hoe weet je dat?'

'Ze is hoer, als alle modellen,' zei ze schouderophalend. 'Benen wijd, over tijd. Is logisch.'

'Lena,' gromde hij.

Ze begon het konijn in blokjes te snijden om te stoven. Peter kon die arme, kale beesten niet zien. 'Is bastaard van jou?'

Hij zuchtte. Hij schoof de bakplaten met de croutons in de oven en wist zich opeens geen raad meer. 'Ja.'

'Nou ja, zij dat jou zeggen.'

'En ik geloof haar. June liegt niet.'

Lena haalde haar schouders op. 'Zij abortus doen?'

'Dat weet ik niet.'

'Waarom jij weet niet.'

'Ik heb haar niet meer gesproken.'

Lena knikte. 'Slim. Jij haar mijden. Zij wil trouwen?'

'Dat weet ik niet.'

'Ze wil man. Alle dunne hoeren willen man. Maar zo jij niet vast komen zitten.'

'Zo zit het helemaal niet. Ik wil haar al maanden een aanzoek doen.'

Lena wierp hem een spottende blik toe. 'Maar jij niet gedaan.'

Hij schudde zijn hoofd, niet uit ontkenning maar uit verwarring. 'Ik moet erwtensoep gaan maken.'

'Waarom jij niet vragen?'

'Dat weet ik niet.'

'Weet ik niet, weet ik niet. Kleuter.'

'Krijg de tering, Lena,' zei Peter in haar taal.

Ze schoot in de lach. 'Ik jou kleuter vinden. Ik denken jij met dunne hoer wil trouwen. Is dat goed idee? Nee. Zij alleen voor problemen zorgen? Ja. Maar jij baby maken, jij voor baby zorgen. Hoe dan ook. Breinaald of trouwen. Al genoeg bastaards op wereld.'

Hij balde zijn vuisten voordat hij het dichtstbijzijnde voorwerp kon pakken – een vleeshamer, een frituurpan – om haar ermee te slaan. Hij had nog nooit een vrouw geslagen, maar dit leek een uitgelezen kans. Terwijl hij stond te worstelen met zijn woede tourneerde Lena bedaard aardappels en wortels voor de stoofschotel. Hij kende haar al zo lang, ze was bij hem geweest toen hij Masha's opende. Ze was toen garde-manger, want Lena bij de zwarte brigade laten werken was uit den boze. Ze zou de gasten alleen maar terroriseren. Lena wilde dat ook niet, volgens haar waren serveersters, gastvrouwen en garderobemeisjes allemaal hoeren. Ze had meteen gevraagd of ze mocht koken en Peter had haar in dienst genomen, ook al was het uiterst zeldzaam dat een vrouw als iets anders dan patissier in een professionele keuken werkte. Maar ten eerste hadden zijn andere personeelsleden zich aanvankelijk niet eens gerealiseerd dat Lena, die iedereen die haar beledigde tegen de muur drukte en droogneukte, überhaupt een vrouw was. En ten tweede waren haar snijtechnieken ongeëvenaard. In die zin deed ze hem aan Masha denken. En dan was er ook nog dat moment geweest tijdens haar sollicitatie waarop Peter haar gevraagd had boeuf bourguignon te maken. Lena had toen haar mouwen opgerold, waarop hij het rijtje scheve groene cijfers op haar huid had gezien. 'Wat nou?' had ze gezegd toen ze hem daarop betrapte. 'Ik was politieke gevangene in nazikamp.' Ze had in de gootsteen gespuugd en gevraagd: 'Jij daar problemen mee hebben?' Helemaal niet, had hij gezegd. Dat was het enige moment in al zijn jaren in Amerika geweest dat hij uit zichzelf bijna zijn manchet had losgeknoopt om zijn eigen tatoeage te laten zien. Bíjna.

Lena was al die tijd zijn rechterhand geweest en zij mocht dingen tegen hem zeggen die hij van niemand anders pikte, niet van Sol, niet van Ruth en niet van June. Sterker nog, hij had Lena verteld wat hij over Sol te weten was gekomen en toen had ze gezegd: '*Da*, Joodse maffia, nou, en? Jij pas zorgen maken als is Russische maffia.' Peter had de banden met Sol nog niet verbroken. Opeens vond hij zijn eigen lamlendigheid, Lena en zelfs zijn geliefde keuken onverdraaglijk. Hij smeet zijn doekje op de snijplank. 'Hou de croutons in de gaten,' zei hij. 'Ik ga een eindje lopen.'

Een van de fijnste aspecten aan de ligging van Masha's – Peter zou zelf niet voor de Upper East Side gekozen hebben als hij het restaurant niet geërfd had; hij had liever in de buurt van de theaters en Carnegie Hall gezeten – was de nabijheid van het Carl Schurz Park, aan 86th Street en East End Avenue. Hij had daar menig rusteloos uurtje doorgebracht. Dan wandelde hij langs de East River, bewonderde de Triboro Bridge en aaide afwezig de honden die op hem afkwamen. Tijdens zijn cursus Engels had een veeleisende docent hem opgedragen *Moby-Dick* te lezen en in het Carl Schurz Park moest Peter altijd denken aan de passage over het kalmerende effect dat de nabijheid van water had. Ook dacht hij vaak aan het motto boven de epiloog: *En enkel ik ben alleen ontkomen om het u te zeggen.*

Vandaag vond hij al snel een bankje, waarop hij ging zitten en met de mouw van zijn koksbuis zijn gezicht en hals afveegde. Zijn zakdoeken lagen, net als zijn daagse kleding, bij Masha's. Het was niet heet, maar wel klam. De zon probeerde als een verre zilveren munt door de mist heen te breken, meeuwen cirkelden krijsend boven de rivier, de lucht rook naar diesel en vis. Voetgangers passeerden in gedachten verzonken met koffie, witte papieren zakken en hotdogs. Peter keek naar de aken die langsvoeren, naar het kabbelende water op de kust van Roosevelt Island, met zijn vuurtoren in de vorm van een zoutvaatje. Toen hij hier net was had hij zich soms afgevraagd hoe moeilijk het zou zijn om over het hek met die scherpe ijzeren punten te klimmen. Maar toen had hij zich gerealiseerd dat je niet zo erg diep zou vallen als je ervanaf sprong en hooguit een nare huidaandoening zou krijgen door het vervuilde water van de East River. Hij vouwde zijn handen en leunde voorover, alsof hij daardoor voorbij de rivier, het eiland en de brug kon kijken, helemaal naar de Atlantische Oceaan en het continent dat hij had achtergelaten.

Lena had de spijker op de kop geslagen: hij gedroeg zich als een lafaard. Maar dat was Peter altijd al geweest, dat had hij altijd geweten over zichzelf. Het was zijn ergste, meest gehate eigenschap, de karaktertrek die hem typeerde, het geheim dat hij steeds probeerde weg te drukken, maar dat telkens onvermijdelijk weer boven kwam drijven. Het was zijn onvermogen te handelen, zijn verlamming in cruciale situaties. Zijn onvermogen te springen. Zijn polsen door te snijden. Te bellen. De knoop door te hakken. Zijn gezin te beschermen. Weg te gaan uit Duitsland toen het nog kon. Want natuurlijk was Peter ruimschoots gewaarschuwd voor wat er kon gebeuren. Zijn eigen vader had het hem verteld. Zijn vader had samen met Sol op alle mogelijke manieren Joden weg proberen te halen, eerst legaal – vóór de Kristallnacht – en daarna illegaal. Daarom hadden de nazi's Avram in 1941 naar Buchenwald gestuurd. Daarom was Peters moeder in hechtenis genomen en had ze in de gevangenis die fatale griep opgelopen. Daarom voerde Peter continu een discussie met Masha die hem deed denken aan de paradox over de botsing tussen een onstuitbare kracht en een onbeweeglijk lichaam. Ze moesten weg, zei zij. Het was te gevaarlijk, zei hij. Ze moesten vertrekken. Ze moesten blijven. Masha bleef maar komen met belachelijke voorstellen als valse persoonsbewijzen regelen, onderduiken op zolders of in de kelder van een kerk, 's nachts lopend over de Alpen trekken. 'Je klinkt als een spionageroman!' wierp Peter dan tegen. Die waanzin zou heus wel ophouden, meende hij, de buitenwereld zou beseffen wat er aan de hand was en er een eind aan maken. Trouwens... de meisjes. Hij wees dan naar de zuigelingen die sliepen in de wasmand, naar de baby's van zes maanden in de wieg die hij had gemaakt van een krat en een weggegooide schommelstoel, naar de dreumesen in het bed van hun ouders. De meisjes, de meisjes, hoe moest het dan met de meisjes?

Uiteindelijk leek wat er gebeurd was erg op de razziadroom, behalve de steeds wisselende afloop die zijn geest er almaar voor bedacht. Peter en de tweeling waren opgepakt tijdens wat nu bekendstond als de Fabrikaktion van 1943. Per vrachtauto waren ze vervolgens naar concertgebouw Clou gebracht; een van de zes locaties waar Joden werden vastgehouden. Duizenden mensen samengepropt in een ruimte die voor een paar honderd was bedoeld. Masha was in haar uniform aan komen rennen, nadat een meelevende leverancier van het Adlon haar had verteld wat er gebeurd was. Door een of ander wonder was ze erin geslaagd hen in de menigte te vinden; dát klopte wel in de droom. Peter had haar uitgefoeterd terwijl ze huilend op een kluitje stonden, hun armen verstrengeld om hun kinderen, een kleine boei in een deinende, jammerende mensenzee. 'Je had beter niet kunnen komen,' had hij steeds weer gezegd, terwijl hij Masha's koude, natte gezicht kuste. 'Dwaze, dappere Mashi. Ga weg voordat ze je zien.'

'En jullie in de steek laten? Nooit.'

'Nou ja, we krijgen het tenminste niet koud tussen al die mensen,' zei Peter met een geforceerde glimlach. 'Alsjeblieft, Mashi. Ga weg. Haal de papieren bij...'

'Daar is het te laat voor. Snap dat nou toch, Petel! Zie je het dan niet? Er zijn hier duizenden mensen.' Ze ging op haar tenen staan om te proberen over de hoeden, sjaals, schouders en blote hoofden heen te kijken. 'Sorry,' zei ze tegen een oude vrouw op wier voet ze per ongeluk was gaan staan. De dame keek haar met net zo'n verwarde blik aan als Peter had gezien bij overlevenden van luchtbombardementen. Masha sloeg haar handen voor haar gezicht. 'Het is hopeloos, het is allemaal voorbij.' Een minuut lang huilde ze tranen met tuiten.

Peter troostte haar zo goed en zo kwaad als hij kon door zich tegen haar aan te drukken, terwijl hij met zijn handen beide meisjes onder hun knokige billen tegen zich aan hield. 'Sssj, Mashi,' zei hij, 'we zijn samen, we redden het wel... Sssj.'

Zo abrupt als ze in huilen uitgebarsten was, zo plots hield ze daar ook weer mee op. 'Blijf bij ze,' zei ze, 'ik ben zo terug.' Voordat hij haar kon tegenhouden begon ze zich een weg door de menigte te banen.

'Mamaaa!' riep Vivien. 'Waar gaat mama heen? Mama!' Door haar jammerkreet werd Gigi wakker, die te zwak was om zich met haar zusje te meten, maar wel in Peters andere oor jammerde.

'Ssst, meisjes,' zei hij, 'mama komt zo terug.' Een vrouw van Masha's leeftijd die naast hen stond en een baby aan de borst had keek hem meewarig aan en voor het eerst dacht Peter: maar misschien ook niet. Ondanks de duwende menigte had hij het gevoel dat hij onderuitging. 'Zullen we zingen, meisjes?' opperde hij. 'Wat zullen we zingen?'

Vivien klopte op Peters wang en zei: 'Jij zingen, papa. Zing jou.' Ze doelde op *Peter en de wolf*, Prokofjevs muzikale sprookje. Beide meisjes dachten dat dat over hun vader ging en waren dol op het verhaal van de heldhaftige jongen die de wolf te grazen nam. Hij floot de openingsmaten van hun lievelingsgedeelte en zei toen: 'En daar gingen ze dan, op weg naar de dierentuin!'

Vivi brabbelde mee met Peter: 'Moet je je die vrolijke optocht eens voorstellen! Peter liep natuurlijk voorop...' Toen ze al zingend bij de grootvader waren aanbeland – 'Ja, maar stel nou dat Peter de wolf niet gevangen had. Wat dan, hè?' – kwam Masha inderdaad terug. Met haar bleke huid, blonde haar en witte uniform was ze, met uitzondering van haar rode loopneus, een volledig witte gedaante die zich wederom een weg door de menigte wrong.

'Goed nieuws,' zei ze, 'de ariërs en Geltungsjuden moeten allemaal naar een andere plek, op de Rosenstrasse. We hoeven alleen maar een soldaat te zoeken en onze papieren te laten zien om te bewijzen dat we getrouwd zijn. Dan brengen ze ons daar meteen naartoe.'

'Is dat zo?' vroeg iemand dichtbij. 'Als je arisch bent? Als je getrouwd bent met een ariër?'

'Dat heb ik gehoord, ja,' zei Masha.

De zogende vrouw, die de ster op een armband over de mouw van haar jas had geschoven, snoof. 'Nou, daar hebben we wat aan.'

Masha schonk de vrouw een meelevende blik. 'Houd moed,' zei ze. Toen nam ze Vivi van Peter over en zei: 'Kom, we gaan.'

'Papaaa,' riep Vivien, 'ik wil papa!' Ze boog zich naar hem toe. 'Ik wil papa! Ik wil nog meer Peter! Ik wil naar huis!'

'Dat weet ik, popje,' zei Masha. Ze pakte Peters arm en kuste Gingers voorhoofd. Van schrik deinsde ze achteruit. Gigi lag met haar hoofd op Peters schouder, haar ogen waren glazig van de koorts en haar duim gleed lusteloos uit haar mond. 'Ze is bloedheet, Petel. We moeten iets doen.'

'Hou jij de meisjes even vast,' zei hij, 'dan trek ik mijn trui uit en leg die over haar heen.'

'Doe niet zo gek, dan vat je kou.' Masha had gelijk, het was februari en ijzig koud, hun angstige ademhaling hing met de wolkjes van duizenden anderen in de lucht. Ze ging op haar tenen staan en keek om zich heen. 'Kijk daar, zie je die oude dame? Die zal zo te zien niet echt van zich af slaan. Kijk of je die bontmuts van haar hoofd kunt halen.'

'Mashi! Dat kan toch niet.'

'We moeten toch íéts doen.'

'Maar dat niet. Wacht. Ik stop Gigi wel onder mijn jas...'

Masha maakte een ongeduldig geluid. 'Dat is niet genoeg. Ik snap wat je bedoelt, maar als het gaat om Gigi's leven tegenover dat van een vreemde... nou ja, iemand die het waarschijnlijk niet lang zal uithouden, dan spijt het me zeer, maar... Ik ben zo terug.'

'Nee, blijf hier, Mashi! Ik doe het wel.'

Maar ze had zijn mouw al losgelaten en zigzagde met Vivi tegen zich aan gedrukt door de massa naar haar doel: een kwijnende vrouw die inderdaad elk moment in elkaar leek te kunnen zakken. Masha dook achter haar op en griste de bontmuts van haar hoofd. Ze draaide zich triomfantelijk om naar Peter toen er aan de andere kant van het plein een ijzige kreet klonk. Die kwam van een vrouw die uit een raam op de bovenste verdieping sprong en als een pijl naar beneden viel; haar voeten naar de aarde gericht en haar armen langs haar zij. Haar rok waaide omhoog.

'Masha!' schreeuwde Peter. 'Blijf daar.' Hij klemde Gingers hete, klamme hoofd tegen zijn schouder en worstelde zich Masha's kant op. 'Niet kijken, schatje,' zei hij hijgend, hoewel Ginger buiten bewustzijn was. 'Kijk maar niet.' Hij voelde een warme nattigheid over zijn heup glijden: Ginger had geplast. 'Masha!'

Weer werd er geschreeuwd. Peter wist dat er nog iemand zelfmoord had gepleegd. Hij concentreerde zich uit alle macht op Masha's witte gestalte, op zich een weg door de menigte banen. Maar er brak paniek uit en het was alsof de grond door een aardbeving onder zijn voeten wegviel. Doordat iedereen om hem heen begon te duwen en te schreeuwen – met wijd open mond, spuugdraden tussen de tanden, stinkende adem, uitgestrekte armen – verloor Peter zijn vrouw en andere dochter uit het oog. Angstiger nog was dat iemand hem zo'n harde zet gaf dat hij en Gigi bijna omvielen. Hij klampte zich vast aan zijn kleine meisje en probeerde wanhopig zijn evenwicht te bewaren om niet onder de voet gelopen te worden. 'Kom, kleintje,' hijgde hij. Haar hoofdje rolde heen en weer, haar ogen draaiden omhoog; had ze een koortsstuip? 'We gaan mama zoeken.'

Er werd geschoten. Geschreeuwd. 'Staan blijven,' klonk er door de luidsprekers.

Peter zag Masha zo'n tien mensen verder en op hetzelfde moment kreeg zij hem in het oog. Ze zwaaide met de bontmuts. 'Masha!' schreeuwde hij.

'Ik zie je in... de Rosenstrasse!' riep ze.

'Papaaa!' riep Vivi.

Hij zag een flits van haar handje in de zwakke winterzon en toen werden ze aan alle kanten onder de voet gelopen. 'Nee,' krijste hij. 'Masha!' Hij stortte zich op de muur van ruggen, schouders en lichamen. Op dat moment begonnen de soldaten de menigte uiteen te drijven met hun geweerkolven en wapenstokken. Peter raakte uit balans, viel op zijn rug en verloor zijn greep op Ginger. Het ene moment had hij haar tegen zijn zij geklemd alsof zijn leven ervan afhing en het volgende was ze verdwenen.

Hij draaide zich op zijn knieën en tuurde door een woud van schoenen, broekspijpen en rokken. Dit kon niet waar zijn. Ze was bij hem geweest! Hij had haar vastgehouden! Hoe kon ze nou zo snel verdwenen zijn? Ze moest hier ergens zijn. Verder dan een meter kon ze niet van hem af zijn. Hooguit twee.

'Gigi!'

Hij begon te kruipen. Welke kant was ze op gegaan? Ze droeg een roze nachtpon. Alleen een roze nachtpon. Hij zag laarzen en broekomslagen. Iemand ging op zijn rechterhand staan, de hoge hak van een vrouw drong diep in de huid tussen de aderen. De eigenaresse van de schoen kreeg een zet, waardoor ze viel en Peters hand werd bevrijd. Hij krabbelde vooruit over de ijzige straatstenen.

'Gigi!' schreeuwde hij. 'Gigi!'

Aan de dichtstbijzijnde man trok hij zich omhoog. 'Hebt u mijn kleine meisje gezien?' De man staarde met holle ogen van angst langs hem heen. De soldaten kwamen dichterbij. 'Gigi!' riep Peter. 'Gigi! Heeft iemand een klein meisje gezien?'

Aan alle kanten werd hij omringd door een muur van vreemden. Peter huilde. 'Gigi! Gigi!'

Wankelend viel hij tegen een soldaat aan, een jonge, onverstoorbare man in uniform en met een helm op. 'Ik ben mijn dochtertje kwijt... Gigi... Ze is arisch... Help me alstublieft, ik ben mijn kleine meisje kwijt!'

De man keek naar Peters hand op zijn mouw en schudde die er met een blik van walging af. 'Vandaag is iedereen arisch,' zei hij, waarop hij hem met zijn wapenstok in zijn gezicht sloeg.

Tegen de tijd dat Peter weer bij bewustzijn kwam was hij inderdaad in de Rosenstrasse. Hoe hij daar gekomen was wist hij niet meer. Hij kon zich de mensen die hem hadden opgeraapt niet meer herinneren. Ze hadden zijn papieren gevonden en aan een soldaat laten zien dat hij een Geltungsjude was: getrouwd met een ariër.

Meteen daarna werd Peter naar het werkkamp voor dergelijke bevoorrechte Joden gestuurd: Theresienstadt. Maar er waren die dag zo veel mensen op het plein voor het concertgebouw – en in Oranienburg, de Grosse Hamburger Strasse en het treinstation in Putlitz – dat de Fabrikaktion helaas niet zo efficiënt verliep en er fouten werden gemaakt. Dus terwijl Peter naar de Rosenstrasse werd gebracht, waren Masha en Vivien op een transport met volbloed Joden gezet dat eerst naar Oranienburg en vervolgens naar Putlitz ging. Daarvandaan gingen ze met de trein naar Auschwitz. Van de driejarige Ginger Rashkin werd nooit meer iets vernomen.

Bij het verlaten van het Carl Schurz Park had Peter geen vastomlijnd plan in gedachten, maar toen zijn voeten automatisch terugliepen naar Masha's begon er eentje te groeien. In plaats van terug te gaan naar het restaurant hield hij een taxi aan. Pas halverwege het centrum besefte hij dat hij zijn koksbuis nog aanhad. Maar goed, dat maakte niets uit. Dat zou op het eerste gezicht effect hebben, of juist niet. Peter vroeg de chauffeur even te stoppen bij de triomfboog op Washington Square, waar een blinde man anjers verkocht uit een plastic emmer. Op Minetta Lane vroeg hij of de chauffeur het erg vond om even te wachten.

'Geen punt, meneer, het is uw geld,' zei hij.

Peter stond in de rustige slingerende straat voor het kleine beige gebouw met twee verdiepingen en de keurige zwarte luiken dat hem aan een poppenhuis deed denken. Hij keek op zijn horloge; het was half negen. Geen wonder dat er op Minetta Lane 16 nog geen tekenen van leven waren. De bewoners op de begane grond waren tevens de eigenaars: twee Broadwayartiesten die bekendstonden om hun tapdanskwaliteiten en zeer luidruchtige ruzies. Op de eerste verdieping woonden drie stewardessen en op de bovenste een ambitieuze operazangeres en June. Daar zat geen vroege vogel tussen. Peter vond het vervelend om hen te storen, maar daar was niets aan te doen, want hij had geen sleutel. Hij drukte op de bel bij het bordje DAHL/BOUQUET. Er gebeurde niets.

Hij nam een beleefde pauze in acht en probeerde het nog een keer. Vervolgens drukte hij huiverig op alle bellen. Eindelijk hoorde hij de zoemer en kon hij de deur openduwen. 'Ben jij dat, Sven?' riep een man giftig vanuit de hal. 'Zo ja, dan kun je maar beter wat antikaterpillen en een verdomd goede verklaring bij je hebben.'

'Sorry, Michael, ik ben het maar.' Ter begroeting stak Peter zijn anjers omhoog.

Michael, die een kimono droeg en een groen gezichtsmasker ophad, nam hem op en snoof. 'Neem de volgende keer rozen mee, schat.' Toen knalde hij de deur dicht.

Peter beklom de wenteltrap naar de bovenste verdieping en klopte aan. 'Ik kom eraan!' Het was een vrouwenstem, maar niet die van June. Peter staarde tijdens het wachten door het achterraam naar de tuin: een verscholen idylle met bakstenen muren, een bistroset en een iele wilg die treurde boven een vijver. Een standbeeld van de maagd van de Lorelei hield de wacht boven het water, waar waarschijnlijk koikarpers in zaten – of ongelukkige zeelui die betoverd waren door haar zang. Boven de daken van The Village was de zon nog steeds in gevecht met de mist.

De deur ging open en Junes huisgenoot Dawn keek hem licht geïrriteerd en met samengeknepen ogen aan. Ze was een erg kleine vrouw met schouderlang kastanjebruin haar, dat nu vol krulspelden zat, en ogen die even blauw waren als haar kamerjas. Ze kwam uit Minneapolis, had June hem verteld – de Minnesota-link – en studeerde aan Juilliard. Volgens June was ze erg goed, hoewel Peter zijn twijfels had. Hoe kon zo'n klein lichaam nou over een dijk van een stem beschikken? Volgens hem hoorden sopranen er veel wagneriaanser uit te zien.

'Ze is er niet,' zei Dawn. 'Maar mooie bloemen. Thee?'

'Graag,' antwoordde Peter.

Hij volgde haar naar binnen en bleef in het midden van de kamer staan, terwijl Dawn gapend de anjers van hem overnam, ze in de gootsteen legde en vervolgens de fluitketel op het vuur zette en kastjes opende om bekers, suiker en honing te pakken. Peter was hier maar twee keer eerder geweest en beide keren 's nachts. Omdat June niet alleen woonde was het altijd logischer geweest om bij Peter te slapen. De laatste keer dat hij hier was hadden Sven en Michael visite gehad – met andere woorden: een feest dat de hele nacht duurde en werd voortgezet op straat. Nu bewonderde Peter het vredige licht dat door de dakramen viel, de paarsgeschilderde open haard en het honingkleurige visgraatparket. De badkuip stond onder de dakramen, handdoeken hingen over het zadel van een draaimolenpaard dat ernaast stond. Aan de muren hingen ingelijste affiches van Dawns concerten en tijdschriftomslagen met June erop.

'Gebruik je melk?' vroeg Dawn. 'Citroen, suiker?'

'Alleen suiker alsjeblieft.'

Dawn gebaarde naar de lavendelkleurige fluwelen bank met franje: volgens June een gered rekwisiet uit een kleinschalige theateruitvoering van *A Streetcar Named Desire*. Peter nam plaats en Dawn nestelde zich tegen de leuning. Ze schoof haar blote voeten als een kat onder zich. 'Sorry dat ik zo zacht praat,' zei ze, 'maar ik moet mijn stem sparen.'

'Snap ik.' Hij pakte zijn thee aan, maar kreeg geen slok door zijn keel. 'Is ze aan het werk?' vroeg hij. 'Zeg alsjeblieft dat ze aan het werk is.'

Dawn nam hem over de rand van haar beker heen op, terwijl ze afwisselend blies en slokjes nam.

'Weet je...' stak Peter van wal.

'Ik weet het van de baby.'

'Weet je of ze...?'

'Dat heeft ze nog niet besloten.'

'Godzijdank.' Hij zette zijn beker op de grond.

'Maar dat zal ze wel snel moeten doen. Anders is het te laat. Ze zei dat ze er tijdens deze trip over na zou denken en dat ze meteen door zou gaan naar Mexico als ze besloot het niet te houden.'

Hij stond op. 'Waar is ze nu?'

'Ik weet niet of ik je dat moet vertellen. Je hebt haar behoorlijk gekwetst.'

'Alsjeblieft.'

Dawn keek hem met haar blauwe ogen openhartig en wantrouwend aan. 'Hawaï. Honolulu. Ze is aan het werk voor *Cosmo*. Ze zijn er nog twee dagen.'

'Dank je. Heel erg bedankt.' Hij stond op en liep naar de deur.

Dawn keek hem vanaf de bank minzaam spottend als een kat na. 'Succes,' riep ze.

Tot zijn opluchting zag hij dat de taxi nog bij de stoep stond. 'Ik dacht al dat u daar in slaap gevallen was, meneer,' zei de chauffeur. Hij was een jongen van een jaar of zeventien met lang haar, een brilletje en een petje. Zo te zien had hij zelf een dutje gedaan.

Peter stapte in. 'Idlewild Airport, alstublieft.'

'U bedoelt JFK.'

'Ja, inderdaad, JFK.' Hij was de nieuwe naam vergeten.

'Welkom in de toekomst,' zei de chauffeur, en hij reed weg.

Peter keek door het raampje naar de wirwar van straten in The Village, gevolgd door – wederom – Washington Square. Toen nam de chauffeur een afslag die hem verbaasde, want hij had verwacht dat ze door de Midtown Tunnel zouden rijden. Hij tikte op het plastic raampje. 'Neem me niet kwalijk, maar waarom rijden we zo?'

'Omdat het sneller is. Er is een ongeluk gebeurd in de tunnel. Maar als u liever anders rijdt...'

'Nee,' zei hij, 'hoe sneller, hoe beter.' Hij leunde weer achterover. De chauffeur zette de radio aan op 1010 WINS. Het was klokslag negen uur: 'Geef ons tweeëntwintig minuten, dan geven wij u de wereld.'

In gedachten nam Peter door wat hij voor de boeg had. Op het vliegveld zou hij een ticket kopen voor de eerstvolgende vlucht naar

Honolulu. Godzijdank was June in Hawaï aan het werk en niet in Europa, want dat zou Peters vastberadenheid danig op de proef gesteld hebben, hoewel hij vermoedde dat hij ook dan wel gegaan zou zijn. Hij moest ook Lena bellen om haar te informeren over de trip en te vragen of zij het van hem wilde overnemen. En hij moest wat kleren en toiletspullen kopen. Hij klopte op zijn zakken en vloekte: hij had de ring niet bij zich. Ach, natuurlijk, hij droeg zijn koksbroek en de ring zat in de zak van zijn pak, dat nog in het restaurant lag. Nou ja, dan kocht hij wel een andere, er waren vast juweliers in Honolulu.

De taxi draaide de oprit naar de Williamsburg Bridge op, langs vuilniszakken, graffiti, donker water, en de kolossale betonnen pilaren en verroeste draagbalken die alle bruggen in Peters adoptiestad ondersteunden. En terwijl de autobanden over de brug hobbelden brak eindelijk de zon door de wolken. Peter zag Manhattan links achter zich wegglijden en de andere auto's, bussen, taxi's en vrachtwagens om zich heen zwermen. Die hadden ook een doel, een bestemming, net als hij. Hij mocht dan mislukt zijn als echtgenoot en had als vader al helemaal gefaald – dat had het verleden wel bewezen – maar hier was hij dan toch. En of het nu de naam van een vliegveld, de trends in de keuken, een decennium op een kalender of je identiteit was, dingen bléven veranderen. Peter wist alleen dat hij het ooit door zijn vingers had laten slippen. Dat zou hij niet nog een keer doen.

DEEL 2
June
1975

De attente echtgenote heeft een simpel drankje (koud in de zomer, warm in de winter) klaarstaan voor haar vermoeide echtgenoot als hij 's avonds thuiskomt. Het eenvoudigst zijn vruchten- en groentesappen geserveerd in kleine glazen.
– Betty Crocker's *New Picture Cook Book*

Wat komt er van een uitgestelde droom?
– Langston Hughes

1
Tennislessen

De Glenwood Bath & Tennisclub lag op de top van de voorste en tevens laagste berg van de Watchung Mountains in New Jersey en keek uit over het Eagle Ridge-reservaat, de plaats Glenwood en, in de verte, New York. De club was niet zo chic als Glenwoods meest exclusieve club The Briars, waar geen Joden werden toegelaten, maar mooi genoeg. Om er te komen sloeg June Rashkin af naar een niet aangegeven bosweg. Als je niet wist waar die lag zou je er zo langs rijden, wat June ook gedaan had toen de Rashkins er net lid waren geworden. De weg slingerde langs berken, dennenbomen en eiken die schuin op de rotswand groeiden en bereikte uiteindelijk de top, die werd aangekondigd door een koperen bord waarop onder een tekening van gekruiste rackets stond: GLENWOOD BATH & TENNIS CLUB, SINDS 1924. De parkeerplaats, waarvoor bomen waren gekapt, werd aan één kant begrensd door houten padelbanen omringd door kippengaas, waar Elsbeth, de vijfjarige dochter van June en Peter, die veel eelt onder haar voeten had, zelfs op de warmste dagen vrij kon rondrennen.

Het clubhuis was onopvallend, een laag gebouw van pleisterwerk dat door de houten latten en ramen met verticale stijlen deed denken, althans van een afstandje, aan een Engelse cottage. Vlak achter de deur, waar leden en introducés zich moesten melden, was een balie waar de clubartikelen lagen te pronken: poloshirts, zonnekleppen en pols- en haarbanden met het logo van de club. Daar kon je ook de boekjes met bonnen krijgen waarmee je op de club diende te betalen. Er lag een tegelvloer tegen het water dat de kinderen die uit het zwembad kwamen naar binnen liepen. Het stonk hier overal naar chloor. Het eetgedeelte achter de snackbar was een met schermen afgezette cirkel met picknicktafels. Helemaal op de top van de berg, aan het eind van het grindpad waar nog een koperen bord stond met de tekst 18 JAAR EN OUDER!, lag het zwembad voor volwassenen met een terras en, op heldere avonden, een spectaculair uitzicht op de skyline van Manhattan, waar de mannelijke leden overdag werkten. 's Avonds was dit de plek waar menig feestje werd gevierd, dat steevast eindigde met gillende naaktloperij, openbare dronkenschap en spijt.

Vanmorgen hield June zich echter verre van het volwassenenzwembad; ze bevond zich aan de andere kant van de club en stond met twee vrouwen voor Glenwoods gravelbanen te wachten op de tennisleraar. Junes man Peter had haar de week ervoor de lessen cadeau gedaan voor haar vijfendertigste verjaardag. Met knipperende ogen had ze naar de cadeaubon gekeken die op 10 juni naast haar taart lag. Een taart op basis van eiwitten, die maakte Peter altijd voor haar omdat er weinig calorieën in zaten. *Mevrouw Rashkin*, was er op het papier van Glenwood Bath & Tennis geschreven, *6 groepslessen. Geldig tot 30 augustus*. Het was een kriebelig handschrift, niet Peters elegante Europese aaneengeschreven letters. 'Verrassing,' had hij gezegd, terwijl hij haar over de smeltende was van de vele verjaardagskaarsjes glimlachend aankeek. 'Verrassing!' had Elsbeth nageaapt. Ze hadden op hun vaste plek in Peters restaurant Claremont gezeten, waar Elsbeth heen en weer over de bank kroop. Peter had haar vervolgens fronsend over de rand van zijn dubbelfocusbril aangekeken. 'O jee, je bent niet blij,' zei hij. 'Ik dacht dat je het wel leuk zou vinden om eens iets anders te krijgen dan een sieraad.'

'Nee, dit is echt heel origineel. Dank je wel.'

'Je zei dat je iets wilde doen aan je vetbolletjes.'

Ze schoot in de lach. 'Mijn vetrolletjes.'

'Ja, die... Hoewel die volgens mij alleen in je verbeelding bestaan,' zei Peter. Toen moest hij naar de keuken omdat de gezondheidsinspecteur van de staat New Jersey onverwacht voor de deur stond. June had gewacht, haar stuk taart aan Elsbeth gevoerd, nog langer gewacht, maar uiteindelijk had ze de bon in haar handtas gestopt en was alleen met haar dochter naar huis gegaan.

Niet dat June bezwaar had tegen de lessen, hoewel ze nooit een greintje belangstelling had gehad voor tennis, afgezien van het slaan van een paar ballen op de verwaarloosde banen thuis in New Heidelburg. Maar dat was lang geleden, toen ze nog op school zat, en gebeurde meestal alleen na het drinken van een paar kopstootjes. En het lag ook niet aan het feit dat tennis hier aan de oostkust, in tegenstelling tot in Minnesota, heel serieus werd opgevat. June had een compleet nieuwe garderobe moeten aanschaffen in een van de twee zaken die de goedkeuring van Glenwood Bath & Tennis konden wegdragen: de eigen shop of de sportwinkel op Glenwood Plaza in het centrum. Zevenenveertig dollar later bezat ze twee jurkjes, drie broekjes om daaronder te dragen, een paar tennisschoenen en zeven paar enkelsokjes met balletjes in zeven pastelkleuren; voor elke dag van de week een paar, vermoedde June. Vrouwen mochten van Glenwood Bath & Tennis geen shorts dragen op de baan. Tennis was, net als veel andere dingen in Glenwood, New Jersey, afgestemd op het genot van het alfamannetje: chauvinistisch en met kloten. Maar zelfs dat vond ze niet erg, daar zat het probleem niet. Nee, het kwam omdat de lessen en Peters poging eens iets anders te doen haar eraan herinnerden hoezeer haar leven stilstond. Er waren zo veel dingen niet gedaan, zo veel dingen die ze had willen doen. Vijfendertig: ze was officieel van middelbare leeftijd.

Het was een broeierige ochtend. De dauw verdampte tot een nevel die rond de blote benen van de vrouwen optrok, parelde in het fluwelige gras en de meidoornhagen die de banen scheidden van het zwembadgedeelte en in Junes sportbeha – ook zichtbare tepels waren op de banen van Glenwood streng verboden. Zweet druppelde onder de rafelranden van Junes nieuwe laagjeskapsel uit. Toen ze gestopt was met werken had ze haar haar lang laten groeien, maar vorige week had ze het er allemaal af laten knippen en ze moest weer wennen aan het gevoel van zon en wind in haar nek. Ze veegde het af met een polsbandje, haalde haar pakje Marlboro uit de zak van haar tennisbroekje, waar eigenlijk de ballen hoorden te zitten, en stak er een op.

'Roken naast de baan? Wat ben jij verdorven,' zei Helen Lawatsch, die naast June stond. 'Geef mij ook eens een hijs.'

June overhandigde haar sigaret. Helen en zij waren nou niet bepaald dikke vriendinnen, voor zover dat betekende dat je het merendeel van de tijd met elkaar doorbracht en je diepste geheimen deelde. Zo'n vriendin had ze niet meer gehad sinds ze uit New York vertrokken was. Maar ze was gesteld op Helen, die ze had ontmoet bij de peuterklas waar hun beider dochters naartoe gingen. June en Helen hadden menig plezierig uurtje doorgebracht met het uitwisselen van sigaretten en kleine ergernissen, terwijl hun kinderen in de zandbak plastten en aan papieren banjo's plukten. De derde vrouw die erbij was, de kleine Liesel Lambert, kende June amper. Ze was aan haar voorgesteld tijdens het feestje op de openingsdag van de club, waar Liesels man Steve Lambert, een hoge pief bij Ogilvy & Mather, haar te kakken had gezet door zijn neus in het decolleté van een van de serveersters te steken en het geluid van een buitenboordmotor te maken.

June pakte haar sigaret weer aan van Helen en nam een trekje, hoewel er nu een rondje van Helens lichtroze lippenstift op het filter van de Marlboro zat. 'Waar blijft die leraar? Ik zweet peentjes hier.'

Helen keek naar het materialenhok, waaruit een man tevoorschijn kwam. 'Daar zul je hem hebben.'

'Dat kan toch niet de nieuwe leraar zijn,' piepte Liesel.

Alle drie de vrouwen stonden met open mond te staren. Glenwood Bath & Tennis had onlangs een nieuwe tennisleraar moeten inhuren, omdat de vorige, Kevin, op een dag niet op het werk was verschenen. Het officiële verhaal – in het clubblad – luidde dat Kevin was verhuisd naar Florida om te zorgen voor zijn zieke moeder, hoewel zijn reputatie en bezigheden op de club eerder wezen op een voorkeur voor veel oudere vrouwen die van een geheel andere orde was.

'Misschien hoort hij bij het onderhoudspersoneel,' zei June.

'Hij is enorm!' kirde Liesel.

'Hij is gigantisch,' merkte Helen op. 'Zou hij Russisch zijn?'

June dacht aan Lena, Peters voormalige souschef. Zij was een onmens geweest. 'Ik ben Igor, tennisreus,' zei ze met een zware Frankenstein-stem.

'Sssj, hij komt eraan!' zei Liesel.

Igor de tennisreus sjokte naar hen toe de heuvel op, terwijl hij in één hand een tennisracket ronddraaide. Hij was echt krankzinnig lang, rond de twee meter, en deed June denken aan de uit de kluiten gewassen boerenjongens met wie ze was opgegroeid. En hij was inderdaad nog een jongen. Uit zijn lange haar, dat door een Björn Borg-achtige haarband uit zijn gezicht werd gehouden, en de vredesstickers op zijn tennistas maakte June op dat hij begin twintig moest zijn. Bovendien was hij ongeschoren, droeg hij een grote pilotenbril en had hij een deukje in zijn voorhoofd, alsof iemand daar ooit een soepblikje tegenaan had geslingerd. Voor de vrouwen bleef hij staan, zijn benen knalden onder zijn witte broekje uit.

'Daar wil ik wel in klimmen,' mompelde Helen tegen June. June sloeg met haar racket op Helens achterwerk.

'Mogge, dames,' zei de reus glimlachend. Hij had erg witte tanden. 'Ik ben Gregg met twee g's, Gregg Santorelli. Ik ben de nieuwe leraar.'

Liesel verschoof haar zonneklepje om ook zijn bovenkant op te kunnen nemen. 'Ik dacht dat tennisspelers eigenlijk...'

Ze wachtten allemaal op het eind van haar zin. Op een lagergelegen baan riep iemand: 'Veertig-nul!'

'Eigenlijk wat?' vroeg Gregg de reus toen toch maar.

'Eh... kleiner hoorden te zijn,' vulde Liesel aan. De andere vrouwen proestten. 'Nee, zo bedoelde ik het niet, je bent vast perfect geproportioneerd,' zei ze kleintjes, waarna ze haar handen voor haar gezicht sloeg. 'O mijn god. Schiet mij maar neer.'

'Nee, ik snap wat je bedoelt,' zei Gregg. 'Veel profs zijn kleiner, peziger. Om sneller over de baan te kunnen bewegen. Bedoelde je dat?'

'Eh... hm, ja,' zei Liesel enigszins hersteld.

'Je hebt gelijk.' Gregg haalde zijn schouders op. 'Ik heb meer de bouw van een rugbyspeler dan van een tennisser, maar ik heb één ding op hen voor. Wie wil raden wat dat is?'

'Ik!' zei Helen.

'Beheers je een beetje,' berispte June haar.

'Langere armen,' zei Gregg. Hij maakte hen alle drie aan het schrikken door zijn racket te laten vallen, als een gorilla met zijn vuisten op zijn borst te trommelen en de bijbehorende kreten te slaken. 'Ik,' zei hij tegen zijn verbijsterde publiek, 'heb een belachelijk groot bereik.' Hij raapte zijn racket weer uit het gras. 'Mijn armen zijn bijna twee keer zo lang als die van normale kerels. Jullie krijgen geen bal langs me heen, dat garandeer ik. Wie wil het proberen?'

'Ik!' zei Helen.

'Be... Laat maar,' zei June.

'Oké.' Gregg wees met zijn racket naar Helen. 'Haal jij de ballen maar uit het hok, gretige Gemma. Jullie twee gaan met mij mee naar de baan.'

Helen maakte zich pruilend uit de voeten. Liesel en June liepen gehoorzaam achter elkaar aan langs de leraar de baan op. June meende hem te zien meesmuilen, maar toen ze nog een keer keek was die blik verdwenen.

Terwijl de zon aan haar opmars begon evalueerde de reus hun greep – 'Geef je racket een hand!' –, demonstreerde de slag – 'Van laag naar hoog! Nee, mevrouw Lambert, geen lus. Gewoon recht terug. Dóórzwaaien en dan terug!' – en analyseerde hun houding door om hen heen te cirkelen. 'Als je slaat,' riep hij, 'breng je je gewicht naar je voorste voet. Laat maar zien. Mooi, mevrouw Rashkin... Zó moet het,' zei hij tegen June.

'Juffrouw,' zei ze. 'Ik ben geen mevrouw.'

'Sorry, júffrouw Rashkin.' Hij stak zijn hand om haar heen en schudde aan haar rechterarm. June wilde die meteen losrukken, omdat ze zich bewust was van de ongetwijfeld lillende huid eronder. 'Ontspan, juffrouw,' zei hij in haar oor. Opeens kreeg June een bizar déjà vu. Toen hij tegen haar heup tikte om aan te geven dat ze haar been moest verplaatsen en de houding vervolgens zelf voordeed besefte ze wat het was: tennis leek op modellenwerk. De beroepsfotograaf die Junes lichaam letterlijk in model bracht, dat beoordeelde als een instrument, als een doel om iets te bereiken. Hij riep wat zij moest doen en dat deed zij vervolgens moeiteloos. *Een beetje naar links! Iets meer overgave, til je lichaam op. Já, zó! Schitterend, prachtig, goed gedaan.* Fysieke beweging was een taal die haar lichaam al op jonge leeftijd had geleerd en toen weer was vergeten. Pas nu, voor het eerst sinds ze Elsbeth had gekregen en was gestopt met werken, herinnerde ze het zich weer. Het was zalig.

Een uur lang strekten, draaiden, mikten en renden ze. Ze stonden halverwege de baan en sloegen de simpele balletjes van Gregg terug.

Althans, dat deed June, de andere vrouwen sloegen ze in het net. ‘Mooi, juffrouw Rashkin! Kijken jullie maar naar haar, ze heeft een natuurlijke slag!’ Toen de draadmandjes leeg waren liepen ze ermee over de baan om de ballen te verzamelen. June deed dat zonder veel nadenken, behalve aan hoe heet het was; de zon leek wel een studiolamp. Greggs lage, plagerige stem klonk als die van een fotograaf.

Hij kwam naast haar staan, tilde een bal op tussen zijn voet en zijn racket en liet die in haar mandje vallen. ‘Je doet het echt heel goed,’ zei hij. ‘Is dit je eerste les?’ Toen ze knikte en hem glimlachend aankeek – het gebeurde niet vaak dat ze haar hoofd daarvoor achterover moest buigen – zei hij: ‘Laat me raden, je hebt atletiek gedaan tijdens je studie.’

‘Nee, ik heb niet gestudeerd, maar ik ben een tijdje model geweest.’ Ze vroeg zich af of hij haar herkende, of hij een paar covers had gezien waar zij op stond. Nu nog hielden mensen haar soms staande in de speeltuin of de supermarkt: ‘Bent u niet die, eh...? Patti Hansen? Cheryl Tiegs?’ Maar nee, natuurlijk niet. Deze gast lag nog in de luiers toen Junes carrière op zijn top was.

Toch knikte hij. ‘Ik had het kunnen weten; je houding is geweldig. Een model, hè?’

‘Een tijdje,’ zei ze bescheiden.

‘Nou, dat is te zien.’ Hij staarde haar aan door zijn grote bril. ‘Een ouder model nu, maar nog steeds een goeie.’

En toen was de lol er zomaar opeens helemaal vanaf. De zon leek te dimmen, alsof er een wolk voor schoof, hoewel dat natuurlijk niet zo was. Het was gewoon Junes oprukkende leeftijd. Ze kon hem wel sláán, zou het liefst uithalen met haar racket en de klap voelen. In plaats daarvan stootte ze het mandje om, waardoor de ballen alle kanten op rolden. ‘Neem me niet kwalijk,’ zei ze, ‘ik denk dat ik een zonnesteek heb.’ Ze draaide zich om en liep de baan af.

Die avond besloot June de meubels te verplaatsen. Ze had Peter beloofd dat ze zou proberen ermee te stoppen, want hij vond het verschrikkelijk om ’s avonds laat van zijn werk te komen en dan zijn schenen te stoten of over een stoel te struikelen die er die ochtend nog niet gestaan had. Maar dit was nu eenmaal wat June deed als ze zich ongedurig voelde. Nadenken over hoe het perspectief veranderd kon worden door alleen maar een bank van de ene kant van de kamer naar de andere te verplaatsen kalmeerde haar. Alles ging er anders door uitzien, voor een tijdje tenminste.

Vanavond nam ze hun slaapkamer onder handen. Het was erg warm; ze waren er nog niet aan toegekomen alle kamers van airco te voorzien. Het huis was in 1910 gebouwd als zomerverblijf voor vermogende New Yorkers die de stoom en de stank van de stad wilden ontvluchten. Tot nu toe hing er alleen een airconditioning in het raam van de keuken. Peter had gezegd dat hij die nodig had voor het testen van zijn recepten, hoewel dat nergens op sloeg, want afgezien van zijn kooklessen aan Elsbeth maakte hij de meeste probeersels in het restaurant. June was zelf meer van de vissticks en kant-en-klaarmaaltijden. Waarom zouden ze van de keuken een oase maken als ze elke nacht lagen te drijven in hun bed? Als June de enorme airco had kunnen tillen, zou ze die daar wel naartoe verplaatst en zelf aangesloten hebben. Boven was het overal ongeveer vijftig graden en al net zo klam, en het rook er naar warme vloerbedekking en oud hout, zoals op een zolder.

Ze had alle laden uit de hoge kast gehaald die Ruth haar had gegeven toen ze naar New Jersey waren verhuisd. Elsbeth was toen twee. De kast was van massief mahoniehout en had gewelfde laden met krullerige handvatten. Hij hoorde meer thuis in een huis waar George Washington misschien ooit een keer geslapen zou hebben en was totaal niet Junes stijl. Maar ze had hem met drie lagen witte hoogglans en transparante knoppen getransformeerd. 'Mijn *mammele*'s kast,' had Ruth ontzet uitgeroepen toen ze dat gezien had, 'ik herken hem amper!' Ja, dat was ook de bedoeling, dacht June. 'Sorry, Ruth,' had ze gezegd. Nu nam de kast wraak uit Ruths naam: hij leek wel van lood.

June stak een opbeurende sigaret op en begon de kast in de gewenste richting te duwen: tegenover de schouw. Het meubel schoof met tegenzin over het afgezaagde kastanjebruine tapijt. Dat had June al meteen willen vervangen, ware het niet dat het beginnen van een nieuw restaurant, zelfs in een buitenwijk, veel duurder bleek dan ze gedacht hadden. De meeste mensen hadden hun geld in hun huis zitten, de Rashkins in het Claremont. June spande haar spieren, duwde en zette zich grommend schrap met haar voeten, terwijl ze terugdacht aan het gesprek dat ze die ochtend met Helen had gevoerd.

'Hoe is het met de zonnesteek?' had Helen gevraagd toen ze June na de tennisles bij het zwembad had aangetroffen. 'Niks aan de hand,' had ze geantwoord, 'ik moest gewoon van die baan af.' 'Ben je ongesteld?' had Helen vervolgens gevraagd. 'Heb je maandverband nodig?' Waarop June zei: 'Nee, ik ben niet ongesteld. Ik denk dat ik bang ben om oud te worden.' 'O,' had Helen toen gezegd, 'wacht even.' Ze was vertrokken en teruggekeerd met twee blikjes cola uit de snackbar, had zich op de ligstoel naast June laten zakken en haar tennisschoenen en enkelsokjes met kleine balletjes uitgetrokken. Ze namen grote slokken uit de beslagen blikjes. De zon stond te branden aan de withete hemel, de kinderen schreeuwden in het zwembad en de sproeiers snorden.

'Heb jij weleens het gevoel dat je in het verkeerde leven bent beland?' vroeg June aan Helen. Helen keek haar van onder haar zonneklep met samengeknepen ogen aan en vroeg: 'Hoe bedoel je?' June staarde over het blauwe chloorwater. 'Ik weet niet precies hoe ik het moet verwoorden, maar dit is niet wat ik me ervan had voorgesteld. Toen ik wegging uit Minnesota was dat niet om echtgenote en moeder te worden. Dan had ik daar net zo goed kunnen blijven. Het was de bedoeling dat ik iets anders ging doen.' 'Wat dan?' vroeg Helen. June haalde haar schouders op. 'Dat weet ik niet precies. Ik ben me er altijd van bewust geweest dat ik niet voor eeuwig dat modellenwerk kon blijven doen, dus dat is het niet. En ook niet dat ik de wereld wil zien, want ik ben al overal geweest. Het is gewoon... iets groters. Iets méér.' 'Nou klink je net als zo'n feministe,' zei Helen met een vies gezicht. 'Tja, misschien ben ik dat ook wel,' zei June, 'hoewel ik absoluut niet van plan ben mijn beha's te verbranden. Ik ben vijfendertig. Ik heb ze nodig.' Ze slaakten beiden een zucht. 'Maar vind jij het dan allemaal niet óérsaai?' barstte June uit. 'Ik hou van Pete, en van Elsbeth natuurlijk, begrijp me niet verkeerd. Maar het is elke dag hetzelfde: je komt je bed uit, maakt het bed op, ontbijt, speelt met de poppen en de blokken, bergt het speelgoed op, doet de was, gaat boodschappen doen, bedenkt wat je gaat eten... En niets van dat alles doet ertoe, want de volgende dag moet je het allemaal weer doen. En niemand merkt er iets van. Wat heeft het voor zin?' 'Tenzij je het niet doet. Dan wordt het al redelijk snel een zootje.' 'Ja, dat is zo,' beaamde June. Helen zoog het laatste beetje cola reutelend op door haar rietje. 'Ik snap het wel,' zei ze. 'Getrouwd zijn met Marvin de Tapijtkoning en het één keer per maand doen is nou ook niet helemaal wat ik voor me zag. Wist je dat hij altijd zijn sokken aanhoudt in bed?' 'Nee,' zei June, terwijl ze dacht: één keer per maand? Helen knikte. 'Hij heeft last van koude voeten. Slechte bloedcirculatie. En ik was ook niet van plan om in vier jaar tijd drie kinderen te krijgen. Wie wel? Maar ik ben niet als jij,' zei ze verlegen. 'Ik zie er niet zo uit als jij. Niemand hier. Als dat wel zo was geweest, had ik misschien ook wel verwacht dat mijn leven anders was gelopen. Maar ik doe wel zo'n beetje wat ik verwacht had.' Ze stak haar hand uit naar de sigaret die June had opgestoken en June gaf haar die. Ze hadden gekeken naar de rook die over het zwembad wegzweefde.

June had de kast op zijn plek geschoven en begon het bed naar de plek te duwen waar de kast had gestaan toen Peter vanuit de deuropening zei: 'Klop klop.' Ze keek op, plukjes vochtig haar gleden van onder haar bandana in haar ogen. 'Wat is hier aan de hand?' vroeg Peter toen hij de laden met zijn hemden en Junes sjaals op de grond zag liggen. 'Het lijkt wel of er een bom is ontploft.'

'Haha, heel grappig. Help me hier even mee, ja?'

Hij trok zijn jasje uit en hing dat over de deurknop, aangezien zijn weg naar de kast geblokkeerd was. Vervolgens duwden ze samen tegen het bed. June kon aan haar mans kleren en huid het Claremont ruiken: truffelvinaigrette, taartdeeg en bedompte koele lucht – in het restaurant was uiteraard wel overal airco.

Met zijn tweeën was alles veel gemakkelijker, dus al snel stond het bed op zijn plek tegen de muur. Met haar handen in haar zij nam ze de kamer onder de loep. Ze had nu alleen nog iets nodig onder de ramen. De rieten stoel van de veranda misschien? Nee... de schommelstoel!

'June,' zei Peter terwijl hij over de kleren op de grond stapte, 'ik dacht dat we dit niet meer zouden doen.'

'Sorry. Ik dacht gewoon dat we met het bed schuin tegenover het raam wat meer frisse lucht zouden krijgen.'

'Dat zou best eens kunnen,' gaf hij toe. Hij trok zijn broek uit en stopte die in de wasmand. 'Het is hier nogal benauwd.'

'Kunnen we niet nog een airco nemen? In de uitverkoop?'

'We zullen zien,' zei Peter. 'Dat hangt af van de cijfers van deze maand.' Hij trok ook zijn overhemd uit en bleef toen in zijn hemd en onderbroek staan.

June wist dat hij wachtte tot zij de kamer uit zou gaan, zodat hij zich in alle rust kon uitkleden. Alsof ze in de afgelopen tien jaar die littekens niet al heel vaak gezien had als hij lag te slapen of onder de douche stond. Die afgrijselijke witte touwen die nog steeds, na al die jaren, tranen van woede in haar ogen konden veroorzaken. 'Pete,' zei ze, terwijl ze haar sigaretten uit haar zak haalde en er een opstak.

'June,' zei hij, hoestend en wapperend tegen de rook. 'Niet in de slaapkamer alsjeblieft.'

'Sorry.' Ze liet de Marlboro in haar blikje fris vallen, waar die sissend doofde. 'Maar luister, ik wilde het ergens met je over hebben: ik denk dat ik weer wil gaan werken.'

Peter ging op het bed zitten om zijn sokken uit te trekken. Hij was nog steeds erg knap. Met zijn vijfenvijftig jaar behoorde hij tot de oudere echtgenoten in hun vriendenkring, maar leeftijd had op hem eerder een distingerende dan een aftakelende uitwerking. Zijn haargrens lag hoger dan toen June hem had leren kennen en zijn golvende haar was nu eerder zilver- dan goudkleurig, behalve bij zijn slapen, waar het sneeuwwit was. Maar hij was nog steeds slank en als hij zijn kokskleding niet droeg had hij altijd een pak aan, antracietkleurig in de herfst en de winter, en lichtgrijs in de zomer. Als zijn handen niet zo getekend waren door littekens en een ontbrekend laatste kootje – June was nooit achter de oorzaak van die lelijke put op de rug van zijn linkerhand gekomen – zou hij zo voor een diplomaat of topman in het bedrijfsleven kunnen doorgaan.

'Kunnen we het hier morgen over hebben? Het was een lange dag.'

'Ja hoor.' Maar omdat ze wist dat hij morgenochtend om vijf uur alweer weg zou zijn en ze zo opgetogen was, ging ze toch verder. 'Ik ben te oud voor modellenwerk, behalve dan misschien voor catalogi. Maar ik dacht misschien aan interieurontwerp?'

'Aan wat?'

'Aan het inrichten van huizen. Je weet dat ik daar goed in ben. Dat heb je zelf gezegd, al heel vaak.'

Peter zuchtte en wreef in zijn ogen. 'Dat is waar,' bekende hij. 'Je hebt er echt oog voor. Je hebt hier in huis met weinig geld wonderen verricht en de zaak heb je ook geweldig opgeknapt. Maar we kunnen het ons niet veroorloven, June.'

Ze schoot in de lach. 'Waar slaat dat nou op? Als ik werk, breng ik toch geld binnen?'

'En wie zorgt er dan voor Elsbeth?'

'Ik regel wel een oppas voor haar.'

Hij trok zijn wenkbrauwen op.

'O, in godsnaam, Pete, het hoeft Mary Poppins niet te zijn. Er zijn hier genoeg tienermeisjes die wel een zakcentje kunnen gebruiken.'

'En je wilt onze dochter dus laten opvoeden door zo'n... grietje?'

'Niet opvoeden. Gewoon oppassen. Een paar dagen per week.' Ze verloor terrein. 'Ik bedoelde alleen maar parttime. Om mee te beginnen.'

'June,' zei Peter, 'ik wil echt niet de baas spelen of zo en eigenlijk vind ik het best een goed idee. Maar wacht nou gewoon tot Elsbeth de hele week op school zit. Dan kunnen we het er weer over hebben.'

'Maar dat is volgend jaar pas.'

'Zo lang is dat toch niet? Vanwaar die haast? Waarom ben je opeens zo ongeduldig?'

'Omdat...' Ze slikte nog net op tijd in wat ze had willen zeggen: *Omdat ik hier sterf, Pete.* Zo gek was dat niet, June hoorde het best vaak: *Ik sterf van de hitte, Ik sterf van de honger.* Alleen kon ze dat niet tegen haar man zeggen. Niet na wat hij had meegemaakt. En ook die term die ze in zo veel damesbladen tegenkwam, 'niet verwezenlijkt', was ondenkbaar. Tegen een man die zijn vrouw en dochters was verloren, ging je niet klagen over het feit dat je echtgenote en moeder was. 'Ik wil gewoon wat méér doen,' zei ze. 'Dat heb ik je al gezegd voordat we trouwden.'

'Ik dacht dat je daar wel overheen zou groeien.'

June kromp ineen. 'En ik dacht dat jij een voorstander was van werkende vrouwen,' snauwde ze. 'Masha deed dat toch ook?'

Peter keek naar zijn knokige voeten met geler wordende nagels.

'Ja,' zei hij vlak. 'Dat is zo.' De onderliggende tekst was: tot ze vermoord werd.

'Sorry,' zei June. 'Dat was onder de gordel.'

Er viel een gespannen stilte. Peter deed zijn horloge af en keek zoekend om zich heen naar het schaaltje dat June hem gegeven had toen ze zeven jaar getrouwd waren, het jubileum dat gesymboliseerd werd door koper en onrust. Aangezien dat nog op het nachtkastje aan de andere kant van de kamer stond legde hij zijn horloge maar op het tapijt naast het bed. 'Ik ben heel erg moe,' zei hij.

'Pete...'

'Ik moet echt gaan slapen.' Hij trok de lakens, die door Junes herinrichting waren verschoven, recht en ging aan zijn kant liggen – ook nu het bed ergens anders stond, beschouwde Peter rechts als zijn kant. Hij sloot zijn ogen. Even later verliet June de kamer en deed het licht uit.

Ze liep naar beneden en pakte eerst een koude cola. Vervolgens maakte ze een rondje door het huis om het licht uit te doen en te controleren of de ramen dicht waren en de deuren op slot zaten. Sinds de oliecrisis en de recessie was de criminaliteit vanuit Newark hun kant op gekomen. Overvallen en inbraken vierden hoogtij, zelfs in Glenwood. Nog geen week geleden had Barb Miller bij thuiskomst een dief over de stoep zien rennen met een van haar mooiste kussenslopen. Later bleek die gevuld te zijn met zilver, sieraden en diepvrieskip.

Daarna ging June bij Elsbeth kijken. Zachtjes duwde ze de deur open, die Elsbeth had volgeplakt met stickers. Haar dochter sliep zoals altijd op haar rug, met haar handen als een sarcofaag op haar borstkas. Haar buik stak als een massief heuveltje tussen de boven- en onderkant van haar Holly Hobbie-pyjama uit. June controleerde of Elsbeth wel ademde en zette toen haar knuffelbeesten – Poeh, Knorretje, Paddington en Muis – in de geheimzinnige volgorde die alleen Elsbeth begreep, zodat ze niet zou gaan gillen als ze wakker werd. In dat opzicht leek ze heel erg op Peter, met haar ordelijkheid en netheid. Ook in elk ander opzicht trouwens, en wel in die mate dat als het medisch mogelijk was geweest June gedacht zou hebben dat haar kind uit het hoofd van haar echtgenoot was gesprongen, net als Pallas Athena uit Zeus, zonder dat June er ook maar op enigerlei wijze bij te pas was gekomen. Elsbeth had weliswaar Junes koppige kin, maar verder was alles aan haar – van haar springerige krullen tot haar lichtgeraaktheid en verbluffende eetlust – ongetwijfeld afkomstig van Peter, dan wel van diens voorouders, die allang overleden, naamloos en wellicht vermoord waren, maar desondanks alle karaktertrekken aan haar dochter hadden doorgegeven die June niet begreep.

Ze kuste Elsbeth, die fronste. Zelfs in haar slaap gaf ze de voorkeur aan haar vader boven haar moeder, een neiging waarvan ze vanaf het moment dat ze op de kraamafdeling in Junes armen was gelegd blijk had gegeven. Elsbeth had haar rug gekromd en zo hevig gekrijst dat June vreesde dat er iets verschrikkelijk mis was en haar snel aan Peter had gegeven, in wiens armen ze ogenblikkelijk kalmeerde. Zou het eerste kind dat Peter en zij hadden verwekt meer op haar hebben geleken als ze geen miskraam had gehad? Ze controleerde of het nachtlampje brandde, liep zachtjes de kamer uit en zorgde dat de deur precies één centimeter open bleef staan. Ze liep naar de badkamer en nam een douche, waarna ze haar gezicht en lichaam op slijtage beoordeelde alsof het kledingstukken waren. June wist dat ze geboft had; hoewel ze niet meer voldeed aan de eisen van een covermodel had ze geen hangwangen of wallen, alleen beginnende kraaienpootjes. Ze had een platte buik en haar borsten hadden geen ondersteuning nodig, wat ze dan ook tegen Helen had gezegd. Die waren sowieso altijd min of meer afwezig geweest. Maar ze had wel een litteken van de keizersnede, dat eruitzag als een haaienbeet, en de moederschapsgraffiti van zwangerschapsstrepen en spataderen. Haar dijen, ellebogen en bovenarmen leken wel crêpepapier. June trok de koelste babydoll aan die ze bezat en die tot net aan haar kruis kwam. Ze fronste toen ze naar de slaapkamer liep. Wat een vulgair woord, 'kruis', echt iets wat giga Gregg zou zeggen. Waarom was dat bij haar opgekomen?

Ze ging naast Peter in bed liggen, die sliep of deed alsof. Net als zijn dochter was Peter een stille slaper, met uitzondering van de incidentele hevige nachtmerrie. Zijn borstkas ging nauwelijks op en neer.

June draaide zich van hem af en toen weer naar hem toe. Het was verschrikkelijk warm in de kamer. Het zilverkleurige licht uit het raam viel over het bed op een manier die ze niet gewend was. Normaal gesproken zou ze dat fijn gevonden hebben, maar nu leek het te fel. Haar been streek langs dat van Peter en ondanks de hitte kroop ze dichter tegen hem aan. Hij verroerde zich niet. Ze drukte haar lippen tegen zijn schouder – hij rook nog steeds naar het restaurant – en liet haar hand omlaagglijden naar zijn onderbroek, waar ze zijn weke massa in de katoenen hangmat omvatte.

Vervolgens liet ze haar hand onder zijn elastieken tailleband glijden en kneep een, twee keer. Peter mompelde en probeerde weg te schuiven, maar zijn pik reageerde op haar en begon opgewonden te kloppen. Ze bleef ritmisch knijpen en toen hij stijf werd, bewoog ze haar hand ook nog op en neer. Peters lichaam was nog steeds op haar gesteld, het probleem zat in zijn hoofd. Hoe vaak had June niet gewenst dat ze dat er gewoon af kon schroeven en aan de kant kon zetten. Zijn pik steigerde in haar hand en Peters ademhaling veranderde; hij kon nu niet meer net doen of hij sliep. Opeens schoot hij overeind, draaide haar op haar rug, schoof de babydoll omhoog en drong bij haar naar binnen. Hij had niet gekeken of ze er klaar voor was, maar dat was ze. Daar had ze ook nooit problemen mee gehad.

Ze hield haar ogen dicht om tot een hoogtepunt te komen, maar het leek wel of ze plaatselijk verdoofd was. Vanavond ging het haar niet lukken, besefte ze. Ze wist ook – van de *Cosmo* en de *Mademoiselle* – dat ze het volste recht had om bevrediging te eisen van Peter, maar dat was niet wat ze wilde, althans niet nu. Wat wilde ze dan wél? Ze voelde zich zo verdrietig, zo niet-verbonden met Peter, ook al was hij nu binnen in haar. Er was geen eenzamer gevoel op de hele wereld. 'Doe je ogen open,' fluisterde ze, 'kijk naar me.' Maar hij hoorde haar niet: hij bereikte zijn eigen hoogtepunt. Een, twee, drie stoten nog en hij kwam klaar, riep iets wat June niet kon verstaan, bleef even op haar liggen, kuste haar toen op haar wang en rolde van haar af. Een minuut later lag hij, als je op zijn ademhaling af kon gaan, weer diep te slapen. Zij niet, maar dat was niet erg. Wél erg was dat ze zich de laatste keer dat hij haar had aangekeken tijdens het vrijen niet meer kon herinneren. Was dat aan het begin van hun verkering? Het eerste jaar van hun huwelijk? Misschien was ze overdreven achterdochtig, misschien dacht hij helemaal niet aan zijn vorige vrouw als hij de liefde bedreef met zijn huidige. Misschien dwaalde hij door een of ander innerlijk landschap. Maar als June één ding zeker wist, dan was het dat zij daar nooit zou worden toegelaten. Er zat een gesloten deur in Peter die June nooit open zou krijgen, hoe ze ook haar best deed. Het zat in alle dingen die zij niet kon zeggen en waar hij niet over kon praten, in herinneringen aan gruweldaden en genegenheid die June nooit zou kunnen begrijpen. En ergens achter die deur zaten zij ook nog steeds gevangen: zijn arme meisjes. En hun moeder Masha.

Vrijdag ging June naar haar eerste praatgroep hier in Glenwood. Ze kende veel vrouwen die daar in de stad naartoe waren gegaan, die hun bewustzijn met de regelmaat van de klok verruimden. Met haar vriendin Dominique had June er ook een keer een geprobeerd, in een appartement in de buurt van de Brooklyn Bridge. Theoretisch had ze volkomen achter de ideeën gestaan, maar in de praktijk vond ze het allemaal nogal onzinnig: veel ongeschoren mensen – mannen én vrouwen – die met geheven vuist in een kring zaten te scanderen dat het allemaal aan de gevestigde orde lag, vervolgens lsd gebruikten en elkaar begonnen te betasten. Er had een doordringende geur van wierook en hasj gehangen en toen een paar van de wat zelfbewustere vrouwen zakspiegeltjes tevoorschijn haalden om hun vagina's te bestuderen, was June met de smoes dat ze naar de wc moest opgestaan en de deur uit geglipt.

Ze hoopte dat het er vanavond anders aan toe zou gaan, het decor wees daar in ieder geval wel op. Ze had haar Dodge geparkeerd op een boomrijke laan in de buurt van de Glenwood Middle School. Niet de allerbeste buurt – dat was Upper Glenwood op Watchung Mountains –, maar ook zeker niet slecht. June had het adres afgescheurd van een flyer in de supermarkt. VROUWEN: WAT KOMT ER VAN EEN UITGESTELDE DROOM? BEN JE HET ZAT OM ONDERDRUKT TE WORDEN? WIL JE GELIJKE RECHTEN? SLUIT JE VRIJDAGS OM 19.00 UUR BIJ ONS AAN! Het was een typisch Amerikaans huis van witgeschilderde bakstenen. Aan het eind van de oprit hield een standbeeld van een negroïde bediende een lamp vast; gelijke rechten voor vrouwen betekende blijkbaar niet gelijke rechten voor blank en zwart. De straat stond vol Buicks, Fords en stationcars met houten panelen. 'Mamamobielen', noemde Helen die. June had Helen graag meegenomen ter ondersteuning, maar gezien haar opmerking over feministen tijdens hun gesprek op de club, leek ze June hier niet echt op haar plek. Als het vanavond goed ging kon ze de volgende keer misschien kleine Liesel Lambert meevragen, die van de echtgenoot die zijn neus in de boezems van andere vrouwen stak.

Ze liep over het stenen pad en omzeilde een driewieler en een skateboard. Op de hordeur was een handgeschreven briefje geplakt: *Hier om je bewustzijn te verruimen? We zitten in de serre!* Vanbinnen was het huis precies hetzelfde als de andere waar ze was geweest in Glenwood: eetkamer aan de linkerkant, woonkamer rechts, gang rechtdoor naar de keuken. Alleen was hier alles ingericht alsof de bewoners net terug waren van een safari. De kleedjes hadden zebra- en panterpatronen, er stonden bronzen vazen vol pauwenveren en speren, en aan de schoorsteenmantel in de woonkamer hing de kop van een neushoorn. June fronste; niet omdat de bewoners van dit huis een verschrikkelijke smaak hadden, hoewel dat volgens haar wel zo was, maar omdat de Afrikaanse sfeer totaal niet paste bij zo'n koloniaal huis van rond de eeuwwisseling. Huizen hadden persoonlijkheden, vond ze, en de inrichting moest daarbij aansluiten. Anders was het net of je een kind in de verkeerde kleren de wereld in stuurde.

Ze wist dat de serre aan de woonkamer vastzat en hoorde inderdaad pratende en lachende stemmen uit die richting komen. Ze klopte op de openslaande deur en werd opeens verlegen. 'Hallo?' zei ze aarzelend. Een tiental gezichten draaide haar kant op.

Een vrouw in een overgooier van spijkerstof, gestreepte kniekousen in regenboogkleuren en Zweedse muilen sprong op van een zitzak en liep naar haar toe. 'Welkom bij onze praatgroep!' Ze stak haar handen uit naar June en er verscheen een glimlach op haar bolle gezicht. Toen bleef ze staan en kneep haar ogen samen. 'June?' zei ze. 'June Bouquet?'

'Ja,' zei June, 'hoewel het nu Rashkin is.' Ze tuurde terug naar de vrouw en probeerde zich te herinneren wie ze was. 'Frederica?' riep ze toen uit. 'Frederica Haupt? Niet te geloven!'

Ze omhelsden elkaar en toen ze elkaar weer loslieten, pakte Frederica Junes armen en trok die opzij, zodat ze haar van top tot teen kon opnemen. 'Je bent geen steek veranderd,' zei ze, 'hoewel je wel iets anders gekleed bent.'

June had haar overall met verfspetters aangetrokken in de hoop dat die preventief zou werken voor het geval er weer vagina's bestudeerd moesten worden. 'Ja, geen mini-jurkjes meer voor dit meisje,' zei ze. 'En jij! Wat...' Ze had op het punt gestaan 'Wat is er met jou gebeurd?' te zeggen, maar zei in plaats daarvan: 'Wat een toeval!'

Frederica schoot in de lach en zei: 'Tien jaar en drie jongens erbij, en die hadden ook nog eens allemaal een groot hoofd. Dan krijg je dit.' Ze streek met haar handen over de voorkant van haar overgooier. June glimlachte. De Frederica die zij zich herinnerde was schilderes, bijna net zo lang als June zelf, had modiglianiogen, zwart haar waar ze op kon zitten en sikkelvormige jukbeenderen. Nu was ze mollig en had pluizig grijs haar dat als een halo om haar hoofd stond. Ze pakte Junes arm en draaide haar naar de groep. 'Vrienden,' zei ze, 'wij hebben vanavond een ware beroemdheid in ons midden: June Bouquet... Sorry, June Rashkin, toen ik haar kende heette ze nog Bouquet. Misschien herkennen jullie haar wel: ze was een van de beroemdste fotomodellen in New York toen we elkaar ontmoetten, beroemder nog dan Twiggy!'

'Ha, dat mocht ik willen,' zei June. Ze wapperde halfslachtig met haar hand. 'Hallo, allemaal.'

Ze werd in koor verwelkomd en begroet. De groep had zich rond een poef geschaard. Het merendeel zat op de grond en enkelen hadden plaatsgenomen op klapstoelen. Frederica klapte op haar zitzak, die eruitzag als een wollige mammoet. 'Ga zitten, ga zitten,' zei ze. 'Wijn? Heb je trek? We hebben kaas en crackers, en guac...'

'Wijn lijkt me zalig, dank je.'

'Dus je eet nog steeds niet.' Frederica liet zich naast Junes hoofd op de armleuning van een bank zakken. 'Dat verklaart waarom jij er nog zó uitziet en ik zo.'

'Je ziet er geweldig uit,' zei June, die haar hoofd draaide om naar

Frederica te glimlachen. 'Trouwens, het gaat om de binnenkant, toch?'

'Inderdaad,' zei een dame rechts van June, die haar een glas witte wijn gaf. Ze was ouder, ongeveer van de leeftijd van Junes moeder, had een strenge grijze bob en hield een klembord vast. Ze klikte haar balpen aan. 'Welkom. Zou je ons willen vertellen wat je hier gebracht heeft?'

'Dat is onze gespreksleider, Patricia,' zei Frederica. 'Ze volgt een master sociologie aan de staatsuniversiteit in Glenwood.'

'O, fantastisch,' zei June. Ze nam een slokje wijn. 'Sorry, ik ben een beetje zenuwachtig.'

'Neem de tijd,' zei Patricia.

'Bedankt. Ik denk dat ik hier ben om... nou ja, allerlei redenen. Maar simpel gezegd komt het erop neer dat ik weer aan het werk wil en mijn man daar bezwaren tegen heeft.' Ze had naar haar met verf besmeurde schoot zitten kijken terwijl ze dat zei, maar nu hief ze haar hoofd en zag, aan de andere kant van de kring, opeens giga Gregg op de grond zitten tussen een meisje in een T-shirt waarop MS! stond en een dame op een pauwentroon die even petieterig was als Gregg reusachtig was.

Hij glimlachte vriendelijk naar June. 'Hoe is het met je zonnesteek?'

June wendde zich tot Frederica. 'Wat doe hij hier? Ik dacht dat dit een feministische praatgroep was!'

'Dat is ook zo,' zei Frederica, 'maar we staan open voor iedereen die voorstander is van gelijke rechten, ongeacht de sekse. Hoezo? Heb je daar een probleem mee?'

'Ja. Ik bedoel...' Na die seksistische, vernederende opmerking die Gregg op de tennisbaan tegen June had gemaakt kon ze hem hier dus echt niet bij hebben, maar dat ging ze een groep vreemden niet aan de neus hangen.

'Ik heb er geen problemen mee,' zei Gregg. Verbeeldde June het zich nou of zat hij meesmuilend naar haar te glimlachen? Zijn springerige zwarte haar zat vanavond los en hij had zijn tennisshirt verruild voor een wijdvallend, bontgekleurd hemd. Hij hield zijn hoofd schuin en lachte met licht getuite lippen.

Ze wilde opstaan. 'Het spijt me, maar ik denk niet dat dit iets voor mij is.'

Frederica legde haar hand op Junes rug. 'Geef het nog een kans, alsjeblieft. Ik snap dat de aanwezigheid van een man bedreigend kan overkomen, maar –'

'Hij is niet bedreigend,' zei June woedend, 'hij is gewoon een enorme eikel!'

Iedereen schoot in de lach en Gregg grinnikte. Hij zei iets tegen het kleine vrouwtje op de pauwentroon, dat een grote, donkere vierkante bril droeg. Ze knikte. 'Ik zei net tegen mijn moeder dat dat echt iets is wat mijn *nonna* ook zou zeggen,' zei Gregg. 'Ze spreekt geen Engels.'

Zijn moeder zei niets. Patricia raakte Junes hand aan. 'Ik zou het heel fijn vinden als je toch bleef,' zei ze, 'want dan kunnen we hierover praten. Dit is precies het soort dynamiek waar we het over gehad hebben: dat seksisme twee kanten op werkt. Beide geslachten proberen sterker te worden door de ander uit te sluiten, terwijl vrouwen in feite alle hulp nodig hebben die ze kunnen krijgen.'

'Precies,' zei het meisje met het MS!-shirt.

Frederica zakte door haar knieën en dook met een door krullend haar omlijste glimlach op aan de zijkant van Junes gezichtsveld. 'Wil je alsjeblieft blijven?' vroeg ze. 'En ons helpen?' De groep scandeerde in koor: 'Blijf, blijf, blijf!'

'Oké, maar dan heb ik wel meer wijn nodig.'

Iedereen juichte en een moeder met een baby in een draagzak vulde Junes glas tot aan de rand bij.

'Oké, June, je hebt ons verteld waarom je hier bent,' zei Patricia. 'Je man wil niet dat je weer gaat werken.'

'Boe!' zei de groep en het MS!-meisje zei: 'Weg met die man!'

'Dat is iets wat we absoluut eerder hebben gehoord,' zei Patricia. 'Maar nu besef ik opeens,' en ze wendde zich tot Gregg, 'dat we het jou volgens mij nooit gevraagd hebben. Je komt hier nu al maanden met regelmaat – en je bent van harte welkom – maar we weten niet wat jou hier gebracht heeft.'

'Heel simpel,' zei Gregg grijnzend. 'Jullie dragen allemaal geen beha.' Lachend ontweek hij de kussens en opgepropte servetten waarmee de vrouwen hem onder het roepen van 'Vuilak!' en 'Seksist!' en 'Kop eraf!' bekogelden.

'Oké, oké! Ik geef me gewonnen. Jeetje, wat kunnen jullie tekeergaan, zeg.' Gregg pakte een takje druiven dat iemand naar hem had gegooid, voordat de vruchten geplet konden worden in het tapijt. 'Even serieus: ik ben hier vanwege haar.' Hij maakte een hoofdgebaar naar zijn kleine moeder.

'Als haar tolk?' vroeg Patricia.

'O nee, zij moet hier helemaal niets van hebben. Ze vindt het allemaal grote onzin – en dat bedoel ik niet lullig.' Hij zei iets tegen zijn moeder, waarop zij haar handen hief en begon te ratelen – in het Italiaans, nam June aan. Gregg grinnikte. 'Nou, jullie willen dus echt niet weten wat ze net gezegd heeft. Maar ik neem haar hier mee naartoe omdat ik blijf hopen dat ze er iets van oppikt. Dat er iets blijft hangen. En ik ben ermee begonnen omdat mijn pa haar slaat. En mijn opa deed hetzelfde met mijn nonna. En dat ben ik zat. Ik ben al dat fucking machogedoe, al dat piemelgezwaai – neem me niet kwalijk – zo spúúgzat. Daar heb ik genoeg van gezien in Nam. En thuis. En ik word gewoon misselijk van waar het toe leidt.' Hij stopte om adem te halen en het was opeens doodstil. 'Daarom ben ik hier. Fuck het patriarchaat. Gelijke rechten voor iedereen.'

De groep barstte uit in gejuich en applaus, en verscheidene vrouwen bogen zich naar Gregg toe om hem te omhelzen. Het meisje in het MS!-shirt wreef in haar ogen. Frederica gaf haar een servetje waarop stond: EEN VROUW HOORT THUIS – EN OP DE BANK! Gregg nam de lof en de schouderklopjes glimlachend in ontvangst, maar toen hij zich naar June draaide werd zijn gezicht serieus. Hij duwde zijn grote bril met zijn wijsvinger hoger op zijn neus en knikte. June knikte terug en klokte toen haar wijnglas leeg. Mevrouw Santorelli was al die tijd kaarsrecht en roerloos blijven zitten.

De tweede tennisles was de maandag erna en pas op de ochtend zelf besloot June ernaartoe te gaan. Ze was het hele weekend bezig geweest met het opnieuw behangen van de logeerkamer, alleen had ze daarvoor stof gebruikt in plaats van papieren behang: een innovatie op designgebied waarover ze gelezen had in de *House & Garden*. Het was uitgelopen op een ramp. Van het rood-blauwe met bloemen versierde linnen dat ze bij Fabricville had uitgekozen was de kamer inderdaad opgefrist zonder dat het protserig overkwam, maar in het artikel had niet gestaan dat je voor zo'n klus echt twee mensen nodig had: een om de lijm erop te smeren en een ander om de stof glad te strijken. June had het helemaal in haar eentje gedaan, of eigenlijk samen met Elsbeth. Haar dochter had zich een stuk van de stof toegeeigend en geëist dat June daar een schort van naaide. Vervolgens was ze daarin door de kamer gaan paraderen, terwijl ze scandeerde: 'Kijk dan, ik ben een prinses! Kijk dan, ik ben een prinses!' De hele vloerbedekking had onder de lijm gezeten. Met trillende armen van de inspanning was June de trap op en af geklauterd, terwijl ze in gedachten heen en weer werd geslingerd tussen gêne over het verkeerd begrijpen van Gregg en woede over wat hij op de baan tegen haar had gezegd – die seksistische opmerking werd toch niet ontkracht alleen omdat hij naar een praatgroep ging? Hij was net zomin een feminist als... als Archie Bunker! Gregg gebruikte de praatgroep waarschijnlijk om meisjes te versieren. Zoals dat MS!-meisje. Ze kon zich gemakkelijk voorstellen dat hij achter in een of ander met tapijt bekleed bestelbusje een nummertje met haar maakte. Uiteindelijk was June op de kleverige vloerbedekking gaan zitten, had een sigaret opgestoken en was gaan staren naar haar bobbelige wanden. Ze was hier veel te veel mee bezig; al die tijd zonder volwassen gezelschap maakte haar neurotisch. Natuurlijk zou ze naar de tennisles gaan, wat kon haar het schelen wat een of andere domme tennisleraar dacht!

Maar tegen de tijd dat June in haar tennispakje en de sokjes met de kleine balletjes eraan de berg op reed, tegen de tijd dat ze haar komst gemeld had en met Elsbeth naar het pierenbadje was gelopen, tegen de tijd dat ze zinkzalf op Elsbeths neus had gesmeerd en met veel geharrewar een badmuts over haar hoofd had getrokken – 'Auwww! Het doet zeer! Hij knijpt in mijn hoofd!' – en het had opgegeven Elsbeth over te halen haar schort uit te trekken – 'Nee, mammie, ik ben een prinses!' – tegen de tijd dat June haar kind vrolijk spetterend en met een aan haar benen plakkend schort in dertig centimeter water had achtergelaten, wilde ze alleen nog maar terug naar haar bed. Het was een grijze, drukkende ochtend, ze had een zeurende hoofdpijn en voelde zich opgeblazen, alsof ze elk moment ongesteld kon worden. Maar dat was ze net een week geleden geweest. Zouden dit dan de tekenen zijn... van de gevreesde overgang?

Ze sjokte naar de tennisbanen en sleepte haar racket achter zich aan. Ze was laat: ze hoorde de ballen ploppen en de vrouwen lachen. Een bal vloog met een hoge boog over de meidoornhaag. 'O, prut!' hoorde ze Helen zeggen.

Gregg riep als een lijnrechter: 'Uit!'

Vanaf de top van de helling zag June hen rondscharrelen. Helen en Liesel hadden op deze afstand het formaat van Elsbeths Fisher-Pricepoppetjes en Gregg ook, alleen was hij natuurlijk een Fisher-Pricereus. Ze draaide zich om en sloop voordat ze haar konden zien weg als een infanterist in de Vietnamese jungle.

Daarna wist ze niet zo goed wat ze met zichzelf aan moest. Bij het zwembad zaten twee moeders die ze min of meer kende te kijken naar hun van de duikplank springende kinderen, maar ze was niet in de stemming voor koetjes en kalfjes. Ze zwaaide en liep naar de snackbar, waar ze een cola kocht bij een tiener. June drentelde door de achterdeur naar buiten en liep met haar hand om het vettige, geplastificeerde bekertje het pad op naar het zwembad voor volwassenen. De zon probeerde door de wolken te breken en cicaden tjirpten in de bomen.

Steeds hoger liep ze, langs rododendrons en grote keien, tot ze belandde op het terras rond het zwembad dat uitkeek over de stad. Opgelucht trok ze haar schoenen en sokken uit en liep toen met haar cola naar de reling. Ze keek naar beneden: de boomtoppen op de berghelling leken vanaf deze hoogte wel broccolistruiken. Het was een steile afgrond. Ze vroeg zich af – iets wat ze soms deed – hoe het zou zijn om over de reling te klimmen, zich er aan de andere kant aan vast te houden en dan los te laten. Als ze achter het stuur zat deed ze dat soms ook, bedacht ze dat ze zomaar opeens de baan van de tegenliggers op zou kunnen schieten. Het was niet zozeer dat ze zoiets echt wilde doen, het diende meer als geheugensteuntje aan hoe dichtbij de dood te allen tijde was. Dat had haar huwelijk met Peter haar wel geleerd, wat er met hem, zijn vrouw en die arme meisjes was gebeurd! Ze kon het zich amper voorstellen, hoewel ze het vaak probeerde. Peter, Masha en de meisjes leidden gewoon hun dagelijkse leventje, deden wat ze altijd deden, en opeens had de geschiedenis hen in de afgrond gestort. June zou dankbaar moeten zijn, ze zou God elke dag op haar blote knieën moeten bedanken voor wat ze had, en dat was alles wat de meeste vrouwen wilden: een knappe man, een huis, een gezond kind. Veiligheid. En ze was ook dankbaar. Ze zou het nooit vergeten.

Maar.

Ze stak een sigaret op en staarde naar de skyline. De hoogste wolkenkrabbers gingen nog steeds schuil achter de smog – de Twin Towers, de naald van het Empire State Building –, maar het Chrysler en de kantoren in Midtown kon June nog net onderscheiden. Tussen die uiterst indrukwekkende verzameling gebouwen was in 1961 de jonge June Bouquet opgedoken, was ze op de busterminal Port Authority met één koffer en een hoedendoos uit een Greyhound gestapt. Ze had gehuiverd van opwinding, niet alleen door de hoeveelheid mensen, maar ook door het feit dat ze allemaal wisten waar ze naartoe gingen. En June was een van hen, haar komst was een punt waar haar leven haar al die tijd als een bagageband naartoe had gedragen. Van Gerber-baby, drie achtereenvolgende jaren Little Miss Dairy Princess en Butter Queen naar audities voor modellenwerk in Minneapolis. In een taxi die een kruier voor haar had aangehouden was ze naar Ford Agency gereden, waar een scout een afspraak voor haar had geregeld. Na één blik op June had de boeker haar koffer en hoedendoos in een locker gezet en haar linea recta doorgestuurd naar de make-up. Haar eerste reportage, voor *Vogue*, volgde al diezelfde middag. Eindelijk was ze op weg.

Ze dronk haar lauwe cola. Daar ergens, in Central Park, in fotostudio's en op Washington Square, ging dat allemaal nog gewoon verder: vrouwen hielden taxi's aan, haastten zich met portfolio's onder hun arm naar opdrachten, droegen torenhoge naaldhakken en minuscule minirokjes, hadden hun haar strak in de lak laten zetten en zich kunstwimpers laten aanmeten en bogen zich voorover om door rietjes te drinken uit bekers die een assistent voor hen vasthield om hun keurig gestifte lippen niet te verpesten. Oók daar, in The Village, stond Parsons School of Design, waar vrouwen zij aan zij met mannen de kneepjes leerden van het vak dat June met haar bloemetjesbehang van stof alleen maar kon trachten te evenaren. Ze was een amateur en dat zou ze blijven, tenzij ze Peter kon overtuigen of zelf iets drastisch ondernam. Toch was ze ooit een beroeps geweest, voordat haar lichaam haar had misleid door zwanger te raken en haar vervolgens had verraden door de miskraam toen ze al met Peter was getrouwd.

Ze trapte haar sigaret uit en draaide zich om. Ze hoorde voetstappen in het grind: er liep iemand omhoog naar het zwembad. Ze schermde haar gezicht af met haar handen en spurtte naar de dichtstbijzijnde schuilplek: het hok waar de spullen voor het zwembad werden bewaard. Of het nu een klusjesman of een zonaanbiddende moeder was, ze wilde niet dat iemand haar zag nu ze zo gehuild had.

Het hok was van plaatstaal en had het formaat van een inloopkast. Tussen de zakken met steentjes, graszaden en mest probeerde June in het donker op adem te komen. Het was snikheet en het rook naar kunstmest. De persoon die het pad op was gelopen nam een duik, want er klonk een luide plons gevolgd door ritmische crawlgeluiden. Ze wachtte en veegde haar gezicht af aan haar tennisrokje. Het zweet droop als olie van haar lichaam.

Opeens ging de deur open, waardoor er een streep licht binnenviel. En daar stond giga Gregg. Hij droeg zijn onafscheidelijke haarband, een duikbril en een Speedo. Zijn reusachtige lichaam was iets molliger dan ze gedacht had. Zijn buikje en het laagje postadolescent vet waren blijkbaar schuilgegaan onder zijn tennisshirt. Het leek trouwens of hij dat nog steeds droeg, want zijn armen en nek waren erg bruin, terwijl de huid van zijn buik en borst zo wit was als piepschuim onder het schaarse zwarte haar.

'Ik hoorde iets,' zei hij. 'Ik dacht dat het een wasbeer was.'

'Dat zijn nachtdieren.'

Gregg trok zijn duikbril naar beneden. 'Jij mag hier helemaal niet komen.'

Ze stond op het punt een sarcastische opmerking in de trant van *O ja, joh?* te maken toen hij vroeg: 'Sta je nou te húílen?'

'Nee, ik heb hooikoorts.'

'Dan is een hok vol maaimachines wel de laatste plek waar je moet zijn,' zei hij ad rem. Hij kneep zijn ogen samen. 'Je gezicht is opgezwollen. Zal ik wat ijs...'

Later zou June zichzelf wijsmaken dat ze niet meer wist wie er begonnen was, of eigenlijk dat Gregg dat had gedaan. Dat zij, toen hij een paar stappen dichterbij was gekomen, voor ze het wist in zijn armen lag. Maar in feite was ze het zelf geweest. Ze was zonder erbij na te denken net zo tegen hem op gesprongen als vroeger tijdens de turnles naar de hoge ligger. Gregg had instinctief moeten reageren om haar op te vangen en vast te houden, terwijl hij achteruitwankelde. Ze klemde zich tegen zijn natte buik, hij sloeg zijn handen om haar billen in dat belachelijke tennisbroekje en hield haar vast als een zak vol boodschappen of een klein kind. Zo was hij naar voren gelopen, tot hij June op de dichtstbijzijnde stapel zakken kon zetten.

'Wat krijgen we nou, dame.' Gregg had haar hijgend aangestaard. Van dichtbij bleken zijn ogen cognackleurig te zijn. De damp sloeg van zijn huid af.

Vervolgens moest hij de deur achter zich dichtgetrapt hebben, want alles wat ze zich nog van daarna herinnerde was hoe donker het weer was in het hok, dat er alleen flintertjes licht tussen de kieren in de wanden vielen, hoe warm het was en hoe doordringend het rook naar limoen en chloor, en dat Gregg zijn hand over haar mond had geslagen om te voorkomen dat ze een geluidje maakte, hoe moeilijk het was om te zorgen dat iemand die over het pad naar het zwembad liep hen niet hoorde, en dat ze nooit geweten had dat het zo vanzelfsprekend, eenvoudig, gemakkelijk en ongedwongen kon gaan.

2
Larchmont

De laatste zaterdag van de maand bezochten de jongere Rashkins de oudere, stapten ze in de Volvo die Sol hun had geschonken toen ze waren verhuisd en namen de Garden State Parkway naar de George Washington Bridge om via de Cross Bronx Expressway en de Hutchinson River Parkway uiteindelijk naar Larchmont te rijden. Peter zat achter het stuur. Op dit soort zaterdagen was hij altijd kribbig, hoewel alleen iemand die hem zo goed kende als June dat in de gaten had. Peter in een slecht humeur leek erg op Peter in een goed humeur; hij was beleefd, elegant, beheerst. Ondoordringbaar. Het enige wat erop wees dat hij het vervelend vond om – al was het maar voor één dag – niet in zijn restaurant te zijn, was dat hij meer dan anders zijn voorhoofd depte met zijn zakdoek en heen en weer schoof op zijn stoel, alsof hij op zijn sleutelbos was gaan zitten.

Zelf zag June er altijd vreselijk tegen op om naar Larchmont te gaan. Hoe ze ook haar best deed, ze wist dat Sol en Ruth haar niet echt mochten, en vice versa. Vandaag was ze echter opgelucht. Ze was blij dat ze niet naar de club hoefde, weg was van Gregg, met wie ze nog drie keer had afgesproken. Een keer in de mannenkleedkamer. Een keer in Greggs auto, wat nogal behelpen was geweest omdat hij in een Pinto reed. En een keer in het beboste niemandsland in de buurt van het terrein van de club, tegen een hek van draadgaas dat alarmerend had gerammeld en June de rest van de middag een ruitjespatroon op haar rug had bezorgd. Elke episode had op het moment zelf onweerstaanbaar geleken, maar had nu iets van een droom.

Ze keek naar haar man. Hoe had ze zo stom kunnen zijn? Peter en zij hadden hun onenigheden, maar welk stel had die niet? Was dat een reden om alles op het spel te zetten? Fronsend stuurde hij de Volvo over de steile, slingerende afrit van de George Washington Bridge. Het zweet stond op zijn voorhoofd. Er steeg een stinkende lucht op van de Hudson, die zo traag tussen de grote betonnen pijlers van de brug door stroomde dat het water helemaal niet leek te bewegen. Achter Peters raam zag ze een dakloze man slapen tussen het vuil en er glinsterde glas op de Expressway, een stille getuige van een eerder ongeluk. De wereld was hard, dat wist Peter beter dan wie dan ook. Wat hij niet had meegemaakt en te verduren had gekregen! Wat hij niet allemaal had overleefd! Hij verschoof weer om zijn zakdoek te pakken. Snel ving June met een tissue uit haar handtas het zweet op dat naar zijn puntvormige bakkebaard sijpelde, zijn enige concessie aan de mode. Hij wierp een zijdelingse blik op haar en lachte dankbaar, en ze zwoer dat er geen telefoontjes meer gepleegd zouden worden naar het materialenhok, dat er geen afspraken meer gemaakt zouden worden. Ze zou wel een andere manier vinden om het onderwerp 'werk' ter sprake te brengen, zolang haar lieve, hoekige man de kennis van Junes buitenechtelijke activiteiten maar bespaard zou blijven. Vanaf nu zou ze een ideale echtgenote zijn.

Ze stak een sigaret op met de aansteker van de Volvo en voor de verandering zei Peter daar niets van. Misschien had hij ook spijt van hun recente onenigheid. 'Wat is er?' vroeg ze, want hij zat nog steeds te fronsen. Ze had er meteen spijt van, want stel dat hij het wist. Of vermoedde. Had June iets in haar slaap gezegd, had ze een rare blauwe plek, rook ze anders; had ze zichzelf op de een of andere manier verraden?

Tot haar opluchting zei hij echter: 'Gewoon, hetzelfde als altijd.' Waarna hij bekende: 'Ik was er vandaag liever niet naartoe gegaan.'

Ze zei niet dat ze het met hem eens was, zelfs niet om alleen maar haar solidariteit te betuigen. Ze had al lang geleden geleerd dat dit van dezelfde orde was als moppen over blondjes, Joden of negers: je moest het zelf zijn om er een grap over te mogen maken. Peter was de enige die mocht mopperen over zijn familie.

'Het komt nu niet zo goed uit om niet in het restaurant te zijn,' voegde hij eraan toe.

'Meer dan anders?'

'Volgens mij steelt Maurice.'

'Ach, nee toch,' zei ze, hoewel het haar totaal niet verbaasde. Maurice, de manager die Peter had meegenomen naar New Jersey, was maître d' geweest in Masha's en straalde nog steeds de schijnheilige mediterrane charme uit die June nooit vertrouwd had, hoewel ze Maurice een stuk minder onguur vond dan Peters voormalige souschef Lena, die de overstap niet had gemaakt en nu de baas was van de keukenbrigade op een cruiseschip. En dat was maar goed ook.

'Als Maurice het niet is, is het iemand anders van het personeel, maar buiten mij is hij de enige die toegang heeft tot de kluis.'

'Hè, bah. Wat ben je van plan eraan te doen?'

Hij zuchtte. 'Eerst zorgen dat ik het zeker weet. En dan een val zetten, contant geld laten slingeren op het kantoor, en als dat dan weg is... dan zal ik op zoek moeten naar een vervanger.'

'Tsss,' zei June.

Peter ging langzamer rijden om een kwartje in het mandje van het tolhokje te gooien en glimlachte naar haar. 'Lief dat je zo meeleeft.'

'Ja, natuurlijk.'

De bestuurder achter hen toeterde en schreeuwde: 'Rij door, eikel!' Peter reed verder en de chauffeur schoot langs hen heen: een man met een krankzinnig afrokapsel en een enorme zonnebril. Hij stak zijn middelvinger op naar Peter.

Peter zuchtte. 'Soms lijkt het wel of de hele wereld kwaad is,' zei hij, gevolgd door: 'Je ziet er leuk uit vandaag.'

'Dank je.' Ze droeg een dunne zijden jumpsuit met brede witte, oranje en donkerblauwe strepen die ietwat transparant was. Toen June er in de winkel mee voor de spiegel stond had ze zich voorgesteld dat iemand anders dan Peter haar erin zou bewonderen, maar ze was blij dat ze hem vandaag had aangetrokken.

'En ik ben blij dat je je haar hebt laten knippen,' ging hij verder. 'Meestal ben ik niet zo'n fan van kort haar bij vrouwen, maar jou staat het gewoon mooi. Het doet me denken aan toen we elkaar net kenden.' Hij streek langs de plukkerige uiteinden in haar nek. 'Misschien dat we later...'

'Pappie!'

Peter rolde met zijn ogen. 'Ons voorbehoedmiddeltje is wakker,' zei hij en June schoot in de lach. Hij keek in de achteruitkijkspiegel met een gemaakte frons die bedoeld was om Elsbeth de slappe lach te bezorgen. 'Jaaa, Ellie?'

Elsbeth giechelde het uit. 'Zijn we al over de Wash Georgington Bridge, pappie?'

'De George Washington, Ellie. En daar zijn we inderdaad al overheen gereden.'

'Néé.' Kwaad schopte Elsbeth met haar lakschoentjes tegen Junes stoel. 'Die wil ik zíén!'

June draaide zich om. 'Je ziet hem vanavond wel, liefje, als hij helemaal verlicht is.'

Elsbeth wierp haar zo'n hevig verontwaardigde blik toe dat het komisch was. Vervolgens draaide ze haar hoofd met een ruk opzij, om vol genegenheid naar Peters achterhoofd te staren. 'Pappieee,' zei ze.

'Ja, Ellie?'

'Hoe laat is het?'

'Tijd om een horloge te kopen.'

Elsbeth stikte van de pret. 'Mag ik koekjes?'

'Mag ik alsjeblíéft,' verbeterde Peter, 'en vraag dat maar aan mama.'

'Na de lunch bij *nana* en *papa* Sol,' zei June, 'goed?'

'Nee,' zei Elsbeth. Ze trapte zo hard tegen de achterkant van de bijrijdersstoel dat June naar voren schoot.

'Hé,' zei June. Weer draaide ze zich om. 'Dat mag je niet doen. Niet schoppen in de auto.'

'Hou je kop,' zei Elsbeth.

'Hé!' zeiden beide ouders in koor.

Elsbeth begon zich in allerlei bochten te wringen onder haar autogordel en schopte wild om zich heen. 'Ik wil koekjes,' jengelde ze, 'nu!' Ze wilde er zelfs niet mee ophouden toen June tegen haar zei dat Peter de auto aan de kant zou zetten, en wat dacht Elsbeth dat er dan zou gebeuren, hè? Wilde ze daarachter komen? Wilde ze een pak op haar billen? Nou? June gaf Elsbeth drie tellen om op te houden zich zo te gedragen en dan zou Elsbeth er echt van lusten. Eén... Twee... Tweeënhalf... Twee en driekwart... Uiteindelijk gaf June haar dochter de rol koekjes uit haar tas. Het was vast wel ergens op de wereld na lunchtijd.

Toen ze aan kwamen rijden bij het huis in Larchmont stond Ruth op het terras op hen te wachten. Ze sloeg haar handen triomfantelijk als een bokser boven haar hoofd ineen en daalde toen moeizaam de stenen treden af. 'Hai, mensen!' riep ze. 'Hallo, Dolly,' zei ze toen ze bij June was aangekomen. Ze ging op haar tenen staan en sloeg haar handen om Junes gezicht.

June wist dat ze de rest van de dag het liedje van Louis Armstrong in haar hoofd zou hebben. *It's so nice to have you back where you belong/You're looking swell, Dolly!* 'Hai, Ruth,' zei ze, 'wat zie jij er elegant uit.'

'Sja,' zei Ruth. Ze droeg een kaftan met een pauwenverenprint en had een bijpassende doek om haar hoofd gewikkeld, die was vastgezet met een turkooizen broche. 'Ik had geen tijd meer om naar de schoonheidssalon te gaan. En jij? Wat is dit?' Ze raakte met haar vinger de stof van Junes jumpsuit aan.

'O, gewoon iets wat ik ergens gevonden heb. Het leek me wel lekker koel.'

'Glamourvrouwtje,' zei Ruth. Vervolgens wendde ze zich tot Peter. 'En hoe is het met jou, filmster?'

'Prima, Raquel Welch.' Hij boog zich voorover zodat ze hem een zoen kon geven. Ruth likte aan haar duim en veegde de oranje vlek weg die haar lippenstift op Peters wang had achtergelaten. Hij hield een tas van het Claremont omhoog. 'Wat lekkers,' zei hij, 'en het speciale toetje.'

'O, laat kijken.' Ruth gluurde in de tas naar, zo wist June, een taart die lichtgeel was door het vanilleglazuur en een vulling had van aardbeien. Een beetje gewoontjes naar Peters smaak, maar Sols lievelingstaart. *Sol 67 – Gefeliciteerd!* Stond er in schuine letters op de bovenkant geschreven. Eigenlijk was Sol pas over een paar dagen jarig, maar ze vierden het vandaag.

'Ik heb zelfs kaarsjes meegebracht.' Peter schudde met een doosje. 'Met hoeveel zijn we?'

'Niet zo veel,' zei Ruth, 'alleen wij en Lionel en Mary Webster van de overkant.'

'Mooi,' zei Peter.

Opeens schoof de garagedeur ratelend omhoog en bulderde Sol:

‘Wacht maar tot je Lionels nieuwe Leica ziet! Dat ding heeft een telelens waarmee je Mars kunt fotograferen. En moet je dit zien.’ Hij gebaarde naar Peter, waardoor de ijsblokjes in zijn glas tinkelden – voor Sol was het altijd na de lunch. ‘Nieuwe hengel. Neusje van de zalm. En kunstaas.’

Peter, die geen moer gaf om camera’s of vissen, glimlachte beleefd en liep niettemin de garage in. Ruth boog zich over de achterbank van de auto. ‘Schattebout,’ riep ze met uitgestoken armen. ‘Bubbeleh, *shayna maidele*, geef je nana eens een kusje!’

Elsbeth drukte zich plat tegen het portier aan de andere kant. Een van haar staartjes was losgeraakt en gedroogde tranen hadden strepen getrokken over haar gezicht. Ze schudde haar hoofd.

‘Wat is er met haar aan de hand?’ vroeg Ruth aan June.

‘Ze heeft een driftaanval gehad onderweg,’ zei June. ‘Ze mokt.’

Ruth boog zich weer naar binnen. ‘Heb je zin in een lekker glaasje vruchtenpunch?’

‘Nee,’ zei Elsbeth. ‘Ik bak, ik ben een taart in de oven!’

‘O, in godsnaam,’ zei June. ‘Het is gewoon aandachttrekkerij. Laat haar nou maar.’

‘Laat haar maar?’ zei Ruth vol afgrijzen. ‘Moet ik haar als een hond achterlaten in een hete auto? Bubbie,’ zei ze zalvend, ‘ken jij toevallig meisjes die van Milano-koekjes houden?’

Elsbeth schoot overeind. ‘Ja, ík.’

‘Chocolade met pepermunt? Is dat nog steeds je lievelingssmaak?’

‘Ja!’ Opeens sprong Elsbeth zomaar de auto uit, liep langs Ruth en haar moeder en stuiterde de stenen treden op. De tafzijden plooirand aan haar jurk, een geschenk van Ruth, wipte tegen haar billen als het staartje van een konijn. ‘Ma-rie-jááá,’ hoorden ze Elsbeth schreeuwen naar de hulp. De hordeur viel met een knal achter haar dicht.

‘Kijk,’ zei Ruth, ‘zo doe je dat,’ en ze pakte Junes arm. ‘Kom, dan laat ik je zien wat ik met de tuin heb gedaan.’

Insecten zoemden in de hoge bomen toen ze over het gazon liepen. Het zwembad glom in de natuurlijke kom van het terrein. De zon geselde Junes hoofd en haar hakken zakten weg in het gras. Ze ging op de stenen rand van een bak zitten waarin een waterval klaterde om haar schoenen uit te trekken. June was meer geïnteresseerd in de binnenkant van huizen dan in hun buitenkant. Voor haar was een tuin bestemd voor groenten, zoals de moestuin uit de oorlog waar haar moeder Ida nog foto's van had. Maar ze moest bekennen dat Ruth en haar tuinman Yoshi hier schitterend werk hadden verricht, een sprookjeswereld hadden geschapen met Japanse esdoorns en rododendrons, minipagodes en exotische bloeiers. Voordat ze naar New York was gekomen had June nooit mensen ontmoet die zo leefden als Sol en Ruth, mensen die gewoon voor de lol elk jaar een paar reizen maakten en snuisterijen en schatten mee terug namen, die seizoenkaarten hadden voor de opera, het symfonieorkest en het ballet, die hun weekenden doorbrachten in musea en op kunsttentoonstellingen als ze niet op hun club waren. 'Ach jeetje,' had Ida de enige keer dat ze in Larchmont was geweest gefluisterd, 'dus het klopt wat ze over Joden zeggen, dat ze zo veel geld hebben.' June en Peter waren toen al een tijdje bij elkaar en hadden gehaast een ontmoeting tussen de twee families geregeld. June, die 'Sssj, mam!' gezegd had en zich sinds ze verkering had met Peter veel bewuster was geworden van antisemitische uitspraken – *iedereen weet dat die Joden gierig zijn, echt weer zo'n jodenstreek* –, had moeten toegeven dat Sol en Ruth goed geboerd hadden. Dat was des te indrukwekkender als je bedacht dat Sols eigen vader loodgieter was geweest in de Lower East Side.

'Vertel me eens, lieverd,' zei Ruth, die zich vastgreep aan Junes elleboog om haar evenwicht niet te verliezen. Ze liepen nu naar het zwembad, de rondleiding door de tuin was afgelopen. 'Hoe gaat het? Hoe is het met mijn Peter?'

'Goed hoor,' antwoordde ze, 'druk. Je kent hem – altijd in het restaurant in de weer.'

Ruth klakte met haar tong. 'Hij werkt te hard. En jij? Alles goed? Je ziet er een beetje...' Ze wapperde met een hand voor haar gezicht om aan te geven hoe June eruitzag. 'Ik weet niet. Ben je misschien zwanger?'

'O nee.'

Dat had ze blijkbaar op een verkeerde toon gezegd, want Ruth bleef staan en keek haar over de rand van haar grote schildpadzonnebril heen aan. 'Zo erg zou dat toch niet zijn?'

'Natuurlijk niet,' zei June, hoewel dat wel zo was. Ze had Ruth en Sol nooit verteld – en ze had Peter laten zweren dat ook niet te doen – dat ze tijdens de geboorte van Elsbeth bijna het loodje had gelegd. Omdat Elsbeth in een stuitligging had gelegen, had June een keizersnee gehad. Vervolgens had ze zo veel bloed verloren dat ze haar baarmoeder hadden moeten afbinden. Haar verloskundige had hun verteld dat hij het niet raadzaam achtte nog meer kinderen te krijgen. Dat was ik ook niet van plan, had ze toen gedacht. Ze was toen nog zo zwak dat ze de kleine Elsbeth niet langer dan een minuut kon vasthouden. Junes lichaam was duidelijk niet geschikt voor zwangerschappen: haar eerste was geëindigd in een miskraam en aan haar tweede was ze bijna bezweken. Vanaf die tijd was ze voor de zekerheid aan de pil geweest.

Een verder verhoor werd haar bespaard door Elsbeth, die in haar badpak en met zwembandjes om haar armen de terrastrap af stormde en over het grasveld rende. Haar verfomfaaide schort had ze rond haar middel geknoopt. 'Niet zo snel, Bubbie,' riep Ruth, 'anders krijg je kramp.'

Elsbeth negeerde haar en spurtte naar het zwembad. 'Kijk, mammie,' riep ze, 'geen badmuts!' Ze kneep in haar neus en sprong in het water.

'O wee,' zei Ruth, die achter zich naar een tuinstoel tastte en zich daarop liet zakken. Ze klopte op haar borst, zwaaide glimlachend naar Elsbeth, die uit het water klom, langs de rand naar het diepe rende en er weer in plonsde. 'Wat heeft ze nou voor sjofel dingetje aan?'

'Dat is haar prinsessenschort.'

'Dragen prinsessen dan schorten?'

'Breek me de bek niet open,' zei June. 'Ze weigert het uit te trekken. Ze gaat er zelfs mee naar bed.'

Ze zette de rugleuning van haar eigen tuinstoel in een comfortabele stand. Ruth belde naar het huis om Maria te vragen drankjes te brengen. De telefoon, een bron van fascinatie voor Elsbeth maar ook, moest June toegeven, voor haar, zat in een kubus van plexiglas die was vastgemaakt aan een grote eik, zodat Sol hier bij het zwembad telefoontjes aan kon nemen alsof hij een Hollywoodster was. 'IJskoffie voor Peter en mij,' zei Ruth, 'muntthee voor June, whiskey voor meneer Sol en extra ijs. En misschien wat van die blauwe druiven. Dank je, Maria.' Ze zette de telefoon weg. 'Poeh,' zei ze, terwijl ze zichzelf koelte toewaaide. Sol en Peter kwamen over het gazon aankuieren. Ook Peter droeg nu zijn zwembroek.

'Pappie,' riep Elsbeth, 'papa Sol, kijk dan!' Ze sprong achterwaarts in het water en kwam proestend weer boven. 'Ik ben een meerminprinses!'

'Dat ben je zeker, *sjeintje*,' zei Sol, 'dat ben je zeker.' Hij zette zijn glas op het beton rond het zwembad om de camera goed om zijn nek te hangen. Hij droeg vandaag een Guatemalteeks shirt en zijn huid was donkerbruin. De eerste keer dat Ida Sol met zijn golfkleurtje en krullende grijze haar zag, had ze tegen June gefluisterd: 'Is hij een kleurling? Ik dacht dat je zei dat hij Joods was!'

Peter betrad het water via de trap, zijn witte overhemd bolde op rond zijn middel. 'Kom eens bij me,' zei hij tegen Elsbeth, 'laat me je crawl eens zien.' Elsbeth zwom woest trappend naar hem toe. 'Goed zo, meisje,' zei Peter. Hij liet zich onder water zakken zodat Elsbeth op zijn schouders kon gaan staan, kwam toen weer blazend als een walvis boven en zei: 'Klaar?' Elsbeth gilde. 'Een... twee...' Hij boog zich voorover en gooide Elsbeth in het water.

'Nóg een keer!' zei ze toen ze bovenkwam.

'Schitterend,' zei Sol, die de ene na de andere foto maakte. 'Schitterend. Kijk nou toch naar dat schit-te-ren-de meisje.' Hij zette zijn bril af om in zijn ogen te wrijven en June zag dat hij huilde. Dat gebeurde wel vaker als hij al bij het ontbijt aan de whiskey begon. Tijdens hun huwelijksbrunch had hij ook gehuild. Al voordat Ida het haar had toegefluisterd had June geweten wat ze daarvan dacht: 'Jeminee, wat zijn die Joden sentimenteel.' Volgens June lag het bij Sol meer aan de whiskey dan aan het sentiment, maar hij had wel een zwakke plek voor Elsbeth. 'Schitterend,' zei hij weer, waarna hij zijn neus snoot in een grote zakdoek en zijn camera weer op Elsbeth richtte.

Maria arriveerde met de drankjes, maar ze had Ruths instructies waarschijnlijk verkeerd begrepen, want in Junes muntthee zat bourbon. Ze dronk overdag eigenlijk nooit alcohol, omdat ze er slaperig van werd, maar het was warm en het smaakte heerlijk. Sol maakte nog meer foto's, Ruth wapperde zichzelf koelte toe en Peter draaide Elsbeth rond in het zwembad. De alcohol maakte June loom en de geur van chloor deed haar denken aan Gregg, aan die eerste keer in het hok bij het zwembad. 'Hoe kom je daaraan?' had June gevraagd terwijl ze haar hand had uitgestoken naar het vreemde deukje boven Greggs wenkbrauw, maar dat niet echt aan had durven raken. 'Vietnam?' 'Nee,' had hij kortaf gezegd, 'van mijn pa.' Ze waren allebei drijfnat geweest en de zon versterkte de zweetlucht van hun exercities tot een zoete muskusgeur... Hou daarmee op, zei June tegen zichzelf. Vergeet hem. Ze stak een sigaret op en keek naar haar man, die Elsbeth met een hand onder haar buik in balans hield terwijl ze de vlinderslag oefende. Peters drijfnatte overhemd was transparant, zijn haar donker als honing door het water. Peter moest gevoeld hebben dat June hem onderzoekend opnam, want hij keek op en glimlachte naar haar over Elsbeths hoofd. Hij had precies dezelfde uitdrukking op zijn gezicht, zag June, als op de kraamafdeling toen Elsbeth was geboren. Dat was de enige keer dat June hem werkelijk intens tevreden had zien kijken. Ze hief proostend haar glas naar hem en liet toen haar hoofd achteroverzakken om te zien hoe de zonnestralen door de boombladeren wit gefilterd werden.

De Websters arriveerden even na tweeën, waarna de lunch werd opgediend in de serre. June was gek op deze ruimte, niet vanwege Ruths binnentuin, die June een beetje griezelig vond – al die cactussen met naalden en dons –, maar vanwege het hedendaagse design. Ruth had de ruimte onlangs opnieuw laten inrichten; dat was Sols cadeau voor haar vijfenzestigste verjaardag. Hoewel het June gekwetst had dat Ruth háár niet had geraadpleegd, maar iemand had ingehuurd die was aangeraden door de echtgenote van een van de advocaten op Sols kantoor, vond ze het resultaat schitterend. De zwarte keramische plavuizen! De bar – met stromend water en aanrecht! – en stereo-installatie die beplakt waren met grasweefselbehang om ze zo min mogelijk te laten opvallen, de bank en bijpassende leunstoel bekleed met oranje leer. Ze ging naast Peter en Elsbeth tegenover de Websters zitten – Sol zat aan het ene uiteinde van de tafel en Ruth aan het andere –

en streek een lisdodde weg die in haar blote nek kietelde. Als die planten er niet waren geweest, zou de ruimte in Junes optiek perfect zijn.

De Websters praatten aimabel over koetjes en kalfjes, terwijl Maria krakend op haar kleikleurige orthopedische schoenen om de tafel liep en het eten erop zette: vleeswaren, mandjes met challe die Peter gebakken had, een tomaten-komkommersalade, koude brisket en het pièce de résistance: een blauwbaars uit de Sound met dillesaus. Elsbeth jammerde toen ze de kop zag die nog aan de vis zat en drukte haar gezicht in Peters zij. Ik ben het helemaal met je eens, kind, dacht June. In de tien jaar dat ze hier nu kwam was ze nog steeds niet helemaal gewend geraakt aan het eten. June was groot geworden met pindakaas, erwtjes uit blik en witbrood. De smaak van gerechten als borsjtsj, gerookte zalm of de kalfstong waar de Rashkins zo dol op waren en waar bobbeltjes op zaten, kreeg ze maar niet te pakken. Gelukkig at ze toch bijna niets.

'Hoe is het met je, beste meid?' vroeg Lionel Webster. 'Je ziet er zoals altijd betoverend uit.'

'Dank je, Lionel,' zei June. Ze was gesteld op de Websters. In tegenstelling tot Sols kunstvriendjes of zijn gabbers met de vreemde bijnamen en hun aan mahjong verslaafde echtgenotes, waren de Websters simpele, rustige mensen, kneuterig als tuinkabouters, met grijs haar en sandalen gemaakt van oude autobanden.

'Hoe is het met jou?' vroeg June, terwijl ze haar keel betastte om te verwijzen naar het verband dat om die van Mary Webster zat. 'Ben je geopereerd?'

Mary knikte. 'Poliepen,' zei ze hees.

Lionel glimlachte naar Elsbeth, waardoor zijn puntige witte tovenaarsbaard naar voren stak. 'Goh, wat ben jij groot geworden sinds de vorige keer. Hoe oud ben je nu, zevenenveertig?'

Elsbeth giechelde en fronste. 'Nee,' zei ze en ze stak haar hand op.

'Vier vingers en een duim oud?' vroeg Lionel.

'Nee,' zei Elsbeth, 'ik ben vijf!'

'Ellie, liefje,' zei June, 'netjes praten alsjeblieft.'

'Ja, want je bent al een echte dame, hè, lieverd?' kraste Mary.

‘Nee,’ schreeuwde Elsbeth. ‘Ik ben een prinses!’

‘Godsámme,’ zei Sol geïrriteerd. ‘Kan het wat zachter?’

‘Sorry,’ zei Peter tegen de Websters. Hij fluisterde iets tegen Elsbeth. Ze schopte tegen haar stoelpoten, maar at toen een stukje challe waarop Peter boter had gesmeerd. Hij streek over haar krullen. ‘Ze heeft al een hele dag achter de rug. Volgens mij is het tijd voor een d-u-t-j-e.’

‘Nietes,’ zei Elsbeth. Ze pakte de suikerpot en schudde een piramide op haar tomaten.

Ruths mond viel open. ‘Bubbie, néé, wat doe je nou?’

‘O, dat is iets uit Minnesota, Ruth,’ zei June. ‘Zo at ik mijn tomaten vroeger altijd.’

‘Wat apart,’ zei Lionel. ‘Weet je wat, ik probeer het ook!’ Hij doopte zijn tomaat in een beetje suiker en nam een hap. ‘Verrukkelijk!’

Sol maakte een kokhalzend geluid en haalde iets uit zijn mond, wat hij tegen het licht hield. ‘Maria,’ blafte hij. De hulp kwam op een drafje naar binnen. ‘Een graat,’ zei Sol, en hij gaf hem aan haar.

Die nam ze zonder een spier te vertrekken aan en ze stopte hem in de zak van haar schort. ‘Neem me niet kwalijk, meneer Sol. Kan ik u nog iets anders brengen?’

‘Meer ijs,’ zei Sol, terwijl hij over zijn schouder naar de emmer op de bar wees. Maria pakte die op en verdween. ‘Wat een schlemiel. Na tien jaar kan ze nog steeds geen vis fileren.’

‘Ik heb haar al heel vaak aangeboden het voor te doen,’ zei Peter.

‘In mijn huis doen mannen geen vrouwenwerk.’ Sol boog zich weer over zijn bord en schepte een stuk vis op zijn vork. June wilde dat ze de moed had om iets te zeggen – *Wat bedoel je precies met vrouwenwerk, Sol?* – maar ze wist dat dat alleen maar ellende zou opleveren en Peter van streek zou maken, dus hield ze haar mond.

‘Het is tegenwoordig zo moeilijk om goed personeel te vinden,’ fluisterde Mary.

‘Maria is een goed meisje,’ zei Ruth. ‘Ze wordt alleen een beetje vergeetachtig.’

Lionel stopte een stukje vis in zijn mond en kauwde daar in hoog tempo op. ‘Verrukkelijke vis. Een van jouw slachtoffers, Sol?’

Sol gromde. ‘Gisteren gevangen. Blauwbaars van vijf kilo.’

'Voortreffelijk. En de brisket...' Hij kuste zijn vingertoppen. 'Als ik me niet vergis is dat een van jouw beroemde gerechten, hè?' zei hij tegen Peter. 'Uit je voormalige etablissement?'

'Inderdaad. Het stond op de kaart in Masha's en ook in het Claremont.'

'Ach, ja. Het Claremont. Hoe bevalt het leven buiten de stad je?'

'Heel goed, dank je.'

'En de zaken? Loopt het nog steeds goed?'

'Nou,' zei Peter. Hij had het hoekje van zijn servet onder zijn kraag geschoven en sneed een stukje vlees af voor Elsbeth. ''s Zomers is het altijd wat rustiger. Maar we doen het prima en verheugen ons op het najaar, wanneer het allemaal weer aantrekt.'

'Bullshit,' zei Sol.

Ze draaiden zich allemaal naar hem toe. 'Pardon?' zei Peter.

'Ik zei: bullshit.' Sol richtte zijn mes op Peter. 'Je staat al maanden in de min. Je hebt een jatmoos in huis, gabber.'

Peter nam een slok ijskoffie. 'Zullen we het daar straks over hebben?'

'Nee, dat doen we nu. Het is die *schwartze* manager van jou, hè?'

Peter slaakte een zucht. 'Maurice is Grieks, niet zwart. En ik weet niet zeker of...'

'Dan zorg je daar maar voor. Zorg maar dat je het snel zeker weet. Ik ga geen geld meer stoppen in een zinkend schip, alleen om een of andere schwartze zijn zakken te laten vullen, begrepen?' Hij keek dreigend naar Peter, die zijn vis in steeds kleinere driehoekjes zat te snijden. Elsbeth wrong zich in bochten op haar stoel, wreef in haar ogen en dreinde.

Ruth stond op. 'Volgens mij is het hoog tijd dat de prinses een dutje gaat doen.'

'Ik breng haar wel,' zei June, die aanstalten maakte om op te staan. Peter tilde Elsbeth echter van haar stoel. 'Ga maar met nana mee. Dank je, Ruth.'

'Graag gedaan. Kom, Bubbie.' Ruth loodste Elsbeth de kamer uit.

June had een afschuwelijke vissmaak in haar mond, hoewel ze er niets van had gegeten. Ze was zo kwaad op Sol dat ze niet naar hem kon kijken: waar haalde hij het recht vandaan om Peter zo te behandelen? Sol zou zeggen dat hij daar het volste recht toe had, dat Peters zaak zíjn zaak was, omdat hij die bekostigde. Peter had geprobeerd om onder Sols juk uit te komen, had een poging gedaan Masha's zelfstandig te runnen toen hij en June net getrouwd waren. Maar het restaurant had het niet gered zonder Sols bijdrage. June besefte maar al te goed dat zij zonder Sol in Newark zouden wonen, waar Elsbeth tussen de weggegooide injectienaalden en gebruikte condooms zou spelen. Toch zou ze graag willen dat Peter voor één keer Sol van repliek diende.

'En wat doe jij tegenwoordig?' kraste Mary. 'Afgezien van beeldschoon blijven?'

June dwong zichzelf te glimlachen. 'Een beetje van dit en een beetje van dat.'

'Tennissen op die chic-de-friemelclub die ik betaal,' gromde Sol.

'Ik denk er eigenlijk over om weer aan het werk te gaan,' zei June. Ze voelde Peters voet onder de tafel tegen de hare drukken en trok die van haar weg.

'Wat leuk,' zei Mary. 'En wat dan precies? Vrijwilligerswerk?'

'Nee, écht werk. Iets wat geld oplevert. Zoals interieurontwerp.'

'Je hébt al echt werk,' zei Sol. 'Thuisblijven en voor mijn kleinkind zorgen.'

'O, je bedoelt míjn dochter. Ik wil een beter voorbeeld voor haar zijn dan een moeder die alleen maar huissloof is.'

'Ach,' zei Sol, 'hou toch op met die feministische onzin.' Hij richtte zijn woede op Peter. 'Wat ben jij voor piechem? Eerst kun je je zaak niet runnen en nu heb je je vrouw ook al niet onder de duim?'

'Hé,' zei June en Mary zei: 'O jee, het was niet mijn bedoeling heibel te veroorzaken.' Peter zelf zei niets: hij bleef dooreten alsof hij niets gehoord had. Misschien moest June dankbaar zijn voor haar mans zelfbeheersing. 'Ik negeer hem gewoon,' had Peter tegen June gezegd toen ze net getrouwd waren. 'Het is gewoon veel geschreeuw en weinig wol.' Peters grootste kracht was zijn lijdzaamheid en god mocht weten dat hij treiterkoppen had overleefd die stukken erger waren dan Sol. Toch hoopte June dat Peter iets zou doen. Sta op en loop weg, dacht ze. Als jij het doet, doe ik het ook.

Maar Lionel was degene die opstond en zijn servet opvouwde.

'Nou, ik kan geen pap meer zeggen,' kondigde hij aan. 'Heeft iemand zin om een stukje met me te gaan wandelen?'

June had geen zin gehad om te gaan wandelen, ze wilde gewoon weg. Maar aangezien dat er voorlopig niet in zat, was ze maar op zoek gegaan naar haar dochter. Terwijl Sol zijn nieuwe doka aan de Websters liet zien en Peter Maria hielp in de keuken, liep June naar de logeerkamer, waar Elsbeth meestal haar middagdutje deed als ze hier waren. Die was echter verlaten, afgezien van het eenpersoonsbed en het grote weefgetouw waarop Ruth sinds kort haar eigen stof leerde weven. Vervolgens wierp ze een blik in Sols kantoortje en de kamer van de hulp. Uiteindelijk belandde ze in de grote slaapkamersuite aan het eind van de gang.

June wist dat Peter bepaalde ruimtes in het huis meed. Zo was hij om de een of andere reden geen fan van de logeerkamer, terwijl zij het uitzicht op de Sound en het linnen behang met jachttaferelen juist prachtig vond. Zelf was June niet zo dol op het slaapvertrek van Sol en Ruth met de aangrenzende badkamer, omdat ze daar van het bestaan van Peters dochtertjes op de hoogte was gebracht. En natuurlijk was dit uitgerekend de plek waar Ruth en Elsbeth nu waren. Ruth had Elsbeth vast in bad gedaan om het chloor uit haar haar te spoelen. June liep door de slaapkamer met het pioenrozenbehang en de twee gescheiden bedden en wilde net op de badkamerdeur kloppen toen ze haar dochter hoorde zeggen: 'Vertel over de meisjes, nana.'

'Welke meisjes?' De toon die Ruth aansloeg wees echter op een ritueel.

En ja hoor, Elsbeth zei: 'Mijn zusjes, mijn halfzusjes, die dood zijn.'

'Nou...' zei Ruth, en toen: 'Stilzitten, Bubbie, anders krijgt nana die klitten niet uit je haar.'

'Vertel dan, naaa-naaa,' jengelde Elsbeth.

'Oké, schattebout. Lang geleden...'

'... woonde mijn pappie in een ver land, Duitsland, en was hij getrouwd met mevrouw Masha. Toch?'

'Precies, Bubbie, maar wie vertelt dit verhaal?'

'Ikke,' zei Elsbeth giechelend. 'Nee, jij, nana, jij.'

'Heel goed. Jouw pappie woonde in Duitsland met een mevrouw die Masha heette en ze hadden twee prachtige dochters...'

'... die op prinsessen leken. Laat kijken, nana, ik wil kijken.' Er werd een la opengetrokken en Elsbeth zei: 'Ooo.'

'Ja, mooie meisjes, hè?'

'Jaaa. Ga verder, nana.'

'Ze hadden een gelukkig leven samen, maar toen werd er een hele slechte man de baas. Die man heette...'

'Hitler!'

June hoorde Elsbeth spugen.

'Precies, Bubbie, als we die naam zeggen, spugen we altijd drie keer. Dus die meneer Hitler,' – weer werd er fanatiek gespuugd – 'die eigenlijk helemaal geen mens was maar een soort dibboek, nam het land in bezit en zei hele stoute dingen over jouw pappie en zijn familie, over de Joden. Hij zei dat ze horens en staarten hadden en dat ze gojkinderen opaten. Kun je je voorstellen dat jouw pappie zoiets zou doen?'

'Nee.' Elsbeth klonk geïmponeerd.

'Natuurlijk niet. Jouw pappie en zijn vrouw en jouw zusjes verstopten zich een tijdje als muisjes, maar op een dag vonden de mannen van Hitler, de nazi's, ze toch en ze...'

'Ik weet het, ik weet het. Ze namen ze mee. Ze zeiden: "Kom maar mee, meisjes. We gaan naar een kamp met een mooie douche." Maar toen ze daar kwamen, zat er geen water in de douche maar gas, en toen deden de gemene mannen ze onder de douche en toen gingen ze dood. Allemaal, behalve mijn pappie, want hij ging stiekem weg. Toch, nana?'

Er viel een stilte. Toen zei Ruth met verstikte stem: 'Ja, Bubbie.'

'En toen stopten die gemene mannen ze in de oven en gingen ze ze bakken en allemaal opeten!'

June kromp ineen. Ze had zich niet gerealiseerd dat ze zich op de stoel naast de badkamerdeur had laten zakken en ook niet dat ze haar adem had ingehouden, maar nu was de maat vol. Ze bonkte op de deur en zei: 'Ruth, Elsbeth moet nu echt gaan slapen.' Toen deed ze de deur open. Ook deze ruimte was onder handen genomen sinds de laatste keer dat June hier geweest was. Aan alle wanden hingen spiegels, waardoor tientallen Junes, Elsbeths en schuldig kijkende Ruths tot in het oneindige verkleind werden.

Elsbeth zat in het roze satijnen kamerjasje dat Ruth hier voor haar bewaarde op de wastafelplank en klemde een foto in een zilveren lijst in haar handen. 'Nana heeft een verhaaltje verteld, mammie.'

'Ik heb het gehoord, liefje, maar nu moet je gaan slapen.'

'Néé,' jammerde Elsbeth, maar ze liet zich door Ruth van haar plek helpen en stapte op het krukje in de vorm van een eend.

'Het leek me verstandig haar even in bad te doen,' zei Ruth, 'na het zwembad. Kom, Bubbie, dan krijg je een koekje van nana.'

Ze wilde achter Elsbeth aan de badkamer uit lopen, maar June hield haar tegen. 'Ruth. Ik heb gehoord wat je haar verteld hebt. Ik wil niet meer dat je daar met haar over praat, begrepen?'

Ruth had Junes blik gemeden sinds ze binnen was gekomen, maar nu keek ze haar aan en zei: 'Ze heeft het recht om te weten wat er met haar familie is gebeurd.'

'Wíj zijn haar familie,' zei June, 'Peter en ik.'

'En Sol en ik.'

'Ja, natuurlijk. En dat weet ze. Maar ik wil niet meer dat je over hen praat, want anders hou ik haar t-h-u-i-s. Ze krijgt er nachtmerries van en je weet hoe Peter erover denkt. Hij wil het er helemaal niet over hebben. Als hij dit zou weten... Hij zou er kapot van zijn.'

Ruth meed Junes blik en mompelde iets.

'Pardon?'

'Ik zei: "Prima",' zei Ruth.

'Goed dan. Dank je wel.'

Ze keek de slaapkamer in, waar Elsbeth op het tapijt zat te spelen met een schaal vol kralenkettingen van Ruth. 'Mag ik die hebben, nana?' vroeg ze.

'Misschien als je wat ouder bent,' zei Ruth. 'Kom, dan gaan we een koekje halen.'

Toen ze weg waren, maakte June een van Ruths washandjes nat met koud water en duwde dat in haar nek, tegen haar borst en op haar wangen. De badkamer was zo'n luxe ruimte met de rozenrode vloerbedekking, de spiegelende wanden en Ruths kast vol parfumflessen. Niet bepaald een plek voor gruwelijke onthullingen. June stond op het punt het licht uit te doen toen ze half onder een handdoek de foto zag liggen die Elsbeth in haar handen had gehad. De enige afbeelding van Masha en de meisjes die er nog was.

Ze raapte hem op; hij voelde kil en zwaar in het sierlijke lijstje. Ze had hem al jaren niet meer gezien, maar ze herinnerde zich nog als de dag van gisteren dat Ruth hem haar getoond had. Soms, als ze half lag te slapen, zag ze hem nog voor zich. Peter had het portret laten maken en in 1941 naar Sol en Ruth gestuurd, vlak voordat hij en Masha waren begonnen met het maken van een onderduikplek in de kelder van hun huis. De naam van de fotograaf was C. Alsop en het portret moest in diens studio gemaakt zijn, want je zag alleen de fluwelen stoel waarop Masha zat. Op elke knie had ze een dreumes. Met hun dirndls, hun gevlochten suikerspinhaar en lichte ogen hadden ze net zo goed poppen kunnen zijn. Masha zag je van opzij, maar June wist niet of ze dat zelf had bedacht of dat het een idee van de fotograaf was. Ze staarde omhoog naar Peter, haar bleke haar zat in een wrong en haar gezicht straalde. En Peter... Hij stond achter haar met een hand bezitterig op haar schouder. Hij droeg een pak, had een potloodsnor en keek recht in de lens. Hij was knap en trots en pijnlijk jong.

June streek met haar nagel over de gepreegde handtekening van de fotograaf en durfde Peter noch Masha en de meisjes aan te raken. Wat een moed had deze jonge vrouw van amper twintig gehad! Sterven terwijl je je gezin probeert te redden! Überhaupt dat ze met een Joodse man was getrouwd, terwijl ze wist, geweten moest hebben, wat daarvan het gevolg kon zijn. Welk gevaar zij en de meisjes liepen. Was Masha zich lam geschrokken toen ze ontdekte dat ze zwanger was? Of was ze juist verrukt geweest, ondanks de afgrijselijke timing, de verschrikkelijke tijd? Had ze het geweldig gevonden om Peters kinderen te dragen, om koste wat kost leven door te geven? June staarde naar Masha's gezicht, dat permanent omhoog was gericht naar Peter en waaraan June niets kon aflezen... Tot ze voetstappen op de gang hoorde en Maria riep: 'Mevrouw June, bent u daar? Meneer Sol wil dat iedereen naar buiten gaat.' June stopte de foto terug in de la.

De Rashkins kwamen weer samen op het terras, waar Lionel Webster stond te hannesen met een camera met telelens op een statief. Dit onderdeel van Sols verjaardag was June ontschoten: het maken van het jaarlijkse familieportret, dat vervolgens werd gebruikt als kaart voor de feestdagen. Sol stond naast Ruth en Peter droeg Elsbeth, die een jurkje droeg dat June niet eerder had gezien: een opzichtig wit geval met kant, dat ongetwijfeld weer van Ruth kwam. Elsbeth zag eruit als een zigeunerbruidsmeisje, ware het niet dat het verfomfaaide schort nog om haar middel geknoopt zat.

'Nog héél even,' zei Lionel, met zijn tanden om zijn pijp geklemd. Hij spoelde de film door in zijn camera.

June ging op haar plek naast Peter staan en bedacht hoe anders dit was dan de kiekjes die vroeger bij haar thuis werden gemaakt.

Peter streelde Elsbeths haar. Ze was nu oververmoeid, haar hoofd lag op zijn schouder en ze had haar duim in haar mond, een gewoonte waar ze al lang geleden overheen was gegroeid. Peter sloeg zijn andere arm om June heen, die kaarsrecht stond. Wat zou ze ontzettend graag met hem willen praten over wat er net gebeurd was... Maar dat kon natuurlijk niet. Peter vertellen dat Ruth niet alleen de foto had bewaard, maar bovendien Elsbeths hoofd op hol bracht met de verhalen over zijn overleden dochters zou net zoiets zijn als zout in zijn ogen wrijven.

'Gaat het?' mompelde hij.

'Ja hoor,' zei ze.

'Sorry van daarnet.'

'Dank je.'

'Ik maak het goed.'

'Ja, dat is je geraden.' Ze wierp hem een zijdelingse blik toe en zag dat hij ook naar haar keek. Hij lachte grimmig.

'Jezus christus, waarom duurt het zo lang?' zei Sol.

'Die nieuwe lens is nogal gevoelig,' antwoordde Lionel, 'maar volgens mij staat hij nu scherp... Nu allemaal "*cheese*" zeggen!'

'Cheese,' riepen ze in koor. Toen hoorden ze een klik en een vloek. 'Verdomme,' zei Lionel, 'ik ben de flits vergeten. Nog heel even, mensen.'

De Rashkins lieten morrend hun schouders zakken en terwijl ze hun bezwete hoofd depten en haar uit hun gezicht bliezen, moest June zomaar opeens denken aan die keer dat Peter haar in Hawaï was komen opzoeken, toen ze na de laatste opnames lachend met een paar andere modellen in haar hotel in Honolulu was aangekomen en Peter op een bank in de lobby had zien zitten. Hij was opgestaan toen hij haar zag en June was zo verbaasd geweest dat ze halverwege de draaideur stokstijf was blijven staan, waardoor de persoon achter haar tegen haar aan botste. Peter droeg een nogal slechtzittend witlinnen pak, had een gele bloemenslinger om zijn nek en een tak met identiek gekleurde orchideeën in zijn hand. Ze zou de blik op zijn gezicht nooit meer vergeten: die was zowel hoopvol als behoedzaam. Midden in het Honolulu Continental was hij op een knie gezakt. 'June Bouquet,' had hij gezegd, 'wil je met me trouwen?' En zij had haar hand voor haar mond geslagen en gezegd: 'Ja, natuurlijk!' En iedereen, van de andere toeristen tot en met het hotelpersoneel, had geapplaudisseerd. De volgende dag had een rechter in het gemeentehuis van Waikiki hen in de echt verbonden; Peter droeg het linnen pak en zij een lavendelkleurige mini-jurk en witte laklaarzen. Ze hadden bloemenslingers om en de getuigen waren twee vreemden die ze van de straat hadden geplukt, een stel uit Skokie dat op vakantie was, June kon zich hun namen niet meer herinneren, maar ze waren zelf zevenendertig jaar getrouwd, zeiden ze, en Peter en zij hadden dat als een goed voorteken beschouwd. Na afloop hadden ze met zijn allen Mai Tais gedronken in het Pink Palace en een varken aan het spit met ananas was hun huwelijksdiner geweest.

Nu keek June naar haar man, die hun dochter verschoof op zijn arm en iets tegen haar mompelde. Zijn haargrens was geweken en zijn gezicht oogde vermoeid. Wat was hij toch anders dan de man die ze had gedacht dat hij was, de man die hij bleek te zijn. Had iedereen dat? Was de discrepantie tussen de persoon met wie je dacht te trouwen en de persoon die je kreeg voor de meeste stellen even groot? Waren Peters inwendige barrière, het deel dat hij voor zichzelf hield, de teleurstellingen en conflicten, bij de Rashkins groter of kleiner dan bij, laten we zeggen, Helen en de Tapijtkoning? Of Sol en Ruth, of Lionel en Mary? Peter lachte schaapachtig naar haar. 'Bijna klaar,' mompelde hij.

'Allemaal rechtop staan, verdomme,' zei Sol.

En Lionel Webster zei: 'Zeg "cake", mensen!'

Mary wees en fluisterde: 'O, kijk dan!' Ze draaiden zich om en zagen Maria op hen af strompelen met Sols taart vol brandende kaarsjes op een schaal.

'*Happy birthday to you*,' begon Ruth met haar trillende sopraanstem, en ze vielen haar allemaal bij: '*Happy birthday to you, happy birthday, dear So-ol, happy birthday to you!*' Toen zei Lionel Webster: 'Drie... twee...' en maakte de foto.

3
Mrs Robinson

Tegen het eind van de maand was June met Gregg in motels gaan afspreken. Die lagen aan Route 23 of 46 of 10 te midden van *diners* en autodealers en meubelparadijzen, en hadden kamers waar het tapijt naar schimmel rook en die je per uur kon huren. June durfde er haar schoenen niet uit te trekken of stil te staan bij wat er in het beddengoed huisde. Maar ze wist tenminste dat ze daar geen bekende zou tegenkomen en het was er veiliger dan op de andere plekken waar ze hadden afgesproken: parkeerterreinen, het bos in de buurt van de tennisclub en, één keer, in een kelderruimte daar, waar ze bijna betrapt waren door een kind dat op zoek was naar een bal. Bovendien waren de groezelige, anonieme motels, die June verafschuwde, een vorm van straf.

Dat van vandaag heette The Pilgrim, hoewel het enige wat naar die onverschrokken reizigers verwees een afbladderend bord in de vorm van zo'n hoed met een gesp aan de voorkant was. Het was bijna drie uur en dat betekende dat ze over een uur thuis moest zijn om de oppas te betalen. Ze had tegen de kleine Barbie Ryan van verderop in de straat gezegd dat Elsbeth herstellende was van een oorontsteking en dat ze haar vandaag daarom niet mee wilde nemen naar het zwembad op de club... Zou Barbie haar geloofd hebben? Had June te veel uitgeweid? Ze was niet zo gewend aan het verzinnen van uitvluchten en ze was er niet goed in. Het was ook niet iets waar ze graag goed in wilde zijn.

Ze stak een sigaret op en ging in kleermakerszit op de lakens zitten kijken naar de slapende Gregg. Hij viel na het vrijen altijd meteen in slaap, als een kind – wat hij natuurlijk ook was, hoewel niet zo jong als ze gevreesd had. Toen hij op een middag onder de douche stond had ze stiekem naar zijn rijbewijs gekeken: hij was zevenentwintig, acht jaar jonger dan June. Eigenlijk paste Gregg qua leeftijd bijna beter bij haar dan Peter, die negentien jaar ouder was dan zij. Bijna.

Het maakte niet uit. Dit was niet blijvend. Telkens als June dit deed, zwoer ze dat het de laatste keer was. Tot de volgende keer. Het was net als het eten van chocolade, iets wat ze absoluut nooit deed, omdat ze wist dat ze als ze ook maar één hapje nam, niet in staat zou zijn te stoppen. En als Peter marsepein was, een interessante smaak waar June van genoot, dan was Gregg een megagrote chocoladereep van Hershey's. De tijd zou het wel oplossen, hield ze zichzelf voor. Als zij te zwak was om er een eind aan te maken, dan gingen altijd nog de tennisbanen dicht in het najaar en zou Gregg... doen wat tennisleraren dan ook deden in de winter, waarschijnlijk naar het zuiden afreizen om in warmere oorden les te geven, en dan zou zij... Tja, wat? Het verdriet goedmaken dat ze Peter zonder dat hij het wist had aangedaan? Nadenken over wat ze met haar leven ging doen? Ach, nee, zo lang kon ze helemaal niet wachten. Ze zou het vandaag tegen Gregg moeten zeggen. Vanmiddag. Dit was de laatste keer geweest. Het was afgelopen. Vastberaden drukte ze haar sigaret uit in de Pilgrim-asbak.

'Zit niet zo naar me te staren,' zei Gregg zonder zijn ogen te openen.

'Ik staar niet naar je.'

'Jawel, dat doe je wel. Ik voel het.' Opeens schoot hij overeind, greep haar bij haar enkels en trok haar op haar rug. 'Het is onbeleefd om naar mensen te staren als ze slapen,' zei hij tussen het likken van haar hals door, 'wist je dat niet?'

'Dat deed ik niet,' zei ze hijgend. 'Verwaande kwast.'

Gregg zoende haar – June was vergeten hoe heerlijk zoenen kon zijn – en net zo snel als hij net overeind was geschoten, draaide hij zich nu op zijn rug en trok haar boven op zich. Hij pakte haar bij haar heupen en schoof haar over zijn stijve. 'Je bent kletsnat,' zei hij glimlachend. 'Daar ben ik dol op, stoute meid.'

En dat was het nou juist: het wás ook verkeerd, moreel verwerpelijk, niet de oplossing voor haar huwelijksproblemen. Maar Gregg praatte tenminste. 'O, June,' zei hij. 'Zo, ja. Je bent er bijna. O god, ja.'

En hij was jong. En zijn huid had dat heerlijke gladde, rubberen, veerkrachtige – op de een of andere manier was hij erin geslaagd zijn diensttijd zonder ook maar één uitwendig litteken door te komen. Hij was gigantisch, met benen als boomstammen en een pik als een paarse honkbalknuppel – met een sproetje dat June had ontdekt en dat als een geheim vriendje was. Gregg was de enige man naast wie ze zich ooit bevallig had gevoeld. Maar nog belangrijker was dat hij haar niet buitensloot. En hij vertelde haar hoe dingen voelden en wat hij graag wilde dat ze met hem deed, en hij hield helemaal tot het eind zijn ogen open. Soms deed hij ze niet eens dicht. Hij was erbij. 'Ik vind het heerlijk om naar je te kijken,' zei hij dan. 'Wist je dat je ogen van kleur veranderen als je op het punt staat klaar te komen? Ze worden donkerder. Net als de zee. Nu weer. O ja. Ik zie het gewoon. Kom maar, June. Kom voor mij.'

Toen ze klaar waren, toen June hem had bereden tot ze doorweekt was en trilde, en Gregg zich ervan vergewist had dat ze was klaargekomen, haar vervolgens had omgedraaid, haar enkels als de handvatten van een kruiwagen had vastgehouden en in haar had gestoten tot hij brulde, dáárna, liet hij zich op zijn rug vallen, terwijl haar voeten nog om zijn nek zaten, wat schattig was maar ietwat onhandig. Ze trok ze terug en ze lagen allebei uit te hijgen. Ze keek op haar horloge en pakte haar sigaretten. Half vier: ze had nog een half uur.

'Dat is heel slecht voor je,' zei Gregg, 'je longen gaan er stuk van.'

'Ach, ik denk toch niet dat ik binnenkort een Chris Evert word...' Ze schoot in de lach. 'Hé, vuile hypocriet!' Hij had een zakje uit zijn tennisbroek gehaald en zat een stickie te draaien. Dat deed hij snel en behendig; binnen de kortste keren had hij een joint van het formaat ijslolly gedraaid.

'Dames gaan voor,' zei hij terwijl hij haar de joint aanbood. Ze schudde haar hoofd. Gregg stak hem aan met een zippo, stompte tegen de dunne kussens en ging op zijn rug liggen. 'Blow jij niet?'

'Vroeger wel. Soms. Niet meer.'

'Waarom niet? Vindt die man van jou dat niet lekker?'

'Niet echt.' Dat was waar; de enige keer dat Peter hasj had gerookt – met June en een paar vriendinnen van haar in Studio 54 – had dat een vervelende uitwerking op hem gehad. Hij kreeg enorme kramp in zijn benen en omdat June en de andere modellen al stoned waren, was dat natuurlijk het grappigste wat ze ooit hadden gezien. Peter die vloekend in het Duits van zijn ene op zijn andere been hupte! Of misschien was het wel Russisch geweest. Nou ja, het was er in ieder geval vol vuur uit gekomen. Arme Peter. Hij had daarna nooit meer geblowd. June ook niet, deels uit solidariteit, maar ook om op haar figuur te letten. Ze kreeg altijd enorme vreetbuiten van blowen. De laatste keer dat ze zich daaraan had overgegeven, in de waskamer op East 96th Street terwijl Elsbeth haar middagdutje deed, had ze met de biscuitjes van Elsbeth een hele pot pindakaas leeggeschept. Dat soort dingen kon ze zich gewoon niet veroorloven.

'Die man van jou lijkt me nogal stijfjes,' zei Gregg peinzend. Hij volgde met zijn blik de rook, die recht naar het plafond steeg en daar verward raakte in de ventilator.

'O ja?' zei June stekelig. 'Heb je hem ontmoet dan?'

'Nee.' Hij liet zich niet uit het veld slaan. 'Maar volgens mij heb ik hem gezien op de club. Lange, blonde kerel, wat ouder... Altijd jasje-dasje, toch?'

Ze knikte. Gregg kneep een oog samen, toen het andere. 'Trekt nooit zijn shirt uit, zelfs niet als het bloedheet is. Heel formeel. Kakkertype.'

Ze stak toch haar hand uit naar de joint en nam een trekje. Wat kon het ook schelen, er was hier toch geen eten en tegen de tijd dat ze thuis was zou ze vast geen trek meer hebben. 'Dat is niet de reden waarom hij zijn overhemd aanhoudt,' zei ze met een piepstem omdat ze de rook probeerde binnen te houden.

Gregg draaide zich op zijn zij en keek haar aan. Zijn haar, dat niet in toom werd gehouden door een touwtje of een haarband, was een woest klittende zwarte massa. 'Waarom dan?'

Ze blies de rook uit. 'Vanwege de littekens.'

'Welke littekens?'

'Van de oorlog.'

Hij kwam overeind. 'Is hij in Nam geweest? Nee toch? Hij leek minstens vijftig. Was hij admiraal of zo?'

'Niet jouw oorlog. De Tweede Wereldoorlog.' Ze stond op en liep naar de spiegel boven de wastafel. 'Mijn god, ik zie er niet uit.' Ze draaide de kraan open.

'Pacifisch of Atlantisch?' hield Gregg vol.

June keek hem over haar schouder aan. 'Wat?'

'Waar heeft hij gevochten?' verduidelijkte hij.

'O.' Ze haalde de uitgelopen mascara met een washandje weg onder haar ogen en bracht nieuwe aan. 'Hij heeft niet gevochten. Hij zat in de kampen.'

'Is hij Joods?'

'Ja.'

Gregg ging weer liggen. 'Dat had ik nooit gedacht.'

Ze wreef wat rouge op haar wangen en wierp weer een blik op hem. 'Hoe bedoel je?'

'Weet ik veel.' Hij had zijn handen onder zijn hoofd gelegd en staarde droevig naar het plafond. 'Mijn pa zei altijd dat Joden er anders uitzagen.'

'Dat hoorde ik als kind ook altijd, maar daar klopt niets van. Als je af moet gaan op stereotypen is Peter de minst Joods uitziende man die ik ooit gezien heb. En zijn vrouw en dochtertjes leken op Alice uit Wonderland, maar toch zijn ze naar een kamp gestuurd.'

Hij ging weer zitten. 'Wat? Echt?'

'Ja, er was sprake van enige verwarring en... Meer weet ik eigenlijk niet. Hij praat er nooit over. Alles wat ik weet, heb ik gehoord van de vrouw van zijn achteroom.'

'Wauw. Ik begrijp het wel. Ik zou er liever ook niet over praten.'

Ze voelde zich opeens ondraaglijk eenzaam, vond de sjofele kamer deprimerend. Ook realiseerde ze zich dat ze naakt was. Het was surrealistisch om hierover te praten. Misschien was de hasj sterker dan ze gedacht had. Ze pakte haar haltertruitje en korte boek van de grond en ging op de rand van het bed zetten om die aan te trekken. Gregg maakte het bandje voor haar vast en streelde haar nek. June huiverde. 'Hij houdt nog steeds van haar,' zei ze.

'Wie?'

'Mijn man. Van zijn eerste vrouw.'

'O. Maar dat kun je toch niet weten, June. Misschien is hij gewoon heel erg verdrietig.'

Ze worstelde met de gesp van een sandaal. Het was moeilijk om in de schemerige kamer de gaatjes te zien, laat staan om dat staafje erin te krijgen. Ze gaf het op en zei: 'Ze was niet erg mooi, Masha. Ze heeft hooguit ooit iets elegants gehad, denk ik. Maar ze was wel heel dapper. En de meisjes...'

'Hoe oud waren ze?'

'Drie. Een tweeling.'

Gregg maakte een verstikt geluid.

'Ze is gestorven toen ze hen probeerde te redden.' Eindelijk drong het staafje in het leer en kon ze haar andere schoen pakken. 'Probeer daar maar eens mee te concurreren.'

'Ik zou het niet eens proberen. Je kunt niet concurreren met dode zielen.'

June had het gevoel dat alle lucht uit haar longen werd geslagen. Dat was waar! Ze zou nooit winnen.

Gregg pakte zijn bril, kwam van het bed af en knielde voor haar om haar andere gesp vast te maken. 'Ik vind het echt verschrikkelijk allemaal. Voor jullie allebei. En nu snap ik ook waarom je zo eenzaam bent...' Hij stak een vinger onder haar kin en tilde die op. 'Hé,' zei hij, 'het was niet mijn bedoeling je verdrietig te maken.'

Ze schudde haar hoofd. 'Dat heb je ook niet gedaan. Het is gewoon dit hele gedoe...' Ze gebaarde om zich heen in de troosteloze kamer.

'Nou, laten we het dan een beetje opvrolijken. Weet je wat ik doe als ik verdrietig ben?'

'Wat, Julie Andrews, op het bed springen?'

'Nee. Dansen.' Hij ging staan en trok haar voordat ze er erg in had in zijn armen. Ze wankelde een beetje, haar hak bleef haken in de smoezelige vloerbedekking. Gregg ving haar op, draaide haar rond en neuriede: *And here's to you, Mrs Robinson/Jesus loves you more than you will know/Wo wo wo.*

'Heel geestig,' zei June, maar ze lachte niet. Afgezien van zijn bril was Gregg nog steeds naakt. Hij liet haar vakkundig achterover zakken. 'Waar heb jij leren dansen?' vroeg ze buiten adem en ondersteboven.

'Arthur Murray. Van mijn ma moesten alle jongens op dansles.' Hij plantte een kus op Junes keel en trok haar weer overeind. 'Dank u, mevrouw Robinson.'

'Graag gedaan.' Ze keek om zich heen of ze haar handtas zag. 'Ik moet echt gaan.'

'Wacht, dan loop ik met je mee,' zei Gregg. Hij trok zijn tennisbroek aan. Die had hij vandaag gecombineerd met leren sandalen en een rood-blauw gestreept poloshirt. June sloeg haar ogen ten hemel: die man had totaal geen gevoel voor mode! Maar ze glimlachte toen hij zijn haar met een touwtje in een staartje bond. Terwijl ze de kamer naliepen om te kijken of ze geen portemonnees of sleutels vergaten, voelde ze zich voor het eerst een beetje triest. Meestal wist ze niet hoe snel ze weg moest komen, werd ze opgejaagd door een schuldgevoel. Maar vandaag had ze opeens zin in een ijsje. Ze wilde naar Applegate Farms, alleen zij, samen met haar jonge minnaar, om een hoorntje met *chocolate chip*-pepermuntijs te delen, of misschien een sorbetijsje met watermeloensmaak.

'Zeg, jouw naam stond niet op het formulier voor het toernooi op 4 juli,' zei Gregg, die de deur voor haar openhield. 'Ben je de stad uit?'

'Ja, ik ga met Elsbeth naar mijn moeder. Dat doen we elke zomer.'

'En waar woont je moeder?'

'In Minnesota.'

'Minne-soda?'

'Een kleine boerengemeente bij de grens met Iowa. New Heidelburg.'

'Om de een of andere reden zag ik jou niet als een boerenmeisje. Zo iemand die ruitjesblouses draagt en taarten bakt. Daar word ik best geil van.'

Hij liet zijn hand in haar korte broek glijden toen ze het parkeerterrein op liepen, maar ze slikte haar reactie in. Hoewel ze strikt genomen in het openbaar waren, bevonden ze zich heel ver van Route 23. Zij liep naar haar bruine Dodge en Gregg naar zijn oranje Pinto. Het rook naar smeltend asfalt buiten.

'Zie ik je als je terug bent?' vroeg hij met samengeknepen ogen. Het was buiten oogverblindend na de schemerige kamer.

'Tuurlijk,' zei June terwijl ze haar zonnebril opzette, 'ik bel je wel.' Daar ging haar vastberadenheid. Maar ze hoefde natuurlijk geen contact met hem op te nemen als ze terug was. Misschien zou dit, wat het dan ook was, na een week wel een natuurlijke dood sterven.

Gregg keek haar over het dak van de Pinto heen glimlachend aan. 'Je kunt me maar beter bellen,' zei hij, alsof hij precies wist wat ze dacht, 'want anders bel ik jou.' Hij gaf haar een kushandje. 'Kom gauw terug, mevrouw Robinson. Ik heb nu al ontwenningsverschijnselen.'

Toen June en Elsbeth in de middag van 2 juli in Minneapolis landden, was Junes moeder Ida op het vliegveld om hen op te halen. Dat was een opluchting, want dat betekende dat Ida nog steeds autoreed. Dat had June misschien niet hoeven verbazen, want Ida was pas vijfenzestig. Maar vanaf het moment dat zij Bouquet's LadiesWear had verkocht en met pensioen was gegaan, hield June haar moeder angstig in de gaten om te zien of ze al tekenen van ouderdom vertoonde.

In een keurig olijfgroen broekpak dat paste bij haar Buick sloeg Ida zich zelfverzekerd door het verkeer rond de luchthaven heen. Haar korte Purdey-kapsel was nog steeds bruin, hoewel June het grijs van haar uitgroei erdoorheen kon zien. Ida tuurde echter wel met samengeknepen ogen over haar stuur, en daardoor besefte June dat haar moeder een sterkere bril nodig had. Bovendien trilde Ida's kin regelmatig en zonder reden. Het had in ieder geval niets te maken met hun gespreksonderwerpen. Dat was verontrustend.

Ze reden op Highway 52 over de Mendota Bridge. Elsbeth zat op de achterbank te slapen, uitgeput van de opwinding over het TWA-speldje dat op haar tuinbroek van OshKosh was geprikt, de snelle blik in de cockpit en het ontbijt in het vliegtuig – 'Eien in de hemel, mammie!' Terwijl de zon zakte en de schaduw van de Buick zich ver voor hen uitstrekte op drie-, vervolgens twee- en uiteindelijk eenbaanswegen, vroeg Ida hoe het met Peter was, hoe het in het restaurant was, en wat was er tegenwoordig in de mode in New York? Ze praatte June bij over alle gebeurtenissen in New Heidelburg: wie er was gestorven, wie er was getrouwd, wie er een kind had gekregen, ziek of straalbezopen was geworden, en wie er vreemdging met wie.

Ze bereikten New Heidelburg in de schemering. Die duurde in juli heel lang, want de zon ging pas na negenen onder. June wrong zich in allerlei bochten om alle bekende plekken in de oranje avondgloed in zich op te nemen. *Plus ça change, plus c'est la même chose*, verzuchtte haar vriendin Dominique, een Frans model, altijd over haar vrijers. En voor New Heidelburg gold hetzelfde als voor ontrouwe mannen:

hoe meer de dingen veranderden, hoe meer ze hetzelfde bleven, oude wijn in nieuwe zakken. Er was nog steeds maar één stoplicht, op de kruising van Elm en Main Street in het centrum, alleen was dat nu rood-geel-groen in plaats van een geel knipperlicht. De apotheek was na het overlijden van meneer Rice gesloten, maar gelukkig kon Ida voor haar medicijnen terecht in de plaatselijke supermarkt en hoefde ze niet helemaal naar La Crosse. Er was een tweede watertoren neergezet, zodat er nu twee grote blauwe punaises het dorp op zijn plek hielden, en aan de westkant, vlak voor het bord WELKOM IN NEW HEIDELBURG! DE KALKOENHOOFDSTAD VAN MINNESOTA, werd een nieuwe woonwijk uit de grond gestampt. 'Ik weet niet wie ze denken dat daar gaat wonen,' merkte Ida in het voorbijgaan op, 'het is allemaal zo chic.'

Ze woonde nog steeds in het huis waar June was opgegroeid, in een oudere, naoorlogse wijk. Toen ze de motor uitzette bleven ze nog even zitten om naar het huis te kijken. Ida deed dat met voldoening. Na de verkoop van haar winkel had ze de hypotheek kunnen aflossen en een eind gemaakt aan het financiële avontuur dat ze in 1945 was begonnen met de oorlogsuitkering van haar overleden man Oscar: een compensatie van de overheid voor Iwo Jima. 'Ik heb dit huis samen met Uncle Sam gekocht,' zei Ida altijd. Het was klein en popperig als een monopolyhuisje, het gazon was gemaaid in een diagonaal patroon en aan weerszijden van de voordeur stond een bak met goudsbloemen. De jonge boompjes die geplant waren toen June nog op de stoepen in de buurt hinkelde en rolschaatste waren nu volwassen iepen die voor schaduw zorgden in de straat.

'Het ziet er goed uit, mam. Wie maait het gras tegenwoordig?'

'De jongens van Halverson. Er komt er elke week een; het zijn er zo veel dat ik hun namen niet kan onthouden.' Ida keek vertederd in de achteruitkijkspiegel naar haar kleindochter. 'Moeten we haar wakker maken? Ik vind het verschrikkelijk om dat te doen als ze zo lekker slaapt...'

'Dat snap ik, maar als we haar nu niet wakker maken en haar iets te eten geven, wordt ze vannacht wakker.'

'Heeft ze nog steeds zo'n geweldige eetlust?'

'Zeker weten. Ze eet als een bootwerker.'

'Goh, ik wou dat jij zo geweest was op die leeftijd. Je was altijd zo kieskeurig... Eens even denken, ik heb nog wat olijfbrood, dus ik zou sandwiches kunnen maken. Of willen jullie liever uit eten?'

'Ik denk het wel, ja,' zei June diplomatiek. Ze zou Peters afgrijzen toen hij hier op bezoek was nooit vergeten, zijn nauwelijks verholen afschuw over datzelfde olijfbrood: een soort gehaktbrood met groene olijven die gevuld waren met rode pimentpasta. 'Het lijkt wel tyfus,' had hij gefluisterd.

'Ik wilde pas boodschappen gaan doen als jullie hier waren, zodat jullie zelf kunnen zeggen wat jullie lekker vinden,' zei Ida verontschuldigend. 'Maar we gaan het vieren met een etentje. Ik trakteer.'

Na zeven uur 's avonds uit eten gaan in New Heidelburg betekende dat je twee keuzes had: Wilmar's Supper Club, in de romneyloods bij de boerderij van de familie Pederson, waar in het weekend polkamuziek werd gespeeld en Duke Ellington naar verluidt ooit had opgetreden, of de A&W. Aangezien Wilmar's geen plek was voor kleine meisjes reed Ida het centrum weer uit naar de snelweg, waar de A&W met zijn bruin-met-oranje logo en parkeerplekken om te eten op de laatste heuvel van het stadje stond en fluorescerend naar de omringende velden lonkte.

June was er al jaren niet meer geweest, dus Ida bestelde voor hen: twee *roast beef sandwiches* om met zijn drieën te delen, gefrituurde uienringen, twee mokken uit de diepvries met *root beer* en de kinderversie daarvan met een bolletje vanille-ijs. Elsbeth werd wakker van de stem die bij de ingang hun bestelling opnam. 'Zijn we in een raket, mammie?' vroeg ze verbaasd.

'Nee, liefje, we zijn bij oma in Minnesota.'

Ida wiebelde met haar vingers naar Elsbeth. 'Kijk eens wie er wakker is. Heb je lekker geslapen, engel? Heb je zin om bij ons te komen zitten?' Elsbeth knikte verlegen.

June stapte uit om haar van de achterbank te helpen en bij hen voorin in te laten stappen. Ze was zich bewust van de blikken van de andere eters in hun auto's. Ze keken naar haar opengewerkte jurk en schoenen met kurkzolen en probeerden te bedenken wie ze was. June zwaaide en ze zwaaiden terug of tilden een vinger van het stuur, waarna ze zich tot hun mede-inzittenden wendden om te praten.

De serveerster arriveerde op rolschaatsen met hun bestelling en bevestigde het dienblad aan Ida's open raampje. Zodra Ida de sandwiches uitpakte vulde de auto zich met frituurlucht. Het water liep June in de mond; ze was vergeten hoe dol ze was op het vlees, de mierikswortel en vooral de uien. Ze knabbelde het korstje van een van de ringen, terwijl ze Elsbeth hielp met haar servet en ketchup. 'Met twee handen,' zei ze toen Elsbeth haar beker optilde. 'Je mag niet morsen in oma's auto.'

'O, dat doet ze vast niet,' zei Ida, 'ze is al een grote meid, hè, engel?' Elsbeth knikte en propte een hele uienring in haar mond. Ida glimlachte. 'Moet je die krullen zien,' zei ze, terwijl ze er een om haar vinger wond, eraan trok en hem toen weer terug liet springen. Elsbeth keek haar kauwend en grinnikend aan.

'Van haar vader gekregen,' zei June.

'O, dat weet ik. Iedereen heeft het hier nog steeds over zijn filmsterrenhaar.' Ida had de helft van haar sandwich op en veegde haar vingers af aan een papieren servet. 'Wist je dat mijn moeder mijn haar elke avond om lapjes wikkelde om pijpenkrullen te maken toen ik klein was?'

Elsbeth schoot in de lach. 'Dat is gek, oma.' Ze leunde tegen haar oma aan en liet Ida haar haar in lange, glanzende pijpenkrullen draaien. Die uitdrukking op haar gezicht had ze thuis zelden, behalve als Peter haar een verhaaltje voorlas of haar liet roeren in een pan op het fornuis... June zuchtte. Ze vond het heerlijk dat Elsbeth zo goed kon opschieten met haar moeder, maar ze was ook jaloers. June miste iets wat Ida, en de meeste andere vrouwen trouwens, wel bezaten: moederinstinct. Dat had June nooit gehad, het had er al bij haar geboorte niet in gezeten. Ze had het al verschrikkelijk gevonden om met poppen te spelen. Hun kleine klikkende oogjes maakten haar bang en ze moesten steeds een schone luier om. En ze had ook nooit willen oppassen. De dromerige blik die al haar vriendinnen in hun ogen kregen als ze het hadden over zelf kinderen krijgen – *O, ik wil er minstens vier of vijf, en alleen maar meisjes, zodat we verkleedspelletjes kunnen doen!* – had ze nooit begrepen. Zij vond het leuk om in haar eentje verkleedspelletjes te doen; ze had het liefst gehad dat de kleertjes van haar papieren poppetjes in haar eigen maat verkrijgbaar waren. Ze was intens tevreden als ze achter in haar moeders winkel rond kon klossen op hakken die veel te hoog voor haar waren, met sjaals en imitatievossenbontjes en oorclips in.

Toen Elsbeth vier maanden oud was, hevige buikkramp had en June gek van bezorgdheid werd, had ze dit gebrek aan Elsbeths kinderarts opgebiecht. Ze kon echt niets, helemaal niets doen om haar baby te laten ophouden met huilen, had ze gezegd, het was al begonnen toen ze Elsbeth voor het eerst had vastgehouden en het was allemaal haar schuld, omdat Elsbeth wist dat June nooit moeder had willen worden. Er was iets mis met haar. 'U hebt gelijk,' had de dokter gezegd, 'dat is zo: u hebt waanideeën. En daar laat u zich door meeslepen. Alle vrouwen zijn voor het moederschap geschapen.' Vervolgens had hij een recept voor valium uitgeschreven. 'Het moederschap zit in uw genen, u bent ervoor geschapen en u bent echt geen uitzondering. U bent niet speciaal, mevrouw Rashkin. Zet haar in een wipstoeltje of ga een stukje met haar rijden als ze van streek is en hou op met dat zelfmedelijden.'

Dat had June grotendeels gedaan. In New York was dat iets gemakkelijker, daar kon, nee, móést een vrouw nadenken over haar opties. Daar had ze een T-shirt kunnen dragen waarop stond: EEN VROUW ZONDER MAN IS ALS EEN VIS ZONDER FIETS. Maar hier voelde ze heel duidelijk dat ze anders was, hier in New Heidelburg, waar vrouwen echtgenote en moeder waren en niet werkten, tenzij ze in penibele omstandigheden terecht waren gekomen, zoals de jonge Ida Bouquet nadat haar man was overleden. Hoe kwam het dat June zo anders was? Waarom wilde zij andere dingen? Was het rusteloosheid die ze geërfd had van een of andere verre voorvader die voorbij de heuvel op de lutherse begraafplaats lag? Of een geschenk, zoals Elsbeths krullen, van de vader die June nooit echt gekend had? Ze stak een sigaret op, ook al wist ze dat Ida daartegen was. Ze draaide haar raampje open zodat de rook kon wegwaaien. De zon zakte eindelijk achter de horizon in watermeloenrode en gouden strepen. Het rook lekker buiten, naar hooi en klaver en een vleugje mest. Uit de luidsprekers kwam vrolijke muziek uit haar jeugd – *Chantilly Lace and a pretty face/and a ponytail, hangin' down!* – en achter de snelweg loeiden koeien. Eindelijk kon June zich op haar nepleren stoel ontspannen. Wat voor sores ze ook had, het was fijn om thuis te zijn.

In New Heidelburg werd altijd reikhalzend uitgekeken naar de vierde juli. Uncle Sam liep op stelten, er was een ochtendparade met de Sons of Norway en hun echtgenotes die de polka dansten, en natuurlijk het vuurwerk. Voor Ida was echter niets zo belangrijk als de lunch die ze de dag erna voor June had georganiseerd. Twee van de gasten waren de usual suspects, Ida's beste vriendinnen Wanda en Sandy: haar bridgepartners, voormalige winkelbedienden en zelfbenoemde tantes van June. De derde vrouw, Pam, kende June niet, hoewel Ida had gezegd: 'O, je móét haar kennen, Pam Pieper, ze zat bij je in de klas!' Ach ja, natuurlijk, had June uiteindelijk maar gezegd om Ida blij te maken, hoewel ze zich echt niets herinnerde van deze Pam en vermoedde dat haar moeder haar had uitgenodigd omdat al Junes jeugdvriendinnen nu getrouwd en verhuisd waren, naar Des Moines of de Twin Cities of zelfs naar Texas, en ze toch graag wilde dat June een vriendinnetje van haar eigen leeftijd had om mee te spelen.

De lunch was om twaalf uur en precies op het moment dat de sirene van de brandweerkazerne begon te loeien werd er op de deur geklopt en marcheerden ze naar binnen, Ida's vriendinnen en de mysterieuze Pam, met de getransformeerde kliekjes van gisteren in tupperwaredozen. Ze omhelsden June, raakten niet uitgepraat over haar Halston-jurk en hoe slank ze was, gaven hoog op over Ida's nieuwe broekpak – lichtblauw vandaag – en marcheerden door naar de zitkamer, waar ze Ida's harmonicadeur naar de serre openschoven om naar Elsbeth te gluren, die op haar buik naast de stereo-installatie lag en helemaal opging in Ida's elpee van *My Fair Lady*.

'Zeg je even dag tegen de dames, liefje?' vroeg June.

'Dag, dames!' zei Elsbeth, waarna ze met haar kin op haar vuisten en omhoogstekende, wiebelende onderbenen verderging met luisteren. Ze droeg de nieuwe lavendelkleurige jurk die Ida met haar had gekocht bij Doerflinger's in La Crosse en had Ida twee dikke staartjes in haar haar laten maken, hoewel ze erop gestaan had ook haar prinsessenschort te dragen.

'O hemel, dat háár!' zei Sandy toen ze plaatsnamen aan de kaarttafel, die Ida die morgen met June had opgezet en waar ze haar mooiste tafelkleed overheen had gelegd. 'Daar zou ik een moord voor doen.'

'Sprekend Shirley Temple,' bulderde Wanda, die de bouw van een graansilo en een stem als een misthoorn had. 'Hoe komt ze aan die krullen, June Ann?'

'Weet je dat dan niet meer?' vroeg Ida, die koffie inschonk uit haar percolator. 'Van haar vader.'

'O ja, dat is ook zo,' zei Sandy, terwijl ze haar sigaretten pakte en die naast haar bord legde voor na het eten. Ze was een popperige vrouw met een bruin permanentje – ze hadden allemaal bruin, gepermanent haar – en ogen in de kleur van korenbloemen. Voordat June er was, was Sandy het mooiste meisje geweest dat New Heidelburg ooit gekend had, met uitzondering van die Duitse die op de boerderij van Schlemmer woonde. Maar die telde niet mee, omdat ze import was.

'Hoe is het met manlief?' Sandy gaf June een por met haar elleboog. 'Nog steeds zo knap? Vast wel. Ik vond hem op Errol Flynn lijken.'

'God, wat ben jij oud,' blafte Wanda, 'ik stond op het punt Leslie Howard te zeggen.' Ze barstten allemaal in lachen uit, zelfs Pam, hoewel ze nog geen woord gezegd had en dezelfde kleur kreeg als haar rode trui toen June naar haar glimlachte.

'Doe alsof je thuis bent, allemaal,' zei Ida. De dames begonnen op te scheppen. Er werden veel juichkreten geslaakt over de vindingrijkheid van de gerechten: Sandy's 4th of July-kip was nu, door toevoeging van mayonaise, stukjes spek en cheddar, een salade geworden, en Wanda's gevulde eieren waren fijngehakt en vermengd met selderij en slasaus. De meest ingenieuze metamorfose kwam echter van Pam, die verlegen bekende dat ze haar overgebleven ham inderdaad met gelatine in een octopusvorm had gedaan en versierd had met ananas, olijven en... waren dat nou sterren?

'Ja,' zei Pam, bij wie de rode vlekken in haar hals al weer omhoogkropen. 'Ze zijn gemaakt van cranberrypudding? Uit een pakje? Daar heb ik met behulp van een koekjesvorm sterren uit gedrukt?' Ze zei het allemaal vragend, alsof ze steeds bevestiging zocht.

Dit ontlokte aan iedereen loftuitingen, ook aan June, die zich voornam om hier later Peter mee te sarren. *En de olijven*, zou ze zeggen, *kwamen uit blik*. Pam keek verlegen naar June en glimlachte. Opeens wist June weer precies wie Pam was en voelde ze dat ze zelf een kleur kreeg. Pam Pieper heette vroeger Pam Mueller, alleen hadden alle kinderen haar Pam de Ham genoemd, omdat ze toen ruim honderddertig kilo woog. June wist dat omdat een stelletje footballspeelsters de krijsende, schoppende Pam op een jaarmarkt naar de weegschaal voor het vee hadden gesleurd en haar daarop hadden vastgehouden tot ze wisten wat ze woog. Dat was gebeurd toen ze in de tweede klas zaten. June had haar in eerste instantie niet herkend omdat Pam daarna bij een tante in Cedar Rapids was gaan logeren, hoewel sommigen zeiden dat ze een zenuwinzinking had gehad en was opgenomen in een psychiatrische inrichting. De wereld was niet aardig tegen dikke vrouwen.

Maar nu was Pam hier, een volledig nieuwe Pam, bijna net zo slank als June zelf. Ze sneed een klein plakje van de hampudding en prakte de ananas met de zijkant van haar vork in flintertjes – een handeling die June maar al te goed kende. 'Je ziet er geweldig uit,' zei ze tegen Pam.

'Dank je, jij ook. Maar dat was altijd al zo.' Haar gezicht werd nu zo rood dat June vreesde dat ze een embolie had. 'Doe je nog steeds modellenwerk?'

'Niet zo veel meer,' antwoordde June, 'sinds ik Elsbeth heb gekregen.'

'Elke keer als ik naar La Crosse rij, kijk ik of ik jou zie in de kantoorboekhandel,' flapte Pam eruit, 'in de *Vogue* en de *Glamour* en de *Mademoiselle*!'

'Dat is lief van je. Maar eerlijk gezegd ben ik daar nu te oud voor. Het is een keihard wereldje.'

'O, dat weet ik niet, hoor, June Ann,' donderde Wanda, 'je kunt toch voor postorderbedrijven werken? Die hebben ook oudere modellen nodig.'

'Ja, voor moederfiguren,' zei Pam. 'Je zou prima passen in de catalogus van Dayton's.'

'Of van Macy's,' zei Wanda.

'Of Sears!' zei Pam. 'Je ziet er vast geweldig uit op een grasmaaimachine!' Meteen sloeg ze haar ogen neer.

'Hé, weten jullie nog dat we het papier van de Sears-catalogus als pleepapier gebruikten?' zei Wanda. 'Dat waren nog eens tijden.'

'Niet iedereen hier is zo stokoud als jij,' zei Sandy tegen haar. Ze klopte op Junes hand. 'June Ann hoeft nu niet meer te werken, ze heeft een man die voor haar zorgt.'

'Nou, eigenlijk...'

'Hoe gaat het met zijn zaken, June? Volgens je moeder heeft hij een hele keten van restaurants.'

June keek haar moeder met opgetrokken wenkbrauwen aan, maar die vond de kralenketting aan haar bril opeens razend interessant. 'Hij heeft er maar één. In New Jersey, waar we wonen. Vroeger had hij er een in New York, maar dat is nu gesloten.'

'O, wat jammer,' zei Sandy, 'hoewel ik zelf nooit in New York uit eten zou gaan. Het is daar zo smerig! En de criminaliteit! Ze zeggen dat er elke minuut iemand wordt overvallen.'

'Nou...' zei June weer.

'Je moeder zegt anders dat je heel goed bezig bent, hoor,' bulderde Wanda. 'Ze heeft ons de foto's laten zien die je gestuurd hebt van je huis. Dat is schitterend.'

'Dank je,' zei June.

Sandy knikte enthousiast. 'Ik ben dol op die huizen van rond de eeuwwisseling. Maar wel groot; lastig in het onderhoud. Je zult wel een meisje hebben.'

June snapte er even helemaal niets van. Natuurlijk had ze een meisje, Sandy had haar net toch gezien? Toen besefte ze dat Sandy het niet over Elsbeth had, maar over een hulp in de huishouding. 'Niet meer. Lang geleden hadden we er wel een, maar die hebben we wegens de crisis moeten ontslaan.'

Sandy keek verbaasd. 'Ik dacht dat jouw man Joods was.'

June was door die onlogische gevolgtrekking al net zo verbaasd. 'Ja?'

'Maar ik dacht dat alle Joden...' Sandy wreef haar duim en wijsvinger over elkaar. 'Au! Wie schopte me?'

'Ik,' zei Wanda, 'vanwege die stomme opmerking van je, Sandra. Er zijn inderdaad veel Joden die goed in de slappe was zitten, maar er zijn er ook heel veel die net zo arm zijn als wij! Zoals die immigranten die hier na de oorlog naartoe kwamen, uit de kampen. Zoals de man van June Ann, toch, June Ann?'

'Ja, dat weet ik heus wel,' zei Sandy. 'June Ann weet best dat ik het niet kwaad bedoelde. Jeetje, Wanda, je bent wel erg gevoelig.'

'Ja,' beaamde Wanda, 'dat is zo.'

'Maar hij had wel vermogende familieleden die hem hier aan de slag hebben geholpen, toch?' Sandy keek June verwachtingsvol aan.

June stelde Sandy gerust en besloot dat ze lang genoeg gewacht had met roken. Sandy bedoelde het helemaal niet kwaad, het enige wat ze wilde horen was dat er goed voor June gezorgd werd. Maar wat zou Peter het afschuwelijk vinden als hij wist dat er zo over hem gepraat werd, nadat hij zo veel tijd en moeite tussen zichzelf en het verleden had gestopt als menselijkerwijs mogelijk was. Het was best zwaar voor hem geweest om naar New Heidelburg te komen, naar een plek waar de meeste mensen nog nooit een Jood hadden gezien, behalve dan misschien in militaire dienst. Peter was hier meteen een rolmodel voor het Jodendom geworden. Droeg Peter elke dag een pak met een stropdas? Dan droegen alle Joden een pak met een stropdas! Stroopte hij nooit zijn mouwen op? Dan liet geen enkele Jood zijn polsen zien. Sprak Peter met een licht accent? Dat was Hebreeuws! Bestelde hij tomaten op zijn tosti? Dan aten alle Joden tomaten op hun tosti. Toen ze Peter op zijn laatste avond hadden meegenomen naar Wilmar's en hij een bord had staan opscheppen aan het saladebuffet, was er een jongetje naar hem toe komen rennen. 'Bent u die Joodse man?' had hij gevraagd. En toen Peter zei: 'Ach, ja, dat ben ik,' was de jongen teruggerend naar zijn ouders, terwijl hij schreeuwde: 'Hij ziet er helemaal niet uit als iemand die Jezus vermoord heeft!'

'Over echtgenoten gesproken,' zei Wanda, 'raad eens wie ik pas tegenkwam.'

'Wie?' vroegen Sandy, Ida en Pam.

Wanda wierp een insinuerende blik op June. 'Dwayne Fruchte.'

'Nee,' zei Sandy.

'Yep.'

'Ik dacht dat hij naar Iowa was verhuisd,' zei Sandy.

'Dat is hij ook,' zei Wanda. 'Hij zal wel op bezoek zijn geweest bij zijn ouders.' Ze keek June verwachtingsvol aan. Dat deden ze allemaal. June glimlachte en nam een slokje van haar koffie.

'Nou, June Ann,' zei Sandy, 'wil je niet weten hoe hij eruitzag?'

'Niet echt,' antwoordde ze, maar toen alle dames daar teleurgesteld op reageerden, schoot ze in de lach en zei: 'O, goed dan; blijkbaar popel je om het me te vertellen. Hoe zag hij eruit?'

'Kaal!' zei Wanda triomfantelijk. 'Kaal als een biljartbal. En dík... poeh. Hij had wel drie onderkinnen!'

'Al die jongens van Fruchte zijn zo zwaar,' zei Ida. 'Iemand nog koffie?'

'Ik graag,' zei June en ze gaf haar kopje aan haar moeder. Ze probeerde een bevredigende reactie te bedenken voor Wanda, want ze zag er een beetje bedremmeld uit, maar Dwayne Fruchte liet haar volledig koud. Ze hadden in het laatste schooljaar verkering gehad, maar dat had min of meer in de lijn der verwachting gelegen aangezien zij de aanvoerster van de cheerleaders was en hij quarterback. Ze waren zelfs even verloofd geweest en hij had haar ontmaagd, althans, als je die korte pijnscheut in zijn pick-up seksuele gemeenschap kon noemen. Maar toen June een maand later met een paar vriendinnen naar een auditie voor modellenwerk bij Dayton's in Minneapolis ging, was het voorbij. 'Ik wist dat het niet lang zou duren,' had Dwayne bedroefd gezegd toen hij op de ochtend dat ze naar New York zou vertrekken zijn ring kwam terughalen. 'Maar het was leuk zolang het duurde.' Ze had al jaren niet meer aan hem gedacht.

'Daar ben je dus op het nippertje aan ontsnapt, June Ann,' zei Sandy. 'Au, waarom schop je me nu weer?'

'Gewoon, voor de lol,' zei Wanda.

'Is hij getrouwd?' vroeg June, omdat er toch een reactie van haar verwacht werd, en toen Wanda 'Uiteraard' zei, vroeg ze: 'Kinderen?'

'Vijf,' zei Wanda, 'en een onderweg.'

'Wauw. Zes kinderen. Moet je je voorstellen.' Ze boog zich glimlachend over haar koffie. Een boer met zes kinderen. Ze moest niet vergeten dat aan Peter te vertellen.

En toen ging de telefoon, alsof Peter het gehoord had. Ida liep naar de keuken om op te nemen en kwam terug met de boodschap dat het een interlokaal gesprek was voor June. 'Ach,' zeiden alle dames ontroerd, 'wat lief! Hij mist haar. Doe hem de groeten van ons,' zei Sandy.

June beloofde dat ze dat zou doen en liep naar de keuken. Ida had de hoorn op de kruk gelegd waar ze altijd op zat als ze belde. 'Hallo? Pete? Hoe is het?'

'Hai,' zei Gregg, 'mis je me?'

Ze schrok zo dat ze de telefoon bijna liet vallen. Ze wierp een blik naar de zitkamer, waar de dames opgingen in een nieuw gespreksonderwerp. Uit de serre hoorde ze Julie Andrews zingen: *'All I want is a room somewhere!'*

'Hallo? Ben je er nog?'

June liep zo ver als het spiraalsnoer dat toestond weg van de zitkamer en belandde bij de koelkast. 'Hoe kom je aan dit nummer?'

'Ik heb de telefoniste gewoon naar Bouquet in New Heidelburg gevraagd. Fluitje van een cent. Maar goed, ik ben er.'

'Wat?' zei June. 'Waar?' Ze keek verwilderd door het raam boven het aanrecht, alsof Gregg verstopt zat achter Ida's seringen.

'In Minnesota, gekkie. Minneapolis.'

'Waarom?'

'Waarom denk je? Omdat ik jou wil zien.'

'O.'

'Ik wilde je zien in een ruitjesblouse. En ik wilde weten of je een taart voor me gebakken hebt.'

'Niet echt.'

'Nou, dat stelt me dan teleur.' Hij schoot in de lach. 'Het is hier leuk,' voegde hij eraan toe.

'Fijn dat het je bevalt,' zei June. Ze liep terug naar de drempel. Haar moeder was nu cake aan het uitdelen, maar Wanda zag haar kijken en knipoogde. Ze knipoogde terug.

'Dus wanneer kan ik je zien?' vroeg Gregg.

'Ik denk niet dat dat kan.'

'Alles kan. Kun je niet een nachtje overkomen?'

'Ik ben bij mijn moeder, met mijn dochter.'

'Ja, dat weet ik. Ik dacht dat je moeder misschien wel even op Elsbeth zou kunnen passen. Zodat wij een nachtje samen hebben.'

'Je bent gek,' zei June.

'Ja, op jou. Dus je komt? Of moet ik naar jou toe komen?'

'Je weet helemaal niet waar ik ben.' Maar toen Gregg zei dat je daar landkaarten voor had besefte ze al dat als hij haar telefoonnummer had gevonden, hij net zo gemakkelijk Ida's adres kon achterhalen. Zou hij dat echt doen? Zou hij hiernaartoe komen? June kon best een of andere smoes verzinnen, maar hier in New Heidelburg zouden ze er nog jaren over blijven praten.

'Luister, ik begrijp het best als het echt niet kan, maar het was wel een heel lange vlucht voor alleen roomservice en ik mis je echt. Eén nachtje? Alsjeblieft?'

Ze had het telefoonsnoer om haar hand gewikkeld en haar vingers werden blauw. Ze draaide het los en zei: 'Ik zal mijn best doen.'

'Echt?'

'Misschien morgen. Maar voor één nachtje.'

'Te gek!' zei Gregg. Hij klonk verbaasd, alsof hij niet had verwacht dat het zou lukken. 'Ik verheug me op uw komst, mevrouw Robinson.'

'Insgelijks.'

'Ik zit in het Radisson. Laat me niet zitten, schatje.' Toen hing hij op.

June legde de hoorn op de haak, ging bij het aanrecht staan en keek naar de kleren aan Ida's droogmolen buiten tot haar hartslag weer normaal was. Godzijdank had Ida geen tweede toestel meer waarop ze had kunnen meeluisteren!

Ze liep terug naar de zitkamer. 'Mam, ik moet een nachtje naar Minneapolis. Kun jij op Elsbeth passen?'

'Natuurlijk, lieverd. Maar waarom? Wie had je aan de telefoon?'

'Een oude vriend. Een fotograaf met wie ik in New York heb gewerkt. Hij werkt nu voor Dayton's en hij heeft me een klus aangeboden.'

'Nou ja, zeg!' zei Wanda. 'Daar hadden we het net over!'

'We zijn helderziend,' zei Sandy. 'Daar zouden we rijk mee kunnen worden.'

'Hoe wist hij dat je hier was?' vroeg Ida.

'Ik kwam hem tegen op het vliegveld, heb ik dat niet verteld?'

'Ik dacht het niet, nee.'

'Gek, ik dacht dat ik dat wel had gedaan. Nou ja, hoe dan ook, het zou leuk zijn om hem weer te zien en het levert ook nog een zakcentje op, maar als het te veel moeite is...'

'Ach, welnee, ik vind het heerlijk om tijd door te brengen met mijn kleindochter. Ga jij maar lekker, lieverd. Veel plezier.' Ze sneed een plakje cake af en legde dat op een schoteltje met een vorkje voor June neer, hoewel de ogen achter haar bril zorgelijk stonden.

Het Radisson lag in het centrum van Minneapolis, vlak bij de Foshay Tower, het hoogste gebouw dat June had gezien voordat ze naar New York ging, en het nieuwe IDS-gebouw, dat nog hoger zou zijn als het af was. Ze gaf de sleutel van Ida's Buick aan de portier en liep met haar weekendtas door de draaideur. Ze transpireerde en had buikpijn van de spanning. Op weg hiernaartoe had ze zichzelf er half van overtuigd dat dit allemaal een flauwe grap was. Nu hoopte ze bijna dat dat zo was.

Ze scande de lobby en zag verschillende zakenlieden op stoelen en banken zitten en bij de liften staan. Ze merkte dat ze haar ook zagen, maar Gregg was nergens te bekennen. Ze liep naar de receptie. Als hij hier echt niet bleek te zijn, zou ze een martini drinken in de bar, een beetje gaan winkelen bij Dayton's zodat ze niet voor niets was gekomen en dan linea recta terugrijden naar Elsbeth en Ida.

'Santorelli,' zei ze tegen het meisje achter de balie, dat een aantrekkelijke glimlach had en een naamplaatje waarop MIMI stond. 'Verblijft hier iemand met die naam?'

Het meisje bladerde door het reserveringsboek. 'Nee, het spijt me, mevrouw.'

'Het is "juffrouw". En Bouquet? Of Rashkin?'

'Ik kijk even. Nee, ik zie nergens...'

'De naam is Robinson,' zei Gregg bij Junes elleboog, 'de heer en mevrouw Robinson.'

June draaide zich om. 'Ik had je niet...' zei ze, maar toen hield ze verbaasd haar mond. Hij had een volledige metamorfose ondergaan. Hij droeg een pak, een zwart krijtstreeppak, en verder een stropdas met rode strepen en glanzende nieuwe schoenen. Maar het meest verrassend was dat zijn schouderlange haar kortgeknipt was. Alleen zijn lichaamslengte en grote bril waren nog hetzelfde. Ze schoot in de lach. 'Je lijkt wel een bankier.'

Hij grinnikte. 'Bevalt het je?' Hij draaide langzaam rond.

'Zeker. Geen wonder dat ik je niet herkende!' Ze trilde een beetje, zowel van verbazing als door het bizarre van de situatie. 'Ben jij het echt?'

'In levenden lijve.' Hij bukte om haar te omhelzen. 'Je ziet er schitterend uit,' zei hij in haar oor, 'zoals altijd. Ik heb u gemist, mevrouw Robinson.' Hij had ook een ander luchtje op, iets kruidigs met limoen.

'Uw kamer is schoongemaakt, meneer Robinson,' zei Mimi, 'en hier heb ik een extra sleutel. Zou u...'

'Natuurlijk,' zei Gregg. Hij tekende met een zwierig gebaar voor hen beiden: *De heer en mevrouw Robinson*. Met een knikje naar de medewerkster pakte hij Junes tas en leidde haar met zijn hand tegen haar onderrug door de lobby. Hij was een toonbeeld van betamelijkheid, tot ze bij de lift waren. Daar gleed zijn hand omlaag naar haar billen en bleef daar. Ze keken naar de naar beneden wijzende pijl.

'Ik ben hier nog nooit geweest,' zei June. 'Het is chic.'

'Ja, hè?'

Met een *ping* schoven de deuren van de lift open. Ze stapten in en Gregg drukte op 14. Zodra de deuren weer dicht waren liet hij Junes tas vallen en tilde haar op. Zij sloeg haar benen om hem heen en ze zoenden elkaar gretig, hongerig. Zijn handen kneedden haar billen, die van haar klauwden door zijn nieuwe korte haar. Trillend frummelde hij de zoom van haar jurk omhoog, schoof haar slipje opzij met zijn duim en stak die bij haar naar binnen. Ze hapte naar lucht en hij maakte een dierlijk geluid in zijn keel.

De lift kwam *ping* tot stilstand en June zakte nog net op tijd op de grond om twee nieuwe gasten binnen te laten, een echtpaar van middelbare leeftijd in identieke lichtblauwe trainingspakken. 'Gaat u naar beneden?' vroeg de man.

'Naar boven,' antwoordde Gregg en hij boog zich naar voren om op het knopje te drukken waarmee de deuren dichtgingen. De man en de vrouw wierpen hun een argwanende blik toe. June onderdrukte de neiging haar haar te fatsoeneren. Ze gingen omhoog.

'Leuke pakken,' zei Gregg. 'Mooie dag om een stukje te joggen.' De man kuchte, de vrouw schraapte afkeurend haar keel. Gregg wendde zich tot June. 'En uw jurk vind ik ook mooi, juffrouw.'

'Dank u, hij is van Pucci.'

'Hij is kort,' zei Gregg, 'daar hou ik van bij jurken.' Aan Junes linkerzijde, de kant die het echtpaar niet kon zien, schoof hij zijn hand onder haar jurk en kneep in haar dij. June beet op de binnenkant van haar lip. Het pinggeluid weerklonk en de deuren schoven open.

'Fijne dag nog,' groette Gregg, 'geniet van uw bezoek,' en ze strompelden gierend van de lach de gang op.

'Jij bent echt onverbeterlijk. Kon je niet wachten?'

'Blijkbaar niet. Dat is jouw schuld. Verleidster.'

'Seksmaniak.'

'Sloerie.'

'Kleuter.'

'Kinderlokker.'

Hij lachte en June sloeg hem op zijn schouder. 'Meneer Róbinson, echt hoor. Wat gewiekst. Alsof ze dat nog nooit eerder gehoord hebben.' Ze liep achterwaarts voor hem uit en danste de cancan, waarbij ze de zoom van haar jurk optilde.

Gregg trok een sprintje, pakte haar bij haar elleboog, draaide haar om en duwde haar naar hun kamer. 'We zijn er, mevrouw Robinson.' Hij opende de deur.

'Wauw,' zei ze verbaasd. De kamer was moderner dan ze op grond van de traditionele marmeren vloer en kroonluchters in de lobby zou hebben gedacht. Het meubilair hierboven was modulair, de hanglampen waren witte bollen en één wand bestond uit rookglas. Er was een bar en, tussen de kieren van de open luxaflex door, uitzicht op de Mississippi.

'Mooi, hoor, d...' zei June, maar meer kon ze niet zeggen, want Gregg duwde haar naar het raam, trok haar jurk over haar hoofd en smeet die opzij. June voelde zijn adem in haar hals en hoorde het gerammel van een gesp en toen was hij in haar, duwde hij June met elke stoot tegen het glas, waardoor elke naakte millimeter van haar geplet werd, terwijl de hele stad zich uitspreidde aan haar voeten.

Toen June wakker werd had ze het gevoel dat ze zweefde. Even was ze bang, omdat ze niet wist waar ze was – bij Ida in de logeerkamer? –, maar toen Gregg de arm die hij om haar heen geslagen had spande, wist ze het weer. Daar moest ze ook wakker van geworden zijn; hij kneep zijn spieren zo hard samen rond haar ribbenkast dat ze het uitgilde. Het leek wel of ze platgedrukt werd door een python. Ook Gregg maakte geluid – een soort gekreun in zijn keel – en hij trapte met zijn voet. June besefte dat hij droomde.

'Gregg,' zei ze, 'Gregg, wakker worden.'

Dat deed hij niet, maar zijn ademhaling veranderde. Zijn grote lijf werd slap en zijn arm viel van haar af. Vervolgens gleed er een hand over de achterkant van haar bovenbenen. Die wrong zich tussen haar benen en schoof heel, heel langzaam, centimeter voor tergende centimeter, omhoog totdat hij vond wat hij zocht en zijn vingers naar binnen duwde. 'June,' zei hij. 'O, jezus.'

Na afloop sprong hij vol energie van het bed, liep naakt naar het raam en maakte dat open. 'Hal-looo, Minneapolis!' riep hij naar buiten. June keek op de digitale wekker en zag tot haar verbazing dat het pas half acht was. Zij verkeerde in de veronderstelling dat het veel later was. Gregg lachte om iets op straat. 'Kom kijken,' zei hij.

'Wacht heel even.' Ze voelde zich gevloerd, verpulverd door dezelfde angst die ze gevoeld had toen ze de lobby in liep, en waar ze zonet in het donker door was overvallen. Alleen gold die angst niet haarzelf: ze was bang dat er iets ergs zou gebeuren met haar dierbaren doordat zij hier was, door wat ze hier deed. Opeens was ze daarvan overtuigd. Ze mochten het dan niet weten – Ida vermoedde waarschijnlijk niet dat June hier niet voor werk was en Peter had misschien geen idee dat June een minnaar had – maar het lot zou dat rechttrekken. Zoiets als dit kon niet ongestraft blijven en wat die straf ook was, June zou daar niet door getroffen worden. Haar vonnis was ongedeerd blijven, terwijl haar gezinsleden leed werd aangedaan. Wie weet, misschien gleed Elsbeth op dit moment wel uit in de badkuip of kreeg Peter een hevige migraineaanval die uiteindelijk door een embolie veroorzaakt bleek te zijn. Of hij werd aangereden door een auto, of er viel een pan kokende olie van zijn fornuis.

'Je moet dit echt zien,' zei Gregg terwijl hij June wenkte. Ze dwong zichzelf het bed uit te komen en naar het raam te lopen. Ver onder hen was een groepje naakte hippies aan het rondspringen in de fontein. Ze hadden er afwasmiddel of zoiets in gedaan, want het schuimde enorm. Schaterend van de pret haalden ze allerlei capriolen uit, tot er een fluitje klonk en ze hoefgetrappel hoorden. 'Wegwezen, jongens! Een smeris!' Ze vlogen alle kanten op, hun blote billen verdwenen in zijstraten terwijl er een politieman te paard over de voetgangerszone naar hen toe galoppeerde.

'Ik mag Minneapolis wel,' zei Gregg. 'Er gebeurt van alles.'

Hij stak zijn hand uit om June naar zich toe te trekken, maar ze zei: 'Ik ga even douchen. En vind je het erg als ik een paar telefoontjes pleeg?'

Hij krabde gapend op zijn borst. 'Helemaal niet. Wil je gezelschap?'

'Bij het bellen?'

'Onder de douche.'

'O,' zei June. 'Nou... geef me heel even, oké?' Ze nam de telefoon uit de kamer mee naar de badkamer en belde eerst naar New Heidelburg. Elke keer dat de telefoon overging en er niet werd opgenomen kreeg ze het benauwder. Maar toen Ida opnam verzekerde ze June dat alles goed ging met Elsbeth, ze hadden koekjes gebakken en naar *My Fair Lady* geluisterd en Elsbeth was als een blok in slaap gevallen, en had June het naar haar zin?

June bevestigde dat, bedankte haar moeder nog een keer en hing op. Ze zat een tijdje op de rand van het bad met haar vinger op de knop om het contact te verbreken, liet die toen los en belde het Claremont. Peter kon met geen mogelijkheid thuis zijn, als June en Elsbeth gewoon thuis zouden zijn, was hij er ook niet geweest.

De gastvrouw verbond June meteen door met Peters kantoortje, maar June moest nog twee minuten wachten tot ze haar man hoorde zeggen: 'Een goede avond vanuit het Claremont, u spreekt met Peter, waarmee kan ik u van dienst zijn?'

'Hai, Pete. Met mij.'

'Ja, dat hoor ik. Wat is er?'

'Niets, waarom zou er iets zijn?'

'Omdat ik een zaak vol gasten heb.'

'Ach, natuurlijk!' zei ze hartgrondig. Ze maakte er nu al een potje van. Ze liep naar de deur en gluurde naar Gregg. Hij zat op de rand van het bed een joint te draaien. 'Nou, dan hang ik maar weer op,' zei ze terwijl ze de deur zo ver mogelijk dichtdeed. 'Ik ben in Minneapolis,' voegde ze eraan toe. Ze leek wel gek. Wat was er met haar aan de hand? Maar misschien was dit juist beter. Stel dat Peter morgen naar New Heidelburg belde en naar June vroeg, om erachter te komen dat ze er niet was.

'Waarom ben je in Minneapolis?' vroeg Peter.

'Omdat ik een klus heb. Ik kwam een oude collega tegen in het vliegtuig, een fotograaf die nu hier woont, en hij bood me een klus voor een catalogus aan. Van Dayton's,' voegde ze eraan toe. Niet dat Peter zou weten wat Dayton's was.

Er viel een stilte. 'Jij bent nu aan het werken in Minneapolis?'

Ze schoot in de lach. 'O, nee nee nee. Een dagje maar.'

'O.' Weer viel er een stilte, die dit keer langer duurde. De lijn kraakte en ruiste. June wilde wanhopig graag weten wat die stilte betekende. Had ze iets verkeerds gezegd? Vermoedde Peter iets? Was hij laaiend? Of zat hij te kijken naar de afgetekende bonnen om te zien welke gerechten vanavond populair waren?

'Is Elsbeth bij je?' vroeg Peter uiteindelijk.

'Nee, zij is bij mijn moeder.'

'Heb je haar bij je moeder achtergelaten?'

'Jeetje, Pete, ze ligt niet in de goot of zo. Mijn moeder is haar waarschijnlijk verschrikkelijk aan het verwennen.'

'Ach, ja. Dat is ook zo.' Hij zuchtte. 'Oké dan. Geniet ervan en dan zie ik je... Wanneer komen jullie ook al weer thuis?'

'Donderdag. Over drie dagen.'

'Heel goed. Ik check de aankomsttijd en kom jullie ophalen op het vliegveld.'

'Fijn. Pete?'

'Ja?'

June klampte zich vast aan de hoorn. Ze wist niet zeker wat ze wilde zeggen – Het spijt me. Ik mis je. Ik hou van je. Hou je nog van mij? Ze kon niet praten maar ze wilde gewoon niet ophangen.

'Ben je er nog?'

'Ja. Sorry. Ik wilde alleen even weten... Hoe gaat het met je?'

Peter schoot in de lach, of misschien was dat wel een geluid van ergernis. 'Heel goed, dank je, June. Nu moet ik echt gaan, het is druk vanavond...'

'Tuurlijk. Ga maar.'

'Geef Ellie een kus van me en doe de groeten aan je moeder.' Toen was hij weg.

June hing op. Nou. Ze voelde zich echt stúkken beter. Het restaurant, altijd dat verdomde restaurant! Hoewel het Claremont natuurlijk gewoon Peters smoes was om thuis weg te blijven. Ze deed de deur open. 'Ik ben uitgehongerd,' zei ze. 'Hoe laat gaan we eten?'

Gregg zat onderuitgezakt op de leunstoel naar *All in the Family* te kijken. Er hing een penetrante harslucht van de joint. Op het scherm noemde Archie zijn schoonzoon een Poolse gehaktbal en het publiek schaterde.

'Kom je mee douchen?'

Gregg bleef ijzig naar het scherm staren, maar schakelde de tv wel uit met de afstandsbediening. Het beeld slonk tot een klein wit vierkantje, dat met een flits weg was. 'Best. Als je uitgebeld bent.'

Er zat een vervelende ondertoon in zijn stem die June niet eerder had gehoord. 'Wat is er met jou aan de hand?' vroeg ze.

'Niets. Waarom zou er wat met mij aan de hand zijn?'

'Omdat je belachelijk doet.'

'Dat vind jij.'

'Ja, dat vind ik, ja.' Gregg nam een hijs van de joint. June bleef wachten. 'Ik ga nu,' zei ze uiteindelijk. 'Wil je me alsjeblieft mijn sigaretten even aangeven?'

Hij pakte het pakje van het nachtkastje en smeet het haar kant op. Ze dook weg en het pakje Marlboro stuiterde tegen de badkamerdeur. 'Jezus, Gregg, wat héb je?'

Hij drukte de joint uit en zette de tv weer aan. Nu klonk de begintune van *The Jeffersons*.

'Ook goed,' zei June. 'Bekijk het maar. Ik ga wel in mijn eentje eten.'

'O nee, dat doe je niet.'

'O, ja hoor.'

'Je weet niet eens waar ik gereserveerd heb.'

Ze schoot in de lach. 'Nou, en? Dan ga ik wel ergens anders heen.'

'O nee, niet zonder mij.' Gregg stond op.

'Prima.'

'Prima.'

Het bleek dat hij had gereserveerd in de beroemde Flame Room op de bovenste verdieping van het Radisson. Ze wachtten zwijgend op de lift en toen die er was liepen ze naar binnen en gingen een stukje uit elkaar staan, June in haar groene halterjurk en Gregg in zijn pak. Uit een luidspreker klonk melancholische muzak. Gregg had de militaire 'op de plaats rust'-houding aangenomen: hij hield zijn handen ineengeslagen achter zich en staarde wezenloos voor zich uit. Het deukje in zijn voorhoofd was door zijn korte kapsel en het plafondlicht prominenter aanwezig. Hun intermezzo van die middag in deze zelfde lift leek ver weg. Wie wás hij, die grote zwijgende jongen? Ze stegen op en keken naar de verlichte cijfers.

June had over de Flame Room gehoord, maar ze was er nooit geweest. Net als de Rainbow Room in New York was het een hooggelegen restaurant met aan alle kanten ramen. Ze moest opeens aan Peter denken, die net deed of hij kon walsen, en voelde een steek van pijn. De gastvrouw leidde hen naar hun tafel aan de dansvloer, met een prachtig uitzicht op de skyline van Minneapolis met de roodgloeiende lichtreclame van Gold Medal Flour en op de musici van de Golden Strings. Aan weerszijden van het podium hing een vergulde toorts aan de muur waaruit met regelmaat vlammen omhoogschoten die onder de oh's en ah's van de gasten alle kleuren van de regenboog kregen. Het elfkoppige ensemble, dat bestond uit acht violisten, een bassist en twee pianisten, was gekleed in smoking en speelde 'Tea for Two'. Ze leken zo te zijn weggelopen uit *The Poseidon Adventure*.

Op het moment dat Gregg iets schreeuwde naar hun serveerster wat eindigde op '... martini's!' stapte het over op 'Candle on the Water'. June pakte een sigaret uit haar tasje en wachtte. Toen Gregg zich niet naar haar toe boog om haar een vuurtje te geven, pakte ze een lucifermapje van het restaurant en deed het zelf. Ze staarden naar de vlammen die uit de toortsen schoten en de glazen van Greggs bril oranje, rood, groen en blauw kleurden. 'Ooo,' zeiden de gasten. 'Aah.' Het zachte gesis van propaangas was boven de muziek uit te horen.

De serveerster kwam twee martini's brengen en June zette die van haar meteen aan haar mond. 'Wacht even,' zei Gregg, 'we moeten nog proosten.' Hij lachte liefjes en hief zijn glas. 'Op jouw man. Proost.'

'Geestig. Heel volwassen.'

‘Hoe denk je dat ik me voelde, June?’ Zijn mond verstrakte en ze kon het wit van zijn ogen achter zijn bril zien. Ze besefte dat hij echt laaiend was en werd voor het eerst een beetje bang. ‘Hoe denk je dat het voelde om daar te zitten, terwijl jij met hem zat te flemen?’

‘Flemen? Dat was helemaal geen flemen! Dat was een echtgenote die normaal probeerde te klinken, zodat haar man geen argwaan zou krijgen. Wat hij trouwens misschien wel heeft.’

‘Mooi. Dat werd tijd.’

‘Waar héb je het over! Hoe kun je dat nou zeggen?’

Gregg leegde zijn glas. ‘Als hij het nu nog niet weet, vertel ik het hem zelf wel.’

‘Waag... het... niet.’ Met gebalde vuisten stond ze op. ‘Ik vermoord je als je dat doet.’

‘Ga je gang.’ Hij zat bijna te schreeuwen. ‘Ik ga hier toch al kapot aan. Wat denk je dat dit is, June?’ Tot haar verbijstering zag ze de tranen in zijn ogen springen. Hij zette zijn bril af en kneep in zijn neus. ‘Een geintje? Een zomerse flirt? Denk je dat ik elk geil wijf op de club naai, dat ik voor de lol het halve land door ben gereisd? Ik hóú van je, June.’

Ze bleef roerloos staan en klampte zich vast aan de rugleuning van haar stoel. ‘Wat?’

‘Ik zei dat ik van je hou.’

De serveerster keerde terug. ‘Twee kip Kiev, met rijstpilav...’

Gregg pakte de borden van haar aan. ‘Oké, bedankt, we roepen u wel als we u nodig hebben.’ Hij keek weer naar June, die nog steeds geen vin verroerd had. ‘Moet je niet reageren op wat ik je net gezegd heb?’

Er gingen zo veel reacties door haar heen dat ze er niet meteen een kon uitkiezen. Verbijstering voerde de boventoon: het was alsof ze water zag branden. Uiteindelijk koos ze voor: ‘Je kent me niet eens.’

‘Wel waar.’

‘Nee, dat denk je maar. Je denkt dat je me kent omdat we een paar maanden aan het neuken zijn en...’

‘Ik weet dat jij jezelf oud vindt ook al ben je de meest verbluffende vrouw die ik ooit gezien heb. Ik weet dat je een wijnvlekje hebt. Ik weet dat je het hypermobiliteitssyndroom hebt. Ik weet dat je geestig bent. Ik weet dat je eenzaam bent. Ik weet dat je er van alles aan gedaan hebt, maar dat je huwelijk slecht is. Ik weet dat je meer wilt. Ik weet dat je meer uit je leven wilt halen, June.'

Dat klonk inderdaad overtuigend, moest ze bekennen. Maar... 'Je weet niet waar je het over hebt.' Toen ging ze ervandoor.

Ze was halverwege de zaal toen Gregg haar inhaalde en bij haar arm pakte. 'Wacht,' zei hij. 'Wacht even.'

'Laat me los.'

'Als je naar me luistert. Wil je naar me luisteren?'

'Ga je gang.'

Hij nam haar handen in de zijne. Ze stonden half op, half naast de dansvloer, op tapijt en parket, weerkaatsende lichtjes van de discobal flikkerden in hun ogen. Serveersters met opklaptafeltjes en grote dienbladen wervelden langs hen heen. Gregg verzette echter geen stap. 'Ik ben hiernaartoe gekomen,' zei hij, 'om jou te vragen met mij mee te gaan.'

'Maar ik ben nu toch met je mee.'

'Ik bedoel weg. Ver weg. Ik ga naar Californië, June. Na Labor Day. Zodra mijn contract met de club is verlopen.'

'Hoe lang weet je dit al?'

'Al die tijd al.'

'En dat vertel je me nu pas?' June probeerde zich los te trekken. Ze had voorspeld dat dit zou gebeuren, ze had het zelfs gehoopt... Waarom voelde ze zich nu dan zo rot? Het lag vast aan dit hele gedoe. 'Ik ga. Geef me de sleutel van de kamer.'

'Dat doe ik zo, dat beloof ik. Nog heel even.'

Weer probeerde ze zich los te rukken. Ze was best sterk van het tennissen en de inpandige verhuizingen, maar Gregg was natuurlijk sterker. Ze gaf het op.

'Dank je,' zei hij.

Ze keek hem kwaad aan. 'Wat?'

'Ik heb altijd geweten dat mijn werk op de club tijdelijk was,' zei Gregg. 'Ik wilde gewoon geld sparen. Ik kan niet mijn hele leven in het souterrain van mijn ouders blijven wonen. Ik zit daar al sinds ik uit militaire dienst ben. Het zijn twee lange jaren geweest.'

'Dat snap ik, maar...'

'Lúíster nou.' Hij legde zijn hand op haar wang. 'Ik heb contact opgenomen met een oud maatje van me in Long Beach. Hij zegt dat ik bij hem kan logeren tot ik iets voor mezelf heb gevonden. Dat het daar goedkoop wonen is. Ik kan naar USC of UCLA met een veteranenuitkering van de regering, eindelijk een studie afmaken. Zon. Zand. Een nieuw begin. Klinkt best goed, toch? June?'

Dat was zo. June stelde een antwoord uit en vroeg: 'Wat ga je dan studeren?'

'Oceanografie.'

'Oceanografie!' Ze schoot in de lach.

'Wat?' zei hij met een gekwetste blik. 'Ik hou van walvissen.'

Ze schaterde, ze brulde het uit tot ze steken in haar zij kreeg, tot de tranen over haar wangen stroomden. Ze stopte haar hoofd tussen haar knieën, maar ze kon niet ophouden. Ze zag damespumps en rokzomen, herenloafers en broekomslagen langsschieten op de dansvloer. Greggs schuiten bleven op hun plek staan.

Toen ze weer overeind kwam, stond hij haar met over elkaar geslagen armen alleen maar aan te kijken. 'Gaat het weer een beetje?' vroeg hij.

June wreef in haar ogen. 'Ja, dank je.'

Gregg veegde haar gezicht droog met het uiteinde van zijn stropdas. Daardoor moest ze aan Peter denken, aan het feit dat hij nooit, onder welke omstandigheden dan ook, zonder zakdoek zat.

Ze deed een stap achteruit. 'Ik voel me gevleid. Het is heel lief wat je me vraagt te doen. Maar...'

'Niet doen. Doe dat niet, June. Zeg geen nee voordat je er echt heel goed over nagedacht hebt, geef het een kans.'

'Maar...'

'Wat zei ik nou?'

'Toch is het onmogelijk. Ik ben getrouwd. Ik heb een dochter die je niet eens kent!'

'Je bent getrouwd met een man die, sorry dat ik het zeg, niet genoeg van je houdt. Dit is 1975, echtscheidingen zijn aan de orde van de dag. En wat je dochter betreft: ik zou haar graag leren kennen.'

'M...' begon ze, maar hij legde zijn hand op haar mond. 'Zeg nog geen nee, vanavond nog niet. Denk erover na. Ik weet dat jij net zo verlangt naar een nieuwe start als ik, June. Denk er gewoon een nachtje over na, oké?'

Ze zuchtte. Ze werd overvallen door vermoeidheid, van het lachen en het huilen en omdat ze de afgelopen nacht nauwelijks geslapen had. Van de hele gestoorde zomer. Ze keek naar de mensen op de dansvloer, naar de musici. Ze waren allemaal zo jong, deze meisjes in hun avondjurken en jongens met baarden. Wie wist wat voor leven ze zouden leiden, voor welke ellendige beslissingen ze zouden komen te staan?

Gregg tilde haar hand op en kuste die. 'Dans met me.' Hij trok haar de dansvloer op en June liet zich leiden. Hij zong mee met de muziek:

'*My doll is as dainty as a sparrow*
Her figure is something to applaud
Where she's narrow she's as narrow as an arrow
And she's broad where a broad should be broad!'

Hij gaf een tikje op haar kont.

'Hé!' zei June.

Gregg grinnikte. 'Ik heb die tekst niet geschreven, mevrouw R.'

'Neem me niet kwalijk.' Ze werden aangesproken door een deftige heer in smoking, die een dame met indrukwekkend hoog getoupeerd grijs haar over de dansvloer leidde. 'Zeg eens, jongeman. Zou u uitsluitsel kunnen geven in de weddenschap tussen mij en mijn vrouw?'

'Met alle liefde.'

De man knipoogde naar June. 'Zijn jullie op huwelijksreis?'

'Nou... inderdaad,' zei Gregg precies op het moment dat June haar mond opendeed om dat te ontkennen.

De man wendde zich tot zijn echtgenote. 'Ik krijg een dollar van je, Jeanette. Zie je nou wel, verliefde mensen haal je er altijd meteen uit.'

De volgende ochtend stonden ze vroeg op, omdat ze zo min mogelijk van hun snel slinkende, kostbare tijd samen wilden verspillen. Gregg stelde voor op de kamer te ontbijten, maar June zei: 'Kom, ik wil je meenemen naar een van mijn favoriete adresjes.' Nadat ze zich hadden aangekleed nam ze hem mee naar de Nicollet Mall. De zon scheen uitbundig, de straatstenen glommen en de winkeliers haalden hun rolluiken op. Bij Burt's Shoes koos hij een afzichtelijk paar groene muilen met plateauzolen en opkrullende neuzen voor haar uit, die wel door trollen gemaakt leken. En bij Brown's Contemporary Clothing koos zij een rood-wit gestreepte broek uit voor hem. Hij droeg nog steeds zijn bankierspak, dat er nogal verfomfaaid begon uit te zien. Het was het enige wat hij had meegenomen, bekende hij schaapachtig. Hij ging achter haar staan, sloeg zijn armen om haar heen en draaide haar naar een weerspiegelende winkelruit. 'Wat vind je, mevrouw R? Knap stel wel, hè?'

'Nou en of, meneer Rockefeller,' zei iemand. Op een nabijgelegen bankje zat een hippie; misschien wel een van de lolbroeken die ze gisteravond hadden gezien. Hij droeg een hoge hoed en een broek met wijde pijpen, maar geen shirt. 'Zorg maar goed voor haar,' zei hij, 'zorg goed voor die engel.'

'Dat ben ik ook van plan, als zij dat toestaat.'

'O jee,' zei June, maar de hippie zei: 'Nee, dat is zo, die vent van jou slaat de spijker op zijn kop. Daarom zijn we op aarde, om voor elkaar te zorgen.' Hij nam zijn hoed af. 'Jullie hebben zeker niet toevallig een kwartje over, hè?'

'Voor jou,' zei Gregg, 'heb ik wel een dollar.' Met een buiging stopte hij een biljet in de hoed van de hippie. Ze kuierden verder.

'Dat was gul van je,' zei June toen ze op de plaats van bestemming kwamen: lunchroom Bridgeman's. 'Nu ik het zeg... Ik wil niet onbescheiden zijn, hoor, maar hoe kun jij je dit allemaal veroorloven?' Het Radisson was niet goedkoop.

Hij deed of hij beledigd was. 'Jij denkt zeker dat ik gewoon een armetierig tennisleraartje ben? Ik ben een veteráán, schatje. Uncle Sam betaalt dit tripje. Je hebt een levensecht suikeroompje aan de haak geslagen.'

'Ik heb een levensechte oelewapper aan de haak geslagen, kun je beter zeggen.' Ze stapte bevallig over de drempel op haar plateauzolen, terwijl Gregg de deur voor haar openhield.

'Mieterse plek,' zei hij bij het zien van het meterslange lunchbuffet, de groen-grijs geblokte vloer en de rij tafels met bankjes van rood vinyl. 'Waar ken je dit van?'

'Ik kwam hier altijd als kind, als ik ging winkelen met mijn moeder.' De serveerster knikte dat ze konden gaan zitten en Gregg koos het tafeltje bij het raam.

'Welkom bij Bridgeman's, het huis van de Lalapalooza,' dreunde de serveerster op terwijl ze menukaarten op het gespikkelde formica liet vallen.

'Bedankt,' zei Gregg. 'Wat is in godsnaam een Lalapalooza?'

'Dat.' June wees naar een foto op de verbleekte menukaart, en de serveerster dreunde verder: 'Onze beroemde ijscoupe met acht bolletjes ijs, ananasringen, butterscotch, aardbeien, gemengde noten, plakjes banaan, slagroom en maraskinokersen. Als u hem helemaal opeet, is hij gratis.'

'Nou, dan moet ik die natuurlijk hebben,' zei Gregg.

'Als ontbijt?' vroeg June.

'Als er een ijscoupe van het huis is,' legde hij uit, 'moet je die opeten. Dat is de wet van Santorelli.'

'Voor u ook?' vroeg de serveerster.

'O god, nee,' antwoordde June. 'Voor mij graag een halve grapefruit en koffie. Zwart.'

Ze stak een sigaret op. Gregg trok het glas met vetkrijtjes dat voor kinderen op tafel stond naar zich toe en de serveerster schonk koffie in. Het enige wat June wilde was genieten van dit moment: van de zonnestralen die schuin over de tafel vielen, haar pijnlijke spieren die haar alleen maar aan aangename activiteiten herinnerden, Greggs haar dat nog vochtig van het douchen en strak gekamd was. June was er nog steeds niet aan gewend, en hij ook niet. 'Wat een imméns voorhoofd,' had hij die ochtend in de badkamer gezegd, toen hij met samengeknepen ogen in de beslagen spiegel keek. Hij was pas zevenentwintig maar het haar op zijn kruin was al dun. Zou hij over vijf jaar volkomen kaal zijn? Of over tien?

'En?' zei hij, zonder op te kijken van de puzzels op zijn placemat. Hij was aan het zoeken naar verborgen woorden, naar de zeven verschillen tussen twee plaatjes. 'Heb je er al over nagedacht?'

'Waarover?'

Hij keek haar aan. 'Dat weet je best. Waar we het gisteravond over gehad hebben.' Maar toen zette de serveerster zijn ijscoupe op tafel en deinsde hij achteruit. 'Lieve hemel!'

‘En denk erom,’ June lachte sadistisch, ‘je moet het héééle geval opeten.’

‘Kolere,’ zei Gregg, maar hij begon zich desalniettemin te kwijten van zijn taak. June nam slokjes koffie en keek met een mengeling van walging en plezier toe. Ja, natuurlijk bestelde Gregg ijs als ontbijt, hij was praktisch nog een kind, nietwaar? Maar ze moest toegeven dat zijn eetlust iets verfrissends had, dat hij alles at wat hij wilde en daarvan genoot zonder zich druk te maken over waar het vandaan kwam. Natuurlijk had ze bewondering voor Peters professionele toewijding, uiteraard, en dat gold ook voor zijn vakkundigheid. Hij kon alleen zo... pietluttig zijn. Wat maakte het nou uit of tomaten van een lokale teler of uit de supermarkt kwamen? Hoe kon je in hemelsnaam in vervoering raken van witte asperges, of in woede uitbarsten vanwege een kapotte dooier? June had ooit meegemaakt dat Peter een man op staande voet ontsloeg omdat hij te veel zout in een saus had gedaan. Ze had gezien hoe hij tegen een ander tekeerging omdat hij de rand van een bord niet had afgeveegd voordat hij er de zaak mee in liep. Dat waren de zeldzame momenten dat ze hem echt kwaad had gezien. Ze begreep het niet; zijn passie vertéérde hem. Wat deed het er nou toe of de brie op een ideale temperatuur werd geserveerd? Eten was eten.

Gregg hield haar een lepel vol ijs voor. ‘Dat is valsspelen,’ zei ze.

‘Als jij het niet zegt, doe ik het ook niet.’

Ze nam een hapje. Boter-pecan, een smaak die ze sinds haar jeugd niet meer had geproefd. Ze was vergeten hoe lekker ze dat vond.

‘En?’ vroeg Gregg weer.

‘En wat?’

‘Dat weet je heel goed.’

‘Het is pas twaalf uur geleden. Geef me nog heel even.’

‘Goed dan.’ Hij schoof de lege coupe opzij en stortte zich weer op zijn puzzels. Met zijn wijsvinger duwde hij zijn bril omhoog.

June zag dat hij een strandbal op een fornuis, een eend met een vlinderdas en een lamp die op zijn kop hing omcirkelde. Was ze überhaupt van plan dit te overwegen? Echt? Californië: de thuisbasis van het witte doek, van hunkerende Hollywoodsterren, van – zoals Archie Bunker altijd zei – nichten en mafkezen. Ze hoefde niet bij de film, maar ze zou er wel eindelijk aan de slag kunnen. Er woonden daar ongetwijfeld meer dan genoeg echtgenotes van filmsterren met bakken vol geld maar zonder smaak, die June met alle liefde hun gigahuizen opnieuw zouden laten inrichten. Maar ja... Peter. Dat zou niet gemakkelijk worden. Hij zou zich gekwetst voelen, gekrenkt in zijn trots, en hij zou haar missen – op de conventionele, abstracte manier waarop een man de vrouw miste met wie hij zijn bed deelde en die zijn pakken voor hem klaarhing. Sol en Ruth zouden verguld zijn: eindelijk werd hun mening over June en al die andere onbetrouwbare sjikses bevestigd en bovendien betekende het een gloednieuwe kans om Peter te koppelen aan een aardig Joods meisje. Misschien iemand van zijn eigen leeftijd, een weduwe wellicht, zodat ze dat wezenlijke verdriet gemeen zouden hebben. Hoewel... hij moest waarschijnlijk niets meer van dergelijke koppelpogingen hebben. Zonder June zou hij waarschijnlijk terugvallen in het vrijgezellenleven dat hij had geleid voordat ze elkaar leerden kennen: twintig uur per dag, zeven dagen per week werken, recepten uitproberen, op zoek gaan naar het beste vlees en de mooiste groenten, overnachten in het restaurant. Ze probeerde zich voor te stellen hoe ze het hem zou vertellen; wat zou de mildste manier zijn? Onder vier ogen, of een briefje onder de suikerpot, gevolgd door een telefoontje? Ze zou van tevoren Elsbeths spullen inpakken...

'O nee.'

'Wat?' vroeg Gregg.

Ze hoorde hem amper. Elsbeth. Elsbeth, die er al niet tegen kon als haar knuffeldieren in de verkeerde volgorde stonden, die al van streek raakte als haar nachtlampje uitging of haar slaapkamerdeur een centimeter te ver openstond. Ze kon helemaal niet tegen verandering. En Elsbeth en Peter... Peter mocht dan een inwendige kluis hebben die voor iedereen behalve zichzelf gesloten bleef, zijn hart stond wel – tot op zekere hoogte – open voor zijn dochter.

'Wat is er?' vroeg Gregg.

'Elsbeth.' Ze schudde haar hoofd. 'Ik kan niet... Ik denk niet...' Ze sloeg haar handen voor haar gezicht.

'Je hoeft niet bang te zijn dat ik niet voor haar kan zorgen. Al zo lang als ik me kan herinneren wil ik vader worden.'

'Dan ben je een veel betere ouder dan ik, want ik wilde nooit moeder worden.' Ze barstte in tranen uit. Waarom had ze dit tegen hem gezegd? Sinds Elsbeths arts zo tegen haar was uitgevaren had ze het nooit meer aan iemand verteld. Met gesloten ogen wachtte ze tot Gregg haar ging troosten, maar dat deed hij niet. Toen ze haar ogen weer opendeed lag er een stapel papieren servetjes voor haar op tafel en stond de serveerster hen van een afstandje te observeren.

'Ik weet zeker dat je een geweldige moeder bent,' zei Gregg.

'O, nee hoor. Mijn dochter haat me. Ze heeft me altijd gehaat.'

'Dat is belachelijk. Kinderen haten hun ouders niet. Dat zeggen ze misschien, en misschien menen ze dat zelfs, maar dat is tijdelijk, bijvoorbeeld als ze net een standje hebben gekregen.'

'Je begrijpt het niet. Elsbeth is een ongelooflijk vaderskind. Ik moet er niet aan denken haar van hem af te nemen.'

'Luister, er is ook nog zoiets als gedeelde voogdij, toch?' Hij gaf haar een servetje en June snoot haar neus. 'Ze zou de zomervakantie bij hem kunnen zijn, de hele zomervakantie, élke zomervakantie. Dat is meer tijd dan ik ooit met mijn pa heb gehad.' Hij stak een van Junes sigaretten aan en gaf die aan haar. 'Trouwens,' ging hij verder, 'iemand die zo moet huilen om haar kind kan geen slechte moeder zijn. Moet je zien hoeveel je om haar geeft! Mijn ma zegt amper een woord tegen me. Ze greep nooit in als mijn ouwe ons in elkaar sloeg. Dat zat gewoon niet in haar. En toch hou ik van haar.'

'Echt? Nog steeds?'

'Dat gaat nooit over,' zei hij vastberaden. 'Je moet er alleen maar zijn, weet je. Meer niet... Hoe dan ook, we hoeven dit allemaal niet nu te beslissen. Ik wil eerst weleens met haar kennismaken en dan zien we wel verder. Oké?'

'Oké.'

'Echt?' Gregg had er benauwd uitgezien, maar nu verscheen er een stralende glimlach van oor tot oor op zijn gezicht.

'Nog één ding. Ik wil weer gaan werken.'

'Als wat?'

'Als interieurontwerpster.'

'Gaaf. Dan kun jij mijn suikertante zijn als ik weer ga studeren.'

'Ik meen het.'

'Ik ook. En ik begrijp het helemaal. Dacht je echt dat ik naar die praatgroep ging om vrouwen te versieren? Ik ben een fervent voorstander van werkende vrouwen.'

'O,' zei June, 'hou op. Hou op met al die geweldige dingen zeggen. Zo maak je het er allemaal alleen maar moeilijker op.'

'Mooi. Ik verheug me erop jouw leven nog heel lang gecompliceerd te maken.'

Hij stond op, hurkte naast haar op de grond en klopte op zijn gekreukte overhemd. Ze legde gehoorzaam haar hoofd tegen zijn borst. Daaronder kon ze zijn grote hart horen kloppen. Ze hoefde niet met hem te trouwen, ze hoefde hier niet mee door te gaan als ze niet wilde. Ze konden het, zoals Gregg had geopperd, stapje voor stapje doen. Hij streek over haar hoofd alsof ze een klein kind was en kuste haar kruin. 'Het komt goed, mevrouw R,' zei hij, 'het komt allemaal goed, dat zul je zien.'

'June Ann, gaat het wel?'

'Wat zei je, mam?' Het was woensdag, de dag voordat ze zouden terugvliegen naar New Jersey, en June en Ida zaten een kopje koffie te drinken. Elsbeth was buiten aan het spelen; June had naar haar zitten kijken door het raam. Ze zat op Ida's tweepersoonsschommel, waarop meestal, zoals nu, maar één persoon schommelde. In gedachten was June echter bij Peter geweest, en bij het inpakken, en de logistiek van de terugreis en... Gregg. Het leek wel of ze machteloos was, of ze niet kon ophouden met denken aan hun laatste uren samen, die als een overslaande langspeelplaat steeds weer door haar hoofd speelden.

Na Bridgeman's waren ze weer teruggegaan naar het hotel, waar ze vlug en geruisloos de liefde hadden bedreven, gewoon recht op en neer, geen rare standjes of trucjes, alsof ze met hun lichaam een mondelinge afspraak bezegelden. Daarna waren ze samen gaan douchen en hadden voor één keer niet gespeeld met de zeep. Ze hadden zich afgedroogd en aangekleed en bedrukt ieder hun eigen tas ingepakt. Vervolgens had Gregg de receptie gebeld om te zeggen dat ze een beetje verlaat waren en gevraagd of ze alstublieft een half uurtje later mochten uitchecken. Hij had Junes hand gepakt, haar naar het bed geleid en op de rand gezet terwijl hij zich weer uitkleedde. Toen had hij haar op haar rug geduwd, was bij haar binnengedrongen en had gezegd: 'Kijk, June, kijk naar ons. Ik wil dat je je dit herinnert.' Zij had gezegd dat ze dat zou doen en toen had hij gezegd dat ze dat moest beloven en toen had zij gezegd dat ze dat deed en toen zei hij: 'O god, June, ik hou van je.' En toen had zij gezegd: 'Gregg...' En hij: 'Zeg het.' En zij: 'Ik ook van jou.' En toen hadden ze het in koor gezegd, als een kantiek: 'Ik hou van je, ik hou van je.' En toen was het afgelopen.

June had haar best gedaan er niet meer aan te denken, want wat had ze eraan nu ze hier bij haar moeder zat, en in New Jersey zou ze er zeker niets aan hebben. Daar zou ze moeten proberen haar hoofd leeg te maken om een paar lastige knopen door te hakken. Maar blijkbaar was er toch iets van op haar gezicht te zien, want Ida herhaalde: 'Ik vroeg of het wel goed met je gaat. Je bent een beetje afwezig sinds je terug bent.'

'Sorry, mam, dat was niet mijn bedoeling.' Onder de tafel zat ze te frummelen met een speldje dat Gregg voor de deur van het hotel in haar hand had gedrukt, voordat June in Ida's Buick was gestapt en Gregg een taxi naar het vliegveld had genomen. Het was een donkerblauw rondje waarop een vrolijk tekenfilmfiguurtje riep: IK HEB EEN HELE LALAPALOOZA GEGETEN! Dat deed June nu de hele tijd: een beetje doelloos met haar duim op dat ding drukken. Ze stopte het in haar zak en keek haar moeder glimlachend aan.

Ida stond op om nog een keer koffie in te schenken. 'Heb je problemen thuis?'

Beide vrouwen keken naar het raam, maar Elsbeth was nog steeds aan het schommelen in de zon. Haar gezang was nog net verstaanbaar door het glas: *'Pickering, why can't a woman be more like a man?'*

'Nee hoor, mam,' zei June, maar meteen daarna zei ze: 'Een beetje.'

'O jee,' zei Ida. Haar kin trilde en ze friemelde met haar hand aan de ketting van haar bril. 'Gaat Peter vreemd?'

'Nee, mam.'

'Is hij aan de drank? Gokt hij? Ach nee, dat is niets voor Peter.'

'Nee, dat is het ook niet. Het is lastig uit te leggen.'

'Dat hoef je ook niet te doen,' zei Ida, terwijl ze haar hand op die van June legde. 'Maar je zou het kunnen proberen.'

June keek naar hun kleine handen met de lange vingers, naar Ida's knokige knokkels. Haar trouwring zat, in tegenstelling tot de brede gouden ring van June, los om haar vinger, was van zilver en zo plat als een dubbeltje door ruim een derde eeuw slijtage. 'Hij wil bijvoorbeeld niet dat ik ga werken,' zei ze.

'Ja, waarom zou je ook?'

'Omdat ik dat wil.'

'Doe niet zo gek. Waarom zou je willen werken als je thuis kunt blijven om voor Elsbeth te zorgen?'

Omdat het stomvervelend is, wilde June zeggen. *Omdat ik andere dingen wil doen, omdat ik niet zoals jij ben, mam.* Maar dat zou nodeloos kwetsend zijn. Als Ida het zelf voor het zeggen had gehad, zou ze gewild hebben dat Oscar niet was gesneuveld, dat hij thuis was gekomen uit de oorlog, misschien met een been minder, of wat opvliegender dan vroeger, of verslaafd aan alcohol, zoals sommige andere veteranen, maar dat hij niettemin was teruggekomen om elke ochtend met zijn gezin te ontbijten, geroosterd brood met eieren en spek te eten, sinaasappelsap te drinken uit de glazen die ze voor hun huwelijk hadden gekregen, en dat hij dan zijn hoed opzette en zijn jas aantrok om bij het accountantskantoor in het centrum aan het werk te gaan. Dan was Ida thuisgebleven bij de kleine June, had ze de ontbijtboel opgeruimd, de afwas gedaan en gestofzuigd. Op dinsdag had ze de was gedaan, op woensdag had ze die gestreken en op donderdag had ze koekjes gebakken. 's Middags had ze June dan wellicht in haar wandelwagentje gezet en was ze naar het centrum gewandeld, of misschien was ze met andere moeders een potje gaan bridgen. 's Avonds kwam haar man weer thuis en in het weekend gingen ze een stukje rijden, waste Oscar de auto en zette die in de was. En misschien had June dan broertjes en zusjes gehad.

Maar Ida was gaan werken en had June alleen thuisgelaten. Ze aten uit blik of kant-en-klaarmaaltijden. Ida had nooit meer afspraakjes gehad met mannen, ging zelfs nagenoeg de deur niet uit. June zou nooit vergeten hoe het was om op te groeien in de drukkende stilte van een huishouden van twee vrouwen.

'Peter...' zei June. Ze nam een slokje koude koffie. 'Hij is een lieve man. Maar hij is zwaar op de hand, hij kropt dingen op.'

Ida's kin trilde. 'Zoals wat?'

June overwoog of ze zou proberen wat meer uit te leggen over Peters verloren familie. Ida kende alleen de beknopte versie die June haar na de verloving had gegeven: *Peters eerste vrouw en dochters zijn omgekomen in de oorlog.* Ze vreesde echter dat Ida het niet zou begrijpen, want ook zij was verliefd op een dode ziel. Ze had ook kunnen zeggen dat Peter haar niet verteld had dat Masha's op de fles was gegaan, dat ze dat had moeten lezen in het uitgaanskatern van *The New York Times*. Of dat ze van Ruth had moeten horen, en dus niet van Peter, dat Sol hem geholpen had het Claremont te kopen, dat Sol dus weer Peters partner was geworden. Of dat Peter had gezegd dat het goed was voor Elsbeth om naar New Jersey te verhuizen, dat een kind frisse lucht nodig had en ruimte om te kunnen rennen, maar dat ze dat eigenlijk hadden gedaan, zo vermoedde June, omdat hij na het verliezen van Masha's weer met een schone lei wilde beginnen. Maar die dingen vertelde ze niet aan haar moeder, want dan zou Ida zich zorgen gaan maken over hun financiële positie en dat was het probleem niet. Het probleem was Peters gesloten deur en dat June continu aan de andere kant daarvan stond.

'Ik vraag me af of we wel bij elkaar passen,' zei ze uiteindelijk.

Ida kneep in Junes hand en liet die toen weer los. 'O, June Ann,' zei ze verdrietig.

'Wat?'

'Wat versta jij onder een huwelijk?'

'Twee mensen die hun leven delen.'

'Een huwelijk is een gelofte. Een gelofte die je hebt afgelegd, voor het geval je dat vergeten was.'

'Dat ben ik niet vergeten,' zei June. Het kwam er nukkiger uit dan de bedoeling was. Ze weerhield zich ervan te zeggen: wat weet jij daar nou van? In plaats daarvan zei ze: 'Het is allemaal anders dan toen jij trouwde, mam. Vrouwen hoeven niet meer mishandeld te worden of een alcoholistische of vreemdgaande man te hebben om te scheiden. We hebben nu andere mogelijkheden – door het feminisme, de gelijke rechten voor vrouwen. Er zijn andere manieren om voldoening te vinden in het leven.'

Ida sloeg haar armen over elkaar en keek haar aan. O god, dacht ze, niet die blik. Die strenge, strakke blik van Ida leidde er altijd geheid toe dat June als een zombie opstond om te doen wat haar moeder wilde, wat dat dan ook was. 'June Ann, weet jij wat jouw eerste woordje was?'

'"Mama"?' gokte ze.

'"Meer".'

June schoot in de lach. Ida knikte. 'Echt waar. Vanaf de dag dat je geboren bent. Meer sap. Meer koekje. Meer dan een ander had, meer dan je hier kon krijgen. Dat heb ik altijd geweldig gevonden, lieverd. Zelfs toen dat ervoor zorgde dat je bij me wegging, helemaal naar New York. Ik heb nooit geprobeerd je tegen te houden. Misschien heb ik je zelfs wel een beetje verwend.'

'Waarschijnlijk wel, en daar ben ik je dankbaar voor.' Ze glimlachte, maar Ida keek ernstig.

'Zolang je in je eentje was, speelde dat geen rol, en zelfs niet toen je samen met Peter was. Maar je moet nu ook rekening houden met Elsbeth, June Ann. Het wordt tijd dat je je bij dingen neerlegt, dat je accepteert dat het in het leven niet altijd gaat zoals je het wilt.' Ze pakte Junes gezicht vast met een hand die maar een heel klein beetje beefde. 'Het is tijd om volwassen te worden, lieverd.'

Na dit verontrustende gesprek ging June nog één keer zwemmen met haar dochter. Elsbeth was in de zevende hemel; ze was dol op het zwembad van New Heidelburg, waar ze geen badmuts op hoefde, zoals op de tennisclub. Honderduit kletsend huppelde ze naast June en sleepte haar schort achter zich aan over het gebarsten asfalt. De zon brandde genadeloos.

Bij het zwembad betaalde June de entree en liep met Elsbeth door het hek. Meteen rende Elsbeth naar de levensgrote, water spuwende stenen leeuw en stak haar hoofd in zijn bek. 'Niet rennen,' riep de badmeester op precies dezelfde verveelde, autoritaire toon die June had aangeslagen toen ze in een verbleekt rood badpak zelf op die hoge stoel had gezeten en een citroen boven haar haar had uitgeknepen. Elsbeth sprong tussen haar gillende leeftijdgenootjes uit New Heidelburg in het water en June bleef naar haar dochter kijken tot ze ervan overtuigd was dat ze geen kind meer aan haar had. Toen haalde ze een cola uit de automaat en nam die mee naar de telefooncel op het parkeerterrein. Het zwembad lag op een lage heuvel, waardoor je een goed overzicht had op de speelweide, het honkbalveld en de tennisbanen, waar de netten er op deze windstille dag slapjes bij hingen.

June deed twee kwartjes in het toestel en draaide. 'Goedemiddag, Claremont,' zei gastvrouw Shawna. 'O, hai, June, tuurlijk, hij is in de keuken. Ik verbind je door.' Maar er nam niemand op en nadat de telefoon veertien, vijftien keer was overgegaan, verbrak June de verbinding. Ze viste haar overgebleven kwartje uit het bakje en draaide nog een keer.

'Glenwood Bath en Tennis Club,' zei een meisjesstem.

'Kunt u me doorverbinden met het materialenhok, alstublieft?'

'Daar spreekt u mee,' zei het meisje, dat zo te horen een jaar of vijftien was en kauwgom kauwde.

'Kan ik Gregg Santorelli spreken?'

'Met wie spreek ik?'

'Mevrouw Robinson.'

'Tuurlijk, mevrouw Robinson,' zei het meisje. 'Blijf even hangen, dan kijk ik of ik hem kan vinden.'

Ze moest de hoorn op een tafel gelegd hebben, want June hoorde het geplop van tennisballen, een vrouw die praatte over het opnieuw laten bespannen van haar racket en de zware stem en lach van een man... Gregg?

'Hallo?' zei June. 'Hallo?'

Maar het meisje had Gregg blijkbaar niet kunnen vinden of was vergeten dat June aan de lijn was, want na een tijdje hoorde ze geruis en toen hing iemand op, waardoor ze achterbleef met het *tuut-tuut-tuut* van de verbroken verbinding.

4
Het spookhuis

Op een ochtend begin augustus werd er aangebeld. June verwachtte niemand, dus ze vermoedde dat het een collectant of een Jehova's getuige zou zijn. Ze was geïrriteerd, want ze was net de planten water aan het geven, wat eigenlijk nergens op sloeg als ze die na Labor Day toch aan hun lot zou overlaten. Maar goed, daar was ze nog niet helemaal uit. Het zou wel erg wreed zijn om ze te laten sterven van de dorst, dus ze liep met haar gieter van plant tot plant en plukte er de dode blaadjes af.

Het bleek Gregg te zijn die op de bel had gedrukt. Hij droeg zijn witte tenniskleren en een boodschappentas. 'Dag,' zei hij, 'kan ik u misschien interesseren voor een encyclopedieserie?'

'Wat doe jíj hier?' siste ze. Ze rekte zich uit om langs zijn massieve lijf te kunnen kijken en ja hoor, zijn oranje Pinto stond bij de stoeprand. 'Schiet op,' zei ze, terwijl ze hem aan zijn shirt naar binnen trok. Ze wist niet zo goed wat ze aan de auto moest doen. Enerzijds kon iedereen in Glenwood hem daar zien staan, maar anderzijds was het misschien beter dat Gregg niet achterom was gereden, want daar had ze zich nooit onderuit kunnen lullen.

'Wauw,' zei hij toen hij Junes woonkamer binnenliep. 'Is dit jouw huis? Wat mooi.' Hij draaide rond en nam de stapels Indiase zitkussens in de brede vensterbank, de varens, de schapenvachten en de hardhouten vloer in zich op. 'Ik kan wel zien waarom je interieurontwerpster wilt worden. Je hebt er echt oog voor. Vooral deze vind ik gaaf,' en hij ging zitten op de bisschopszetel die June van de stoep voor een afgebrande kerk had gered en knalrood had geverfd.

'Dank je. Wat doe je hier?'

Hij tikte met zijn schoen tegen de boodschappentas. 'Ik kwam eigenlijk voor Elsbeth.'

'Ze is er niet, ze moest naar een verjaardagspartijtje. Ze zijn naar de dierentuin.'

'O.' Hij klonk oprecht teleurgesteld.

Hij had Elsbeth een paar keer ontmoet: eerst op de club, waar hij op de padelbaan boogballen naar haar had gegooid die ze terug had geslagen met haar kinderracket, en vorige week bij Applegate Farms. Gregg was er eerder geweest dan zij en zat op een bankje voor de rode schuur. Maar bij het zien van June en Elsbeth was hij opgesprongen en had grijnzend naar hen gezwaaid. Elsbeth was tegengas gaan geven. 'Wat?' had ze gezegd, hetgeen betekende: *Wat doet hij hier?* 'Je kent Gregg toch van de club, liefje. Hij gaat een ijsje met ons eten, dat is toch gezellig?' 'Nee,' had Elsbeth gezegd. Maar ze had zich toch mee laten trekken door June en Gregg had zich op zijn hurken laten zakken. 'Hai, kiddo, high five.' Elsbeth had gehoorzaam tegen zijn opgeheven hand geslagen. 'En nu low five,' had hij gezegd, en ook dat had ze gedaan. 'Heel goed. Wil je zien wat ik voor je heb meegenomen?' Toen Elsbeth knikte had Gregg een doos met magnetische letters tevoorschijn gehaald. 'Iemand is naar Toys"R"Us aan Route 46 geweest,' had June gemompeld. 'Reken maar van yes,' zei Gregg. Hij had de doos opengemaakt en de letters op de stoeprand gelegd. 'Wat is er, kiddo?' vroeg hij toen Elsbeth achteruit was gedeinsd. 'Die zijn fout,' zei ze. 'Niet zo onbeleefd, Elsbeth,' had June gezegd. 'Wat zeggen we ook alweer als iemand ons een cadeautje geeft?' 'De A is groen,' riep Elsbeth. 'Dat is fout. A moet blauw zijn. En de T hoort niet geel!' 'Wauw,' zei Gregg toen. 'Jij hebt een eigen willetje, hè, kiddo? Cool. Hé, ik heb heel veel zin in een ijsje. Jij kent zeker niet iemand die er ook een wil, hè?' Hij was opgestaan en had over zijn grote buik gewreven. Elsbeths hoofd was steeds verder achterovergevallen om hem te bekijken. Vervolgens was ze na een blik achterom naar June met Gregg naar de toonbank gelopen voor een watermeloenijsje.

'Wat jammer,' zei Gregg nu. 'Ik had me erop verheugd haar te zien. Ik heb dit voor haar gekocht.' Hij haalde een doos Ministeck uit de boodschappentas. 'Moet je zien hoe cool, die steentjes geven licht in het donker! Ze is toch zo met kleuren bezig... Geen zorgen,' voegde hij eraan toe toen hij Junes bezorgde gezicht zag, 'het is voor vijf jaar en ouder.'

'Leuk,' zei ze, hoewel ze er alleen maar aan kon denken hoe lastig die kleine steentjes op te zuigen zouden zijn uit het hoogpolige kleed op Elsbeths kamer, laat staan hoe het zou voelen als ze er met haar blote voeten op ging staan. 'Ik zal het aan haar geven als ze thuiskomt. Maar je mag hier helemaal niet zijn. Waarom ben je niet op de club?'

'Daar was ik, maar ik heb gezegd dat ik naar de eerste hulp moest.' Hij stond op en kuste haar. 'Ik had afkickverschijnselen.'

'Gregg, echt hoor.'

Hij kuste haar nog een keer. 'En ik heb goed nieuws. Ik heb vanmorgen officieel opgezegd. Nog één week. Bovendien heeft mijn maat Steve een huis voor ons gevonden. Gewoon een studio, niets bijzonders, maar dan hebben we voorlopig iets.'

'Gregg...'

'Ik heb gisteravond de aanbetaling overgemaakt.' Hij deed een stap achteruit. 'En, ga je me nog een rondleiding geven?'

'Dat zou ik graag doen, maar het lijkt me geen goed idee.'

'Oké, dan leid ik mezelf wel rond.' June bleef staan waar ze stond en hoorde hem door de hal sluipen en in de keuken kijken. 'Het ziet er leuk uit,' riep hij, 'maar zo te zien heb je nog niet veel ingepakt.'

'Nee, dát zou slim zijn.'

Gregg kwam terug. Hij stootte zijn hoofd aan de kroonluchter in de woonkamer, die wild heen en weer zwaaide, waardoor alle peertjes rammelden. 'Ga je het hem niet vertellen?'

'Daar ben ik nog niet uit. Het is misschien gemakkelijker als...'

'Je bedoelt dat je nog steeds niet zeker weet of je meegaat.'

'Dat zei ik niet.'

'Maar dat bedoelde je wel, toch? Anders zou je het hem allang verteld hebben.'

'Niet waar. Zo simpel is het niet. Jij kent Peter niet, jij weet niet...'

'Ik weet dat ik enorm veel aarzeling hoor, June. Dat vind ik niet leuk. Ik krijg er de zenuwen van.'

'Jézus,' riep June uit, 'zeik toch niet zo! Je hebt geen idee hoe dit voor mij is. Ik ben geen zevenentwintigjarige oorlogsveteraan die kan doen wat hij wil. Ik heb een gezin, een heel huishouden dat ik uit elkaar moet scheuren. Besef je wel hoe moeilijk dat is?'

Met een schuldbewust gezicht pakte hij haar vast. 'Je hebt gelijk, het spijt me. Wat kan ik doen om je te helpen?' Hij troostte haar, streelde haar haar, kuste haar liefdevol en toen iets vuriger. Hij stak zijn hand onder de voorkant van haar tuinbroek, vond haar tepel onder haar shirt en streek er met zijn duim over. 'Hier ben ik dol op,' mompelde hij terwijl hij de haken van haar tuinbroek schoof. 'Jouw pepermuntjes.'

June wilde hem niet mee naar boven nemen, maar ze wilde ook geen schaafwonden oplopen van het tapijt, dus loodste ze hem mee naar de hobbykamer, die eigenlijk bedoeld was om te luisteren naar de piano waar nooit iemand op speelde, maar vooral gebruikt werd om tv te kijken. June en Gregg maakten dankbaar gebruik van de bank, een afdankertje uit de jaren vijftig van Sols kantoor, en toen hij na afloop in slaap viel, lag ze nogal onbeholpen half onder hem en zijn grote arm was om haar middel geslagen. Ze voelde zijn adem in haar nek en keek door het raam boven zijn schouder naar de wapperende blaadjes van de eik die Elsbeths zandbak overschaduwde. De hoge oude bomen waren een van de redenen waarom June had ingestemd met de koop van dit huis, hoewel ze de stad eigenlijk niet had willen verlaten. Als ze bleef, zou ze net als de planten die ze net verzorgd had verleppen en verdorren. Maar hoe kon ze nou weggaan? Wat moest ze doen?

Greggs lichaam schokte opeens hevig in zijn slaap, waardoor ze bijna van de bank viel. Ze wierp een geërgerde blik op hem. Een minuut later had hij weer zo'n stuiptrekking en toen nog een. June probeerde zich onder hem uit te wurmen, maar hij was te zwaar. 'Gregg,' zei ze, terwijl ze hem een por gaf met haar elleboog. 'Gregg, je droomt. Wakker worden.'

'Huh!' zei hij, maar hij sliep nog steeds; zijn oogwit was zichtbaar tussen zijn oogleden. Hij bewoog zijn kaken snel op en neer en maakte een geluid dat klonk als het geklepper van castagnetten. Zijn mond viel open en hij slaakte een hoge jammerkreet, waarvan de haartjes in Junes nek en op haar armen overeind gingen staan.

'Gregg,' zei ze weer, maar toen bedacht ze zich. Ze had weleens gehoord dat iemand door het lint kon gaan als je hem wakker maakte uit een nachtmerrie. En Gregg had absoluut een nachtmerrie. Hij lag nu te huilen, de tranen stroomden over zijn wangen uit zijn halfopen ogen, terwijl dat ijle gejammer nog steeds opsteeg uit zijn keel. Hij huiverde en schokte, maakte spastische bewegingen met zijn hele lijf.

June kon er niet tegen. Het leek wel of hij ergens was waar de verschrikkelijkste dingen gebeurden en hij werd gefolterd. Ze duwde uit alle macht tegen zijn borst, glipte onder hem uit en gleed op de vloer naast de bank. Greggs ogen schoten open.

'Ik ben het,' zei June. 'Je had een nare droom. Gaat het?'

Hij staarde haar wezenloos aan. Toen haalde hij uit met zijn arm en ramde haar vol in het gezicht.

June krijste – althans, dat dacht ze. Zeker weten deed ze het niet. De pijn overviel haar en was allesverterend, een supernova die alles uitwiste. Het enige waarmee ze het kon vergelijken waren de weeën die ze voor de keizersnee had gehad. 'Je doet het geweldig, meisje,' had een verloskundige almaar gezegd, 'heel goed, meisje, ga zo door,' totdat June uiteindelijk had gekrijst: 'NOEM ME VERDOMME GEEN "MEISJE" GEEF ME GEWOON IETS OM TE ZORGEN DAT HET OPHOUDT!' Tot dat moment had ze niet geweten dat pijn het beest in haar kon losmaken, dat ze alles zou doen – schoppen, bijten, krijsen, doden – om te zorgen dat het wegging.

'O mijn god,' hoorde ze Gregg zeggen. 'June! June, kun je ademhalen?'

Ze moest haar handen voor haar gezicht hebben geslagen, want ze voelde dat hij die probeerde weg te halen. Dat was een verbetering, het besef dat ze ledematen had, een gezicht en een lichaam, in plaats van dat ze alleen door pijn verzwolgen werd.

'O mijn god,' zei hij weer. 'O, June. Je gezicht. Je prachtige gezicht. Het spijt me zo verschrikkelijk.'

Ze probeerde haar ogen te openen om hem aan te kijken. De hele rechterkant van haar hoofd bonkte.

'Kun je ademen? Hoor je me?'

'Ja.' Ze snoof en proefde bloed. 'Ik hoor je. En ik adem. Soort van.' Ze wilde het bloed eigenlijk uitspugen, maar was al weer zo bij de pinken dat ze bedacht dat ze daarmee het tapijt zou verzieken. In plaats daarvan slikte ze het door en werd abrupt misselijk.

'Kun je het nog even volhouden? Dan ga ik ijs halen. Hou vol. Ik ben zo terug.'

June hoorde hem door het huis rennen, haar meubels trilden door zijn dreunende voetstappen. Ze draaide zich om en leunde tegen de bank, terwijl ze er alles aan deed om niet te gaan kotsen. Ze kon nu haar rechteroog een heel klein stukje openen, hoewel ze alleen maar een rood waas zag. Haar wang bonkte alsof iemand er met een honkbalknuppel op geslagen had.

Gregg keerde terug met een theedoek en een ijsblokjeshouder. Ze hoorde aan het gekraak dat hij de ijsblokjes eruit haalde en ergens in liet vallen... Een schaal? Toen voelde ze de natte theedoek op haar gezicht en maakte ze een sissend geluid.

'Sorry. Ik weet dat het pijn doet. Maar ik moet kijken of er iets gebroken is. Kun je tot tien tellen? In gedachten?'

Dat deed ze, ze concentreerde zich op de cijfers in het rode waas van pijn. De theedoek streek lichtjes over haar gezicht.

'Oké,' mompelde Gregg, 'oké... volgens mij heb je niets gebroken. Dat is het goede nieuws. Je jukbeen is nog heel en je neus en tanden en kaak ook. Het slechte nieuws is dat ik je echt vol op je oog moet hebben geslagen.'

'Denk je?' Ze had helemaal niet aan haar tanden gedacht. Ze streek er met haar tong overheen, maar hij had gelijk: er zat niets los.

'Eigenlijk moet ik je naar het ziekenhuis brengen, gewoon voor de zekerheid.'

'Echt niet,' zei June.

'Echt wel.'

'Nee.' Ze slikte. De bloedsmaak werd minder, maar was nog steeds misselijkmakend. 'Wat moet ik zeggen? Dat ik tegen een deur aan ben gelopen?'

'Je zou kunnen zeggen dat ze eens moesten weten hoe die ander eruitzag.' Gregg probeerde te lachen.

'Het is niet grappig.'

'Nee,' beaamde hij. 'Dat is zo. Sorry. O god, June, ik vind het zo erg. Ik heb er alles voor over om het ongedaan te maken. Ik steek mezelf nog liever in de fik dan dat ik jou iets aandoe. Dat weet je toch, hè?'

'Ja,' zei ze en dat meende ze ook. Maar ze kon het niet nalaten eraan toe te voegen: 'Als je wakker bent, tenminste.' Hij zei niets. Ze deed haar rechteroog iets verder open en tuurde naar hem. Hij was wazig, maar niet rood meer, en dat moest een goed teken zijn. Toen ze knipperde werd het beeld ook minder wazig. Gregg was ijsblokjes in de theedoek aan het doen en wilde die toen tegen haar wang duwen, maar ze hield hem tegen. 'Laat mij maar,' zei ze. 'Dan doet het minder pijn.'

Gregg ging naast haar op de grond zitten en legde een hand op haar blote knie. Ze besefte dat ze nog steeds alleen het roze T-shirt droeg dat ze onder de tuinbroek aan had gehad. Haar gezicht bonkte. Voor het eerst was ze blij dat ze te oud was voor modellenwerk, want anders zou ze volslagen in paniek zijn geraakt. Nu was ze alleen angstig en doodmoe.

'Kun je alsjeblieft een spiegel voor me halen?' vroeg ze. 'Ik wil de schade opnemen.'

'Ik weet niet of je dat...'

'Mijn handtas hangt aan de knop van de keukendeur. Daar zit een spiegeltje in.'

Gregg liep weg en kwam terug met haar tas. Hij ging tegenover haar op de grond zitten, met zijn knieën tegen de hare, alsof ze vier op 'n rij speelden.

Ze haalde het spiegeltje uit haar tas. 'O mijn god.' De linkerkant van haar gezicht zag er relatief normaal uit, was alleen nat en roze. De rechterkant was onherkenbaar opgezwollen. 'Ik lijk wel een bokser. Jezus, wat moet ik tegen Elsbeth zeggen? Of...' Ze zweeg, maar ze wist dat Gregg ook aan Peter dacht. 'Misschien moet ik maar vertellen dat er een spoetnik op me geland is. Of dat ik beroofd ben.' Dat laatste klonk eigenlijk wel aannemelijk, dus June begon er een verhaal bij te verzinnen. Dat ze met een open portemonnee uit het winkelcentrum was gelopen om er wisselgeld in te doen. Ja, stom, dat snapte zij ook wel, dus eigenlijk was het voor een deel haar eigen schuld geweest...

'Het is godzijdank minder erg dan het had kunnen zijn. Maar je moet er wel een rauwe biefstuk op leggen. Tegen de zwelling. Dat doen mijn moeder en nonna altijd.' Opeens veranderde zijn gezicht, alsof iemand de stop eruit had getrokken. 'Jezus christus. Ik ben net als mijn pa.'

'Wat?'

'Ik heb een vrouw geslagen. Het enige wat ik gezworen heb nooit te zullen doen. En nu heb ik dat wel gedaan. Ik ben net als hij.'

June aaide over een knie van het formaat basketbal. 'Niet waar. Je lag te slapen...'

'Dat is geen excuus.' Hij begon te huilen. Hij wendde zich af om het te verbergen, maar zijn schouders schokten en ze kon het horen: hevige, schorre snikken die van heel diep kwamen, volkomen anders dan het ijle geluid dat hij op de bank had gemaakt.

'Gregg,' zei ze. 'Dat is heel wat anders.'

'Dat maakt niet uit. Dat maakt verdomme niets uit. Het komt door Nam. Dat heeft me kapotgemaakt.'

'Waar héb je het over? Dit heeft niets te maken met...'

'Wél,' zei hij grimmig. Hij veegde zijn gezicht af met zijn onderarm. Ook hij was grotendeels naakt, hoewel hij op een gegeven moment zijn onderbroek moest hebben aangetrokken. 'Toen ik uit dienst ging, hebben ze me verteld dat dit zou kunnen gebeuren. Shellshock, noemden ze het. Het zou kunnen dat je naar gaat dromen.' Hij snoof en drukte de muizen van zijn handen in zijn ogen. 'Nare dromen. Jezus!'

Er druppelde water uit de geïmproviseerde ijszak langs Junes arm. Ze voelde zich rancuneus, voor de gek gehouden. Niet door Gregg, maar door de oorlog. Dat was zo'n geslepen tegenstander, die had zulke grote gaten in haar leven geslagen: een ter grootte van een vader en een kleiner van een vrouw en twee kinderen die June nooit had gekend. De oorlog had ervoor gezorgd dat Junes moeder weduwe was geworden en June een halve wees met een halve echtgenoot. En zij maar denken dat Gregg op wonderbaarlijke wijze was ontsnapt aan uitwendige verwondingen. Nu wist ze dat zijn littekens allemaal vanbinnen zaten.

Nu ze hem zo zag, met zijn grote hoofd in zijn handen, stelde ze hem de enige vraag die ze Peter nooit had durven stellen, de vraag die Walter Cronkite, de kranten of *Time* en *Life* nooit hadden kunnen beantwoorden. Ze vroeg: 'Hoe was het?'

Gregg tilde zijn hoofd niet op. 'Wat?'

'De oorlog.'

Hij gaf geen antwoord en June meende dat hij haar misschien niet verstaan had. Ze stond op het punt het nogmaals te vragen – als íémand het haar kon vertellen, was hij het wel; hij was jong, van een andere, openhartiger generatie – toen hij vroeg: 'Wat wil je weten?'

'Geen idee, daarom vraag ik het ook. Heb je... iemand gedood?'

Nu keek hij wel op, met rode, vochtige ogen staarde hij haar vol ongeloof aan. 'Of ik iemand gedood heb?' herhaalde hij. 'Heb ik iemand gedood? Fuck, June, waarvoor denk je dat ik daar was, om monopoly te spelen met Charlie?'

'Sorry.'

'Ja, het spijt mij ook. Het spijt me dat ik vier jaar van mijn leven heb verspild aan het uitvechten van een oorlog in een of ander smerig, hels oord. Een oorlog waar achteraf niemand in bleek te geloven. Het spijt me dat ik er zo door verkloot ben dat ik niet rustig kan slapen. Het spijt me dat ik er zo'n beest van ben geworden dat ik jou dit heb aangedaan.' Hij stak zijn hand uit naar haar gezicht. Ze deinsde achteruit.

'Jezus,' zei hij, 'kijk dan wat ik gedaan heb, ik mag je niet eens aanraken.' Weer vulden zijn ogen zich met tranen. 'Ik kan het je niet kwalijk nemen, ik zou het ook niet toestaan. Ik ben een klootzak.'

'Niet waar.'

Gregg negeerde haar. 'Vroeger was ik niet zo. Volgens mij was ik best normaal. Maar Nam... is in mijn hoofd gaan zitten, heeft rare dingen met me gedaan. Wil je weten hoe het was, June? Wil je dat echt weten?'

'Nou...'

'Het was zoals in een spookhuis op de kermis. Toen ik klein was heeft mijn pa ons daar een keer mee naartoe genomen. Ben je daar weleens geweest? Dat je in zo'n karretje rondrijdt in het pikkedonker en er allemaal mummies en spoken en shit uit het niets voor je opdoemen? Met spinnenwebben en angstaanjagende geluiden. Ik was doodsbang en ben na afloop in een hoekje gaan zitten met mijn armen over mijn hoofd. Iemand van de kermis heeft me zo gevonden. Omdat ik in mijn broek had gepiest, heeft mijn pa me een pak rammel met zijn riem gegeven.'

Hij boog en strekte zijn grote handen alsof hij niet zeker wist of die wel van hem waren. De kolenschoppen die Junes hoofd, borsten en billen hadden omvat, die de hand van haar kind hadden vastgehouden, bij haar binnen waren geweest. Wat hadden die nog meer gedaan?

'Zo was Nam. Een soort spookhuis. Alleen dan met duizenden lijken en shit en brand en insecten en dood en verderf. En daar kom je nooit meer van af.' Hij keek June mistroostig aan. 'Ik zou het helemaal snappen als je me nu het huis uit zet. Als je zegt dat je me nooit meer wilt zien. Je wilt nu vast niet meer met me naar Californië.'

'Doe niet zo gek.' Ze zei het in een reflex, alsof ze Elsbeth troostte na een valpartij: het komt goed.

Gregg keek verbijsterd. 'Echt? Méén je dat, June?'

'Ik denk dat jij in therapie moet,' zei ze terugkrabbelend, 'hulp moet zoeken...'

'O, dat zal ik zeker doen.' Hij ging op zijn knieën zitten. 'Dat ga ik doen. Zeker weten. Ik zal alles doen wat je zegt, zolang je maar meekomt. Als jij bij me bent kan ik alles aan.' Met één vinger betastte hij haar gezicht alsof hij een wimper weghaalde. 'Ik hou van je, June,' zei hij, en June dacht: o god, help hem. Help ons allebei. Hoe moest ze hier in godsnaam uit komen? Ze liet Gregg nieuw ijs halen en sloot haar ogen.

Het duurde een week voordat Junes gezicht voldoende geheeld was om zich in het openbaar te vertonen. Nou ja, om naar de huisarts te gaan, die haar vertelde dat ze geboft had dat haar netvlies niet had losgelaten. Peter was zich rot geschrokken, had erop gestaan de politie erbij te halen, maar June had gezegd: 'Wat heeft het voor zin? Ik heb die gast niet gezien en die is nu vast heel ver weg.' Na een dagje mantelzorgen met aspirine was Peter teruggekeerd naar het restaurant. June had niemand gezien behalve Elsbeth en Helen Lawatsch, die Elsbeth 's middags godzijdank kwam halen om te gaan zwemmen op de club. 'Ik zal niemand vertellen wat er echt gebeurd is,' had Helen de eerste keer gezegd. June had het Spaans benauwd gekregen, totdat Helen fluisterde: 'Heb je alleen je ogen laten doen?' Ze had mysterieus geglimlacht achter haar grote zonnebril. Het was beter dat

Helen dit verhaal geloofde en verspreidde dan dat ze erachter kwam wat er echt gebeurd was.

Na een week eenzame opsluiting was June er klaar mee. Bovendien had ze een knoop doorgehakt. Die avond trok ze Elsbeth de lavendelkleurige jurk aan die ze van Ida had gekregen – het prinsessenschort was uit de gratie geraakt, maar nu wilde Elsbeth alleen nog maar paarse kleren aan – zette haar op de achterbank van de auto en reed de berg op. Bij de afslag naar de club keek June opzij, maar ze reed door. Ze had Gregg niet meer gezien sinds het incident; tijdens een telefoongesprek had hij ermee ingestemd dat het beter was dat ze wat afstand namen, totdat haar gezicht geheeld was. Ze vroeg zich af wat hij op dit moment aan het doen was: privéles geven, een herendubbel coachen of borstcrawlen in het zwembad voor volwassenen? Misschien was hij zelfs wel aan het inpakken in zijn ouderlijk huis. June miste hem zo dat ze er draaierig van werd.

Aan de voet van de berg sloeg ze links af en reed over Route 23 langs The Woodcrest met het neoklassieke clubhuis en de golfbaan. De volgende afslag leidde naar het Claremont. De nabijheid van The Woodcrest was zowel een zegen voor de zaak – mensen kwamen er na het borrelen vaak eten – als een vloek, aangezien er soms afgedwaalde ballen over het hek vlogen en deuken sloegen in de auto's van Peters gasten. Hij was met The Woodcrest in onderhandeling over het plaatsen van een net.

Het was pas vijf uur, dus het parkeerterrein was nog leeg. June liet Elsbeth voor zich uit naar het restaurant rennen. 'Pappie, pappie, pappie!' schreeuwde ze. June volgde in een kalmer tempo en bleef even staan om een sigaret op te steken.

De airco in het Claremont was een welkome shock na de benauwde augustushitte. Soms leek er geen eind te komen aan deze maand, met zijn gloeiende zon en de geur van brand. June zette haar zonnebril af om haar ogen aan de verandering van licht te laten wennen. Gastvrouw Shawna kwam in een wijnkleurige robe achter uit de zaak, haar zwarte haar wapperde in grote diagonale krullen uit haar gezicht. Ze wisselden luchtkussen uit en meden daarbij zorgvuldig elkaars huid.

'Goed om je te zien, schat,' zei Shawna. 'Hoe is het met je oog?'

'Veel beter.'

Shawna boog zich naar June toe voor een nadere inspectie. 'Mooi hoor,' zei ze uiteindelijk, 'je ziet er bijna niets meer van.' Shawna was verloofd met een politieagent die nogal losse handjes had, dus ze wist het een en ander over blauwe ogen. 'Heb je er een rauwe biefstuk op gelegd?'

'Nee, ijs. En diepvrieserwten.'

'Erwten! Dat moet ik onthouden. Ik heb Bobby trouwens verteld over de zwartjes die je in elkaar geslagen hebben,' zei Shawna. 'Hij zei dat ze extra mensen in het winkelcentrum laten surveilleren.'

'Bedankt, maar volgens mij was hij niet zwart. Het was er maar één.'

'Natuurlijk was hij zwart. Ze komen tegenwoordig allemaal uit Newark hiernaartoe, heb je dat niet gehoord? En de rellen? Je moet echt voorzichtiger zijn.'

'Dat zal ik doen,' zei June, terwijl ze Shawna volgde naar de vaste hoektafel van de Rashkins. 'Is Pete in de buurt?'

'Zeker, ik heb hem al verteld dat je er was toen ik het prinsesje naar achteren bracht. Hij komt er zo aan. Kan ik ondertussen iets te drinken voor je inschenken?'

'Martini?'

'Komt voor elkaar,' zei Shawna. Ze tikte June even aan met een lange rode nagel en liep parmantig weg.

June stak nog een sigaret op en keek om zich heen. De zaak was bijna leeg, er zat alleen een stelletje bij het raam. Die waren wel erg vroeg. Maar misschien waren ze gewoon blijven hangen na een erg late lunch. Uit de zaal achterin, die verhuurd werd voor feesten en partijen, kwam het geluid van een stofzuiger. Een serveerster bracht Junes drankje en ze nam er peinzend slokjes van. Het Claremont was zo veranderd sinds de eerste keer dat Peter haar er in 1972 mee naartoe had genomen. Voor die tijd was het een Griekse eettent geweest waarvan de eigenaar op mysterieuze wijze was verdwenen. Peter had de zaak bij een veiling verworven. 'Voor een spotprijsje,' had hij gezegd en June begreep wel waarom. Ze was langzaam door de ruimte gelopen met het versleten linoleum, de roze plastic tafelkleden en de groezelige lege vitrine waar taarten in hoorden rond te draaien. Ze had haar hoofd geschud bij het zien van de spiegelwanden en de verbleekte muurschildering van de Olympus. 'Heb je ons hiervoor de stad uit gehaald?' Peter had glimlachend gezegd: 'Daarom heb ik jouw hulp nodig.'

Afgezien van hun etage op East 96th Street en hun huis in Glenwood was het Claremont de eerste ruimte die ze had ingericht. Peter had een budget vastgesteld waar ze absoluut niet overheen mocht, maar verder had ze carte blanche gekregen. June was degene die het goudkleurige tapijt en de fonkelende kroonluchters had uitgekozen, June was op het idee gekomen om de spiegelwanden met goudverf te sponzen om ze oud te laten lijken en er roodfluwelen gordijnen naast te hangen alsof het ramen waren. 'Dat is beter dan betalen om ze te laten verwijderen,' had ze tegen Peter gezegd, 'en dan heb ik het nog niet eens over al die jaren ongeluk die je zo hebt vermeden.' June wist nog goed hoe opgewonden ze op de openingsdag met een beker koffie over het parkeerterrein was gesneld en haar plaats achter de gastvrouwstandaard had ingenomen (Peter had daar nog niemand voor in vaste dienst genomen). *Welkom in het Claremont, hoe maakt u het?* Na Elsbeth was het Claremont hun beste gezamenlijke prestatie.

Nu kwam Peter hand in hand met Elsbeth door de keukendeur naar binnen. Hij droeg een lichtgrijs zomerpak en glimlachte naar June toen hij Elsbeth op de bank hielp. June lachte terug; wat er verder ook tussen hen gebeurd was, June vond het altijd fijn om Peter in zijn element te zien.

'Mag ik bij jullie komen zitten?' vroeg hij.

'Natuurlijk.' June en Elsbeth schoven een stukje op, zodat Peter naast zijn dochter kon zitten.

'Een wodka-tonic, alsjeblieft,' zei hij tegen de uit het niets opdoemende serveerster. 'Wil jij er nog een, June? Ja? Nog een martini, een Shirley Temple met drie kersen, en een hamburger van het huis. Hoe noemen we die, Ellie?'

'Hamburger Walter,' zei Elsbeth, die op de achterkant van een placemat zat te krabbelen met de krijtjes die June naar haar toe had geschoven.

'Heel goed. En hoe wordt die gemaakt voor grote mensen?'

'Met peper en cognac. *Au poivre*.'

'Uitstekend! Jij hebt wel een aardbeienijsje verdiend... Na het eten.'

De serveerster stak de kaars op hun tafel aan en vertrok. Peter liet zijn blik door de zaak dwalen om er zeker van te zijn dat alles klaar was voor de avond. 'Hoe is het met je oog?' vroeg hij.

'Beter, dank je.'

'Laat eens kijken.'

Ze draaide zich gehoorzaam naar hem toe.

'O ja. Je ziet er bijna niets meer van.'

'Godzijdank is er CoverGirl,' zei June.

'Godzijdank heeft die klootzak je niet erger toegetakeld,' zei Peter grimmig.

'Pappieee,' zei Elsbeth. Ze zat zichzelf te tekenen in een paarse prinsessenjurk en met een kroon vol juwelen. 'Je zei een lelijk woord.'

'Dat is zo.' Peter haalde een stuiver uit zijn zak en schoof die over tafel. 'Voor de lelijkewoordenspaarpot.' Elsbeth stopte het muntje in haar paarse tasje.

'Wie ben je aan het tekenen?' Peter keek met een schuin hoofd naar Elsbeths placemat. 'Dat ben jij, dat is mammie en dat ben ik, maar wie is die grote meneer?'

'Gregg,' zei Elsbeth. Ze zat een kolossale rechthoek met benen en een bril in te kleuren.

June schudde haar hoofd en haalde haar schouders op in antwoord op Peters vragende blik: geen idee. 'Misschien iemand van de club?'

De serveerster keerde terug met hun drankjes, Elsbeths hamburger en een zilveren schaaltje met haar lievelingszuur. 'Proost,' zei Peter en de drie Rashkins tikten hun glazen tegen elkaar. Elsbeth at een kers en begon weer te tekenen, June en Peter namen slokjes en keken hoe de zaak volliep. Shawna paradeerde in haar donkerrode jurk tussen de tafels door en leidde de gasten naar hun tafels. Vervolgens verschenen obers en serveersters in een goedgeoliede choreografie om bestellingen op te nemen.

'Waaraan dank ik dit genoegen...' zei Peter op het moment dat June zei: 'Dit is leuk...' Ze keken elkaar aan en schoten in de lach.

'Ga je gang,' zei ze.

Hij boog zijn hoofd. 'Jij eerst.'

'Ik wilde zeggen dat dit heel leuk is voor de verandering, na een week thuis zitten. Het was te heet om te koken. En ik denk dat ik daarmee jouw vraag heb beantwoord.'

'Inderdaad. En het is echt belachelijk heet. Zelfs met de airco voelt de lucht in de keuken aan als soep.' Hij keek op zijn horloge. 'Over de keuken gesproken, ik denk dat ik ernaartoe moet.'

June stak een sigaret op. 'Nou, eigenlijk had ik gehoopt even met je te kunnen praten...'

'Kan dat niet wachten tot ik thuis ben?'

Haar hand trilde toen ze haar glas oppakte. Ze zette het terug voordat ze kon morsen. 'Ik denk eerlijk gezegd van niet, Peter.'

Peter had iets zitten gebaren naar een ober aan de andere kant van de zaak, de geheimtaal van een restaurateur, maar iets in Junes toon of het gebruik van zijn volledige voornaam riep hem tot de orde. 'Wat is er?'

June staarde naar haar martini en haalde diep adem door haar neus.

'June? Is er iets?'

'Ik wil het je al een tijdje vertellen,' zei ze. Haar stem stokte en ze wendde haar blik af. Ze kon haar kin voelen trillen.

Peter zei niets, maar vanuit haar ooghoek zag ze zijn zakdoek verschijnen. Ze knikte dankbaar, pakte hem aan en wreef er eerst mee onder haar linker- en toen, heel voorzichtig, onder haar rechteroog.

Peter tikte met zijn knokkels op de tafel en zei: 'Heeft dit te maken met waar we het eerder over hebben gehad, dat je weer wilt gaan werken?'

'Ergens wel.'

'Of dat ik het niet voor je op heb genomen tegen Sol? Hij kan een rotzak zijn, maar je weet dat zijn mening geen enkele invloed heeft op ons privéleven.'

June dwong zichzelf hem aan te kijken. Peter zat met gebogen hoofd en opgetrokken wenkbrauwen naar haar te glimlachen. Ze wist wat hij met die uitdrukking bedoelde: *Vergeef je me?* 'Peter,' zei ze, 'ik moet je iets vertellen.'

Ze zag zijn gezicht veranderen. Toen Elsbeth klein was had Peter altijd een spelletje met haar gespeeld waarbij hij een gekke bek naar haar trok, vervolgens zijn hand over zijn gezicht streek en fronste, dat gebaar herhaalde en dan weer grijnsde. Nu leek het wel of iemand met één handgebaar het volle besef van wat ze had gezegd op zijn gezicht had getoverd.

Hij leunde achterover. 'Ik snap het. Maar toch stel ik voor dat we er vanavond thuis over praten. Ik zal proberen op een fatsoenlijk tijdstip thuis te komen. Ik denk niet dat we dit moeten bespreken waar...' Hij maakte een hoofdgebaar naar Elsbeth.

Maar Elsbeth was er niet. Alleen haar tekening, haar servet en haar lege bord waren er nog.

'Waar is ze heen?' Peter stond op.

June deed dat ook. 'Geen idee.'

'Ze moet onder de tafel door gekropen zijn. Maar waar is ze?'

'Geen idee,' zei June nogmaals.

Beide ouders keken om zich heen. Het was nu druk, de meeste tafels waren bezet. Obers en serveersters liepen er met zware dienbladen vol drankjes en warme gerechten tussendoor. June dacht aan de keuken, waar Elsbeth absoluut niet mocht komen zonder volwassene; aan messen, brandende fornuizen, kokendhete pannen. Ze dacht aan het parkeerterrein met de af en aan rijdende auto's. Route 23, waar de maximumsnelheid negentig kilometer per uur was. Peter had Shawna ontboden en praatte in hoog tempo tegen haar. Shawna haastte zich naar de keuken.

'Pete,' zei June, 'je denkt toch niet...' Ze wierp een blik op Elsbeths paarse tekening en vervolgens op haar paarse satijnen tasje en wist opeens waar Elsbeth was. Toen ze omkeek naar Peter zag ze dat hij het ook wist. Ze schoten weg van de tafel. 'Pardon,' zei June, terwijl ze tussen de andere tafels door liep, 'neem me niet kwalijk.' Ze ging naar het damestoilet, dat June, net als alle andere ruimtes in het Claremont, zelf had ontworpen. Daarvoor had ze de meest courante kleur uit 1972 gebruikt en dat was paars: precies de kleur die Elsbeth tegenwoordig droeg, tekende, en waar ze zichzelf mee omringde. Alles op het damestoilet had een paarstint: van de tegels tot de hokjes tot de schilderijtjes met paarse violen. Zelfs de toiletten waren lavendelkleurig. En daar vond June Elsbeth dan ook toen ze met Peter achter zich het eerste hokje openknalde.

'Kijk, mammie,' zei Elsbeth, die haar handjes om de pot had geslagen, 'mijn paarse prinsessentroon! Mooi, hè?' En terwijl beide ouders 'Nee nee nee nee nee!' gilden, boog ze haar hoofd en kuste de bril.

Die avond lag June op de logeerkamer toen Peter thuiskwam. Ze was hiernaartoe verhuisd na het incident met haar gezicht, onder het mom dat het voor haar gemakkelijker was zittend te slapen. Voor zover als dat ging, was dat ook waar. Ze had de afgelopen week echter heel weinig geslapen en dat had niet aan de langzaam wegebbende pijn in haar wang gelegen.

Ze keek naar de klok op het nachtkastje: tien over twaalf. Noemde hij dit een fatsoenlijk tijdstip? Maar voor hem was het dat eigenlijk wel, de meeste nachten kwam hij pas na tweeën of drieën thuis. Ze stak een sigaret op en spitste haar oren. Ze hoorde zijn voetstappen op de keukenvloer. De koelkast ging open en dicht; hij had ongetwijfeld kliekjes meegenomen uit het restaurant, want dat deed hij altijd. Het deurtje van het keukenkastje waarin de glazen stonden piepte, de kraan liep. Het geluid van een glas dat in de gootsteen werd gezet. Toen kwam hij naar boven. June hield de deur in de gaten.

Er werd geklopt. 'June? Ben je nog wakker?'

Ze legde de paperback die ze had vastgehouden opzij en doofde haar sigaret. 'Kom binnen.'

De deur ging open en Peter liep de kleine kamer in. Toen bleef hij staan en keek om zich heen. 'Ik was vergeten dat dit zo'n fijne plek was,' zei hij.

'Ik heb opnieuw behangen.'

'Ach, is dat het? Ik dacht al dat er iets veranderd was. Het ziet er mooi uit.' Blijkbaar zag hij de bobbels in de gebloemde stof niet. Of deed hij alsof.

June gebaarde naar de schommelstoel in de hoek. 'Ga gerust zitten.'

'Dank je,' zei Peter. Hij liep naar de stoel, liet zich erop zakken, legde zijn handen op zijn knieën en glimlachte naar haar. Hij had grijze wallen onder zijn ogen en door de wind uit de ventilator, die van links naar rechts bewoog, raakten plukjes haar uit de met gel gemodelleerde golven los. De tijd had sporen over zijn voorhoofd en van zijn neus naar zijn kin getrokken. Als jong zijn een onbeschreven blad was, dacht June niet voor het eerst, dan was ouder worden een verschrompelend blad. Bestond er maar een of andere speciale spons waarmee ze de jaren op haar man kon uitwissen.

'Nou, June,' zei Peter. Hij had zijn jasje uitgetrokken, beneden waarschijnlijk. Zijn overhemd was gekreukt. 'Daar zitten we dan.'

'Ja,' beaamde ze. Buiten passeerde een auto op Park Street en verderop blafte een hond.

'Dus er is een ander?'

Ze keek naar haar schoot, ze had haar benen onder de zoom van haar babydoll over elkaar geslagen. 'Ja.'

'Dat is wat je me wilde vertellen. In het restaurant.'

'Ja.'

'Oké. Hoe lang al?'

'Niet zo lang. Een paar maanden.'

'Een paar... Wie is het?'

'Dat doet er niet toe.'

'Dat doet er verdomme wel toe,' zei Peter tot haar verbazing. 'Verdomme!' Hij stond zo abrupt op dat zijn stoel tegen de muur aan knalde. Hij begon te ijsberen. 'Godverdomme, June,' schreeuwde hij. 'Wie is het? Die zogenaamde fotograaf met wie je in Minneapolis was? Iemand van de club?'

Ze schudde haar hoofd. 'Het doet er niet toe. Ik denk dat het uit is...'

'Dat denk je! Dat denk je. Nee, dat is fijn. Je denkt dat het uit is.'

'Ja, wat wil je dan dat ik zeg?' schreeuwde ze terug. 'Dat het nog aan is? Dat ik bij je wegga? Is dat wat je wilt?'

Hij bleef opeens staan. 'Is dat zo?'

June keek weer naar haar schoot. Ze schudde haar hoofd en kneep haar ogen dicht. Er vielen een paar tranen op haar benen.

'En daar ben je nu verdrietig over. Heel fijn. Heel vervelend dat je er niet vandoor kunt gaan met je minnaar.'

'Breng me niet in de verleiding!'

Peter plofte weer op de stoel. Die kraakte, maar zakte niet door. Een pluk haar die los was geraakt door het ijsberen wapperde alle kanten op in de wind uit de ventilator. 'Waarom?' vroeg hij. 'Als je me niet wilt vertellen wie het is, vertel me dan tenminste waarom. Ik ben altijd een goede echtgenoot voor je geweest. Ik heb je onderhouden, ben je trouw gebleven...'

'... je bent een goede vader voor Elsbeth,' maakte June de zin voor hem af. 'Ja.'

'Waarom dan, godverdomme?'

'Moet je me dat echt vragen, Pete?' zei ze zacht.

Hij staarde haar aan. 'Waar héb je het over?'

'Dat weet je best.'

'Laat me niet langer in spanning zitten.'

'Wil je dat echt? Wil je echt dat ik je vertel hoe het voor mij is als jij twintig uur per dag, zeven dagen per week aan het werk bent...'

'Om de zaak draaiende te houden. Je hebt altijd geweten dat ik voor de volle honderd procent voor mijn werk ga...'

'We weten allebei dat jij niet zo hard hoeft te werken als je doet.'

'Er zijn zo veel mannen die hard werken.'

'Ach, kom nou toch, Pete. Waarom dwing je me het te zeggen? Je weet best wat het probleem is. Je weet waarom je zo hard werkt. De keuken is de enige plek waar je je goed voelt. Toch? Dat is de plek waar je alles buiten kunt sluiten, kunt doen alsof er nooit iets ergs is gebeurd. Dat er nooit oorlog is geweest. Dat je haar nooit bent verloren. Dat je hen nooit bent verloren.'

'Dat... is... Hou op!'

'Nee, ik hou niet op. Ik denk ook aan hen, wist je dat? Echt. Die arme kinderen. En Masha. Ik had haar graag willen ontmoeten. Ik heb bewondering voor haar. Ze moet zo dapper zijn geweest... Maar ze ís er niet meer. En jij ook niet, een deel van jou is weg. Dat is afgesloten, of misschien bestaat het niet eens meer. Ik weet alleen dat je er maar half bent.' Haar keel deed pijn. Ze legde haar hand erop. 'En dat is echt eenzaam.'

Peter keek haar aan alsof hij haar voor het eerst zag. 'June,' zei hij, 'dat wist je allemaal toen je met me trouwde. Je wist wat er gebeurd was...'

'Ja, natuurlijk. Maar ik wist niet dat het zo zou blijven. Het zal wel naïef geweest zijn, maar ik dacht... nou ja... in het begin ben je altijd vreemden voor elkaar, toch? Mensen groeien naar elkaar toe. Ik dacht dat je wel zou ontdooien.' Ze schudde haar hoofd. 'Er is geen dooi, Pete.'

Peter sloeg zijn ogen neer en keek naar zijn versleten zwarte schoenen op het tapijt.

'Soms denk ik dat je nooit had moeten hertrouwen,' zei June. 'Dat je gelukkiger was geweest als je mij niet tegen was gekomen.'

'Dat is niet waar. Jij maakte me gelukkig.'

'Als ik niet zwanger was geweest, had je me dan ten huwelijk gevraagd?'

Hij gaf niet meteen antwoord, waardoor ze wist dat hij nadacht over het antwoord. 'Ik wilde met je trouwen,' zei hij.

'Dat vroeg ik niet.'

Peter streek herhaaldelijk met zijn handen door zijn haar. 'June,' zei hij uiteindelijk, 'dit is allemaal zo lang geleden. Wat wil je dat ik doe?'

'Weet je nog dat ik je voordat we trouwden vroeg om naar een psychiater te gaan?'

'Ja.'

'En? Heb je dat gedaan?'

'Jeetje, June, weet ik veel, dat is al zo lang geleden...'

'Nee, dat heb je niet gedaan. Probeer er maar niet onderuit te komen.'

'Hoe weet je dat?'

'Ik ben je gevolgd,' zei ze, 'toen je wegging. Je zei dat je een afspraak had bij de psychiater, maar je ging zoals gewoonlijk naar Masha's.'

'Je bent me gevolgd,' herhaalde hij. Hij sloot zijn ogen. 'Natuurlijk.'

'Ik wil dat je er nu heen gaat. Met mij. Ik weet niet of we daar iets mee opschieten, maar er moet iets veranderen. En als wij nog een kans hebben... Wil je dat doen?'

Peter leek helemaal op te gaan in de vloerbedekking. Het duurde heel lang voor hij een zucht slaakte en zei: 'Het spijt me, June, maar dat kan ik niet. Daar ben ik te oud voor. Ik heb je lang geleden verteld dat er dingen waren waar ik niet over kon praten. En dat kan ik nog steeds niet.'

'Dat wíl je niet.'

'Willen, kunnen... Het is gewoon iets wat ik niet ga doen.' Hij keek haar aan zonder zijn hoofd op te tillen. 'Misschien had ik niet met je moeten trouwen. Ik dacht indertijd dat dat misschien niet fair tegenover jou zou zijn... Jij bent altijd zo levenslustig geweest, staat altijd zo open voor alles wat het leven te bieden heeft. En ik heb al die tijd iets gemist. Ik dacht dat het misschien wel terug zou komen. Of dat we wel zonder konden. Maar uiteindelijk komt het erop neer dat dit is wie ik ben en meer kan ik er niet van maken.' Hij hief zijn handen en liet ze toen weer vallen. 'Het spijt me, June. Het spijt me dat ik niet ben zoals jij wilt.'

Ze wachtte. 'Is dat alles wat je te zeggen hebt?' vroeg ze eindelijk.

'Voorlopig wel. Behalve dan dat ik van je hou, June, zo goed als ik kan. En dat is net zo waar als alles wat we vanavond gezegd hebben.' Hij stond op, maar kreunde opeens en greep naar zijn zij.

'Wat is er?' vroeg June.

'Niets. Een steek. Ik zal me wel vertild hebben.' Peter dwong zichzelf tot staan en liep naar de deur. 'Ik weet dat we nog niet uitgepraat zijn. Maar voor vanavond denk ik dat ik het voor gezien hou, als jij dat goedvindt... Ik kan niet meer.' Hij wilde gaan, maar liep toen terug om een kus op Junes hoofd te drukken. 'Welterusten,' zei hij en toen vertrok hij echt.

De volgende ochtend werd June heel vroeg wakker en wist wat haar te doen stond.

Ze stond op, maakte het logeerbed op, waste haar gezicht, poetste haar tanden en kamde haar haar. Ze trok de kleren aan die aan de achterkant van de badkamerdeur hingen: een spijkerbroek met wijde pijpen en een T-shirt. Ze liep zachtjes naar beneden. De deur van hun slaapkamer was dicht; Peter was dus ook vroeg opgestaan en al vertrokken, of hij lag nog te slapen. Het huis vulde zich met de grijze ochtendschemer.

Elsbeth was al op. Ze zat in haar Holly Hobbie-pyjama naar *The Pink Panther Show* te kijken in de hobbykamer. Dat deed ze altijd als June en Peter 's morgens nog op bed lagen. Ze mocht televisiekijken als ze het geluid zacht zette en ze mocht een paar suikerwafels die June voor haar had klaargelegd in Elsbeths eigen keukenla. Zolang ze haar ouders maar niet stoorde.

Ze draaide haar hoofd met een ruk om toen June heel zachtjes zei: 'Goedemorgen, liefje.'

'Kijk!' zei Elsbeth. Ze ging op haar knieën zitten en wees enthousiast op en neer wippend naar het scherm. De roze panter gaf inspecteur Clouseau een vuurtje. De sigaret ontplofte en je zag Clouseau nasmeulen. Elsbeth wiegde giechelend heen en weer. 'Wat een gekkie, hè, mammie?'

'Heel gek. Kom, dan gaan we je snel aankleden. Mammie heeft een verrassing voor je.'

'Wat?'

'Als ik het vertel is het geen verrassing meer, toch?'

'Nee,' beaamde Elsbeth. Ze sprong overeind.

June haalde een gele blouse met ruches en een schone OshKosh uit de wasmand in de keuken en trok haar die aan. Ze propte nog wat andere kleren in een boodschappentas. Vervolgens haalde ze wat worteltjes en wat blokjes kaas uit de ijskast en zag toen het eten dat Peter gisteravond had meegebracht: *kip/aard.grt/spinsouff/30 aug*, stond er in zijn handschrift geschreven op de plastic bakjes. De gewoonte van een chef-kok om altijd inhoud en datum op te schrijven. Samen met een paar Oreo's stopte ze alles in een tupperwaredoosje.

'Mag ik appelsap, mama?'

'Alsjeblieft.'

'Mag ik alsjeblieft appelsap?'

'Ja, dat mag.' June schonk Elsbeths Beatrix Potter-beker vol. 'Blijf hier zitten. Ik ben zo terug.'

Ze schoot naar boven en meed de krakende trede. In Elsbeths kamer griste ze Stuart Little van de ladekast, maakte een draagzak van haar shirt door de zoom omhoog te tillen en liet hem daar samen met Poeh, Knorretje, Paddington en Muis in vallen. De deur van hun slaapkamer was nog steeds dicht. June bleef er even naar kijken en sloop toen weer snel naar beneden. Ze zette haar zonnebril op en pakte haar handtas.

'Klaar, liefje?'

'Waar gaan we heen, mammie?'

'We gaan op een spannende reis.'

'Jippie!' schreeuwde Elsbeth.

June hield een vinger voor haar mond. 'Záchtjes. Zo zacht als babymuisjes. Kun je dat?'

'Ja,' fluisterde Elsbeth. Met overdreven opgetrokken benen sloop ze op haar tenen naar de trap aan de achterkant. June wierp nog een laatste blik op de keuken en deed toen de deur achter hen dicht.

Buiten waren de hoge bomen in nevelen gehuld en glinsterde het gras van de dauwdruppels. Het licht was geheimzinnig, de vogels floten vrolijk. June zou haar planten missen, de tuin met de beek. Ze zette Elsbeth op de achterbank en deed haar gordel om.

Op weg naar de snelweg stopte ze bij Glenwood Plaza om te tanken, een beker koffie en een kaart te kopen. 'Een héél goede morgen, dame,' zei de pompbediende tegen haar. 'U bent vroeg op voor een zaterdag.' June glimlachte achter haar zonnebril en legde nog een zakje pretzels voor Elsbeth bij de kassa.

Het asfalt walmde, de winkeliers deden net hun deuren open en zetten hun spullen buiten. In de voortuinen die ze passeerden schuifelden mensen in kamerjassen rond om de krant te halen, sproeiers te verzetten, de hond uit te laten of de vlag recht te hangen. Toen reed June de berg op en lieten ze Glenwood achter zich. De weg meanderde door het Eagle Ridge-reservaat, waar June ooit met Gregg op een groot rotsblok had gevreeën. Ze reed langs de Eagle Rock Diner en Pal's Cabin en nam de afslag naar de 280. Het voelde vreemd om deze kant op te rijden, en niet naar Larchmont of New York. De snelweg was nagenoeg verlaten.

De opwinding die zich van June meester maakte had ze niet meer gevoeld had sinds ze op haar eenentwintigste op de Greyhound naar Manhattan was gestapt. Het had iets te maken met vroeg opstaan en op reis gaan, maar het was meer dan dat. Het was de opwinding van het beginnen aan een avontuur waarbij ze weliswaar een doel voor ogen had, maar geen enkele garantie op wat er vervolgens zou gebeuren. Om te beginnen zou June naar Ida gaan. Haar moeder zou, gezien de omstandigheden, in eerste instantie niet echt blij zijn om June en Elsbeth te zien, maar June was ervan overtuigd dat Ida zou bijdraaien. Thuis was toch de plek waar ze je binnen moesten laten? Ze zouden tot aan het eind van de zomervakantie bij Ida blijven en dan naar Minneapolis gaan, waar oude schoolvriendinnen June wellicht wegwijs konden maken. Er was daar geen Parsons, maar je had wel het Minneapolis College of Art and Design en er waren ontwerpbureaus en schriftelijke cursussen. Ze kon moeder spelen in een paar catalogi om wat geld te verdienen, in bloemetjesjurken en driekwartbroeken glimlachen naar kinderen die niet van haar waren. En dan zou ze, met een diploma op zak, misschien wel naar Californië gaan. Wie zou het zeggen? June niet en dat was het nou juist. Ze was vrij. Ze schoot in de lach.

'Waarom lach je, mammie?'

'Nergens om, liefje. Ik ben gewoon vrolijk.'

Elsbeth dacht daarover na. 'Waar gaan we naartoe?'

'Nou,' zei June, terwijl ze in de achteruitkijkspiegel lachte naar Elsbeth, die haar eigen Minnie Mouse-zonnebril had opgezet en onbewogen terugkeek, 'ik dacht dat we eerst maar eens een bezoekje aan oma Ida moesten brengen. Wat dacht je daarvan?'

'Alweer?'

'Ja, het leek me gewoon leuk om weer naar haar toe te gaan. Dan mag je zwemmen zonder badmuts en kunnen we naar de A&W. En misschien wel naar Minneapolis!'

'Komt pappie ook?'

'Nee, liefje. Hij moet werken. Maar we zullen hem straks bellen, oké?'

Elsbeth keek uit haar raampje en wiebelde met haar benen. 'Mogen we naar de grote leeuw?' vroeg ze uiteindelijk.

Ze bedoelde de fontein in het zwembad. 'Zeker weten. Oké?'

'Oké.'

'Mooi,' zei June. 'Zullen we liedjes zingen?'

Ze zongen de hele weg door New Jersey, 'Free to Be You and Me', 'She'll Be Coming 'Round the Mountain', 'I've Been Working on the Railroad', dat soort liedjes. En Jim Croce: '*Movin' me down the highway/rollin' me down the highway!/movin' ahead so life don't pass me by.*' Er kwam nu meer verkeer op de weg. June hield de rijbaan voor zich in de gaten, terwijl ze de kaart uitvouwde over haar stuur. Die bevestigde wat ze al wist: ze zouden over Interstate 80 door Pennsylvania en Ohio rijden.

Pas ergens tussen de middag, toen ze de Delaware Water Gap naderden, begon ze moe te worden. Elsbeth voelde het ook. Ze had even met haar hoofd voorover gedoezeld na het zingen, maar nu was ze wakker en jengelig. 'Ik moet plassen, mammie,' zei ze.

'Oké, liefje. Kun je het ophouden tot ik een benzinestation zie?'

'Nee. Ik moet nú.'

'Dat weet ik.' June stak een Oreo naar achteren. 'Hou het nog heel even vol.'

Ze reed maar door, maar ze zagen alleen maar andere auto's, vrachtauto's, bergen en bomen. Ze wist dat de Catskills een populaire vakantiebestemming waren, maar zij had het altijd een vijandig gebied gevonden. Kwam Rip Van Winkle hier niet vandaan? Waarom zou iemand hier vakantie willen vieren? June had hoofdpijn, een doffe druk bij haar slapen. Waarschijnlijk door het ingespannen turen of het te vroeg opstaan. Haar rechteroogkas bonkte. Er flitste een bord voorbij: DEL WATER GAP 20 KM, LAATSTE AFRIT IN NEW JERSEY VOOR TOL.

'Mammie,' zei Elsbeth, 'ik wil naar pappie. Ik wil naar huis.' Ze begon te huilen. Ach ja, natuurlijk, ondanks haar dutje was Elsbeth ook moe, haar natuurlijke ritme was verstoord. Soms ging Peter, als ze de avond ervoor in het restaurant een goede omzet hadden gedraaid, niet in alle vroegte weg op zaterdagmorgen. Dan stond hij samen met Elsbeth op om een ontbijtje te maken. Versgeperst sinaasappelsap natuurlijk; Peter moest niets hebben van jus uit een pak of een fles. Brood dat in de oven geroosterd werd en dat Elsbeth voorzichtig omdraaide met een tang, zodat het aan alle kanten krokant was. En Peters speciale roereieren. Eerst karamelliseerde hij de uien door die die heel langzaam in boter te bakken tot ze doorzichtig werden. Dan voegde hij de schuimig geklopte eieren toe, dikke room, ham, verse dille en het geheime ingrediënt: een flink stuk neufchâtel. Dat mocht Elsbeth altijd van een houten lepel bij de eieren laten vallen. Ze had haar eigen koksbuis met haar naam erop, een kleine koksmuts, rubberen muilen en een speciale kruk om op te staan als ze Peter hielp met roeren, kneden en afwegen. De Fabuleuze Rashkins noemden ze zichzelf, en als het eten klaar was om opgediend te worden, presenteerden ze het aan June met een diepe buiging, waarbij Peter zijn hand naar rechts zwaaide en Elsbeth naar links. 'Taaa-daaa! De Fabuleuze Rashkins! Dat het u mag smaken!'

June nam de afrit vóór de Water Gap en vond een benzinestation. Terwijl de pompbediende hun tank vulde en de voorruit zeemde, haalde June een sleutel en nam Elsbeth mee naar het damestoilet. Toen reed ze de Dodge naar de telefooncel langs de kant en vroeg om een collect call. Ze drukte haar andere hand tegen haar oor om het geraas op de snelweg te onderdrukken en hield een oogje op Elsbeth. Die zat stuurs voor zich uit te kijken op de achterbank. Ze had de hik van haar huilbui.

'Er wordt niet opgenomen,' zei de telefoniste. 'Wilt u nog een ander nummer bellen?'

'Ja, graag,' zei June en ze gaf het nummer. Ze drukte haar oor weer dicht en repeteerde in gedachten wat ze zou gaan zeggen: *Het spijt me. Het was niet mijn bedoeling je aan het schrikken te maken, ik moest dit gewoon doen voordat ik het niet meer zou durven. Alles is goed, we gaan naar mijn moeder. Ik bel je vanavond uit Ohio. Dan praten we...*

'Claremont,' zei een onbekende mannenstem.

June fronste. 'Met wie spreek ik?'

'Met Tony, in de keuken. Met wie spreek ik?'

'June Rashkin. Kan ik mijn man even spreken?'

'O. O, jezus, June.' Tony was een van Peters garde-mangers. Waarom nam hij de telefoon op? 'Waar ben je, liefie?'

'Onderweg met Elsbeth. Is er iets?'

'Godzijdank dat je belt. We proberen je al de hele dag te bereiken. Shawna rijdt de hele buurt door om je te zoeken...'

'Vertel me nou maar gewoon wat er aan de hand is, Tony!'

'Het spijt me heel erg, moppie, maar Peter heeft vanmorgen een hartaanval gehad. Hij ligt in het Glenwood Memorial.'

5
De American dream

Peter bleef maar tot de volgende ochtend in Glenwood Memorial. Zodra het veilig was om hem te vervoeren liet Sol hem per ambulance naar Mount Sinai in New York brengen. Wat had het tenslotte voor zin om daar bakken met geld aan te doneren als je geen gebruik maakte van die verdomde tent? Sol kende de beste hartchirurg ter wereld, zei hij tegen June, en: 'Laat die nou toevallig in de stad zijn.' June wilde toch ook dat Peter de allerbeste verzorging kreeg? Ze nam maar aan dat al die vragen retorisch waren.

Ze reed achter de ambulance aan. Elsbeth had ze aan de zorg van Helen Lawatsch toevertrouwd. 'Maak je geen zorgen,' had Helen met grote ogen van medelijden gezegd toen ze Elsbeth in het ziekenhuis kwam ophalen. 'Ik zal voor haar zorgen zo lang als het nodig is.' June was in tranen uitgebarsten. De hele weg terug uit de Catskills – ze had bijna vijftig kilometer per uur te hard gereden – was June verdoofd geweest. Zelfs toen ze Peter op de intensive care aan al die apparaten zag liggen had die emotionele verdoving aangehouden. Het leek gewoon niet echt. Helens vriendelijke woorden braken echter door de verdoving heen.

Nu, na een nacht op een oranje plastic stoel, reed June heel voorzichtig. Door de hitte en haar uitputting had ze het gevoel dat alles aan het smelten was. Weer was het vroeg en ook deze snelweg was verlaten. In de stad bleef ze voor het eerste stoplicht na de Lincoln Tunnel staan en liet haar voorruit door een paar jongetjes wassen. Ze had geen puf om haar ruitenwissers aan te zetten of hen weg te wuiven. Maar ze gaf hun ook geen geld, met als gevolg dat ze haar kwaad naschreeuwden. De enige voetgangers die zo onfortuinlijk waren naar buiten te moeten, haastten zich van de ene aircoplek naar de andere. De bovenkant van de wolkenkrabbers ging schuil achter grijsgele smog. Toen June haar Dodge parkeerde en uitstapte, lieten haar sneakers sporen achter in het asfalt.

Peter lag niet meer op de intensive care, maar op een eenpersoonskamer op de hartbewaking met, tussen de bebouwing door, uitzicht op de East River. Sol moest in de loop der jaren inderdaad flink wat gedoneerd hebben aan Mount Sinai. June wachtte op de gang tot een verpleegster zei dat ze naar binnen mocht. Zachtjes sloop ze naar het bed en schoof er een stoel naast. De poten bleven echter haken achter een slangetje dat vastzat aan Peters hand en June vloekte. Waarom smoorde ze Peter niet gewoon onder een kussen? Dan was ze ervan af. Ze ging naast hem zitten en pakte zijn andere hand, die koud en droog aanvoelde. Ze kneep erin, maar voelde geen reactie. Ze draaide zich naar het raam, zag de wolkenkrabbers en het water erachter, waar sleepboten en binnenschepen op voeren, piepkleine auto's die heen en weer zoefden over FDR Drive en de brug. Het was bijna niet te geloven dat die stuk voor stuk een universumpje omvatten, een of meerdere inzittenden met hun eigen vreugde, verdriet, zorgen en dromen. De wolken dreven als hüttenkäse door een witte hemel.

'June.'

Een zachte druk op haar hand. Toen ze haar hoofd omdraaide, waren Peters ogen open. Ze boog zich glimlachend over het bed. 'Hai, Pete. Hoe voel je je?'

'Ik heb me weleens beter gevoeld.' Zijn stem was zwak, schor; van dat beademingsslangetje waarschijnlijk, dacht June. Maar zijn blik was helder. 'Hoe lang ben ik hier al?'

'Sinds vanmorgen pas. Hiervoor lag je in Glenwood. Sol heeft je laten overplaatsen.'

Hij knikte en kromp ineen. 'Elsbeth?'

'Ze is bij Helen Lawatsch. Ze weet van niets, alleen dat je je niet lekker voelde en naar een dokter in de stad bent gegaan.'

'Fijn. Dank je.'

'Graag gedaan. Kan ik iets voor je pakken?'

'Een beetje water, alsjeblieft.'

Ze schonk water uit de kan op het nachtkastje in een beker en verschoof het rietje.

‘June,’ zei hij. ‘Dat gesprek dat we hadden...’

‘Laat maar, Pete. Zorg jij nou maar dat je beter wordt.’

‘Dat wil ik niet. Ik dacht eraan toen... dit gebeurde. Ik wil niet dat je... ongelukkig bent...’

‘Ik ben hier,’ zei June vastberaden. ‘Ik ga nergens heen. Begrepen?’

Peter nam haar over de rand van zijn beker onderzoekend op, zijn ogen schoten heen en weer. Zou het mogelijk zijn, dacht ze, dat zijn haar in één nacht dunner was geworden? Het stond piekerig overeind. Ze streek het glad, boog zich toen over hem heen en kuste zijn voorhoofd. Dat voelde koel en ietwat vettig aan. Hij rook naar ontsmettingsalcohol.

‘Dank je, June.’

‘Graag gedaan, Pete.’

De deur ging open en er schreed een dokter naar binnen. Hij was erg lang en blond, en had een schitterende snor en bakkebaarden. Hij leek wel een acteur die een dokter speelde in een tv-serie. Hij keek Peter stralend aan en pakte diens status van het bed. ‘Meneer Rashkin? Dokter Alberts, uw cardioloog. Hoe voelen we ons vandaag? Ergens pijn?’

‘Vooral mijn trots, dokter.’

‘Een komediant,’ zei de arts. ‘Dat is goed. Lachen is het beste medicijn, enzovoort.’ Hij nam Peters hartslag op en bleef bladeren door de papierhandel. ‘Mmm hmm, ta-dum, hmmm, heel goed. Nog druk op de borst?’

‘Nee,’ zei Peter.

‘Duizelig? Kortademig?’

‘Nee.’

‘Heel goed, heel goed... U hebt een redelijk zware hartaanval gehad, meneer Rashkin. We houden u nog een paar dagen bij ons en als u ons dan geen kopzorgen meer oplevert, sturen we u naar huis met deze prachtige jongedame.’ Zijn stralende glimlach bereikte nu ook June. ‘Uw dochter, neem ik aan?’

‘Mijn vrouw,’ zei Peter.

‘Zo, u boft maar.’ De dokter opende Peters ziekenhuishemd om zijn stethoscoop op Peters borst te drukken, waardoor June zag dat hij op sommige plekken geschoren was om elektroden aan te brengen. Om de een of andere reden schoot ze uitgerekend hierdoor vol, door de stukjes blote huid tussen Peters bosjes zilvergrijze borsthaar. Ze wendde haar blik af.

'Het klinkt allemaal goed,' zei de dokter. 'Uw hart zit er absoluut nog in. Vindt u het erg als ik uw vrouw even leen?'

'Zolang u haar maar terugbrengt.'

'Heel goed. Ga zo door.' De dokter schoof het jasje weer op zijn plek, maakte een aantekening op de status en pakte Peters schouder vast. 'Ga maar slapen. Ik kom gauw weer terug.'

'Geweldig,' zei Peter. Zijn ogen waren al dichtgevallen, zijn oogleden waren paars en wasachtig.

'Kan ik u even spreken, mevrouw Rashkin?' vroeg de arts.

June kuste Peters wang. Buiten op de gang stak de arts een sigaret op en bood er June ook een aan.

'Dank u,' zei ze. Het was een Pall Mall, sterker dan wat ze normaal gesproken rookte, en ze werd meteen een beetje duizelig.

'Geen dank,' zei de arts. Zijn ogen gleden over Junes lichaam op een taxerende manier die niet geheel medisch voelde. Ze waren erg blauw, opvallend blauw, en opeens besefte June wie hij moest zijn: de man die Sol en diens vrienden 'dokter Gorgeous' noemden.

'Ik zal er niet omheen draaien, mevrouw Rashkin. Uw man is erg ziek.'

'Gaat hij... Komt hij erbovenop?'

'Waarschijnlijk wel. Met voldoende rust en goede verzorging. En wat veranderingen in dieet en levensstijl. Maar het was een zwaar hartinfarct. Hij heeft geluk gehad dat er snel handelende mensen bij waren toen het gebeurde en dat hij meteen behandeld is.'

'Ja,' zei June zwakjes. 'Gelukkig wel.'

'Op zijn status staat dat hij in de concentratiekampen van de nazi's heeft gezeten?'

'Ja, in Auschwitz en... Sorry, ik ben de naam van dat andere kamp vergeten. Dat zal wel door de stress komen.'

'Zijn hart heeft een flinke tik gehad van die ervaringen, van de honger en fysieke mishandelingen. Gezien zijn leeftijd is het een wonder dat het niet eerder is gebeurd.'

'Gelukkig niet. Wanneer kan hij naar huis?'

‘O, over een dag of vier, vijf, een week misschien, als er verder geen rare dingen gebeuren. We maken nog een hartfilmpje en geven hem pilletjes voor onder de tong. Hij moet veel rust hebben. Geen inspanning. Geen stress.’

‘Dat snap ik.’

‘Volgens uw schoonvader is uw man restaurateur?’

‘Ja. Masha’s, in de Upper East Side, was vroeger van hem. Nu heeft hij een restaurant in Glenwood, waar we wonen.’

‘O, dát is het,’ zei de adembenemende arts. ‘Ik wíst dat ik hem al eens eerder had gezien. Geweldig! Ik was gek op die tent.’ Hij drukte zijn sigaret uit in de asbak op de gang. ‘Eigenlijk moet hij overwegen om een tijdje iets anders te doen. Of vervroegd met pensioen gaan. Een restaurant is een stressvolle omgeving voor een hartpatiënt.’

‘Jaja,’ zei June. ‘We bedenken wel wat.’

Dokter Gorgeous stak zijn pakje Pall Mall weer naar haar uit, maar ze schudde haar hoofd. ‘Wilt u me nog iets anders vragen?’ zei hij.

‘Nee, dank u, dokter, voor alles wat u verteld hebt. O... u zei iets over een dieet?’

‘Vezelrijk, vetarm, geen cholesterol. Ik zal zorgen dat de zuster u informatie meegeeft.’ Dokter Gorgeous glimlachte. ‘Geen slagroomsoesjes meer.’

‘Nee, dat lijkt me ook niet.’

‘God, wat vond ik die zalig. Met die chocoladefondue erbij...!’ Hij schudde zijn hoofd. ‘De belangrijkste factor in het herstel van uw man is natuurlijk de liefde van zijn gezin, mevrouw Rashkin. Maar dat lijkt me zo te zien geen enkel probleem te zijn met zo’n prachtvrouw als u in huis.’ Hij knipoogde, stak nog een sigaret op en kuierde de gang uit.

June bleef nog tot die avond bij Peter, toen een verpleegster haar vertelde dat het beter voor hen beiden was als ze naar huis ging om te slapen. Peter had trouwens toch het grootste deel van de middag geslapen; hij was alleen wakker geworden toen ze zijn vitale functies kwamen controleren. Toen June hem kuste en fluisterde dat ze morgen weer zou komen, bewogen zijn oogleden amper.

Het was donker in het huis in Glenwood, het voelde alsof er elk moment een onweersbui kon losbarsten. Het was te stil zonder Elsbeth; het zoemen van de koelkast en de airco, en het tikken van de klok waren de enige geluiden. June deed het keukenlicht aan en zag Elsbeths Beatrix Potter-beker, de niet-passende tupperwaredekseltjes en Peters koffiemok in de gootsteen staan. Het leken wel archeologische vondsten. Ze knipte het licht weer uit en liep naar boven.

In de slaapkamer schopte ze haar gympen uit. Het bed, het kussen rook naar Peter, naar zijn huid, zijn kruidige, zoete haargel. June was van plan om alleen even een dutje te doen, dan op te staan en Helen te bellen om te vragen hoe het met Elsbeth was, want die hield doorgaans helemaal niet van logeerpartijtjes en zei altijd dat het raar rook in de huizen van andere mensen. June moest ook Sol bijpraten. Ze deed haar ogen dicht en voor ze het wist was het ochtend.

En er stond iemand voor de deur. Iemand drukte op de bel, liet vervolgens de klopper op de deur vallen en drukte weer op de bel. June schoot overeind en zat wazig op de rand van het bed. Was het Helen? Had Helen de hele morgen al geprobeerd Elsbeth terug te brengen? Opeens herinnerde ze zich, of leek ze zich te herinneren, dat de telefoon gegaan was, dat ze die de hele tijd had horen rinkelen. Was er iets met Pete gebeurd? Ze rende naar beneden. 'Ik kom eraan, ik kóm,' riep ze.

Maar het was weer Gregg die voor de deur stond. 'Hai,' zei hij.

'Hai.' Voor het eerst sinds dagen was ze zich plotseling bewust van zichzelf, van haar slechte adem en haar woeste haar. Ze liep nog steeds in... Ja, wat droeg ze eigenlijk? Het T-shirt en de spijkerbroek met wijde pijpen die ze had aangeschoten toen ze Elsbeth 's morgens in alle vroegte in de auto had gezet. Hoeveel dagen was dat geleden... Twee? Drie?

Gregg gaf haar een tasje van wit papier waarin een croissantje en een beker koffie zaten. 'Mag ik binnenkomen?'

June stapte achteruit en hij kwam de hal binnen. Hij had ook een spijkerbroek aan; het was voor het eerst dat ze hem in iets anders dan zijn tennisbroek zag, behalve dan toen hij dat pak had gedragen. Ze merkte dat het koeler was buiten, en vochtig. Het moest vannacht geonweerd hebben.

Gregg bleef stijfjes midden in de hal staan. 'Hoe is het met hem?' vroeg hij.

'Stabiel. Hoe weet je het?'

'Ik heb het restaurant gebeld.' June moest een kreetje hebben geslaakt of verschrikt gekeken hebben, want meteen daarna zei hij: 'Geen zorgen, ik heb niet gezegd wie ik was. Ik was gewoon bezorgd omdat ik je niet kon bereiken. Ik heb tig keer gebeld en niemand op de club had jou gezien, dus uiteindelijk heb ik het Claremont geprobeerd. En de gastvrouw vertelde me dat je bij je man in New York was, omdat hij een hartaanval had gehad.'

'O,' zei June. Ze liepen de woonkamer in. Junes benen voelden opeens wiebelig en ze ging op de bank zitten.

Gregg liet zich naast haar zakken en hielp haar het dekseltje van de beker te halen. De koffie was zoet en sterk. 'Volgens mij drink jij het zonder suiker,' zei hij, 'maar die gast had het er al in gedaan.'

'Dat geeft niet. Dank je.' Ze nam een slokje en beet een stukje van de croissant.

Hij zette zijn ellebogen op zijn grote knieën en sloeg zijn ogen neer. 'Nou, ik ben dus gekomen om afscheid te nemen.'

Haar maag draaide zich om. Ze zette de beker op de grond. 'Ga je nu al?'

'June. Het is september.'

Ze keek door het raam naar buiten. Het regende, er gleden druppels over het glas naar beneden. 'O, ja.'

'Zeg eens eerlijk, je zou nooit bij hem weggegaan zijn, hè?'

'Nee, dat is niet waar. Dat wilde ik wel. En jij hebt me daarvoor de moed gegeven. Jij hebt me wakker geschud.'

Gregg gromde. Hij sloeg zijn arm om June heen en knuffelde haar, alsof ze twee goede vrienden op een bankje in het park waren. Opeens lag haar hoofd op zijn schouder en zaten ze allebei te huilen.

'June, June. Ik denk niet dat ik dit trek.'

'Dat snap ik. Maar je kunt het wel.'

'Jij ook?'

'Ik zal wel moeten.'

Met zijn grote duimen veegde hij haar wangen droog. 'Je gezicht is weer helemaal beter,' zei hij, 'je prachtige gezicht.' Hij kuste haar. Ze klampten zich aan elkaar vast, kusten, huilden en knuffelden, totdat Junes neus zo verstopt was dat ze amper kon ademen.

'Zul je me schrijven?'

Gregg wreef met zijn pols in zijn ogen. 'Ik denk dat ik dat beter niet kan doen.'

'Stuur me dan een ansichtkaart waar helemaal niets op staat. Eens in de zo veel tijd, zodat ik weet dat het goed met je gaat.'

'Dat,' zei hij, 'kan ik wel doen.'

Gregg stond op en trok June overeind. Ze legde nog een keer haar hoofd op zijn hart. 'Mooi paars shirt,' zei ze met verstikte stem.

Zijn stem trilde tegen haar wang. 'Ik dacht dat Elsbeth dat wel mooi zou vinden. Wil je haar gedag zeggen namens mij? Zeg dat ze haar racket van onder naar boven moet blijven zwaaien.'

Ontroostbaar liep ze achter hem aan naar de deur en vervolgens over de veranda. Ze hadden nog steeds elkaars hand vast. De oranje Pinto stond bij de stoep en was tot op het dak beladen met tassen en kartonnen dozen. Op de bijrijdersstoel stond als een onderuitgezakte passagier een plunjezak. PVT SANT, 3RD INF, zag ze op de zijkant staan.

Gregg boog zijn hoofd om haar nog één keer heel teder te kussen. June voelde even het puntje van zijn tong en toen was zijn mond weg. 'Jij bent het enige meisje dat ik ooit gekust heb zonder te hoeven bukken,' zei hij. 'Weet je wel hoe heerlijk ik dat vond?' Hij stapte achteruit en duwde zijn bril omhoog.

'Ga alsjeblieft snel,' zei ze.

'Doe ik.'

'Veel succes daar, Gregg Santorelli.'

'Jij ook, June Bouquet Rashkin.'

Hij jogde de trap af en liep op een drafje over het stenen pad naar zijn auto. June keek hem na met haar hand op haar keel. Ze draaide zich om en liep het huis binnen, voordat ze hem kon zien instappen en wegrijden. Het laatste wat ze van Gregg Santorelli zag was dat hij in zijn paarse shirt naast zijn Pinto stond met een grote arm geheven ten afscheid.

De adembenemende arts hield zich aan zijn woord: een week na zijn opname in Mount Sinai werd Peter ontslagen, nadat hij gedotterd was en een tweede hartfilmpje had aangetoond dat er – op dat moment – geen verdere behandeling nodig was. June ging Peter ophalen in zijn Volvo, want die bood meer ruimte dan haar Dodge en leek haar een stuk comfortabeler. Ondanks zijn protesten dat hij best in staat was om te lopen reed een verpleegster Peter in een rolstoel naar de stoeprand. Hij was afgevallen, de shirts en makkelijkzittende broeken die June voor hem had meegenomen zakten van zijn schouders en middel, en hij had een baard laten staan. Die was meer grijs dan blond, waardoor hij er volgens June uitzag als een ambassadeur of een hoogwaardigheidsbekleder, iemand die het verdiende om uiterst respectvol behandeld te worden.

Ze installeerde Peter in hun slaapkamer, die ze vol had gezet met de planten, ansichtkaarten, bestsellers, fruitmanden en tijdschriften die mensen voor hem hadden afgegeven, inclusief een *Penthouse* die de keukenbrigade van het Claremont bij wijze van grap had gestuurd. Hahaha, erg grappig, had June gedacht toen ze die op de stapel met de *Gourmet*, *Time* en *Bon Appetit!* naast het bed legde. Het huis stond vol bloemen. June spreidde de plaid die Ruth geweven had uit over het voeteneinde van Peters bed en klikte het lampje op het nachtkastje aan. Het weer was omgeslagen, het was nu aanhoudend koel en regenachtig, en hoewel June wist dat er nog een Indian summer aan kwam – nevelige dagen waarop de temperatuur weer flink kon oplopen – had ze de airco beneden uitgezet.

'Kan ik nog iets anders voor je halen?' vroeg ze aan Peter, die in een nieuwe blauwe pyjama tegen drie kussens aan zat en een quasizielig gezicht trok.

'Helemaal niets,' zei hij, 'je hebt me tot op het bot verwend.' Hij keek om zich heen. 'Het is alsof je op je eigen begrafenis bent, alleen dan niet dood.'

'Godzijdank. Ik ga even bij Elsbeth kijken.'

'June?'

'Ja?'

'Blijf nog heel even.' Hij klopte op het bed bij zijn knie.

June liep de kamer door en ging bij hem zitten. Ze stak haar hand in de zak van haar tuinbroek om haar sigaretten te pakken, maar bedacht toen dat ze op bevel van dokter Gorgeous nergens in huis meer mocht roken.

'Is alles goed tussen ons?' vroeg Peter.

'Ja hoor, Pete. Alles is goed.'

Met een licht gebogen hoofd keek hij haar aan op de spottende, zelfverachtende manier die hij er zelf opgewekt vond uitzien. Dat was ook zo, maar June wist ook dat hij daarmee om vergeving vroeg. 'Dat gedoe waar we het eerder over gehad hebben, in het ziekenhuis en voordat ik daar werd opgenomen...'

'Ik heb toch al gezegd dat je dat moet vergeten? Ik heb dat al gedaan.'

'Echt?'

'Ja.'

Peter bleef haar nog even aankijken. De glimlach trok weg. Over het raam naast het bed sijpelde regen die schaduwen maakte op zijn gezicht. Hij was niet meer zo lijkwit als in het ziekenhuis, zijn huid had niet meer dat doorschijnende alsof hij een schim van zichzelf was, maar nog wel dat blauwachtige wit van de magere melk die hij ver beneden zijn waardigheid achtte en waarvan hij beweerde dat hij naar water smaakte. June wist dat ze voorzichtig moest zijn met Peter. Hij mocht zich niet opwinden. En toch wendde ze haar blik niet af. Ze keek in de onderzoekende ogen van haar man en bleef dat doen. Ze kreeg het gevoel alsof ze via een emotionele navel bij hem naar binnen reisde, zich boog naar hoe het moest voelen om Peter te zijn, om hulpeloos in dit bed op deze kamer te liggen. Om Peter te zijn in diens keuken: afwegend, proevend, voldaan. Om de jonge Peter te zijn die in dit land arriveerde, een onwillige immigrant die van hot naar her werd geduwd door voortschuivende, gespierde massa's die hier geboren waren, maar die niettemin zijn weg en plek in hun midden had weten te vinden. En om de zelfs nog jongere Peter te zijn, die werkte in een keuken van een Berlijns hotel en daar zijn oog liet vallen op een meisje dat nog jonger was dan hij, maar voor niemand bang. Misschien had ze haar tong naar hem uitgestoken, misschien had hij die avond geprobeerd om haar hand vast te pakken, om over te werken, nog tot lang na sluitingstijd vrijwillig te blijven om de rommel op te vegen, het vuile werk te doen en de vuilnisbakken naar buiten te slepen, zodat hij de kans zou krijgen om met haar alleen te zijn, haar te kussen, naar huis te brengen. Misschien had die eerste haastige vrijpartij zich wel afgespeeld in de voorraadkelder of op het slagershakblok van de chef. En vervolgens dat wonder, de ontdekking dat zij hetzelfde voor hem voelde als hij voor haar, de vreugde als een hartenkreet, het gevoel van onoverwinnelijkheid, waardoor het trotseren van de ouders een koud kunstje werd. De hele wereld met haar verfoeilijke politiek en stompzinnige wreedheid was iets om te negeren in die overvloed van gevonden, beantwoorde en verdubbelde liefde, zodat het tegen de tijd dat Peter en Masha getrouwd waren en hun eigen gezinnetje hadden, nog twee lichamen uit die van hen hadden geschapen, te laat was. Te laat. June was op de hoogte van het hartfilmpje en het dotteren, de dichtgeslibde aderen, de verslapte spieren door slechte voeding en ouderdom... Maar ze wist ook dat dokter Gorgeous er ondanks zijn wetenschappelijke kennis en kunde naast zat. Peters hart was al lang geleden gebroken.

'June? Wat is er? Je gezicht...'

'Niets.' Ze ging hier niet in tranen uitbarsten waar hij bij was. Dat verdomde ze. Ze stond op en klopte op zijn been. 'Ik ben gewoon blij dat je weer thuis bent. Ik haal wat geroosterde boterhammen voor je.'

En nadat ze even aan Elsbeths deur geluisterd had om er zeker van te zijn dat haar dochter tevreden was met haar hapjes en elpees liep June naar beneden. Maar ze bleef niet staan in de keuken, stopte brood in het rooster noch ruimde de ontbijtboel op, ze bleef zelfs niet staan om nog een stukje van de puzzel te leggen die Ida als beterschapscadeau naar Peter had gestuurd, een puzzel van duizend stukjes die 'De American dream' heette en waaraan June nacht na slapeloze nacht had zitten werken, terwijl de peuken zich opstapelden in de asbak. Er stonden verschillende afbeeldingen op, boerenschuren en paarden en vlaggen en zonsondergangen, maar waar ze aan had zitten denken toen ze de juiste stukjes zocht, dit stukje hier en dat stukje daar probeerde, was dat het zo op een huwelijk leek, het langzaam samengroeien van details, van kleine genoegens en zorgen en clichéuitdrukkingen en gekwetstheden en rituelen die uiteindelijk allemaal bijdroegen aan een groter plaatje, hoewel je terwijl je daarmee bezig was onmogelijk kon zien hoe het allemaal paste.

June liep de achtertuin in, onder de hoge druipende bomen door, en baalde ervan dat ze geen trui had aangetrokken. Achter de garage stond een wilg, waarvan de bovengrondse wortels een natuurlijke zitplaats vormden en waarvan de takken treurig vooroverhingen in de beek. Het was een rustig plekje, er kwam hier niemand, behalve Elsbeth, die hier 's zomers een dam bouwde met stenen en voorntjes ving. June had er weleens over gefantaseerd hier met Gregg te vrijen. Nu zou ze dat nooit meer doen. Ze ging op het plekje zitten en viste haar pakje sigaretten uit haar zak. Er prikte iets in haar vinger.

Ze haalde het uit haar zak. Het speldje, het donkerblauwe rondje waarop een vrolijk tekenfilmfiguurtje trots riep: IK HEB EEN HELE LALAPALOOZA GEGETEN! June stak een sigaret op en draaide het speldje rond tussen haar vingers. Opeens gooide ze het in het water.

Meteen had ze daar spijt van. Ze liet haar sigaret vallen, klauterde de oever af en sprong in het water. Ze klotste rond in het ondiepe water, verdraaide haar enkels en gleed uit op de bemoste stenen. Het speldje was nergens te bekennen; dat was misschien al door de stroom meegenomen of gewoon niet meer te zien door alles wat June had omgewoeld. Ze bukte en groef, haalde stenen van hun plek, stak haar vingers in de modder en viel met een grote plons achterover. Maar het speldje bleef weg. Ze hees zich aan de wortels van de boom overeind en klom de gladde oever op.

Zodra ze weer op het plekje onder de wilg zat sloeg ze haar naar algen ruikende handen voor haar gezicht en barstte in tranen uit. Sinds het vertrek van Gregg werd ze regelmatig door dit soort huilbuien overvallen. Die waren intens, voelden eerder als kotsen dan als janken. Junes enige troost was dat ze die verborgen had kunnen houden voor Elsbeth en nu ook voor Peter. Hier kon ze zo hard huilen als ze wilde, en dat deed ze dan ook, happend naar lucht en kreunend: 'Wat moet ik nou doen? Wat moet ik doen?'

Eindelijk was ze uitgehuild. Ze vond een sigaret die nog grotendeels droog was, brak het natte gedeelte eraf en rookte de rest op. Het donkere, glanzende water van de beek, dat pokdalig was door de regendruppels, stroomde voort. De wilg ruiste boven haar hoofd. Wat kon ze doen? Alleen wat ze al die tijd al had gedaan, maar dan meer. Zo zou ze straks weer naar binnen gaan. Haar gezicht wassen. De keuken opruimen. Iets magers en zonder cholesterol koken voor het avondeten – kipfilet met broccoli, misschien. Daarna zou ze samen met Peter en Elsbeth tv-kijken; ze had de tv naar Peters slaapkamer verhuisd. Elsbeth in bad doen. Haar een hoofdstuk voorlezen uit *Charlottes web*. Haar in bed stoppen. De afwas doen. Was opvouwen. Werken aan de puzzel totdat ze al dan niet slaperig werd. En morgen zou ze dat allemaal opnieuw doen. Elsbeth ging deze week voor het eerst naar de kleuterschool, dus er moesten naamlabels in kleren genaaid, potloden in etuis gestopt en korstjes van brood gesneden worden. Ze moest haar dochters hand vasthouden op weg naar school.

En daarna, als Elsbeth eenmaal gewend was, als er een oppas geregeld kon worden voor middagen dat Peter moe was, waren er de personeelsadvertenties. Dit was niet waarop June gehoopt had, ze had van zijn lang zal ze leven niet gewild dat het op deze manier zou gebeuren, maar het was toch gebeurd: Peter kon niet meer werken. June wist niet waar ze geschikt voor zou zijn, modellenwerk voor catalogi of secretaresse bij een interieurontwerpbureau of op den duur misschien zelfs een opleiding tot interieurontwerpster, maar daar kwam ze wel achter. Ze zou zorgen dat het gebeurde. Ze moest wel. Ze zou volhouden, door blijven gaan, en als er één ding was dat ze zeker wist, dan was het dit: wat er ook gebeurde, met Peter of met Elsbeth of met June zelf, June zou de baas zijn over haar eigen leven. Ze zou nooit meer afhankelijk worden van een andere man, nooit meer.

DEEL 3
Elsbeth
1985

What's your definition of dirty, baby?
What do you consider pornography?
– George Michael

1
Synesthesie

Het was de laatste zaterdag van de maand en dat betekende dat de Rashkins op bezoek moesten bij Elsbeths papa Sol en nana Ruth in Larchmont, en dat betekende weer dat ze allemaal in een rothumeur waren. Elsbeths moeder June, een makelaar in onroerend goed die gespecialiseerd was in het herinrichten van huizen om ze voor een hogere prijs te verkopen, was chagrijnig omdat ze een lucratief weekend weg was van haar cliënten. Elsbeths vader Peter, die ooit om een vergelijkbare reden gespannen was geweest tijdens deze zaterdagse bezoekjes, had daar nu een hekel aan omdat ze zijn vaste patroon doorbraken: hij sliep namelijk de hele dag en testte 's nachts gerechten voor zijn kookboek. Elsbeth zelf vond het afschuwelijk om naar Larchmont te gaan vanwege a) haar ouders, b) haar grootouders, hoewel Sol en Ruth dat eigenlijk niet waren, Sol was haar vaders achteroom of zoiets, maar ze aanbaden Elsbeth en behandelden haar alsof ze nog steeds luiers droeg, terwijl ze al bijna zestien was, en c) de eeuwige strijd tussen haar en haar moeder over de kleding die Elsbeth droeg. Vroeger was dat een uitgemaakte zaak geweest: Elsbeth moest de jurkjes van tafzijde of kriebelig kant aan die Ruth gestuurd had. Heel wat anders dan de gebruikelijke OshKosh-tuinbroekjes of korte broeken die ze het liefst droeg. Maar nu moest ze elke keer dat ze het huis verliet proberen haar kledingkeuzes langs haar moeder te smokkelen.

Zoals vanmorgen. 'O, nee nee nee,' had June gezegd toen ze haar door de keuken zag schieten in een knalroze T-shirt, een driekwart legging van kant en een witte ceintuur met nepedelstenen. 'Dat staat je totaal niet, die tailleband zit precies op de verkeerde plek en die riem accentueert je blubberbuik.' 'Dat vind jij, móéder,' had ze geantwoord, waarop June zei: 'Inderdaad, en ik ben hier de deskundige. Ga naar boven en trek iets anders aan.' 'Nee.' zei Elsbeth. 'Ja,' zei June. 'Dat weiger ik categorisch,' zei Elsbeth. Toen had June gezegd: 'Prima, je doet maar, maar dan een maand geen telefoon,' waarop Elsbeth zei: 'Je bent haatdragend,' en June: 'Ik probeer je alleen maar te helpen, lieverd.' En toen Elsbeth stampend wegliep, waardoor het servies in de keukenkastjes rinkelde, riep June: 'En stamp niet zo, je lijkt wel een olifant. Trek mijn nieuwe jurk maar aan, die hangt aan de binnenkant van de deur van mijn kledingkast.

Elsbeth wist niet zeker of dit bevel een concessie was, of een manier om er zeker van te zijn dat al haar gênante vetrolletjes en bobbels bedekt werden. Junes nieuwste aanwinst was een wit kuitlang geval met geplooide stroken. Elsbeth had de jurk van de hanger gerukt en over haar hoofd getrokken, en was toen naar haar eigen kamer gegaan, waar ze zich had volgepropt met Doritos en *bacon bits* uit het voorraadje dat ze had verstopt onder het dak van haar oude poppenhuis. Zowel Peter als June zou ontsteld zijn geweest als ze dit geweten hadden, zij het om verschillende redenen. Elsbeth had de voorgebakken stukjes bacon recht uit de pot in haar mond geschud.

Nu, op de achterbank van de gezinsauto, had ze daar spijt van, want haar buik bolde op onder Junes jurk als die van de Ethiopische weeskinderen in de filmpjes van Save the Children en ze voelde zich vetter en ongemakkelijker dan ooit. Het was buiten ongeveer honderd graden, stikbenauwd en zo mistig dat ze het stalen geraamte van de George Washington Bridge amper kon zien. De airco van de oude Volvo was stuk. Elsbeth trok de elastieken hals van haar moeders jurk omlaag over haar schouders. June was lang en slank, en als zij de jurk droeg leek die op een Griekse zuil; ondanks haar nieuwe permanent, waarmee ze eruitzag als Christie Brinkley. Elsbeth leek er echter een uit de kluiten gewassen boerin in die elk moment druiven kon gaan trappen. Ze trok de hals nog verder naar beneden, tot onder haar sleutelbeen, en wapperde zichzelf koelte toe met haar hand.

Ze waren nu bijna bij de tolpoortjes, ze kropen vooruit in een blikken zee van voertuigen die allemaal hetzelfde deden. Hitte golfde van motorkappen en daken, aan alle kanten hoorde je autoradio's – Spaanse muziek, Casey Kasems top 40, 1010 WINS. Er was nu officieel een hittegolf, met het gevaar van een stroomstoring in het hele stedelijke gebied rondom New York. Iedereen had een kort lontje. Elsbeths ouders vormden daarop geen uitzondering. 'Ik haat die verplichte toneelstukjes,' klaagde June. 'Helemaal met die zogenaamde artistiekelingen van Sol.'

Peter probeerde de linkerbaan in te schuiven. Hij was altijd op zoek naar de baan met de meeste vrachtwagens, want de lengte van één tientonner stond gelijk aan vier auto's en dat betekende in principe dat ze eerder bij het poortje zouden zijn. 'WAAG HET NIET, EIKEL,' schreeuwde de bestuurder van de Honda naast hem. Hij stak zijn middelvinger op naar Peter.

'Goh, wat aardig,' zei June en ze gaf de man een koekje van eigen deeg.

'June,' verzuchtte Peter. 'Is dat nou echt het slimste wat je kunt doen nu we geen kant op kunnen?'

June stak een sigaret op. 'Ik laat gewoon niet alles over mijn kant gaan,' mompelde ze, 'in tegenstelling tot andere mensen.'

Ze kropen vijf centimeter vooruit en bleven weer staan. TEANECK, las Elsbeth op een verkeersbord. Groen, lichtblauw, donkerblauw, geel, lichtblauw, mosterdgeel, oranje; dat waren de kleuren van de letters. Dit was een gewoonte van haar, een trucje dat ze zichzelf had aangeleerd om haar gedachten af te leiden wanneer ze zich in een schijnbaar ondraaglijke situatie bevond.

'Ik begrijp niet waarom jullie niet zonder mij hadden kunnen gaan,' zei June. 'Je weet dat ze mij eigenlijk toch niet willen zien.'

'Dat slaat nergens op,' zei Peter. 'Ze willen jou heel erg graag zien. Ze willen zien dat wij een gelukkig gezin zijn.'

'Jaja,' zei June, 'vast.' Ze tikte as uit het raam en trok het roze zijden hemdje onder haar *powersuit* omlaag. Dat had ze vandaag vast uit gewoonte aangetrokken, vermoedde Elsbeth, want ze ging geen huizen laten zien. 'Je bedoelt dat ze willen zien dat hun investering winstgevend is.'

'June,' zei Peter. 'Je weet dat dat niet eerlijk is.'

'Dat slaat nergens op,' bootste June zijn ietwat afgebeten manier van praten na. 'Jouw vader lijkt heel erg op Von Trapp,' had Elsbeths vriendin Liza een keer gefluisterd toen zij en Veronica – Very – met Elsbeth aan de keukentafel zaten en keken naar Peter die tosti's met gruyère en chutney voor hen maakte. 'Alleen dan blond en seniel, maar toch zou ik het best met hem willen doen.' Ze waren uitgebarsten in gegiechel en Elsbeth had Liza zo'n harde zet gegeven dat ze van haar stoel was gevallen.

Peter zuchtte en verschoof om zijn zakdoek uit zijn broekzak te halen. Hij transpireerde en Elsbeth wist dat hij daar een pesthekel aan had. Het feit dat hij vanwege zijn tatoeage never nooit niet korte mouwen droeg, maakte het er niet beter op. 'Zelfs als het waar is wat je zegt, June – en dat is niet zo – ik weet dat Sol en Ruth vervelend kunnen doen, maar ze zijn op hun manier wel degelijk op je gesteld. Maar zelfs als het waar zou zijn, wat moet ik daar dan aan doen? We staan wel bij hen in het krijt, weet je.'

'Ja. Dat weet ik maar al te goed, Pete. Ik weet best dat we niet rond kunnen komen van mijn salaris, ik ben me pijnlijk bewust van Sols bijdragen aan ons huishouden voor de belastingen en beugels en dergelijke. Maar dat is toch juist het ironische? Als ik niet steeds op hoefde te draven voor die verplichte nummertjes, zou ik misschien wel genoeg binnenhalen om van hen af te zijn.'

'Ik kan me niet voorstellen dat één dag zo veel verschil maakt,' zei Peter.

'Doorrijden, vriend,' schreeuwde de bestuurder achter hen. Hij drukte op zijn claxon. Peter stak zijn hand op en stuurde de Volvo vijftien centimeter naar voren.

'Juist wél. Alle verschil van de wereld,' zei June. 'Met één geschikt pand zouden we het een jaar uit kunnen zingen. En vandaag is er een open huis van dat pand in Upper Watchung met vijf slaapkamers en die tennisbaan – en dat loop ik dus mis. Daar baal ik van, Pete. Heel erg!'

'Kan jouw baas niet voor je inspringen? Hoe heet hij ook alweer, Hamilton?'

'Harrison. Jawel, maar...' Ze blies een grote wolk rook uit en liet zich achterovervallen op haar stoel. 'Om te beginnen wil ik de provisie niet delen.'

'Als hij jou al het werk laat doen en de halve provisie opstrijkt voor één dag werken, dan is hij gewoon een slavendrijver. Eerlijk gezegd vind ik sowieso dat hij jou veel te hard laat werken.'

June ging iets rechter zitten. 'Hoe bedoel je?'

'Ik bedoel dat hij maar hoeft te kikken en jij staat voor hem klaar. Je werkt 's avonds, in het weekend, zeven dagen per week. Is dat niet een beetje buitensporig?'

'Dat moet jij nodig zeggen.' Toen viel er een stilte in de Volvo, althans, als je dat zo kon noemen wanneer je omringd werd door motoren en stemmen en muziek van duizenden anderen. Peters afhankelijkheid van zowel Sol als zijn vrouw – omdat hij zelf niet meer mocht werken – was hem een doorn in het oog, iets wat hij zelfs nog meer verafschuwde dan transpireren.

'Sorry,' zei June. 'Dat was niet aardig. Ik heb het gewoon zo verdomd heet, het lijkt hier wel een oven.' Ze boog zich naar voren om de ventilator op de hoogste stand te zetten. De hitte die nu op volle kracht naar binnen werd geblazen sloeg Elsbeths zorgvuldig gemodelleerde Farrah Fawcett-pony uit haar gezicht.

'Má-ham,' zei ze.

'Els-béth,' zei June. Ze zuchtte. 'En trouwens, Pete, het is heel moeilijk om als vrouw naamsbekendheid te krijgen in dit vak. In welk vak dan ook. Je moet twee keer zo hard werken om half zo ver te komen als een man.'

Afgaand op wat Elsbeth van haar vaders gezicht kon zien in de achteruitkijkspiegel leek hij zich gewonnen te geven. Hij zag er vermoeid uit en dat baarde Elsbeth zorgen, want de dag was nog niet eens echt begonnen. Maar toen kropen ze godzijdank in de schaduw van de tolpoortjes en had Peter wel iets anders aan zijn hoofd: het juiste bedrag in kleingeld uit zijn zak opdiepen. George Washington Bridge, zei Elsbeth tegen zichzelf, GWB: groen, bruin, oranje. Peter wierp een paar muntjes in het mandje en manoeuvreerde de auto tussen het verkeer op de brug. June stak nog een sigaret op. Elsbeth keek met knipperende ogen omhoog naar de kolossale draagbalken en vervolgens opzij naar de piepkleine stad rechts van haar. NYC, waar ze geboren was. Oranje, geel, geeloranje. Ze was opgelucht dat ze eindelijk op de brug waren, want dat betekende dat de helft van de reis achter de rug was, ook al werd het doorgaans alleen maar erger aan de overkant.

Vanwege de verkeersdrukte, die eigenlijk pas afnam toen ze The Bronx uit waren, kwamen ze pas om iets over tweeën aan in Larchmont en dat betekende volgens Elsbeth dat de meeste gasten van Sol en Ruth al ruim aan de kaas, toastjes en cocktails zouden zitten en Bertha, de hulp, de tafel aan het dekken zou zijn voor de lunch. En inderdaad, de oprit stond al helemaal vol en Peter moest aan de kant van de weg parkeren, naast een van de glimmende, overhellende rotspartijen die overal uit de grond kwamen. Ze stapten uit de Volvo en de portieren vielen knarsend dicht. Dat geluid bezorgde Elsbeth de kriebels, want er was nu geen weg meer terug. De komende uren zouden afgrijselijk gênant worden. Peter die zijn voorhoofd depte en beleefd reageerde op papa Sol, die al halverwege een fles Cutty Sark zou zijn en in de kapsonesstand stond. June die stralend glimlachte en elke kans om te vluchten aangreep om de berichten op haar gloednieuwe mobiele telefoon te checken. Elsbeth die probeerde de vrienden van haar grootouders te ontlopen. Die bedoelden het best goed, maar als ze gedwongen werden met haar te praten, stelden ze vragen als: 'En, hoe is het op school?' of: 'Wat doet de jeugd van tegenwoordig in hun vrije tijd?' En die waren gewoon niet te beantwoorden.

De Rashkins sjokten over de oprit. Het asfalt voelde zacht onder hun voeten, water stroomde langs de rotsblokken en het rook naar mineralen en vocht. Elsbeth was dol op deze plek, die toen ze klein was een betoverend speelparadijs voor haar was geweest. De glimmende rotsen waar ze op kon klimmen, de waterval die in de geheime vijver kletterde, de bloeiende struiken die Ruth en de stokoude tuinman Yoshi verzorgden, zodat Sol er met zijn speciale telelens foto's van kon maken. En het zwembad. Elsbeth keek er verlangend naar toen ze met Peter en June tussen de auto's door liep. Het schitterde tussen het groene gras, onder de hoge eiken. *Kom erin*, fluisterde het, *je frist er enorm van op!* Elsbeth was dol op het water, daarin voelde ze zich niet dik, maar gewichtloos en beweeglijk als een meermin.

Maar... 'Dáár zijn jullie,' riep Ruth vanaf het terras, en: 'Solly? Sol!

Ze zijn er.' Dus tot na de lunch zou er niet gezwommen worden. Elsbeths ouders liepen de stenen trap al op, Peter voorop, gevolgd door June, wier bevel omlaagzweefde naar Elsbeth: 'Trek die jurk omhoog, jongedame. Dacht je dat ik dat niet gezien had? En hou je buik in!' Elsbeth trok de jurk nog verder naar beneden, tot net boven haar beha, en stak haar tong uit naar haar moeders magere rug, ook al wist ze dat dat kinderachtig was.

'Hallo! Hallo!' riepen de oudere en jongere generatie Rashkins uit, terwijl ze elkaar omhelsden en op de wang kusten. Sol had zijn gasten tijdelijk in de steek gelaten om hen te begroeten. Hij stond met een glas vol rinkelende ijsblokjes aan Ruths zijde. Elke keer dat Elsbeth haar grootouders zag leken ze een beetje gekrompen te zijn. Sol was nog verder gesmolten, alsof hij van bijenwas was gemaakt, en Ruth droogde uit, als een piepkleine mummie. Voor Elsbeth stond Sol voor bordeauxrood, hoewel dat misschien alleen kwam omdat zijn huid 's zomers die kleur kreeg, als hij meer dan ooit golfde, viste en dronk. Nana Ruth was een stoffig zachtbeige. 'Bubbeleh,' riep ze, terwijl ze Elsbeths hoofd tegen haar kleine, vogelachtige borst plette. Haar armen trilden van de inspanning en ze rook naar mottenballen, Shalimar en tandpasta. 'Mijn shayna maidele. Laat me eens naar je kijken,' zei ze, alsof het jaren geleden was dat ze haar voor het laatst had gezien in plaats van slechts een paar weken. Ze streek Elsbeths pony van haar voorhoofd om het hele gezicht van haar kleindochter te zien.

'Na-naaa,' zei Elsbeth, terwijl ze wegdook, 'doe niet, alsjeblieft.'

Maar toen werd ze geconfronteerd met Sol, die in haar kin kneep en haar wangen bedolf onder de kussen, die roken naar makreel en whiskey. 'Wat een meid,' bulderde hij alsof het terras vol stond met een onzichtbaar publiek. 'Wat een prachtige meid, is ze niet prachtig?' Toen begon hij tot Elsbeths ontzetting te huilen. Dat deed hij elke keer als hij haar zag en dan vroeg ze zich altijd af wat ze had gedaan om dat te veroorzaken en of ze iets had kunnen doen om het te voorkomen.

'Ze gaat elke dag meer op Rivka lijken,' zei Sol tegen Peter, die instemmend knikte. Ook dat zei hij elke keer en daarbij doelde hij op Elsbeths échte oma, Peters moeder, die was gestorven aan longontsteking voordat de nazi's haar hadden kunnen vermoorden. Elsbeth had maar één keer een foto van haar gezien, een dame die er met haar gedrongen lichaamsbouw en kroon van vlechten zowel gedeprimeerd als koninklijk uitzag. Natuurlijk leek Elsbeth op haar, dacht ze, en niet op haar eigen moeder, of zelfs op haar beeldschone halfzusjes, de tweeling Vivien en Ginger, die vernoemd waren naar filmsterren.

'Blijf daar nou niet staan, mensen, zo ontsnapt alle koele lucht,' zei Sol, die zijn sentimentele bui opeens te boven was. Hij draaide zich om en stampte de keuken in, met Peter in zijn kielzog. Elsbeth, Ruth en June bleven op het terras staan, waar June een sigaret opstak.

'Waar het kind bij is?' zei Ruth tegen June, wapperend met haar handen. Ze glimlachte naar Elsbeth. 'Moet je nou kijken hoe groot je bent. Elke keer dat ik je zie ben je weer gegroeid. Wat geven ze je te eten?'

Hoewel het een retorische vraag was voelde June zich blijkbaar geroepen die toch te beantwoorden. 'Ik probeer ervoor te zorgen dat ze alleen fruit en groenten eet, maar ik weet dat ze stiekem zit te schransen.' 'Niet waar,' protesteerde Elsbeth. 'Sja, ze is in de groei, een beetje extra vet is helemaal niet erg, je weet nooit wat er kan gebeuren,' zei Ruth. 'Dat was misschien zo tijdens de oorlog in Europa, maar nu weten we wel beter, Ruth. Het is niet gezond om te zwaar te zijn,' bracht June daartegen in. 'Ze heeft gewoon stevige botten, toch, lieverd? Hoeveel weeg je nu?' vroeg Ruth. 'Nana!' zei Elsbeth verontwaardigd. 'Ongeveer vijf kilo meer dan zou moeten,' antwoordde June. 'Krijg de klere,' mompelde Elsbeth. 'Wát zei je?' vroeg June. En toen ging haar mobiele telefoon. Ze haalde hem uit haar tas en trok de antenne eruit. De telefoon was zwart en groot, had het formaat van een baksteen. 'Sorry, maar deze moet ik even opnemen.' Ze klikte de stenen trap af op haar kokette hakjes. 'Met June Rashkin,' zei ze.

'Wat is dat voor apparaat?' vroeg Ruth.

'Dat is haar mobiele telefoon,' legde Elsbeth uit. 'Die heeft ze van haar baas gekregen.' Elsbeth was ervan overtuigd dat hij ook degene was die June nu aan de lijn had. Harrison, een man die Elsbeth voor geen meter vertrouwde, omdat hij haar constant bij de naam noemde als hij met haar praatte. 'Hoe is het met je, Elsbeth? Je ziet er fantastisch uit, Elsbeth! Is jouw moeder niet geweldig, Elsbeth?' En als hij lachte, leek hij minstens drie rijen tanden te hebben, net als een haai.

'Oi,' zei Ruth terwijl ze keken naar June die met de telefoon tegen haar oor gedrukt ijsbeerde tussen de auto's, 'het is me wat.' Ze draaide zich naar Elsbeth met een glimlach die ondanks haar valse tanden oprecht was. 'Je zult wel trek hebben na die lange reis,' zei ze, alsof Elsbeth en haar ouders zich door de Russische steppen hadden gesleept in plaats van dat ze met de auto uit New Jersey waren komen rijden. 'Heb je zin in iets lekkers voor de lunch? Ik heb de kaviaardip die je zo lekker vindt. En wat dacht je van een lekker koud drankje? IJsthee?'

'Ik hoef niets, nana,' zei Elsbeth. 'Ga alvast maar naar binnen, ik kom zo. Ik ben iets vergeten in de auto.'

'Kan dat niet wachten?' Maar Elsbeth schudde heftig haar hoofd.

'Goed dan, lieverd,' zei Ruth, 'maar blijf niet te lang weg,' en ze liep het huis in.

Elsbeth slaakte een zucht van opluchting. Ze had helemaal niets in de Volvo laten liggen, ze had gewoon nog even wat tijd voor zichzelf nodig, of zo lang mogelijk, voordat ze naar binnen moest. Nu was het in ieder geval nog even zoals ze het graag had: afgezien van haar moeder daarbeneden en de tjirpende cicaden in de bomen, was ze alleen op het terras.

Maar... er bleek uiteindelijk toch nog iemand anders buiten te zijn, ontdekte Elsbeth tot haar ontzetting, iemand die wellicht getuige was geweest van de hele denigrerende aankomstscène. De struiken aan de andere kant van het terras, dicht bij het groepje bonsais, ritselden en er verscheen een man. Zonder zich bewust te zijn van haar aanwezigheid trok hij de rits van zijn witte spijkerbroek omhoog en pakte een pakje sigaretten uit het borstzakje van zijn Cubaanse shirt. Dat was verkeerd dichtgeknoopt, waardoor de ene kant lager hing dan de andere. Elsbeth vond hem meteen leuk. Ook zij verliet het huis maar al te vaak met een verkeerd dichtgeknoopte blouse, of sokken in verschillende kleuren of, en dat was wel heel gênant, met een stukje van haar rok in de onderkant van haar onderbroek. De man keek om zich heen terwijl hij de lucifer waarmee hij zijn sigaret had aangestoken uitschudde en schrok toen hij haar zag.

‘Hééé,’ zei hij, alsof Elsbeth en hij oude vrienden waren, ‘hoe is-ie?’ Hij stak zijn pakje sigaretten naar haar uit, glimlachte en schudde ermee alsof hij een eekhoorn lokte met nootjes: kom dan! Hij had een vriendelijk, erg bruin gezicht, bruine ogen en golvend donker haar, en onder zijn verkeerd geknoopte shirt zag ze ook een plukje borsthaar. Elsbeth stelde zich voor dat ze later tegen haar vriendinnen zou zeggen dat hij op Peter Brady leek, maar dan ouder, vijfentwintig misschien. En hoewel ze Greg altijd de knapste broer van *The Brady Bunch* had gevonden, was ze nu meteen van mening veranderd.

‘Nee, dank je, ik rook niet.’ Elsbeth hield haar buik in en streek haar haren achter haar schouders. ‘Niet omdat ik te jong ben, natuurlijk, maar omdat het slecht voor je is.’

De man haalde zijn schouders op en gooide zijn pakje sigaretten op de terrastafel. ‘Je hebt gelijk. Maar je moet toch een paar slechte gewoontes hebben, vind je niet? Niet drinken, niet roken, wat moet je dan?’ Hij glimlachte naar haar. Zijn tanden waren erg wit en gelijkmatig.

‘Ach ja. Was je aan het eh... urineren tussen de struiken?’

‘Het zou kunnen dat ik de planten water heb gegeven, ja,’ zei hij zwaarmoedig. Toen knipoogde hij naar haar. ‘Niet verder vertellen, oké, Charlie?’

‘Natuurlijk niet,’ zei ze, en vervolgens: ‘Waarom noem je me Charlie?’

‘Dat is toch het luchtje dat je ophebt?’

Haar wangen voelden opeens veel warmer dan gerechtvaardigd was, ook niet door de heersende temperatuur. ‘Hoe weet je dat?’

‘Ik ben een kenner.’ Hij wees naar haar met zijn sigaret en zei: ‘Bovendien zie je eruit als een Charlie.’

‘O ja?’ zei ze opgetogen. Ze had altijd een hekel gehad aan haar naam, die Peter en June uit een boek op de kraamafdeling hadden gehaald omdat ze, zo zeiden ze, wilden dat ze een geheel eigen persoon zou zijn. Ze hadden hun ogen dichtgedaan, het boek opengeslagen en er met hun vinger in geprikt, en nu zat ze dus opgescheept met de naam van een oude vrouw, iemand die orthopedische schoenen droeg, een naam die zichzelf voortsleepte: Elsss... BETH. Elsss... BETH. Ellie, zoals haar vader haar noemde, was niet veel beter, en het koosnaampje dat hij voor haar gebruikte toen ze heel klein was, Ellie-Belly, was het allerergst, omdat dat de aandacht vestigde op het deel van haar lichaam dat ze het meest verafschuwde.

'Eigenlijk heet ik Elsbeth. Maar ik vind Charlie wel leuk.'

'Elsbeth,' herhaalde de man. Ze was onder de indruk: hij sprak het niet verkeerd uit, zoals de meeste mensen als ze het voor het eerst hoorden – 'Elizabeth?' 'Liz Beth?' – en zei ook niet dat die heel apart en interessant was. 'Volgens mij past Charlie beter bij je, en niet omdat je op een jongen lijkt.' Hij blies rook uit. 'Vind je het erg als ik je Charlie noem?'

'Nee hoor, als jij dat leuk vindt.' Ze hield haar adem in, slenterde naar de reling en staarde naar het uitzicht: het gazon en het zwembad en de bomen en het moeras en de glinsterende streep in de verte van de Long Island Sound.

'Hoe heet jij?' vroeg ze toen de man naast haar kwam staan, en ze realiseerde zich dat hij dronken was, of in ieder geval gedronken had. Hij stonk naar alcohol, hoewel de damp die van zijn huid kwam lekker rook, en niet zurig en bedorven, zoals Sol als hij te veel gedronken had.

'Julian,' zei hij, 'aangenaam kennis te maken.' Hij stak zijn hand uit en Elsbeth schudde die. Hij was droog en glad, ondanks de hitte.

'Ben jij een van Sols artistie... Ik bedoel, een van Sols vrienden?'

Julian schoot in de lach, een vrolijk, levendig geluid dat helemaal uit zijn buik leek te komen. 'Nou... vriend? Dat weet ik niet, hoor. Maar ik ben absoluut een artistiekeling. Ik ben het neusje van de zalm, de vangst van de dag.'

'Pardon?'

Julian lachte naar haar. Hij leek wel een tandpastamodel; Elsbeth was nog nooit zo dicht bij iemand geweest die zo knap en toch zo gewoon was. 'Sol heeft alles van mijn eerste tentoonstelling gekocht. En hij is nog steeds mijn grootste geldschieter.'

'O, ik snap het.' Dus deze Julian was een van de kunstenaars die Sol sponsorde, een schilder of een fotograaf. Ze stond op het punt hem dat te vragen toen hij zei: 'Neem me niet kwalijk, ik ga weer even naar mijn eigen gezeik luisteren.' Hij liep het terras af.

'Waarom ga je niet gewoon binnen naar de wc?' riep ze hem achterna.

'Ik heb niet zo'n zin in al die mensen,' zei hij. Toen hield hij een vinger voor zijn lippen en verdween achter de struiken uit het zicht.

Daar had Elsbeth alle begrip voor. Ze ging op een van de ligstoelen zitten om op hem te wachten en speelde met zijn pakje sigaretten. De hitte van het rubberen zitkussen drong door de stof van Junes jurk. 'Marlboro,' mompelde ze, 'kastanjebruin, donkerblauw, rood, lichtblauw, oranje, paars, rood, paars...'

'Wat doe je?'

Elsbeth schrok zich wezenloos en legde het pakje terug. Julian stond achter haar. 'O, niets,' zei ze. 'Sorry. Het is gewoon een idiote gewoonte van me...'

'Denk jij dat letters kleuren hebben?' vroeg Julian. Elsbeth knikte beschaamd. 'Je bent een synestheet!' zei hij verrukt.

'Ik ben wát?'

'Een synestheet.' Julian ging naast haar zitten. 'Dat ben ik ook. We hebben synesthesie. We denken dat letters en cijfers kleuren hebben.'

'Heb jij dat ook?' Elsbeth had nog nooit iemand ontmoet die dat ook deed.

'Ja. Wij zijn uit hetzelfde hout gesneden. Er zijn niet zo heel veel synestheten, een paar maar. Het heeft te maken met verbindingen in onze hersenen. Hier ergens,' hij tikte tegen zijn slaap, 'klopt iets niet, maar ik vind het juist geweldig. Onze zintuigen zijn vermengd, waardoor kleuren geproefd worden of geluiden gezien. Het kan ook zijn dat juist smaken een kleur, en muziek en cijfers, en abstracte dingen als maanden en dagen een vorm hebben. Hoe zie jij bijvoorbeeld een kalender?'

'Die is rond,' zei Elsbeth, 'als een klok. Januari staat bovenaan en juni onderaan.'

'Precies. En cijfers?'

'Dat is een eindeloze rij achter elkaar! Een horizontale lijn, die aan het begin licht is, maar steeds donkerder wordt naarmate de cijfers hoger worden. En ook de cijfers hebben kleuren: vijf is rood en zeven is groen.'

'Nee hoor. Zeven is blauw.'

'Zeven is niet blauw,' zei Elsbeth verontwaardigd. 'Drie is blauw.'

'Drie is zó niet blauw. Drie is beige.'

'Niet waar! Straks ga je nog zeggen dat jouw naam niet met geel begint.'

'Inderdaad, de J is rood.'

'Echt niet. Jouw naam is oranjegeel, geel, donkerblauw, zwart, blauwzwart, mosterdgeel.'

'En de jouwe is geel, bosgroen, donkerblauw, rood, knalroze, donkergrijs, blauw.'

'De E is niet geel! Die is blauw.'

'O, maar ik spelde niet "Elsbeth". Ik spelde "Charlie". Dat ben jij. Charlie de synestheet.'

'Precies,' zei ze lachend. 'Helemaal goed.'

Julian pakte zijn natte glas van de tafel, nam een slok en gaf het toen aan haar. Elsbeth dronk gretig: gin-tonic met limoen, warm en zonder prik door de zon.

'Zou jij voor mij willen poseren, Charlie?' vroeg Julian.

'Wat?'

'Ik zou je graag fotograferen. Je hebt een uniek voorkomen, een uitstraling. En ik heb nog nooit een synestheet gefotografeerd.'

In haar opwinding iemand te ontmoeten die hetzelfde deed als zij, was ze vergeten hem te vragen wat hij precies deed. 'En je wilt foto's van... mij maken?'

'Ja,' zei Julian. Hij stond op, haalde een bruinleren portefeuille uit zijn achterzak en gaf haar een visitekaartje. 'Denk erover na en laat het me weten. Je kunt me altijd bellen, oké, Charlie?'

'Oké,' zei Elsbeth. Julian glimlachte naar haar, draaide zich om en liep zonder nog een woord te zeggen door de schuifdeur de serre in.

Elsbeth keek naar het kaartje. Dat was nog warm omdat het in zijn zak had gezeten, tegen zijn lichaam aan. *julian wilton, fotografie*, stond er in kleine letters op een witte achtergrond, met daarbij een adres en telefoonnummer in New York. Meer niet. Elsbeth wierp een blik op het huis en hield het kaartje toen tegen haar neus. Het rook naar vochtig papier. Ze stopte het zorgvuldig in haar beha.

De lunch werd geserveerd in de serre aan de zijkant van het huis. Dat was Elsbeths favoriete ruimte, want binnen die glazen wanden kon je net doen of je buiten at. De planken daar stonden vol cactussen. Er waren exemplaren met brede bladeren en roze bloemen, traanvormige peulen, scherpe naalden van tien centimeter en wit pluizig spul dat er verraderlijk zacht uitzag, totdat Elsbeth daar een keer overheen had gestreken en er piepkleine splintertjes in haar vingers waren blijven steken. Ze had geleerd hier nergens aan te komen, dat een plant pijnlijk of gevaarlijk kon zijn, hoe mooi hij er ook uitzag. De ene plant was dat wel, de andere niet, en je kon het nooit zeker weten.

Meestal probeerde Elsbeth zichzelf onzichtbaar te maken door op de oranje bank bij de salontafel te gaan zitten en zo veel mogelijk hapjes te eten voordat June haar betrapte. Ruth ging voor dit soort gelegenheden naar de stad om bijzondere dingen te kopen en Elsbeth was dol op de paté en brie, de ambachtelijk gebakken toastjes, de bieslookroomkaas en de kaviaardip, waarvan de piepkleine eitjes met een verrukkelijke smaak opensprongen in haar mond. Vandaag was ze echter meer geïnteresseerd in Julian. Ze hing een beetje rond bij de deur naar de woonkamer en probeerde hem tussen de andere gasten te vinden. Waar zou hij straks gaan zitten? Gelukkig waren dit niet Sols jeugdvrienden, met hun grote neuzen en bizarre bijnamen, die net deden of ze kwartjes achter haar oren vandaan toverden en wier echtgenotes met soufflékapsels altijd lippenstiftvlekken achterlieten op haar wangen. Dit gezelschap bestond uit recensenten en verzamelaars. Hun nieuwsgierige gezichten kwamen Elsbeth vaag bekend voor van de keren dat ze hen hier had gezien en in de galerieën waar Sol hen mee naartoe nam, van openingen in musea en uit krantencolumns. Nadat Ruth in haar handen had geklapt om aan te kondigen dat de lunch begon, sijpelden ze hevig discussiërend en op muziek van Bach langzaam de serre binnen. Julian liep in de achterhoede te praten met een jongere man met een hoornen bril en een wit Don Johnson-pak. Elsbeth wachtte af, hield hem in de smiezen en plofte toen snel op een stoel tegenover de plek die Julian koos. Daarbij gaf ze iemand een elleboogstoot, die, zo besefte ze meteen, best weleens de kunstrecensent van *Newsweek* zou kunnen zijn.

'Sorry,' zei ze tegen hem.

‘Geeft niets.’ Galant schoof hij haar stoel aan.

Julian glimlachte naar Elsbeth toen Bertha, de hulp, achter hem verscheen en een glas wijn voor hem inschonk. ‘Nu zien we elkaar weer, Charlie,’ zei hij, terwijl hij proostend zijn glas naar haar hief.

‘Kennen jullie elkaar?’ vroeg de *Newsweek*-man en de vrouw aan diens andere kant zei: ‘Verbaast je dat dan?’ Er werd gelachen, maar het klonk niet echt vrolijk, vond Elsbeth. Ze glimlachte naar Julian, maar zag toen dat de vrouw die naast hem ging zitten en haar servet uitschudde June was. Elsbeth keek haar kwaad aan.

‘Wat?’ vroeg June. Ze ontblootte haar tanden, omdat ze dacht dat er lippenstift op zat. Elsbeth haalde haar schouders op. June gaf haar een knipoog op zo’n meisjes-onder-elkaarmanier, maar daar trapte ze niet in. Dat was het probleem met June: ze leek op de zon die op een bewolkte dag tevoorschijn kwam en dan best aardig was. Maar net als je zat te genieten van de warmte, verdween ze weer achter de wolken en bleef je achter met het verlangen naar iets waarvan je niet wist dat je het gemist had, en had je het nog kouder dan daarvoor.

Ruth tikte met haar vork op haar waterglas en zei: ‘Lechajim.’ Iedereen hief zijn glas en proostte. Gesprekken werden weer voortgezet terwijl de gasten schalen met koude vleeswaren en mandjes met challe doorgaven en sla opschepten met zilveren tangen. Elsbeth nam alles wat haar kant op kwam en hield Julian vanuit haar ooghoeken in de gaten. Hij laadde zijn bord vol met komkommersalade, zalm, vis en remoulade.

‘O, Elsbeth,’ zei June. ‘Zo veel rosbief? En twee broodjes?’ Zij had zelf niet meer gepakt dan een kopje gazpacho, zonder de zure room die erbij hoorde. Ze schoof het in Elsbeths richting. ‘Hier, ik kan dit toch niet allemaal op; help me maar een beetje.’

‘Dat hoeft niet, hoor.’

‘Kom op, wij meisjes moeten toch ons figuur in de gaten houden?’

‘June, lieverd, één maaltijd kan toch geen kwaad?’ zei Ruth. ‘Wil je haar uithongeren?’

Elsbeth, die wanhopig graag een eind aan dit gesprek wilde maken voordat Julian het merkte – hij zat te praten met de man aan zijn andere kant – zei iets harder dan de bedoeling was: ‘Ik weet echt wel wat ik moet eten, móéder.’

'Hé,' zei Sol geïrriteerd, 'rustig een beetje. Wij proberen hier een gesprek te voeren.'

'Sorry,' zong June. Ze pakte haar wijn. 'Ik geef het op. Eet maar wat je wilt.' En tot Elsbeths afgrijzen draaide ze zich naar Julian, die nu aan het eten was begonnen.

'Tieners,' zei ze, 'echt een onmogelijke leeftijd, toch?'

De recensent snoof en de dame naast hem mompelde: 'Vraag dat maar aan de deskundige.'

Julian keek op, hief zijn donkere wenkbrauwen en at een vork vol salade.

'Hebt u kinderen, meneer Wilton?' vroeg June.

Nu hoorde Elsbeth heel duidelijk minachtend gesnuif. Het kwam van de man die tussen haar vader en Sol in zat. Hij lachte en zei: 'Neem me niet kwalijk, dat ving ik toevallig op. Echt kóstelijk.'

Julian smeerde een stukje challe in met boter. 'Nee, ik heb geen kinderen, mevrouw Rashkin.'

'Maar hij is de rattenvanger van de kunstwereld,' zei de recensent van *Newsweek*.

'Meer een soort Humbert Humbert,' zei de dame naast hem.

Weer dat venijnige lachje.

'O!' zei June. 'Nu weet ik weer waar ik uw naam van ken, ik heb over u gelezen in *The New Yorker*. U bent die fotograaf...'

'Van kinderen, ja,' zei Julian. 'Ik ben echt dol op ze. Daarom fotografeer ik ze ook. Hun ongedwongenheid, hun puurheid en joie de vivre...'

Opeens legde de Humbert Humbert-vrouw haar vork met een knal op haar bord. 'Ik snap niet hoe jij met jezelf kunt leven.'

'Ik begrijp niet waar je het over hebt,' zei Julian bedaard.

De vrouw stond op, haar stoelpoten schraapten met veel kabaal over de plavuizen. Ze was ongeveer even oud als June, had pijnlijk kort haar, en bij haar keel zat zo te zien een miniatuurkoekoeksklok vastgespeld op haar zwarte shirt. Haar mond trilde. 'Je mag kunst nooit gebruiken om zedeloosheid te rechtvaardigen,' zei ze. 'Er is een grens en jij bent daaroverheen gegaan.'

'Zo kan-ie wel weer,' bulderde Sol. 'De heer Wilton is onze eregast.'

'De heer Wilton is pornograaf,' zei de vrouw.

'Op zijn zachtst gezegd,' zei de man van het minachtende gesnuif, en de recensent van *Newsweek* mompelde: 'Proletenmoraliteit.'

Julian keek de vrouw kalm aan, hoewel Elsbeth door het glazen tafelblad heen zag dat hij de hele tijd met zijn vingers in de naad van zijn spijkerbroek zat te knijpen. 'Ik creëer beelden,' zei hij. 'Ik ben geïnteresseerd in het spel van licht en schaduw op de menselijke vorm, zoals kunstenaars dat al millennia zijn. Zou u dergelijke beschuldigingen ook tegen Michelangelo uiten? En Renoir? Onkuisheid is puur subjectief en volgens mij zegt het meer over uw manier van denken dan...'

'Het zijn kinderen,' schreeuwde de vrouw.

Er viel nu een gespannen stilte, zelfs Sol hield zijn mond. Toen schraapte Peter zijn keel. 'Misschien moet Ellie maar even gaan zwemmen,' zei hij, en tot Elsbeths enorme afgrijzen draaiden alle hoofden in de serre haar kant op.

'Dat is een geweldig idee,' zei Ruth. 'Ga maar gauw, Bubbie.'

'Maar ik zit hier prima,' zei Elsbeth.

'Elsbeth,' zei Peter, 'nú.' Aangezien haar vader haar zelden met haar volledige naam aansprak, legde ze haar servet op haar bord. Ze stond op met het gevoel dat ze in de droom zat waarin ze naakt naar school was gegaan, en liep stijfjes de serre uit. Ze durfde niet naar Julian te kijken. Ze werd gevolgd door de dame in het zwarte shirt, die in de woonkamer rakelings langs haar heen schoot en door de klapdeur naar de keuken stormde. Een minuut later hoorde Elsbeth, boven de aarzelend op gang komende conversatie in de serre uit, de ronkende motor van Julians aanklaagster die haar auto startte en wegreed.

Elsbeth wachtte om te zien of er nog iemand anders de serre uit kwam – haar vader misschien, om te kijken of alles goed met haar was, of Julian! – maar toen dat niet zo was, dwaalde ze een beetje door de woonkamer. Als ze jonger was geweest zou ze deze kans hebben aangegrepen om op zoek te gaan naar de foto; de verboden, fascinerende, geheime afbeelding van haar vaders eerste gezin die Ruth ooit in haar badkamer had bewaard. Verstandelijk wist ze dat de foto verdwenen was op de dag dat haar moeder Ruth erop had betrapt die aan Elsbeth te laten zien. Ruth had haar toen ook weer het afschuwelijke verhaal van Masha en de tweeling verteld. Toch was ze er nog jarenlang naar blijven zoeken in de hoop dat hij ineens zou opduiken als ze Ruths zilveren haarborstels of panty's opzij zou schuiven, de foto van haar onbekende jonge vader, zijn eerste vrouw en Elsbeths halfzusjes in hun zilveren lijstje. Voor Elsbeth hadden zij dezelfde betoverende uitstraling als het plakboek dat Ruth had bijgehouden over de verkeringstijd tussen Peter en June, met menukaarten uit Peters zeer beroemde restaurant Masha's, omslagen van tijdschriften als *Harper's Bazaar* en *Vogue* met Junes gezicht erop, roddelrubrieken met foto's van June en Peter die dansten in de Rainbow Room of iets wat ElMo heette. Het waren allemaal herinneringen die Elsbeth koesterde, ze behoorden haar toe, ook al was het allemaal voor haar geboorte gebeurd. Ze had zich er zo vaak door laten meevoeren dat ze het gevoel had dat ze het in feite allemaal had meegemaakt. Dat gold ook voor haar fantasieën over haar vaders leven voor de oorlog, over Masha en haar tweelingzusjes, alleen waren die veel triester.

Maar nu was Elsbeth volwassen en over die behoefte om naar de foto te zoeken had ze zich allang heen gezet. Net toen ze terugsloop naar de serre om te luistervinken zag ze het: het boek. Het lag op de salontafel te midden van opgepropte servetten, halfvolle glazen en fruitpitten. *lichtgevende wezens*, luidde de titel, *foto's van julian wilton*. De foto op het omslag was glanzend en zo felgekleurd dat die haar deed denken aan de tijd vlak voor zonsondergang, als alles zo technicolor was dat ze er zonder aanwijsbare reden droevig van werd. Er stond een meisje van een jaar of twaalf, dertien op de foto met lang lichtblond haar, een borst die zo plat was als die van een jongen met uitzondering van de tepels, die recht in je ogen priemden, en een uitdagende blik. Ze zat schrijlings op een boomtak en was naakt.

Elsbeth wierp een blik op de serre, griste het boek samen met een dienblad halfvol kaas en toastjes van de tafel en droeg het allemaal naar een oorfauteuil, die ze naar de erker toe draaide. Als ze haar benen optrok, zou niemand van achteren kunnen zien dat ze daar zat. Met het boek op haar ene en het eten op haar andere knie at en bladerde ze, bladerde ze en at, waarbij ze erop lette alleen de randen van de bladzijden aan te raken. Op alle foto's stond het meisje van het omslag samen met een ander meisje dat waarschijnlijk haar zus was. Ook zij was blond en had lichte ogen die bijna boos in de lens staarden. Ze zwommen in vijvers en lagen op rivieroevers, ze zaten in een weiland en aten tomaten waarvan het sap langs hun blote armen liep, ze lagen te zonnebaden op een plat dak in de stad, waarbij de gezichten van kantoormedewerkers zichtbaar waren achter piepkleine ramen aan de overkant van de straat. Op alle foto's waren ze naakt. Alles was te zien.

Na de laatste foto, waarop het meisje van het omslag alleen op een rotsblok zat, sloeg Elsbeth het boek dicht. Wat wáren dat voor meisjes die hun naakte lichaam zo ongedwongen, zo schaamteloos toonden? Voor Elsbeth was dat iets volkomen buitenissigs. Zij kroop in elke kleedkamer en op elk slaapfeestje in een hoekje om haar kegelvormige borsten en de vetrolletjes op haar buik te verbergen. Zo lang als ze zich kon herinneren was ze al anders, een matroesjka tussen de barbies. In de eerste klas noemden ze haar 'Elsbeth de olifant' en in de vijfde 'de Donut', nadat ze op het eten van een doos ervan betrapt was. Toen ze tijdens de lunchpauze een keer in zalige onwetendheid haar blokjes kaas zat uit te pakken had Christy Albertson, slank en populair en met twee lange vlechten, haar neus opgehaald en gezegd: 'Is dat bóter?' Er werd gegniffeld en iedereen was bij haar weggelopen. Bij de schooldokter hadden Elsbeths leeftijdgenoten twintig, tweeëntwintig, drieëntwintig kilo gewogen, maar toen Elsbeth onbeholpen van schaamte en angst op de weegschaal was gaan staan, had de verpleegkundige geroepen: 'Vierenveertig kilo!' Nu was Elsbeth één meter zestig en woog ze ruim vijfenzestig kilo. Qua lengte was ze door sommige meisjes ingehaald en qua cupmaat door andere, en ze kon zich verschuilen tussen de lange lijzen en rondborstigen. Maar ze wist best dat elk hapje dat ze nam te zien zou zijn op haar lichaam. Ze zou nooit zijn als de anderen, die zonder erbij na te denken chocoladerepen, roomijs en chips aten omdat ze trek hadden, er zin in hadden. En ze was zelfs nog jaloerser op Julians modellen, die alles vol zorgeloos vertrouwen lieten zien. Alles! Waar Julian bij was!

Stoelpoten schraapten over de plavuizen in de serre en Elsbeth bracht een gehaaste strategie ten uitvoer. Ze sprintte door de keuken en griste een koekje van het dienblad op het aanrecht. 'Hebt u wel genoeg gegeten, juffrouw?' riep de hulp, die een beetje doof was. Elsbeth was al op de trap naar het souterrain en schreeuwde: 'Ja, bedankt!' Bertha, de nieuwe hulp die Ruth had gevonden nadat Maria met pensioen was gegaan, was een vriendelijke, oma-achtige vrouw met schuursponsjeshaar en ontbrekende tanden. 'Ze is veel te oud voor echt werk,' had Ruth op een dag tegen Elsbeth gefluisterd, 'maar ze heeft net als je vader de Shoah meegemaakt, dus ik heb haar maar aangenomen als mitswe.' Blijkbaar hadden de nazi's Bertha's gehoor beschadigd, maar of dat nou door een bomexplosie of door het martelen met een hete pook of zoiets was gekomen wist Elsbeth niet. Ze kon zich niet voorstellen dat iemand dat met Bertha zou doen, laat staan dat Bertha zo'n groot geheim met zich zou meedragen dat iemand haar martelde om dat eruit te krijgen.

In het souterrain was het schemerig en koel, de linoleumtegels voelden heerlijk aan Elsbeths blote voeten. Ze navigeerde door het doolhof van kamers: Sols hengelkamer met de bijna twee meter grote, opgezette merlijn aan de muur, Sols 'bioscoop', waar ze naar zijn diavoorstellingen moesten kijken, zijn ingelijste foto's van boten, bloemen, boeren in Italië en de uivormige koepeldaken van kerken in Leningrad. Sol had een paar tweede en derde prijzen gewonnen bij amateurfotowedstrijden voordat hij besefte dat hij nooit beroeps zou worden en was toen anderen gaan sponsoren. Maar hij gebruikte zijn doka, die ook hierbeneden was, nog steeds. Elsbeth wierp er in het voorbijgaan een nieuwsgierige blik op. Ze had graag even naar binnen willen gluren om iets meer te weten te komen over Julians wereld, maar ze had ooit een keer de deur opengedaan toen Sol foto's aan het ontwikkelen was, dus dat deed ze nooit meer. Ze liep naar de kamer naast de wasruimte die 'de verkleedkamer' werd genoemd, omdat Ruth hier alle zwemkleding en gestreepte handdoeken in regenboogkleuren bewaarde, en trok Junes jurk uit.

Met de gebruikelijke afkeer bekeek ze zichzelf in de spiegel. Haar zachte borsten, haar blubberbuik. Ze had een verschrikkelijke hekel aan dat woord, maar ze snapte wel waarom June het gebruikte. Ze kneep er vinnig in; haar vingers drongen in de huid en lieten roze plekken achter. Toen draaide ze zich naar de wc in de hoek. Ze had dit – iets waarover Liza haar had verteld – nog nooit eerder geprobeerd. 'Ik doe het niet vaak,' had Liza gezegd, 'alleen in noodgevallen, als ik me echt te buiten ben gegaan en bijvoorbeeld een hele chocoladetaart heb gegeten.' Elsbeth boog zich over de pot, stopte twee vingers in haar keel en wachtte. Haar maag verkrampte een, twee keer, maar verder gebeurde er niets.

'Kom op,' mompelde ze. Ze duwde haar vingers verder naar binnen en dwong zichzelf te denken aan alle stukjes kaas en toastjes die ze van dat dienblad had gegeten, gevolgd door dat Milano-koekje dat ze uit gewoonte uit de keuken had weggegrist en blijkbaar zonder nadenken naar binnen had gewerkt. En ze dacht aan wat ze die ochtend gegeten had, het ontbijt dat Peter gemaakt had, een omelet met boursin en gesauteerde champignons, croissants uit de oven met zijn zelfgemaakte frambozenjam en ruim een ons boter... Elsbeth was dol op boter. Ze propte haar hele hand in haar mond, kokhalsde en herinnerde zich toen nog iets wat Liza had gezegd: 'Als het niet lukt, moet je gewoon even dat kleine dingetje aanraken dat achter in je keel hangt, dan komt alles er zo uit.'

En inderdaad. De bal van kaas en toastjes kwam er in één bevredigende, halfverteerde golf uit. Ze bleef doorgaan tot ze alleen nog maar een dikke, heldere vloeistof uitbraakte, stond toen op, trok de wc door en waste haar handen en haar gezicht. Haar ogen waren bloeddoorlopen en haar oren suisden, maar ze had het gevoel dat ze zweefde. Ze was sereen, leeg en kalm. Ze trok haar ondergoed uit en pakte haar badpak van de achterkant van de deur. Julians visitekaartje viel, vochtig en gekreukeld, uit haar rechterbehacup. *julian wilton, fotografie.*

Ze raapte het op en stopte het terug in haar beha, die ze vervolgens opvouwde en op Junes jurk legde. Die rolde ze op en ze verborg hem achter een stapel handdoeken op een plank. Toen trok ze haar badpak aan. Verbeeldde ze het zich nou of schoof dat nu al gemakkelijker over haar vetrollen? Door de garage liep ze naar buiten. Het was benauwd, de zon stond bijna witheet aan de dampende hemel. In een koninklijk tempo liep Elsbeth over het smeltende asfalt tussen de walmende auto's door. Het geluid van de cicaden was oorverdovend. Het zwembad glinsterde tussen de hoge eiken. Vanuit haar linkerooghoek zag ze dat Julian weer op het terras stond. Hij leunde met over elkaar geslagen armen tegen de smeedijzeren reling, terwijl een man in een bruin pak geanimeerd tegen hem praatte. Elsbeth keek niet achterom, maar ze hoorde Julian terugpraten en ze rook zijn sigaret. Met ingehouden adem en licht heupwiegend liep ze verder naar het zwembad. Ze wist dat hij keek.

2
De fotoreportage

Een week later stond Elsbeth op de bovenste verdieping van een bakstenen gebouw op Riverside Drive voor de deur van Julians appartement. Ze had al twee keer aangeklopt, één keer zachtjes en toen wat harder. Maar misschien was ze toch nog te timide geweest, want hij had nog niet opengedaan. Het was wel de goede dag, toch? 'Kom zaterdag even langs, rond een uur of twee,' had hij gezegd toen Elsbeth hem gebeld had in de telefooncel bij de Glenwood Deli. Misschien was hij wel bezig in zijn doka en stoorde ze hem bij de creatie van een of ander nieuw meesterwerk. Of stel nou dat hij, zoals Liza had geopperd, pervers was en hij Elsbeth na de opnames in mootjes hakte. 'God mag weten wat hij nog meer doet,' had Liza met glimmende ogen gezegd, 'als hij pornograaf is.' Elsbeth had het voor Julian willen opnemen, willen zeggen dat hij geen pornograaf was, maar dat wist ze niet zeker. De enige echte, onvervalste porno die ze ooit had gezien was in een *Penthouse* van Very's broer. Zijn ouders hadden diens geheime stapel ontdekt en in een vlaag van woede en schaamte weggegooid, waarna Liza ze uit de papierbak had gegrist en Elsbeth er een van haar had gestolen. Op de uitklapplaat stond op de ene kant een blondine die in een parelsnoer beet en op de andere stonden twee vrouwen die elkaar betastten aan de rand van een zwembad. De andere foto's hadden steeds minder aan de verbeelding overgelaten, totdat Elsbeth alleen nog maar vrouwelijke lichaamsdelen zag die ze bij zichzelf nog nooit gezien had, rood en roze glimmend vlees met overal tongen en vingers. Dát was porno, daarvan was ze overtuigd. De meisjes van Julian waren weliswaar naakt, maar daarmee vergeleken waren het engeltjes.

Elsbeth keek om zich heen in de hal: een liftkooi, een poster van

Egon Schiele – een zittende vrouw die haar armen om een knie geslagen hield – en een dakraam met daaraan een hangende varen. Niets wat erop wees dat hier een moordlustige viezerik woonde. Ze moest plassen en haar kapsel werd pluizig door de vochtigheid; met elke verstrijkende minuut zwol het verder op als een egel. Zweet zou haar zorgvuldig uitgekozen outfit verpesten, haar witte blouse en rode broekrok met bretels. Bovendien had ze een donkerbruin vermoeden dat er toch nog een beetje hondenpoep onder haar ballerina's zat. Daar was ze buiten de busterminal Port Authority in getrapt en ze had geprobeerd het ervanaf te schrapen op zo'n ijzeren hekje rond een zieltogende stadsginkgo, maar ze vreesde dat ze het nog steeds kon ruiken.

Net toen ze met haar voeten over Julians kokosmat veegde, vloog de deur open en stond hij daar met zijn tandpastareclamelach alsof er niemand op de hele wereld was die hij liever voor zijn deur zag staan dan Elsbeth. 'Hé, Charlie, je bent er! Sorry voor het wachten, ik was net onder de douche gesprongen.' Zijn haar was inderdaad nat en zijn hawaïhemd zat vastgeplakt aan zijn borst alsof hij dat had aangetrokken zonder zich eerst af te drogen.

'Ben ik te vroeg?' vroeg Elsbeth, hoewel ze in de lift op haar Swatch had gezien dat het tien voor half drie was.

'Nee, nee, ik ben gewoon een beetje sloom vandaag.' Hij stapte achteruit en trok de deur een stukje verder open. 'Daar ben je, wat geweldig! Welkom. Kom binnen.'

Ze liep langs hem heen een schitterende ruimte in met een glanzende houten vloer, een rij ramen met uitzicht op de Hudson en nog meer dakramen. De vloerkleden waren zebravellen, de meubels van wit leer en chroom, en er stond een rode zitzak. Over de hele lengte van de voorgevel stond een gigantische tekentafel bij de ramen bedekt met contactvellen, foto's, markeerpotloden en lenzen. Een zilverkleurige bollamp op een steel van bijna twee meter stond daaroverheen gebogen. De boekenplanken aan weerszijden van de schoorsteenmantel stonden vol camera's en in een hoek krioelde het van de statieven. Op die schoorsteenmantel keek Julians covergirl boos de kamer in, naakt tot aan haar middel. Wat Elsbeth betrof had zij hier niet hoeven zijn, maar verder was ze haar hele leven niet op zo'n masculiene, magische plek geweest. 'Wat een prachtige studio,' zei ze.

'O ja?' Julian liep gehaast rond en verzamelde kranten, een asbak en vieze glazen. 'Dank je. Eigenlijk is mijn studio in het centrum, hier woon ik. Maar ik doe hier wel een hoop montagewerk.' Hij dumpte zijn bij elkaar gescharrelde spullen in de gootsteen, die tussen een rij kastjes tegen een muur stond. 'Heb je trek? De koelkast is nagenoeg leeg, maar ik kan iets bestellen bij...'

'Nee, bedankt, ik krijg geen hap door mijn keel.'

'Iets drinken dan? Het ziet er nogal benauwd uit buiten.' Hij lachte naar haar en trok de koelkast open. 'Eens even kijken, ik heb jus, tonic, melk... oeps, over de datum. Wat dacht je van gin? Haha.'

'Best,' zei Elsbeth verheugd. Hij had vast teruggedacht aan vorige week, toen ze zijn gin-tonic hadden gedeeld op het terras van Ruth en Sol. Dat zou hún drankje worden.

Hij kwam achter de koelkastdeur vandaan en keek verschrikt. 'Echt?' Toen schoot hij in de lach. 'Je had me even te pakken, meisje. Wat dacht je van koffie?'

'Best,' zei ze weer, maar nu teleurgesteld. Ze keek hoe Julian schepjes gemalen koffie in een cafetière deed. Zijn haar droogde net als het hare pluizig op en zijn hawaïhemd was verkeerd dichtgeknoopt. O, Julian, dacht ze, machteloos van verlangen. 'Mag ik even van je toilet gebruikmaken?' vroeg ze.

'Laatste deur links,' antwoordde hij, terwijl hij zijn kin in de richting van een smalle gang naast de keuken stak. 'Dan zet ik hier de boel alvast even op.'

Elsbeths maag keerde zich om. Dit betekende dat ze zo haar kleren zou moeten uittrekken. Ze was goed bezig geweest, de afgelopen week, en had alleen pitabroodjes, hüttenkäse en druiven gegeten. Nou ja, behalve die ene keer dan, toen ze zo'n honger had gehad dat ze een hele beker vanille-ijs van Häagen-Dazs had verzwolgen. Maar toen had ze haar geheime wapen gebruikt en alles weer uitgebraakt. Ze had geoefend voor de spiegel op haar kamer, haar adem ingehouden en houdingen aangenomen waarin haar vetrollen het minst te zien waren. Ze was bijna twee kilo afgevallen, maar hier onder Julians dakramen leek dat lang niet genoeg. De telefoon ging, Julian nam op, luisterde, schoot in de lach en zei: 'Richard, gemene klootzak die je er bent.' Elsbeth vluchtte de gang in.

Die was lang en smal, en langs de kant was een waslijn gespannen waaraan foto's van 20 bij 25 centimeter opgehangen waren. In het voorbijgaan bekeek ze die. Weer dat blonde meisje, dat met het uiteinde van haar lange vlecht een snor maakte. Een jongen van een jaar of tien die speelde in een meer. Diezelfde jongen op een steiger, met een piemeltje als een champignon. Rechts van haar stond een deur verleidelijk op een kier. Elsbeth gluurde naar binnen: Julians slaapkamer! Een onopgemaakt bed, zwarte lakens die op de grond waren gevallen, één geruite Vans-sneaker. En aan de tegenoverliggende muur iets heel vreemds: een klok waarvan de wijzerplaat om de paar tellen oplichtte in een andere pastelkleur: lichtblauw, roze, limoen, citroen. De wijzers waren cirkels in een andere kleur en als ze langs elkaar schoven veranderden ze net als de wijzerplaat eronder van kleur.

Ze was gehypnotiseerd door deze wonderbaarlijke klok, tot Julians lach haar weer tot de orde riep. Ze zag de badkamer aan het eind van de gang. Die deed haar denken aan hun huis in New York, hoewel iedereen zei dat ze zich dat echt niet kon herinneren omdat ze pas twee was geweest toen ze naar Glenwood waren verhuisd, maar het was wel zo. Ook hier lagen schuine zwart-wittegels op de grond, was het douchehokje van matglas en zat er roest rond de kranen van de wastafel. Elsbeth voelde zich helemaal thuis. Ze maakte gebruik van de faciliteiten, trok een vies gezicht toen ze met een tissue tussen duim en wijsvinger de bril liet zakken, bekeek zichzelf in de spiegel en fronste: haar haar was een ramp. Ze maakte het nat met water uit de kraan, hoewel ze wist dat het zinloos was. Toen spitste ze haar oren: Julian was nog steeds aan de telefoon, dus ze opende het medicijnkastje.

Tandenborstel, scheermes en losse mesjes, grote pot met aspirine, veel voorgeschreven medicijnen. Was Julian ziek? Wat was diazepam? Een fles eau de cologne, die Elsbeth opende en hartstochtelijk inhaleerde, hoewel ze geen luchtje bij Julian had geroken. Vaseline, wattenstaafjes, een doosje condooms – *glow in the dark, extra sensitive.* Elsbeth gniffelde, hoezo lichtgevend? Had Julian dat nodig om iets te vinden? Maar het belangrijkste was dat niets in dit kastje erop wees dat hier ooit een vrouw was geweest.

Ze wilde het net opgelucht dichtdoen toen ze nog iets anders zag achter de elektrische tandenborstel – een grote paarse... penis? Ja hoor: groot en rubberig, en vol gouden spikkels. Het was een dildo, dat kon niet anders, nog iets wat Elsbeth herkende uit de beduimelde *Penthouse*. Ze wist waar het ding voor diende, maar... waarom zou een man er een hebben? Daar stond ze over na te denken toen Julian, die eindelijk klaar was met zijn telefoongesprek, riep: 'Charlie? Alles goed daar? Of ben je in de pot gevallen?' Gehaast deed Elsbeth het kastje dicht, keek nog een keer boos naar haar kapsel in de spiegel, trok haar buik in en deed de deur open.

Toen ze de woonkamer in liep werd ze even verblind door een witte flits, vergezeld van een geluid dat klonk als *vsssh!* 'Oeps, sorry, ik wilde je niet laten schrikken,' zei Julian. 'Ik was vergeten dat de flits aanstond.'

Elsbeth was blij met haar beperkte blikveld, want dat betekende dat Julian haar bij haar elleboog moest pakken om haar verder door de kamer te loodsen. 'Geen punt,' zei ze, 'daar ben ik aan gewend met Sol. Alleen is het bij hem altijd andersom. Hij zegt altijd: "Oké, mensen, daar gaat-ie" en dan werkt zijn flits nooit.'

Julian schoot in de lach. 'Hij heeft een ouder model, een Pentax, als ik me niet vergis. Dit is een gloednieuw model, dat de fabrikant me heeft gestuurd om uit te testen.' Elsbeth knipperde met haar ogen en zag dat hij een zwarte doos vasthield waarop een regenboog en de naam POLAROID stond. Hij richtte hem op haar, drukte op een knop – *vssh!* – en er gleed een grijs vierkant met een witte rand uit.

'Kijk goed,' zei Julian, en hij plaatste het vierkantje als een puzzelstukje tussen talrijke andere op de tekentafel.

Elsbeth stond naast hem terwijl ze samen naar het vierkantje keken. Ze kon hem ruiken: warme katoen, sigaretten en huid. 'Wat zou er...' zei ze, en toen: 'O, kijk!' In het midden van het grijze vlak doemde een lichaam op, een gezicht. 'Het lijkt wel toverkunst.'

'Dat is het ook, Charlie. Fotografie is toverkunst. Weet je wat dat woord betekent? "Schrijven met licht". Foto betekent "licht", grafie is "schrijven". Dat is wat je hier ziet. Best indrukwekkend, hè?'

'Nou,' fluisterde ze, maar toen er steeds meer te zien was, riep ze vol afgrijzen: 'O, nee, ik zie er niet uit.'

Hij lachte. 'Ik verzeker je dat dat niet zo is, ik heb je alleen frontaal gefotografeerd. Niemand ziet er vanuit die hoek goed uit.'

'Mijn moeder wel,' zei ze. Meteen daarna kon ze zich wel voor de kop slaan. Julian liep echter gewoon weg om een andere camera op een statief te schroeven dat hij naast de grote booglamp had gezet. Voor de ramen, zelfs die op het dak, waren zwarte rolgordijn getrokken.

Hij boog zich naar zijn toestel en tuurde erdoorheen. Hij verschoof een hendel aan de bovenkant en drukte op een knop. *Klikklikklik vssh!* Elsbeth wachtte onzeker bij de tafel, draaide zich opzij en hield haar buik in. 'Zijn we al bezig? Wat moet ik doen?'

Klikklikklikklikklik. Klikklik vsssh klik. 'Niets, je hoeft niet te poseren, doe gewoon normaal.' Dat maakte het er alleen maar erger op, want ze had geen idee wat de bedoeling was. Wat zou June doen? Elsbeth keek hooghartig naar de ramen, maar daar kon ze dus niet doorheen kijken.

Julian keek op van zijn camera en glimlachte naar haar. 'Zullen we muziek aanzetten?' vroeg hij. 'Dat helpt soms.'

Elsbeths ogen brandden. Ze maakte er een puinzooi van. 'Best.'

'Doe jij maar,' zei hij, wijzend naar een stereo-installatie in de hoek, 'kies maar iets uit.'

Ze liep met ingehouden adem de kamer door. *Klikklikklikklikklik.* Aan het rode lichtje zag ze dat het apparaat nog aanstond en er lag ook een elpee op de draaitafel, dus daar zette ze gewoon de arm op. 'Sssexxx,' zei een mannenstem, waarna er een oorverdovend gedreun losbarstte.

'Oeps!' Op een drafje kwam Julian naar haar toe. 'Die niet, hahaha.' Hij haalde de plaat van de draaitafel. 'Wat dacht je vannn... iets klassieks? Iets eleganters.'

'Best,' zei ze. Maar net toen hij terugliep naar zijn camera voegde ze daaraan toe: 'Maar liever niet dit.'

Hij keek verbaasd. 'Hou je niet van Prokofjev?'

'Niet van dit.' Ze wreef over haar armen, waar opeens kippenvel op zat. Het was niet zozeer dat ze het niet mooi vond, ze werd er doodsbang van. Toen ze een jaar of acht was had Bethany Chase een keer bij haar thuis gespeeld en toen hadden ze naar platen geluisterd op haar kamer. Opeens was de deur opengevlogen en stormde haar vader de kamer in. 'Wie heeft dit opgezet?' Zijn gezicht was zo witheet van woede dat Elsbeth hem amper herkende. 'Wie heeft deze muziek mijn huis in gebracht?' Ze was opgesprongen, bang dat hij weer een hartaanval zou krijgen. 'Wat is er, pappie?' had ze gevraagd. Maar Peter had de elpee van de draaitafel gerukt en geprobeerd die doormidden te breken. Toen dat niet lukte, gooide hij hem als een frisbee de gang op. 'Ik wil dit nooit meer horen,' zei hij, 'nooit, begrepen?' Toen was hij met grote passen de deur uit gelopen. Bethany was huilend naar huis gegaan. Het was haar elpee, dus Elsbeth kon het haar niet kwalijk nemen. Vanaf die dag had Elsbeth nooit meer kunnen luisteren naar *Peter en de wolf.*

'Ik vind het nogal kinderachtig,' zei ze tegen Julian.

Hij trok zijn donkere wenkbrauwen op. 'Je hebt gelijk. Als kind was ik er dol op, maar jij bent natuurlijk geen klein kind meer, Charlie.'

'Nee,' beaamde ze trots. Ze rechtte haar rug en tilde haar kin op. *Laat nooit je hoofd zakken als je naar de camera kijkt*, zei haar moeder altijd, *want dan krijg je twee onderkinnen.*

Julian zette weer een andere plaat op en liep terug naar zijn statief. 'Wat vind je hiervan?'

'Beter,' zei Elsbeth opgelucht. Het was *Cats*. 'Ik ben gek op musicals. Als kind was ik bezeten van *My Fair Lady*.' Ze neuriede mee met het nummer: *Oh, well, I never, was there ever/a cat so clever/as magical Mr. Mistoffelees!* Elsbeth was voor haar tiende verjaardag naar *Cats* geweest op Broadway, met haar ouders en Sol en Ruth, en ze herinnerde zich Mr. Mistoffelees nog goed: een in het zwart gehulde bariton die van het podium sprong en recht op haar af kwam dansen. Nu drong het tot haar door dat Julian heel erg op Mr. Mistoffelees leek; ook hij was beweeglijk, gespierd en donkerbruin. Ze beeldde zich in dat Julian in een *poef!* van rook in een strak zwart balletpak en maillot verscheen in haar slaapkamer en ze voelde haar maag wegsmelten uit haar lichaam.

Klikklikklikklikklik vssssh klikklik. 'Kijk, zo gaat-ie goed,' mompelde hij, 'heel mooi, heel mooi.' *Klikklikklikklikklik.* 'Vertel eens, Charlie, hoe oud ben je?'

'Bijna zestien.' Elsbeth klopte haar leeftijd met negen maanden op.

'Heb je al eerder modellenwerk gedaan?'

Ze snoof. 'Kom op, nou.'

'Dat beschouw ik maar als een nee.'

'Reken maar van fucking yes,' zei ze, en meteen sloeg ze haar hand voor haar mond. Julian schaterde. *Klikklikklikklikklik.* 'Sorry, dat schoot er gewoon uit.'

'Geen punt. Volgens mij heb ik dat woord al eens eerder gehoord... Maar het verbaast me dat je dit niet eerder hebt gedaan. Je moeder was vroeger toch een heel beroemd fotomodel?' *Klikklikvssssshklikklikklik.* 'Ik herinner me een foto van Avedon, daar had ze een vogelkooi op haar hoofd. Ze was magnifiek.'

'Tja, dat is nou juist het probleem. Zij is magnifiek en ik ben een pad.'

'O, Charlie. Dat is gewoon niet waar. Weet je niet meer wat ik tegen je zei bij je grootouders thuis? Je hebt een uniek voorkomen. Jij mag dat dan nog niet zien, maar ik ben gepokt en gemazeld in het zien van compositie, de structuur onder het oppervlak, en jij hebt het.' *Klikklikklikklikklik.* 'Over een paar jaar... *BAM!* Dan ben jij een beroemder supermodel dan je moeder ooit geweest is, als je dat wilt.'

Ze schudde haar hoofd. Een van de grote creolen die ze van Liza had geleend schoot los en rolde weg. 'Shit,' mompelde ze.

'Geen punt, die vinden we zo wel.' *Klikklikvsshklikklik.* 'Maar het klopt wel dat je niet op je moeder lijkt, en ook niet op je vader, hoewel dat een knappe gast is. Jij hebt je eigen ding... Lijk je op iemand anders?'

'Mijn oma, waarschijnlijk, het bintje.'

Julian schoot in de lach. 'Ruth? Dat is meer een krieltje.'

'Zij niet. Ze is niet mijn echte oma, maar mijn vaders achtertante of zoiets. Zij en Sol hebben hem na de oorlog in huis genomen. Ik bedoel mijn echte oma, mijn vaders moeder, die gestorven is in de tijd van de nazi's.'

Klikklikklikvssh. 'Je vader moet toen ook in Europa zijn geweest.'

'Hoezo?' vroeg Elsbeth, terwijl ze van schrik recht in de camera keek. *Klikklikklikklikklik.*

'Ik heb zijn tatoeage gezien.'

Elsbeth slaakte een zucht. Ongelooflijk dat hem dat was opgevallen, haar vader hield die altijd zo zorgvuldig verborgen. Maar goed, Julian beschikte, zoals hij zelf al had gezegd, over een ongewoon scherp oog. 'Mijn pa heeft in de kampen gezeten,' zei ze, 'Auschwitz en... There-i-sien-stadt.' Ze sprak de naam zorgvuldig uit, hoewel ze helemaal niet zeker wist of ze dat goed deed. Ze had beide namen moeten opzoeken in de schoolbibliotheek zonder het aan de bibliothecaris te vragen.

Klikklikklikklikvssshklik. 'Zoiets vermoedde ik al. Ondanks al die charme, voelde ik dat hij iets triests had. Het spijt me, Charlie.'

'Wát spijt je?' Ze wist niet waarom ze opeens zo gepikeerd was, maar ze kon het niet helpen. Wat wist Julian nou helemaal?

Hij klikte onverstoorbaar verder. 'Het moet zwaar zijn om te weten dat iemand van wie je houdt zoiets verschrikkelijks heeft meegemaakt.'

Haar borstkas schokte één, twee keer, alsof ze de hik had. Ze deed haar mond open om de lucht te laten ontsnappen, maar er gebeurde niets. 'Ja, eigenlijk is dat wel zo. En weet je? Hij en mijn oma waren niet de enige, ik ben ook mijn zusjes verloren. Mijn halfzusjes. Een tweeling, Vivien en Ginger. Ze zijn vermoord door de nazi's. Ze waren pas drie.' Ze zag voor zich hoe ze in Ruths badkamer met al die spiegels zat en Ruth haar haar met lange, geruststellende halen borstelde, terwijl ze Elsbeth vertelde over de meisjes. 'En het is misschien heel stom, maar vroeger deed ik altijd of ze nog leefden. Ze zouden nu best oud zijn, ergens in de veertig, dus eigenlijk meer tantes dan zussen. Ze zouden waarschijnlijk grijs haar en zo hebben. Maar in mijn hoofd zijn ze nog steeds klein en moet ik voor ze zorgen. Vroeger fantaseerde ik dat ik ze in bad deed, hun haar vlocht en verhaaltjes voorlas, en dat we met zijn drieën in één bed sliepen en dezelfde nachtpon droegen. En ik had een plek op de zolder waar we naartoe konden als de nazi's weer zouden komen, waar ik ze kon beschermen.'

Julian zei helemaal niets, je hoorde alleen het geluid van de klikkende, snorrende camera. Elsbeth besefte dat ze huilde. Het was een heel gek gevoel; de tranen leken los van haar te staan, alsof ze een regenwolk was, maar toch stroomden ze over haar wangen. Boos veegde ze ze weg. 'Zoiets stoms heb je zeker nog nooit gehoord?' vroeg ze, waarop ze nog harder ging huilen.

Het geklik hield op en ze vóélde meer dan dat ze het zag dat het grote licht uitging; door de abrupte afwezigheid van warmte op haar gezicht besefte ze hoe heet de lamp geweest moest zijn. Ze sloeg haar handen voor haar gezicht. Het was afgelopen, ze had het verpest door zo te gaan janken. Julian zou haar nu nooit meer als model willen. Hij dacht waarschijnlijk dat ze gestoord was.

Maar hij deed iets heel liefs. Hij stond naast haar met een theedoek en probeerde voorzichtig haar handen van haar gezicht af te halen. 'Hier,' zei hij, 'rustig maar, Charlie.' Ze voelde de stof op haar gezicht, hij rook een beetje muf. Julian had hem natgemaakt onder de kraan en depte haar wangen en vervolgens haar ogen, waar de blauwe mascara die ze van Liza had geleend ongetwijfeld verschrikkelijk was uitgelopen.

'Beter?' zei hij uiteindelijk. Ze knikte. Ze voelde hem weglopen en toen ze haar ogen weer opendeed, zat hij op de armleuning van de bank en stak een sigaret op.

'Jij ook?' Hij stak zijn Camels naar haar uit, maar toen ze haar hoofd schudde zei hij: 'O ja, dat is waar ook, je rookt niet,' en gooide het pakje op de bank. 'Nou, Charlie, je hebt het hartstikke goed gedaan vandaag. Maar dat had ik al verwacht. Wat dacht je van het strand?'

'Pardon?'

'Als het mooi weer is, leek het me leuk om naar de Hamptons te gaan. Ik wil een serie met je maken, waarschijnlijk buiten. We zouden weer hier kunnen afspreken, laten we zeggen volgende week zaterdag. Kun je dan?'

'Maar...' Verward sloeg ze haar armen om zich heen. 'Maar ik heb gehuild.'

Julian lachte. 'Er is niets mis met huilen, Charlie. Volgens mij heb je me een paar van de beste opnames uit mijn carrière bezorgd.'

'Maar ik heb niet eens...' zei Elsbeth, terwijl ze haar bretels afdeed om aan te geven wat ze bedoelde.

Hij keek een beetje verbaasd en schoot toen weer in de lach. 'O, nee nee nee,' zei hij. 'Sorry. Dan ben ik niet duidelijk geweest. Vandaag was gewoon een proefopname.' Hij glimlachte naar haar. 'Dus wat denk je, kun je volgende week?'

Volgende week! Dan zou ze hem weer zien, dan gingen ze naar het strand. Ze had de tijd om nog twee kilo kwijt te raken, op zijn minst. 'Volgende week lijkt me prima,' zei ze.

Toen Elsbeth thuiskwam, trof ze tot haar onaangename verrassing haar vader redderend in de keuken aan. Waarom was hij wakker? Normaal gesproken – abnormaal, eigenlijk – sliep Peter de hele dag en testte hij 's nachts recepten uit voor wat June 'het beroemde kookboek' noemde en waarin alle gerechten uit zijn eerste restaurant Masha's zouden staan, maar dan in een modern jasje. Hij werkte er al jaren aan, al vanaf het moment dat het Claremont was verkocht. Hij had een leuk voorschot gekregen van een uitgever en een tijdlang was zelfs June er opgetogen over geweest, maar om de een of andere reden waren de recepten nooit helemaal af, vereisten ze nog meer aanpassingen, en dat duurde nu al zo lang dat het geld was uitgegeven en de uitgeverij ter ziele was gegaan. Toch was dit het enige wat Peter deed. Elsbeth stond in de deuropening te kijken naar haar rondschuifelende vader in zijn kakibroek, overhemd met lange mouwen en Junes GILLENDE KEUKENMEID-schort. Het was moeilijk om deze man met zijn kale kruin, keurig getrimde witte baard en ietwat gebogen houding te vereenzelvigen met de strakke, gladde kerel in pak en hoed die naar buiten kwam uit Masha's, de nachtclub El Morocco of een Broadwaypremière. Elsbeth wist dat haar beide ouders ooit min of meer beroemd waren geweest. Ze zou er alles voor overhebben om Masha's één keer te zien, maar het restaurant was al lang geleden veranderd in een damesschoenenzaak.

Ze mat de afstand tussen de deur en de hal in de hoop dat ze onopgemerkt de trap op kon schieten. Maar ze moest een geluidje gemaakt hebben, of de trap aan de achterkant op de lompe manier beklommen hebben waar June haar altijd van beschuldigde, want Peter draaide zich om.

'Ach,' zei hij, 'als dat de allerbeste commis en voorproever van de wereld niet is! Wat een mazzel!' Hij kwam naar haar toe met een soeplepel. 'Ik heb jouw ongeëvenaarde smaakpapillen nodig.'

Misschien zou hij haar na één hapje laten gaan. Het bleek Peters champignonsoep te zijn, die stijf stond van de room en cognac, bedekt was met een lepel crème fraîche en besprenkeld met kruiden. Haar maag, die niets meer te verteren had gehad sinds de magere yoghurt van gisteravond, kwam automatisch in opstand en haar mond vulde zich met speeksel. Kijk uit, dacht ze. 'Lekker,' zei ze terwijl ze de lepel teruggaf.

Peter fronste zijn voorhoofd, dat nu groter was dan vroeger. 'Niet verrukkelijk?'

'Het is de lekkerste soep van de wereld.' Ze schoof naar de gang toe.

Hij sloeg zijn ogen ten hemel. 'Ik mag sarcasme dan niet vloeiend spreken, maar ik herken het wel als ik het hoor. Kom op, wat is er mis mee?'

'Niets! Serieus, pap. Zet het maar in het boek.'

'Niet genoeg tijm? Te veel? Had ik de roux wat meer moeten laten garen?'

'Ik moet echt gaan, pap.'

'Maar je komt net thuis.'

'Ik moet de meiden bellen.'

'Die heb je toch net gezien?'

Het smoesje dat ze had bedacht om naar de stad te kunnen schoot haar te binnen. BEN NAAR HET WINKELCENTRUM MET LIZA & VERY, TOT LATER, had ze geschreven op Junes blocnote met de tekst HEEFT JE HUI$ EEN FACELIFT NODIG? BEL JUNE RA$HKIN VANDAAG! Het velletje, waarop ook haar moeders gezicht en telefoonnummer stonden, had ze met een magneetje op de koelkast gehangen.

'Wat kun je nou in hemelsnaam te bespreken hebben als je ze een kwartier geleden nog gezien hebt? Kom, eet een bordje soep met je ouwe vader.'

'Pa-áp.' Er borrelde een verschrikkelijke woede in haar op: waarom nu? Waarom had hij uitgerekend dit moment uitgekozen om haar op te merken, net nu ze alleen maar in alle rust en afzondering wilde nagenieten van haar hemelse middag met Julian? Peters aandacht kwam niet alleen ongelegen, maar was ook jaren te laat. *Waar ben je geweest?* Dat zou ze hem het liefst toeschreeuwen, maar zoals altijd drukte ze de woede weg. Ze wist dat het niet zijn schuld was. Het lag aan zijn medicijnen, zijn bètablokkers, zijn nitroglycerine, zijn anginapillen. 'Hij is nog even lief,' had ze June tegen een van haar tennisvriendinnen horen zeggen aan de telefoon, 'hij is alleen zo wazig. De helft van de tijd lijkt hij niet te weten waar hij is. En zijn dag-en-nachtritme is volkomen omgedraaid.' Er was echter geen alternatief, want als Peter stopte met zijn medicijnen kon hij elk moment doodgaan en was dat dan wat Elsbeth wilde? Ze had gedacht dat ze al lang geleden was opgehouden hem te missen.

Hij schoof haar nu een stoel voor, een van de bistrostoeltjes die June had gered van de vuilnishoop van Glenwood en zelf opnieuw gevlochten had. Elsbeth liep de keuken door en ging berustend zitten. Peter haastte zich naar het fornuis, schepte twee borden vol en zette die met een mandje stokbrood op tafel. 'Dat het u mag smaken!' zei hij met een buiging.

Haar ogen schoten vol tranen, alsof hij haar geknepen had. Ze schraapte haar keel. 'Dat het u mag smaken!' herhaalde ze. Ze boog zich over het bord, liet haar lepel zakken en bracht die vervolgens naar haar lippen, zodat haar vader zou denken dat ze at. Crème fraîche smolt in een plasje op het oppervlak, de geur van rozemarijn en cantharellen dreef haar tot waanzin.

Peter kwam bij haar zitten en nam peinzend een hap. Hij proefde, kneep zijn ogen tot spleetjes, schoof zijn bril naar beneden en haalde zijn notitieboekje uit zijn achterzak. Dat zat daar al zo lang als Elsbeth het zich kon herinneren. 'Er mist nog steeds iets. De ui? Had ik zoete ui moeten gebruiken?'

'Volgens mij is het goed,' zei ze, hoewel ze net al geproefd had wat Peter bedoelde. Ze wilde echter niet nog meer eten van de calorierijke soep en trouwens, wat maakte het uit? Hij zou dat verdomde kookboek toch nooit schrijven. Ze begon een stukje stokbrood uit elkaar te plukken.

'Goed is niet goed genoeg.' Peter legde zijn notitieboekje neer en keek Elsbeth aan. 'Heb je een leuke dag gehad?'

Opnieuw kon Elsbeth het wel uitschreeuwen, ze wilde ergens tegen slaan, of zeggen: *Ja, pap, geweldig, ik ben vanmiddag bij die fotograaf geweest die pas bij Sol en Ruth was, de man die die ene vrouw een pornograaf noemde, die foto's maakt van naakte kinderen, en moet je horen: volgende week gaat hij mij fotograferen. Naakt.* Toen schoot haar een afgrijselijke gedachte te binnen: was Peter daarom wakker? Had een of andere sluimerende radar hem gewaarschuwd voor het feit dat Elsbeth wegglipte naar Julians appartement? Ze propte brood in haar mond.

'Op je briefje stond dat je met Very en Lisa naar het winkelcentrum ging,' zei Peter, terwijl Elsbeth als een bezetene zat te kauwen. 'Wie zijn dat ook alweer?'

Ze hield haar servet voor haar mond en spuugde het brood erin. 'Het is Liza.'

Hij trok zijn wenkbrauwen op. 'Is zij die knappe oosterse?'

'Pap! Doe niet zo vooringenomen. Dat is Very, en zij is Aziatisch.'

'Excuus. En wie is Eliza?'

'Liza.'

'Dat zei ik toch? Is zij die lange, van de club, die nogal uitdagend is?'

'Páp!'

'Sorry. Ik bedoelde er niets mee. Ik meende me gewoon te herinneren dat zij nogal uitdagend kan doen.'

'Nou ja, ze is een soort van... Ze is niet verlegen.' Ze was eigenlijk van plan geweest 'slet' te zeggen. 'Maar daar kan ze niets aan doen. Haar vader en moeder zijn gescheiden en haar moeder gaat de hele tijd uit met andere mannen.'

'Ach,' zei Peter.

Elsbeth duwde zich van de tafel af. 'Afijn, ik moet...'

'En wat heb je gedaan?'

'Pardon?'

'Met je vriendinnen.'

'We zijn naar het winkelcentrum geweest. Dat zei ik toch.'

'En wat hebben jullie daar gedaan?'

'Jéés, pap, is dit een kruisverhoor?' Ze was verontwaardigd, maar hij keek haar zo droevig aan dat ze zwichtte. 'Een beetje rondgehangen.'

'Rondgehangen.'

'Ja, gewoon rondgehangen. Je weet wel.'

'Ach,' zei Peter weer. 'Jaja.'

Wat zat hij nou weemoedig naar haar te glimlachen? Wanneer was hij zo geworden? Rond haar achtste verjaardag, dacht ze, toen het Claremont eindelijk verkocht was. Voor die tijd had het gewoon om hun tweeën gedraaid en niemand anders, zij en haar vader, de Fabuleuze Rashkins. Dat zou de naam worden van het restaurant dat ze zouden beginnen zodra Elsbeth volwassen was en de koksopleiding had gedaan. In eerste instantie zou dat een crêperie worden, omdat Elsbeth een enorme fan was van die dunne zoete pannenkoeken, maar later werd het een restaurant voor fijnproevers. Een van de vroegste dingen die ze zich herinnerde was dat ze op haar tenen op haar eigen krukje voor het aanrecht met haar vaders hand over de hare beslag stond te roeren. Maar ook zijn kleine keurige handschrift in het notitieboekje en de tekeningen die hij voor haar maakte, het tikken van zijn pen op de woorden die hij geschreven had. *Brood. Boter. Citroenen. Ellie. Zie je?* Peter en diens favoriete commis, die naast hem deeg stond te rollen, selderij hakte en eieren in kokend water liet glijden: de Fabuleuze Rashkins tegen de rest van de wereld.

Omdat de stilte zo gespannen was, omdat haar keel schrijnde van alles wat ze niet kon zeggen, schepte Elsbeth er wat soep in. De smaak was vol en complex, met crème fraîche en Courvoisier, tijm en bieslook, flintertjes cantharellen en portobello. *Jij hebt de beste smaakpapillen van iedereen die ik ken, Ellie,* zei haar vader vroeger altijd tegen haar. *Jij wordt de beste chef-kok ter wereld, als je dat wilt.* Opeens wist ze niet hoe snel ze de soep moest opeten. Ze schrokte hem naar binnen; haar ogen gingen ervan tranen. Ze had het bord opgetild en aan haar mond gezet als ze niet geweten had dat Peter haar daar een standje voor zou geven.

'Het zijn de uien,' zei ze toen ze klaar was.

'Hoe bedoel je?'

Ze drukte een boer weg met haar pols. Haar gekrompen maag, die nu overvol was, kreunde en borrelde, ze kon praktisch voelen dat het vet haar aderen, haar cellen binnendrong, die dichtmetselde en haar dikker maakte. 'Wat je net zei, over zoete uien? Ik zou sjalotjes gebruiken, maar die zou ik eerst karamelliseren. Om ze zoeter te maken.'

Haar vader knikte traag en streek over zijn baard. 'Ja, je hebt helemaal gelijk, dát is het. En misschien moet ik er een scheutje balsamico bij doen?' Hij greep zijn notitieboekje. 'Je bent geniaal, Ellie!'

'*De nada*,' zei Elsbeth. Ze stond op en kuste Peter op zijn voorhoofd. Hij zat druk te pennen. Zijn huid was warm en een beetje vettig. Ze moest naar boven. Hoe sneller ze van die soep af was, hoe kleiner de kans dat het vet haar spijsvertering zou binnendringen.

Ondanks haar haast was er toch iets wat Elsbeth tegenhield in de deuropening tussen de keuken en de gang. Ze draaide zich om en keek naar haar vader. Peter zat in zijn eentje aan de keukentafel. Zijn hoofdhuid glom onder zijn haar in het schijnsel van de plafondlamp. Hij at nog wat soep, maakte wat aantekeningen en staarde toen recht voor zich uit in het niets. Wat zag hij voor zich? De keuken van het Claremont? Van Masha's? Masha zelf? De kleine meisjes? Dat wilde ze hem al jaren vragen. Ze zou er nooit achter komen. Ze wierp nog een laatste blik op haar vader en trok de deur achter zich dicht. Ze beklom de drie trappen naar haar zolderkamer, dook de wc in, tilde de toiletbril op en knielde.

3
De Hamptons

Op de ochtend van de eerste naaktreportage ontmoette Elsbeth Julian op de stoep voor zijn huis, waar hij tassen met camera's en statieven op de achterbank van een auto laadde die erg leek op de General Lee in *The Dukes of Hazzard*, maar dan zonder de Confederatie-vlag op het dak geschilderd. Ergens hoopte ze dat hij via het bestuurdersraampje naar binnen zou springen, maar in plaats daarvan liep hij naar haar kant en hield het portier voor haar open. 'Uw rijtuig, mevrouw.'

Ze probeerde zich gracieus te laten zakken op de lage stoel en glimlachte naar hem. 'Dank u.' Julian droeg vandaag een korte broek en een smokinghemd met ruches; de geruite Vans zaten aan zijn voeten. De zon vormde een halo rond zijn haar, dat kroesde in de nevel van half juli. Elsbeth had het temmen van haar eigen kapsel maar opgegeven. Ze had het naar één kant gekamd en vastgezet met een bananenclip. Haar witte spijkerrok was omhooggekropen toen ze in de auto stapte, maar dat liet ze maar zo: haar door het jarenlange zwemmen stevige en welgevormde benen waren haar grootste pluspunt.

Julian reed ietwat schokkerig over Riverside Drive, terwijl Elsbeth probeerde ongemerkt naar hem te kijken. Hij had zich weer niet geschoren, zijn ogen gingen schuil achter een Wayfarer-zonnebril en aan zijn rechteroor bungelde een piepklein kruisje. Had hij dat al eerder in gehad? Elsbeth wist zeker van niet, anders had ze het echt wel gezien. Ze probeerde iets subtiels te bedenken om te zeggen toen ze over 96th Street Central Park in reden. Julian leek vanmorgen niet zo geneigd tot een levendige conversatie. 'Leuke auto heb je,' was het beste wat ze kon verzinnen, nadat ze een anekdote over de favoriete plek uit haar jeugd, de zaal met de walvis in het Museum of Natural

History een paar straten verder, had verworpen.

Julian nam een slokje uit een beker koffie. Zijn hand trilde, waardoor hij wat hete vloeistof op zijn been morste en vloekte. 'Bedankt,' zei hij. 'Hij is best opvallend, hè? Ik rij eigenlijk niet met versnellingen, maar een vriend van mij wilde hem verkopen en ik kon de verleiding niet weerstaan.'

Ze vroeg zich af hoeveel andere meisjes op deze plek hadden gezeten, met hun bovenbenen vastgeplakt aan het hier en daar gescheurde vinyl van de passagiersstoel van de non-General Lee op weg naar een fotoreportage met Julian. Het maakte niet uit. Nu was zij hier. Zij zou onvergetelijk worden.

Hij slalomde de auto over de slingerende weg door Central Park, zonlicht en schaduw streken over de voorruit. Elsbeth probeerde te achterhalen wat voor kleur zijn stemming vandaag had. De kleurschakeringen van mensen waren, net als die van cijfers en letters, niet altijd meteen zichtbaar. Gelukkig maar, want dat zou enorm afleiden. Maar als ze zich concentreerde, kon ze de kleuren laten verschijnen, en Julian, die meestal een donkere kern omringd door een enorme hoeveelheid lichtstralen was, als een supernova, was vandaag verstrooid, waardoor zijn licht uitstraalde als de baleinen van een kapotte paraplu.

Ze overwoog of ze deze observatie zou delen met haar medesynestheet, maar besloot het voor zich te houden. In plaats daarvan zei ze, toen ze hun oude huis op East 96th Street passeerden: 'Dat daar is het eerste huis waar ik heb gewoond.'

'O ja?' zei hij terwijl hij FDR Drive op reed.

'Zeker weten. We hebben daar gewoond tot ik twee was. Ik ben geboren in Mount Sinai.' Ze draaide zich om en keek naar het verdwijnende gebouw. 'Ik kan me die etage nog steeds herinneren, ook al zegt mijn biologieleraar dat je dat niet kunt op die leeftijd. Maar dat doe ik wel. Ik weet nog dat ik op de grond onder de piano zat en hoe de ramen aan de overkant van de straat er 's avonds uitzagen door de spijlen van mijn ledikant...' Ze herinnerde zich ook dat ze krijsend als een kleine gorilla uit alle macht aan die spijlen had zitten rukken, zonder dat er iemand was gekomen. 'Geloof je me?' vroeg ze. 'Dat je al zo jong dingen kunt herinneren?'

Julian schakelde en de spieren in zijn bruine armen bewogen onder de huid. 'Natuurlijk,' zei hij minzaam. 'Als iémand zich het onmogelijke kan herinneren, dan ben jij het wel, Charlie.'

Ze keek boos naar de sleepboten die binnenschepen voorttrokken over de East River. Hij luisterde niet echt. Ze deed nog een poging. 'Wat is jouw vroegste herinnering?'

'Ha. Dat wil je niet weten.'

'Au contraire! Dat wil ik wel.'

Julian dronk zijn koffie op, kneep de beker in elkaar en gooide die op de achterbank. Ze reden nu over de Queensboro Bridge en strepen van de draagbalken schoten snel over zijn gezicht. 'Echt hoor, ik weet niet of ik je dat wel moet vertellen.'

'Waarom niet? Ik heb jou toch ook verteld over mijn halfzusjes?'

'Dat is waar.' Hij reed van de brug Queens in. De wolkenkrabbers maakten hier plaats voor rijen en rijen op elkaar gepropte gebouwen van twee en drie verdiepingen en overal was graffiti.

'Dus gooi het eruit,' zei Elsbeth.

Julian stak een sigaret op. 'Ik heb niet zo'n fijne jeugd gehad als jij, Charlie. Ik was een pleegkind.'

'Dus?'

'Dus.' Hij blies de rook uit door zijn neus. 'Dus ik heb geen idee wie mijn pa en ma zijn. Dus iemand heeft me achtergelaten in een schoenendoos op de trap van een kerk toen ik acht uur oud was. Dus ik heb een tijdje in een weeshuis gezeten – daar herinner ik me helemaal niets meer van – en daarna ben ik bij verschillende gezinnen geplaatst, tot ze me bij Pat onderbrachten.'

'Oké,' zei Elsbeth. Ze had moeite om hem bij te houden, schoot in gedachten heen en weer tussen de beelden die Julian beschreef. 'Oké, Pat. Werd zij jouw moeder? Heeft ze jou geadopteerd?'

Hij glimlachte, maar volgens Elsbeth was het de gemeenste glimlach die ze ooit had gezien. Hij zag eruit als de Grinch met een zonnebril op. 'O, nee, dat heeft ze niet gedaan. Maar ze had andere manieren om haar liefde te tonen.' Hij draaide zijn onderarm naar haar toe en ze zag dat die onder de zilverkleurige vlekken zat, alsof er zure regen op de dunne huid was gevallen.

'Wat zijn dat?'

'Brandwonden. Van haar Swisher Sweets... Je weet wel, die kleine cigarillo's die je bij benzinestations kunt kopen? Jaaa. Pat had klasse. Ze speelde graag "verbind de punten" op mij als ze dronken was.'

'O,' zei Elsbeth, hoewel er eigenlijk geen geluid uit haar mond kwam. Ze kon zich niet voorstellen dat iemand een ander zoiets gruwelijks kon aandoen, laat staan Julian. Julian, die zo zachtaardig en attent was, die volgens alle kunsttijdschriften in de openbare bibliotheek van Glenwood geniaal was. In een van die tijdschriften was hij de beste portretfotograaf sinds Eisenstaedt genoemd.

Julian pakte zijn pakje Camels van het dashboard en stak een nieuwe sigaret aan met het puntje van de vorige. 'Raar dat ik nog steeds rook, hè? De triomf van een slechte gewoonte over een slechte herinnering.' Hij moest er zelf om lachen.

Elsbeth niet. Over zulke dingen maakte je toch geen grapjes. 'Waar gebéúrde dat?' vroeg ze, alsof de geografische ligging een verklaring zou kunnen geven.

'Wisconsin. Daar ben ik geboren, in de stad La Crosse.'

'Ik ken La Crosse!' Ze schoot opgetogen overeind op haar stoel. 'Het ligt aan de andere kant van de rivier waar mijn oma Ida woont. Mijn moeder is daar opgegroeid. We gingen daar altijd naar die winkel, eh...'

'Doerflinger's.'

'Ja! Doerflinger's. Ze hadden daar zo'n ouderwetse lunchroom en chocolademilkshakes...'

'Het was een rotplek, alles was daar verrot.'

'O,' zei Elsbeth. Ze leunde verslagen achterover en voelde zich ook een beetje lullig namens de winkel en La Crosse. Zij had het daar altijd leuk gevonden. Maar Julian wist er natuurlijk veel meer van dan zij. Hij was daar als volwassene geweest en Elsbeth alleen als kind. 'Sorry.'

Hij tuitte zijn lippen. 'Nee, ik moet sorry zeggen, Charlie. Neem me niet kwalijk. Mijn herinneringen aan Wisconsin zijn niet zo best.'

Ze knikte; ze baalde dat ze erover begonnen was. 'Hoe ben je daar weggekomen?' vroeg ze in een poging het gesprek een wat vrolijker wending te geven.

'Zo snel als ik kon,' zei Julian lachend. Er zat geen spoortje humor in, net als in zijn glimlach van daarnet. Als het een voorwerp geweest was, dacht ze, zou het aluminiumfolie zijn. 'Tegen de tijd dat ik zestien was besloot ik dat ik genoeg had van Pats moederliefde en heb ik de benen genomen. Met het gespaarde geld dat ik verdiend had met allerlei baantjes en geld dat ik uit haar tas heb gehaald ben ik gaan liften. Het enige wat ik wilde was naar New York. Ik had er een artikel over gelezen in de wachtkamer van de dokter en was erdoor geobsedeerd geraakt. Het leek me gewoon een plek waar je kon zijn wie je wilde.'

Elsbeth knikte weer, haar moeder had min of meer hetzelfde verteld. 'Dus je kwam op je zestiende aan in New York?'

'Nou, nee. Ik moest werken om er te komen. Ik ben begonnen met een baantje in Milwaukee, toen in Indiana...'

'Als wat?'

Julians Grinch-glimlach verscheen weer. 'Dat,' zei hij, 'ga ik je niet vertellen.' Hij gooide zijn sigaret het raam uit. Ze reden nu op de 495, in een betonnen doolhof van slijterijen, tapijtboeren en handelaren in tweedehandsauto's. 'Laten we maar zeggen dat het nogal onsmakelijk was. Tot ik in Pittsburgh kwam en erin slaagde een baantje bij Sears te krijgen.'

'Als... verkoper?' Elsbeth zag meteen voor zich hoe Julian in een ruitjespak wasmachines aan de man probeerde te brengen.

'Als portier. Maar op een dag hadden ze een vacature op de fotoafdeling en daar ben ik meteen op afgegaan. Ik vond het geweldig. Ik vond het heerlijk om films te ontwikkelen en naar de levens van mensen te kijken, zelfs als de foto's oersaai waren, zoals van verjaardagen of een nieuwe grasmaaier. Ik begon te sparen om mijn eigen camera te kopen en ik vond er een op een rommelmarkt, een verklote oude Nikon – sorry voor mijn taalgebruik.'

'Geen punt. Volgens mij heb ik dat woord al eens eerder gehoord...' Ze hoopte dat hij merkte dat ze hem citeerde. Hij wierp haar even een glimlach toe.

'Ik heb mezelf leren fotograferen met dat ding. Voornamelijk zwart-witportretten. Van de jongens uit het magazijn. De zwervers in mijn buurt. Mijn medebewoners. Heel erg Gordon Parks, heel derivatief. Hoewel ik dat toen natuurlijk niet wist. Ik wist alleen dat ik het geweldig vond. En 's avonds kon ik de filmpjes op mijn werk ontwikkelen, voor niets. Op een avond kwam mijn baas, Al, binnen voor iets en betrapte me. Ik dacht dat hij me zou ontslaan, maar hij zei: "Die zijn goed, jochie. Je hebt er echt oog voor." En zo is het begonnen.' Schouderophalend stak hij nog een Camel op. 'Hij zei dat ik mee moest doen aan wedstrijden en bood zelfs aan het inschrijfgeld te betalen, dus dat deed ik. Ik won een prijs, de éérste prijs, van *Artforum* en dat betekende geld, flink wat poen mag ik wel zeggen, en een tentoonstelling in Chicago. In Galerie Klein op Michigan Avenue... Ik moest een pak van Al lenen.' Hij schoot in de lach. 'Dat was me vier maten te groot, maar ach. Toen begon ik kinderen te fotograferen en vervolgens naaktmodellen, en een paar prijzen later... was ik in New York.'

'Wauw,' zei Elsbeth. Ze was onder de indruk, zowel van het verhaal als door het feit dat Julian zo veel prijsgaf. Ze had een volwassene nog nooit zo veel over zichzelf horen vertellen.

'Zeg dat wel. Ikzelf was nog het meest verbaasd. Soms word ik wakker en dan denk ik dat ik nog steeds bij Pat woon, in dat krot bij de Mississippi met blauw plastic voor de ramen.' Hij draaide zich naar Elsbeth en praatte om zijn sigaret heen. 'Heb je me nu minder hoog zitten, Charlie, nu je weet dat ik niet altijd het magnifieke schepsel ben geweest dat je nu voor je ziet?'

'Helemaal niet. Ik heb juist nog meer bewondering voor je.'

Ze bloosde zodra ze dat zei, maar hij grijnsde. 'Je bent een pracht van een meid, Charlie, wist je dat?' Maar meteen daarna zei hij: 'Shit!' De sigaret was uit zijn mond gevallen en verdwenen. Julian wierp een blik onder het stuur en stampte even om zich heen, waardoor de auto zwenkte. Er hing opeens een brandlucht. 'Volgens mij ligt-ie onder de koppeling. Neem het even over, oké?'

'Wat...' zei Elsbeth, maar ze had geen tijd om nog iets anders te zeggen, want Julian liet het stuur los en zij moest dat vastgrijpen, terwijl hij zich vooroverboog. De auto schoof naar de linkerbaan en Elsbeth kon dat nog net met een ruk aan het stuur corrigeren. Een tientonner denderde luid toeterend langs en Elsbeth staarde doodsbang voor zich uit. Ze had dit weleens gedaan als Liza haar haar wilde fatsoeneren of haar oorbellen in deed, maar alleen op plattelandsweggetjes. Dit was van een geheel andere orde.

'Hebbes!' Julian kwam omhoog met de smeulende peuk en gooide die uit het raam. 'Geregeld. Bedankt, Charlie.'

Elsbeth schoof terug naar haar stoel en besefte pas op dat moment dat Julians hoofd praktisch op haar schoot had gelegen. 'Graag gedaan,' zei ze, hoewel haar oksels prikten van het zweet en ze een afschuwelijke ijzersmaak in haar mond had. 'Ik heb dit al vaker gedaan.'

Hij lachte zijn diepe, vrolijke lach. 'Natuurlijk, wat heb jij eigenlijk niet gedaan?' Bij de splitsing reed hij onder een bord door waarop HAMPTONS stond. 'Jij bent een wonder, Charlie. En dat ben je.'

Het huis waar hij haar naartoe bracht stond in Montauk en was van een andere vriend. Julian had blijkbaar meer vrienden dan wie ook ter wereld. Het gebouw deed Elsbeth denken aan een huis op Nantucket en voor het eerst voelde ze een steek van schuldbewustzijn. Ze had voor haar ouders een briefje achtergelaten waarop ze geschreven had dat ze een dagje met Liza naar Willow Lake ging. Toen Elsbeth vijf was waren Peter, June en zij met Sol en Ruth op vakantie geweest op Nantucket, en hoewel ze had gemerkt dat het voor de volwassenen een ellendige tijd was geweest – Sol ging de hele dag vissen en kwam verbrand en bezopen terug, Ruth fileerde de vis, waardoor er schubben in de melk zaten, Peter had een verkoudheid opgelopen en June, die nog het meest desperaat was, zonderde zich de hele dag af op het terras met een stapel tijdschriften, een gigantische hoed en zonnebrandcrème – had Elsbeth er met volle teugen van genoten. Ze was dol geweest op haar slaapzolder, waar ze net als Heidi onder de balken lag. Het geluid dat haar zolen hadden gemaakt op het houten terras, waar ze deed of ze een pony was. De zeemeeuw die ze op de reling van hun terras voerde en die ze Sammy had genoemd. Ze was gek geweest op Sammy, ook toen die wel erg gulzig werd en het puntje van haar duim had afgebeten. Haar vijfde levensjaar was een goed jaar geweest.

Maar ze was nu ouder en bovendien was dat de laatste keer geweest dat ze met zijn allen op vakantie waren gegaan, dus ze stapte uit de non-General Lee en hing een rugzak vol lenzen over haar schouders, nadat Julian had gevraagd of ze het erg vond om die te dragen. Trouwens, dit huis leek uiteindelijk helemaal niet op het huisje op Nantucket. Het had weliswaar grijze dakspanten en er stonden rimpelrozen, maar het was minstens veertig keer zo groot, met aan weerszijden enorme vleugels. En binnen was het zo kil als in een operatiekamer. Ze betraden een gigantische kamer die twee verdiepingen hoog en een en al chroom, glas en wit marmer was. De ruimte stond vol met het soort kunst waarvan Elsbeth wist dat het kunst was omdat je je afvroeg waarom het eigenlijk kunst was. Sculpturen van tranen ter grootte van een dolfijn, smeltende bronzen geraamtes en geweven matten. Een huilende dame van Lichtenstein en een wand die volledig in beslag werd genomen door een Pollock. Dat laatste wist Elsbeth omdat ze er ooit met Sol een privérondleiding had gehad. Een sliert groene kauwgom van het plafond tot aan een witte sokkel in het midden van de ruimte deelde het panoramische uitzicht op de Atlantische Oceaan in tweeën. Ook Julians naakte kinderen waren hier: een jongen en een meisje die hand in hand liepen waren tot billboardformaat opgeblazen, waardoor hun starende ogen zo groot als wieldoppen waren.

Julian, die beladen was met verschillende statieftassen en een rugzak vol camera's, begon zich daar nu van te ontdoen en liet ze op de marmeren vloer zakken. 'Rosa?' riep hij. 'Is er iemand thuis? Kan deze dorstige man iets te drinken krijgen?'

'Jules,' gromde een stem, 'jij onverlaat.' Er verrees een man van iets wat Elsbeth had aangezien voor een soort installatie – het leek een samenklontering van overmaatse suikerklontjes –, maar wat dus blijkbaar een bank was. De man had zo'n blonde spuuglok, droeg een chic overhemd met smalle streepjes en opstaande kraag en een zalmkleurige korte broek. Hij zag eruit als zo'n kakker waarvoor Elsbeth vroeger op school bang was geweest, helemaal toen hij op zijn blote voeten naar Julian toe kwam en hem tegen zijn schouder beukte.

'Au.' Julian wreef erover.

'Jezus,' zei de man, 'wat ben je toch een mietje. Je hoort terug te slaan.' Hij klonk alsof hij bezopen was.

'Dat kan ik niet, trage reflexen. Laat geworden.'

De man pakte hem vast en wreef met zijn knokkels in Julians haar.

'En wie hebben we hier?' Hij liet Julian los en draaide zich naar Elsbeth. 'Laat me raden, popje, jij bent de kooidanseres uit Limelight.'

'Dit is Charlie, mijn nieuwe model. Charlie, dit is Richard. Ik heb je toch verteld dat we vandaag opnames kwamen maken?'

'Juissst, juist.' Richard kneep zijn ogen samen. 'Wacht even, is dat zo?'

'Ik heb zaterdag gezegd.'

'Juissst,' zei Richard weer. 'Maarre... is het ook zaterdag? Ja, dat zal dan wel. Hé,' riep hij, 'Brie, het is zaterdag.'

'Je hoeft niet zo te schreeuwen,' zei een andere stem van de bank. Als een slang die betoverd door een fluit een mand uit kwam, rees er een vrouw op van de bank. Ze was de mooiste vrouw die Elsbeth afgezien van haar moeder ooit had gezien: een kort zwart jongenskapsel dat van achteren korter was dan van voren, ijsblauwe ogen en jukbeenderen die konden wedijveren met de sculpturen die hier stonden. Ze droeg een strakke knalroze jurk die van voren aan één kant zo diep was uitgesneden dat je bijna haar tepel kon zien. Ook zij was blootsvoets: aan een van haar tenen zat een diamanten ring.

'Aangezien deze aso niet het fatsoen heeft om me voor te stellen: ik ben Brianna,' zei ze tegen Elsbeth. Ze golfde naar Julian en kuste hem iets te lang op zijn mond. 'Juuules,' zei ze. 'Wat heeeeerlijk om je te zien, geniale knapperd die je bent. Vond je die recensie in de *Times* ook niet zááálig?' Brianna ging om Richards schouder hangen en zwaaide heen en weer alsof hij een tuinhek was. 'Ik ben totaaaal kapot,' zei ze, 'we zijn de hele nacht op geweest, of waren het er twee? We hadden visite.' Ze duwde in Richards gezicht.

Hij sloeg haar hand weg. 'Geef ze een mimosa, of een bloody.'

'Doe het zelf,' zei Brianna, 'ik ben je hulpje niet. Over de hulp gesproken, waar is ze eigenlijk?'

'Volgens mij heb ik haar naar de winkel gestuurd, drie of vier dagen geleden,' zei Richard. Hij stak een sigaret op en hield die tussen zijn duim en wijsvinger vast, iets wat Elsbeth Franse uitwisselingsstudenten weleens had zien doen. 'Ga je mee varen op het jacht?' vroeg hij aan Julian. 'Een beetje zon op dat verlopen lijf loslaten?'

'Nee, bedankt. We gaan opnames maken aan de achterkant.'

Richard kneep zijn ogen tot spleetjes en nam Elsbeth van top tot teen op. 'Je zou het op het dek kunnen doen,' opperde hij. 'Zeeën van ruimte.'

'Ooo, jaaa, doe dat,' zei Brianna, die een caloriearme cola voor zichzelf inschonk.

'Dat gaat niet,' zei Julian. 'Dan word ik zeeziek.' Hij knipoogde naar Elsbeth. 'Trouwens, jullie weten dat ik van organische decors hou. Wat is er nou beter dan dat je model samensmelt met de natuur, toch, Charlie?'

'Zeker,' zei Elsbeth.

Brianna drapeerde zich weer om Richard. 'Heet jij Charlie? Ben je naar een jongen vernoemd?'

'Dat is haar artiestennaam,' zei Julian. 'Dat wordt haar naam als supermodel.'

Tot Elsbeths verbazing spoot er geen cola van het lachen uit Brianna's volmaakte neus en ook Richard haalde zijn neus er niet voor op. Hoewel hij eigenlijk niet oplette, want hij was naar het aanrecht geslenterd en stond daar nu iets te hakken met een creditcard. Jezus, dacht Elsbeth, was dat coke? Ze kende niemand die dat weleens gebruikt had, maar ze had het in films gezien en een paar leerlingen uit hogere klassen waren geschorst omdat ze gedeald hadden. Ze bevond in een drugshol.

Brianna liet haar hoofd achterovervallen en tuurde naar Elsbeth. 'Ja, je hebt wel iets. Ze heeft wel iets, toch, liefje?'

'Zeker, absoluut,' zei Richard. 'Als Jules vindt dat ze iets heeft, dan heeft ze iets.'

'Jij bent zooo'n geluksvogel,' zei Brianna tegen Elsbeth. 'Jules gaat je onsterfelijk maken.'

'Ach, kom nou toch,' zei Julian.

'Dat is zo,' zei Richard. 'Als zij jouw muze is, blijft ze voor de eeuwigheid behouden. Ze wordt nog duizenden jaren vertoond in galerieën, opgehangen in musea en bestudeerd tijdens de lessen kunstgeschiedenis. Jij bent de maestro, dat staat buiten kijf.' Hij snoof een van de lijntjes op het aanrecht op met een opgerold bankbiljet. 'Wie wil er een snuif?'

'Volgens mij heb jij wel genoeg gehad,' zei Brianna.

'Ik had het niet tegen jou,' zei Richard.

‘Nee, bedankt,’ zei Julian. ‘Ik moet werken.’

‘God, wat ben jij saai,’ zei Richard. ‘Ik weet niet waarom ik nog met je omga.’ Hij gaf Brianna een klap op haar kont. ‘Ga je klaarmaken, tijd voor losbandigheid.’

‘Ik ben al klaar,’ zei Brianna.

‘Ga je je niet verkleden?’

‘Ik trek dit gewoon uit.’ Ze streek met haar handen over haar knalroze lichaam.

‘Charlie,’ zei Julian, ‘ga jij anders alvast naar buiten? Dan stuur ik deze gasten even weg en pak wat te drinken voor ons.’

‘Oké,’ zei Elsbeth. Ze wilde hem bedanken, maar was zo van slag dat ze tegelijkertijd ‘dank je’ en ‘bedankt’ zei: ‘Bedankje.’ Gelukkig merkte niemand het: Richard en Brianna stonden te kissebissen en Julian drukte op een knop waardoor de glazen pui aan de andere kant omhoogschoof. Elsbeth stak het witte marmer over en liep het gras op.

Ook buiten stonden een paar overdreven grote sculpturen: een smeltende ijscoupe, een gigantische lepel. Er was een uitgestrekt gazon met een zwembad, wat Elsbeth nogal overbodig leek: waarom zou je chloorwater willen als de zee vlak achter de duinen lag? Ze keek naar het strand, maar omdat ze niet wist waar Julian haar wilde hebben, ging ze op een ligstoel zitten naast struiken die in de vorm van grote konijnen waren gesnoeid. Ze trok haar knieën op en deed haar ogen dicht. De zon was warm op haar gezicht.

Binnen waren Julian, Richard en Brianna aan het praten. Er klonk een lachsalvo, gevolgd door iets wat als een klap klonk. Ze moesten dichterbij gekomen zijn, want Elsbeth kon Richard horen. ‘Iets ouder dan je gebruikelijke minderjarige, hè, Jules?’

‘Kappen, viezerik,’ zei Julian.

‘Zó bedoelde ik het niet. Maar gewoon, dat je van de basisschool tot de puberteit bent gepromoveerd.’

‘Misschien probeer ik wel iets nieuws, is dat weleens bij je opgekomen?’

Richard zei: ‘Probeer gewoon niet iets in mijn huis waardoor je gearresteerd wordt. Waardoor ík gearresteerd word. En beloof mij de eerste fatsoenlijke foto van de serie.’

'Afgesproken.'

Dat werd gevolgd door voetstappen, van gymschoenen of teenslippers, over flagstones en knerpend over schelpen. Toen hoorde Elsbeth Brianna vragen: 'Denk je echt dat hij die kleine meisjes néúkt?'

'Hoezo, zou jij daar geil van worden?' vroeg Richard.

'Wat ben jij toch een smeerlap.'

'Je begon er zelf over, huppelkutje.'

Autoportieren werden geopend en dichtgeslagen, een motor sloeg aan en schelpen knerpten onder wegrijdende autobanden.

Elsbeth bleef als verlamd zitten. Deed Julian... dát met zijn modellen? Ze dacht van niet, hij had niet één keer ook maar de kleinste avance naar haar gemaakt. Toch? Elsbeth was niet erg ervaren, ze was niet verder gekomen dan een beetje voelen, op de achterste rij van een bioscoop met de jongen die haar ook als eerste gezoend had: Paulie T. Die had een leuk gezicht, maar ook een tong als een reptiel, die in en uit haar mond was geglipt. Ze had hem zo snel mogelijk gedumpt. Stel nou dat Julian haar wél wilde versieren. En wat was er mis met haar als hij dat niet deed? Ze had het er met Liza en Very uitvoerig over gehad: ze wilden niet ontmaagd worden door iemand van school, dat waren allemaal zulke kleuters. Nee, zij zouden wachten tot ze de ware tegenkwamen. Maar Julian... Julian was een ander verhaal: zachtmoedig, synesthetisch, wereldberoemd en een genie. Ja, besloot ze, ze wilde erg graag dat hij het zou worden. En als hij niet geïnteresseerd was, dan lag dat aan het feit dat ze ondanks haar zelfverbeteringsprogramma ontoereikend was, lomp en nog steeds te dik.

Het leek wel of ze hem geroepen had, want opeens hoorde ze ijsblokjes tinkelen en viel Julians schaduw naast haar. Hij trok een stoel naar zich toe. 'Mag ik bij je komen zitten?' Hij gaf haar een glas bronwater.

'Natuurlijk.'

Hij stak een sigaret op. 'Nou, dat waren dus Richard en Brianna. Ik ken Richard al sinds ik in New York woon. Hij is zo'n Wall Streetmannetje, en een serieuze verzamelaar. Buitensporig rijk. Extreem. Obsceen.' Hij blies uit en keek hoe de rook wegkronkelde over de duinen. 'Hij is wel een beetje een klootzak, hè?'

'Ja,' zei Elsbeth opgelucht. 'Een enorme klootzak.'

Julian schoot in de lach; het was een diep, vrolijk en goedkeurend geluid. 'O, Charlie. Ik ben blij dat je er bent. Het spijt me dat ik je aan hen heb blootgesteld, maar ze kunnen ook best leuk zijn. En ze hebben wél een geweldig huis.' Hij stond op en rekte zich uit. 'Dit is toch magnifiek?' zei hij, kijkend naar het strand en de zee.

'Zeker,' zei Elsbeth, die zich omhoogduwde om naast hem te gaan staan. Hij transpireerde, ze rook de weldadige geur van zijn zweet in het briesje.

'Dit is het, Charlie. Dit hier is mijn kathedraal. Dit is God.' Hij draaide zijn gezicht naar de zon. 'Weet je wat? Ik heb het warm. Laten we even gaan zwemmen voordat we aan het werk gaan, oké?'

Hij begon zijn smokinghemd los te knopen, maar trok dat toen gewoon over zijn hoofd en gooide het op het gras. Elsbeth durfde niet naar zijn ontblote bovenlijf te kijken, maar ze voelde dat hij naast haar stond te huppen om zijn schoenen uit te trekken. Wat zou er nu komen? Zijn korte broek, zijn ondergoed? Droeg hij dat überhaupt of was hij een zonderbroek, zoals Liza dat noemde? Elsbeth had het gevoel dat ze op ontploffen stond. Ze zette het op een lopen over het gras naar het water.

'O, doen we een wedstrijdje?' riep Julian. 'Goed, dan geef ik je een voorsprong!'

Ze stampte door scherp gras en slipte in het zand tot ze bij het water was. Ze jogde er een stukje langs en bleef staan toen ze een steek tussen haar ribben voelde. Ze keek naar links en naar rechts over het strand. Afgezien van de krijsende meeuwen was dat verlaten. Misschien was dit hele stuk wel van Richard.

Ze schopte haar ballerina's uit en liep het water in. De kou deed haar naar lucht happen maar ze bleef staan, terwijl het getij zand rond haar enkels wegzoog en weer terugbracht. Tijdens diezelfde vakantie op Nantucket was Peter met Elsbeth gaan zwemmen, terwijl June met haar parasol en factor 50 op het strand was blijven zitten. Waarom ging June überhaupt naar het strand? Dat had Elsbeth zich altijd afgevraagd. Ze had er een pesthekel aan. Elsbeth was net als haar vader. 'Mijn kleine zeehondje uit de Noordzee,' noemde hij haar. Geen water was te koud voor hen. Ze was achter Peter aan gelopen naar de streep die de golven op het zand hadden achtergelaten en wachtte tot ze terugkwamen. Op het moment dat die haar tenen raakten en zich weer terugtrokken, gilde ze: 'Nee, echt niet!' Ze herinnerde zich dat haar vader in zijn geruite zwembroek met zijn handen in zijn zij had staan lachen. Dat hij het patroon van de golven had getaxeerd als een generaal die zich voorbereidde op de strijd, precies de juiste plek koos om erin te duiken. Daarna was hij opeens het water in gerend, midden in een golf gedoken en verdwenen. Ze wist nog dat ze haar adem had ingehouden tot Peters drijfnatte hoofd achter de golf weer opdook en hij haar wenkte. 'Niet bang zijn. Het ziet er alleen maar koud úít. Goed zo, heel goed. Zo ken ik mijn dappere meisje weer.'

Dat was de laatste keer dat ze met haar vader op het strand was geweest. Na de hartaanval zou zo'n inspannende bezigheid als zwemmen in zee te veel voor hem zijn. 'Zo ken ik mijn dappere meisje weer,' zei ze terwijl ze haar voeten uit het natte zand trok. Ze bukte en schepte ijskoud water over haar armen en borst. Ze trok haar truitje uit en gooide dat op het zand. Vervolgens deed ze hetzelfde met haar spijkerrok en haar beha. Haar onderbroek werd door de wind de branding in geblazen, maar wat maakte het uit. Schreeuwend als een indiaan, zoals Sol vroeger zei, stormde ze naar voren. Haar buik nat laten worden was het moeilijkst, daarna was het een eitje.

Ze was een goede zwemster, dat was ze altijd geweest. In het water was ze niet dik, daarin was ze sterk. Met de borstcrawl die haar vader haar geleerd had zwom ze tot waar ze niet meer kon staan en toen draaide ze zich weer naar het strand. De golven kwamen nu van achteren en tilden haar voeten van de bodem. Op het strand bewoog Julian in Elsbeths perspectief op en neer; een kleine donkere gestalte gebogen over een statief. Ze kon niet zien of hij nog iets aanhad.

Hij schreeuwde: 'Hoe is het?'

'Heerlijk!'

'Je zwemt als een zeemeermin!'

Elsbeth dook onder water, zwom een eindje vooruit en maakte toen een handstand. Toen ze weer bovenkwam hoorde ze hem lachen. Ze deed het nog een keer, maakte een paar radslagen, deed de rugslag en de vlinderslag. Ze dobberde op haar rug en spuugde water als een dolfijn. Julian lachte en zwaaide en lachte, en Elsbeth sloofde zich uit tot ze niet meer kon. Hij zou haar best eens al die tijd hebben kunnen fotograferen, hoewel ze het geklik van zijn camera niet gehoord had. Ze zag hem alleen op het strand en wist dat hij haar ook gezien had, alles van haar en haar hele trukendoos, en dat hij lachte en in zijn handen klapte. Hij kende haar en hij wachtte op haar en voor het eerst sinds lange tijd had ze het gevoel dat alles misschien toch nog goed zou komen.

4
Quelle horreur

'En wat gebeurde er toen?' vroeg Liza.

'Dat zei ik toch. Niets.'

'Ach, kom nou toch.'

'Echt. We zijn in de auto gestapt en terug naar de stad gereden. Zoals altijd. Einde verhaal.'

Liza had zich zo ver voorovergebogen dat haar tepels praktisch in haar patat hingen. Maar goed, Liza's bloteschouder-T-shirt was dan ook bedoeld om zo veel mogelijk prijs te geven van wat Liza haar 'stoutmoedige tieten' noemde. Nu leunde ze achterover, stak een Parliament Light op en keek Elsbeth door de rook heen onderzoekend aan. 'Elsbeth Viola Rashkin,' zei ze. Elsbeth had helemaal geen tweede naam, maar Liza verzon er altijd een bij, steeds een andere. 'Dat is het sufste wat ik ooit gehoord heb.'

'Nou, sorry,' zei Elsbeth, 'maar dat is wat er gebeurd is. Niets.'

'En hij is geen homo.'

'*Nope*.'

Liza kneep haar ogen tot spleetjes. Ze had vandaag knalgroene oogschaduw op, die ze net gejat had bij de parfumerie. 'In welk oor zat die oorbel ook alweer?'

'In zijn rechter.'

'Hm,' zei Liza. 'Geen homo.' Ze blies een reeks rookkringen uit, wat erop wees dat ze nadacht. '*Très bizarre*. Je wilt me dus echt serieus wijsmaken dat jij nu vier keer naakt tegenover die gast hebt gestaan en hij niet geprobeerd heeft jouw rozenperkje te wieden.'

'Nee. En het waren er vijf.'

'En hij heeft niet eens geprobeerd aan je tieten te zitten? Of je te zoenen, met of zonder tong?'

‘Nee-ee,’ siste Elsbeth. Ze voelde zich gekwetst, en niet alleen omdat de vrouw achter Liza zich had omgedraaid om hen vuil aan te kijken. Als Julian foto’s van Liza had gemaakt, zou hij ongetwijfeld iets geprobeerd hebben. En anders had zij dat wel gedaan en dan was Julian gegarandeerd voor de bijl gegaan. Alle mannen waren gek op Liza. Ze was lang en slank en had lichtblond Madonna-haar dat ze elke ochtend toupeerde en vastbond met een pantykousje. Ze droeg laarzen met spikes op de hielen, kousen tot aan haar dijen, handboeien als riem en visnethemdjes waar ze alleen een beha onder aanhad. Ze was seks op een stokje, terwijl Elsbeth meer een gefrituurde hotdog op een stokje was – die had ze een keer op de kermis in New Heidelburg gegeten. Ze had Liza veel liever niet over Julian willen vertellen, want het was net of ze iemand met modderschoenen over het witte tapijt in haar denkbeeldige lievelingskamer liet lopen, maar Elsbeth was ten einde raad. Vijf fotoreportages met Julian – in zijn appartement, de Hamptons, Bear Mountain, het bos bij Rhinebeck en weer op het strand – maar elke keer had hij Elsbeth alleen gefotografeerd, verder niets. Als íémand wist wat Elsbeth verkeerd deed, was het Liza wel.

‘Het ligt aan mij, hè? Ik ben nog steeds te dik.’

‘Nee, dat is het niet,’ zei Liza peinzend. ‘Je ziet er best gaaf uit. Je bent enorm afgevallen.’

‘Dank je.’

‘Hoeveel is het nu?’

‘Drieënvijftig kilo,’ zei Elsbeth. Was dat het probleem? Ze viel niet meer af, ook al was ze vaker gaan joggen. Twaalf kilometer per dag rond Glenwood Park Lake, waar ze vroeger altijd de eendjes voerde met haar vader. Misschien moest ze toch maar gaan roken.

‘Doe je nog...’ Liza stak haar vinger in haar keel.

‘Soms.’

‘Overdrijf je het niet een beetje? Het is alleen bedoeld voor noodgevallen, je moet er geen gewoonte van maken. Als je het te vaak doet, krijg je hangwangen. En de bloedvaten onder je ogen kunnen springen.’

‘Lekker dan.’ Ze vertelde Liza niet dat dat al een keer gebeurd was, na de reportage in Bear Mountain, toen Julian nog niet eens geprobeerd had haar te kussen. Ze was toen zo vertwijfeld geweest dat ze een Domino's-pizza had besteld en die helemaal had opgegeten, ook al wist ze wel beter. Ze was een half uur bezig geweest om de ballen die zich al in haar maag gevormd hadden op te braken. Toen ze daarna het masker van rode speldenprikjes rond haar ogen zag, was ze zich rot geschrokken en doodsbang geweest dat dat niet meer weg zou gaan. Twee dagen was ze op haar kamer gebleven, onder het mom van een zomergriepje. Maar uiteindelijk waren de vlekjes weggetrokken. Daarna had ze het bij simpel eten gehouden, zoals Junes magere hüttenkäse.

Liza blies als een vrouw van de wereld de rook uit en doofde haar sigaret in de asbak. 'Zou het iets met zijn geloof te maken hebben? Is hij katholiek?'

'Dat zou wel heel erg *De Doornvogels* zijn, maar nee.'

'En jij valt op die man.'

Elsbeth knikte.

'Hou je van hem?'

Elsbeth wendde haar blik af naar het licht dat door het raam aan de voorkant viel en de vitrine met gebak in het zonnetje zette. Ze dacht aan Julian die, toen hij boven op een rots stond en de ene na de andere foto van haar maakte, had geroepen: 'Jij bent de koningin van de wereld!' Aan dat hij 'Heel mooi, heel mooi, Charlie' had gemompeld, onder een groen bladerdak zijn hoofd in zijn nek had gegooid om te schaterlachen, met zijn vingers op het stuur van de non-General Lee had meegetrommeld met de muziek op z100. Haar keel werd pijnlijk samengeknepen.

'Ja!' zei Liza. 'Het is zo! Je bent verlie-ie-ie-iefd.' Het leek wel of ze een plaat was die bleef hangen.

'Hou op!'

'O jee, je hebt het zwaar te pakken. Ik heb je nog zó gezegd: géén liefde, alleen seks. Liefde leidt alleen maar tot problemen, altijd.' Liza stak nog een sigaret op.

'Ik kan er niets aan doen,' zei Elsbeth miserabel.

'Oké. Geen zorgen, meisje. Die dingen gebeuren. Dus je houdt van hem. Houdt hij van jou?'

'Dat weet ik niet.'

'Ik durf te wedden van wel. Moet je maar nagaan. Hij is een superberoemde fotograaf, toch? Dus er zijn triljoen meiden van wie hij naaktfoto's zou kunnen maken. Maar hij heeft jou uitgekozen.'

Elsbeth haalde haar schouders op, maar voelde zich iets beter.

'Dus nu moet je hem laten zien wat jíj voelt. Niet meteen alles verraden, gewoon een tikkeltje uitdagender worden.'

Elsbeth knikte. Dit was precies het advies waarvoor ze naar Liza was gegaan. 'Hoe?'

'Nou,' zei Liza. 'Stel dat het heel warm is... En dat is het nu elke dag, want het is fucking juli. De volgende keer dat jullie samen in de auto zitten, zeg je dat je een moord zou doen voor een ijsje. Je zegt...' Ze liet haar hoofd achterovervallen en deed haar ogen dicht. 'Ooo, ik heb het zo heet...'

'Hé,' riep Louie, de eigenaar. 'Wat had ik je nou gezegd? Gedraag je een beetje!'

'Sorry, Louie-Louie.' Liza gaf hem een kushandje en toen hij zich omdraaide om koffie in te schenken stak ze haar middelvinger naar hem op. 'En dan, als je dat ijsje hebt, eet je het... Wacht even.'

Ze liep naar de toonbank en leunde daaroverheen om Louies aandacht te trekken, zó ver dat er een rode streep te zien was boven haar broek. Liza was de enige die Elsbeth kende die elke dag een string droeg. Ze kwam terug met een in de chocolade gedoopte banaan.

'Je likt eraan,' zei ze, 'zo.' Ze kronkelde haar gepiercete tong rond de bovenkant en schoot vervolgens naar de onderkant. 'Mmm,' kreunde ze tegen de denkbeeldige Julian, 'wat is het toch heerlijk om dingen in mijn mond te laten smelten...'

'Hé,' zei Louie weer. 'Ik méén het, Liza. Ik schop je er zo uit, hoor!'

Liza klapte haar tanden op elkaar over de bovenkant van de banaan, kauwde en stak haar tong uit naar Louie. Hij smeet zijn doekje op de toonbank. 'Je houdt van me, geef het toe,' riep Liza. 'Hij houdt van me. Hier, proberen?' Ze gaf de afgebeten banaan aan Elsbeth.

'Ik oefen thuis wel.'

'Het kan óók zijn dat hij je niet probeert te versieren omdat hij aan het werk is. In hogere sferen verkeert. Dus moeten we hem opsporen als hij vrij is. Je zei dat hij naar clubs ging, toch?'

'Ja... Hij had het een keer over Limelight. En Nell's...'

'Super, dan gaan we daar komend weekend heen. Denk je dat dat helpt?'

'Zeker weten.' Elsbeth wilde net wat praktische zaken aan de orde stellen, bijvoorbeeld dat ze geen vervalst identiteitsbewijs had, toen Liza halsreikend over Elsbeths schouder naar iets keek.

'Niet meteen kijken,' zei ze, 'maar is dat Júne die daar zit te flirten met een of andere gast? Niet kijken!'

Maar Elsbeth was hier heel slecht in: als iemand ergens naar zat te staren, moest zij het ook zien. Ze draaide zich om en aan de achterste tafel, vlak bij de wc's, zag ze inderdaad de achterkant van Junes hoofd, haar knisperende krullen vlak boven de gigantische schouders van het panterprintjasje dat Elsbeth haar vanmorgen aan had zien trekken.

'Wauw,' zei Liza, 'fijne schoudervullingen. Daar kan ze mee gaan rugbyen.'

'Laten we gaan.'

'Wie is die gast?'

Elsbeth hoefde niet nog een keer te kijken om daarachter te komen. Pak van ribbeltjeskatoen, grijs geföhnd haar, meer tanden dan menselijkerwijs mogelijk was. 'Harrison, haar baas.'

'Hij ziet eruit als een vampier.' Liza hing schuin op haar bankje om het beter te kunnen zien. 'Hé! Waar zijn je handen, vriend?'

'Liza, laten we gaan.'

'Ik denk echt dat hij daar gewoon aan die tafel... Zijn vingers moeten helemaal in haar...'

'Ik ga,' zei Elsbeth en ze gleed van het bankje af. Ze haastte zich naar de kassa en legde een briefje van vijf neer, ook al had ze alleen koffie gedronken.

'Wacht nou even. Wil je niet even gedag zeggen? Dat ze weet dat ze er gloeiend bij is.'

'Nee. Ik meen het, Liza. Als jij ernaartoe gaat, praat ik nooit meer met je.'

'Ook goed, maar je loopt wel een levensgrote kans op chantage mis.'

Elsbeth was misselijk. Het ironische was dat ze het geen probleem vond om elke maaltijd uit te kotsen, maar er absoluut niet tegen kon om misselijk te zijn. Soms had ze vermoedens wat June en bepaalde mannen betrof, dan voelde ze dat de aandacht van June als een soort fonkelende lasso naar hen toe slingerde. Ze had het vaag gevoeld bij haar leraar op de lagere school en sterker bij Junes tennisleraar van lang geleden, die enorme kerel die een watermeloensorbet voor Elsbeth had gekocht en lichtgevende Ministeck voor haar had meegenomen, die ze nog steeds had en als nachtlampje gebruikte. En nu bij Junes baas, Harrison. Elsbeth verachtte hem, maar ze had er nooit iets over tegen June gezegd of, God verhoede, tegen Peter. Ze had geen concreet bewijs, maar dat hoefde ze ook niet te hebben.

'Kom, laten we naar de platenwinkel gaan.' Ze wilde de platen kopen waarop de nummers stonden die ze onderweg naar Long Island op de radio in Julians auto had gehoord: 'Crazy for You' van Madonna, 'Don't You Forget About Me' van Simple Minds en Animotion: *You're my obsession, you're my obsession, what do you want me to be, to make you sleep with me?*

'Best,' zei Liza, 'het is jouw sloeriemoeder,' en ze liep achter haar aan door de draaideur. Maar toen Elsbeth opeens in de felle zon op de stoep stond, draaide Liza gewoon weer terug naar de lunchzaak en gilde: 'LATER, JUNE!' Vervolgens schoot ze weer naar buiten en sprintte joelend – *Yip yip yip!* – langs Elsbeth de straat over. De handboeien aan haar riem rammelden.

Elsbeths verjaardag viel dat jaar op een dinsdag. Het was een kroonjaar, want op 16 juli zou ze zestien worden. Ze had het helemaal niet erg gevonden als haar ouders het vergeten waren, want ze wilde alleen maar met Liza en Very naar de Chinees op Bloomfield Avenue om thee te drinken en gelukskoekjes open te breken, om vervolgens bus 66 naar New York te nemen met Liza. Maar helaas hadden haar ouders het onthouden en was June erin geslaagd zich los te rukken van de *motherfucker*, zoals Liza Harrison nu noemde. 'Dat is namelijk wat hij nu doet, weet je.' Het was zelfs Peter gelukt om op een fatsoenlijk tijdstip op te staan en een nette broek met een vest aan te trekken. Dus nu zat Elsbeth tussen haar ouders in geplakt op de Glenwood Bath & Tennis Club. Ze probeerde niet te vaak onder de tafel op haar Swatch te kijken. *Quelle horreur.*

‘Gezellig, hè,’ zei Peter. Hij haalde zijn dubbelfocusbril uit zijn borstzakje, zette die op, maar hield de menukaart toen toch op armlengte van zich af.

‘Nou, réúze,’ mompelde Elsbeth.

‘Wat zei je, liefje?’ vroeg June, die speurend naar een asbak om zich heen keek.

‘Ik beaamde wat papa zei, dat het zo fijn is om met het hele gezin bij elkaar te zijn, móéder.’ Ze keek nadrukkelijk naar haar sigarettendoosje. ‘Die is nieuw, toch? Hoe kom je eraan?’

June haalde haar schouders op, waardoor haar sjaal afviel en haar klerenhangerschouders zichtbaar werden. Ze kreeg levervlekjes; heel vage, samengroeiende sproetjes, als een giraffe. ‘Zal wel een cadeautje van een cliënt zijn geweest, of uit een winkel, ergens, ik weet het niet meer.’

‘Uh-uh. Vást.’

‘Waarom doe je zo?’ vroeg June. ‘Ik weet dat je een puber bent, maar vind je niet dat je een beetje te ver gaat?’

‘Ik ben niet degene die te ver gaat.’

‘Pardón?’ Maar Elsbeth had haar zware, in leer gebonden menukaart opengeslagen en bekeek die aandachtig. ‘Oké, niet zo *sweet sixteen*,’ zei June, ‘jij je zin, het is jouw avond.’ Ze gaf Elsbeth een speelse por met haar elleboog.

‘Au!’

June zuchtte. ‘Wat neem jij, Pete?’

Peter hield zijn hoofd ver achterover om in het weinige licht de schuingedrukte letters te kunnen lezen. Het restaurant van de club was nieuw, althans, mensen noemden het nog steeds ‘de nieuwe lounge’, ook al was die al in 1982 in gebruik genomen. Net als het zwembad op de top van de berg was deze plek alleen bestemd voor volwassenen, nou ja, voor mensen vanaf zestien jaar, dus het was voor het eerst dat Elsbeth dineerde in de grote zeshoekige ruimte met behang in een grafisch roosterpatroon, groene vloerbedekking en roze tafelkleden, kaarsen en palmen in potten. Het was best modieus, moest ze bekennen, maar de kaart was fantasieloos, bijna net zoals die op de club van Sol en Ruth, de Briar Rose. Bovendien was de Glenwood Lounge boven op de snackbar gebouwd om te kunnen profiteren van het uitzicht op de twinkelende stad, dus ondanks het chique decor en de klassieke muzak rook ze de geur van chloor en hamburgers en hoorde ze buiten kinderen spetteren en gillen.

'Pete,' zei June.

'Ja?' Peter keek op. Hij was zo bleek dat Elsbeth de aderen in zijn voorhoofd kon zien. Maar goed, wat wilde je als je de hele dag in bed lag?

'Ik vroeg wat jij neemt.'

'O, dat weet ik niet. Het is nogal eetcafé-achtig. Jakobsschelpen zijn waarschijnlijk de veiligste keus.'

'Pap, je weet dat je geen schaaldieren mag eten.'

Peter wiebelde met zijn wenkbrauwen naar haar. 'Van wie niet?'

'Van je cardioloog.'

'Mijn cardioloog kan de pot op, vanavond ga ik gevaarlijk leven.'

'Pap!' Elsbeth stond op het punt om hem van repliek te dienen toen hun ober eindelijk kwam opdagen. Tot haar verbazing herkende ze die: Michael Dermont, of Mikey D, want zo noemden de kinderen op school hem, een basketbal- en footballspeler op wie ze voor Julian lichtelijk verkikkerd was geweest. Hij was lang, ruim één meter negentig, had mooie ronde groene ogen, bruin krullend haar en een zachte onderlip. 'Doe maar geen moeite,' had Liza gemeld na een mislukte versierpoging tijdens een zwemfeestje, 'hij is een kouwe kikker. Hij zegt dat dat komt omdat hij katholiek is, maar als je mijn tieten afwijst, ben je dus gewoon homo.'

'Goedenavond,' zei hij, terwijl hij een mandje met brood en soepstengels op tafel zette. 'Hé-hoi,' zei hij tegen Elsbeth.

'Hé, Mike,' zei ze. 'Ik wist niet dat je hier werkte.'

'Ik ben net begonnen, om te sparen voor het Holy Cross-college.' Hij pakte een pen en een blocnoteje. 'Willen jullie alvast iets drinken?'

De Rashkins maakten hun keuze bekend: gin-tonic voor Peter, witte wijn voor June, cola light met citroen voor Elsbeth. 'Ik weet ook al wat ik wil eten,' meldde ze. Ze kon er maar beter de vaart in houden. Haar ouders keken verbaasd, maar Peter bestelde toen ook maar alvast zijn jakobsschelpen – hij compenseerde die verboden vruchten door te vragen of ze de boter of zure room bij zijn gepofte aardappel weg wilden laten – en June nam de salade van de chef. Elsbeth meesmuilde: met alle vlees, kaas en croutons in dat gerecht, om het nog maar niet te hebben over de hardgekookte eieren, had June net zo goed een dikbelegd broodje kunnen bestellen.

'En ik wil graag...' Elsbeth gleed met een lange nagel over de kaart. Ze droeg een knalroze jurk zonder mouwen, Liza's gladiatorsandalen en aan beide armen een bedelarmband met bergkristallen. Liza had Elsbeths haar, dat ze bijna wit had gebleekt, ingevlochten en haar pony bol getoupeerd. Elsbeth voelde dat Mike naar haar keek terwijl zij veinsde na te denken over haar menukeuze. In vergelijking met Julian stelde hij uiteraard niets voor, maar het was fijn om een beetje te kunnen oefenen. 'Een groene salade,' zei ze uiteindelijk, 'zonder dressing.'

'Meer niet?' vroeg Peter.

'Ik heb flink geluncht.'

'Jaja,' zei June, terwijl Mike hun menukaarten aanpakte en wegliep. 'Dat maak je mij niet wijs.' Ze gaf Elsbeth een por en knikte naar de bar, waar Mike de bestelling doorgaf. 'Hij is best knap.'

'Méén je dat nou? Hij is een collegehengst.'

June wierp een blik op Peter, maar die leek het niet gehoord te hebben. Hij zat door het grote raam naar de stad te staren. 'Een paard?'

'Een enorme sappo.'

'Een wat?'

'Een zakkenwasser. Een buma. Het enige wat hij doet is basketballen en studeren.'

'Hoor je dat, Pete?'

Peter schraapte zijn keel en tikte met zijn knokkels op tafel.

'Een beetje meer studeren zou jou geen kwaad doen, jongedame,' zei June toen maar.

'Het is juli, móéder.'

'Ja, en volgend jaar ga je naar summerschool óf je neemt een baantje.'

'Best,' zei Elsbeth. 'Echt een uitstekende verjaardagsconversatie. Dank je. Supertof.'

June wilde haar sigaret in haar mond steken, maar liet die toen weer zakken. 'Verdorie, ik ben vergeten om een asbak te vragen.' Ze draaide zich naar de bar, maar Mike was verdwenen in de keuken. 'Maar goed, ik vond hem knap.'

'Jij vindt iedereen knap.'

'Wat?'

'Niks.'

'Wil je me soms iets vertellen, Elsbeth?'

'Ik wil je helemaal niets vertellen, móéder.'

'Elsbeth,' zei Peter, die opeens besloot terug te keren op aarde, 'aardig zijn tegen je moeder.'

Je moest eens weten, wilde ze tegen hem zeggen. Kijk uit je doppen, pap, kijk verdomme uit je doppen! Maar ze hoopte dat hij er nooit achter zou komen. Als Peter ontdekte waar June mee bezig was, zou hem dat misschien wel fataal worden. Als ze dacht aan de Peter uit haar jeugd, haar bizar grote, geweldige vader, zou ze hem het liefst tegelijkertijd door elkaar rammelen én beschermend voor hem gaan staan, zodat hem nooit meer iets verschrikkelijks zou overkomen. Ze vervielen in stilzwijgen tot Mike terugkeerde met hun drankjes en Elsbeths salade. Ze nam een slokje en schudde haar servet uit. 'O nee!'

'Wat is er?' vroeg Peter.

'Ze hebben er toch dressing op gedaan. Ik had zonder dressing gevraagd.'

'Ober,' riep Peter. Hij schoof zijn stoel naar achteren om op te staan.

'Nee, laat maar, pap, maak je niet druk,' zei Elsbeth.

'Weet je dat zeker? Zij hebben een fout gemaakt, hoor.'

'Het geeft niet. Echt.' Ze schoof de croutons en alles waarop dressing zat opzij en begon de sla, komkommer, wortel en de enige cherrytomaat in reepjes te snijden.

'Aha!' zei June. 'Nu snap ik waarom je zo bent afgevallen.' Ze legde haar kin op haar pols en glimlachte naar Elsbeth. 'Ik wil je al een tijdje zeggen dat je er geweldig uitziet.'

'Bedankt,' zei Elsbeth. Ze prikte een reepje wortel aan haar vork.

Peter keek haar over zijn bril heen turend aan. 'Je ziet er inderdaad anders uit,' beaamde hij. 'Je haar zit leuk. Maar je bent wel erg dun.'

Dit was de meest geruststellende constatering die Elsbeth kon horen. 'Bedankt, pap.'

Peter fronste. 'Overdrijf je niet een beetje? Hier, neem wat brood.' Hij schoof het mandje naar haar toe.

'Laat haar met rust, Pete,' zei June. 'Het kan voor een meisje nooit kwaad om een paar pondjes te verliezen. Je weet maar nooit, toch?' Ze knipoogde naar Elsbeth. Het was zo oneerlijk: hoe oud June ook werd en of ze nu levervlekken of kraaienpootjes had of niet: ze was nog steeds zo cataclysmisch mooi met die blauwe ogen van haar. 'Dus het is niet de ober. Wie is het dan?'

'Wie is wat?'

'De ware,' zei June. 'Er moet iemand zijn.'

'Er is niemand.'

'Ach, kom nou toch,' zei Peter, 'je moet ze vast van je af slááan.'

'Nou, nee.'

'Van wie heb je dat dan gekregen?' June boog zich opzij en tilde het medaillon van Elsbeths borstbeen. Elsbeth trok het los voordat June kon zien wat het was: haar verjaardagscadeau van Liza en Very, een zilveren hanger die ze hadden gekocht bij de wiccawinkel op Bloomfield Avenue. 'Kijk,' had Liza gezegd, wijzend naar de piepkleine letters, 'er staat "vlees van mijn vlees, bloed van mijn bloed, liefde van mijn hart" of zoiets. Het is Latijn. Maar waar het om gaat is dat als jij hem continu draagt, ook onder de douche, en aan Julian denkt, dat hij dan de jouwe wordt. Hij kan niet anders.'

'Ga weg,' zei Elsbeth. 'Raak me niet aan!'

June deinsde achteruit. Ze wendde haar blik af naar de eetzaal. 'Oké.' Haar stem was bedeesd, de plagerige toon die ze de hele avond had aangeslagen was weg. 'Het spijt me.'

Elsbeth staarde boos naar haar salade. Ze was te ver gegaan, dat zag ze aan Junes opeengeperste lippen toen ze haar sigarettendoosje oppakte. Ze wist dat ze haar excuses moest aanbieden. Maar toen stak June een Marlboro op, en werd er gereageerd alsof ze een rotje had afgestoken. 'Hé,' riep de man achter de bar, 'dat mag hier niet.' Hij wees naar een groot bord boven de deur. VERBODEN TE ROKEN, stond erop. De enige andere gasten, een stel dat bij het raam aan de andere kant zat, begonnen te wapperen met hun handen en schreeuwden: 'Maak uit, maak uit!' Elsbeth zag dat de man verbonden was met een zuurstoftank. 'In godsnaam, June,' zei Peter, waarop

June reageerde met: 'Jezus, dit is echt belachelijk.' Mikey D kwam op een drafje naar hen toe met een schoteltje en zei: 'Hier, mevrouw, gebruik dit maar.' Waarop June zei: 'Is het hier nou ook al een politiestaat?' Elsbeth greep de gelegenheid aan om naar de wc te glippen. Ze hoefde niet te braken, want ze had amper iets gegeten, maar ze ging op de rieten stoel zitten en telde de minuten af op haar Swatch, waarvoor June en Peter haar een nieuw wit bandje met nepedelstenen hadden gegeven. Het was nu half acht en met een beetje geluk zouden de gerechten van haar ouders op tafel staan als Elsbeth terug was, aangezien het eten altijd leek te worden geserveerd als je naar de wc was. Tegen de tijd dat deze schertsvertoning voorbij was en ze thuis waren – en June weer weg was gegaan of zichzelf had opgesloten in haar slaapkamer en Peter in de keuken bezig was, waardoor Elsbeth weg kon glippen door de voordeur die niemand ooit gebruikte en Liza had gebeld om af te spreken bij de bushalte – zou het ongeveer tien uur zijn. In de stad zou de avond pas net begonnen zijn, zouden de feestjes net op gang komen op de plekken waar ze op jacht zouden gaan naar Julian, waar ze hem misschien per ongeluk expres tegen het lijf zouden lopen, bij Nell's of Odeon of MK.

Maar het duurde nog tot augustus voor Elsbeth Julian weer zag, tijdens hun volgende reportage. Die zou in de stad zijn, had Julian besloten. Hij had Elsbeth een adres in de East Village gegeven, waar ze nog nooit was geweest. Ze nam de metro vanaf de busterminal Port Authority, hoewel June haar altijd had voorgehouden dat nette meisjes uit de provincie precies daar aan de drugs werden geholpen en ontvoerd werden voor de slavenhandel. Via West 4th Street liep Elsbeth over Washington Square, waar ze vervolgens bekend terrein verliet en meteen verdwaalde. Ze moest aan een punker met veiligheidsspelden door zijn wenkbrauwen vragen hoe ze bij St. Mark's Place moest komen. Tegen de tijd dat ze dat gevonden had, was ze best trots op zichzelf. Bovendien had ze nu een anekdote voor Julian, waarmee ze hem tijdens het werk kon vermaken.

Toen ze hem op de trap voor een groot groengeschilderd gebouw zag zitten, maakte haar hart een sprong van vreugde. Ze wilde naar hem roepen, maar durfde dat opeens niet meer. Julian zat onderuitgezakt op de bovenste tree alsof hij sliep. Zijn hoofd hing voorover en er zat een brandende sigaret tussen zijn vingers. Was hij ziek... Of dronken? Maar toen Elsbeth hem naderde keek hij op en glimlachte. Hij zag er verschrikkelijk uit, zijn haar was slap en er zaten donkere wallen onder zijn ogen.

'Hé, Charlie, je bent er.' Hij trok zichzelf overeind aan de leuning. Hij droeg vandaag een paisleyshirt en een korte broek. 'Zullen we meteen beginnen? Ik wil gebruikmaken van de zonsondergang.'

'Best,' zei Elsbeth, die achter hem aan het gebouw in liep. Vanbuiten zag dat er onbewoond uit en binnen was het niet veel beter. Er was een goederenlift, maar tot haar opluchting liep Julian daar voorbij. De bakstenen muren waren hier en daar dichtgesmeerd en de gloeilampen zaten in kleine kooitjes. Ze keek naar Julians zwoegende kuiten toen ze de trap op liepen en zag voor het eerst dat er ook van die zilveren brandplekken aan de binnenkant van zijn knieën zaten. Ze huiverde, ondanks de bedompte pishitte in het trappenhuis. 'Is jouw studio in dit gebouw?' vroeg ze. 'Waar gaan we naartoe?'

Ze kwamen op de bovenste verdieping en Julian duwde de deur open. 'We gaan het dak op.'

Ze hadden dit keer later afgesproken dan anders; het was al bijna acht uur. Julian had gezegd dat hij gebruik wilde maken van iets wat hij het magische uur noemde. Elsbeth keek om zich heen. Op sommige daken hadden mensen terrassen of tuinen aangelegd en speelde zich hier in de lucht een heel ander bestaan af. Maar op het dak van het gebouw waar zij waren lag gewoon kleverig asfalt. Verder zag ze een ventilatiekoker en zo'n ronde watertank met een kegelvormige bovenkant. Overal om hen heen waren ramen. Er stonden hier weliswaar geen wolkenkrabbers, maar toch had Elsbeth het gevoel dat er van alle kanten ogen op haar gericht werden.

'Moet ik hetzelfde doen als anders?' Ze bedoelde of ze haar kleren moest uittrekken.

Julian, die gewichtszakjes aan de poten van het statief vast stond te maken, zei: 'Ja, leg je kleren maar in het trappenhuis als je niet wilt dat ze vies worden.' Hij richtte zijn aandacht weer op het omzetten van knopjes op zijn Nikon. Elsbeth hurkte achter de watertank en trok haar nieuwe zijden blazer en bustier, en haar witte skibroek uit.

Ze keek naar Julian om aanwijzingen te krijgen. Hij stond te hannesen met een klein kokertje dat hij uit een koelbox had gehaald. Zijn handen trilden, hij liet het kokertje vallen en zei: 'Fuck!' Elsbeth stond naast de watertank te wachten en hoopte dat Julian zou zien wat ze met haar haar had gedaan – dat had ze gefriseerd en aan beide kanten naar achteren vastgezet met glitterkammetjes – en ook dat ze sinds hun vorige klus nog meer gewicht had verloren. In juli was het hem een paar keer opgevallen en had hij gezegd: 'Ben jij nou op dieet, Charlie?' En één keer: 'Je wordt wel heel erg dun, meisje! Ik weet niet wat je aan het doen bent, maar misschien moet je wat gas terugnemen.'

Nu zei hij: 'Oké, volgens mij kunnen we.' Hij hurkte achter zijn camera.

Elsbeth leunde achterover tegen de watertank, haakte haar ellebogen achter de treden van de ladder en boog haar rug, zodat haar ribben goed te zien waren. Ze had niet veel meer over in de vorm van borsten en dat was jammer, maar er zat ook geen blubber meer op haar buik.

'Dat is een beetje stijfjes, Charlie,' riep Julian. 'Je hoeft niet te poseren, weet je nog? Doe gewoon je ding.'

Elsbeth liep naar de rand van het dak en hield gewoontegetrouw haar adem in. Ze drukte zich tegen het betonnen muurtje aan, keek op een hopelijk verleidelijke manier over een schouder naar Julian en zei: 'Ik ben afgelopen weekend naar Limelight geweest. Daar ga jij toch ook weleens naartoe?'

'Wat?' Julian klonk geïrriteerd. 'Wacht even, Charlie. Ik moet even wat dingen aanpassen.'

Elsbeth keek omlaag naar de East Village. Dit was niet het New York van haar ouders met Broadwaytheaters, nachtclubs met bigbands en Masha's. Maar ook niet dat van Sol en Ruth, met benefietconcerten, galerieën en musea. Dit was de stad die zíj zou leren kennen, met punkers met hanenkammen, dragqueens en clubs. De laatste keer dat ze met Liza naar Limelight was geweest – met de valse identiteitsbewijzen die Liza had geritseld – hadden ze petticoats die eruitzagen als lampenkappen en naaldhakken gedragen. De uitsmijter had meteen het touw voor hen weggehaald zodat ze de oude kerk in konden. Liza's haar was met superkleverige haarlak tot nieuwe hoogtes gestegen en ze had met zwarte eyeliner een omgekeerd kruis getekend bij haar rechteroog. In de naar kalk ruikende nevel uit rookmachines was meteen een gast in een bomberjack op haar afgekomen die geluidloos zei: Dansen? 'Best,' had Liza teruggeschreeuwd, hoewel dat onverstaanbaar was door de hiphopbasdreun die je ingewanden door elkaar schudde, en was verdwenen. Elsbeth had zich een weg naar de bar gebaand, waar ze met een glas gin-tonic naar de lichamen in de stroboscooplampen had staan kijken. Op een bepaald moment dacht Elsbeth dat ze Julian zag, in een zwartleren blazer en met een vlassig baardje, maar het bleek George Michael te zijn. Dat was cool, maar tevens niet ter zake doend, en toen Liza rond middernacht nog steeds niet teruggekeerd was, had Elsbeth de laatste bus naar huis genomen.

'Kun je je naar me toe draaien, Charlie? Ik wil je gezicht zien.' *Klik. Klikklikkklikvsssh.* 'Oké, loop een klein stukje naar me toe, ik verlies het licht op je huid.' Hij boog zich over zijn camera. 'Ik begrijp niet waarom ze het verdomme het magische uur noemen,' mompelde hij. 'Er is niets magisch aan.' Hij verschoof het statief een paar centimeter. *Klikklikklikklik.* 'Fuck.' *Klik. Klik.* Hij gaf een ruk aan zijn haar en smeet het kokertje toen in de hoek van het dak alsof hij een steentje wegkeilde.

'FUCK!' schreeuwde hij. 'Fuckity fuck fuck. *Fuck it.*' Hij stak een sigaret op en haalde de camera van het statief. Ook die pakte hij in. Terwijl hij schroeven losdraaide en de poten inklapte wierp hij een blik op Elsbeth. 'O, Charlie, het spijt me. Ik ben gewoon kapot. Ze hebben me kapotgemaakt.' Ze wilde net vragen wie, toen hij eraan toevoegde: 'Kom, we gaan wat drinken.'

Julian marcheerde door de East Village en Washington Square Park. Hij liep snel en met gebogen hoofd, als een man met een missie. Elsbeth had moeite hem bij te houden, aangezien Liza's gladiatorsandalen niet bedoeld waren om te rennen en de zwartleren riempjes steeds naar beneden gleden. Ze passeerden de Pink Pussycat, waar Elsbeth en Liza hun bustiers hadden gekocht. Daar wilde ze Julian net op wijzen, toen hij opeens een scherpe bocht naar rechts maakte en met een soort snoekduik een piepklein, onopvallend restaurantje in dook, waarvan de ramen en deuropening verduisterd werden door gordijnen van dik rood fluweel. Ze haastte zich achter hem aan.

Binnen zag ze kale bakstenen muren, simpele witte tafelkleden en slechts een tafel of zes. Elsbeth was teleurgesteld, ze had zich haar eerste echte date op een wat chiquere plek voorgesteld, zoals Windows on the World in het WTC of dan tenminste het Plaza. Maar de maître d' dribbelde al op hen af, een duifvormige man in een zwarte broek, een wit overhemd en een zwart vest.

'Meneer Wilton,' zei hij, 'wat heerlijk om u weer te zien, meneer! Wat een eer.' Hij kuste zijn vingers en schudde ermee naar het plafond. 'Die recensie in de *Times* over *lichtgevende wezens*! Het is een eer om te kunnen zeggen dat ik u ken.'

'Bedankt, Luigi,' zei Julian, die vermoedelijk de ruimte inspecteerde, hoewel dat moeilijk te beoordelen was met die zonnebril. Luigi ging hun voor naar wat Elsbeth herkende als de beste tafel van de zaak: vlak bij de voordeur, maar niet ernaast, om te zien en gezien te worden. Julian liep door naar achteren. 'Vanavond misschien maar iets meer afgezonderd, Luigi, als je het niet erg vindt.'

'Nee, natuurlijk niet, meneer Wilton, u wilt uiteraard privacy als u dineert met zulk charmant gezelschap.' Luigi glimlachte naar Elsbeth en hield haar een stoel voor, maar kreeg toen een ietwat verbaasde blik in zijn ogen. Wat zou er zijn? Was ze in haar bustier en skibroek iets te opzichtig gekleed voor dit zaakje, zat er teer aan haar armen van het dak of wat?

Julian schoof op het bankje aan de andere kant van de tafel. Peter zou hier alleen zijn ergste vijand hebben neergezet: een tweepersoonstafel achter in het restaurant, naast de gang naar de toiletten. 'Wodka, Luigi,' zei hij. 'Een dubbele. Met ijs. Doe er maar meteen twee.'

'Maar natuurlijk, meneer Wilton. En u, juffrouw? Wilt u misschien de kaart zien?'

'Jezus, Luigi, breng nou gewoon die drankjes maar. Zij wil hetzelfde als ik.'

Luigi's wenkbrauwen beklommen zijn voorhoofd, maar hij zei: 'Uitstekend, meneer Wilton,' en haastte zich weg.

Julian keek om zich heen, zette toen zijn zonnebril af en smeet die op de tafel. In de spiegel achter zijn hoofd kon Elsbeth het hele restaurant zien. Er zaten slechts twee andere stellen, van haar ouders' leeftijd, die gekleed waren voor het theater. Luigi keerde terug met hun drankjes en een mandje brood. Elsbeths maag knorde: de broodjes waren nog warm en ze zag de zoutkorrels in de boter glimmen. Ze schoof het mandje met twee vingers opzij en keek naar Julian, die zijn eerste glas al had leeggedronken. Hij schudde de ijsblokjes erin. 'Schenk maar door, Luigi,' zei hij, en Luigi maakte zich weer uit de voeten.

Julian liet zijn hoofd in zijn handen zakken en masseerde zijn slapen. Hij moest nodig naar de kapper. Elsbeth vond zijn donkerbruine krullen prachtig, maar het liep nu wel een beetje uit de hand. Aarzelend betastte ze de arm die het dichtst bij haar lag. Julian schrok zich wild. 'Wat!' zei hij met uitpuilende ogen.

'Gaat het wel?' vroeg ze. 'Sorry dat ik het zeg, maar je lijkt een beetje opgefokt.'

'Ha! Opgefokt. Dat kun je wel zeggen, ja. Ik ben fucking opgefokt.' Er arriveerden nieuwe drankjes en hij dronk het dichtstbijzijnde in één teug leeg.

'Komt het door hen?'

'Wie?'

'Die van het dak.'

Hij keek wild om zich heen. 'Zijn ze hier? Hebben ze ons gevolgd?' Hij greep de zijkanten van de tafel vast.

'Wie?'

'Jij had het over "hen".'

'Omdat jij dat deed,' zei Elsbeth. 'Je had het erover op het dak.'

'Heb jij iemand gezien die er verdacht uitzag?' blafte hij. 'Toen we hiernaartoe liepen? Iemand die er opvallend uitzag? Veel te netjes voor deze buurt?'

'Nee. Alleen dragqueens en dealers en punkers – écht.'

Daarvan leek hij een beetje te ontspannen. Hij pakte zijn sigaretten. 'Godzijdank. Dan zijn ze waarschijnlijk opgehouden me te volgen – voorlopig. Maar ze zitten nu al weken achter me aan.'

'Wie?' vroeg ze weer.

Julian stak een sigaret op. 'De *feds*,' zei hij, bijna zonder zijn lippen te bewegen.

'Oké,' zei Elsbeth. De feds? Waar hád hij het over? Ze keek een beetje zenuwachtig naar Julians derde lege wodkaglas. Straks ging hij nog over buitenaardse wezens zwammen...

'Ze zitten achter me aan, Charlie. Ze zijn vanmorgen mijn studio binnengevallen.' Hij leunde achterover toen Luigi een schaal met antipasti op tafel zette.

'Complimenten van de chef. Kan ik u nog iets anders brengen?'

'Ja, wodka. En wat mijn model zelf wil.'

Elsbeth ging rechter zitten; het was voor het eerst dat Julian haar in het openbaar zo noemde. Ze streek haar gefriseerde haar over haar schouders en knikte naar Luigi. 'Voor mij voorlopig niets.' Ze draaide zich weer naar Julian, die pillen uit een potje zat te schudden en in zijn mond gooide. 'Waarom zouden de feds jouw studio binnenvallen?' fluisterde ze.

'Dat wilde ik nou ook weten!' Julian zei het zo hard dat de twee andere stellen in de zaak hun kant op keken. Hij sloeg op de tafel. 'Ik had zoiets van: wat ís dit? Is dit Amerika of de USSR? Ik liep in mijn ondergoed, Charlie. In mijn bóxershort. Ik was aan het wérk. Ik dacht dat het de bezorger van de *deli* was. Maar neeeee, het was de fucking FBI die de boel overhoop kwam halen, op verdénking van – luister goed – kinderporno.'

Haar maag keerde zich om. 'Maar dat is belachelijk.'

'Ja, toch? Dat is het toch?' Hij begon aan een nieuw glas wodka; er stond inmiddels een flinke verzameling voor hem. Elsbeth wist dat haar vader het nooit zou toestaan dat een ober alles op tafel liet staan, maar waarschijnlijk gaf Luigi Julian een beetje ruimte. 'Porno!' barstte hij uit. 'Het schijnt dat de conciërge in mijn huis is geweest om een lekkende leiding te controleren. Hij heeft de foto's gezien en de smeris gebeld. De fucking NYPD. De hotline van de kinderbescherming!' Elsbeth zag tot haar schrik dat Julian tranen in zijn ogen had. 'Ze hebben mijn negatieven meegenomen,' zei hij. 'Ál mijn negatieven. En ook contactvellen en mijn camera's. Ze hebben mijn beste groothoekobjectief vernield en twee fotorolletjes verkloot. Ik krijg die foto's nooit meer terug, nooit meer!'

'Wat afschuwelijk.'

'Het is fucking on-Amerikaans, dát is het,' zei Julian. Zijn stem trilde. 'Ik vroeg of ze een huiszoekingsbevel hadden, wilde een huiszoekingsbevel zien. Weet je wat ze zeiden? "Dat hebben we niet nodig, meneer Wilton. Niet als we redenen hebben om aan te nemen dat de verdachte zich mogelijk zal ontdoen van belastend bewijsmateriaal." Verdachte. Ik ben een verdáchte!' Hij stopte nog twee pillen als pinda's in zijn mond. Zijn handen trilden. 'Je had die kraaloogjes van ze moeten zien. Je zag gewoon dat ze hóópten porno te vinden. Ze kwijlden ervan. Alsof die primitievelingen het verschil weten tussen kunst en porno. Ik! Een pornograaf! Terwijl het vastleggen van onschuld het énige is wat ik wil. Puurheid. On-gedwongenheid. Vréúgde. Alle eigenschappen die alleen kinderen bezitten, het ultieme gebrek aan schaamte voordat de volwassen wereld ze te grazen neemt en verneukt. Porno, m'n reet. Ik ben ánti porno!'

Luigi kwam aanschuifelen. Elsbeth vermoedde dat hij aan Julian zou vragen of het wat zachter kon, of hem zou voorstellen te verkassen naar het kantoortje van de baas, dat hij zich daar misschien wat gemakkelijker zou voelen. Maar hij zei: 'Neem me niet kwalijk dat ik u stoor, meneer Wilton, maar er is hier een dame die een van uw grootste fans is.' Achter hem dook een vrouw op met een zilvergrijze bob en een sjaal met een Frank Lloyd Wright-patroon die was vastgezet met iets wat leek op een gesmolten vork. Aha, dacht Elsbeth, een kunstliefhebster.

'Meneer Wilton,' zei ze, 'ik ben zó'n bewonderaar, een volgeling eigenlijk.' Ze stak een papieren servetje en een pen naar hem uit. 'Vergeef me de inbreuk, maar zou u...?'

'Manatuulijk,' zei Julian gracieus. 'Mettalleliefde.' Hij pakte het laatste volle glas van tafel, dronk dat leeg en krabbelde toen zijn handtekening op het servetje. Met een zwierig gebaar tekende hij er vervolgens een smiley naast.

'O dank u, het is echt een enorme eer u te ontmoeten. Uw *lichtgevende wezens* heeft mijn leven veranderd!'

Julian glimlachte naar haar en kwam wankelend overeind. 'Iserrugaardig,' zei hij. 'Sssorry, ik moetteven bellen.' Hij duwde de vrouw opzij en schoot de gang met de wc's in.

De vrouw stopte het servet vol ontzag in haar tas. Ze keek naar Elsbeth en kreeg, net als Luigi, opeens een andere uitdrukking op haar gezicht. Ze leek op het punt te staan iets te zeggen, maar liep toen met een geforceerde glimlach terug naar haar tafel.

Elsbeth bleef zitten... En zitten. De ijsblokjes smolten en verschoven in de glazen. Ze nam een slokje van haar wodka maar bedacht toen hoeveel calorieën daarin zaten en zette haar glas terug. Ze kreeg het warm vanbinnen. Ze zag meer mensen binnenkomen en plaatsnemen, obers die de kaarsen op hun tafels aanstaken. De antipasti zweetten onder haar ogen: gemarineerde rode paprika's, artisjokharten met oregano en olie, prosciutto, salami, grote brokken Parmezaanse en Asiago-kaas. Het water stroomde onbeheersbaar in haar mond. Ze tilde de schaal op en zette die, evenals het nog volle broodmandje, op de tafel ernaast.

'Is er iets, juffrouw?' vroeg een ronddrentelende Luigi. 'Kan ik u een ander gerecht brengen? We hebben vanavond huisgemaakte gnocchi met gebruinde boter en rozemarijn.'

Elsbeth vroeg zich af of de rozemarijn in suikerwater gedoopt en geroosterd was, zoals Peter het altijd maakte. Ze wilde net tegen Luigi zeggen dat ze niets hoefde en hem vragen of hij misschien het eten weg wilde halen, toen Julian door de gang kwam denderen. Hij had wat moeite met het fluwelen gordijn dat de gang afschermde, raakte erin verstrikt en moest wat karateslagen uitdelen om zich te bevrijden, maar wankelde toen naar de tafel. Gelukkig was die niet ver.

'Sssorry,' zei hij weer, 'moestevenbellen. Gene, mijn advocccaat.' Hij viel voorover.

Luigi kon hem nog net opvangen. 'Oeps! Kijk uit waar u loopt, meneer Wilton.'

'*Yessssir*,' zei Julian, die stond te wankelen op zijn benen, 'bedankt, Luigi, 's errugaardig.' Hij graaide in de zak van zijn korte broek en haalde er een rol bankbiljetten uit, die hij tussen de glazen op tafel liet vallen. Luigi en Elsbeth keken ernaar; het waren allemaal briefjes van twintig en Elsbeth vroeg zich af of Julian er morgen, als hij wakker werd, spijt van zou hebben dat hij Luigi een fooi van duizend procent had gegeven.

'Dat komt wel goed, juffrouw,' zei Luigi zacht. 'Ik hou het voor hem vast. Gaat u nu maar,' want Julian strompelde nu zwaar opzij hellend naar de voordeur, alsof hij over het dek van de zinkende Titanic liep.

'Dank u,' zei hij tegen de zaal in zijn geheel, 'wasssweerfantasss-tisch, uitssstekende bediening.' Toen keek hij knipperend om zich heen. 'Charlie? Kom, wussijnweg.' Elsbeth pakte haar tasje en liep achter hem aan. Ze voelde zich zowel triomfantelijk als bezorgd, want hun avond was nog niet voorbij. Julian had weliswaar niet gezegd wat ze nu gingen doen, maar iemand moest die arme sloeber toch thuisbrengen.

Elsbeth was nog nooit 's avonds in Julians appartement geweest, hoewel ze er in haar verbeelding heel vaak een bezoek had gebracht. Daarin zag het eruit als in de softpornoprogramma's waar ze soms bij Liza naar keek, of thuis, totdat Peter naar beneden kwam en Elsbeth snel van zender wisselde. In die fantasieën vielen streepjes licht door de jaloezieën naar binnen, die aan- en uitflitsten op het ritme van de neonreclame aan de overkant van de straat. In Julians slaapkamer lagen satijnen lakens, waar hij dan in zijn ondergoed op lag als Elsbeth in een setje van Victoria's Secret naar hem toe liep, terwijl een zacht briesje haar haren naar achteren blies en er panfluitmuziek klonk...

In werkelijkheid was het een stuk rommeliger in het appartement dan de laatste keer dat ze er geweest was: overal kleren, asbakken en fotoapparatuur, en het stonk naar rook.

Julian liep linea recta naar de gootsteen en dronk uit de kraan. Dit wees toch wel op een soort herstel na de taxirit, toen hij op haar schouder bewusteloos was geraakt en wakker geschud moest worden om de chauffeur te betalen. Elsbeth had hem overeind gehouden in de lift, maar nu strompelde hij op eigen kracht de gang in en wapperde met een hand achter zich, wat ze beschouwde als een doe-alsof-je-thuis-bent-gebaar. Ze nam zelf ook wat water – alleen hield zij een MOMA-mok met een straattafereel van Magritte onder de kraan – en dwaalde door het appartement. Vierkantjes licht van passerende auto's ver beneden streken over het plafond.

Ze bleef staan bij de architectentafel en keek naar de puzzel van verspreide foto's. Ze trok een van de contactvellen met haar vinger op de witte rand naar zich toe. Zouden de feds deze ook in beslag nemen? *Pornografie (de (v.)) 4 film, voorstelling e.d. waarin opzettelijk seksuele handelingen zijn weergegeven om de seksualiteit van de toeschouwer te prikkelen, syn. porno.* Ze had het opgezocht in het woordenboek. Met een loep tuurde ze naar de beelden van haar naakte lichaam: Elsbeth die een beekje overstak, Elsbeth die een beboste heuvel op liep, Elsbeth die in kleermakerszit op een picknicktafel zat. Ze was nu veel dunner. Op deze foto's waren haar borsten kegelvormig en zaten er nog vetrolletjes op haar buik. Elsbeth betastte de lichtbruine driehoek tussen haar benen. Dit was geen opzettelijke seksuele handeling en ze voelde zich nou ook niet bepaald geprikkeld. Misschien lag het aan haar voormalige mollige lichaam, maar de naakte afbeelding daarvan in Bear Mountain State Park was gewoon misplaatst, onwezenlijk en bizar.

Ze schoof het contactvel weer terug op zijn plaats en keek op de ovenklok. Het was kwart over tien. Ze had een briefje achtergelaten om te melden dat ze met Liza en Very naar de film in Willowbrook Cineplex was gegaan, dus ze had nog tot middernacht – als een van haar ouders het briefje überhaupt had gezien. Ze had nog ongeveer drie kwartier voordat ze moest vertrekken naar de busterminal. Ze liep de gang op en spitste haar oren. Een stampende bas uit het appartement eronder en sirenes op Riverside Drive waren het enige wat ze hoorde; een stadse kakofonie die Elsbeth, die er was geboren, geruststellend vond.

'Julian?'

Ze keek eerst in de badkamer, voor het geval hij was flauwgevallen in het bad, of op de porseleinen troon, zoals Elvis. Maar er was niemand.

'Julian?'

Er was maar één plek waar hij feitelijk kon zijn. In de slaapkamer lag Julian wijdbeens op zijn rug, met één arm over zijn gezicht geslagen. De wonderbaarlijke klok wierp zijn kleuren over hem: bleek blauwgroen, fuchsiapaars, maagdenpalmblauw, roze.

'Julian,' fluisterde ze, 'ik ben het, Charlie.' Op haar tenen liep ze naar de zijkant van het bed. Zijn shirt was losgeraakt uit zijn broek en onthulde een strook van zijn buik, die doormidden werd gesneden door de streep donker haar die Liza 'het klimopje' noemde. Julian had erg veel wodka gedronken en al die pillen geslikt... Hij kon vannacht wel stikken, net als dat meisje vorig jaar op het schoolfeest. Ze moest hem eigenlijk op zijn zij rollen; ze moest er in ieder geval voor zorgen dat hem niets kon overkomen.

Voorzichtig ging ze op het bed naast hem zitten en liet zich toen heel langzaam op haar rug zakken totdat haar hoofd uiteindelijk op zijn schouder lag. Ze hield haar adem in. Julian! Julian hield haar in zijn armen. Min of meer. De lucht rond zijn gezicht was vochtig van de alcohol en hij ademde luidruchtig. Elsbeth drukte zich omhoog op een elleboog en keek naar hem, liet vervolgens haar hoofd zakken tot zijn adem door haar haren blies. Ze drukte haar lippen op de zijne. Die waren net zo warm als ze zich voorgesteld had en veel zachter, zij het een beetje slapjes. Ze zoende Julian!

Hij verschoof en mompelde iets, en ze trok zich terug. 'Wat? Wat is er, Julian?' Ze legde een hand op zijn borstkas en schoof die voorzichtig onder de dunne stof van zijn shirt. Het haar daar was veel steviger dan ze gedacht had. 'Julian,' fluisterde ze. 'Ik ben het, Charlie.'

Geen reactie. Ze legde haar oor op de plek waar haar hand net had gelegen. Ze lag met haar hoofd op zijn borstkas, het borstbeen voelde aan als een halve walnoot en daaronder hoorde ze het trage geklop van zijn hart. Ze schoof haar hand omlaag naar zijn buik en liet hem daar liggen: ze voelde het vanbinnen rommelen. Zijn shirt was – uiteraard – verkeerd geknoopt en de huid boven zijn korte broek was zo glad als de binnenkant van een schelp. Elsbeths vingers doken onder de tailleband.

Hij had geen onderbroek aan.

Ze trok haar hand terug en Julians heupen bewogen omhoog, alsof hij haar zocht. Ze legde haar handpalm vlak boven zijn broek. Onder zijn rits was hij hard. 'Julian,' zei ze. 'Wat wil je dat ik doe?'

Geen reactie. Elsbeth wachtte af. Ze dacht aan wat Liza gezegd had. Dat er één ding was wat mannen het allerlekkerst vonden, nog lekkerder dan een nummertje maken. Ze gleed nog verder naar beneden en legde haar hoofd op Julians heup. Zijn gulp stond half open en de rits klikte tandje voor tandje open. Elsbeth stak haar hand in het nestje van haar. Hij was heel warm, zij het nog een beetje zacht.

Ze haalde diep adem, boog haar hoofd en nam hem in haar mond.

Hij klopte een, twee keer, maar verder gebeurde er niets. Ze pakte hem aan de onderkant vast en wenst dat ze op iets anders had geoefend dan ijslolly's. Ze bewoog haar mond op en neer. In deze warme duisternis met de wisselende pastelkleuren van de klok voelde niets helemaal echt. Ze keek omhoog naar Julian, naar zijn gezicht, dat watermeloen-, limoen-, lavendelkleurig en roze werd. Deed ze iets niet goed? Dit was niet hoe ze gedacht had dat het zou gaan. Hij bleef slechts halfhard, het leek of ze haar mond vol met kauwgom had. Ze probeerde zich te herinneren wat Liza gezegd had: 'Gebruik je hand, dat vinden ze lekker. En geef niet op... Ik had een keer een gozer die er zevenendertig minuten over deed!' Elsbeth dacht niet dat ze het zo lang zou kunnen volhouden, maar ze drukte zich op haar elleboog omhoog en bleef het proberen. Als ze dit goed deed, was er een kans dat Julians ogen open zouden gaan en hij zou zeggen: *Hé, Charlie, waar heb je dat geleerd?* Dan zou hij haar op zich trekken en zeggen dat hij de hele tijd wakker was geweest. En dan zou hij boven op haar gaan liggen en de liefde met haar bedrijven, ook al had ze hem bekend dat ze nog maagd was. Dat geeft niets, zou hij zeggen, en daarna zouden ze onafscheidelijk zijn. Elsbeth zou met hem de opening van hun tentoonstelling bijwonen en alle andere die daarna kwamen en vanaf dat moment zou hij alleen nog maar haar fotograferen. Als zij achttien was zouden ze trouwen en de stad uit gaan om te gaan wonen op een boerderij die Julian zou kopen in... Vermont misschien. Ze zouden de pers mijden; Julians teruggetrokken bestaan zou zijn beroemdheid alleen maar vergroten, maar af en toe zouden er verslaggevers naar de boerderij komen, waar Julian hen hoffelijk ontving in zijn schuur, waar zijn studio was, en dan bracht Elsbeth wijn en kaas. Ze zou naast hem op een baal hooi zitten en hij zou zijn arm om haar heen slaan en vertellen dat zij hem gered had, dat zij zijn enige muze was. Elsbeth zou slank zijn, haar haar in een vlecht dragen en Gauloises roken, en Julian zou een coltrui dragen. En misschien een baard hebben.

Eindelijk leek er toch iets te gebeuren – Julian bewoog! – maar toen zakte hij weer weg en hoorde Elsbeth een onmiskenbaar geluid: hij snurkte. Vol ongeloof ging ze rechtop zitten en veegde haar mond af. En ja, hoor, Julian lag te snurken. Het wit van zijn ogen was nog net zichtbaar tussen zijn oogleden. Zo zachtjes mogelijk trok Elsbeth zijn shirt over zijn buik en liet zich van het bed glijden. O god, wat schaamde ze zich! Ze had gefaald in het enige wat mannen lekkerder vonden dan wat dan ook. Wat moest ze nu?

In de woonkamer lokaliseerde ze haar tasje en bleef toen even staan. Met een markeerpotlood schreef ze op de achterkant van een grote envelop:

> Lieve Julian, bedankt voor een geweldige avond! Ik verheug me op de volgende keer. Liefs, je muze Elsbeth. XOXO

Ze stond er peinzend naar te staren – zou ze het doorscheuren en opnieuw beginnen? – toen een hevig gesnurk uit Julians kamer de doorslag gaf. Ze wilde niet dat hij wakker werd en haar hier zou aantreffen, ze wilde dat hij zich helemaal niets herinnerde. Nóg een keer, riepen de kinderen vroeger in de speeltuin altijd, en Elsbeth wilde het heel erg graag nog een keer doen. Ze wilde een avond waarop Julian niet zo over z'n toeren was, als dat gedoe met de feds was overgewaaid en alles weer normaal was, zodat ze met zijn tweetjes in de non-General Lee naar het platteland konden rijden, foto's konden maken en lachen. Dan zou Julian niet dronken zijn, of gestoord, of onder de pillen zitten. Dan zou Elsbeth het nog een keer kunnen proberen, ze zou haar trukendoos opentrekken en hem vertellen wat ze voor hem voelde, en dan zou Julian echt de liefde met haar bedrijven en waren ze op weg. Ze vluchtte.

The New York Times – **15 augustus 1986**

Een speciale antiporno-eenheid van de FBI heeft, vergezeld van een team van Jeugd- en Zedenzaken van de NYPD, gisteren de studio van de beroemde kunstfotograaf Julian Wilton in Greenwich Village doorzocht. De inval wordt door sommigen gezien als een grote doorbraak in de bestrijding van kindermisbruik, terwijl anderen het beschouwen als een campagne tegen artistieke expressie.

De conciërge van het gebouw waar de studio van de heer Wilton gevestigd is, Rob Laubach, had foto's van 'naakte kinderen in compromitterende posities' in Wiltons studio gezien, toen hij daar eerder deze maand hielp een brandje te blussen dat veroorzaakt was door een brandende sigaret, meldde de woordvoerder van de NYPD, Thomas Champoux.

Omdat de heer Laubach meende dat het hier ging om kinderporno heeft hij contact opgenomen met de politie, die vervolgens de FBI op de hoogte stelde.

Er is nog geen officiële aanklacht ingediend tegen de zevenentwintigjarige Wilton, wiens felgekleurde opgeblazen foto's van naakte prepubers en adolescenten tentoongesteld zijn in onder andere het Metropolitan Museum of Art, het Musée d'Orsay in Paris en de Corcoran Gallery in Washington DC. Sinds 1983, toen Wiltons tentoonstelling 'Onopgesmukt' geopend werd in de prestigieuze Galerie Roget in Chicago, heeft zijn werk internationaal furore gemaakt en controverse opgeroepen.

'Mijn cliënt doet wat kunstenaars al doen sinds de eerste grotschilderingen, en dat is een ode brengen aan het menselijk lichaam,' zei Wiltons advocaat, Eugene Rubin van Rubin and Homonoff, Esq. 'Zijn modellen en hun ouders werken ontzettend graag met hem. Ze beschouwen het als een voorrecht. En hij fotografeert nog geen wimper zonder toestemming.'

Rubin stelt dat het juist misdadig is '... wat de FBI heeft gedaan; die is de studio van mijn cliënt zonder huiszoekingsbevel binnengevallen en heeft zijn werkruimte, zijn foto's en zijn creatieve gemoedsrust vernield.'

De FBI bevestigde dat Wiltons studio zonder huiszoekingsbevel is binnengevallen. Maar, zei de woordvoerster van de speciale antiporno-eenheid, Jocelyn Martin: 'Dat is niet vereist voor het doorzoeken van een pand waar de verdachte als hij de kans zou krijgen bijna zeker belastend materiaal zou weghalen.'

Onder de bezittingen die de FBI volgens Martin heeft meegenomen uit Wiltons studio waren verschillende nog niet ontwikkelde fotorolletjes, polaroidfoto's, Wiltons persoonlijke notities en boeken, en enkele camera's.

Martin vertelde dat de FBI niet dieper op de zaak kon ingaan hangende een onderzoek van een *grand jury* naar de vraag of Wiltons werk uit pornografie bestaat, in welk geval Wilton diverse aanklachten wegens bezit en verspreiding tegemoet kan zien. Ze voegde er echter aan toe: 'Wij denken dat een deel van het werk van de heer Wilton van zeer twijfelachtige aard is.'

Pornografie is in termen van kunst notoir moeilijk te definiëren. Kinderporno, wettelijk omschreven als 'het portretteren van seksuele handelingen met als doel seksuele prikkeling', wordt door het federale en New Yorkse wetboek van strafrecht gespecificeerd als 'elke visuele afbeelding van expliciet seksuele handelingen waarbij een minderjarige is betrokken'.

Hoewel Wiltons modellen allemaal ongekleed en jonger dan achttien jaar zijn, worden ze op zijn portretten in solitaire settings en poses afgebeeld, en Wiltons medestanders ontkennen in alle toonaarden dat zijn werk pornografisch is.

'Zeggen dat de fotografie van de heer Wilton pornografisch is, wijst op een beperkt begrip van zowel pornografie als kunst,' aldus

Henry Papel, curator van het Guggenheim, dat momenteel zeven foto's van Wilton exposeert. 'Zijn werk is niet bedoeld om seksueel te prikkelen, maar om de menselijke aard in zijn meest ongebonden vorm te tonen.'

Jean-Francis Krantz van het MOMA is het daarmee eens: 'Mensen die Julians gevoelige portretten van kinderen als porno zien, moeten zichzelf eens goed achter de oren krabben.'

Wiltons critici zijn al net zo stellig in hun afkeer. 'Het zogenaamde werk van deze man exploiteert niet alleen de zwakste leden van onze samenleving, kinderen, maar staat bovendien haaks op de normen en waarden van dit land,' zei Alec Reagan, woordvoerder van het Center for American Values, dat antipornodemonstraties heeft georganiseerd voor musea in Chicago, New York en Los Angeles waar Wiltons werk wordt vertoond.

De NEA, de nationale kunstraad, die Wiltons werk heeft gefinancierd, beaamt dat de controverse een nationaal niveau heeft bereikt, maar noemt het 'een heksenjacht': 'In het afgelopen jaar hebben we gezien dat de rechtervleugel kunstenaars is gaan vervolgen uit naam van zogenaamde traditionele waarden,' aldus Kate Woodward, voorzitster van de NEA. 'De heer Wilton is hun eerste doelwit. Hij kan rekenen op onze volledige sympathie en steun.'

Wilton, die in New York City woont, was niet bereikbaar voor commentaar.

5
Schaamteloos

De galerie bevond zich in Soho en toen Elsbeth ervoor stond, steeds op het stukje papier in haar hand keek en zich afvroeg of ze wel op de goede plek was, drong het opeens tot haar door dat ze nog nooit in deze buurt was geweest. Ze had één keer een bezoek gebracht aan de Twin Towers om met haar ouders te brunchen bij Windows on the World – ze kon zich de *eggs benedict* nog goed herinneren. En in The Village was ze nu uiteraard ook geweest. Voordat ze Houston Street was overgestoken had ze een omweg gemaakt langs het kleine Italiaanse restaurant en verlangend gekeken naar de gesloten rode gordijnen. Voor de etalage van de Pink Pussycat was ze even blijven kijken naar de zweepjes, kostuums van stoute verpleegsters en andere parafernalia, terwijl ze helemaal opging in de fantasie dat ze Julian uiteindelijk toch mee hiernaartoe had genomen en hij haar geholpen had een bustier uit te zoeken. En dat hij niet zo dronken of versuft door pillen was geweest en die hele pijpramp niet had plaatsgevonden, en dat het vervolgens op een normale manier verder was gegaan, een paar reportages per maand, en dat Julian niet was verdwenen. Elsbeth was vervolgens naar binnen gegaan om iets te kopen wat geluk bracht, een talisman om Julians terugkeer op te wekken. Ze had de massageolie en plumeaus links laten liggen ten gunste van een haarband waar kattenoortjes aan zaten en die nu in de zak van haar leren jasje zat. Ze wreef met duim en wijsvinger over een van de fluwelen driehoekjes voor geluk.

De galerie leek, net als het Italiaanse eettentje, gesloten. Het was maandagmiddag twee uur: misschien was de maandag voor galerieën, net als voor restaurants, een slechte dag. Maar goed, waar Elsbeth zo door in de war was geraakt dat ze dacht dat het adres uit de gouden gids misschien toch niet klopte, was dat de kamerhoge ramen beplakt waren met bruin papier, alsof de zaak over de kop was gegaan. Er hing geen affiche om Julians nieuwe tentoonstelling aan te kondigen, er was niets van een etalage om voorbijgangers te lokken. Als er onder de bel geen klein koperen plaatje met de naam GALERIE HAZAAN had gehangen, zou ze het hebben opgegeven en was ze naar huis gegaan.

Door Julians agent te bellen en te doen of ze een verzamelaar was – dat bleek heel gemakkelijk; ze had gewoon de nasale en gebiedende toon van een van Sols kunstbrunchdames aangeslagen –, wist ze echter dat Julians nieuwe tentoonstelling hier te zien zou zijn. En ze had in verschillende biografieën van Julian gelezen dat hij zich weliswaar zelden liet zien op een tentoonstellingsopening van zijn werk, maar wel vaak de supervisie wilde over de manier waarop alles werd opgehangen. Hij was een perfectionist en wilde dat de plek en de belichting precies goed waren. Elsbeth haalde haar Parliament Lights tevoorschijn. Afgelopen september was ze begonnen met roken ter vervanging van het eten en ze woog nu nog maar zesenveertig kilo. Heen en weer lopend in de koude wind die van de Hudson kwam rookte ze een sigaret. Haar vingers werden gevoelloos in haar vingerloze handschoenen. Toen drukte ze een, twee keer op de bel van de galerie. En nog een keer.

Een voorbijfietsende koerier met een hanenkam wierp een blik op Elsbeth. ‘Heb ik wat van je aan?’ mompelde ze. Dit was zo’n weirdo buurt. Er zaten allemaal kuilen in de verlaten klinkerstraat en de vervallen gebouwen waren volgeklad met graffiti, maar er waren ook vrolijk glanzende enclaves van grote etalages met stapels kleedjes, Japanse prenten, Afrikaanse maskers en beelden.

Een piepklein vrouwtje met een enorme zwarte hoed en een ontplofte bos rode dreadlocks sleurde een hagedis aan een riem over de stoep. ‘Schiet verdomme een beetje op, Piccolo, mammie bevriest.’ Elsbeth trapte haar sigaret uit, blies in haar rokerige handen en klopte op het raam van de galerie. Ze klopte en tikte, *tiktiktiktiktiktik*, totdat eindelijk de deur op een kier openging en een geïrriteerd hoofd met een snor en een baard naar buiten tuurde.

‘Ja,’ zei hij, ‘wat is er? Bestellingen moeten aan de achterkant worden afgeleverd.’

'Ik ben op zoek naar Julian Wilton.'

De wenkbrauwen van de man, expressieve zilveren driehoekjes, vlogen omhoog en kwamen toen samen boven zijn neus. 'Meneer Wilton is hier niet.'

'Wanneer verwacht u hem?' drong Elsbeth aan.

'De opening is pas volgende week, jongedame. Komt u dan maar terug.'

'Dat weet ik,' zei ze geduldig, 'maar Julian is zelden aanwezig bij zijn openingen. Daar is hij te verlegen voor. Hij houdt alleen toezicht op de ophanging.'

De mond in het puntbaardje van de man vertrok. 'U bedoelt de bevestiging.'

'Ja, precies. Mag ik binnenkomen?'

De man nam haar op en de deur ging iets verder open, zodat ze zijn onberispelijke maatpak en glimmende schoenen kon zien. Elsbeth vermoedde dat hij de eigenaar was, meneer Hazaan. 'Wij zijn nogal een volgeling van de heer Wilton, begrijp ik,' zei hij.

'Wij zijn het model van de heer Wilton,' zei Elsbeth.

Nu ging de deur helemaal open en bekeek de man haar van top tot teen. Ze strekte zich uit tot haar volle lengte: met de toevoeging van haar laarzen met spikes op de hielen was dat één meter vijfenzeventig, bijna drie centimeter langer dan meneer Hazaan. Ze probeerde niet te rillen in de wind, hoewel die hard genoeg was om haar kanten petticoat en gefriseerde haar naar één kant te blazen en tranen in haar ogen te veroorzaken. Meneer Hazaan fronste.

'Het is geen grap. Alstublieft. Het is ijskoud.'

'Natuurlijk, natuurlijk. Kom binnen, juffrouw...'

'Rashkin. Elsbeth Rashkin.'

'Juffrouw Rashkin.' Met een kleine buiging deed hij een stapje opzij.

Elsbeth liep langs hem heen de galerie in, maar bleef toen stokstijf staan. De warmte was heerlijk na de gure wind, de honingkleurige hardhouten vloer en witte muren vormden een tegengif voor de grijze en smerige straten. Maar Elsbeth was als aan de grond genageld door de afbeeldingen van... haarzelf. Het was één ding om te lezen over Julians voortschrijdende techniek in *Aperture* – die tot superverzadigde kleuren leidde – en het ongebruikelijk forse formaat van zijn afdrukken, maar het was heel wat anders om geconfronteerd te worden met foto's van haar naakte lichaam van anderhalf bij twee meter die met een passe-partout waren ingelijst, zodat ze nóg groter waren, lévensgroot zeg maar. Daar lag Elsbeth met omhooggeheven kin en haar handen boven haar hoofd in de blauwe branding van Montauk met een perzikkleurig glinsterende huid. En daar dwaalde ze door een groen bos en was het kuiltje boven haar bilnaad een dikke twee centimeter. Overal zag ze haar oksels, haar krullen, haar dijen, haar mollige knieën en haar gehate buik, allemaal door Julians camera en visie getransformeerd tot iets... waar Elsbeth nou niet bepaald op haar gemak naar keek, maar wat wel zo stralend, zo levendig en uitbundig was dat de tranen haar in de ogen sprongen. Hij had de blik waarmee ze naar hem keek, hoe ze zich al die tijd gevoeld had, precies gevangen.

Meneer Hazaan stond nu naast haar en keek naar twee assistenten – het was moeilijk te zien of het vrouwen of mannen waren, ze waren allebei geheel in het zwart gekleed en hadden kort, achterovergeplakt zwart haar en witte handschoenen, zoals mimespelers – die worstelden om een van de foto's aan de tegenoverliggende muur onder een felle, gerichte spot op te hangen. Reuzin Elsbeth die gehurkt naast een beekje zat en over haar schouder lachte naar Julian. Op de foto was het niet te zien, maar op het wateroppervlak hadden regenboogkleurige libellen gezeten waarover ze zich samen hadden verwonderd. Naast de mimespelers stond een klein ingelijst bordje dat nog opgehangen moest worden

julian wilton
schaamteloos
31 okt – 5 nov.

en een andere afdruk van Elsbeth die in de lucht sprong. Julian had haar voeten zo'n zeven centimeter boven een heuvel vastgelegd tegen de achtergrond van een opbollende wolk. 'Jij bent de koningin van de wereld!', had hij naar haar geschreeuwd.

'Nog vijf centimeter naar links, volgens mij,' zei meneer Hazaan, en de mimespelers verschoven de foto. Hij liep naar hen toe en zei iets tegen hen. Ze daalden hun trapje af en verdwenen achter een zwart gordijn. 'Ze brengen zo thee,' zei meneer Hazaan. Hij pakte Elsbeth bij haar elleboog om haar naar twee klapstoelen aan de andere kant van de zaal te leiden. 'Gaat u zitten.'

'Dank u.' Ze streek met haar wijsvingers langs haar onderste wimpers, omdat ze ervan overtuigd was dat de knalblauwe mascara was uitgelopen. Op de kleuterschool was ze ooit van het klimrek op haar rug gevallen en nu voelde ze zich precies zo, met dat stomme naar adem happen en die tranen van verbazing.

'Ze zijn opmerkelijk, hè, de foto's?' zei meneer Hazaan.

Elsbeth knikte. Een van de mimespelers verscheen met een theewagen vol kopjes, schoteltjes, een pot en lepeltjes. Meneer Hazaan schonk in. 'Buitengewoon, zelfs voor Julian,' vervolgde hij. 'Ik verwacht zeer lovende recensies. En verkopen.' Hij zweeg en fronste vragend zijn wenkbrauwen, terwijl hij het tangetje in de aanslag boven de suikerklontjes hield. Elsbeth schudde haar hoofd, het was maanden geleden dat ze iets anders had gebruikt dan zoetjes.

'Neem me niet kwalijk dat ik u niet eerder herkende,' zei meneer Hazaan, terwijl hij Elsbeth haar thee aanreikte. 'De transformatie is verbazingwekkend.'

'Dank u,' zei Elsbeth weer. Hoewel ze geschrokken was van wat de foto's bij haar opriepen – de herinneringen aan momenten die alleen Julian en zij kenden –, voelde ze zich nu veilig losgekoppeld van het grote lijf dat op de meeste foto's getoond werd en volgens Elsbeth op een rubberen badeend leek. Ze had de afgelopen maanden hard gewerkt; ze had nu zelfs jukbeenderen. Als ze volgende week naar de opening ging, zou niemand haar herkennen als dat dikke meisje op de foto's en daar was ze trots op. Meneer Hazaan keek echter onverklaarbaar treurig. 'Waarom zijn uw ramen afgeplakt?' vroeg ze.

'Des te groter is de verrassing als ze weggehaald worden, liefje. We willen toch niet dat iemand ze al eerder ziet?'

'Oké,' zei Elsbeth, die nu pas het kopje aanpakte. 'Maar wanneer komt Julian hiernaartoe?'

Meneer Hazaan blies in zijn thee. 'Het spijt me dat ik u dit moet vertellen, juffrouw Rashkin, maar ik heb al een tijd geen contact meer met Julian.'

Elsbeth nam een slokje thee. Die was te heet en ze verbrandde haar verhemelte. Ze zette het kopje op de wagen. 'Maar u bent zijn vriend. U hebt voor zijn doorbraak gezorgd, daar heb ik over gelezen.'

'Dat is zo, maar ik vermoed dat Julian het ten opzichte van zijn vrienden netter vindt om zich voorlopig even niet te vertonen.'

'Hè? Waarom niet?'

Meneer Hazaan nam peinzend een slok thee en zette zijn kopje toen nadrukkelijk weer op het schoteltje. 'U lijkt veel te weten over Julians zaken, juffrouw Rashkin, dus ik neem aan dat u ook op de hoogte bent van zijn problemen met justitie?'

'Uiteraard.'

'Dan weet u dat hij ondergedoken is tot het onderzoek is afgerond.'

'Ja,' zei Elsbeth. Dat wist ze maar al te goed. Hoe vaak had ze al niet zijn nummer gebeld en de telefoon eindeloos laten overgaan? Hoe vaak had ze al niet 's middags of 's avonds voor zijn huis gestaan en tevergeefs gewacht tot er een rolgordijn werd opgetrokken of een lamp werd aangedaan? Ze had zelfs zijn advocaat gebeld. 'De heer Wilton is op dit moment niet beschikbaar voor commentaar.'

'Ja, ik begrijp dat hij niet met de pers of de FBI wil praten. Of met mensen die hij niet goed kent en vertrouwt. Maar hij vertrouwt u toch? En mij... hij kent mij beter dan wie dan ook.' Ze gebaarde om zich heen naar de foto's. 'Ik bedoel, kijk dan. Dit is van ons. We hebben dit samen gemaakt.'

Meneer Hazaan zag er zo mogelijk nog triester uit. 'Ja, dat snap ik.'

'Dus,' zei Elsbeth, die even stevig haar neus ophaalde – ze ging niet huilen, écht niet – 'als u iets van hem hoort of als hij hiernaartoe komt, wilt u hem dan alstublieft vertellen dat Charlie probeert contact met hem op te nemen? Ik wil alleen maar heel erg graag met hem praten.'

Meneer Hazaan gaf haar een servetje en wachtte tot ze weer een beetje tot zichzelf gekomen was. 'Juffrouw Rashkin,' zei hij toen, 'mag ik vrijuit spreken?'

'Natuurlijk.'

'Ik heb zelf tienerdochters, dus ik weet wat ik me op de hals haal door u een goede raad te geven. U zult hier niet blij mee zijn. Maar zoals u al zei, ik ken Julian al jaren. Ik ben zowel zijn vriend als zijn collega, én zijn meest hartstochtelijke bewonderaar. En toch vertel ik u dit.' Hij duwde zijn vingertoppen tegen elkaar en bracht die naar zijn mond. Het leek lang te duren voordat hij weer iets zei. 'Julian is geniaal. Dat weet u. Dat weet ik. Dat weet de wereld. Men hoeft alleen maar naar zijn werk te kijken om dat te zien.' Hij gebaarde naar de tentoongestelde Elsbeths.

Ze knikte ietwat ongeduldig.

'En hij bedoelt het goed,' vervolgde meneer Hazaan. 'Hij heeft zijn hart op de juiste plaats. Zijn intenties zijn goed. Maar soms zijn die mensen juist het gevaarlijkst.' Hij keek haar suggestief aan.

'Sorry, ik begrijp niet wat u bedoelt.'

Nu glimlachte meneer Hazaan wél, voor het eerst sinds ze hierbinnen was, besefte Elsbeth. Ze had iemand nog nooit zó droevig zien kijken.

'Ga naar huis, juffrouw Rashkin,' zei hij. 'Was uw gezicht. Ga naar school. Word weer een meisje. U mag het dan gemeen van Julian vinden dat hij is verdwenen, maar in feite heeft hij u een grote dienst bewezen. U moet hem vergeten. U moet doen of hij nooit bestaan heeft.'

Maar toch zag ze Julian weer.

Het was Halloween en Elsbeth stond met haar kattenoortjes van Pink Pussycat én een later aangeschafte kattenstaart zijn appartement te bespieden. Het was de avond van Julians opening en als hij thuis was, zou hij op een gegeven moment misschien toch naar buiten komen en dan zou Elsbeth hem opvangen. Ze was alleen, hoewel ze in eerste instantie Liza had meegenomen. Ze had tegen haar gezegd dat ze alleen tot de opening voor Julians huis zouden rondhangen, dat ze dan naar de galerie zouden gaan en als hij daar dan niet was, dán zouden ze naar het gekostumeerde bal in Limelight gaan. Liza had ermee ingestemd en zich als haar moeder verkleed in een mantelpakje met parels. Maar op weg naar de stad was ze van gedachten veranderd. 'Ik ben het zat om als een of andere hoer rond te hangen bij het huis van die gast,' had ze gezegd. 'We kunnen veel beter naar een happy hour gaan en nieuwe schatjes zoeken.' 'Ik wil geen nieuw schatje,' had Elsbeth toen gezegd, 'ik wil Julian.' Waarop Liza zei: 'Ik weet niet zo goed hoe ik je dit moet zeggen, moppie, maar hij is pleite.' Ze stonden inmiddels al op de roltrap van de busterminal te midden van zulke enorme wolken uitlaatgassen dat je die gewoon kon zien. Elsbeth was dommig blijven staan, terwijl Liza verderging: '*Hasta la vista, baby, sayonara, goodbye*. Vergeet hem! Laat het los.' En toen had Elsbeth gezegd: 'Ik kan niet zonder jou naar de galerie.' Waarop Liza zei: 'Ik ga niet. Vergeet hem, laat het los.' Ze zwaaide en Elsbeth zei: 'Ga je echt niet mee?' Waarop Liza zei: 'Echt niet.' 'Dat vergeef ik je nooit,' had Elsbeth toen gezegd. 'Je weet helemaal niet hoe het is om verliefd te zijn.' Waarop Liza zei: 'Als het is zoals jij bent, dan kan ik alleen maar "godzijdank" zeggen.' Toen was ze achteruit gaan lopen op de roltrap en had eraan toegevoegd: 'Ik ben in Limelight, als je me zoekt. Láter, moppie, en hou op met je-weet-wel, want anders krijg je overal haar!' Ze deed nog even alsof ze een vinger in haar keel stopte en was toen uit het zicht verdwenen.

Dus stond Elsbeth hier in haar uppie. Rillend stak ze haar laatste sigaret op, hoewel het buiten niet écht koud was, een aangename halloweentemperatuur van een graad of vier, vijf. Maar ze had het tegenwoordig altijd koud. Die trut van een Liza had wat één ding betrof gelijk: als je te mager werd, kon je lichaam zichzelf gaan beschermen met een dunne laag haar. Elsbeth had erover gelezen. Maar dat punt had ze nog niet echt bereikt. Haar menstruatie was ook nog niet opgehouden, alleen een beetje onregelmatig. Ze ging haar zelfverbeteringsprogramma nu echt niet opgeven. Als Julian terugkwam uit waar hij dan ook was – Parijs? Mexico? – wilde ze niet dat hij haar vet vond.

Ze trok haar spijkerjasje wat strakker om haar zwarte coltruitje en keek naar boven. Nog steeds geen enkele beweging daar. Ze besloot naar de kiosk bij de metrohalte te gaan om nieuwe sigaretten te kopen. Als de eerste Parliament die ze opstak maar aan één kant brandde, wist Elsbeth dat Julian aan haar dacht – iedereen zei dat dat waar was. En misschien zou hij, als ze er drie rookte en al die tijd het medaillon vasthield dat ze van Liza en Very had gekregen, er wel zijn tegen de tijd dat ze weer terug was bij zijn huis.

Ze had dit soort rituelen zo vaak tevergeefs uitgevoerd dat ze stomverbaasd was toen ze zag dat er daadwerkelijk licht brandde in Julians appartement. Ze kneep haar ogen samen en beet op de binnenkant van haar wang om te kijken of ze niet droomde. Het licht bleef branden. Hij was thuis! Ze schoot de straat over en kon nog net een taxi ontwijken.

Ze stormde de hal in en drukte op Julians zoemer, maar toen er niets gebeurde, sloeg ze met beide handen op alle bellen tot de deur openklikte. Ze dook naar binnen en nam de trap naar boven. Toen ze hijgend en duizelig bovenkwam zat Julians deur dicht en heel even was Elsbeth ervan overtuigd dat ze zich dat licht toch had ingebeeld. Ze kon de deur echter zo openduwen.

Behoedzaam liep ze zijn appartement in. Wat nou als er een inbreker was? De misdaad tierde welig in de stad, berovingen in de metro, verkrachtingen in Central Park, inbrekers die over daken en door luchtschachten kropen. Ze keek om zich heen. Er lag een langspeelplaat op de draaitafel. '*We've got magic to do*,' werd er gezongen, '*just for you!*' Het was hier nog net zo rommelig als de vorige keer, alleen stoffiger, en in de buurt van de gang lagen kleren verspreid over de grond, alsof iemand die gewoon uitgegooid had. Elsbeth graaide een shirt van de grond dat ze herkende, met lichtblauwe strepen als ruitjespapier erop: Julian! Ze drukte het tegen haar gezicht: katoen, sigarettenrook. Toen hoorde ze geluiden uit de gang komen: gekreun en een klap. Stel nou dat er iemand had ingebroken en Julian slapend had aangetroffen. En dat ze hem daar hadden vastgebonden.

Ze greep een statief en sloop ermee door de gang. Achter haar bleef de elpee hangen '*Magic to do! – Magic to do! – Magic to do!*' en de geluiden uit Julians slaapkamer zwollen aan. Weer zo'n klap, een lage, onheilspellende mannenstem – maar niet die van Julian –, gekerm van iemand die zeker weten pijn had. De deur stond op een kier en Elsbeth schopte hem open, want het verrassingselement was van levensbelang.

Wat ze in de slaapkamer zag was zo vreemd dat ze het in eerste instantie niet begreep. Het enige waar ze aan kon denken was een schilderij van Klee dat ze op een van Sols benefiettentoonstellingen had gezien en dat *Die Zwitscher-Maschine* heette. Die aquarel was eigenlijk heel onschuldig: een paar vogels die met ijzerdraad aan elkaar waren gekoppeld en vastzaten aan een krukas. Maar de aanblik ervan had bij Elsbeth hevige gevoelens van verwarring, duizeligheid en doodsangst losgemaakt. De mensen op het bed vormden een vergelijkbaar onzinnig patroon. Er lag een man met een Lone Ranger-masker op zijn rug, Julian zat op handen en knieën over de man heen en deed met hem wat Elsbeth een paar maanden geleden in ditzelfde bed bij Julian geprobeerd had, en achter Julian zat een vrouw met een auberginekleurige huid en een enorm afrokapsel. Ze droeg een riem waar iets aan vastzat wat haar met Julian verbond. De geluiden kwamen van de Lone Ranger en de vrouw, die Julian ritmisch en hard op een bil sloeg. Julian maakte helemaal geen geluid, want die had zijn mond vol.

Elsbeth liet het statief vallen – ze was vergeten dat ze dat vasthad. De afrovrouw keek opzij. Ook zij droeg een masker: een vogelsnavel met zilveren lovertjes. 'Wie ben jij in hemelsnaam?' vroeg ze.

'Wie ben *jíj* in hemelsnaam?' vroeg Elsbeth.

Julian tilde zijn hoofd op en kneep zijn ogen samen; het licht op de gang was veel feller dan in de kamer, want daar zorgde alleen de wonderbaarlijke klok voor sfeerverlichting. 'Wie is daar?' vroeg hij, en vervolgens: 'O mijn god... Charlie? Ben jij dat?'

'*Who the fuck is Charlie?*' vroeg de afrovrouw. Maar Julian negeerde haar en probeerde van het bed te springen. Ver kwam hij echter niet, aangezien de vrouw van achteren aan hem vastzat.

'Au!' gilde hij. 'Sodemieter op.' Hij schoof bij haar weg en krabbelde overeind. 'Charlie,' zei hij, 'Charlie, wacht nou even.'

Maar Elsbeth wachtte niet. Ze deinsde achteruit tot ze met haar schouders tegen de muur stootte, draaide zich toen om en zette het op een rennen. Zonder achterom te kijken naar het appartement waar ze zo dol op was geweest nam ze de benen, langs de ruimte waar ze voor het eerst op de foto was gegaan, waar Julian haar voor het eerst verteld had dat ze prachtig zou worden. Ze schoot door de voordeur en holde de trap af, nam twee, drie treden tegelijk. Haar ademhaling schroeide haar keel en haar longen brandden, terwijl ze Julians stem achter zich hoorde wegsterven: 'Wacht nou even, Charlie! Alsjeblieft, Charlie!'

Ze begon met de makkelijke dingen: een bord gevulde eieren, gehalveerde tomaten gevuld met krabsalade, Junes hüttenkäse met het geeltje erop geplakt waarop stond: *Eet niet alles op; ik bedoel jou, Elsbeth!* Vichyssoise uit een plastic doos. Zure room uit een potje. Vervolgens stortte ze zich op de kaas: brie, jarlsberg, gruyère, roquefort. Ze wikkelde grote brokken daarvan in prosciutto en rosbief en propte die in haar mond. Ze doopte Peters augurken in Thousand Island-dressing, in mayonaise. Ze at een hele schaal profiteroles en dronk de chocoladesaus die erbij hoorde op, propte trosjes druiven in haar mond. Achter uit de koelkast haalde ze de dingen die Peter moest eten, maar dat niet deed: magere roomkaas, nepworstjes, margarine die goed was voor hart en bloedvaten. Daarna stapte ze over op de vriezer: Häagen-Dazs in de smaken koffie, vanille en rumrozijnen, ijslolly's, sinaasappelsorbet. Bevroren limonade en druivensap. Ze at zelfs een halfopen pak wafels met ijskristallen in de kuiltjes. Toen repte ze zich naar de wc naast de keuken om alles er weer uit te gooien.

Bevend en huilend stak ze haar drie middelste vingers in haar mond. Ze had de hele weg in de bus gejankt en geprobeerd haar gezicht te verbergen achter de kraag van haar spijkerjasje, zodat niemand dat zag. Gelukkig waren er maar een paar andere passagiers, twee heksen en een duivel en de 'Stay Puft'-marshmallowman uit *Ghostbusters*, en die waren dronken, dus niemand zat ermee. 'Psst, poesje!' had de marsmallowman gezegd toen Elsbeth vlak voor haar halte door het gangpad naar de deur strompelde, 'kom je met me spelen?' Maar ze had 'fuck you' gezegd en was uitgestapt. Het enige waar ze aan had kunnen denken was naar huis gaan, zodat ze zou kunnen doen wat ze nu deed. Ze had gedacht dat het zou opluchten. Niet dus.

Ze slaagde erin het ijs eruit te werken – dat was gemakkelijk. De rest bleef binnen. Kwijlend ramde Elsbeth haar hand er tot aan haar knokkels in. Het was de afgelopen twee maanden steeds moeilijker geworden om dit te doen, omdat haar kokhalsreflex eraan gewend was geraakt en haar keelgat zo breed was als de Lincoln Tunnel. Ze hoestte iets op wat waarschijnlijk de profiteroles waren geweest, of wellicht de wafels, maar er bleef een deegbal pijnlijk steken in haar slokdarm. Niet voor het eerst vroeg ze zich af of ze hierdoor zou kunnen stikken of een beroerte krijgen. Kokhalzend duwde ze nog iets harder. Ze zag sterretjes voor haar ogen.

Toen... *bam bam bam!* op de wc-deur en haar moeder die zei: 'Elsbeth?'

Elsbeth verstijfde met haar vuist in haar mond. Wat deed June hier? Waarom was ze niet op pad met de motherfucker?

'Ik hoor je,' zei June, 'en ik weet wat je aan het doen bent.'

Elsbeth vloekte, ze was vergeten de kranen open te zetten om het geluid te maskeren. Gelukkig had ze er wel aan gedacht de deur op slot te doen. 'Ga weg,' riep ze, maar er zat eten vast in haar keel. Ze hoestte en voegde eraan toe: 'Ik ben misselijk!'

'Je bent niet misselijk, je steekt je vinger in je keel.' Ze rammelde aan de deurknop. 'Elsbeth Rashkin, kom onmiddellijk naar buiten.'

'Nee.'

'Je hebt hulp nodig. Laat me je helpen. Als je de deur niet opendoet...'

'SODEMIETER OP,' schreeuwde Elsbeth, waardoor haar keel nog meer ging branden.

Er viel een stilte en toen zei June: 'Ik ga je vader halen.'

Ik wens je veel succes, dacht Elsbeth. Ze trok de wc door, stond op en waste haar handen. Woest keek ze in de spiegel: ze zag er gruwelijk uit. Haar ogen traanden, het bloedmasker rond haar oogkassen was terug en ze had een braakselbaard van haar mond tot aan haar kin. En ze had die stomme poezenoortjes nog op. Met een ruk gooide ze die in een hoek; goh, wat hadden die haar geluk gebracht. 'Sodemieter op,' zei ze tegen de oortjes, waarna ze weer geknield voor de wc ging zitten.

Ze had de druiven uitgekotst, althans, de velletjes ervan, toen ze haar vader hoorde zeggen: 'Ellie? Wat is er aan de hand? Je moeder zegt dat je staat over te geven?'

O god, dacht Elsbeth. 'Niets aan de hand, pap. Ga maar weer lekker naar bed.'

'Ze zegt dat er niets aan de hand is,' hoorde ze Peter tegen June zeggen.

'Er is wél wat aan de hand, Pete, ik zei toch dat ze staat over te geven. Ze heeft zich volgepropt met al het eten uit de keuken en nu kotst ze dat weer uit. Toen ik model was zag ik het overal om me heen.' Ze bonkte op de deur. 'Elsbeth! Kom eruit, nu!'

'Nee,' zei Elsbeth, terwijl Peter zei: 'Maar waarom zou je dat doen?'

'Omdat ze zichzelf dik vindt,' zei June, 'of om indruk te maken op een of andere suffe gozer zoals die ober op de club. Wie zal het zeggen!'

'Maar ze is helemaal niet dik,' zei Peter. 'Ze is eerder te dun.'

'Ja, nu wel,' zei June. 'Het was me al opgevallen dat ze de laatste tijd enorm is afgevallen en nu weten we hoe dat komt. Elsbeth!'

'Ellie. Is dat waar? Wat je moeder zegt?' Elsbeth klapte de bril naar beneden, hete tranen druppelden uit haar ogen. 'Alsjeblieft, Ellie. Doe de deur open. We willen je alleen maar helpen.'

'Ja, liefje, we brengen je naar een dokter. Of naar zo'n kliniek voor eetstoornissen. Er zijn hele goede voorzieningen voor dit soort dingen...'

'Je bedoelt toch niet een psychiatrische inrichting?' zei Peter.

'Nee, ik bedoel zo'n centrum waar ze behandeld kan worden, wat ik al zei.'

'Zoals een ziekenhuis? Ze is niet ziek, June.'

'Dat is ze wel, Pete, ze is ziek in haar hoofd, maar dat wil jij niet zien, want jij hebt haar zo gemaakt.'

'Ik? Komt dit door mij? Waar haal je dat nou weer vandaan?'

'Het ís zo. Jullie relatie is al haar hele leven gebaseerd op eten. Ze was jouw kleine commis. Jij hebt haar volgepropt als een gans voor de foie gras...'

'Dat moet jij nodig zeggen, jij hebt haar altijd voorgehouden dat ze te zwaar was. Er is geen dag voorbijgegaan dat je geen opmerking over haar gewicht maakte. Dat ze haar bord niet zo vol mocht scheppen. Dat ze niet nóg een keer op mocht scheppen. Dat heb ik heus wel gehoord, hoor, June. Jij bent juist degene die haar een complex heeft bezorgd!'

'Oké, Pete, wat jij wilt. Ik probeerde haar alleen maar te helpen... en hiermee krijgen we haar die wc niet uit. Ik ga de politie bellen.'

'En wat ga je dan zeggen? Onze dochter staat te braken?' Peter bonkte op de deur. 'Elsbeth Rashkin, kom onmiddellijk naar buiten. Anders trap ik de deur in.'

'Succes,' zei June, 'het is massief essen.'

'Achteruit,' zei Peter. Er klonk wat geschuifel. Elsbeth sloeg snikkend haar armen over haar hoofd. Toen zei haar vader: 'Drie... twee...' De deur schudde in de sponning. 'Godsamme.'

'Ik zei het toch,' zei June.

'Heb jij een beter idee dan?'

'Ja, dat zei ik toch? Ik ga het alarmnummer bellen.'

'En ik zei...'

'Hou op!' schreeuwde Elsbeth. Ze sprong overeind en haalde de deur van het slot, trok die met een ruk open en schreeuwde recht in het gezicht van haar ouders, iets wat ze nog nooit gedaan had. 'De deur is open, nou tevreden? En nou opsodemieteren. Laat me verdomme met rust!' Ze schoot weer achteruit en liet zich langs de muur naar beneden glijden, terwijl haar ouders vol afgrijzen en verlamd naar binnen keken. Elsbeth sloeg haar handen voor haar gezicht. Ze voelde dat haar vader binnenkwam, hoorde zijn knieën naast zich knikken toen hij op zijn hurken zakte.

'Ellie, Ellie. Het ergste is nu voorbij. Je hebt de deur opengedaan, zó ken ik je weer. Wij kunnen je helpen...'

'Jullie snappen er helemaal niets van,' snikte Elsbeth. 'Het is allemaal voorbij. Het is één grote puinhoop.'

'Dat klinkt wel erg dramatisch,' zei June vanuit de deuropening.

'Wat weet jij daar nou van? En waarom draag je dat stomme pakje?' June was namelijk ook verkleed, maar dan als een sexy tijger.

'Feestje van mijn werk, en let op je woorden, jongedame.'

'Best,' zei Elsbeth, 'doe maar met me wat jullie willen, mijn leven is toch voorbij. Ik zie hem nooit meer.' Weer sloeg ze haar handen voor haar gezicht en barstte in snikken uit.

'Wie, Ellie?' Haar vader zat nog steeds op zijn hurken naast haar, in zijn kakikleurige broek en overhemd op het wc-kleedje. 'Gaat het om een jongeman? Op wie je verliefd bent?'

June zei: 'Zie je nou wel, ik wíst dat het om een jongen ging.'

'Het is géén jongen, móéder. Het is Julian, Julian Wilton, en hij is een volwassen man en ik ben nu al maanden zijn model. Zo, nou weten jullie het!'

'Julian?' zei Peter. Hij snapte er nog steeds niets van, maar Elsbeth kon aan haar moeders geschrokken gezicht met valse snorharen zien dat June precies wist over wie ze het had.

‘O god,’ zei June. ‘Zeg alsjeblieft dat het niet is wie ik denk dat het is.’

‘Wil iemand mij uitleggen over wie jullie het hebben?’

‘Over die man van dat feestje bij Sol en Ruth, Pete. Weet je nog? Die fotograaf, of pornograaf, het is maar hoe je ernaar kijkt. Die man die foto’s maakt van naakte kinderen.’

‘De...’ zei Peter. Opeens pakte hij Elsbeths kin vast. ‘Kijk me aan, Elsbeth. Is dat waar?’ Ze was zich er opeens pijnlijk van bewust hoe ze eruit moest zien en hoe ze rook. Ze probeerde zich los te trekken, maar Peter hield haar stevig vast. Ze staarde hem uitdagend aan. Twee paar vuurspuwende groenblauwe ogen die van geen wijken wisten. ‘Heeft hij je aangeraakt?’

‘Laat me los,’ kreeg Elsbeth eruit. Peter deed dat en ze wreef over haar kaak.

‘Nou? Ik wil het nu weten!’

‘Nee, pap, zo was het helemaal niet! Het was volkomen platonisch. Een artistieke samenwerking. Ik was zijn muze...’

‘In je blootje. Hij heeft naaktfoto’s van jou gemaakt.’

‘Ja, nou ja, maar dat is wat hij doet. Hij is geniaal, weet je dat niet meer? Dat stond zelfs in *The New York Times*... Pap? Waar ga je heen?’

Peter was namelijk overeind gesprongen en de wc uit gerend. ‘Die klootzak!’

‘Pete,’ zei June, ‘rustig, nou, laten we erover praten. Pete!’ Maar Peter stond te graaien in het kastje met sleutels naast de achterdeur. Er vielen er een paar rinkelend op de grond. ‘Waar ga je heen?’

‘Wat denk je?’ zei Peter, die de sleutel van de Volvo te pakken had. ‘Die klote-Wilton heeft met zijn poten aan onze dochter gezeten!’

‘Nee, pap, dat heeft hij niet gedaan.’ Elsbeth stond naast June, die een arm om haar middel had geslagen, en zag hem de trap aan de achterkant af lopen.

‘Niet doen, Pete,’ zei June, ‘daar krijg je spijt van...’ Ze liep naar de deuropening. ‘Neem dan in ieder geval je pilletje!’ riep ze hem na.

Bijlage bij *The Village Voice*, 1 november 1985

In de schijnbaar nooit eindigende controverse rondom kunstfotograaf Julian Wilton is wat bedoeld was als de openingsavond van Wiltons nieuwe tentoonstelling, *schaamteloos*, gisteravond in Galerie Hazaan in Soho uitgelopen op iets wat eerder een kroeggevecht genoemd kan worden.

Vanwege Halloween verklede gasten, hapjes en champagne waren net aan het rondgaan toen de bezichtiging van Wiltons meest recente reeks, portretten van een uitbundig onbeholpen tiener – anoniem en ongekleed, zoals altijd bij Wilton –, werd onderbroken door de komst van de vader van het model.

Restaurateur Peter Rashkin, eigenaar in ruste van het eens zo iconische Masha's in de Upper East Side en recentelijker van het Claremont in Glenwood, New Jersey, maakte een dramatischer entree dan de kunstenaar zelf, toen hij naar binnen stormde en eiste dat galerie-eigenaar Alfred Hazaan Wilton aanwees.

Bij een typische Wilton-opening zou de fotograaf niet eens aanwezig zijn geweest. Wilton is berucht om zijn kluizenaarsbestaan en leek zelfs van de aardbodem verdwenen sinds de FBI afgelopen zomer een onderzoek is gestart naar het al dan niet pornografische karakter van Wiltons kunst.

Gasten die niet vies waren van een beetje soapopera bij hun kunst hadden echter geluk, want Hazaan gaf Wilton in 1982 zijn eerste tentoonstelling in Manhattan, en Wilton deed de vriendschap eer aan door dit keer wel op de opening te verschijnen.

'Rashkin beende naar binnen en schreeuwde: "Wilton, vuile

klootzak die je er bent!"' zei Dell Smith, kunstrecensent voor de *Jersey Tribune*. 'Hij liep al te schreeuwen toen hij door de deur kwam.'

Rashkin, die gebelgd was door de portretten van anderhalf bij twee meter van zijn minderjarige dochter aan de wanden, stormde recht op de kunstenaar af en sloeg hem in zijn gezicht.

'Even brak er chaos uit,' aldus Bernadette Lee van Galerie Lee & Childs in Soho. '[Julian] wist niet wat hem overkwam. Hij lag daar een beetje schaapachtig rond te kijken op de grond, terwijl Rashkin als een bezetene om hem heen cirkelde, hem schopte en schreeuwde: "Sta op, kinderverkrachter, dan sla ik je nog een keer."'

Omstanders kregen te doen met Rashkin zelf toen de voormalige restaurateur naar zijn borst greep en om medische hulp vroeg.

'Ik weet niet wie er erger aan toe was,' zei Whitney Scharer van *Art Now! Magazine*. 'Het was stuivertje wisselen tussen Julian en de vader.'

Hazaan had de NYPD gewaarschuwd toen Rashkin de eerste klap had uitgedeeld en zowel Raskhin als Wilton werd door de politie en ambulancemedewerkers geëscorteerd naar de eerste hulp van St. Vincent's Hospital.

'Het was echt een gekkenhuis,' zei Hazaan. 'Al Julians werken waren binnen een paar minuten verkocht. Zijn prijzen waren de afgelopen zomer al omhooggeschoten dankzij de belachelijke porno-aantijgingen, maar nu rezen ze de pan uit. Het was onze beste opening aller tijden,' voegde hij eraan toe. 'Én het beste halloweenbal.'

Wiltons advocaat, Gene Rubin van Rubin and Homonoff, Esq., vertelde: 'Mijn cliënt heeft niets verkeerd gedaan. Hij heeft Rashkins dochter met geen vinger aangeraakt. Hij heeft vrijwaringsformulieren laten tekenen om haar te fotograferen. Rashkin heeft Julian Wilton zonder reden aangevallen, zo simpel is het.'

Toen Rashkin gevraagd werd naar die vrijwaringsformulieren, vertelde hij dat hij die nooit gezien had. Tijdens het verhoor door de afdeling Jeugd- en Zedenzaken van de NYPD bekende Rashkins dochter, het zestienjarige model, de handtekeningen van haar ouders vervalst te hebben om voor Wilton te kunnen poseren. Verder hield ze vol dat Wilton haar nooit had aangeraakt.

'Ze beschouwde het als een eer om voor hem te poseren,' zei Rubin. 'Ze is onsterfelijk gemaakt in de kunst.'

Wilton, die niet bereikbaar was voor commentaar, staat nog steeds onder verdenking bij de grand jury. Veel kunstgezelschappen in New York en door het hele land hebben van Wilton hun uithangbord voor vrijheid van meningsuiting gemaakt. De foto's in de *schaamteloos*-serie hebben meer dan vijftigduizend dollar per stuk opgebracht.

6
Ed

De eetstoornissenkliniek was in de Berkshires, en de meiden noemden de instelling op een lage, misthoornachtige toon Ed, alsof het de naam was van een wel heel onbenullig vriendje. Het gebouw lag midden in een bos en werd omringd door nevelige bergen, dus zelfs als er iemand wegliep, kon die nergens naartoe. Ze mochten sowieso niet vaak naar buiten, want overdreven lichaamsbeweging was verboden. Eén keer per week werden ze meegenomen voor een wandeling, alsof ze, dacht Elsbeth, op de lagere school zaten en door het bos werden gesleurd om tekeningen van eekhoorns te maken. De meeste tijd werd dus binnen doorgebracht, zij het niet in de ontvangstruimte, waar lekkere banken en een tv stonden om bezoekers te laten denken dat dit een normale plek was, maar in groeps-, gezins- of individuele therapie achter in het gebouw: een doolhof van kamers met slijtvaste vloerbedekking, ramen die niet open konden, tweepersoonsbedden en geen enkele spiegel.

Vandaag, 6 januari 1986, werd gevierd dat Elsbeth hier al twee maanden was: joechei! Dat gebeurde niet met taart – ze moesten namelijk leren dat je ook iets zonder eten kon vieren –, maar door alle groepsleden te laten vertellen wat ze zo geweldig aan Elsbeth vonden. Dat mocht echter niets met haar uiterlijk te maken hebben. Als een meisje nieuw was in de groep of het vergat en iets zei als 'Je hebt mooi haar' of 'Mooie ogen', dan gilde de rest: 'BOE!' In plaats daarvan zeiden ze bijvoorbeeld dat Elsbeth slim was, of grappig en vastberaden. Niemand had het over haar synesthesie gehad, maar dat was geen toeval: Elsbeth was het zelf ook vergeten. Ze leek dat vermogen – wellicht samen met de kilo's – kwijtgeraakt te zijn. Dat was triest, een beetje alsof je lievelingshamster was doodgegaan. 'Wil jij nog iets zeggen, Tiffani?' had dokter Lydia aan Elsbeths gloednieuwe kamergenote gevraagd, die de dag ervoor nog aan het infuus in het ziekenhuis had gelegen en zo slap was als een dweil. Tiffani had haar gespleten haarpunten afgeschoren; haar was namelijk een van de weinige lichaamsdelen waar je zelf iets over te zeggen had. Uiteindelijk had ze gevraagd: 'Ze snurkt toch niet?'

Na dit nogal matte gebeuren mochten ze gaan voor het uurtje zogenaamde 'vrije tijd'. Volgens Elsbeth hadden ze dat beter 'bigbrothertijd' kunnen noemen, aangezien er in alle ruimtes camera's hingen, zelfs in de badkamer. Ze vond het echter niet erg om aan haar lot overgelaten te worden, want op deze momenten schreef ze altijd naar Julian. Geen brieven, natuurlijk, want die zouden in beslag genomen en gelezen worden voordat ze de deur uit gingen, voor het geval gezinsleden erin gesmeekt werd om eten, vermageringspillen of laxeermiddelen. Elsbeth schreef naar Julian in haar dagboek, dat ze met een beetje geluk op een dag met hem zou kunnen delen, als ze uit dit godverlaten oord weg kon.

Ze zat er lustig op los te pennen toen een van de medewerkers op de deur klopte en zei: 'Je hebt bezoek, Elsbeth.' Elsbeth sprong overeind, stopte het dagboek terug in haar kussensloop en liep achter de medewerker aan de gang op. Die glimlachte alsof het goed nieuws was, maar Elsbeth was gewoon zenuwachtig. Het was vast niet een van haar ouders, niet na de rampzalig verlopen gezinstherapie van gisteren, hoewel dokter Lydia die beter vond gaan dan de eerste, waarin Elsbeth had geweigerd ook maar iets te zeggen. Ze had gewoon een inwendige passiviteit opgeroepen die klonk als het geruis van de zee in een schelp en gekeken naar de bewegende monden van haar ouders en vervolgens naar die van dokter Lydia, totdat ze zag dat June opstond, zei dat het zinloos was en de gang op beende. De drie volgende sessies waren precies zo verlopen, maar gisteren ging het dus anders. Toen June en Peter achter elkaar naar binnen kwamen en Elsbeth haar zeegeruis weer had opgeroepen, had dokter Lydia gezegd: 'We hebben goed nieuws, pap en mam: Elsbeth heeft haar streefgewicht van zevenenvijftig kilo bereikt.' Elsbeth, die zich bij binnenkomst toch al als een kleverige klont had gevoeld, had gesnauwd: 'Het zijn jóúw vader en moeder niet.' 'Heel goed dat je je uitspreekt, Elsbeth!' had dokter Lydia toen gezegd. 'Wil je misschien nog iets anders zeggen?' Elsbeth had haar hoofd geschud, waarop dokter Lydia zei: 'Goed. Peter, laten we met jou beginnen. Heb je nog nagedacht over waar we het vorige week over gehad hebben? Dat jouw beroep als chef-kok wellicht van invloed is geweest op Elsbeths gedrag?' Opnieuw had Elsbeth zich niet kunnen inhouden. 'Laat hem met rust, het is zijn schuld niet, maar de háre,' had ze eruit geflapt. 'Ik!' had June toen gezegd. 'Wat heb ík nou weer gedaan? Je zou me juist dankbaar moeten zijn.' Waarop Elsbeth zei: 'Waarvoor, dat je me mijn hele leven hebt verteld dat ik te dik ben en me vervolgens hier in deze kerker hebt gedumpt?' June was in tranen uitgebarsten. 'Je moest behándeld worden,' zei ze, 'en als we je niet hier hadden gebracht, zou je nu dood zijn door ondervoeding of hartritmestoornissen, zoals Karen Carpenter. Vergeet dat niet.' En toen had Elsbeth gezegd: 'Ach, mens, krijg de klere.'

'Hé,' hadden beide ouders toen in koor geroepen, waaraan Peter toevoegde: 'Zo praat je niet tegen je moeder.' En toen June opstond om te vertrekken, kwam Peter ook overeind. En dat was bij Elsbeth dus volkomen verkeerd gevallen. Ze had geschreeuwd: 'Ja, hoor, ga maar weer lekker met haar mee! Kies haar kant maar weer. Dat doe je toch altijd. Ook al gaat ze naar bed met haar baas en bedondert ze je al jaren!' Zowel Peter als June was blijven staan en dokter Lydia had de afschuwelijke stilte doorbroken. 'June? Peter? Is dat zo?' June had staan rommelen in haar tas en er een sigaret uit gehaald, hoewel ze op de kamer van dokter Lydia niet mocht roken. Uiteindelijk zei ze: 'Ja.' 'O, sorry,' zei Elsbeth, 'sorry, pap, ik had het niet zo willen zeggen, maar het is wel waar. En je had het kunnen weten als je niet de helft van de tijd lag te slapen.' Ze had zo hard gehuild dat ze zich amper verstaanbaar kon maken. 'Sorry,' zei ze, en toen nog een keer: 'Sorry.' June was weggelopen, terwijl Peter zijn ogen neersloeg en zijn gebalde vuisten in zijn zakken stopte. Uiteindelijk had dokter Lydia gevraagd: 'Waarom zeg je steeds "sorry", Elsbeth? Voel jij je verantwoordelijk voor je vaders gevoelens? Voor zijn welzijn?' 'Ja, natuurlijk,' had Elsbeth haar toen toegebeten. 'Aha,' zei dokter Lydia toen, terwijl ze achteroverleunde, 'nu komen we ergens.'

Dus Elsbeth betwijfelde ten zeerste of haar bezoeker een van haar ouders was. June zou nooit meer met haar praten en Peter... Elsbeth durfde niet eens aan Peter te dénken. Hij had haar gisteren vluchtig omhelsd voordat hij de lange gang in was gelopen. Ze had hem niet eens durven nakijken. Ze bad dat hij niet ergens op de intensive care lag... Maar dan zou het personeel haar dat wel hebben laten weten... En misschien was het Julian! Misschien was hij boven water gekomen en had hij haar opgespoord. Niet via haar ouders uiteraard, aangezien Julian in huize Rashkin persona non grata was. Bovendien had Julians advocaat Peter een contactverbod opgelegd, nadat hij Julians tentoonstelling was binnengestormd en hem had aangevallen. Maar er waren andere manieren. Misschien had Julian wel een privédetective ingehuurd.

'Ga maar,' zei de medewerkster, terwijl ze de deur van de bezoekerskamer openduwde. En daar, aan de vergadertafel, zat Liza. Elsbeth gilde en Liza wierp zich boven op Elsbeth. Elsbeth schoot vol, omdat Liza zo vertrouwd rook, naar mentholsigaretten en nep-Obsession.

'Yo yo yo yo, moppie,' zei Liza toen ze elkaar loslieten. 'Het is verdomd fijn om jou te zien, Elsbeth Olivia Rashkin, in levenden lijve.'

'Een beetje erg veel levend lijf. Zeg eens eerlijk, zie ik er...' Met een blik op de camera in de hoek mimede ze: dik uit?

'Méén je dat nou? Welnee! Je ziet er veel beter uit. Je begon een beetje op Skeletor te lijken. En die kleur staat je ook hartstikke goed. Lang niet iedereen komt weg met mintgroen.'

'Bedankt,' zei Elsbeth, terwijl ze naar haar kliniekkleren keek. 'We mogen niets anders dragen.' Ze wreef in haar ogen. 'Sorry, ik huil hier de hele tijd. Het is hier best een tranendal.'

'Dat klinkt nogal heftig.' Liza zat in kleermakerszit op de vergadertafel en droeg een paarse coltrui boven een zwarte gescheurde panty, en haar blonde haar kwam nu tot aan haar schouders. Elsbeth wist niet goed wat ze méér miste: ongezien eten of gewone kleren dragen.

'Mogen we hier roken?' Liza pakte alvast een sigaret.

'Nou, nee. Ik zou je best iets te eten willen aanbieden, maar... je weet wel.'

'Ja,' zei Liza. Ze stak de sigaret achter haar oor en klopte op de tafel.

Elsbeth sprong erop en ging tegenover haar zitten, zodat hun knieën tegen elkaar aan kwamen. 'Hoe is het? Echt?'

'Afgrijselijk.'

Liza schoot in de lach. 'Maar je mag al snel weg, toch? Dan laten ze je los op een nietsvermoedende wereld?'

'Niet snel genoeg.' zei Elsbeth, waarna ze mompelde: 'Maarre, heb je al wat meer informatie verzameld voor mijn, eh... kunstgeschiedenisproject?'

Liza schudde haar hoofd, waardoor haar oorbellen in de vorm van zwaarden rammelden. 'Daarvoor ben ik hier. Volgens mij is dat project officieel naar de kloten. Afgelopen.'

'Ben je op de afgesproken plekken geweest?'

'Jawel. Zijn studio is nog steeds afgeplakt met politietape en daar is zo te zien al eeuwen niemand meer geweest. En die andere plek... Tja, moppie, ik vind het vervelend om het je te vertellen, maar daar woont een of andere vrouw.'

'Een vrouw!'

'Ja, maar maak je niet druk, ze woont niet met hem samen. Hij is er niet. Haar naam staat op een stukje tape dat over de zijne op de brievenbus is geplakt. Het is waarschijnlijk een onderhuurster.'

Toen Elsbeth bedacht dat er een vrouw op Julians etage woonde, wilde ze die vermoorden, wie het ook was. Ze hoopte dat ze minstens tachtig jaar was, grijs haar had, achter een rollator liep en heel veel katten had. 'En de kranten?' vroeg ze. 'Of zijn agent? Zijn advocaat? Wie dan ook?'

'Niets nieuws in de kranten. Zijn agent heeft gewoon de hoorn op de haak gegooid – die gast heeft echt gedragsstoornissen – en zijn advocaat zegt steeds dat hij geen commentaar kan geven zolang er nog geen uitspraak is.'

Elsbeth zuchtte. 'Oké. Bedankt voor de moeite.'

'*Pas de problème*.'

'Wil je blijven zoeken? Tot ik hieruit ben?'

'Natuurlijk,' zei Liza. Ze kneep in Elsbeths knie.

'Bedankt. En, wat is er nog meer gebeurd?'

Liza sprong van de tafel. 'Kom, dan laat ik je dat zien! O, wacht even, mogen we hier wel weg?' Ze keek naar de zwarte camera in de hoek. 'Mag Elsbeth buiten spelen met mij?' riep ze.

'Hou op,' zei Elsbeth, maar ze lachte. 'Ja, ik mag hier vrijelijk bewegen in de goelag. Ik mag alleen niet langs de receptie.'

'Kom op dan.' Liza trok haar de kamer uit en de gang door. Bij de deur naar de ontvangstruimte bleven ze staan en keken door het raam naar een man die op een van de banken zat. 'Dat is hem, *mon amour*. Ron!'

'Hè?'

'Yep. Dit is het, moppie. Ik ben helemaal hoooteldeboootel.'

'Wauw,' zei Elsbeth. De man had bruin pluishaar en droeg een spijkerbroek met een bomberjack. Hij zag er niet opvallend uit, behalve... 'Is hij niet een beetje... oud?'

'Achtendertig,' zei Liza opgewekt. 'Gescheiden. Bezit een stelletje koopflats aan de Jersey Shore. Ik heb hem met Halloween ontmoet in Limelight, toen ik verkleed was als mijn moeder, weet je nog? Is het geen giller?'

'Nou!'

Liza tikte met een lange rode nagel op het glas en Ron keek op. 'Is hij niet om op te vreten? Is het geen spetter?' Ze duwde de deur open en smeerde hem. 'Zeg eens gedag tegen mijn beste vriendin,' zei ze terwijl ze hem een klapzoen op zijn wang gaf.

Ron zwaaide. 'Gedag, beste vriendin,' zei hij met een licht nasale stem.

'We moeten ervandoor,' zei Liza, 'lange rit terug en Ron heeft de kinderen morgen, toch, lieverd?'

'Da-ag, beste vriendin,' zei Ron. Met hun armen om elkaar heen geslagen alsof ze aan het zaklopen waren gingen ze op weg naar de voordeur.

Liza draaide zich om, wees naar Rons hoofd en zei geluidloos: *Hij is de ware!* 'Auf wiederschnitzel!' riep ze, en toen waren ze weg.

Toen de deur achter hen was dichtgeschoven liet Elsbeth zich tegen de muur vallen en naar de grond zakken. Ze had nog nooit zo erg met zichzelf te doen gehad: wat was er daarbuiten nog voor haar? Haar moeder haatte haar en ze had haar vader kapotgemaakt. Liza zou waarschijnlijk met die geriatrische oelewapper trouwen zodra ze van school was, Very's ouders zouden haar naar een kostschool sturen en Julian was verdwenen. Elsbeth had niemand meer. Voor de zoveelste keer dacht ze aan de laatste keer dat ze Julian had gezien, toen ze wegrende uit zijn slaapkamer. *Wacht nou even, Charlie! Alsjeblieft, Charlie.* Hij was achter haar aan gegaan en zij had de benen genomen. Wat was ze stom geweest! Ze had moeten blijven, ze had zich door hem moeten laten inhalen, laten overhalen om terug te komen, die andere mensen weg moeten jagen uit zijn appartement. Ze had moeten wachten tot hij zich had aangekleed en met haar naar de deli was gegaan om het uit te leggen. Ze had nooit moeten weggaan. Natuurlijk betekenden die mensen niets voor hem. Het was gewoon seks – iedereen wist dat geniale mensen dingen een beetje anders deden. Maar hij had om haar gegeven. Echt. *Wij zijn uit hetzelfde hout gesneden. Er zijn niet zo heel veel synestheten.* Elsbeth had er echt alles voor over om het opnieuw te doen.

Dokter Lydia stak haar hoofd om de deur. 'Daar ben je, Elsbeth. Kom je naar de groepstherapie?'

'Ja hoor, ik kom eraan.' Ze wachtte tot dokter Lydia zich terugtrok en liep toen naar de kantine. Ook die naam klopte niet, want er was los van de maaltijden geen eten te krijgen. Maar het was wel de plek waar ze aten: drie keer per dag, met vork, mes en lepel en niet met de handen. Ze moesten gewone happen nemen, geen piepkleine reepjes, en mochten niet spelen met hun eten. Ze mochten het alleen in hun mond stoppen, kauwen en doorslikken. Ze moesten op hun stoel blijven zitten tot hun bord leeg was, tot al die calorieën, koolhydraten en vetten, de aardappelpuree en kipfilet en erwten en mais en salade met dressing uit een potje weg waren.

Er hing ook een openbare telefoon in de kantine en die mochten ze alleen gebruiken in het uur voordat ze naar bed gingen. Maar Elsbeth kon er toch ook niets aan doen dat niemand daarop lette? Ze pakte de hoorn op en drukte de toetsen in.

Aan de andere kant van de lijn bleef Julians telefoon maar overgaan. Toen de verbinding werd verbroken, belde ze nog een keer. 'Je begrijpt dat dit eigenlijk niet om Julian gaat, toch?' had dokter Lydia eerder die week vriendelijk gezegd, terwijl ze Elsbeth met haar grote blauwe ogen aankeek. Ze was knap, dokter Lydia, op een poppengezichtachtige manier en met uitzondering van dat zwembandje rond haar middel. Wilde ze daar niet vanaf? 'Ik weet dat jouw gevoelens voor Julian heel sterk zijn, maar in de psychologie noemen we dat "overdracht". Begin je een beetje door te krijgen dat ze feitelijk te maken hebben met je moeder, de liefde die je voor jouw gevoel nooit van haar gehad hebt, en je vader, de liefde die je hebt geprobeerd aan hem te geven? En zijn grote verdriet, en je halfzusjes die in de oorlog zijn omgekomen?' Elsbeth had geknikt en gezegd dat ze dat nu inzag, maar dat had ze alleen gedaan om te zorgen dat dokter Lydia een positief verslag zou schrijven en ze weg kon uit deze hel. Eigenlijk vond ze dit het stomste wat ze ooit had gehoord. Natuurlijk ging haar liefde voor Julian niet over June, of Peter, of Masha en Vivien en Ginger of president Reagan of wie dan ook, maar over Julian. O, Julian! Hij was de enige die haar begrepen had, die haar ware ik gezien had, die net zo was als zij. Elsbeth had vanaf het moment dat ze hem voor het eerst zag van hem gehouden en dat zou ze altijd blijven doen. Ze bleef van hem houden tot de dag dat ze stierf.

EPILOOG

Peter, april 1986

Toen Peter buitenkwam, in de achtertuin van het huis in Glenwood, zat Elsbeth op de schommel. Het was een oud ijzeren gevaarte dat hij voor haar in elkaar had gezet toen ze vier was. De gebruiksaanwijzing die hij daarbij had gebruikt was slechts iets minder ingewikkeld dan de blauwdruk van de atoombom, dus de operatie had een week in beslag genomen en heel wat gevloek gekost. Peter was nooit goed geweest in wat voor gebruiksaanwijzing dan ook. Zijn gerechten stelde hij instinctmatig samen, niet door af te meten en te wegen, en techniek ging zijn pet te boven. Derhalve stond die schommel voor een overwinning van vastberadenheid op vermogen, was hij een fysiek teken van zijn grote liefde voor zijn dochter. Peter was altijd heimelijk bang geweest dat de schommel op een dag zou instorten, dat die ene schroef die hij er verkeerd in had gedraaid, het dingetje dat hij er achterstevoren in had gezet, het zou begeven precies op het moment dat Elsbeth op het hoogste punt was of door de lucht zweefde. Maar op de een of andere manier had het geval het gehouden, hoewel de rood-wit gestreepte palen nu roestig waren en de ogen van het draaimolenpaard in de loop der jaren door zon en regen wit waren geworden. Elsbeth zat met gebogen hoofd op een van de twee middelste schommels, maar bewoog niet. Ze had er al jaren niet meer naar omgekeken.

Peter liep over het gras naar haar toe. Het was april, vlak voor Pasen, en de grond voelde zompig onder zijn voeten. De achtertuin in Glenwood werd wakker uit een winterslaap, liep zich warm voor zijn meeste betoverende gedaante: de knoppen aan de hoge eiken, die nu nog dichtzaten, zouden openbarsten en Elsbeths heksenkring, een geheimzinnige cirkel van paddenstoelen bij de beek, zou zich vullen met vogelmelk. De forsythia begon net geel te kleuren en de treurwilg kreeg piepkleine blaadjes. Het gras werd groener en het rook naar modder en smeltend ijs in het beekje. Hij had zijn Archie Bunker-jas, zoals June hem noemde, moeten aantrekken, want de warmte van de zon was meer een optimistisch denkbeeld dan werkelijke warmte. Maar dat zou snel anders worden.

Elsbeth keek op toen ze Peter zag naderen. Ze zwaaide naar hem maar lachte niet. Toen sloeg ze haar ogen weer neer, keek naar de modder onder de schommel, naar haar blauwe basketbalschoenen. Die hadden haar vriendinnen in de kliniek op haar laatste dag helemaal volgekrabbeld met geheimzinnige spreuken en tekeningen. Dat had June aan Peter verteld en zij had het weer van de psychiater gehoord. Elsbeth zelf had niet veel gezegd sinds ze haar begin deze maand hadden opgehaald. Ze toonde respect en was beleefd maar stilletjes. Ze at drie keer per dag met vork en mes de afgemeten hoeveelheden aan tafel met haar ouders, en de deuren van haar slaapkamer en de badkamer stonden altijd open. Volgens haar psychiater was ze gestabiliseerd; ze leek ook niet meer op iemand uit een concentratiekamp. Voor ieder ander zag ze er als een gewoon meisje uit. Peter zou het zichzelf echter nooit vergeven dat hij niet gemerkt had dat Elsbeth steeds dunner was geworden, dat haar make-up steeds grimmiger, haar nagels langer, haar rokjes korter en haar hakken hoger waren geworden en dat ze al die tijd langzaam was weggeteerd, zíjn Ellie, en dat allemaal om te poseren voor die klootzak, die gewetenloze kinderverslinder Wilton, die moest branden in de hel. 'Je moet het jezelf vergeven,' had Elsbeths psychiater tegen Peter gezegd. 'Alles, wat er hier gebeurd is en wat er met je eerste vrouw en dochters is gebeurd. Omdat Elsbeth eronder lijdt, snap je? Ze bespeurt jouw verdriet en verinnerlijkt dat. Als jij jezelf vergeeft, help je haar.' Hij had geknikt en gezegd dat hij het zou proberen, maar hij dacht niet dat hij er ooit toe in staat zou zijn.

'Hé, pap,' zei Elsbeth toen hij bij de schommel kwam. Ze keek hem aan, wederom zonder te glimlachen, en hij zag hoe ingevallen haar wangen nog waren binnen die wolk van haar.

'Hai, Ellie.' Hij bleef met zijn handen in zijn zakken staan en wist niet goed hoe hij haar moest benaderen. Hij was een beetje bang voor haar, bang dat hij iets verkeerds zou doen of zeggen, iets wat haar misschien een terugval zou bezorgen. Zijn Ellie! Het brak zijn hart. 'Mag ik bij je komen zitten?'

'Tuurlijk,' zei ze, en hij liet zich op de schommel naast haar zakken. Het zitje van rood plastic was bedoeld voor een kind en niet groot genoeg. De kettingen moesten een komische buiging om zijn heupen maken en knarsten onheilspellend. Elsbeth schoot in de lach. 'Maak je geen zorgen. Dat gebeurde bij mij ook. Ik dacht natuurlijk meteen dat dat kwam omdat ik... je-weet-wel, dik ben. Maar dat is wat dokter Lydia een *false belief* noemt.'

'Ja,' zei Peter. 'Je bent gewoon goed zoals je bent.' Ze hadden hem verteld dat hij dat moest zeggen, maar het was ook waar. Wist Elsbeth dat dan niet? Hoe kon ze dat nou niet weten? Al woog ze honderd kilo, vijfhonderd kilo, hij zou nog steeds van haar houden.

'Het komt omdat de zitting te klein voor me is,' vervolgde ze. 'De schommel is bedoeld voor kleine kinderen en dat ben ik niet meer.'

'Nee,' beaamde hij, 'dat is zo.' Hij glimlachte naar haar. Ze zat daar in haar – te dunne – spijkerbroek en spijkerjasje in de zon, zonder haar spookachtige make-up en met ongelakte, geknipte nagels. Het enige wat wees op haar vroegtijdige overstap naar volwassenheid waren de grote creolen in haar oren. Hij wilde haar lichtbruine krullen erachter strijken, maar durfde het niet. Van wie had ze dat haar? Vast een of andere voorouder aan Junes kant van de familie. Waar was Ellie zelf vandaan gekomen? Ze was een zegen, een geschenk van de god waarin Peter niet geloofde, een verrassing na Junes miskraam waar Peter niet op voorbereid was geweest. Na de dood van zijn meisjes en de miskraam was Peter ervan overtuigd geweest dat er geen kinderen meer zouden komen, dat hij voorbestemd was om kinderloos te blijven en dat dat ook zo hoorde te zijn. En toen was Ellie daar opeens geweest, was ze met een rood hoofd krijsend van verontwaardiging uit haar moeder tevoorschijn gekomen, een geheel eigen persoonlijkheid die Peter moeiteloos en volledig liet smelten als boter in een pan. Hij had Ellie nooit helemaal begrepen – er zat te veel van June in haar. Maar daar was hij heel dankbaar voor. In dit Amerikaanse kind domineerden haar moeders genen die van haar vader, dus Elsbeth bezat meer van Junes koppigheid en vastberadenheid en levenslust dan van Peters schuchterheid en vormelijkheid. Hij maakte zich zorgen om haar, zoals elke vader dat zou doen. Een kind hebben was alsof jouw buik en jouw hart buiten je eigen lichaam rondliepen. Maar in Elsbeth waren de beste eigenschappen van Peter en June gecombineerd en volgens Peter maakte haar dat sterker dan hen allebei.

Elsbeth duwde de punt van een schoen in het kuiltje onder de schommel en zette af. 'En? Hoe luidt het vonnis?'

Peter keek uit over de tuin, naar de grote wilg achter de garage, de forsythia langs de oprit. 'We gaan het huis verkopen. Je moeder gaat dat doen.'

Elsbeth knikte. 'En?'

'En,' zei Peter; hij had zo'n pijn in zijn keel dat hij amper kon praten, 'je moeder en ik gaan scheiden. Jij gaat met haar in Minneapolis wonen. Dan ben je dichter bij oma Ida en je moeder heeft daar vrienden die haar kunnen helpen zich te vestigen als makelaar.'

'Nee,' zei Elsbeth.

'Ja, Ellie. Het spijt me. Ik weet dat je dat niet wilde horen.'

'Nee, zeker niet.' Ze begon te huilen. 'Waarom?' snikte ze. 'Waarom moet ik weg? Waarom moet zij verhuizen? Waarom moet ik met haar mee? Waarom kan ik niet hier bij jou blijven?'

'Ellie,' zei Peter.

'Ik wil niet weg! Ik ga niet met haar mee. Ze mag me niet! Ze heeft me nooit gemogen.'

'Dat is niet waar. Ik weet best dat jij en je moeder het niet altijd eens zijn geweest, maar ze houdt heel erg veel van je. En een meisje heeft haar moeder nodig.'

'Ik doe het niet,' herhaalde ze. Haar gezicht was knalrood van het huilen. 'Echt niet! Ik loop gewoon weg. Ik ga mijn vinger weer in mijn keel steken!'

'Daar los je niets mee op, Elsbeth Rashkin. Als je wegloopt, vinden we je weer. Als je weer begint met dat braken, sturen we je terug naar die kliniek. Wij beschermen je, of je dat nou wilt of niet. We hebben een besluit genomen. Dat moet je respecteren. Wij zijn jouw ouders en jij hebt maar te gehoorzamen.'

Elsbeth liet haar hoofd zakken en huilde tranen met tuiten. Peter duwde zijn schommel naar haar toe en sloeg zijn arm om haar heen. Hij schommelde hen heen en weer. Elsbeths haar rook vreemd, volwassen, had een luchtje, maar haar gezicht was warm en nat tegen zijn schouder en dat herinnerde hij zich van honderden pijntjes en troostende woorden toen ze een klein meisje was, van toen hij haar als baby de fles gaf. Godzijdank zat er nog iets van een kind in haar. Hij liet haar huilen en luisterde naar het stromende water in de beek, het geknars van de schommels en het gekwetter van de vogels.

'Waarom, pap?' zei ze uiteindelijk met verstikte stem. 'Waarom?' Ze maakte zich van hem los en ging rechtop zitten. Peter gaf haar de zakdoek uit zijn zak en ze moest een beetje lachen terwijl ze haar ogen afveegde. 'Wat moet ik straks nou zonder jouw zakdoeken?'

'Ik zal je een hele doos sturen, en als die op zijn stuur ik een nieuwe.'

'Waarom moet ik met haar mee?' Elsbeths gezicht was gezwollen, haar ogen – Peters ogen, zijn moeders grijsgroene ogen – bloeddoorlopen van het huilen. 'Waarom kan ik niet bij jou blijven?'

'Ik zou niets liever willen, Ellie. Maar als het huis verkocht is ga ik waarschijnlijk een tijdje bij Sol en Ruth wonen. En dan is de kans groot dat ik weer naar de stad verhuis.'

'Nou, en? Ik ben dol op de stad.'

'Ja, dat weet ik,' zei Peter droogjes, terwijl hij dacht aan de immense afbeeldingen in huiveringwekkend felle kleuren van het naakte lichaam van zijn kind, die met tientallen in de spotlichten van de galerie in Soho hingen. Ze leek wel een fabelwezen, een centaur die half kind, half vrouw was. Geen enkele vader zou dat ooit mogen zien, laat staan dat het aan andere volwassenen vertoond mocht worden. Peter had met grote ogen om zich heen gekeken naar de goedgeklede, uiterst beschaafde kunstliefhebbers, die met een plastic bekertje wijn in hun hand blokjes kaas aten en zijn dochters naaktheid bespraken in termen van 'belichting', 'zuiverheid', 'verzadiging', 'compositie', en hij had gewenst dat ze allemaal in één klap en voorgoed met blindheid geslagen werden.

Elsbeth was zo beleefd om beschaamd te kijken. 'Sorry,' mompelde ze. 'Maar serieus, waarom kan ik niet bij jou blijven? Ik hou van appartementen, ik heb niet veel ruimte nodig.'

'Ja hoor, en dan zeker een beetje mij in de weg zitten? Ik neem lekker een vrijgezellenflatje.' Hij wiebelde met zijn wenkbrauwen naar haar, maar ze keek hem kwaad aan. 'Sorry, foute grap. Maar jij hebt wél ruimte nodig, Ellie, ook al denk je van niet. Een huis. Een goede school. Een frisse start, zodat je kunt focussen op je volgende stap.' Hij zei bijna: Bijvoorbeeld een horecaopleiding en dan misschien ons eigen restaurant. Maar dat slikte hij nog net op tijd in. De psychiater had erop gestaan dat Peter Elsbeth vrijliet om haar eigen ambities te vormen, ambities die misschien niet om eten draaiden. Dus misschien betekende dat wel afscheid nemen van de Fabuleuze Rashkins.

Elsbeth keek stuurs. 'Dus het is een straf. Je stuurt me met mam naar het minzame Minnesota om me weg te houden uit de verdorven grote stad en mensen als.... híj. Nou, zo werkt het niet, hoor, pap. In Minnesota kan ik me net zo in de nesten werken. Er wonen daar ook kerels, hoor.'

Peters maag kromp ineen van angst en wanhoop, maar hij zei: 'Ook dat besef ik, Ellie. Maar dat is dan je eigen keus. Je kunt ervoor kiezen dingen te doen die je beschadigen, of je kiest ervoor dat niet te doen. Daar hebben je moeder en ik geen invloed op. Maar we kunnen je wel helpen en we zullen er altijd voor je zijn, wat er ook gebeurt.'

'Hoe kun je dat nou zeggen als je zo ver weg bent?'

'Nou, ik weet niet of je ervan gehoord hebt, maar er bestaan apparaten waarmee je elkaar kunt bellen,' zei Peter. 'Ik zal je elke avond bellen.'

'Élke avond?'

'Zo vaak als je wilt. En ik heb ook gehoord van een modern vervoermiddel dat vliegtuig heet. Ik kom je eens per maand opzoeken. En jij komt naar mij. En we hebben vakanties en je kunt de hele zomervakantie bij mij doorbrengen als je dat zou willen.' Bijna voegde hij eraan toe: Om te koken! Maar dat deed hij niet.

Elsbeth stak haar schoenen in de modder. 'Dat zou ik wel fijn vinden.'

'Dan doen we dat.'

'Pap?'

'Ja, Ellie.'

Ze keek hem met een angstig gezicht aan. 'Wat ga jij dan doen?'

'O, Ellie,' zei Peter. Hij was zó niet in staat geweest om te begrijpen dat een kind zich verantwoordelijk kon voelen voor een ouder, dat ging zó tegen de natuurlijke gang van zaken in, dat de psychiater ontzettend haar best had moeten doen om hem daarvan te overtuigen. 'Ze is enorm beschermend ten opzichte van jou, Peter,' had de dokter gezegd. 'Je moet haar geruststellen dat het goed met je komt.'

'Ik heb grootse plannen,' zei hij. 'Zo ga ik bijvoorbeeld mijn kookboek afmaken.'

Elsbeth keek alsof ze dat betwijfelde. 'Oké, en?'

'En... als we het huis verkocht hebben en ik iets voor mezelf heb, ga ik waarschijnlijk weer werken. In een keuken.'

'Maar, papa, je hart,' fluisterde ze.

'Mijn hart blijft gewoon kloppen. Ik ga geen restaurant runnen, maar gewoon als souschef werken. Iets doen wat ik leuk vind. En ik hou me aan mijn dieet. En ik ga bewegen. Ik heb medicijnen. Maar het belangrijkste is dat ik jou heb, Ellie. Jij bent mijn hart. Dat weet je toch?'

'Pa-ap,' zei ze. Maar ze glimlachte en haar ogen sprongen vol tranen. Ze bracht haar schommel naast die van hem tot stilstand om haar hoofd weer op zijn schouder te leggen.

Hij kuste haar kruin. 'Maak je maar geen zorgen over die oude vader van je, Ellie. Ik red me wel.' Hij voelde haar zuchten. Er floot een vogel boven zijn hoofd. Een kardinaal! Opeens schoot Peter de naam van die vogel te binnen. Lang geleden had Hilde hem geleerd welke vogel welk geluid maakte.

'Papa?'

'Ja, Ellie.'

'Wil je me over ze vertellen?'

'Over wie?'

'Over Masha. En de meisjes.'

Peter verroerde zich niet. Elsbeth ook niet. Hij voelde haar adem tegen zich aan, de wind blies plukjes van haar haren tegen zijn gezicht.

'Mijn zusjes. Ik weet een heel klein beetje over ze. Dat heeft Ruth me verteld. En ik heb hun foto gezien. Maar dokter Lydia zei dat ik jou ernaar moest vragen. Ze zei dat het zou helpen als ik het wist.' Ze zei het met een klein stemmetje dat steeds zachter werd, alsof iemand de volumeknop van de radio lager draaide. 'Ik weet het niet, hoor,' ging ze verder. 'Misschien is het stom. Het zal niet echt iets veranderen. Maar ik denk al mijn hele leven aan ze. Ik wil ze leren kennen. Ik wil het gewoon weten.'

Peter keek over Elsbeths hoofd naar de tuin, naar de nevel die door de zon opsteeg van de forsythia. Zo lang geleden. Zo ver weg. Een heel ander leven. En toch waren ze hier, nog steeds, op deze milde voorjaarsochtend. Masha. De meisjes.

Elsbeth roerde zich en ging rechtop zitten. 'Sorry. Ik wist dat ik het beter niet had kunnen vragen...'

'Nee,' zei Peter. 'Het is goed dat je het vraagt, Ellie. En dapper.' Hij voelde dat ze hem een weifelende blik toewierp, maar hij kon haar niet aankijken. Nu even niet. Hij concentreerde zich op de struiken met hun nieuwe blaadjes, de gele bloemetjes. Hij stopte met schommelen, zodat hij naast zijn dochter zat. 'Nou,' zei hij, 'ik heb Masha ontmoet toen ik zeventien was, maar een jaar ouder dan jij nu bent...'

En op de een of andere manier, of het nou vanuit zichzelf of door het kind naast hem kwam, vond Peter Rashkin, die al heel lang dacht dat hij zelf nooit meer een frisse start zou kunnen maken, de kracht om daaraan te beginnen.

Dankwoord

De auteur wil graag heel veel mensen bedanken, maar zal proberen het korter te houden dan een Oscar-dankwoord en het podium verlaten voordat de muziek inzet.

Boekhandelaren, bibliothecarissen, lieve lezers: of jullie me nu ontvangen hebben voor een boekpresentatie, me gezelschap hebben gehouden op social media of in gelukzalige afzondering mijn romans hebben gelezen, hartelijk dank voor het hooghouden van mijn boeken en jullie geweldige inspiratie.

Mijn geweldige team bij HarperCollins, vooral Katherine Beitner, Amy Baker, Daniel Vazquez en mijn fenomenale redacteur, de iconische Sara Nelson, voor wier genegenheid en wijsheid ik zo dankbaar ben. Haar eerste reactie op dit boek is nu mijn screensaver.

Mijn buitenlandse uitgevers: Verlagsgruppe Random House GmbH, Cappelen Damm, de Boekerij – *danke schön*, *takk*, bedankt. Maaike le Noble, Jorien de Vries en Suzanne Plug – grote xxx voor jullie!

De uitzonderlijke MMQ-crew, in het bijzonder Lexi Wangler, die het schrijversbestaan niet alleen mogelijk, maar ook zo probleemloos functioneel maakt.

Grub Street Writers, de beste schrijversopleiding ter wereld: bedankt dat jullie al twintig jaar mijn werkgever zijn en me op die manier in staat stellen les te geven aan zulke getalenteerde, vurige en geestige schrijvers. Liefs voor mijn Council.

Literaire peetmoeders Robin Kall Homonoff van Reading With Robin en Susan E. McBeth van Adventures by the Book: bedankt voor alles wat jullie doen om schrijvers en lezers met elkaar in contact te brengen. SaraJane Giddings, jij bent mijn geheime wapen.

De eerste lezers van *De verloren familie*: Cecile Corona, Tracy Hahn-Burkett, Henriette Lazaridus, Mari Passananti, Becky Tuch, mijn enige echte Puppet Julie Hirsch, Stephanie 'Goodie' Ebbert – die haar suggesties met me doornam bij een glas whiskey – en Kirsten Liston, die de hele roman op haar iPhone heeft gelezen – dank jullie wel voor jullie aanmoedigingen en goede raad. *Geliebte* Christiane Alsop, *danke* voor de recepten uit je jeugd. Kirsten Beck en Bernadette Lee, die veel te veel zullen herkennen in deze roman. Tom Champoux, voor de aanvoer van eten tijdens mijn afzondering. Maddie Houpt, voor de zorg voor Woodrow. Edmond Manning, voor de duellerende laptopschrijfsessie en het eten van chocoladetaart van de vloer (al wist je dat niet). Necee Regis voor *Betty Crocker's New Picture Cookbook*. Claudete Rizzotto, voor het beïnvloeden van aan hun stoelen gekluisterde toehoorders. Eric Grunwald en Jean Charbonneau, mijn steunpilaren.

De Beter dan Best-prijzen gaan naar mijn schrijfmeisjes Kate Woodworth en Whitney Scharer, die me met hun empathie, toejuichingen en simultane arbeid elke dag hebben gesteund.

Mijn zusters van Grand Central, die de verhalen over de Tweede Wereldoorlog levend houden, en vooral Kristina McMorris, die voor de inspiratie heeft gezorgd zonder welke dit boek nooit had kunnen bestaan. Elke auteur die andere auteurs steunt; diepe buigingen voor Caroline Leavitt, Sarah McCoy en Jane Green.

Mijn familie: Joey Blum, Lesley M.M. Blume & Co., Judy Blum en de Joergs. Mijn onvermoeibare moeder, Frances Blum McCarthy – ik hou van je, mama.

In geen enkele taal bestaan genoeg woorden om mijn dankbaarheid aan mijn superagente uit te drukken: Stéphanie Abou, aan wie ik mijn boeken en mijn literaire leven verschuldigd ben. Ik koester elk gesprek dat we gehad hebben over *De verloren familie*, van het bedenken van de menukaart van Masha's tot bitmoji's in het holst van de nacht. Liefste Stéphanie, *merci bien*. Ik ben je enorm dankbaar.

Tot slot mijn geliefden, Woodrow en Jim 'Book Daddy' Reed. Jim, lieverd, bedankt voor de ontelbare ontbijtjes tijdens welke je geduldig luisterde naar ideeën voor scènes, stukjes dialoog en uiterst onlogische gevolgtrekkingen, om vervolgens met uitstekend advies te komen. En dat je niet met me praatte of me kuste voordat het stuk van die dag af was. Voor jou en Woodrow, voor jullie uithoudingsvermogen, gezelschap, lachen en liefde ben ik eeuwig dankbaar.

LEES MEER VAN

Jenna Blum

Is alles geoorloofd in oorlogstijd? Vijftig jaar lang heeft Anna Schlemmer geweigerd te praten over haar leven in Duitsland tijdens de Tweede Wereldoorlog. Anna's dochter Trudy herinnert zich niet veel: zij was nog maar vier toen zij en haar moeder door een Amerikaanse soldaat werden bevrijd en met hem meegingen naar Minnesota. Maar ze bezit één bewijsstuk uit het verleden: een familieportret waarop zijzelf staat, samen met haar moeder en een nazi-officier. Gedreven door schuldgevoel over wie haar voorouders zouden kunnen zijn, gaat Trudy op onderzoek uit. Ze slaagt erin om eindelijk de dramatische, hartverscheurende waarheid over haar moeders verleden boven tafel te krijgen.

Het familieportret is een gepassioneerd maar gedoemd liefdesverhaal en een indringend portret van een moederdochterrelatie, dat de lezer nog lang zal bijblijven.

Verkrijgbaar als
e-book
& papieren boek

LEES MEER VAN

Jenna Blum

Als tiener is Karena Jorge de enige die haar tweelingbroer Charles in toom kan houden. Charles heeft een bipolaire stoornis die verergert naarmate hij ouder wordt, tot op het punt dat hij een gevaar wordt voor zichzelf en voor anderen. Hij is al zijn hele leven gefascineerd door tornado's en zoekt samen met zijn zus regelmatig het meest heftige weer op. Ook op hun achttiende verjaardag rijden Charles en Karena met hun auto zo dicht mogelijk achter een tornado aan. Maar wat er dan gebeurt is zo verschrikkelijk dat de tweeling vanaf die dag het contact met elkaar volledig verbreekt.

Twintig jaar later krijgt Karena een telefoontje van een psychiatrische inrichting waar Charles onder dwang is opgenomen. Ze besluit dat het tijd is om af te rekenen met het verleden en gaat haar broer ophalen, maar bij aankomst blijkt hij ontsnapt te zijn. Ze heeft maar één aanwijzing om hem op het spoor te komen: Charles is nog steeds gefascineerd door extreem weer, en het tornadoseizoen is net begonnen...

Verkrijgbaar als
e-book
& papieren boek